Harry Harrison und John Holm

Hammer of the North

Die Söhne des Wanderers

Titel der englischen Originalausgabe:
THE HAMMER AND THE CROSS

Veröffentlicht mit freundlicher Genehmigung von Moira Harrison.
Dieses Werk wurde vermittelt durch die
Literarische Agentur Thomas Schlück GmbH, 30827 Garbsen.

1. Auflage
Veröffentlicht durch den
MANTIKORE-VERLAG NICOLAI BONCZYK
Frankfurt am Main 2015
www.mantikore-verlag.de

Copyright © der deutschsprachigen Ausgabe
MANTIKORE-VERLAG NICOLAI BONCZYK
Text © Harry Harrison & John Holm 1993

Deutschsprachige Übersetzung: David Friemann
Lektorat: Janine Kleinow, Julian Köck
Satz & Bildbearbeitung: Karl-Heinz Zapf
Covergestaltung: Marta Wawrzyniak-Chade
VP: 113-95-01-06-0416

Printed in the EU

ISBN: 978-3-945493-41-0

Harry Harrison und John Holm

HAMMER

OF THE

NORTH

DIE SÖHNE DES WANDERERS

Aus dem Englischen von
David Friemann

Roman

Qui credit in Filium, habet vitam aeternam; qui autem incredulus est Filio, non videbit vitam, sed ira Die manet super eum.
Wer an den Sohn glaubt, hat das ewige Leben; wer aber dem Sohn nicht gehorcht, wird das Leben nicht sehen, sondern Gottes Zorn bleibt auf ihm.

Evangelium des Johannes 3:36

Angusta est domus : utrosque tenere non poterit. Non vult rex celestis cum paganis et perditis nominetenus regibus communionem habere; quia rex ille aeternus regnat in caelis, ille paganus perditus plangit in inferno.
Eng ist das Haus: es beherbergt nicht beide. Der König des Himmelreichs verkehrt nicht mit verdammten und heidnischen so genannten Königen; denn der eine, ewige König herrscht im Himmelreich, die verworfenen Heiden seufzen in der Hölle.

Alkuin, Diakon in York, Anno Domini 797

Das Christentum ist das größte Unglück, das jemals die westliche Welt heimgesucht hat.
Gravissima calamitas umquam supra Occidentem accidens erat religio Christiana.

Gore Vidal, Anno Domini 1987

THRALL

ERSTES KAPITEL

Nordostküste Englands, Anno Domini 865

Frühling. Ein Frühlingsmorgen am Flamborough Head, wo die Felsen der Yorkshire Wolds wie ein riesiger Angelhaken, ungezählte Tonnen schwer, in die Nordsee hinaus ragen. Sie blicken auf die See, auf die stetige Bedrohung durch die Wikinger. Erst jetzt begannen sich die Könige in ihren kleinen Reichen gegen diese Gefahr aus dem Norden zusammenzuschließen. Besorgt und einander neidisch beäugend, hatten sie immer die uralten Feindseligkeiten und den blutnassen Pfad vor Augen, den ihre Vorfahren seit der Ankunft der Angeln und Sachsen in diesem Land beschritten hatten. Stolze, unabhängige Krieger, die die Waliser besiegt hatten, die sich – so schreiben es die Dichter – das Land als erste untertan gemacht hatten.

Godwin der Thane fluchte still, während er die hölzerne Palisade der winzigen Befestigung auf und ab ging, die an der äußersten Spitze des Flamborough Head stand. Frühling! In glücklicheren Gegenden würden die länger werdenden Tage und helleren Abende vielleicht das Erblühen der Bäume bedeuten, oder sanftmütige Kühe mit prallen Eutern, die zum Melken aus dem Stall geholt werden. Aber hier am Flamborough Head bedeutete Frühling Wind. Das bedeutete Stürme, die alljährlich etwa zur Tagundnachtgleiche kamen, und beständig wehende Nordostwinde. Hinter Godwin standen die kümmerlichen, knorrigen Bäume in einer Reihe wie Männer, die dem Wind den Rücken zudrehen, jeder etwas höher als der vorherige, weiter windwärts gewachsen. Wie ein natürlicher Wetterhahn standen sie beieinander und zeigten wie eine Pfeilspitze auf das windgepeinigte Meer.

Auf drei Seiten um Godwin herum wälzte sich das graue Wasser wie ein riesiges Tier. Die Wellen begannen sich zu kräuseln und verflachten wieder, als der Wind an ihnen zerrte, sie niederschlug und sogar die größten Wogen des Meeres erdrückte. Graue See, grauer Himmel, Regenfronten, die den Horizont übersäten, keine Farbe in der Welt außer den Wellen, die letztendlich alle auf die geschrammten Wände der Klippe stürzten, brachen und riesige Gischtwolken in die Höhe sandten. Godwin war schon so lange an seinem Platz, dass er den Aufprall der Wellen nicht mehr hörte, sondern nur noch wahrnahm, wenn die Gischt so hoch spritzte, dass das Wasser, das ihn vom Kopf bis zu den Füßen durchnässte, plötzlich salzig wurde.

Nicht, dass es einen Unterschied machte, dachte er benommen. Es war alles gleich kalt. Er könnte zurück in die Hütte gehen, die Sklaven beiseite drängen und sich Hände und Füße am Feuer wärmen. An so einem Tag würde es keinen Überfall geben. Die Wikinger waren Seefahrer. Die besten auf der Welt, hieß es. Man musste kein erfahrener Seemann sein, um zu erkennen, dass es sinnlos wäre, an einem solchen Tag hinauszufahren. Der Wind kam genau aus Osten – nein, berichtigte er sich, aus Ost zu Nord. Gut geeignet, um sich von Dänemark hinüber wehen zu lassen, aber wie sollte man ein Langschiff bei diesem Sturm und Seegang davon abhalten, in den Wind zu schießen? Und wie einen Ort finden, an dem man sicher an Land gehen konnte? Nein, ganz und gar unmöglich. Er konnte ebenso gut am Feuer sitzen.

Sehnsüchtig blickte sich Godwin nach der Hütte um, deren kleine Rauchfahne augenblicklich vom Wind verweht wurde. Er kehrte um und schritt wieder die Palisade entlang. Sein Herr hatte es ihm eingeschärft. „Denke nicht, Godwin", hatte er gesagt. „Denke nicht, dass sie heute kommen oder nicht kommen. Glaube nicht, dass es sich mal lohnt, Ausschau zu halten und dann wieder nicht. Solange es Tag ist, bewachst du Flamborough Head. Halte die ganze Zeit die Augen offen. Ansonsten kommt der Tag, an dem du abgelenkt bist und irgendein Björn oder Olaf an Land geht und zwanzig Meilen tief ins Hinterland kommt, bevor wir ihn einholen – wenn wir ihn einholen. Und das bedeutet hundert Tote und hundert Pfund in Silber, Vieh und zerstörten Häusern. Und für Jahre darauf keine Pachteinnahmen. Darum halte Wache, Thane, oder du kommst mit deinen Ländereien dafür auf." So hatte sein Lehnsherr Ella gesprochen. Und hinter ihm hatte seine schwarze Krähe, Erkenbert, sich über sein Pergament gebeugt und mit kratzendem Federkiel die rätselhaften schwarzen Linien gezogen, die Godwin mehr fürchtete als alle Wikinger. „Zwei Monate Dienst am Flamborough Head für den Thane Godwin", hatte er dazu gesprochen. „Er soll wachen bis zum dritten Sonntag nach *Ramis Palmarum*." Die fremdartigen Silben hatten seine Befehle festgenagelt.

Wachen sollte er und wachen würde er. Aber er musste es ja nicht trocken wie eine widerwillige Jungfrau tun. Godwin rief windabwärts zu den Sklaven und verlangte das heiße, gewürzte Bier, dessen Zubereitung er schon vor einer halben Stunde befohlen hatte. Augenblicklich kam einer der Thralls heraus und lief mit dem ledernen Becher in Godwins Richtung. Der Thane betrachtete mit tiefsitzendem Missfallen den Mann, der dort zur Palisade trabte und die Leiter zum Wehrgang hinaufstieg. Ein verdammter Narr. Godwin behielt ihn nur wegen seiner scharfen Augen, aber das war alles. Er hieß Merla und war früher Fischer gewesen. Dann hatte es einen harten Winter mit leeren Netzen gegeben und er war mit den Abgaben in Rückstand geraten, die er seinen Grundherrn, den schwarzen Mönchen der Klosterkirche St. John im zwanzig Meilen entfernten Beverley, schuldete. Zuerst hatte er sein Boot verkauft, um die Abgaben zu zahlen und Frau und Kinder zu ernähren. Als das Geld ausgegangen war und seine Familie nichts mehr zu essen hatte, musste er seine Sippe an einen reicheren Mann verkaufen und sich am Ende selbst in die Knechtschaft seiner ehemaligen Grundherren begeben. Und diese hatten Merla an Godwin verliehen. Elender Narr. Wäre der Sklave ein Mann von Ehre, hätte er sich selbst zuerst verkauft

9

und mit dem Geld Verwandte dafür bezahlt, sein Weib und seine Kinder aufzunehmen. Wäre er ein Mann von Verstand, hätte er die Familie zuerst verkauft und das Boot behalten. Dann hätte er vielleicht eine Möglichkeit bekommen, sie wieder freizukaufen. Aber dieser Merla hatte weder Verstand noch Ehre. Godwin drehte dem Wind und dem Meer den Rücken zu und nahm einen tiefen Zug aus dem randvollen Becher. Wenigstens hatte der Sklave nicht davon genippt. Wenn er es nicht anders verstand, machte ihm eine Tracht Prügel meist alles klar.

Was stierte dieser Dummkopf denn so? Mit großen Augen und offenem Mund zeigte der Sklave über die Schulter seines Herrn hinaus aufs Meer.

„Schiffe", rief er. „Wikingerschiffe, zwei Meilen weit draußen. Ich seh' se schon wieder. Seht, Herr, seht!"

Godwin wandte sich – ohne nachzudenken – um und fluchte, als die heiße Flüssigkeit über seinen Ärmel schwappte, spähte den ausgestreckten Arm des Sklaven entlang hinaus auf die Wolken und den Regen. War dort ein Punkt, draußen, wo die Wolken auf die Wellen trafen? Nein, nichts. Oder… vielleicht. Er konnte nichts Klares erkennen, aber dort draußen würden die Wellen zwanzig Fuß hoch rollen. Hoch genug, um jedes Schiff vor Blicken zu schützen, das den Sturm mit eingeholten Segeln abreiten wollte.

„Ich seh' se", rief Merla erneut. „Zwei Schiffe, nur 'ne Taulänge auseinander."

„Langschiffe?"

„Nein, Herr, Knorren."

Godwin schmiss den Becher über seine Schulter, packte den Sklaven mit eisernem Griff am mageren Arm und schlug ihm mit dem durchnässten Lederhandschuh heftig ins Gesicht. Einmal, zweimal. Merla keuchte und duckte sich, wagte es aber nicht, zum Schutz die Hände zu heben.

„Red Englisch, du schwachköpfiger Hurensohn. Und red was Vernünftiges."

„Eine Knorr, Herr. Das is' ein Handelsschiff, mit tiefem Bauch für die Ladung." Er zögerte, gleichermaßen verängstigt, denn er wollte seinen Herren weder belehren noch ihm etwas vorenthalten. „Ich erkenn' se an... an der Form des Bugs. Das müssen Wikinger sein, Herr. Wir ham solche Schiffe nich'."

Godwin starrte wieder aufs Meer hinaus. Sein Zorn verflog und machte einem kalten, harten Gefühl in der Magengrube Platz. Zweifel. Schrecken.

„Merla, hör mir gut zu", flüsterte er. „Sei dir ganz sicher. Wenn das Wikinger sind, muss ich die gesamte Küstenwache herausrufen, jeden Mann von hier bis nach Bridlington. Letzten Endes sind sie nur Knechte und Sklaven. Es macht nichts, wenn ich sie von ihren ungewaschenen Weibern weghole. Aber ich muss noch mehr tun, Merla. Sobald die Wache herausgerufen ist, muss ich Reiter zur Klosterkirche in Beverley schicken, zu den Mönchen des lieben St. John – deinen Herren, weißt du noch?"

Er wartete einen Moment und sah die Furcht und die Erinnerung in Merlas Augen.

„Und die werden dann die Berittenen hierher rufen, die Thanes von König Ella. Es wäre dumm, sie hier zu halten, wo die Seeräuber ein Täuschungsmanöver am Flamborough Head versuchen und dann zwanzig Meilen weiter am Spurn Head vorbei segeln können, noch bevor unsere Reiter ihre Pferde durch den Sumpf gebracht haben. Darum bleiben sie zurück. Damit sie überall hin reiten können, sobald sich die Bedrohung zeigt. Aber wenn ich sie rufe und sie in Wind und Regen hierher reiten müssen, nur um dann wie die Narren herumzustehen... Und ganz besonders, wenn irgendein Wikinger die Gelegenheit nutzt und den Humber hinauf schleicht, wenn keiner hinsieht... Nun, das wäre schlecht für mich, Merla." Seine Stimme wurde schärfer und er hob den unterernährten Sklaven am Stoff seines Gewandes hoch.

„Aber beim allmächtigen Gott im Himmel werde ich dafür sorgen, dass du es bis zum letzten Tag deines Lebens bereust. Und nach der Tracht Prügel, die du dann von mir bekommst, dürfte der nicht mehr allzu weit sein. Aber wenn das da draußen wirklich Wikingerschiffe sind und du zulässt, dass ich sie *nicht* melde – dann gebe ich dich an die schwarzen Mönche zurück und sage ihnen, dass ich mit dir nichts anfangen konnte.

Also, was sagst du? Wikingerschiffe oder nicht?"

Der Thrall starrte wieder aufs Meer hinaus, seine Anspannung war ihm ins Gesicht geschrieben. Es wäre klüger gewesen, dachte er, nichts zu sagen. Was machte es für einen Unterschied, ob die Wikinger Flamborough, Bridlington oder sogar die Klosterkirche von Beverley selbst überfielen? Sie konnten ihn als Sklaven unmöglich schlechter behandeln als seine Herren. Vielleicht wären fremde Heiden bessere Besitzer als die Christenmenschen zuhause. Jetzt war es zu spät, darüber nachzudenken. Der Himmel klarte für einen Augenblick auf. Er konnte sie sehen, selbst wenn die schwachsichtige Landratte von einem Herrn es nicht konnte. Er nickte.

„Zwei Wikingerschiffe, Herr. Zwei Meilen weit draußen. Südost."

Godwin war schon in Bewegung, gab lautstark Anweisungen, rief nach den anderen Sklaven, nach seinem Pferd, seinem Horn, seiner kleinen, unwilligen Einheit zum Dienst verpflichteter Freibauern. Merla streckte sich, ging langsam zur südwestlichen Ecke der Palisade und blickte nachdenklich und bedacht hinaus. Wieder klarte das Wetter einige Herzschläge lang auf, in denen er alles ganz deutlich sah. Er schaute auf den Lauf der Wellen, den gelblich-trüben Strich hundert Schritt weit draußen, der die lange, lange Gezeitensandbank erahnen ließ, die diesem Stück englischer Küste vorgelagert war, das besonders unwirtlich und mit heftigeren Stürmen und stärkeren Strömungen geschlagen war als alle anderen. Merla warf ein Stück Moos vom Holz der Palisade in die Luft, darauf achtend, wie es flog. Langsam teilte ein grimmiges Lächeln ohne jede Freude sein verhärmtes Gesicht.

Die Wikinger mochten große Seefahrer sein. Aber sie waren an der falschen Stelle: einer Leeküste bei einem Wind, der Witwen machen konnte. Falls dieser Wind nicht nachließ oder die Heidengötter aus Walhalla ihnen nicht halfen, hatten die Männer auf den Schiffen keine Aussicht auf Erfolg. Sie würden Jütland oder Viken nie wiedersehen.

Zwei Stunden später standen hundert Männer dichtgedrängt am Strand südlich des Flamborough Head, am nördlichen Ende des langen Küstenabschnitts, der vom Spurn Head bis zur Mündung des Humber lief und keinerlei geschützte Buchten bot. Sie waren bewaffnet: lederne Wämser und Kappen, Speere, Holzschilde, einige verstreute Breitäxte, mit denen sonst Boote und Häuser gezimmert wurden. Hier und da sah man einen Sachs, das kurze Hiebschwert, dem die Sachsen im Süden ihren Namen verdankten. Nur Godwin trug einen Helm aus Metall und ein Kettenhemd, ein Breitschwert mit Messingheft in einer Scheide am Gürtel. Unter gewöhnlichen Umständen hätte er von den Männern der Küstenwache von Bridglington niemals erwarten können, sich den Berufskriegern aus Dänemark oder Norwegen entgegenzustellen. Sie wären unauffällig verschwunden, um Frauen, Kinder und so viel wie möglich von ihrer Habe in Sicherheit zu bringen. Dann hätten sie auf die Berittenen gewartet, die Thanes aus Northumbria, und diese den Kampf führen lassen, mit dem sich die Adligen ihre Ländereien und Gutshäuser verdienten. Erst danach wären die Männer der Küstenwache nach vorne geschwärmt und hätten in der Hoffnung auf Beute einen bereits geschlagenen Feind bedrängt. Diese Möglichkeit hatten die Engländer seit Oakley vor vierzehn Jahren nicht mehr gehabt. Und das war im Süden gewesen, im fremden Königreich Wessex, wo alle möglichen Wunder vorkamen.

Trotzdem waren die Männer, die aufmerksam die Knorren draußen in der Bucht beobachteten, nicht beunruhigt, sondern heiter. Die meisten von ihnen waren Fischer, die die Nordsee wie ihre eigenen Hütten kannten. Das furchtbarste Meer der Welt, voller Nebel und Stürme, grässlicher Gezeiten und unerwarteter

Strömungen. Als der Tag voranschritt und die Schiffe der Wikinger erbarmungslos weiter an Land getrieben wurden, erkannten auch die anderen, was Merla schon lange wusste: Die Wikinger waren dem Untergang geweiht. Die Frage war nur noch, was sie als nächstes versuchen würden. Und ob sie es wagen, dabei scheitern und ihr Ende besiegeln würden, *bevor* die von Godwin schon vor Stunden gerufenen Berittenen mit ihren Rüstungen, ihren bunten Mänteln und goldverzierten Schwertern eintrafen. Danach, da waren sich die Fischer einig, wäre ihre Aussicht auf lohnenswerte Beute schlecht. Es sei denn, sie merkten sich die Untergangsstelle und versuchten es später heimlich, mit Enterhaken... Leise Unterhaltungen entsponnen sich zwischen den Männern in den hinteren Reihen, unterbrochen von kaum hörbarem, gelegentlichem Lachen.

„Seht Ihr", erklärte der Dorfvorsteher Godwin, der in der ersten Reihe stand, „der Wind weht aus Ost zu Nord. Wenn er auch nur einen Segelfetzen hisst, kann er nach Westen, Norden oder Süden segeln." Er zeichnete kurz im nassen Sand vor ihren Füßen. „Fährt er nach Westen, trifft er auf uns. Fährt er nach Norden, prallt er auf die Steilküste. Wenn er es aber um die Landspitze schafft, kommt er ohne Mühe bis nach Cleveland, immer nach Nordwesten. Darum hat er es vor einer Stunde mit den Riemen versucht. Ein paar hundert Schritte weiter raus und er wäre frei gewesen. Aber was wir wissen, und was die nicht wissen, ist, dass da draußen Strömung geht, und zwar eine verdammt starke. Sie reißt genau an der Landspitze vorbei. Genauso gut könnten sie das Wasser mit ihren..." Er schwieg, unsicher, wie ungezwungen Godwin mit sich reden lassen würde.

„Warum segelt er nicht nach Süden?", fiel Godwin ihm ins Wort.

„Wird er. Er hat es mit den Riemen versucht, und wollte mit dem Treibanker die Abdrift verhindern. Ich schätze, der Anführer, der *Jarl* oder wie die ihn nennen, weiß, dass seine Männer erschöpft sind. Sie müssen eine schlimme Nacht hinter sich und noch dazu einen großen Schrecken haben, als sie heute früh gemerkt haben, wo sie sind." Der Dorfvorsteher schüttelte den Kopf, und man sah ihm das fachmännische Mitgefühl an.

„Sie sind doch nicht so große Seefahrer", verkündete Godwin mich hörbarer Befriedigung. „Und Gott ist gegen sie, diese verdorbenen, heidnischen Kirchenschänder."

Aufgeregte Bewegung aus den hinteren Reihen schnitt die Antwort ab, die der Dorfvorsteher vielleicht unvorsichtigerweise gegeben hätte. Die beiden Männer wandten sich um.

Auf dem Pfad, der sich entlang der Hochwassermarke schlängelte, stiegen ein Dutzend Männer von ihren Pferden. Godwin fragte sich, ob das schon die Berittenen waren, die Thanes aus Beverley? Nein, so schnell konnten sie unmöglich hier sein. Sie würden gerade erst ihre Sättel festzurren. Und doch war der Anführer der Neuankömmlinge ein Adliger. Groß, stattlich, hellhaarig, hellblaue Augen, mit der aufrechten Haltung eines Mannes, der sich nie sein Brot hinter dem Pflug oder mit der Hacke in der Hand hatte erarbeiten müssen. Unter seinem scharlachroten Umhang schimmerte Gold auf Spangen und Schwertknauf. Ihm folgte ein kleinerer, jüngerer Doppelgänger, offensichtlich der Sohn des Mannes. Und auf der anderen Seite ein weiterer Heranwachsender, groß und aufrecht wie ein Krieger, aber mit dunklerer Hautfarbe, ärmlicher Kleidung und wollenen Kniehosen. Knechte hielten die Pferde sechs weiterer, fähig aussehender Bewaffneter – ohne Zweifel ein Gefolge, die Herdgesellen eines reichen Thanes.

Der fremde Befehlshaber hob die Hand. „Ihr kennt mich nicht", sprach er. „Ich bin Wulfgar. Ich bin ein Thane aus dem Lande König Edmunds, Herrscher der Ostangeln."

Unter den Männern erwachten Neugierde und die Furcht, dass seine Botschaft Krieg bringen könnte.

„Ihr fragt Euch sicher, was ich hier tue. Ich will es Euch sagen." Er deutete auf das Ufer. „Ich hasse Wikinger. Ich weiß leider mehr von ihnen als die meisten anderen. In meinem eigenen Land, bei den Leuten im Norden jenseits der Mündung der Ouse, führe ich die Küstenwache König Edmunds. Aber vor langer Zeit verstand ich, dass wir diese Schädlinge nicht loswerden können, wenn jeder von uns seine eigenen Schlachten schlägt. Ich überzeugte meinen König davon, und er sandte eine Botschaft an Euren Herrn. Sie bestimmten, dass ich hierher kommen sollte, um mit den weisen Männern in Beverley und Eoforwich darüber zu beraten, was zu tun sei. Ich nahm gestern Abend einen falschen Weg und traf heute Morgen Euren Boten auf dem Weg nach Beverley. Ich bin hergekommen, um zu helfen." Er hielt inne. „Habe ich Eure Erlaubnis?"

Godwin nickte langsam. Gleichgültig, was dieser schmutzige Fischerkerl von einem Dorfvorsteher gesagt hatte. Einige dieser Hurensöhne könnten an Land kommen, und dann würde seine Küstenwache sich vielleicht zerstreuen. Ein halbes Dutzend Bewaffneter könnte nützlich sein.

„Kommt und seid willkommen", sagte er.

Wulfgar nickte mit offensichtlicher Genugtuung. „Ich komme gerade rechtzeitig", bemerkte er.

Draußen auf See begann der vorletzte Akt des Schiffbruchs. Eine der beiden Knorren war fünfzig Schritte näher an der Küste als die andere, die Besatzung erschöpfter oder von ihrem Schiffsführer weniger angetrieben. Dafür würden die Männer nun einen hohen Preis zahlen. Ihr wälzendes Rollen in den Wogen änderte seinen Winkel, der nackte Mast schaukelte aberwitzig. Plötzlich konnten die Beobachter sehen, dass sich der gelbliche Streifen der Sandbank auf der anderen Seite des Rumpfs befand. Die Besatzungsmitglieder rannten wild hin und her, griffen nach Rudern und schoben sie über die Seite ins Wasser, um das Schiff abzustoßen und so einige Augenblicke länger am Leben zu bleiben.

Zu spät. Ein Schrei der Verzweiflung klang dünn über das Wasser, als die Wikinger sie sahen, gefolgt von einem aufgeregten Murmeln unter den Engländern am Strand: die Welle, die große Welle, die siebente Welle, die es immer am weitesten den Strand hinauf schafft. Plötzlich erfasste sie die Knorre, hob sie an und kippte sie mit einem Sturzbach aus Kisten, Fässern und Männern, die von den Luv- in die Leespeigatten rutschten, auf die Seite. Dann war die Welle verschwunden und die Knorre stürzte hinab, landete mit einem dumpfen Schlag auf dem harten Grund der Sandbank. Planken krachten und flogen umher, der Mast ging in einem Gewirr aus Takelage über die Seite. Einen Augenblick sah man einen der Männer fieberhaft nach dem verzierten Drachenbug greifen. Dann bedeckte eine weitere Woge die Stelle und hinterließ nichts weiter als unruhig treibende Trümmer.

Die Fischer nickten einhellig. Einige bekreuzigten sich. Falls sie der liebe Gott vor den Wikingern verschonte, erwartete sie alle eines Tages so ein Ende: wie Männer, mit kaltem Salz im Mund und Ringen in den Ohren, die gütige Fremde an anderen Gestaden als Bezahlung für ein christliches Begräbnis an sich nehmen würden. Jetzt gab es nur noch eines, was ein erfahrener Seemann tun konnte.

Das verbliebene Wikingerschiff würde versuchen, mit dem Wind querab nach Süden zu fliehen und dabei so weit nach Osten wie möglich zu gelangen, statt wie sein Begleiter machtlos dem Untergang entgegen zu steuern. Wie aus dem Nichts erschien ein Mann am Steuerruder. Selbst aus einer Viertelmeile Entfernung sah man seinen roten Bart leuchten, wenn er Befehle bellte, konnte man den dringlichen Klang seiner Stimme über die Wellen hinweg hören. Seine Männer legten sich in die Taue, warteten erst und hievten dann gemeinsam. Ein Segelstück fiel von der Rah herab, wurde augenblicklich vom Wind erfasst und blähte sich. Als das Schiff in Richtung Ufer schoss, wurde die Rah nach einem weiteren Hagel von Befehlen gebrasst und das Schiff krängte mit dem Wind. Innerhalb weniger hastiger Atemzüge war es auf einem neuen Kurs, wurde schneller und pflügte durch das Wasser, weg von den Klippen und in Richtung des Spurn Head.

„Sie entkommen uns!", rief Godwin. „Holt die Pferde!" Er stieß seinen Pferdeknecht aus dem Weg, kletterte in den Sattel und begann im Galopp die Verfolgung. Wulfgar, der fremde Thane, und das Gefolge schlossen sich ihm in unordentlichen, langgezogenen Reihen an. Nur der dunkelhäutigere der beiden Jungen, die mit Wulfgar eingetroffen waren, zögerte.

„Ihr beeilt euch nicht", sagte er zum bewegungslosen Dorfvorsteher. „Warum nicht? Wollt Ihr sie nicht einholen?"

Der Dorfvorsteher grinste, bückte sich, hob eine Prise Sand auf und warf sie in die Luft. „Sie müssen es versuchen", bemerkte er. „Viel mehr bleibt ihnen nicht übrig. Aber sie werden nicht weit kommen."

Er drehte sich um und befahl zwanzig Männern am Strand zu bleiben und nach Wrackteilen oder Überlebenden Ausschau zu halten. Zwanzig Berittene folgten den Thanes den Pfad entlang. Der Rest bewegte sich gemächlich, aber zielstrebig am Strand dem enteilenden Schiff hinterher.

Langsam begannen auch die Landratten zu verstehen, was dem Dorfvorsteher gleich klar gewesen war: Der Anführer der Wikinger würde dieses Spiel nicht gewinnen. Schon zweimal hatte er mit der Unterstützung zweier Gefährten am Steuerruder versucht, sein Schiff aufs offene Meer zu zwingen, während die übrigen Wikinger die Rahe brassten, bis die Taue hart wie Eisen im Wind sangen. Beide Male hatten sich die Wellen gnadenlos gegen den Bug geworfen, sodass er bebend unter den widerstrebenden Kräften, die um ihn rangen, zurückschwang. Und wieder hatte der Steuermann es versucht, hatte den Kurs entlang der Küste eingeschlagen, um Geschwindigkeit für einen neuen Anlauf in Richtung der offenen See zu sammeln.

Aber war er dieses Mal wirklich in einer Linie mit dem Strand? Selbst die unerfahrenen Augen Godwins und Wulfgars sahen den Unterschied zu den vorherigen Versuchen: stärkerer Wind, heftigere See, der eiserne Griff der Küstenströmung, die am Kiel zerrte. Der rotbärtige Mann stand noch immer am Ruder, rief weiter Befehle in den Wind, während das Schiff vorwärts raste wie das schaumgebänderte Wellenross der Dichter. Trotzdem wendete sich der Bug Zoll um Zoll oder Fuß um Fuß, der gelbliche Streifen der Sandbank kam dem Kielwasser gefährlich nahe und es blieben nur noch Augenblicke bis zum…

Schlag. Zwischen der vollen Fahrt des Schiffes und seinem Auflaufen auf dem unnachgiebigen Kies lag kein Wimpernschlag. Der Mast brach sofort und wurde vorwärts geschleudert, die Hälfte der Mannschaft mit sich reißend. Die Planken des in Klinkerbauweise gezimmerten Schiffes sprangen aus ihren Fügungen und ließen das einstürzende Wasser durch. Innerhalb eines Herzschlags öffnete sich das Schiff wie eine Blüte. Dann verschwand es und hinterließ nichts als im Wind treibendes Tauwerk, das noch kurz die Untergangsstelle anzeigte. Und abermals im Wasser treibende Bruchstücke.

Bruchstücke, die diesmal sehr nah am Ufer schwammen, wie die Fischer voller Vorfreude feststellten. Und eines davon war ein Kopf. Ein roter Kopf.

„Was denkt ihr, wird er es schaffen?", fragte Wulfgar. Sie konnten den Mann sehr gut sehen, der fünfzig Schritte weit draußen reglos im Wasser trieb und die hohen Wellen betrachtete, die in Richtung Küste rollten, um dort zu zerschellen.

„Er wird's versuchen", antwortete Godwin und gab den Männern ein Zeichen, näher ans Wasser zu gehen. „Wenn er es tut, schnappen wir ihn uns."

Rotbart hatte sich entschieden und begann zu schwimmen, das Wasser mit weit ausholenden Schlägen beiseite werfend. Er hatte die große Welle gesehen, die sich hinter ihm aufbäumte. Sie hob ihn an und trug ihn vorwärts. Der Schwimmer bemühte sich, auf dem Kamm der Welle zu bleiben, als könnte sie ihn bis auf den Sand tragen und ihn dort ebenso weich landen lassen wie den weißen Schaum, der beinahe bis zu den ledernen Schuhen der Thanes kroch. Zehn Schläge lang hielt er sich so, während die Zuschauer am Strand sich streckten, um alles zu sehen. Dann bremste die vorherige Welle in ihrem Weg zurück ins Meer sein Fortkommen in einem Strudel aus Sand und Steinen, der Wellenkamm brach und löste sich auf. Warf ihn nieder, gefolgt von einem Ächzen und einem Peitschenknall. Rollte ihn hilflos vorwärts. Zog ihn im Sog wieder zurück.

„Geht rein und holt ihn", rief Godwin. „Bewegt euch, ihr Hasenfüße! Er kann euch nichts anhaben."

Zwei der Fischer sprangen vorwärts zwischen die Wellen, griffen sich jeweils einen Arm des Mannes, für einen Augenblick hüfttief im Wasser und plötzlich wieder auf dem Trockenen, den Rotbart zwischen sich gestützt.

„Er lebt", murmelte Wulfgar voller Erstaunen. „Ich dachte, diese Welle würde ihm das Rückgrat brechen."

Die Füße des Rotbarts berührten den Sand und er blickte auf die achtzig Männer, die sich ihm entgegenstellten. Plötzlich blitzten seine Zähne in einem leuchtenden Grinsen auf.

„Was für ein Empfang", bemerkte er.

Er drehte sich im Griff seiner beiden Retter, setzte den Außenrist eines Fußes auf das Schienbein eines der Männer, schrammte den Fuß mit voller Kraft abwärts auf den Spann. Der Mann heulte vor Schmerz laut auf und ließ den kräftigen Arm los, der er festgehalten hatte. Sofort fegte der Arm zur anderen Seite und zwei ausgestreckte Finger bohrten sich in die Augen des zweiten Wächters. Auch er schrie auf und ging in die Knie, während Blut zwischen seinen Fingern hervorquoll. Der Wikinger zog das Jagdmesser aus seinem Gürtel. Er tat einen Schritt nach vorn, griff sich den nächsten Engländer und stach ihm wild von unten in den Bauch. Die Freunde des Mannes sprangen, verängstigt durcheinanderrufend, einen Schritt zurück und der Fremde griff nach einem Speer, holte mit der anderen Hand aus und warf mit dem Messer nach ihnen, bevor er den Sachs des Toten aufhob. Zehn Herzschläge, nachdem er an Land gekommen war, fand er sich in der Mitte eines Halbkreises aus Männern wieder, die vor ihm zurückwichen – bis auf die beiden, die zu seinen Füßen lagen.

Wieder blitzten seine Zähne auf, als er den Kopf mit lautem Lachen zurückwarf. „Kommt jetzt", rief er mit rauer Stimme. „Ich einer, ihr viele. Kommt und kämpft mit Ragnar. Wer ist stark, kommt zuerst? Du. Oder du." Er schwenkte die Spitze des Speeres auf Godwin und Wulfgar, die nun mit offenen Mündern alleine standen, verlassen von den Fischern, die sich eingeschüchtert zurückgezogen hatten.

„Wir müssen ihn gefangen nehmen", murrte Godwin. Die Klinge seines Breitschwertes glitt mit einem schabenden Pfeifen aus der Scheide. „Ich wünschte, ich hätte meinen Schild bei mir."

Wulfgar tat es ihm gleich, machte einen Schritt zur Seite und schob den hinter ihm stehenden hellhaarigen Jungen ein Stück weiter von sich. „Bleib zurück, Alfgar. Wenn wir ihn entwaffnen können, bringen die Knechte es für uns zu Ende."

Die zwei Engländer rückten langsam mit gezogenen Schwertern vor, die bärengleiche Gestalt fest im Blick. Der Wikinger stand in Blut und Wasser, wartete auf sie und grinste.

Dann war er auf einmal in Bewegung und stürmte mit der Geschwindigkeit und Heftigkeit eines wilden Ebers auf Wulfgar zu. Dieser sprang überrascht zurück, landete ungeschickt und verdrehte sich den Fuß. Der linkshändige Hieb des Wikingers verfehlte ihn nur knapp. Jetzt sollte ein Stoß mit der rechten Hand den Kampf beenden.

Etwas riss Rotbart von den Füßen, warf ihn nach hinten zu Boden, wo er vergeblich versuchte, einen Arm freizubekommen. Ein Netz. Ein Fischernetz. Der Dorfvorsteher und zwei seiner Männer kamen nach vorn und griffen jeweils mehrere Handvoll des teerigen Tauwerks, um das Netz fester zu ziehen. Einer von ihnen trat den Sachs aus der verstrickten Hand des Mannes, ein anderer trat grob auf die Hand, die den Speer umklammert hielt, und brach dabei den hölzernen Schaft der Waffe zusammen mit den Fingern. Fachmännisch rollten sie den Mann wie einen gefährlichen Heringshai zu einem bewegungsunfähigen Bündel im Sand. Sie richteten sich auf, blickten ihren Fang an und warteten auf Befehle.

Wulfgar humpelte zu ihnen hinüber und tauschte einen Blick mit Godwin aus.

„Was haben wir denn hier gefangen?", murrte er. „Irgendetwas sagt mir, dass das hier kein kleiner Häuptling ist, der einen schlechten Tag erwischt hat."

Er betrachtete die Kleidung des wehrlosen Mannes, bückte sich und befühlte sie.

„Ziegenleder", sagte er. „Mit Pech bestrichenes Ziegenleder. Er hat sich selbst Ragnar genannt. Wir haben Lodbrok höchstselbst gefangen. Ragnar Lodbrok. Ragnar Lodenhose."

„Wir können das nicht allein übernehmen", erklärte Godwin in die folgende Stille hinein. „Er muss vor König Ella gebracht werden."

Eine weitere Stimme mischte sich ein. Es war der dunkelhaarige Junge, der den Dorfvorsteher ausgefragt hatte.

„König Ella?", sagte er. „Ich dachte, Osbert sei König in Northumbria."

Godwin wandte sich mit matter Höflichkeit zu Wulfgar um. „Ich weiß nicht, wie man bei Euch seine Leute maßregelt", bemerkte er. „Aber wenn er zu mir gehörte und so spräche, würde ich ihm die Zunge rausreißen lassen. Es sei denn, er gehört zu Eurer Sippe."

Im lichtlosen Stall konnte ihn niemand sehen. Der dunkelhaarige Junge legte sein Gesicht an den Sattel und sank zusammen. Sein Rücken brannte wie Feuer und der vom Blut klebrige Wollkittel rieb und kratzte bei jeder Bewegung. Die Tracht Prügel war die schlimmste gewesen, die er je bekommen hatte. Und dabei war er oft geschlagen worden: mit dem Seil oder der Lederpeitsche, immer über den Pferdetrog gebeugt, der im Garten des Hofes stand, der sein Zuhause war.

Er wusste, dass die Bemerkung über Verwandtschaft den Ausschlag gegeben hatte. Er hoffte nur, dass er nicht geschrien oder die Fremden es zumindest nicht gehört hatten. Zum Ende war er sich nicht mehr sicher gewesen. Schmerzhafte Erinnerungen daran, wie er sich zurück ins Tageslicht geschleppt hatte. Dann der lange Ritt über die Wolds, der Versuch, sich aufrecht im Sattel zu halten. Was würde als nächstes passieren, jetzt, da sie in Eoforwich angekommen waren? Einst eine sagenhafte Stadt, Heimat des lange verschwundenen Römervolks und seiner Legionen, hatte sie seine fieberhafte Vorstellungskraft angeheizt, mehr noch als die Lieder der Spielmänner von Ruhm und Ehre. Jetzt war er hier und wollte nur eins: fliehen.

Wann würde er endlich frei von der Schuld seines Vaters sein? Vom Hass seines Stiefvaters?

Shef raffte sich auf und begann, den Sattelgurt aus dickem Leder zu lösen. Wulfgar, da war er sicher, würde ihn bald gänzlich versklaven, ein eisernes Band um seinen Hals legen, den leisen Widerspruch von Shefs Mutter übergehen und ihn auf dem Markt von Thetford oder Lincoln verkaufen. Er würde eine Menge Geld einbringen. In seiner Kindheit hatte Shef viel Zeit in der Schmiede des Dorfes verbracht, auf der Flucht vor Misshandlungen und Schlägen, gleichzeitig angezogen vom Feuerschein. Bald hatte er begonnen, dem Schmied zur Hand zu gehen, hatte die Blasebälge bedient, die Zangen gehalten, die Luppen gehämmert. Er hatte seine eigenen Werkzeuge hergestellt, sein eigenes Schwert geschmiedet.

Dieses würde er nicht behalten dürfen, wenn er erst einmal ein Sklave wäre. Vielleicht sollte er jetzt weglaufen. Manchmal entkamen Sklaven ihrem Schicksal, für gewöhnlich jedoch nicht.

Er nahm den Sattel herunter und tastete im unbekannten Stall nach einem Ort, ihn abzulegen. Die Tür öffnete sich und ließ das Licht einer Kerze herein, gefolgt von der bekannten, höhnischen Stimme Alfgars.

„Noch nicht fertig? Dann lass ihn fallen, ich schicke einen Stallburschen. Mein Vater ist zum Rat mit dem König und den Großen gerufen worden. Er braucht einen Diener, der hinter ihm steht und seinen Becher auffüllt. Es wäre unziemlich, wenn ich es täte und sein Gefolge ist zu stolz. Geh jetzt! Der Kämmerer des Königs wartet schon, um dir deine Anweisungen zu geben."

Shef trottete in den Innenhof der großen hölzernen Halle des Königs, einem neuen Bauwerk auf dem Fundament der alten römischen Bollwerke. Er war beinahe zu müde für den kurzen Weg durch den Frühlingsmorgen. Und doch regte sich etwas in ihm, etwas Heißes und Aufgeregtes. Rat? Groß? Sie würden über das Schicksal des Gefangenen, des großen Kriegers, entscheiden. Das würde eine herrliche Geschichte für Godive abgeben, eine Geschichte, die keiner der Besserwisser in Emneth würde überbieten können.

„Und halt ja dein *Maul*", zischte eine Stimme aus dem Stall. „Sonst lässt er dir *wirklich* die Zunge rausreißen. Und vergiss nicht: Ella ist jetzt der König von Northumbria. Und du bist nicht der Sohn meines Vaters."

ZWEITES KAPITEL

„Wir denken, dass es Ragnar Lodbrok ist. Aber wie können wir uns sicher sein?", fragte König Ella seinen Rat.

Er blickte von einem hohen, reich verzierten Holzthron den langen Tisch entlang, an dem auf niedrigen Schemeln ein Dutzend Männer saßen. Sie alle waren in der Art ihres Herrn oder seines Thanes Wulfgar gekleidet, der zur Linken des Königs saß: Mäntel in strahlenden Farben, in die sie sich fest eingewickelt hatten, um die Zugluft abzuwehren, die durch alle Ritzen und geschlossenen Fensterläden eindrang und die talggetränkten Fackeln zum Flackern brachte. Gold und Silber prangten an ihren Handgelenken und kräftigen Hälsen, Spangen, Schnallen und üppigen Schwertgürteln. Hier saß der Kriegeradel Northumbrias beisammen, die dem König untergebenen Herren großer Ländereien im Süden und Osten des Reiches, die Ella zum Thron verholfen und seinen Gegenspieler Osbert vertrieben hatten. Die Männer, die ihr Leben im Sattel oder zu Fuß immer unterwegs verbrachten, saßen mit kaum übersehbarem Unbehagen auf den niedrigen Schemeln.

Vier der Männer stachen durch ihr andersartiges Aussehen und weniger forsches Gebaren besonders hervor. Am Fuß des Tisches sitzend, wirkten sie bewusst von den anderen getrennt. Drei von ihnen trugen die schwarzen Roben der Benediktinermönche, der vierte den Purpur und das Weiß eines Bischofs. Ihre Haltung war entspannt. Über den Tisch gebeugt, hielten sie Wachstafeln und Griffel bereit, um das Kommende aufzuzeichnen oder einander im Geheimen ihre Gedanken mitzuteilen.

Einer der Anwesenden antwortete dem König: Cuthred, der Hauptmann seiner Leibwache.

„Wir finden niemanden, der ihn erkennen könnte", gab er zu. „Jeder, der gegen Ragnar gekämpft hat, ist tot – außer", bemerkte er höflich, „dem edlen Thane König Edmunds, der sich uns hier angeschlossen hat. Das allein beweist aber nicht, dass der Gefangene wirklich Ragnar Lodbrok ist.

Aber ich denke, dass er es ist. Erstens redet er nicht. Ich bin bekannt dafür, Menschen zum Reden zu bringen. Jeder, bei dem ich es nicht schaffe, ist mehr als ein einfacher Seeräuber. Dieser Mann hält sich für etwas Besonderes.

Außerdem passt alles zusammen. Was wollten diese Schiffe hier? Sie waren auf dem Rückweg aus dem Süden vom Kurs abgekommen und hatten tagelang weder Sonne noch Sterne gesehen. Ansonsten würden so erfahrene Seefahrer – und der Dorfvorsteher von Bridlington meinte, sie seien sehr tüchtig gewesen – niemals in eine solche Lage kommen. Und sie waren auf Frachtschiffen unterwegs. Was für eine Fracht bringt man nach Süden? Sklaven. Sie wollen keine Wolle, keine Felle, kein Bier. Das waren Sklavenhändler auf dem Rückweg aus den Ländern im Süden. Der Mann ist ein Sklavenhändler und ein wichtiger obendrein, genau wie Ragnar. Aber es beweist nichts."

Cuthred nahm einen tiefen Zug aus seinem Bierkrug, erschöpft von der eigenen Beredsamkeit.

„Aber eines macht mich ganz sicher. Was wissen wir von Ragnar?" Er blickte die am Tisch Sitzenden an. „Genau. Dass er ein Scheißkerl ist."

„Kirchenschänder", stimmte ihm Erzbischof Wulfhere vom Ende des Tisches zu. „Räuber von Nonnen. Dieb der Bräute Christi. Gewiss werden seine Sünden ihn verraten."

„Das glaube ich gern", stimmte Cuthred zu. „Etwas habe ich über ihn gehört. Und nur über ihn, nicht über all die anderen Kirchenschänder und Nonnenräuber dieser Welt. Ragnar liebt es, Neues herauszufinden. Er ist wie ich. Er kann Menschen gut zum Reden bringen. Man sagt, er mache es folgendermaßen…", hier schlich sich ein Klang sachkundiger Achtung in die Stim-

me des Hauptmann, „Wenn er jemanden gefangen nimmt, dann
sticht er ihm – ohne ein Wort, ohne einen Grund – mit bloßer
Hand ein Auge aus. Wenn die arme Seele dann nicht redet, reißt
Ragnar ihr den Kopf nach hinten und drückt den Daumen bedrohlich unter das zweite Auge. Fällt dem Mann dann etwas ein,
das Ragnar vielleicht wissen will, sehr gut, dann ist er im Geschäft. Falls nicht, Pech gehabt. Es heißt, Ragnar lasse viele über
die Klinge springen, andererseits sind gemeine Bauern auf dem
Sklavenmarkt auch nicht viel wert. Man sagt, es spare ihm eine
Menge Zeit und Arbeit."
„Und unser Gefangener hat Euch erzählt, dass er dies alles genau
so sieht?" Es war einer der schwarzen Mönche. Seine Stimme war
voller Herablassung. „Natürlich im Verlauf einer freundlichen
Unterredung zwischen Fachleuten?"
„Nein", Cuthred nahm einen weiteren Schluck Bier. „Aber ich
habe mir seine Nägel angesehen. Alle kurzgeschnitten. Bis auf
den rechten Daumennagel. Der ist einen Zoll lang und hart wie
Eisen. Ich habe ihn mitgebracht." Er warf eine blutige Kralle auf
den Tisch.
„Es ist also Ragnar", sprach König Ella in die Stille hinein. „Was
fangen wir jetzt mit ihm an?"
Die Krieger tauschten ratlose Blicke. „Ihr meint, eine Enthaup-
tung wäre zu gut für ihn, Herr?", wagte sich Cuthred vor. „Sollen
wir ihn aufhängen?"
„Oder etwas Schlimmeres?", fragte einer der anderen Adligen.
„Sollen wir ihn wie einen entlaufenen Sklaven behandeln? Vielleicht haben die Mönche – wie ging gleich die Geschichte dieses
Heiligen Sankt… Sankt…? Der mit dem Bratrost oder…" Ihm
ging die Vorstellungskraft aus und er verstummte.
„Ich habe eine andere Idee", sagte Ella. „Wir könnten ihn laufen
lassen." Fassungslosigkeit schlug ihm entgegen. Der König beugte sich in seinem Thron nach vorn und ließ die wachen Augen
in seinem scharf geschnittenen, lebendigen Gesicht von einem
Anwesenden zum nächsten gleiten.

„Denkt nach. Warum bin ich König? Ich bin König, weil Osbert", der verbotene Name sandte einen sichtbaren Schauer durch die Zuhörer und weckte ein schmerzhaftes Stechen im aufgerissenen Rücken des Bediensteten, der hinter Wulfgars Schemel stehend dem Gespräch folgte, „weil Osbert dieses Königreich nicht gegen die Überfälle der Wikinger verteidigen konnte. Er tat nur das, was wir immer schon getan hatten. Er stellte Küstenwachen auf und überließ die Menschen sich selbst. Und dann sind zehn Schiffsladungen Plünderer in eine Stadt eingefallen und konnten dort tun, was immer sie wollten, während die benachbarten Städte und Pfarreien die Hände über den Kopf hielten und Gott dafür dankten, dass es nicht sie erwischt hatte. Was habe ich getan? Ihr wisst es. Ich habe bis auf die Wachtposten alle zurückgezogen, die Boten gleichmäßig verteilt, die Berittenen an wichtigen Orten untergebracht. Wenn sie sich heute auf uns stürzen, haben wir die Möglichkeit, zurückzuschlagen, bevor sie zu weit ins Landesinnere vordringen, und ihnen eine Lehrstunde zu erteilen. Neue Einfälle.

Ich denke, dass wir hier einen neuen Plan brauchen. Wir können ihn gehen lassen oder einen Handel mit ihm abschließen. Er bleibt Northumbria fern, überlässt uns Geiseln, wir behandeln ihn als Ehrengast, bis die Gäste eintreffen und schicken ihn reich beschenkt wieder fort. So ersparen wir uns mit wenig Aufwand viel Leid. Bis er gegen die Geiseln ausgetauscht wird, hat er sich bestimmt von Cuthreds Unterhaltung mit ihm erholt. Alles ein Teil des Spiels. Was sagt ihr?"

Die Adligen sahen einander mit gehobenen Augenbrauen an, kopfschüttelnd vor Überraschung.

„Könnte klappen", murmelte Cuthred.

Wulfgar räusperte sich, um zu sprechen. Sein gerötetes Gesicht war gezeichnet von offensichtlichem Missfallen. Die Stimme eines der schwarzen Mönche am Fuß des Tisches schnitt ihm das Wort ab.

„Das könnt Ihr nicht tun, Herr."

„Kann ich nicht?"

„Dürft Ihr nicht. Ihr habt Pflichten, die über diejenigen dieser Welt hinausgehen. Der Erzbischof, unser ehrwürdiger Vater und früherer Bruder, hat uns die verdorbenen Taten dieses Ragnar gegen die Kirche Christi ins Gedächtnis gerufen. Taten gegen uns als Menschen und Christen, die uns der Herr zu vergeben gebietet. Aber Taten gegen die Heilige Mutter Kirche müssen wir mit aller Strenge und aus tiefstem Herzen rächen. Wie viele Gotteshäuser hat dieser Ragnar niedergebrannt? Wie viele Christen hat er verschleppt, um sie als Sklaven an die Heiden oder, noch schlimmer, an die Anhänger Mohammeds zu verkaufen? Wie viele wertvolle Reliquien hat er zerstört? Und wie viele Geschenke von Gläubigen gestohlen?

Die Vergebung solcher Taten wäre eine Sünde an Eurer unsterblichen Seele. Sie würde das Heil aller hier am Tisch Versammelten gefährden. Nein Herr, übergebt ihn uns. Lasst uns Euch zeigen, was wir für Euch geschaffen haben, zur Strafe derer, die die Heilige Mutter Kirche schänden. Und wenn die Kunde davon die Heiden, die Räuber vom anderen Ufer der See, erreicht, lasst sie wissen, dass die Faust der Kirche so fest wie ihre Barmherzigkeit groß ist. Übergeben wir ihn der Schlangengrube. Lassen wir die Menschen den Wurmgarten König Ellas sehen."

Der König zögerte einen verhängnisvollen Augenblick. Bevor er etwas erwidern konnte, antworteten die Krieger auf die Zustimmung der anderen Mönche und des Erzbischofs ihrerseits mit Überraschung, Neugier und Beifall.

„Ich habe noch nie gesehen, wie ein Mann den Würmern vorgeworfen wird", sagte Wulfgar freudestrahlend. „Genau das verdienen die Wikinger. Und das werde ich bei meiner Rückkehr auch meinem Herren sagen und dabei die Weisheit und die Schläue König Ellas loben."

Der schwarze Mönch, der gesprochen hatte, erhob sich: Erkenbert, der gefürchtete Erzdiakon. „Die Würmer sind bereit. Lasst den Gefangenen zu ihnen bringen. Und lasst alle zugegen sein:

Herren des Rats, Krieger, Knechte. Lasst sie den Zorn und die Vergeltung König Ellas und der Heiligen Kirche sehen."

Der Rat erhob sich, Ella, dessen Gesicht noch immer von Zweifeln betrübt war, der sich aber trotz allem von der Zustimmung seiner Männer mitreißen ließ, eingeschlossen. Die Adligen drängten nach draußen und riefen schon nach Ihren Bediensteten, Freunden, Frauen und Geliebten, damit diese das aufsehenerregende Ereignis nicht verpassten. Shef hatte sich schon umgewandt, um seinem Stiefvater zu folgen, als sein Blick auf den Mönchen verharrte, die noch immer dicht gedrängt an ihrem Ende des Tisches saßen.

„Warum habt Ihr das gesagt?", raunte Erzbischof Wulfhere seinem Erzdiakon zu. „Wir können den Wikingern einen Tribut zahlen und trotzdem unsere unsterblichen Seelen retten. Warum habt Ihr den König gezwungen, Ragnar zu den Schlangen zu werfen?"

Der Mönch griff in seinen Beutel und warf, wie Cuthred zuvor, einen Gegenstand auf den Tisch. Dann einen weiteren.

„Was ist das, Herr?"

„Das ist eine Münze. Eine Goldmünze. Sie trägt die Schrift der scheußlichen Verehrer Mohammeds!"

„Sie wurde dem Gefangenen abgenommen."

„Ihr meint – er sei zu schlecht, um ihn am Leben zu lassen?"

„Nein, Herr. Die andere Münze?"

„Ist ein Penny. Ein Penny aus unserer eigenen Münzstätte hier in Eoforwich. Mein Name steht darauf, seht hier: Wulfhere. Ein Silberpenny."

Der Erzdiakon nahm beide Münzen und verstaute sie wieder in seinem Beutel. „Ein sehr schlechter Penny, Herr. Wenig Silber, viel Blei. Mehr kann die Kirche sich dieser Tage nicht leisten. Unsere Sklaven laufen davon, unsere Knechte betrügen bei den Abgaben. Selbst die Adligen geben nur so viel, wie sie sich nicht zu behalten trauen. Und die Beutel der Heiden quellen vor Gold, das sie den Gläubigen stehlen, über.

Die Kirche ist in Gefahr, Herr. Nicht, dass sie von Ungläubigen besiegt und beraubt wird. So schlimm das auch wäre, wir könnten uns davon erholen. Die wahre Bedrohung liegt darin, dass die Heiden und Christen gemeinsame Sache machen könnten. Denn dann bemerken sie vielleicht, dass sie uns nicht brauchen. Wir dürfen sie nicht miteinander verhandeln lassen."
Zustimmendes Nicken, sogar vom Erzbischof.
„Nun gut. Zu den Schlangen."

Die Schlangengrube war eine alte Steinzisterne aus den Zeiten des Römervolks, mit einem hastig aufgestellten Dach, das den Regen abhielt. Die Mönche der Domkirche Saint Peter in Eoforwich waren vernarrt in ihre kleinen Haustiere, die schimmernden Würmer. Den ganzen vergangenen Sommer über hatten sie ihre Pächter in ganz Northumbria aufgefordert, die Kreuzottern an ihren Ruheplätzen auf den kahlen Bergen zu suchen und nach Eoforwich zu bringen. Eine große Befreiung von der Pacht, Nachlässe auf Abgaben für ein Fuß lange Würmer, mehr für anderthalb Fuß, mehr, viel mehr für die alten, die Großvaterwürmer, wurden in Aussicht gestellt. Nicht eine Woche war vergangen, ohne dass ein großer, schwerer Sack mit sich windendem Inhalt an den *Custos viperarum*, den Hüter der Schlangen, abgeliefert worden wäre. Die Tiere wurden liebevoll umsorgt, mit Fröschen und Mäusen und gelegentlich auch mit ihresgleichen gefüttert, um ihr Wachstum zu fördern: „Drache wird nicht Drache, bis er vom Wurm gekostet hat", hatte der *Custos* seinen Brüdern versichert. „Vielleicht gilt dasselbe auch für unsere Ottern."
Nun steckten Laienbrüder Fackeln in die Halterungen an den Steinmauern des Innenhofs, um das schwache Licht der Abenddämmerung zu vermehren. Sie trugen Säcke voll des warmen Sandes und Strohs herbei und verteilten beides auf dem Boden der Grube, um die Schlangen zu wecken und angriffslustig zu machen. Nun erschien auch der *Custos*. Zufrieden lächelnd, gab er einer Gruppe von Novizen Anweisungen, von denen jeder

stolz und vorsichtig einen beunruhigend zischenden ledernen Sack trug. Nacheinander nahm der *Custos* die Säcke entgegen, zeigte jeden einzeln der Menge, die sich drängelnd und unruhig an den Rand der Zisterne bewegte, löste die Riemen und goss den zappelnden Inhalt in die Grube. Dabei bewegte er sich bei jedem neuen Sack einige Schritte weiter, um die Schlangen gleichmäßig zu verteilen. Als seine Aufgabe erfüllt war, trat er zurück an den Rand des Weges, den die Herdgenossen des Königs für die Großen des Königreichs freihielten.

Endlich kamen sie: der König, sein Rat, die Hausknechte, den Gefangenen zwischen sich vorwärts stoßend. Es gab ein Sprichwort unter der Kriegern des Nordens: ‚Ein Mann soll nicht humpeln, solange seine Beine gleich lang sind.‘ Und Ragnar humpelte nicht. Dennoch fiel es ihm sichtlich schwer, sich aufrecht zu halten, denn Cuthreds Behandlung war nicht sanft gewesen.

Die Adligen ließen sich zurückfallen, als sie sich dem Rand der Grube näherten. Man zeigte dem Gefangenen, was ihm bevorstand. Seine Hände auf dem Rücken gefesselt, beide Arme von kräftigen Wachen umklammert, zeigte er zerschlagene Zähne in einem breiten Schmunzeln. Er trug noch immer die merkwürdige, zottelige Kleidung aus geteertem Ziegenleder, der er seinen Namen verdankte. Erzdiakon Erkenbert kam nach vorn und trat ihm gegenüber.

„Dies ist der Wurmgarten", sagte er.

„Ormgarth", berichtete ihn Ragnar.

Der Priester hob wieder an, in einfach verständlichem Englisch, der Sprache der Händler.

„Wisse dies. Du hast die Wahl. Werde Christ und du lebst. Als Sklave. Dann kein Ormgarth für dich. Aber du musst Christ werden."

Verächtlich verzog Ragnar den Mund. Er antworte ebenfalls in der Handelssprache.

„Ihr Priester. Ich kenne euer Gerede. Du sagst, ich lebe. Wie? Als Sklave, sagst du. Was du nicht sagst, aber ich weiß, ist wie. Keine Augen, keine Zunge. Beine geschnitten, Sehnen geschnitten, kein Gehen."

Seine Stimme hob sich zum Sprechgesang: „Ich kämpfe seit dreißig Wintern mit dem Schwert. Vierhundert Männer getötet, tausend Frauen genommen, viele Kirchen verbrannt, viele Kinder verkauft. Viele weinen wegen Ragnar, ich weine wegen ihnen nie. Jetzt komme ich zu Ormgarth, wie Gundahar Göttersohn. Tut, was ihr wollt. Lasst die glänzenden Würmer mich ins Herz stechen. Ich will keine Gnade. Ich schlage immer mit dem Schwert."

„Macht weiter", zischte König Ella über die Schulter des Wikingers hinweg. Die Wachen begannen, ihn zur Grube zu stoßen.

„Halt!", rief Erkenbert. „Bindet zuerst seine Beine zusammen." Grob fesselten sie den Mann, der keinen Widerstand leistete, zogen ihn zum Rand, legten ihn auf die Mauer. Dann, während der Verurteilte noch in die Gesichter der neugierigen, aber stummen Menge blickte, schoben sie ihn hinein. Er fiel einige Fuß tief und landete mit einem dumpfen Schlag auf einem Haufen kriechender Schlangen. Augenblicklich begannen sie, zu zischen und zu beißen.

Der Mann in Lodenwams und zottigen Hosen lachte am Boden der Grube auf.

„Sie kommen nicht durch", rief eine enttäuschte Stimme. „Seine Kleider sind zu fest."

„Ins Gesicht und die Hände können sie trotzdem beißen", meinte der Schlangenhüter, darauf bedacht, die Ehre seiner Tierchen zu verteidigen.

Eine der größten Ottern lag tatsächlich nur wenige Handbreit von Ragnars Gesicht entfernt. Beinahe sahen die beiden einander an, die gespaltene Zunge des Reptils kitzelte fast das Kinn des Wikingers. Ein endlos scheinender Moment des zögerlichen Abwartens. Dann bewegte der Mann blitzschnell den Kopf zur Seite, den Mund weit aufgerissen. Ein zuckendes Schlängeln, ein Blut spuckender Mund, eine kopflose Schlange. Wieder lachte

33

der Wikinger. Langsam begann er, sich herumzuwälzen, und ließ sich mit voller Kraft auf die Schlangen fallen, die dem Gewicht seines Körper nichts entgegenzusetzen hatten.

„Er bringt sie um!", jammerte der *Custos* mit herzerweichendem Ton. Ella trat vor und schnippte in plötzlicher Abscheu mit den Fingern. „Du und du", sagte er zu zwei der Umstehenden, „ihr tragt schwere Stiefel. Geht rein und hebt in heraus.

„Ich werde das hier nicht vergessen", flüsterte er dem verdutzten Erkenbert zu. „Ihr habt uns alle zu Narren gemacht.

Jetzt, Männer! Bindet seine Arme und Beine los, schneidet ihm die Kleider herunter und fesselt ihn wieder. Ihr beide geht heißes Wasser holen. Schlangen lieben die Hitze. Wenn wir ihn aufwärmen, wird sie das anziehen.

Eins noch: Diesmal wird er nicht still liegen, um die Schlangen nicht zu reizen. Bindet ihm einen seiner Arme an den Körper und legt ein Seil um das andere Handgelenk. So können wir dafür sorgen, dass er sich bewegt."

Wieder ließ man den Gefangenen hinab, der noch immer schweigend grinste. Jetzt sorgte der König selbst dafür, dass Ragnar dahin herabgelassen wurde, wo die Schlangen sich am dichtesten tummelten. Innerhalb weniger Augenblicke war der in der kühlen Luft dampfende Körper von den Tieren bedeckt. Frauen und Diener unter den Zuschauern schrien auf, angeekelt von der Vorstellung kalter Schuppen auf nackter Haut.

Dann zog der König am Seil, wieder und wieder. Der Arm bewegte sich, die Ottern zischten, die gereizten Tiere griffen an, fühlten das Fleisch und bissen wieder und wieder zu. Sie füllten den Körper des Mannes mit ihrem Gift. Allmählich konnte die Menge sehen, wie sich das Gesicht des Gefangenen veränderte, anzuschwellen begann und blau wurde. Bevor sich seine Atemwege verschlossen und seine Augen hervortraten, rief er noch einmal aus vollem Hals.

„Gnythja mundu grisir ef galtar hag vissi", waren seine letzten Worte.

34

„Was hat er gesagt?", fragte die Menge. „Was heißt das?"
Ich verstehe kein Nordisch, dachte Shef an seinem Platz. Aber ich bin sicher, dass es nichts Gutes bedeutet.

„Gnythja mundu grisir ef galtar hag vissi", so klangen die Worte noch Wochen später und hunderte Meilen weiter östlich in den Ohren des Riesen am Bug eines Langschiffes, das gemächlich auf die Küste Sjællands zusteuerte. Es war reiner Zufall gewesen, dass er sie überhaupt gehört hatte. Er grübelte, ob Ragnar nur zu sich selbst gesprochen hatte. Oder war ihm klar gewesen, dass jemand die Worte hören, sie verstehen und sich einprägen würde? Es war sehr unwahrscheinlich gewesen, an einem englischen Hof ein Ohr zu finden, das genug Nordisch verstand, um Ragnars Worte zu enträtseln. Aber von Sterbenden hieß es, dass sie mehr wüssten als andere. Vielleicht konnten sie in die Zukunft blicken. Vielleicht hatte Ragnar die Wirkung seiner Worte gekannt oder zumindest geahnt.

Wenn es Schicksalsworte waren, die doch immer jemanden fanden, der sie ausspricht, dann hatten sie einen merkwürdigen Weg bis zu ihm genommen. In der Menge, die sich um den Ormgarth gedrängt hatte, hatte sich eine Frau befunden, die Geliebte eines englischen Adligen, eine ‚*Lemman*', wie die Engländer solche Mädchen nannten. Bevor ihr jetziger Herr sie auf dem Sklavenmarkt in London erstanden hatte, war sie ihrem Gewerbe am Hof des irischen Königs Maelsechnaill nachgegangen, wo viel Nordisch gesprochen wurde. Sie hatte Ragnar gehört und verstanden. Sie war klug genug, ihrem Herrn nichts davon zu erzählen, denn eine unvorsichtige und geschwätzige Lemman wurde nie alt genug, um ihre eigene Schönheit vergehen zu sehen. Doch sie hatte die Worte ihrem Liebhaber, einem Händler auf dem Weg nach Süden, ins Ohr gesäuselt. Er hatte sie an seine Reisebegleiter weitergegeben, unter denen ein weiterer Sklave war. Dieser war ein ehemaliger Fischer auf der Flucht vor seinen Herren und hatte besonders aufmerksam zugehört, denn er war bei der

Gefangennahme Ragnars an der Küste dabei gewesen. In London angekommen, hatte sich der Sklave sicher gefühlt und sich mit der Geschichte krügeweise Bier und dicke Scheiben Speck verdient, mit denen seine Zuhörer in den Wirtshäusern am Flussufer ihn für die Erzählung entlohnten. Dort waren alle Männer willkommen, ganz gleich ob Franken, Friesen, Engländer oder Dänen, solange das Silber echt war. So hatte die Geschichte endlich einen Nordmann erreicht.

Der Sklave war ein Narr, ein ehrloser Kerl. Er hatte in der Geschichte um Ragnars Tod nichts gesehen als eine Mischung aus Spannung, Seltsamkeiten und Unterhaltung.

Brand, der riesige Mann auf Deck des Langschiffs, würde sie weitererzählen, denn er sah in ihr viel mehr.

Das Schiff glitt mittlerweile einen langen Fjord entlang, der sich weit in die flache, fruchtbare Landschaft Sjællands erstreckte, der östlichsten dänischen Insel. Es ging kein Wind, das Segel war an der Rah aufgerollt und die dreißig Ruderer schlugen einen gleichmäßigen, gemütlichen und geübten Takt. Die kleinen Wellen, die sie dabei verursachten, fächerten sich auf der glatten See auf, die in diesem Augenblick einem Teich glich, um am Ende ihrer kurzen Reise das Ufer zu finden. Kühe durchwanderten mit ruhigen Schritten grüne Weiden zwischen den dicht bewachsenen Getreidefeldern, die sich weit in die Ferne erstreckten.

Brand wusste, dass dieser friedliche Eindruck täuschte. Er befand sich im stillen Auge des größten Sturms im Norden. Von Krieg übersätes Meer und brennende Küsten waren der Preis für diesen Frieden. Auf ihrem Weg in den Fjord waren sie dreimal von schweren, für die Küstennähe gebauten Wachschiffen voller Bewaffneter angehalten worden. Sie hatten Brand mit wachsender Belustigung weitersegeln lassen, weil sie gerne sehen wollten, wie seine Reise endete. Selbst jetzt folgten ihm zwei Schiffe, jedes doppelt so groß wie sein eigenes. Die Bewacher wollten ihm jede Flucht unmöglich machen. Brand wusste genauso gut wie seine Männer, dass noch Schlimmeres vor ihnen lag.

Hinter ihm gab sein Steuermann das Ruder an ein Besatzungs-
mitglied ab und schlenderte zum Bug. Bevor er sprach, stand er
einige Augenblicke hinter Brand, der ihn um eine Haupteslänge
überragte. Er redete leise, damit selbst die vordersten Ruderer ihn
nicht hören konnten.

„Du weißt, dass ich eigentlich keine deiner Entscheidungen in
Frage stelle", flüsterte er. „Aber jetzt sind wir hier und haben unsere Ruten schön tief ins Wespennest gesteckt. Verrätst du mir
vielleicht, wieso?"

„Weil du es so lange ohne zu fragen geschafft hast", antworte
Brand ebenso leise, „verrate ich dir drei Gründe. Und keiner davon kostet dich auch nur eine Silbermünze.

Erstens ist das unsere Gelegenheit, unsterblichen Ruhm zu finden. Es wird ein Augenblick für Dichter und Sagasänger werden,
und zwar bis zum Letzten Tag, wenn die Götter gegen die Riesen
kämpfen und Lokis Brut auf die Welt losgelassen wird."

Der Steuermann grinste. „Du hast dir schon genug Ruhm verdient, du bist der Held deines Volkes in Hålogaland. Und ein
paar der Männer meinen, dass die, zu denen wir segeln, Lokis
Brut sind. Du weißt, von wem ich rede."

„Dann zweitens: Dieser englische Sklave, der uns die Geschichte erzählt hat, der auf der Flucht vor den Christenmönchen war
– hast du seinen Rücken gesehen? Solche Herren verdienen alles Unglück dieser Welt. Und ich kann dafür sorgen, dass es sie
trifft."

Diesmal lachte der Steuermann laut, aber wohlwollend. „Hast
du schon mal einen gesehen, nachdem Ragnar sich mit ihm unterhalten hat? Und die, die wir jetzt besuchen wollen, sind noch
schlimmer, einer ganz besonders. Vielleicht verdienen er und diese Christenmönche einander. Aber was ist mit all den anderen?"

„Und so kommen wir zu drittens, Steinulf."

Brand hob langsam den silbernen Anhänger, den er an einer
Kette über seiner Kleidung um den Hals trug. Er stellte einen
doppelköpfigen Hammer mit kurzem Griff dar. „Wir machen

diese Reise, weil mich jemand gebeten hat, ihm einen Dienst zu erweisen."

„Wer?"

„Jemand, den wir beide kennen. Im Namen desjenigen, der aus dem Norden kommen wird."

„Aha. Nun, das ist gut genug für uns beide. Vielleicht für uns alle. Aber eine Sache muss ich noch erledigen, bevor wir zu nah ans Ufer kommen."

So dass sein Schiffsführer es sehen konnte, hob der Steuermann bedächtig seinen eigenen Anhänger von seiner Brust, steckte ihn unter seinen Kittel und zog den Kragen so zurecht, dass keine Spur des Schmuckstücks mehr zu sehen war.

Langsam drehte sich Brand zu seiner Mannschaft um und tat es ihm gleich. Sofort hielten die Ruder im ruhigen Wasser inne. Die Ruderleute versteckten ihre Anhänger. Dann begann das Schlagen der Riemen von neuem.

Am Steg konnte man inzwischen Männer sitzen und herumlaufen sehen, die das nahende Kriegsschiff nicht anblickten und so den Anschein völliger Gleichgültigkeit vermittelten. Hinter ihnen lag, einem umgedrehten Bootskiel gleich, die riesige Drachenhalle, umgeben von einer ungeordneten Ansammlung von Hütten, Schlafhäusern, Schiffbauausrüstung, kleinen Werften am Ufer des Fjords, Schmieden, Läden, Seilerbahnen, Tiergehegen und Schuppen. Hier schlug das Herz eines Seereichs und hier lebten Männer, die Könige herausforderten. Es war die Heimat der heimatlosen Krieger.

Der Mann, der am äußersten Ende des Stegs saß, stand auf, gähnte, streckte sich ausgiebig und schaute in die andere Richtung: Gefahr! Brand wandte sich um und gab einen Befehl. Zwei Männer, die an den Aufholern standen, zogen einen Schild zur Mastspitze hinauf. Er war erst kürzlich weiß bemalt worden, als Friedenszeichen.

Zwei weitere Mannschaftsmitglieder rannten nach vorn und nahmen den Drachenkopf von seinen Stützen am Bug, dreh-

38

ten ihn sorgsam vom Land weg und wickelten ihn in ein Tuch. Am Ufer erschienen wie aus dem Nichts mehr Männer, die das Schiff unverblümt betrachteten. Niemand hieß ihn willkommen, aber Brand wusste, dass der Empfang völlig anders ausgefallen wäre, hätte er sich nicht an die Gepflogenheiten gehalten. Bei dem Gedanken, was geschehen wäre und noch geschehen konnte, überkam ihn ein ungewohnter stechender Schmerz, als wollte seine Männlichkeit sich in seinen Bauch verkriechen.

Er drehte den Kopf und blickte auf das gegenüberliegende Ufer, um seinen Gesichtsausdruck zu verbergen. Seit er Krabbeln gelernt hatte, war ihm eingeschärft worden: *Zeig niemals Angst. Zeig niemals Schmerz.* Das war wichtiger als das Leben selbst.

Er wusste auch, dass in dem bevorstehenden Wagnis nichts gefährlicher war als sichtbare Unsicherheit. Er wollte seine gefährlichen Gastgeber ködern, sie mit seiner Geschichte locken und als Herausforderer und nicht als Bittsteller auftreten.

Er würde ihnen öffentlich eine so empörende Mutprobe vorschlagen, dass ihnen keine andere Wahl blieb, als sie anzunehmen. Bei einem solchen Vorhaben war kein Platz für halbe Sachen.

Als das Schiff neben den Steg glitt, wurden Seile geworfen, gefangen, um Poller gebunden: alles mit derselben sorglosen Haltung wie vorher. Ein Fremder blickte von oben ins Schiff. Wären sie in einen Handelshafen eingelaufen, hätte er nach dem Namen des Schiffs, seiner Herkunft und Ladung gefragt. Hier hob der Mann nur eine Augenbraue.

„Brand. Aus England."

„Es gibt viele Männer namens Brand."

Auf ein Zeichen hin legten zwei Besatzungsmitglieder ein Laufbrett zwischen Schiff und Steg. Brand schlenderte hinüber, die Daumen in den Gürtel gehakt, und stellte sich dem Hafenmeister gegenüber auf. Hier, auf den ebenen Holzbrettern, musste er nach unten sehen. Weit nach unten.

Mit innerem Vergnügen bemerkte er eine Veränderung im Blick des Mannes, der selbst kein Hänfling war, als dieser Brand abwägend ansah und erkannte, dass er, zumindest Mann gegen Mann, unterlegen war.

„Einige nennen mich Viga-Brand. Ich komme aus Hålogaland in Norwegen, wo die Männer höher wachsen als in Dänemark."

„Mörder-Brand. Von dir habe ich schon gehört. Aber Mörder gibt es hier einige. Bei uns braucht man mehr als einen Namen, um willkommen zu sein."

„Ich bringe Nachrichten. Nachrichten für die Brüder."

„Das sollten bemerkenswerte Nachrichten sein, wenn du damit die Brüder stören willst und noch dazu ohne Erlaubnis oder eine Einladung hier auftauchst."

„Das sind sie", antworte Brand und blickte dem Hafenmeister fest in die Augen. „Komm mit und hör sie dir selbst an. Lass alle deine Männer kommen, denn alle, die dazu zu faul sind, werden noch auf dem Sterbelager ihre Faulheit verfluchen. Aber wenn ihr alle eine wichtige Verabredung im Scheißhaus habt, lasst euch von mir nicht aufhalten."

Damit schob sich Brand am Hafenmeister vorbei und ging wortlos in Richtung der Rauchfahne, die aus dem großen Langhaus aufstieg, der Halle der edlen Brüder, dem Ort, den kein Feind je gesehen und lebend verlassen hatte, um davon zu berichten. Die Braethraborg. Seine Männer verließen stumm das Schiff und folgten ihm einer nach dem anderen.

Belustigt zuckten die Mundwinkel des Hafenmeisters nach oben. Er gab seinen Männern ein Zeichen, die ihre bis dahin versteckt gehaltenen Speere und Bögen aufhoben und vom Ufer landeinwärts gingen. Auf der zwei Meilen entfernten Landspitze schwenkte der noch immer aufmerksame Wachposten zur Bestätigung seine Fahne.

Obwohl der Tag durch viele geöffnete Fensterläden in die Halle drang, blieb Brand am Eingang stehen, um seine Augen an die Lichtverhältnisse im Inneren zu gewöhnen, sich umzuschauen und ein Gefühl für seine Zuhörer zu bekommen. In vielen Jahren, da war er sicher, würde dieser Auftritt in Liedern und Sagen unsterblich geworden sein – wenn seine Würfel richtig fielen. In den nächsten Augenblicken würde er entweder unauslöschlichen Ruhm oder einen unsäglichen Tod finden.

In der Halle saßen, standen oder spielten Männer. Niemand sah ihn oder seine Männer an, die ihm schweigend folgten. Aber er wusste, dass man ihre Ankunft bemerkt hatte. Als er sich an die Dunkelheit in der Halle gewöhnt hatte, erkannte er, dass die scheinbare Unordnung der kleinen Gruppen nichts anderes war, als der Versuch, einen Anschein von uneingeschränkter Gleichheit unter wahren *drengr*, Kriegern, zu erwecken, in Wirklichkeit aber doch von einem Mittelpunkt beherrscht wurde. An einem Ende der Halle gab es einen kleinen Bereich, den niemand betrat. Dort sah Brand vier Männer. Scheinbar war jeder von ihnen in seine eigene Beschäftigung versunken.

Er ging auf sie zu. Das Geräusch seiner weichen Seefahrerschuhe tappte durch die unmerklich entstandene Stille.

Er erreichte die Gruppe.

„Seid gegrüßt!", sprach er laut genug, dass auch die Zuhörer um ihn herum und in seinem Rücken alles hören würden. „Ich bringe Kunde. Kunde für die Söhne Ragnars."

Einer der vier schaute ihn über die Schulter hinweg an, bevor er sich weiter mit einem Messer die Nägel schnitt. „Das muss aber große Kunde sein, dass ein Mann dafür ohne Einladung oder Erlaubnis in die Braethraborg kommt."

„Wirklich große Kunde." Brand schöpfte Atem, um sich zu beruhigen. „Es ist die Nachricht von Ragnars Tod."

Völlige Stille. Der Mann, der eben gesprochen hatte, schnitt durch den Nagel. Blut quoll hervor und das Messer drang durch das Fleisch bis auf den Knochen. Er blieb regungslos und gab kein Geräusch von sich. Ein zweiter aus der Viergruppe, kräftig und breitschultrig, mit angegrautem Haar, antwortete, während er eine Figur auf seinem Spielbrett hob und zu einem Zug ansetzte.

„Sag uns", meinte er mit bewusst zur Schau gestellter Gelassenheit zu Brand, „wie unser alter Vater Ragnar gestorben ist. Deine

Nachricht überrascht uns nicht, immerhin war er schon in die Jahre gekommen."

„Es begann an der englisch Küste, wo er Schiffbruch erlitt. Nach der Geschichte, die ich gehört habe, wurde er von König Ellas Männern gefangen genommen." Brand wechselte ganz leicht den Ton, als wollte er der vorgetäuschten Unerschütterlichkeit seines Gegenübers gleichkommen oder sie verhöhnen. „Ich denke, dass er ihnen wenig Schwierigkeiten bereitet hat, denn er war, wie ihr sagt, schon in die Jahre gekommen. Vielleicht leistete er gar keinen Widerstand."

Die Finger des Grauhaarigen schlossen sich fester um den Damestein, den er noch immer in der Hand hielt. Blut spritzte unter seinen Fingernägeln hervor und besudelte das Brett. Der Mann legte die Spielfigur ab, bewegte sie einmal, zweimal, hob den geschlagenen Stein auf legte ihn beiseite. „Du bist dran, Ivar", sagte er.

Der Mann, gegen den er spielte, begann zu sprechen. Sein von einem Leinenstreifen aus dem blassen Gesicht gehaltenes Haar war so blond, dass es beinahe weiß strahlte. Er sah Brand aus Augen an, die so farblos waren wie gefrorenes Wasser, und deren Lider sich niemals schlossen.

„Was haben sie mit ihm gemacht, als er gefangen war?"

Brand zuckte mit den Schultern, weiterhin betont unaufgeregt. „Sie brachten ihn an König Ellas Hof in Eoforwich. Sie hatten keine Eile dabei, denn sie hielten ihn für einen ganz gewöhnlichen Seeräuber ohne Bedeutung. Ich denke, sie stellten ihm ein paar Fragen und hatten ihren Spaß mit ihm. Aber als ihnen das langweilig wurde, dachten sie wohl, dass sie ihn genauso gut hinrichten könnten."

In der Totenstille der Halle schaute Brand auf seine Fingernägel, wohlwissend, dass sein Spiel mit den Ragnarssons seinen gefährlichen Höhepunkt beinahe erreicht hatte. Wieder zuckte er mit den Schultern. „Nun, am Ende haben sie ihn den Christenpriestern überlassen. Wahrscheinlich schien er ihnen eines ehrenhaften Todes nicht würdig."

42

Die Wangen des blasen Mannes röteten sich. Er schien den Atem anzuhalten und dabei fast zu ersticken. Die Röte breitete sich aus und wurde tiefer, bis sein ganzes Gesicht scharlachrot leuchtete. Er begann, sich in seinem Stuhl hin und her zu wiegen und aus tiefster Brust zu husten. Seine Augen traten hervor, das Rot verwandelte sich in die Farbe von Veilchen und schien im schwachen Licht dieses Teils der Halle schwarz. Ein innerer Kampf schien entschieden: Das Wiegen hörte auf und das Husten ließ nach, während das Gesicht zu seiner erschreckenden Blässe zurückfand.

Der vierte der Brüder, der den anderen beim Spiel zugesehen hatte, stand auf einen Speer gestützt. Er hatte nicht gesprochen oder sich bewegt, und den Blick noch immer zu Boden gesenkt. Nun hob er langsam die Augen und sah Brand zum ersten Mal an. Und zum ersten Mal schreckte der großgewachsene Bote zurück. In diesen Augen sah er etwas, wovon er oft gehört, es aber nie geglaubt hatte: Die Pupillen waren erstaunlich schwarz und vollkommen von einer Regenbogenhaut umschlossen, die so weiß war wie frisch gefallener Schnee. Die Augen blitzten wie Mondlicht auf Metall.

„Wie haben die Christenpriester und der König den alten Mann denn getötet?", fragte dieser vierte Ragnarsson mit leiser, beinahe sanfter Stimme. „Ich gehe davon aus, dass du uns sagen wirst, es habe sie nicht viel Mühe gekostet."

Brand antwortete unumwunden und wahrheitsgemäß. Er war genug Risiken eingegangen. „Sie warfen ihn in die Schlangengrube, den Wurmgarten, den Ormgarth. Ich hörte, dass es etwas Ärger gegeben haben soll, weil ihn die Schlangen erst nicht angreifen wollten und dann Ragnar die Schlangen biss. So sagt man zumindest. Aber am Ende bissen sie ihn doch und Ragnar starb. Es war ein langsamer Tod, ohne auch nur eine Wunde, die eines Krieger in Walhallas würdig wäre."

Der Mann mit den furchtbaren Augen blieb stumm und reglos. Stille breitete sich aus. Sie dauerte lange und die aufmerksamen Zuschauer warteten auf ein Zeichen, dass er das Gesagte verstanden hatte, oder auf einen Riss in seiner Selbstbeherrschung, so wie bei seinen Brüdern. Nichts geschah. Schließlich richtete er sich auf, warf den Speer, auf den er sich gestützt hatte, einem Zuschauer zu, hakte die Daumen in den Gürtel und machte sich bereit zu antworten. Mit einem überraschten Knurren zog der Gefolgsmann, der den Speer gefangen hatte, alle Blicke auf sich. Stumm hielt er die Waffe für alle gut sichtbar hoch. Auf dem Eschenholzschaft erkannten die Umstehenden Vertiefungen, wo der Wikinger die Waffe bis eben noch umfasst hatte. Ein zufriedenes Raunen ging durch die Halle.

Brand ergriff den Augenblick und unterbrach die Vorbereitungen seines Gegenübers mit den schrecklichen Augen, bevor dieser etwas sagen konnte. „Eines muss ich euch noch sagen", warf er ein, während er gedankenverloren durch seinen Schnurrbart strich.

„Ja?"

„Nachdem die Schlangen ihn gebissen hatten, als er schon im Sterben lag, sagte Ragnar noch etwas. Die Christen haben ihn selbstredend nicht verstanden, weil er *norrœnt mal* sprach. Aber einer verstand es doch, jemand anderes erzählte es weiter. Und am Ende hatte ich das Glück, es zu hören. Wie du schon sagtest, habe ich keine Einladung oder Erlaubnis, hier zu sein. Aber ich dachte, die Kunde wäre euch wichtig genug, mich trotzdem anzuhören."

„Was hat er denn gesagt, der sterbende alte Kerl?"

Brand hob seine Stimme so weit, dass sie die gesamte Halle erfüllte. Laut und kraftvoll wie ein Herold, der den Feind zu Kampf herausfordert, rief er: ‚*Gnythja mundu grisir ef galtar hag vissi*'.

Hier musste niemand die Worte übersetzen. Alle Anwesenden wussten, was Ragnar gesagt hatte: „Wenn sie wüssten wie der alte Eber starb, wie würden die kleinen Frischlinge grunzen."

„Darum bin ich ohne Einladung gekommen", rief Brand mit noch immer lauter und kämpferischer Stimme. „Viele meinten, dass es gefährlich sei. Ich bin ein Mann, der das Grunzen gerne hört und so kam ich, um den kleinen Frischlingen alles zu berichten. Und ihr müsst diese kleinen Frischlinge seien, wenn man mich nicht überall belogen hat. Du, Halvdan Ragnarsson", sagte er nickend zu dem Mann mit dem Messer, „und du, Ubbi Ragnarsson", zum ersten Damespieler. „Und du, Ivar Ragnarsson, berühmt für dein weißes Haar. Und du, Sigurth Ragnarsson. Ich sehe jetzt, warum man dich *Orm-i-Auga*, Schlangenauge, nennt. Meine Kunde wird euch nicht erfreut haben. Doch ich hoffe, dass auch ihr sie für Kunde haltet, die zu hören wichtig war."

Alle vier Männer waren jetzt auf den Beinen und schauten Brand an, ihre vorgetäuschte Ruhe war verschwunden. Während der Besucher sprach, nickten sie und begannen allmählich zu grinsen. Ihre Gesichter mit den plötzlich aufblitzenden Zähnen ähnelten sich in diesen Augenblicken zum ersten Mal. Sie sahen tatsächlich aus wie eine Sippe, wie Brüder, wie Söhne desselben Mannes. Brand konnte ihre Zähne sehen.

Zu dieser Zeit beteten die Mönche und Geistlichen häufig *Domine, libera nos a furore normannorum*: ‚Herr, schütze uns vor dem Zorn der Nordmänner‘. Hätten sie diese vier Gesichter gesehen, wäre den vernünftigeren unter den Mönchen ein *Sed praesepe, Domine, a humore eorum* entfahren: ‚Doch besonders, Herr, vor ihrer Heiterkeit.‘

„Es ist Kunde, die wir hören mussten", sagte das Schlangenauge, „und wir danken dir dafür, dass du sie überbracht hast. Zuerst dachten wir, du wärst nicht ehrlich in dieser Sache, und darum schienen wir vielleicht… verstimmt. Doch was du uns zuletzt sagtest, das war wirklich die Stimme unseres Vaters. Er wusste, dass es jemand hören würde. Er wusste, dass es jemand zu uns tragen würde. Und er wusste, was wir tun würden. Nicht wahr, Brüder?

Auf eine Handbewegung hin rollte jemand einen schweren Hackblock aus Eichenholz nach vorne. Gemeinsam hoben die Brüder ihn an und stellten ihn aufrecht ab. Die Söhne Ragnars sammelten sich an dem Block, blickten ihre Männer an und jeder von ihnen setzte einen Fuß auf das Holz. Dem alten Brauch nach sprachen sie gemeinsam: „Hier stehen wir auf diesem Block, und schwören…"

„…dass wir in England einfallen und unseren Vater rächen werden", setzte Ubbi fort.

„…dass wir König Ella gefangen nehmen und mit Qualen für Ragnars Tod bezahlen lassen werden", folgte ihm Sigurth Schlangenauge.

„…dass wir Rache an den schwarzen Krähen, den Christenpriestern, üben werden, die den Ormgarth forderten", sagte Ivar. Sie schlossen den Schwur wieder gemeinsam:

„Und wenn wir diese Schwüre brechen, sollen die Götter Asgards uns verachten und verstoßen, und nie sollen wir unsere Väter und Vorfahren in ihrer Wohnstatt wiedersehen."

Nach dem Schwur erbebten die rauchgeschwärzten Balken des Langhauses unter der lauten Zustimmung aus den vierhundert Kehlen der Jarls, Adligen, Schiffsführern und Steuerleuten. Draußen stießen sich die Mannschaften voller Vorfreude und Ungeduld in die Rippen. Sie wussten, dass eine Entscheidung getroffen war.

„Und jetzt", rief das Schlangenauge über den Lärm hinweg, „stellt die Tische und Bänke auf. Kein Mann darf von seinem Vater erben, ehe er nicht das Trauerbier getrunken hat. Leeren wir den Arvalkrug für Ragnar, trinken wir wie Helden. Und morgen früh sammeln wir alle Männer und Schiffe und machen uns auf den Weg nach England, auf dass man uns dort nie vergessen und nie wieder Ruhe vor uns haben wird!

Aber jetzt trinkt. Und du, Fremder, setz dich an unseren Tisch und erzähl uns mehr von unserem Vater. Für einen wie dich werden wir ein Plätzchen finden, wenn England uns gehört."

Weit entfernt ruhte der dunkelhaarige Stiefsohn Wulfgars, Shef, auf seinem Strohlager. Noch immer stieg Nebel aus dem Boden um Emneth auf, und er hatte nur eine dünne Decke gegen die Kälte. In der großen Halle aus Holzbohlen lag sein Stiefvater, wenn schon nicht in Liebe, dann wenigstens warm und trocken, neben Shefs Mutter Thryth. Alfgar schlief in einem weichen Bett in der Kammer seiner Eltern, ebenso wie Godive, die Tochter Wulfgars und einer Geliebten. Zu Wulfgars Rückkehr aus Eoforwich hatten sie alle gemeinsam ein Festmahl aus Gebratenem und Gekochtem, Gebackenem und Gebrautem, Hühnern und Gänsen aus den Marschen und Hecht und Neunaugen aus dem Flüssen genossen.

Shef hatte Roggenbrei gegessen und sich in seine freistehende Hütte neben der Schmiede, in der er arbeitete, zurückgezogen, wo ihm sein einziger Freund die neuen Narben gewaschen und verbunden hatte. Jetzt wälzte er sich in den Fängen eines Traumes hin und her. Wenn es denn ein Traum war.

Er sah einen dunklen Acker irgendwo am Rande der Welt, überspannt von einem Himmel in der Farbe dunkler Veilchen. Auf dem Acker lagen formlose Bündel aus Lumpen, Knochen und Haut, weiße Schädel und Brustkörbe, die zwischen den Resten einstmals prächtiger Kleidung hervor lugten.

Um die Bündel und überall auf dem Acker schwärmte und hüpfte ein Heer von Vögeln, riesigen schwarzen Tiere mit ebenso schwarzen Schnäbeln, mit denen sie wild in Augenhöhlen pickten und in Gelenken nach Knochenmark und Fleischresten stocherten. Doch die Leichen waren schon mehrfach abgenagt worden, die Knochen waren trocken und die Vögel begannen, laut zu krächzen und aneinander zu zerren.

Dann hörten sie auf, wurden still und sammelten sich um vier besonders große Tiere. Sie hörten diesen vier beim Krächzen zu und kreischten im Gegenzug selbst noch lauter und bedrohlicher. Dann erhob sich der Schwarm wie ein einziger Vogel in den purpurnen Himmel, kreiste und ordnete sich. Die unzähligen Tiere drehten ein und flogen auf ihn, der noch immer reglos dabei stand, zu. Der größte der Vögel stürzte auf ihn ein, er konnte das erbarmungslose goldene Auge blitzen sehen, den schwarzen, auf sein Gesicht gerichteten Schnabel. Der Vogel drehte nicht ab, Shef konnte sich nicht bewegen,

*weil irgendetwas seinen Kopf fest umklammert hielt. Er fühlte, wie
der schwarze Schnabel tief in die weiche Masse seines Auges drang.*

Mit einem Schrei wachte Shef auf, sprang von seinem Lager hoch
und wickelte sich in die Decke ein, während er durch ein Loch
der Hütte über das neblige Marschland hinausblickte. Vom anderen Schlafplatz aus rief sein Freund Hund ihm etwas zu.
„Was ist, Shef? Was hat dir so einen Schrecken eingejagt?"
Einen Augenblick lang konnte er gar nichts sagen. Dann kam es
wie ein Krächzen aus ihm heraus, aber er wusste nicht, was er da
sagte.
„Die Raben. Die Raben sind unterwegs."

DRITTES KAPITEL

„Seid Ihr sicher, dass es das Große Heer ist?" Wulfgars Stimme zeugte von Wut und Unsicherheit. Solche Nachrichten konnte er nicht einfach glauben. Aber er traute sich nicht, den Boten offen infrage zu stellen.

„Es gibt keinen Zweifel", antworte Edrich, der Thane des Königs und Vertrauter Edmunds, des Königs der Ostangeln.

„Und an ihrer Spitze stehen Ragnars Söhne?"

Das sind noch schlechtere Nachrichten für Wulfgar, dachte Shef, der die Unterhaltung aus dem Hintergrund des Raumes verfolgte. Jeder Freie in Emneth war der Ankündigung der Boten in die Halle seines Herrn gefolgt. Obwohl ein freier Mann in England mit dem Verlust aller Rechte und seines gesamten Besitzes rechnen musste, wenn er einem Ruf zu den Waffen nicht folgte, wurde ihm dennoch zugestanden, alle öffentlich verhandelten Angelegenheiten anzuhören, bevor er zum Schwert greifen musste.

Ob Shef sich ihnen anschließen dürfte, war eine ganz andere Frage. Aber noch hatte man ihm kein eisernes Sklavenhalsband umgelegt. Und der Freibauer, der an der Tür Anwesenheit und Abwesenheit prüfte, schuldete ihm noch Geld für ein ausgebessertes Sensenblatt. Zwar hatte er beim Anblick von Shefs Schwert und des dazugehörigen abgewetzten Gürtels zweifelnd gebrummt, sich aber dagegen entschieden, etwas dazu zu sagen. Jetzt stand Shef ganz hinten im Saal zwischen den ärmsten Kätnern Emneths und versuchte dem Austausch weiter vorne zu folgen, ohne gesehen zu werden.

„Meine Männer haben mit den Leuten gesprochen, die die Wikinger gesehen haben", sagte Edrich. „Sie meinen, vier große Krieger führen die Armee an, alle vier von gleichem Rang – die

Söhne Ragnars. Jeden Tag sammeln sich die Krieger um ein großes Banner mit einem Vogel darauf. Das ist das Rabenbanner."
Von Ragnars Töchtern in einer Nacht gewoben, hob das Banner
seine Flügel zum Sieg und senkte sie zur Niederlage. Die Geschichte kannte jeder, und jeder fürchtete sich, wenn er sie hörte.
Die Taten der Ragnarssons waren in ganz Nordeuropa, überall
wo ihre Schiffe je gelandet waren, berüchtigt: England, Irland,
Frankreich, Spanien und sogar in den Ländern jenseits des Mit-
telmeeres, von wo sie vor einigen Jahren reich mit Beute beladen
zurückgekehrt waren.
Warum also hatten sie sich jetzt das arme und schwächliche Reich
der Ostangeln ausgesucht? Auf Wulfgars Zügen breitete sich Besorgnis aus, während er über seinen langen Schnauzbart strich.
„Wo haben sie ihr Lager?"
„Auf den Weiden am Stour südlich von Bedricsward." Der Thane
des Königs begann zusehends die Geduld zu verlieren. Er hatte
das alles schon mehrmals vor anderen Versammlungen erzählen
müssen. Es war mit jedem einzelnen kleinen Landbesitzer dasselbe. Sie wollten keine Auskünfte, sie wollten eine Möglichkeit,
sich von ihrem Dienst zu drücken. Aber von diesem hier hatte er
mehr erwartet, diesem Mann, der – so sagte er zumindest – für
seinen Hass auf die Wikinger berühmt war und der bereits mit
dem berüchtigten Ragnar die Schwerter gekreuzt hatte.
„Was sollen wir also tun?"
„König Edmunds Befehl lautet, dass sich jeder freie Mann, der
eine Waffe tragen kann, in Norwich einfinden soll. Jeder, der älter als fünfzehn und jünger als fünfzig ist. Wir werden ihnen mit
unserem Heer entgegentreten."
„Wie viele sind es denn?", warf einer der reicheren Thanes weiter
vorne ein.
„Dreihundert Schiffe."
„Und wie viele Männer sind das?"
„Die meisten Schiffe haben drei Dutzend Ruderer", antwortete
der Thane des Königs, kurz und widerwillig. Das war der Knack-

50

punkt. Sobald diese Hinterwäldler begriffen, was ihnen da entgegenstand, würden sie schwer zu bewegen sein. Aber er hatte die Pflicht, ihnen die Wahrheit zu sagen.

Stille machte sich breit, während die Männer sich der geistigen Anstrengung widmeten. Schneller als die anderen verschaffte sich Shef Gehör.

„Dreihundert Schiffe mit drei Dutzend Rudern. Das sind neunhundert Dutzend. Zehn Dutzend sind ein langes Hundert. Mehr als zehntausend Männer, und jeder von ihnen ist ein Krieger", rechnete er vor, eher erstaunt als verängstigt.

„Wir können sie nicht bekämpfen", entschied Wulfgar und wandte seinen Blick verärgert wieder von seinem Stiefsohn ab. „Wir müssen ihnen eine Abgabe zahlen."

Nun war Edrichs Geduld am Ende. „Das muss König Edmund entscheiden. Und er wird weniger zahlen müssen, wenn das Große Heer sich einer genauso großen Streitmacht gegenübersieht. Aber ich bin nicht hier, um Euch reden zu hören – ich bringe euch den Befehl zum Sammeln. Euch, allen Landbesitzern in Upwell und Outwell, und allen Bewohnern der Dörfer zwischen Ely und Wisbech. Der König befiehlt, dass wir uns hier zusammenfinden und morgen gemeinsam nach Norwich ziehen. Jeder zum Waffendienst geeignete Mann in Emneth muss mit uns kommen. Tut er es nicht, muss er mit einer Bestrafung durch den König rechnen. Das sind meine Befehle. Und es sind auch eure Befehle." Er drehte sich auf dem Absatz um und blickte in unruhige und unzufriedene Gesichter. „Freie Männer von Emneth, was sagt ihr?"

„Ja", sagte Shef unwillkürlich.

„Er ist kein freier Mann", schnauzte Alfgar neben seinem Vater.

„Dann sollte er aber verdammt nochmal einer sein. Entweder das, oder er sollte gar nicht hier sein. Könnt ihr Leute euch auf gar nichts einigen? Ihr kennt die Befehle eures Königs."

Aber Edrichs Worte wurden von einem widerwilligen Laut der Zustimmung aus sechzig Kehlen übertönt.

Im Wikingerlager an den Ufern des Stour lagen die Dinge anders. Hier trafen die Söhne Ragnars alle Entscheidungen. Sie kannten einander zu gut, um mehr als das Nötigste besprechen zu müssen.

„Am Ende werden sie einfach zahlen", prophezeite Ubbi. Er und Halvdan ähnelten den Männern ihres Heeres sehr, sowohl im Aussehen als auch in der Wesensart. Halvdans Haar und Bart waren rötlich, die seines Bruders bereits von Grau durchzogen. Beide waren gefährliche und kräftige Kämpfer, die niemand leichtfertig herausforderte.

Halvdan murrte: „Wir müssen uns bald entscheiden."

„Wer soll es denn sein?", fragte Sigurth.

Für einige Augenblicke waren die vier Männer in Gedanken versunken. Sie brauchten jemanden, der erfahren genug war, um die Aufgabe zu erledigen. Andererseits musste er auch ersetzbar sein. Jemand, dessen Verlust sie sich leisten könnten.

„Sigvarth", meinte Ivar endlich. Sein blasses Gesicht bewegte sich nicht, die farblosen Augen auf den Himmel gerichtet. Er sprach nur dieses eine Wort. Es war kein Vorschlag, sondern die Antwort. Er, den man vorsichtigerweise nur in seiner Abwesenheit den Knochenlosen nannte, machte keine Vorschläge. Seine Brüder dachten nach und stimmten schließlich zu.

„Sigvarth!", rief Sigurth Schlangenauge.

Einige Schritte entfernt war der Jarl von der Insel Falster in ein Würfelspiel vertieft. Er warf noch einmal, um ausreichend Unabhängigkeit zu zeigen, stand dann aber auf kam zu seinen Anführern.

„Du hast mich gerufen, Sigurth."

„Hast du fünf Schiffe? Gut. Wir denken, dass die Engländer und ihr kleiner König Edmund ihre Spielchen mit uns treiben wollen. Widerstand leisten, eine Abgabe zahlen. Das taugt nichts. Wir wollen, dass du deine Schiffe nimmst und ihnen zeigst, mit wem sie es hier zu tun haben. Segle die Küste hinauf und dann nach Westen. Dring ins Hinterland vor und richte möglichst viel

Schaden an, brenn ein paar Dörfer nieder. Lass sie wissen, was ihnen blüht, wenn sie uns reizen. Du weißt, was zu tun ist.

„Ja. Ist schließlich nicht meine erste Fahrt." Er zögerte. „Was ist mit der Beute?"

„Alles, was du findest, gehört dir. Aber hier geht es nicht um Beute. Tu etwas, das sie nicht vergessen. Mach es so, wie Ivar es machen würde."

Der Jarl lächelte. Dennoch war er dabei zögerlich, wie die meisten Männer, wenn sie über Ivan den Knochenlosen redeten.

„Wo willst du an Land gehen?", wollte Ubbi wissen.

„Ein Örtchen namens Emneth. Da war ich schon einmal und hab mir ein hübsches Küken gefangen." Diesmal wischte eine plötzliche Bewegung Ivars dem Jarl das Grinsen aus dem Gesicht.

Sigvarth hatte einen dummen Grund genannt. Er bekam diesen Auftrag nicht, um die Bettgeschichten seiner Jugend zu wiederholen. Das war eines Kriegers nicht würdig. Und es gehörte zu den Dingen, über die Ivar nicht redete.

Der Augenblick verging. Ivar lehnte sich in seinem Stuhl zurück und wandte seine Aufmerksamkeit irgendetwas anderem zu. Alle wussten, dass Sigvarth keiner der wirklich großen Krieger des Heeres war. Auch deshalb hatten sie ihn ausgewählt.

„Mach deine Arbeit und lass die Küken in Frieden", ermahnte ihn Sigurth. Mit einer Handbewegung entließ er den Jarl.

Wenigstens beherrschte Sigvarth sein Handwerk. Zwei Tage später glitten im Morgengrauen fünf Schiffe auf der kommenden Flut in die Mündung der Ouse. Eine Stunde Rudern bei Flut brachte sie ins Binnenland, bis die Kiele der Boote auf dem Sand des Flussbetts kratzten.

Die Drachenköpfe wurden dem Ufer zugewendet und die Männer strömten an Land. Augenblicklich ruderten die zur Bordwache eingeteilten Krieger vom Ufer weg und hielten ihre Wellenrösser über den Barren, wo sie bei einsetzender Ebbe auflaufen würden und vor allen Angriffen der örtlichen Verteidiger geschützt wären.

Die jüngsten und schnellsten von Sigvarths Männern hatten sich schon auf den Weg gemacht. Sie fanden einige Pferde auf einer Weide, töteten den Pferdeknecht und ritten weiter, um mehr Tiere zu finden, die sie dann zum Rest der Mannschaften zurückführten. Als die Sonne langsam durch den Morgennebel drang, ritten die hundertzwanzig Männer bereits über matschige Pfade ihrem Ziel entgegen.

Sie bewegten sich als geordnete, zusammenhängende Gruppe, hielten sich nah beieinander und schickten weder Vorhut noch Flankenschutz aus. Lieber verließen sie sich darauf, jeden Widerstand durch Überraschung und Gewalt zu überwinden. Immer wenn der Pfad an einem bewohnten Ort, egal ob Bauernhof, Garten oder Weiler, vorbeiführte, blieb der Hauptteil der Gruppe etwa so lange stehen, wie ein Mann zum Pissen braucht. Die leichteren Männer auf den besseren Pferden scherten auf die Flanken und nach hinten aus, um alle Flüchtenden abzufangen, die ihre Nachbarn hätte warnen können. Dann griff der Rest der Männer an. Ihre Befehle waren klar. So klar, dass Sigvarth sie nicht einmal wiederholt hatte.

Sie töteten ohne Zögern alle, denen sie begegneten: Männer, Frauen, Alte und Kinder in ihren Krippen, ohne Fragen zu stellen oder Spaß mit ihren Opfern zu haben. Dann saßen sie wieder auf und ritten weiter. Kein Plündern. Noch nicht! Und auf strengsten Befehl hin legten sie nirgendwo Feuer. Als es Mittag wurde, hatten sie bereits eine blutige Schneise in die friedvolle englische Landschaft geschlagen. Es gab nicht einen Überlebenden.

Weit hinter den Angreifern begannen die Menschen zu bemerken, dass ihre Nachbarn noch nicht ihrem Tagwerk nachgingen, dass Pferde fehlten und Leichen zwischen den Getreidehalmen lagen. Von überall läuteten die Glocken aus der Ferne, Leuchtfeuer wurden entzündet. Aber weiter im Landesinneren ahnte niemand, dass die Wikinger kamen.

Die Truppe aus Emneth war wesentlich später aufgebrochen als Sigvarths Mannschaften. Sie mussten auf die langsamen und widerwilligen Kämpfer aus Upwell, Outwell und anderen kleinen Orten warten. Dann gab es eine lange Verzögerung, als die Landbesitzer einander begrüßten und langwierige Höflichkeiten austauschten. Auch hatte Wulfgar entschieden, dass sie unmöglich mit leeren Mägen weiterziehen konnten und ließ warmes Gewürzbier für die Adligen und Dünnbier für die Männer bringen. Erst einige Stunden nach Sonnenaufgang waren die 150 Bewaffneten, das gesamte Aufgebot von vier Gemeirden, die Straße durch das Marschland entlang aufgebrochen, die sie über die Ouse und letztlich nach Norwich bringen sollte. Selbst zu diesem frühen Zeitpunkt gab es unzählige Nachzügler: Männer, deren Sattelgurte gerissen waren oder deren Angst ihnen auf den Magen schlug, oder jene, sich heimlich davon gemacht hatten, um sich von ihren Frauen, oder denen anderer Männer, zu verabschieden. Die gesamte Truppe ritt ohne Vorsichtsmaßnahmen und Argwohn ihrem Ziel entgegen. Sie ahnten erst etwas von der Ankunft der Wikinger, als sie um eine Biegung im Weg kamen und eine dicht gedrängte Abteilung Bewaffneter auf sich zukommen sahen.

Shef ritt hinter den Anführern, so nahe an König Edmunds Thane Edrich wie er sich traute. Seit er beim Rat in Emneth kein Blatt vor den Mund genommen hatte, war er in Edrichs Ansehen sehr gestiegen. Solange der Abgesandte des Königs hinsah, würde niemand Shef ans Ende des Zuges schicken. Und doch war er nur als einfacher Schmied dabei, nicht als freier Mann im Waffendienst, wie Alfgar, wo immer er konnte, betonte. Wenigstens trug er noch sein selbstgeschmiedetes Schwert.

Shef sah die Angreifer im selben Augenblick wie die anderen und hörte die erschrockenen Rufe der Anführer.

„Wer sind diese Männer?"

„Das sind die Wikinger!"

„Nein! Das kann nicht sein! Die sind in Suffolk. Wir verhandeln doch noch mit ihnen."

„Das sind die Wikinger, ihr Breiköpfe! Schwingt eure fetten Ärsche von den Pferden und stellt euch auf. Ihr da, steigt ab, steigt ab. Pferdeknechte nach hinten. Nehmt die Schilde vom Rücken und stellt euch auf."

Edrich brüllte seine Befehle so laut er konnte, drehte sein Pferd hierhin und dorthin und ritt durch die Verwirrung der englischen Schlachtreihe. Langsam begriffen die Männer die Lage, sprangen aus den Sätteln und suchten verzweifelt nach Waffen, die sie für einen langen Ritt verstaut hatten. Je nach ihrem Mut oder ihrer Feigheit bewegten sich Männer nach vorne oder nach hinten. Als ärmster Mann der Gruppe hatte Shef nur wenige Vorbereitungen zu treffen. Er ließ die Zügel der Stute fallen, die ihm sein Stiefvater widerwillig überlassen hatte, nahm den hölzernen Schild vom Rücken und lockerte das Schwert in der Scheide. Seine Rüstung bestand lediglich aus einem Lederwams, auf das alle Nieten aufgenäht waren, die er über die Zeit hatte sammeln können. Er bezog Stellung hinter Edrich und machte sich mit klopfendem Herzen und dem Würgegriff der Angst um den Hals bereit, beide noch übertroffen von einer grenzenlosen Neugierde. Wie würden die Wikinger kämpfen? Wie würde sich eine Schlacht anfühlen?

Auf Seiten der Wikinger hatte Sigvarth die Lage bereits erkannt, als er die ersten Reiter auf seine Männer zukommen sah. Er senkte seine Fersen aus ihrer angezogen Reitstellung, erhob sich im Sattel, wandte sich um und rief seinen Kriegern einen Befehl zu. Ohne Zögern löste sich die Gruppe in geübter Unordnung auf. Innerhalb eines Augenblicks waren alle abgestiegen. Einer von fünf Männern, schon im Voraus mit dieser Aufgabe betraut, übernahm die Zügel seiner Nebenmänner und führte die Pferde nach hinten, wo er sich, sobald er das Gedränge hinter sich gelassen hatte, bückte und Pflöcke in den Boden schlug, an denen die Pferde angebunden wurden. Danach sammelten sich die zwei Dutzend Pferdeführer als Nachhut im Hintergrund.

Währenddessen hielten ihre Gefährten etwa zwanzig Herzschläge lang inne. Einige standen regungslos und grimmig still, andere banden sich ihre Schuhe noch einmal fester zu, tranken Wasser in hastigen Zügen oder pinkelten wo sie standen. Dann nahmen sie alle gleichzeitig ihre Schilde ab, lockerten die Schwerter, legten die Äxte in die Schildhände und die Speere in die Wurfhände. Ohne ein Wort stellten sie sich zwischen den Wegrändern in zwei hintereinander gestaffelten Reihen auf, neben sich nur noch den Sumpf, durch den der Pfad führte. Auf ein einzelnes gerufenes Wort hin setzten sie sich in raschen Marsch, bei dem die Flanken sich etwas zurückfallen ließen, was dem Ansturm die Form einer breiten, kurzen Pfeilspitze verlieh, die geradewegs auf die englischen Kämpfer zuraste. An ihrer Spitze stand Sigvarth, gefolgt von seinem Sohn Hjörvarth und einem Dutzend ausgewählter Krieger. Diese Männer würden nach dem Durchbruch durch die englische Linie umkehren und beginnen, ihre Gegner von hinten zu fällen. So würden sie eine kurze Schwäche des Feindes in eine verheerende Niederlage verwandeln.

Ihnen gegenüber hatten sich die Engländer in einer ungleichmäßigen Linie von drei bis vier Männern aufgestellt, die sich ebenfalls von der einen zur anderen Seite des Weges erstreckte. Die Schwierigkeit mit den Pferden hatten sie gelöst, indem sie die Zügel losließen, abstiegen und die Tiere sich selbst überließen, die jetzt davon trabten oder herumstanden. Zwischen den Ponys warteten auch einige wenige Männer, die sich still und heimlich nach hinten gestohlen hatten. Nach zwei Menschenaltern voller Kriege und Überfälle hatten viele der Engländer eigene Rechnungen zu begleichen, und kaum einer wollte sich dem Spott seiner Nachbarn aussetzen. Die Männer, die sich durch ihre Stellung dazu auserkoren fühlten, riefen den anderen ermutigend zu. Dennoch gab niemand eindeutige Befehle. Shef sah sich um und erkannte, dass er fast alleine stand, unmittelbar hinter der Gruppe der schwer gewappneten Adligen. Während die Pfeilspitze der Wikinger immer näher kam, hatten sich seine Nebenmänner unwillkürlich nach links und rechts bewegt. Jetzt waren nur noch die Entschlossensten übrig, um die Wucht des ersten Schlags abzufangen, falls Wulfgar und seine Mitstreiter versagten. Es hieß der Angriffskeil sei eine Erfindung des Kriegsgottes der Wikinger. Was würde passieren, wenn er einschlug?

Aus den Reihen der Engländer flogen Speere. Einige Würfe waren zu kurz, andere Geschosse wurden von den Schilden der vordersten Angreifer abgewehrt. Urplötzlich wurden alle Wikinger gleichzeitig schneller. Ein, zwei, drei Schritte und die erste Reihe holte aus. Ein Hagel aus Wurfspeeren ging auf die Mitte der englischen Verteidigung nieder. Vor sich beobachtete Shef wie Edrich seinen Schildbuckel geschickt drehte, um einen Speer über seinen Kopf hinweg weit hinter sich zu lenken und einen weiteren so abzufangen, dass er ihm harmlos vor die Füße fiel. Einige Schritte seitwärts ließ ein Adliger seinen Schild sinken, um ein Geschoss abzuwehren, das auf seinen Unterleib zuflog. Der Mann würgte und fiel zu Boden, als ein zweiter Speer ihm Bart und Kehle durchbohrte. Ein anderer fluchte, als drei Speere auf einmal seinen Schild trafen. Er versuchte, sie mit seinem Schwert abzuschlagen. Als ihm das misslang, rang er mit dem Riemen seines Schilds, um die schwerfällige Last loszuwerden, die wie Blei an seinem Arm zog. Bevor es ihm gelang, waren die Wikinger bereits herangekommen.

Shef beobachtete, wie der Anführer der Wikinger einen mächtigen Hieb auf Wulfgar niedergehen ließ. Der Engländer wehrte ihn mit dem Schild ab und wollte im Gegenzug mit dem Schwert zustechen. Doch sein Angreifer hatte das Gleichgewicht schon wiedergewonnen und schlug erneut mit aller Kraft zu, diesmal mit der Rückhand. Laut klirrend trafen sich die Klingen, als Wulfgar den Hieb mit seinem Schwert abfing. Dabei verlor er jedoch seinen festen Stand. Mit einem schnellen Schlag traf ihn der Wikinger mit dem Schwertknauf mitten ins Gesicht, rammte ihm den Schildbuckel in die Rippen und schob ihn mit roher Kraft beiseite. Als er der Angreifer zustechen wollte, sprang Shef vorwärts.

Trotz seiner beeindruckenden Größe war der Anführer der Wikinger erstaunlich wendig. Er machte einen schnellen Schritt zurück und zielte mit einem Hieb auf den ungeschützten Kopf des Jungen. Nach drei Herzschlägen in der Schlacht hatte Shef schon zwei Dinge gelernt: erstens musste im Kampf alles mit voller Kraft getan werden, ohne die unbewusste Zurückhaltung, die bei Übungskämpfen den Arm bremste. Er legte jeden seiner schmiedegestärkten Muskeln in die Abwehr. Zweitens gab es in der Schlacht weder einen Abstand zwischen den Schlägen, noch ein Atemholen. Als der Wikinger wieder ausholte, machte sich Shef schon bereit.

Dieses Mal fing seine Parade den Hieb weiter oben ab. Er spürte das Klirren mehr, als er es hörte, und das Bruchstück einer Klinge surrte über seinen Kopf. Nicht meine, dachte Shef. Nicht meine! Er trat vor und stach jubelnd nach dem Schritt seines Gegners.

Etwas stieß ihn zur Seite. Er stolperte, fing sich und sah, dass ihn Edrich aus dem Weg gedrängt hatte, der ihm jetzt ins Ohr brüllte. Als er sich umblickte, erkannte Shef, dass die Keilspitze der Wikinger durchgebrochen war, während er mit ihrem Befehlshaber gekämpft hatte. Ein halbes Dutzend englischer Adliger lag am Boden. Wulfgar stand noch und bewegte sich benommen rückwärts in Shefs Richtung. Ihm standen jedoch ein Dutzend Wikinger gegenüber, die sich durch wachsende Lücken in der zerschlagenen Kampflinie drängten.

Shef ertappte sich dabei, wie er nach Wulfgar rief und mit erhobenem Schwert den vordersten Wikinger herausforderte. Einen Wimpernschlag lang starrten der Junge und der Mann einander an. Dann drehte der Angreifer ab und befolgte seinen Befehl, die englischen Kämpfer von hinten aufzurollen und sie in Unordnung und Verwirrung in den Sumpf zu treiben.

„Lauf weg!", rief Edrich. „Wir sind erledigt, du kannst nichts mehr tun. Lauf weg und wir können es schaffen."

„Mein Vater!", schrie Shef und stürzte vorwärts, um Wulfgar am Gürtel zu packen und in Sicherheit zu ziehen.

„Zu spät, der ist erledigt."

Es stimmte. Der taumelnde Thane hatte noch einen Schlag auf den Helm bekommen und war vorwärts gestolpert, mitten in eine Welle von Feinden. Noch schwärmten die Wikinger seitwärts aus, aber jeden Augenblick würden einige von ihnen vorwärts preschen und die wenigen Männer überrennen, die noch in der Mitte standen. Shef wurde so hart am Kragen gepackt, dass er zu ersticken glaubte und nach hinten geschafft.

„Verdammte Narren. Halbfertige Kämpfer. Was kann man da erwarten. Schnapp dir ein Pferd, Junge!"

Wenig später galoppierte Shef den Pfad hinab. Zurück in die Richtung, aus der sie gekommen waren. Seine erste Schlacht lag hinter ihm.

Und er war schon nach dem ersten Hieb davongelaufen.

Viertes Kapitel

Das Schilf am Rand des Sumpfes wiegte sich schwach im Morgenwind. Zwischen den Halmen hindurch blickte Shef hinaus in die öde Landschaft. Die Wikinger waren verschwunden.

Er drehte sich um und watete durch das Schilf zurück zu dem Pfad, den sie gestern Abend gefunden hatten. Das kleine Eiland war zwischen kleingewachsenen Bäumen versteckt. Edrich verspeiste die kalten Reste des gestrigen Nachtmahls, wischte sich die fettigen Finger am Gras ab und hob die Augenbrauen.

„Nichts zu sehen", sagte Shef. „Alles ruhig. Rauch habe ich auch keinen entdeckt."

Als ihnen klar wurde, dass die Schlacht verloren war, hatten sie sich davongemacht, um ihre eigene Haut zu retten. Anscheinend hatte sie niemand verfolgt und sie hatten die Pferde laufen lassen, um zu Fuß weiter durch den Sumpf zu flüchten, in dem sie schließlich die Nacht verbracht hatten. Für Shef war es eine sonderbar ruhige und wohltuende Rast gewesen, an die er jetzt mit einer Mischung aus Schuld und Freude zurückdachte. Eine friedliche Insel in einem Meer von Furcht und Mühen. Nur einen Abend lang hatte er keine Arbeit zu erledigen und keine Pflichten zu erfüllen gehabt. Alles was sie tun mussten, war sich zu verstecken, in Sicherheit zu bleiben und es sich dabei so behaglich wie möglich einzurichten. Shef war in den Sumpf geplatscht und hatte schnell eine trockene Insel inmitten der unwegsamen Marschen gefunden, auf die kein Fremder zufällig stoßen würde. Es war ein Leichtes gewesen, aus dem Schilf, mit dem die Moorbauern ihre Häuser deckten, eine notdürftige Unterkunft zu errichten. Sie hatten im trägen Wasser einige Aale gefangen und Edrich waren nach kurzer Überlegung keine Gründe eingefallen, die gegen ein

Feuer gesprochen hätten. Die Wikinger hatten Besseres zu tun, als mitten in der Nacht wegen einer winzigen Rauchfahne hier raus zu waten.

Bevor die Dunkelheit erneut hereingebrochen war, konnten sie ringsumher selbst Rauch aufsteigen sehen. „Die Plünderer sind auf dem Rückweg", meinte Edrich. „Wenn sie sich zurückziehen, sorgen sie sich nicht darum, wer sie sehen könnte."

Ob er jemals aus der Schlacht geflohen war, fragte Shef ihn vorsichtig, angenagt von der Sorge, die jedes Mal wieder hochkam, wenn er sich die Bilder seines Stiefvaters in Erinnerung rief, von Feinden umspült und am Boden liegend.

„Oft sogar", antworte Edrich im merkwürdigen Gefühl der Verbundenheit dieses aus der Zeit gefallenen Tages. „Und denk ja nicht, das wäre eine Schlacht gewesen. Nur ein Geplänkel. Aber ich bin oft weggerannt. Zu oft. Und wenn jeder das täte, hätten wir viel weniger Tote zu begraben. Wenn wir stehen und kämpfen, verlieren wir nur wenige Männer. Aber sobald die Wikinger durchbrechen, beginnt das Schlachten. Denk drüber nach: Jeder, der es vom Schlachtfeld schafft, kann an einem anderen Tag wieder in der Reihe stehen und kämpfen.

Das Dumme ist nur, dass immer weniger Leute es versuchen wollen, je öfter es passiert."

Er lächelte bitter.

„Sie verlieren den Mut. Und dabei müsste es nicht so sein. Wir haben gestern verloren, weil keiner von uns bereit war, weder körperlich noch im Geiste. Wenn sie nur ein Zehntel der Zeit, die sie sich hinterher beklagen, für ordentliche Vorbereitungen nutzen würden… Wir würden nie wieder eine Schlacht verlieren. Wie geht das Sprichwort? ‚Wer immer zögert und nie schlägt, verhungert mit dem Schwert in der Hand.' Jetzt zeig mir mal dein Schwert."

Mit regloser Miene zog Shef seine Klinge aus der Scheide und reichte sie weiter. Gedankenverloren drehte Edrich sie in den Händen.

„Sieht aus wie ein Gärtnerwerkzeug", bemerkte er schließlich. „Oder wie die Hippe eines Schilfschneiders. Keine richtige Waffe. Und trotzdem ist das Schwert des Jarls daran zu Bruch gegangen. Wie kann das sein?"

„Es ist eine gute Klinge", antwortete Shef. „Vielleicht die beste in ganz Emneth. Ich hab sie selbst gemacht, aus Streifen geschmiedet. Größtenteils aus Weicheisen, eigenhändig aus den Luppen gehauen, die wir aus dem Süden bekommen. Aber sie hat auch Lagen aus hartem Stahl. Ein Thane aus March hat mir als Lohn für gute Arbeit einige Speerspitzen überlassen. Die hab ich eingeschmolzen und ausgehämmert, die Streifen aus Stahl und die aus Eisen umeinander gedreht und das Ganze zu einer Klinge geschmiedet. Durch das Eisen ist sie biegsam, der Stahl macht sie fest. Zuletzt habe ich eine Schnittkante angeschmiedet, aus dem härtesten Stahl, den ich finden konnte. Insgesamt vier Zentner Holzkohle hat mich das gekostet."

„Und mit all der Arbeit hast du es kurz und einschneidig gemacht, wie ein Werkzeug. Ein einfacher Griff aus Horn, keine Parierstange. Und dann hast du es feucht werden und rosten lassen."

Shef zuckte mit den Schultern. „Wenn ich mit der Waffe eines Kriegers durch Emneth stolzieren würde, Schlangenmuster auf der Klinge und sowas, wie lange hätte ich sie dann wohl behalten? Der Rost reicht gerade, um die Klinge zu verfärben. Ich passe auf, dass er sich nicht weiter frisst."

„Das wäre meine nächste Frage. Der junge Thane meinte, du bist kein Freier. Du benimmst dich, als wärst du auf der Flucht. Und trotzdem hast du Wulfgar gestern ‚Vater' genannt. Ein schönes Rätsel. Die Welt ist weiß Gott voll mit den Bastarden unserer Thanes. Aber keiner versucht, sie zu versklaven."

Shef hatte die Frage schon oft gehört, und zu einer anderen Zeit oder an einem anderen Ort hätte er sie nicht beantwortet. Aber hier, auf der Insel im Sumpf, war der Rang seines Gegenübers hinfällig und die Worte kamen ihm leicht über die Lippen.

„Er ist nicht mein Vater, auch wenn ich ihn so nenne. Vor achtzehn Sommern sind die Wikinger hier schon einmal eingefallen. Wulfgar war nicht in Emneth, aber meine Mutter Thryth war hier, zusammen mit dem neugeborenen Alfgar – meinem Halbbruder, den Wulfgar gezeugt hat. Ein Diener konnte Alfgar vor den Wikingern retten, aber meine Mutter nahmen sie mit."

Edrich nickte bedächtig. Das klang alles bekannt. Aber seine Frage war noch nicht beantwortet. In solchen Angelegenheiten herrschte immer eine gewisse Ordnung, zumindest bei den Höhergestellten. Nach einer Weile hätte der Bestohlene von den Sklavenmärkten in Hedeby oder Skiringssal gehört und erfahren, dass diese oder jene Edelfrau zur Auslösung stand – natürlich für einen hohen Preis. Falls nicht, konnte er sich rechtmäßig als Witwer betrachten, erneut heiraten und seine feinen Silberringe einer anderen Frau anlegen, die seinen Sohn aufziehen würde. Manchmal, das stimmte schon, wurde eine neue Ehe zwanzig Jahre später gestört, wenn eine verwelkte Alte über die Schwelle trat, die ihre Nützlichkeit im hohen Norden überdauert und sich, Gott weiß wie, die Überfahrt auf einem Schiff in die Heimat erkauft hatte. Aber das geschah selten. Nichts von beidem erklärte, wie der junge Mann, der hier vor ihm saß, hierhergekommen war.

„Meine Mutter kam zurück, nur ein paar Wochen später. Schwanger. Sie schwor Wulfgar Stein und Bein, dass mein Vater der Jarl der Wikinger selbst sei. Nach meiner Geburt wollte sie mich Halfden nennen, weil ich ja halb Däne bin. Aber Wulfgar verfluchte sie. Er meinte, das sei ein Name für Helden, der Name des ersten Königs der Skyldingas, von denen alle Könige hier und in Dänemark abstammen wollen. Er sei zu gut für mich. Und so bekam ich den Namen eines Hundes: Shef."

Der Junge senkte den Blick. „Darum hasst mich mein Stiefvater und will mich zum Sklaven machen. Und darum hat mein Stiefbruder Alfgar alles, und ich nichts."

Er hatte einen Teil der Geschichte verschwiegen: Wie Wulfgar seine schwangere Frau wieder und wieder gedrängt hatte, ein Gebräu aus Osterluzei zu trinken, um das Kind, das sie von ihrem Vergewaltiger trug, zu töten. Wie er nur durch das Eingreifen von Vater Andreas gerettet worden war, der die Sünde des Kindsmords verurteilt hatte, selbst wenn es sich um das Kind eines Wikingers handelte.

Wie sich Wulfgar in seinem Zorn und seiner Eifersucht eine Geliebte genommen und mit ihr die wunderschöne Godive gezeugt hatte, sodass am Ende drei Kinder in Emneth aufgewachsen waren: Alfgar, der rechtmäßige Erbe, Godive, das Kind Wulfgars und seiner *lemman*, und Shef, das Kind Thryths und eines Wikingers.

Stumm gab der Thane des Königs die selbstgeschmiedete Waffe an ihren Besitzer zurück. Noch immer ein Rätsel, dachte er. Wie war die Frau entkommen? Üblicherweise, so hieß es, waren die Sklavenhändler aus dem Norden nicht so nachlässig.

„Wie hieß dieser Jarl?", fragte er. „Dein…"

„Mein Vater? Meine Mutter meinte, sein Name sei Sigvarth gewesen. Ein Jarl aus Falster. Wo auch immer das ist."

Eine Weile saßen sie schweigend beisammen, dann streckten sie die Glieder und legten sich schlafen.

Erst spät am folgenden Tag kamen Shef und Edrich vorsichtig zwischen den Schilfrohren hervor.

Gestärkt und unverletzt näherten sie sich Emneth, dessen Zerstörung sie schon aus der Entfernung erkennen konnten.

Alle Gebäude waren angezündet worden. Einige waren bis auf ein Häufchen Asche abgebrannt, bei anderen ragten nur verkohlte Balken aus zerstörten Dächern. Das Haus des Thanes und die Einfriedung waren verschwunden, ebenso die Kirche, die Schmiede, das Wirrwarr der Flechtwerkhütten, in denen die Freien gewohnt hatten, die Schuppen und Grubenhäuser der Sklaven. Einige Bewohner bewegten sich durch die Überreste des Dorfs, stolperten durch die Trümmer, stocherten in der Asche oder schlossen sich denen an, die um den Brunnen herum standen.

Als sie sich dem Dorfplatz näherten, erkannte Shef eine der Überlebenden, eine der Mägde seiner Mutter.

„Truda. Sag mir was geschehen ist. Gibt es noch mehr…?"

Sie zitterte, schaute ihn mit offenem Mund und von Furcht und Erschrecken verzerrtem Blick an. Ihn, der unverletzt mit Schild und Schwert ins Dorf zurückkam.

„Du solltest… du solltest besser nach deiner Mutter sehen."

„Meine Mutter ist noch hier?" Shef fühlte, wie die Hoffnung sein Herz ein wenig hob. Vielleicht waren die anderen auch noch da. War Alfgar vielleicht entkommen? Und Godive? Was war mit Godive?

Sie folgten der Magd, die ungeschickt vor ihnen her humpelte.

„Warum läuft sie so komisch?", flüsterte Shef mit einem Blick auf ihr schmerzhaft aussehendes Hinken.

„Geschändet", gab Edrich knapp zur Antwort.

„Aber Truda ist… war keine Jungfrau."

Edrich beantwortete die unausgesprochene Frage. „Vergewaltigung ist was anderes. Wenn vier gereizte Kerle an dir herumzerren und der fünfte es tut, reißen Sehnen oder brechen Knochen. Schlimmer wird es, wenn die Frau sich wehrt."

Shef musste wieder an Godive denken und fasste den Griff seines Schilds, bis die Knöchel weiß wurden. Nicht nur die Männer bezahlten teuer für verlorene Schlachten.

Stumm folgten sie Truda bis zu einem eilig zusammengezimmerten Unterstand, einer Ansammlung von Brettern auf halbverbrannten Stämmen, gestützt an den letzten unzerstörten Rest der Umzäunung. Sie erreichte den Unterschlupf, sah hinein, sprach ein paar kurze Worte und winkte die Männer herein.

Thryth lag drinnen auf einem Haufen alter Sackleinen. Der finstere, schmerzverzogene Ausdruck auf ihrem Gesicht und die verdrehte Stellung in der sie lag, ließen darauf schließen, dass sie Trudas Schicksal geteilt hatte. Shef kniete sich neben sie und griff nach ihrer Hand. Ihre Stimme war ein Flüstern, geschwächt von der furchtbaren Erinnerung. „Keiner hat uns gewarnt, wir hatten keine Zeit für Vorbereitungen. Niemand wusste, was zu tun war. Die Männer sind nach der Schlacht sofort hergekommen. Keiner konnte sich entscheiden. Diese Schweine waren schon da, während wir noch gestritten haben. Sie waren überall, bevor wir wussten, woher sie kamen."

Sie wurde still, krümmte sich leicht vor Schmerz, sah ihren Sohn mit leeren Augen an.

„Das sind Tiere. Sie haben alle getötet, die auch nur ans Kämpfen gedacht haben. Den Rest von uns haben sie bei der Kirche zusammengetrieben, da fing es schon an zu regnen. Erst haben sie sich die jungen und hübschen Mädchen ausgesucht. Und ein paar Jungen. Für den Sklavenmarkt. Und dann… dann haben sie die Gefangenen aus der Schlacht vorgeführt und dann…"

Ihre Stimme bebte und sie bedeckte ihr Gesicht mit ihrer fleckigen Schürze.

„Und dann mussten wir zusehen…"

Ihre Worte ertranken in Tränen. Einen Augenblick später schien ihr plötzlich etwas einzufallen. Sie griff blitzschnell nach Shefs Hand und sah ihm zum ersten Mal in die Augen.

„Aber Shef. Er war es. Es war derselbe wie beim letzten Mal."

„Sigvarth Jarl?", fragte Shef mit belegter Stimme.

„Ja. Dein… dein…"

„Wie sah er aus? War er groß? Dunkle Haare, weiße Zähne?"

„Ja. Goldreifen den ganzen Arm hinauf." Shef dachte an den Kampf zurück, fühlte noch einmal den Augenblick, in dem die Klinge an seinem Schwert zerbrach und die Freude, als er vortrat, um zuzustechen. Konnte es sein, dass Gott ihn vor einer schrecklichen Sünde gerettet hatte? Aber wenn das stimmte, wo war Gott dann danach gewesen?

„Konnte er dich nicht beschützen, Mutter?"

„Nein. Er hat es nicht einmal versucht." Thyrths Stimme war wieder hart und beherrscht. „Nach der… Vorführung hat er ihnen erlaubt, zu plündern und sich auszutoben, bis das Horn geblasen wird. Die Sklaven haben sie gefesselt und beiseite geschafft. Den

Rest von uns, Truda und die anderen, die sie nicht behalten wollten… uns hat er seinen Männern zum Zeitvertreib überlassen.

Er hat mich erkannt, Shef! Und er hat sich an mich erinnert. Und er hat gelacht, als ich ihn angefleht habe, mich für sich zu behalten. Er sagte… er sagte, dass ich jetzt eine Henne sei, kein Küken mehr. Und dass Hennen auf sich selbst aufpassen müssten. Besonders Hennen, die gern fortflogen. Also haben sie mich benutzt wie Truda. Mich sogar noch öfter, weil ich die Herrin war und sie das besonders lustig fanden." Zornig und voll Hass legte sie die Stirn in Falten. Für einen Herzschlag war der Schmerz vergessen.

„Aber ich habe es ihm gesagt. Shef. Ihm gesagt, dass er einen Sohn hat. Und dass sein Sohn ihn eines Tages finden und töten würde."

„Ich habe es versucht, Mutter." Shef zögerte, eine weitere Frage auf den Lippen. Doch Edrich, der hinter ihm stand, kam ihm zuvor.

„Wobei haben sie Euch zusehen lassen, Herrin?"

Wieder füllten sich Thryths Augen mit Tränen. Unfähig zu sprechen, deutete sie mit der Hand nach draußen.

„Kommt", sagte Truda. „Ich zeige euch, was die Wikinger Gnade nennen."

Die beiden Männer folgten ihr nach draußen über die ascheverschneiten Reste der Gemeindewiese, wo neben dem Schutt des Thaneshauses ein weiterer Unterstand errichtet worden war. Davor stand eine kleine Gruppe von Dorfbewohnern. Ab und zu ging einer von ihnen hinein, nur um kurz darauf wieder herauszukommen. Ihre Gesichter waren schwer zu deuten. War es Trauer oder Zorn? Wahrscheinlich, dachte Shef, war es die reine Angst.

In dem Unterschlupf stand eine zur Hälfte mit Stroh gefüllte Pferdetränke. Shef erkannte Wulfgar sofort an den blonden Haaren und dem Bart. Das Gesicht darunter jedoch war das eines Leichnams: weiß, wächsern, die Nase ausgemergelt, die Haut straff gespannt und dünn über den Knochen. Und doch war der Mann nicht tot.

Für einen Augenblick konnte Shef nicht verstehen, was er sah. Wie konnte Wulfgar in die Pferdetränke passen? Er war zu groß. Sechs Fuß vom Scheitel zur Sohle, und der Pferdetrog, den Shef von den Misshandlungen seiner Jugendjahre her gut kannte, war nicht einmal fünf Fuß lang. Irgendetwas fehlte.

Was stimmte nicht mit Wulfgars Beinen? Seine Knie reichten zum Ende der Tränke und endeten in schlecht angelegten Verbänden voll geronnenen Bluts und Eiters. Ein Gestank von Fäulnis und Verbranntem stieg Shef in die Nase. Mit wachsendem Schrecken sah er, dass Wulfgar auch keine Arme mehr hatte. Die Stümpfe lagen gekreuzt über der Brust. Auch diese Gliedmaßen endeten in Verbänden, die knapp unter den Ellenbogen gewickelt waren.

Hinter ihm erklang leise eine Stimme. „Sie haben ihn vor die Dorfbewohner geführt. Dann wurde er über einen Baumstamm gedrückt und sie haben ihm die Arme und Beine mit einer Axt abgehackt. Die Wunden haben sie mit einem rotglühenden Eisen verbrannt, damit er nicht verblutet. Zuerst hat er sie noch verflucht und versucht, sich zu wehren. Aber irgendwann hat er nur noch gebettelt, dass sie ihm wenigstens eine Hand lassen, damit er alleine essen kann. Sie haben gelacht. Der Große, der Jarl, meinte, dass sie ihm alles andere lassen würden. Seine Augen, damit er schöne Frauen ansehen kann, und seine Eier, damit er sie begehren kann. Aber er sollte sich nie wieder die Hosen herunterlassen können."

Nie wieder irgendetwas alleine tun können, dachte Shef. Er würde sich für alle Dinge des Lebens auf andere verlassen müssen, vom Essen bis zum Pissen.

„Sie haben einen *heimnar* aus ihm gemacht" Edrich benutzte das nordische Wort. „Einen lebenden Leichnam. Davon habe ich schon gehört. Aber noch nie einen gesehen. Mach dir keine Sorgen, Junge. Wundbrand, Blutverlust, Schmerzen… er wird nicht mehr lange leben."

Unglaublicherweise öffneten sich die verbrauchten Augen vor ihnen. Mit ungezügelter Feindschaft hefteten sie sich auf Shef und Edrich. Der Mund öffnete sich und ein trockenes, schlangenhaftes Flüstern dran hervor.

„Die Treulosen. Du bist weggerannt und hast mich zurückgelassen, Junge. Das werde ich nicht vergessen. Und du, Königsthane. Du kommst hierher, ermahnst uns und drängst uns zu kämpfen. Aber wo warst du, als der Kampf zu Ende war? Keine Angst, ich werde noch eine Weile leben. Und ich werde meine Rache an euch bekommen. Und an deinem Vater, Jungchen. Ich hätte seine Brut niemals aufziehen sollen, oder seine Hure wieder aufnehmen."

Die Augen schlossen sich, Wulfgar verstummte. Shef und Edrich traten wieder hinaus in den feinen Nieselregen, der erneut aufgekommen war.

„Ich verstehe nicht", sagte Shef, „warum sie das getan haben."

„Das weiß ich nicht. Aber eins kann ich dir sagen. Wenn König Edmund davon hört, wird er verdammt wütend werden. Überfälle und Mord unter Waffenstillstand, das kommt vor. Aber das hier, und noch dazu an einem seiner Männer, einem früheren Herdgesellen… Er wird ziemlich gespalten sein. Er muss sein Volk vor weiteren solcher Taten schützen. Vielleicht fühlt er sich aus Ehre zur Vergeltung verpflichtet. Das wird eine schwere Entscheidung." Er drehte sich um und sah Shef an.

„Kommst du mit mir, Junge? Ich muss ihm Kunde bringen. Du bist hier kein freier Mann, aber ein Blinder sieht, dass du ein Kämpfer bist. Hier gibt es nichts mehr für dich. Komm mit mir und sei mein Diener, bis wir dir eine vernünftige Rüstung besorgen können. Wenn einer gut genug kämpft, um sich dem Jarl der Heiden gegenüberzustellen, dann macht ihn der König zu seinem Mann. Ganz egal, was er auf seinem Dorf gewesen sein mag."

Auf einen Stab gestützt kam Thryth zu ihnen hinüber. Shef stellte ihr die Frage, die ihm auf der Seele brannte, seit sie den Rauch über Emneth gesehen hatten.

„Godive. Was ist mit Godive?"

„Sigvarth hat sie mitgenommen. Sie ist unterwegs ins Lager der Wikinger."

Shef wandte sich an Edrich und sprach mit fester, unmissverständlicher Stimme.

„Alle hier halten mich für einen Feigling und einen Sklaven. Jetzt muss ich beides sein." Er nahm den Schild ab und legte ihn auf den Boden. „Ich gehe zum Lager der Wikinger unten am Stour. Ein Sklave mehr, vielleicht lassen sie mich rein. Ich muss etwas tun, um Godive zu retten."

„Da schaffst du keine Woche", meinte Edrich verärgert. „Und du wirst als Verräter sterben. Als Verräter an deinen Leuten und König Edmund." Er wandte sich ab und ging fort.

„Und an unserem gesegneten Herrn Jesus Christus", fügte Vater Andreas hinzu, der eben aus einem Unterstand hervorkam. „Du hast die Taten der Heiden doch gesehen. Lieber ein Sklave unter Christenmenschen sein, als ein König unter solchen wie ihnen."

Shef sah ein, dass er seine Entscheidung sehr schnell getroffen hatte. Vielleicht zu schnell und ohne nachzudenken. Aber jetzt war er daran gebunden. Die Gedanken in seinem Kopf brachen übereinander zusammen: Ich habe versucht meinen Vater zu töten. Ich habe meinen Pflegevater an einen lebendigen Tod verloren. Meine Mutter hasst mich für das, was mein Vater getan hat. Ich habe meine Möglichkeit auf ein freies Leben eingebüßt und jemanden abgewiesen, der mir freundlich gesonnen war.

Solche Gedanken würden ihm jetzt nicht helfen. Er hatte es alles für Godive getan. Jetzt musste er zu Ende bringen, was er begonnen hatte.

Godive erwachte mit schädelspaltenden Kopfschmerzen, dem Geruch von Rauch in der Nase und dem Gefühl, dass unter ihr jemand strampelte. Verängstigt schlug sie um sich und schob sich von dem Bündel weg. Das Mädchen, auf dem sie gelegen hatte, begann zu wimmern.

Als sie klar sehen konnte, fand sich Godive in einem Karren wieder, der sich einen pfützenübersäten Pfad entlang wand. Durch die dünne Abdeckung schien schummriges Licht auf die beengte Ladefläche voller Menschen. Die Hälfte aller Mädchen aus Emneth lag übereinander und ließ ein beständiges Stöhnen und Schluchzen vernehmen. Das kleine Rechteck aus Licht am Ende des Karrens verdunkelte sich plötzlich, als ein bärtiges Gesicht darin auftauchte. Das Schluchzen verwandelte sich in Schreie und die Mädchen hielten sich aneinander fest oder versuchten, sich hintereinander zu verstecken. Doch das Gesicht grinste nur mit strahlend weißen Zähnen, schüttelte warnend einen Finger und zog sich zurück.

Die Wikinger! Godive erinnerte sich mit einem Schlag an alles, was passiert war: die Welle aus Männern, die Höllenangst, ihre Flucht in den Sumpf, der Mann, der vor ihr auftauchte und sie am Rock festhielt, die überwältigende Furcht, als sie zum ersten Mal in ihrem ereignislosen Leben von einem erwachsenen Mann festgehalten worden war…

Ihre Hände flogen zu ihren Oberschenkeln. Was hatten sie mit ihr getan, als sie bewusstlos geworden war? Doch obwohl der Schmerz in ihren Schläfen wuchs und wuchs, fühlte sie weder Pochen noch Ziehen in ihrem Körper. Sie war noch jungfräulich. Sie konnten sie doch nicht geschändet haben, ohne dass sie es merkte?

Das Mädchen neben ihr, die Tochter eines Kätners und eine von Alfgars Gespielinnen, sah ihre Bewegung und sagte nicht ohne Häme: „Keine Angst, sie haben es mit keiner von uns gemacht. Sie behalten uns, um uns zu verkaufen. Du musst dich nicht fürchten, bis sie einen Käufer für dich finden. Dann bist du wie der Rest von uns."

Ihre Erinnerungen setzten sich weiter zusammen. Der Platz voller Leute, auf allen Seiten umringt von Wikingern. Dorthin war ihr Vater gewaltsam in die Mitte geholt worden, Angebote und Bitten auf den Lippen. Auf dem Baumstamm festgehalten… der

Baumstamm. Der Schrecken, der sie überkam, als ihr klar wurde, was die Wikinger vorhatten, nachdem sie ihn niedergerungen hatten und der Axtträger vorgetreten war. Ja, sie war schreiend auf ihn zugestürzt und hatte den riesigen Kerl mit den Nägeln gekratzt. Aber der andere, den er „Sohn" nannte, hatte sie abgefangen. Was dann? Vorsichtig betastete sie ihren Kopf. Eine Beule. Und auf der anderen Seite ein zerreißender Schmerz. Aber der prüfende Blick auf ihre Fingerspitzen zeigte kein Blut.

Sie war nicht als Einzige so behandelt worden. Die Wikinger hatten sie alle mit sandgefüllten Beuteln geschlagen. Die Seeräuber hatten von ihren Vätern und Großvätern viel über den Umgang mit menschlichem Vieh gelernt. Am Anfang eines Überfalls stürmten sie mit Axt und Schwert, Schild und Speer voran, um die erwachsenen Männer und Krieger zu erledigen. Aber danach waren sogar die stumpfe Seite einer Klinge oder der hintere Teil einer Axt ungünstige Werkzeuge, um jemanden bewusstlos zu schlagen. Man rutschte zu leicht ab, schlug einen Schädel ein oder schnitt seiner wertvollen Ware ein Ohr ab. Selbst eine geballte Faust war bei der Kraft dieser rudererprobten Männer eine unsichere Waffe. Wer würde schon ein Mädchen mit gebrochenem Kiefer oder eingeschlagenem und schlecht verheiltem Jochbein kaufen? Die Geizhälse von den äußeren Inseln vielleicht, aber wohl kaum die Käufer aus Spanien oder gar die wählerischen Könige in Dublin.

Darum trugen nicht nur in Sigvarths Truppe die Männer, deren Aufgabe der Sklavenfang war, einen ‚Stillmacher' am Gürtel, eine lange Wurst aus Leinenstoff mit festen Nähten und einer Füllung aus feinstem jütländischen oder schonischem Dünensand. Ein tüchtiger Schlag damit und die Ware lag still und machte keinen Ärger mehr, ganz ohne die Gefahr einer Beschädigung.

Allmählich begannen die Mädchen mit angstbebenden Stimmen untereinander zu flüstern. Sie erzählten Godive, was mit ihrem Vater geschehen war. Dann, was die Wikinger mit Truda und Thryth und all den anderen getan hatten. Und wie man sie letztlich in den Karren geladen und den Pfad hinunter Richtung Küste gebracht hatte. Aber was würde jetzt passieren?

Am Abend des nächsten Tages fröstelte es auch Sigvarth, dem Jarl aus Falster, wenn auch ohne erkennbaren Grund. Er saß sorglos am Tisch der Anführer im Zelt der Ragnarssons. Satt vom besten englischen Rindfleisch und mit einem Horn voll starken Bieres in der Hand, hörte er seinem Sohn Hjörvath zu, der die Geschichte ihres Überfalls zum Besten gab. Für einen jungen Krieger war sein Sohn erstaunlich beredt. Es war gut, die anderen Jarls und die Ragnarssons sehen zu lassen, dass er einen starken, jungen Sprössling hatte, mit dem man in Zukunft würde rechnen müssen.

Was stimmte ihn dann so unruhig? Sigvarth war kein Mann, der zu Selbstbetrachtungen neigte. Aber er hatte genügen Jahre gelebt, um zu lernen, dass man den Stachel drohender Gefahr nicht unbeachtet lassen sollte.

Auf dem Rückweg von ihrem Überfall hatte es keine Zwischenfälle gegeben. Er hatte den Zug aus Karren und mit Beute beladenen Ponys nicht entlang des Flusses, sondern am Kanal des Nene zurückgeführt. Die Schiffswachen hatten derweil auf den Barren gewartet, bis englische Truppen aufgetaucht waren. Mit diesen hatte sie Beleidigungen und einige Pfeile ausgetauscht, sie bei der Zusammenstellung einer Flotte aus Ruderbooten und Fischerkähnen beobachtet, und sich dann zu einem vorher vereinbarten Zeitpunkt abgestoßen. Die wutqualmenden Engländer hatten nur zusehen können, als die Wikinger – von der Flut getragen – in Richtung des Treffpunkts davon segelten.

Der Marsch zum Treffpunkt war gut verlaufen. Das Wichtigste war, dass Sigvarth alles getan hatte, was Schlangenauge verlangte. Fackeln waren auf jedes Reetdach und in jedes Kornfeld geschleudert worden, und ein paar Leichen in jeden Brunnen. Abschreckende Maßnahmen hatten jedes Dorf am Weg getroffen. Ein paar Knechte hatten sie an Bäume genagelt oder verstümmelt. Nicht aber getötet, damit die Engländer allen davon erzählen konnten.

Mach es so, wie Ivar es machen würde, hatte das Schlangenauge gesagt. Auch wenn Sigvarth sich nicht damit brüsten würde, dem Knochenlosen in Sachen Grausamkeit auch nur nahe zu kommen, hatte er es doch versucht. Er hatte ganze Arbeit geleistet. Diese Gegend würde sich über Jahre nicht erholen.

Nein, das machte ihn nicht unruhig, das war ein guter Einfall gewesen. Wenn etwas im Argen lag, dann war es vorher geschehen. Unwillig stellte er fest, dass es die Erinnerung an das Gefecht sein musste, die ihn plagte. Er stand seit mehr als einem Vierteljahrhundert in der ersten Schlachtreihe, hatte mehr als hundert Männer getötet und sich zwanzig Narben verdient. Das Gefecht hätte ein leichtes sein sollen. Das war es nicht gewesen. Er war durch die englische Linie gebrochen wie so oft zuvor, hatte den blonden Thane beinahe verächtlich aus dem Weg gewischt und sich zur zweiten Reihe durchgekämpft, die so ungeordnet gewesen war, wie alle anderen vorher auch.

Und dann war dieser Junge aus dem Boden geschossen. Er hatte nicht einmal einen Helm oder ein richtiges Schwert gehabt, nur ein Freigelassener oder das ärmste Kind eines Kätners. Und doch war nach zwei abgefangenen Schlägen Sigvarths eigene Klinge zersplittert und er selbst war aus dem Gleichgewicht gekommen und fand sich ungedeckt. Sigvarth wusste, dass er ein toter Mann gewesen wäre, wenn es sich um einen Zweikampf gehandelt hätte. Nur das Vorstürmen seiner Männer auf beiden Seiten hatte ihn gerettet. Er war sicher, dass niemand es gesehen hatte. Aber wenn doch... wenn doch, würden einige der dreisteren, die Vorkämpfer und Draufgänger, vielleicht schon jetzt darüber nachdenken, ihn herauszufordern.

Hätte er ihnen genug entgegenzusetzen? Mussten sie die Rache seines Sohns Hjörvarth schon fürchten? Vielleicht war er inzwischen zu alt für dieses Leben. Wenn er nicht einmal einen halb bewaffneten Jungen, noch dazu einen Engländer, abfertigen konnte, war das zumindest möglich. Wenigstens jetzt tat er das Richtige. Sich mit den Ragnarssons gutzustellen, konnte kein schlechter Einfall sein. Hjörvarth näherte sich dem Ende seiner Erzählung. Sigvarth blickte sich zu zweien seiner Männer um und nickte. Sie nickten ebenfalls und eilten nach draußen.

„… also zündeten wir am Strand die Karren an, warfen als Opfer an Ägir und Rán ein paar Bauern obenauf, die mein Vater in seiner Weisheit mitgenommen hatte, gingen an Bord und segelten die Küste hinab hierher zurück. Und hier stehen wir! Die Männer Falsters unter dem ruhmreichen Sigvarth Jarl, mit mir, seinem rechtmäßigen Sohn Hjörvarth, an seiner Seite. Stets zu Diensten, Söhne Ragnars, und bereit für mehr!"

Das Zelt brach in Beifall aus, Männer hämmerten mit Hörnern auf Tische ein, stampften mit den Füßen oder schlugen Messer aneinander. Die versammelten Krieger waren hocherfreut über einen so guten Beginn ihres Feldzugs.

Das Schlangenauge erhob sich und sprach.

„Nun, Sigvarth, wir haben dir versprochen, dass du die Beute behalten kannst. Du musst dich also nicht fürchten, uns von deinem Erfolg zu erzählen. Sag, wie viel hast du heimgetragen? Genug, um dir ein kleines Sommerhäuschen auf Sjælland zu bauen?"

„Zu wenig, viel zu wenig", gab Sigvarth unter ungläubigen Rufen ringsum zurück. „Nicht genug, um zum Bauern zu werden. Von solchen Bauernthanes wie hier kann man nicht allzu viel Beute erwarten. Aber wartet nur, bis unser unbesiegbares Heer Norwich einnimmt. Oder York! Oder London!" Zustimmendes Rufen und ein Lächeln vom Schlangenauge. „Die Klöster und Kirchen müssen wir plündern, die voll mit dem Gold sind, das die Christenpriester aus den armen Narren im Süden gepresst haben. Auf dem Land gibt es kein Gold und nur wenig Silber. Aber einiges haben wir schon gefunden, und ich teile gern das Beste davon mit euch. Hier, lasst mich euch das Schönste zeigen, was ich mitgebracht habe!"

Er drehte sich halb um und winkte seine Anhänger näher. Sie schoben sich zwischen den Tischen hindurch und führten zwischen sich eine vollständig in Sackleinen gekleidete Gestalt mit einem Seil um die Hüften zur Vorderseite des in der Mitte aufgestellten Tisches. Mit zwei schnellen Bewegungen wurden die Seile durchtrennt und der Sack entfernt.

Blinzelnd schaute Godive auf eine Horde bärtiger Gesichter, offenstehender Münder, zugreifender Hände. Sie schreckte zurück, wollte sich abwenden und starrte stattdessen in die Augen des größten Wikingeranführers, eines blassen Mannes mit ausdrucksloser Miene und Augen wie aus Eis, die niemals blinzelten. Wieder drehte sie sich um und sah beinahe erleichtert Sigvarth an, dessen Gesicht das einzige war, das sie erkannte.

In dieser grausigen Gesellschaft war sie wie eine Blume in einem Flecken feuchten Unterholzes. Sie hatte blondes Haar, reine, helle Haut, volle Lippen, die sich vor Furcht öffneten und sie noch begehrenswerter aussehen ließen. Sigvarth nickte erneut und einer seiner Männer riss hinten am Kleid der jungen Frau, bis der Stoff zerfetzte und er es ihr ungeachtet ihrer Schreie und ihrer Gegenwehr auszog. So stand sie nackt bis auf ihr Unterhemd da, für alle gut zu sehen. In unerträglicher Angst und Scham bedeckte sie ihre Brüste mit den Händen, ließ den Kopf hängen und wartete auf das, was sie mit ihr tun würden.

„Ich will sie nicht teilen. Sie ist zu schön, um geteilt zu werden. Also verschenke ich sie! Ich schenke sie dem Mann, der mich für diesen Auftrag ausgewählt hat, voller Dank und Hoffnung. Möge er gute, lange, gründliche Verwendung für sie finden. Ich schenke sie dem Mann, der mich ausgewählt hat, dem Weisesten des ganzes Heeres. Ich schenke sie Euch. Euch, Ivar!"

Sigvarth ließ seine Rede mit einem Ruf enden und streckte sein Horn in die Höhe. Langsam begriff er, dass niemand seinen Ruf erwiderte. Es folgte nur verwirrtes Raunen, und selbst das ausschließlich von den Männern am Rand des Zeltes, die die Ragnarssons am wenigsten gut kannten und als Letzte zum Feldzug gestoßen waren. Keine Hörner wurden gehoben. Die Gesichter um ihn waren plötzlich besorgt oder leer. Einige Männer schauten weg.

Wieder kroch der kalte Schauer in Sigvarths Herz. Vielleicht hätte er erst fragen sollen, dachte er. Vielleicht gab es hier etwas, wovon er nichts wusste. Aber was konnte eine solche Beantwortung seines Geschenks verursachen? Er verschenkte ein Stück seiner Beute, ein Stück, über das jeder Mann sich freuen musste. Und er tat es öffentlich und ehrenhaft. Wie konnte ein solches Geschenk, eine Jungfrau, und eine hübsche obendrein, Ivar verärgern? Ivar, genannt der... Oh, Thor hilf mir, warum nannte man ihn so? Ein schrecklicher Gedanke packte Sigvarth. Sollte der Spitzname wirklich etwas bedeuten?

Der Knochenlose. Der Weiche.

FÜNFTES KAPITEL

Fünf Tage darauf lagen Shef und sein Begleiter im dürftigen Obdach eines Wäldchens und blickten gebannt über die flachen Flussauen in Richtung der Erdwälle, die in einer Meile Entfernung das Lager der Wikinger umschlossen. Zumindest für den Augenblick hatte der Mut sie verlassen.

Das zerstörte Emneth zu verlassen, hatte sie keine Mühe gekostet, obwohl sonst der erste immer der schwerste Schritt bei der Flucht eines Sklaven war. Aber in Emneth hatten sie ihre eigenen Sorgen. Jedenfalls hatte niemand sich als Shefs Herr betrachtet und Edrich, der eigentlich alles hätte tun müssen, um Menschen vom Überlaufen zu den Wikingern abzuhalten, hatte mit der Sache anscheinend plötzlich nichts mehr zu tun haben wollen. Ohne irgendjemandes Widerrede hatte Shef seine Siebensachen zusammengesucht, einen kleinen Vorrat an Nahrungsmitteln, den er in einem abseits gelegenen Schuppen versteckt gehalten hatte, für den Weg eingepackt und seine Vorbereitungen getroffen.

Und doch hatte es jemand bemerkt. Während Shef mit sich gehadert hatte, ob er sich von seiner Mutter verabschieden sollte, bemerkte er plötzlich eine krumm stehende Gestalt neben sich. Es war Hund, sein Freund seit Kindertagen, dessen Eltern beide Sklaven waren. Vielleicht der unwichtigste und am wenigsten beachtete Bewohner ganz Emneths. Aber Shef hatte ihn schätzen gelernt. Niemand kannte die Sümpfe besser, nicht einmal Shef. Hund konnte durch das Wasser gleiten und Sumpfhühner in ihren Nestern überraschen. In der winzigen Hütte, die er sich mit seinen Eltern und ihrem Wust von Kindern teilte, spielten er und seine Geschwister oft mit jungen Ottern. Fische fanden ohne Schnur und Netz den Weg in seine Hände. Hund kannte alle Kräuter und ihre Wirkung, gute wie schlechte. Obwohl er zwei Sommer jünger war als Shef, kamen die Menschen bereits zu ihm und fragten nach Heilpflanzen und Mittelchen alle Art. In ein paar Jahren wäre er vielleicht zum Heiler der Gemeinde geworden, gefürchtet und respektiert sogar von den Mächtigen. Oder man hätte etwas gegen ihn unternommen. Shef hatte selbst den sanften Vater Andreas, der immer gut zu ihm gewesen war, schon oft misstrauische Blicke auf Hund werfen sehen. Mutter Kirche hatte wenig für mögliche Gegenspieler übrig.

„Ich will mitkommen", hatte Hund gesagt.

„Es wird gefährlich werden", hatte Shefs Antwort gelautet.

Hund hatte geschwiegen, wie immer, wenn er meinte, dass nichts mehr zu sagen sei. In Emneth war es genauso gefährlich gewesen. Shef und Hund würden, jeder auf seine Weise, einander helfen können.

„Wenn du mitkommst, müssen wir das Halsband loswerden", hatte Shef mit Blick auf den Eisenring gemeint, der Hund nach dem Ende seiner Kindheit angelegt worden war. „Jetzt ist der richtige Augenblick. Niemand schert sich um uns. Ich hole ein paar Werkzeuge."

Sie hatten Schutz im Sumpf gesucht, um ungewollte Aufmerksamkeit zu vermeiden. Selbst so war es harte Arbeit gewesen, das Halsband zu lösen. Zuerst hatte Shef es durchgefeilt, nachdem er mit einigen Lumpen Hunds Hals vor Verletzungen geschützt hatte. Aber nachdem es einmal durch war, bekam er mit der Zange keinen festen Griff, um den Reif aufzubiegen. Zuletzt hatte Shef die Geduld verloren, mit den Lumpen das Eisen umfasst und die Enden mit roher Kraft auseinandergebogen.

Hund hatte sich die Schwielen gerieben, die das Eisen an seinem Hals hinterlassen hatte, und die Hufeisenform des auseinandergebogenen Kragens betrachtet. „Sowas schaffen nicht viele Männer", hatte er zu Shef gemeint.

„Die Not muss laufen, wenn der Teufel sie antreibt", hatte Shef wegwerfend geantwortet. Insgeheim war er sehr zufrieden mit sich. Er wurde immer kräftiger, hatte sich einem erfahren Krieger in der Schlacht gestellt und konnte gehen, wohin er wollte. Er wusste noch nicht wie, aber es musste einen Weg geben, Godive zu befreien und das Unheil seiner Herkunft hinter sich zu lassen.

Sie waren ohne weitere Worte losgezogen. Doch der Ärger hatte sie beinahe umgehend erreicht. Shef hatte erwartet, neugierigen Fragen ausweichen, Wachposten umgehen oder sich vor vorbeiziehenden englischen Truppen verbergen zu müssen. Aber vom ersten Tag an, den sie unterwegs waren, war ihm klar geworden, dass das ganze Königreich anfing zu brummen wie ein Wespennest, auf das jemand einen Stein geworfen hatte. Auf allen Wegen waren Männer unterwegs, vor jedem Dorf hatten sich Bewohner gesammelt, bewaffnet und feindselig, jedem Fremden gegenüber misstrauisch. Nachdem eine solche Gruppe beschlossen hatte, sie festzuhalten, nachdem ihre Lüge, sie seien unterwegs, um von einem Verwandten Wulfgars Vieh zu borgen, auf taube Ohren gestoßen war, mussten sie davonlaufen. Sie waren den Speeren ausgewichen und hatten ihre Verfolger abgeschüttelt. Ganz offensichtlich hatten sich die Ostangeln zur Abwechslung entschieden, den Befehlen der Herrschenden zu folgen. Wut lag in der Luft.

Die letzten beiden Tage hatten Shef und Hund sich zumeist kriechend durch Felder und Hecken bewegt, unerträglich langsam und mit dem Bauch im Schlamm. Selbst so hatten sie überall Kundschafter und Wachtposten gesehen. Einige von ihnen waren Berittene unter dem Befehl eines Thanes oder Gefährten des Königs. Andere bewegten sich leise zu Fuß wie sie selbst, mit umwickelten Waffen und gepolsterten Rüstungen, die kein Klirren oder Klimpern vernehmen ließen. Ihnen voraus immer die Sumpfbauern, bewaffnet mit Bogen oder Jagdschleudern für Hinterhalte und Verfolgungen. Shef war klar, dass diese Leute die Wikinger dort festhalten sollten, wo sie waren, oder zumindest verhindern wollten, dass kleine Gruppen von ihnen sich auf eigenmächtige Raubzüge aufmachten. Aber genauso gern würden sie jeden festhalten und ausliefern oder töten, den sie im Verdacht hatten, den Wikingern auf irgendeine Weise zu helfen oder sich ihnen anzuschließen.

Erst auf den letzten Meilen wurde die Gefahr geringer. Und das lag, wie sie beide wussten, nur daran, dass sie jetzt in Reichweite der Wachen des Wikingerlagers waren. Diesen konnte man zwar leichter aus dem Weg gehen, dafür waren sie umso bedrohlicher. Sie hatten eine ganze Gruppe dieser Wachen gesehen. Ohne das kleinste Geräusch hören zu lassen, hatten die Krieger in einem kleinen Waldstück auf ihren Pferden gesessen. Alle hatten Rüstung getragen, große Äxte auf den Schultern abgelegt und die langen, mörderischen Schlachtspeere hatten sie wie ein grau gekröntes Dornendickicht überragt. Sie waren leicht zu entdecken gewesen und ziemlich einfach zu umgehen. Aber es würde ein groß angelegter Angriff der Engländer nötig sein, um sie zu vertreiben oder zu besiegen. Die Dorfwachen hätten keine Aussicht auf Erfolg.

Das waren also die Männer, auf deren Erbarmen sie jetzt vertrauen mussten. Plötzlich erschien es nicht mehr so einfach wie in Emneth. Zuerst hatte Shef sich ungefähr vorstellen können, wie sie in das Lager gelangen und sein Verhältnis zu Sigvarth erklären würden. Aber die Gefahr erkannt zu werden, war jetzt viel zu groß, selbst nach den wenigen Wimpernschlägen, die ihr Zusammentreffen im Kampf gedauert hatte. Es war furchtbares Pech, das ihn in den Zweikampf mit dem einzigen Menschen im Lager der Wikinger gebracht hatte, der ihn vielleicht aufgenommen hätte. Oder auch nicht? Aber jetzt war Sigvarth jemand, den sie um jeden Preis meiden mussten.

Konnten die Wikinger Neuzugänge brauchen? Shef hatte das ungute Gefühl, dass dazu mehr nötig war als Einsatzbereitschaft und ein selbstgeschmiedetes Schwert. Aber Sklaven wurden immer gebraucht. Wieder musste Shef sich vorstellen, dass er als Arbeiter oder Rudersklave in einem fernen Land enden würde.

Aber an Hund war nichts offensichtlich Nützliches. Würden die Wikinger ihn einfach gehen lassen, wie einen Fisch, der zu klein für die Pfanne war? Oder würden sie sich auf einfache Weise einer unnötigen Last entledigen? Den Abend zuvor, als sie das Lager zum ersten Mal gesehen hatten, war gerade eine Gruppe Männer zu einem der Tore hinausgekommen und hatte ein Loch gegraben. Kurz darauf hatte es keinen Zweifel über den Inhalt des Karrens gegeben, der aus dem Lager gerollt und aus dem ein Dutzend Leichen ohne viel Aufhebens in die Grube geschüttet worden waren. Seeräuberlager hatten einen hohen Ausschuss.

Shef seufzte. „Es sieht nicht besser aus als gestern Abend. Aber irgendwann müssen wir uns bewegen."

Hund packte ihn am Arm. „Warte. Horch! Hörst du das auch?"

Das Geräusch wurde lauter, während die beiden Jungen ihre Köpfe hin und her wandten. Lärm. Gesang. Viele Männer, die gemeinsam sangen. Sie erkannten, dass das Geräusch von der anderen Seite der hundert Schritt entfernten Erhebung kam, wo die Flussauen in ein Stück unbebautes Ackerland übergingen.

„Klingt wie die Mönche in der großen Kirche in Ely", murmelte Shef. Ein dummer Gedanke. In zwanzig Meilen Umkreis dürfte kein Priester oder Mönch mehr übrig sein.

„Wollen wir nachsehen?", flüsterte Hund.

Shef antwortete nicht, sondern begann langsam und vorsichtig in Richtung des tiefen Gesangs zu robben. Hier und jetzt konnten die Sänger nur Heiden sein. Aber vielleicht war eine kleine Gruppe von ihnen leichter ansprechbar als das ganze Heer. Alles war besser, als einfach über die deckungslose Ebene zu gehen.

Nachdem sie die Hälfte der Strecke kriechend zurückgelegt hatten, griff Hund nach Shefs Handgelenk. Stumm deutete er einen flachen Hang hinauf. Zwanzig Schritt entfernt stand unter einem riesigen alten Weißdorn ein Mann, der reglos den Boden vor sich betrachtete. Dabei stützte er sich auf eine Axt, die ihm bis zur Brust reichte. Ein kräftiger Mann, mit einem mächtigen Hals und breitem Körperbau.

Wenigstens dürfte er nicht besonders schnell sein, dachte Shef. Und er stand an der falschen Stelle, um ein Wachtposten zu sein. Die beiden Jungen blickten einander an. Die Wikinger mochten große Seefahrer sein. Aber in der Kunst der Heimlichkeit hatten sie noch viel zu lernen.

Bedächtig schlängelte sich Shef weiter vorwärts, weg vom Wachtposten, um einen Farnstrauch herum, unter einem Ginsterbuch hindurch, Hund immer hinter sich. Der Gesang hatte aufgehört und war von einem einzelnen Redner abgelöst worden. Keinem Redner. Einem Mahner. Einem Prediger. Konnte es selbst unter den Wikingern Christen geben? Shef war verdutzt.

Ein paar Schritte weiter schob er die Farnstängel auseinander und blickte ungesehen in die kleine Senke hinab. Dort saßen in einem groben Kreis vierzig oder fünfzig Männer auf dem Boden. Alle trugen Schwerter oder Äxte, aber ihre Speere und Schilde waren abseits aufgestellt oder in den Boden gepflanzt. Sie hatten innerhalb eines Bereichs Platz genommen, der von einem Dutzend Speere umrahmt war, zwischen denen ein Faden gespannt war. In regelmäßigen Abständen hingen von diesem Faden Zweige mit den Beeren, die Shef als Eberesche kannte, strahlend rot in herbstlicher Pracht. In der Mitte dieser Umfriedung brannte ein Feuer, um das die Männer sich geschart hatten. Daneben stand ein einzelner Speer, dessen himmelwärts gerichtete Spitze silbern schimmerte.

Ein einzelner Mann stand neben Feuer und Speer, den versteckten Zuschauern den Rücken zugewandt. Er sprach mit überredendem, gebieterischem Ton auf die Männer ein, die ihn umringten. Anders als bei ihnen, und anders als bei allen anderen Menschen, die Shef je gesehen hatte, waren sein Kittel und seine Hose weder ungefärbt noch grün oder braun oder blau, wie sonst üblich, sondern strahlend weiß, weiß wie ein gekochtes Ei.

In der rechten Hand hielt der Mann einen Hammer mit kurzem Griff und zwei Köpfen – ein Schmiedehammer. Shefs scharfes Auge heftete sich auf die Männer in der ersten Reihe. Jeder von ihnen trug eine Kette um den Hals. An jeder dieser Ketten sah er einen Anhänger, der die Brust des Trägers schmückte. Dabei gab es unterschiedliche Anhänger unter den Männern: er sah ein Schwert, ein Horn, ein männliches Glied, ein Boot. Aber nicht weniger als die Hälfte der Männer trug einen Hammer.

Unvermittelt erhob sich Shef aus seinem Versteck und ging in die Senke hinab. Als sie ihn sahen, sprangen fünfzig Männer gleichzeitig auf, zogen ihre Schwerter und machten einander auf den Eindringling aufmerksam.

Hinter sich hörte Shef ein überraschtes Grummeln und das Geräusch von Schritten, die durch das Geäst brachen. Der Wachtposten war jetzt hinter ihm. Das wusste Shef, ohne sich umzudrehen.

Langsam wandte sich der Mann in Weiß zu ihm um. Sie sahen einander über den beerengeschmückten Faden hinweg prüfend an.

„Und wo kommst du plötzlich her?", fragte der Mann in Weiß. Er sprach Englisch mit einem starken, kehligen Akzent.

Was soll ich sagen?, dachte Shef. Aus Emneth? Aus Norfolk? Das wird ihnen nichts sagen.

„Ich komme aus dem Norden", antwortete er laut.

Die Gesichter, in die er blickte, veränderten sich. Überraschung? Erkennen? Misstrauen?

Der Mann in Weiß bedeutete seinen Zuhörern, ruhig zu bleiben. „Und was möchtest du von uns, den Wanderern auf dem *Asgarthsvegr*, dem Weg Asgards?"

Shef zeigte mit dem Finger auf den Hammer in der Hand des Mannes und auf den Hammeranhänger. „Ich bin Schmied, wie Ihr. Ich will lernen."

Jemand erklärte den anderen auf Nordisch, was der englische Junge geantwortet hatte. Shef bemerkte, dass Hund neben ihm aufgetaucht war, und er spürte eine Bedrohung hinter sich und seinem Freund. Er hielt seinen Blick auf dem Mann in Weiß.

„Zeig mir einen Beweis deines Handwerks."

Shef zog sein Schwert und reichte es dem Mann, wie er es mit Edrich getan hatte. Der Hammerträger nahm die Waffe, drehte und wendete, betrachte und bog sie vorsichtig. Wohlwollend bemerkte er, wie die kräftige, einschneidige Klinge federte. Er kratzte mit dem Daumennagel etwas von der rostfarbenen Schicht auf der Oberfläche ab. Vorsichtig schnitt er einige Haare von seinem Unterarm.

„Deine Schmiede war nicht heiß genug", merkte er an. „Oder du hast die Geduld verloren. Die Stahlstreifen waren nicht gleichmäßig, als du sie miteinander verdreht hast. Aber es ist eine gute Klinge. Es ist mehr daran, als es den Anschein hat.

Genau wie bei dir. Sag mir, was du willst, Junge – und denk daran, dass der Tod nur einen Schritt hinter dir steht. Wenn du nur ein entlaufener Sklave bist, wie dein Freund", meinte er und deutete auf Hunds Hals mit den verräterischen Spuren, „lassen wir dich vielleicht gehen. Wenn du ein Feigling bist, der sich auf die Seite der Sieger schlagen will, töten wir dich vielleicht. Oder bist du etwas anderes? Vielleicht jemand anderes. Also, sag mir, was du willst."

Ich will Godive zurück, dachte Shef. Er sah dem heidnischen Priester in die Augen und sprach mit aller Aufrichtigkeit, die er zusammenbrachte. „Ihr seid ein Meisterschmied. Die Christen erlauben mir nicht, mehr zu lernen. Ich will bei Euch in die Lehre gehen. Ich will Euer Schmiedehelfer werden."

Der Mann in Weiß brummte, gab Shef sein Schwert mit dem Griff aus Horn voran zurück. „Senke deine Axt, Kari", meinte er zu dem Mann hinter den Jungen. „Hier steckt mehr dahinter, als unsere Augen sehen können.

Ich nehme dich zum Lehrling, Junge. Und wenn dein Freund irgendetwas kann, soll er sich uns ebenfalls anschließen. Setzt euch beide an die Seite, bis wir hier fertig sind. Mein Name ist Thorvin. Das bedeutet ‚Freund Thors', des Gottes der Schmiede. Wie heißt ihr?

Shef errötete vor Scham, senkte den Blick.

„Mein Freund heißt Hund", sagte er, „wie das Tier. Und ich habe auch nur einen Hundenamen. Mein Vater… nein, ich habe keinen Vater. Man nennt mich Shef."

Zum ersten Mal wirkte Thorvin überrascht. „Vaterlos?", murmelte er. „Und du heißt Shef. Aber das ist nicht nur ein Name für Hunde. Du weißt wahrlich wenig."

Shefs Mut sank auf dem Weg zum Lager. Er fürchtete sich nicht seinetwegen, sondern hatte Angst um Hund. Thorvin hatte die Jungen an den Rand der Versammlung geschickt, bis diese zu Ende gegangen war. Erst hatte er selbst weitergesprochen, dann hatte es eine Unterhaltung zwischen den Anwesenden gegeben, in dem kehligen Nordisch, dem Shef beinahe folgen konnte. Zuletzt war ein Schlauch herumgegangen, aus dem die Männer feierlich getrunken hatten, bevor sie sich in kleinen Gruppen versammelten, um schweigend gemeinsam die Hände auf verschiedene Gegenstände zu legen: Thorvins Hammer, einen Bogen, ein Horn, ein Schwert und etwas, das wie ein getrockneter Pferdepenis aussah. Niemand hatte den Speer berührt, bis Thorvin zu ihm gegangen war und ihn forsch auseinander gezogen und die beiden Teile in ein Tuch eingewickelt hatte. Wenige Augenblicke später war die Abgrenzung aus Speeren und Fäden abgebaut und das Feuer gelöscht worden, bevor die Männer in kleinen Gruppen in unterschiedliche Richtungen auseinandergegangen waren.

„Wir sind Wanderer auf dem Weg", hatte Thorvin Shef und Hund auf bedächtig gesprochenem Englisch erklärt. „Nicht alle von uns möchten, dass das jeder weiß – nicht im Lager der Ragnarssons. Mich dulden sie. Er berührte den Hammer um seinen Hals. „Ich habe gewisse Fertigkeiten. Auch du hast einige dieser Fertigkeiten, junger Schmiedelehrling. Vielleicht wird dich das schützen.

Aber was ist mit deinem Freund? Was kannst du?"

„Ich kann Zähne ziehen", hatte Hund unversehens geantwortet. Das halbe Dutzend Männer ringsum hatte amüsiert gemurrt.

„*Tenn draga*", war einem von ihnen entfahren, „*that er ihtrott.*"
„Er sagt: ‚Zähne ziehen, das ist eine Leistung.' Stimmt es denn?"
„Es stimmt", war Shefs Antwort für seinen Freund gewesen. „Er meint, dass es nicht um die Kraft geht, sondern um eine Drehung aus dem Handgelenk. Und man muss wissen, wie die Zähne wachsen. Er kann auch Fieber heilen."
„Zähne ziehen, Knochen richten, Fieber heilen", hatte Thorvin gemeint. „Für einen Heiler haben Frauen und Krieger immer Verwendung. Er kann sich meinem Freund Ingulf anschließen. Wenn wir so weit kommen. Versteht ihr? Wenn wir euch bis zu meiner Schmiede oder Ingulfs Hütte schaffen können, seid ihr vielleicht sicher. Bis dahin…" Kopfschüttelnd hatte er den Satz verhallen lassen. „Wir haben viele, die uns Übel wünschen und nur wenige Freunde. Wollt ihr es versuchen?"
Sie waren ihm stumm gefolgt. Aber war es klug gewesen?
Je näher sie ihm kamen, desto ehrfurchtgebietender sah das Lager aus. Es war von einem hohen Erdwall umgeben, auf dessen Außenseite ein Graben gezogen worden war. Jede Seite war wenigstens eine Achtelmeile lang. Viel Arbeit, dachte Shef bei sich. Das waren viele Spaten Erde zu bewegen. Hieß das, dass sie lange bleiben wollten? Warum sonst sollten sie solchen Aufwand betreiben? Oder machten die Wikinger es immer so? War es für sie Gewohnheit?
Der Erdwall war gekrönt von einer Einfriedung aus angespitzten Baumstämmen, eine Viertelmeile weit. Zweihundertzwanzig Schritt. Vier Seiten… Nein, an der Beschaffenheit des Geländes erkannte Shef, dass eine Seite des Lagers am Stour lag. Auf jener Seite konnte er sogar die Buge der Schiffe in den trägen Fluss ragen sehen. Shef war verwirrt, bis er begriff, dass die Wikinger ihre Schiffe, die immerhin ihr wichtigstes Hab und Gut waren, ans schlammige Ufer gezogen und dort so zusammengebunden hatten, dass sie die vierte Seite der Einfriedung bildeten. Groß, aber wie groß? Drei Seiten. Dreimal zweihundertzwanzig Schritt. Jeder Stamm in der Umzäunung war etwa einen Fuß breit. Drei Fuß waren ein Schritt.

Shefs Verstand rang wie so häufig mit dem Rechenaufgabe. Dreimal dreimal zweihundertzwanzig. Es musste einen Weg zur Antwort geben, aber diesmal sah Shef keine Abkürzung dorthin. Es waren jedenfalls eine Menge Baumstämme, und große noch dazu. Bäume gab es hier im Flachland nicht besonders viele. Sie mussten sie also mitgebracht haben. Unscharf begann sich in Shefs Kopf eine unbekannte Vorstellung zu bilden. Er kannte kein Wort dafür. Vielleicht Vorsatz. Ein Vorausdenken. Sich Dinge zu überlegen, bevor sie geschahen. Keine Kleinigkeit war zu gering für diese Männer, um sich damit zu befassen. Er erkannte, dass Krieg für die Wikinger nicht nur eine Frage der Einstellung und des Mutes, des Ruhms und geerbter Schwerter war. Es war ein Geschäft, eine Sache von Baumstämmen und Schaufeln, Vorbereitung und Gewinn.

Immer mehr Männer kamen in Sicht, als die Gruppe sich dem Erdwall näherte. Einige saßen entspannt herum eine Gruppe hatte sich um ein Feuer geschart und briet Speck. Andere warfen mit Speeren nach einer Zielscheibe. In ihrer verdreckten Wollkleidung sahen sie kaum anders aus als Engländer, meinte Shef. Aber es gab einen Unterschied. In jeder Gemeinschaft, die Shef in seinem Leben gesehen hatte gab es Männer, die nie wieder in die Schlacht ziehen würden; deren Beine gebrochen und schlecht geschient worden waren, die kleinwüchsig oder missgebildet waren, deren Augen das Sumpffieber getrübt hatte oder deren alte Kopfwunden ihnen das Sprechen erschwerten. Hier gab es diese Männer nicht. Nicht jeder war groß und, was Shef einigermaßen überraschte, kräftig. Aber alle sahen fähig, abgebrüht und zu allem bereit aus. Es waren einige Jugendliche unter ihnen, aber keine Jungen. Kahle und ergraute Männer, aber keine lahmen Greise.

Und Pferde. Die Ebene war voll mit Pferden, alle angebunden und grasend. So ein Heer brauchte sicher jede Menge Pferde, dachte Shef, und viel Gras, um sie zu ernähren. Das könnte eine Schwachstelle sein. Shef wurde klar, dass er wie ein Feind dachte, ein Feind, der nach Möglichkeiten suchte. Er war kein König oder Thane, aber er wusste aus Erfahrung, dass nachts niemand so viele Tiere bewachen konnte, ganz gleich, wie sehr er sich bemühte. Ein paar Männer, die sich im Sumpf auskannten, könnten die Pferde ungeachtet aller Wachtposten erreichen, sie losbinden und erschrecken. Vielleicht könnten sie die Wachtposten sogar ausschalten. Wie würden sich die Wikinger fühlen, die als Nachtwache eingeteilt waren, wenn ihre Vorgänger den Sonnenaufgang nicht erlebt hatten?

Shefs Mut verließ ihn erneut, als sie den Eingang erreichten. Es gab kein Tor, und das allein war ein ahnungsvolles Zeichen. Der Pfad führte geradewegs zu einer zehn Schritt weiten Lücke in der Umfriedung, als ob die Wikinger sagen wollten: „Unsere Mauern schließen unsere Beute und Sklaven ein, aber wir selbst verstecken uns nicht dahinter. Wenn du kämpfen willst, dann komm und stell dich uns. Schau, ob du an den Wachen vorbeikommst. Nicht diese Baumstämme schützen uns, sondern die Äxte, mit denen wir sie gefällt haben."

Vierzig bis fünfzig Männer standen oder lümmelten um die Lücke herum. Sie machten den Eindruck, auf einen längeren Aufenthalt eingestellt zu sein. Anders als ihre Gefährten außerhalb des Lagers trugen sie alle Kettenhemden oder Lederrüstung. Speere waren gruppenweise aneinander gelehnt, Schilde standen in Reichweite.

Diese Männer würden innerhalb weniger Herzschläge zum Kampf bereit sein, ganz gleich, woher der Feind kam. Sie hatten Shef, Hund, Thorvin und ihre Begleiter bereits seit einiger Zeit im Auge behalten. Würde man sie aufhalten?

Als sie die Bresche erreichten, kam ein Riesenkerl im Kettenhemd auf sie zu starrte sie nachdenklich an, damit sie auch ja verstünden, dass er die beiden Neuankömmlinge bemerkt hatte. Nach einigen Augenblicken nickte er und deute mit dem Daumen hinter sich ins Lagerinnere. Als sie einige Schritte an ihm vorüber waren, rief er ihnen einige Worte hinterher.

„Was sagt er?", zischte Shef.

„Er sagt ‚Auf deine Verantwortung', oder so ähnlich."

Drinnen erschien auf den ersten Blick alles in Unordnung, und doch lag darunter verborgen eine Regelmäßigkeit, ein Gefühl von Vorsatz. Überall waren Männer mit etwas beschäftigt: Sie kochten, unterhielten sich, würfelten oder beugten sich über Spielbretter. Zelte aus grobem Leinen erstreckten sich in alle Richtungen und ihre Spannseile bildeten einen wahren Irrgarten. Trotzdem war der Weg vor ihnen jederzeit zu erkennen und frei. Der Pfad war gerade, zehn Schritt weit, alle Pfützen waren mit Kies aufgefüllt worden und die Spuren kürzlich vorbeigekommener Karren kaum sichtbar. Diese Männer arbeiten hart, dachte Shef erneut.

Ihre kleine Gruppe schritt voran und kam Shefs Schätzung zufolge nach hundert Schritten etwa in der Mitte des Lagers an. Dort hielt Thorvin und winkte die beiden Jungen zu sich.

„Ich flüstere, denn hier lauern große Gefahren. Viele in diesem Lager sprechen mehr als eine Sprache. Wir überqueren den Hauptweg, der von Norden nach Süden läuft. Rechts, im Süden, unten am Fluss, wo die Schiffe liegen, ist der Lagerplatz der Ragnarssons und ihrer eigenen Männer. Niemand, der weiß was gut für ihn ist, geht dorthin. Wir überqueren den Weg und gehen zu meiner Schmiede beim gegenüberliegenden Eingang. Wir gehen immer geradeaus und schauen nicht mal dort hinüber. Wenn wir ankommen, gehen wir sofort hinein. Und jetzt los. Nur Mut. Es ist nicht mehr weit."

Shef hielt die Augen gesenkt, als sie den breiten Pfad überquerten, aber er wünschte sich nichts mehr, als einen Blick zu wagen. Er war wegen Godive hergekommen, aber wo könnte sie sein? Konnte er es wagen, nach Jarl Sigvarth zu fragen?

Langsam bewegten sie sich durch die Menge, bis sie die östliche Palisade vor sich hatten. Dort stand, etwas abseits von den anderen, ein grob zusammengezimmerter Unterschlupf, die offene

Seite zu ihnen und mit den vertrauten Werkzeugen einer Schmiede ausgestattet: ein Amboss, ein tönerner Schmelzofen, die Rohre und Blasebälge. Um das alles herum liefen die gleichen, mit roten Beeren geschmückten Fäden.

„Da sind wir", sagte Thorvin und drehte sich erleichtert seufzend um. Dabei wanderte sein Blick an Shef vorbei. Plötzlich wich alle Farbe aus seinem Gesicht.

Mit einem bösen Gefühl drehte auch Shef sich um. Vor ihm stand ein Mann, ein sehr großer Mann. Shef bemerkte, dass er zu ihm aufsehen musste, was seit einigen Monaten nur noch selten nötig gewesen war. Aber dieser Mann war nicht nur wegen seiner Größe bemerkenswert.

Er trug die gleichen ungefärbten, schlichten Hosen wie alle anderen im Lager, aber weder Hemd noch Überrock. Stattdessen war sein Oberkörper in eine Art weiter Decke eingehüllt, mit einem karierten Muster in schreiendem Gelb. Das Kleidungsstück wurde an der linken Schulter von einer Fibel zusammengehalten, sodass sein rechter Arm nackt blieb. Über die linke Schulter hinweg sah man den Griff eines riesigen Schwerts, das am Gürtel getragen bis zum Boden gereicht hätte. In der linken Hand trug der er einen kleinen Faustschild mit einem mittig angebrachten Griff. Eine einen Fuß lange Eisenspitze ragte daraus hervor. Hinter ihm drängte sich ein Dutzend weiterer Männer in ähnlicher Kleidung.

„Wer sind die?", knurrte er. „Wer hat die rein gelassen?" Die Worte waren ungewöhnlich betont, aber Shef verstand.

„Die Wachen am Eingang haben sie hereingelassen", gab Thorvin zurück. „Sie werden keinen Schaden anrichten."

„Die zwei. Die sind Engländer. *Enzkir*."

„Das Lager ist voll mit Engländern."

„Ja. Mit Ketten um'n Hals. Gib sie mir. Ich lass' sie fesseln."

Thorvin trat vor und stellte sich zwischen Shef und Hund. Seine fünf Freunde verteilten sich neben ihnen und bezogen gegenüber dem Dutzend halbnackter Männer in gelben Karos Stellung.

Thorvin legte die Hand auf Shefs Schulter. „Diesen hier habe ich in meine Schmiede aufgenommen. Er wird von mir lernen."

Der finster verzogene Mund unter dem langen Schnurrbart zeigte ein höhnisches Grinsen. „Eine *hübsche* Aufgabe. Vielleicht kannste ihn ja noch für was anderes benutzen. Der andere?" Er zeigte auf Hund.

„Der gehört zu Ingulf."

„Noch is' er nich' da. Der hatte 'nen Ring um den Hals. Gib ihn mir. Ich pass auf, dass er nichts ausspäht."

Shef fühlte sich selbst einen Schritt nach vorne tun, fühlte, wie sich sein Magen vor Angst zusammenzog. Er wusste, dass Widerstand sinnlos war. Da war ein Dutzend von denen, alle bewaffnet. Jeden Augenblick konnte eines dieser riesigen Schwerter ihm die Gliedmaßen vom Körper oder den Kopf von den Schultern trennen. Aber er konnte sie nicht einfach seinen Freund stehlen lassen. Seine Hand kroch zum Griff seines Kurzschwerts.

Der Mann sprang rückwärts und griff über seine Schulter. Bevor Shef sein Schwert ziehen konnte, war die Waffe des Mannes schon aus der Scheide. Ringsum blitzten Waffen auf, gingen Männer in Kampfstellung.

„Halt!", rief eine gewaltige Stimme.

Während Thorvin und der Karoträger miteinander gesprochen hatten, hatten sie die Aufmerksamkeit aller Anwesen im Umkreis vieler Schritte auf sich gezogen. Sechzig bis achtzig Männer umstanden sie in einem Kreis, schauten zu und lauschten. Aus diesem Ring trat jetzt der größte Mann heraus, den Shef jemals gesehen hatte. Anderthalb Köpfe größer als Shef, größer als der Mann mit dem riesigen Schwert, und um vieles breiter und kräftiger.

„Thorvin", sagte er, „Muirtach", wobei er dem wundersam Angezogenen zunickte. „Warum diese Unruhe?"

„Ich nehme den Thrall da mit."

„Nein." Thorvin ergriff Hund unversehens und stieß ihn durch die Tür der Unterkunft, bevor er die Hand um die Beeren an den Fäden legte. „Er steht unter Thors Schutz."

Mit erhobenem Schwert ging Muirtach auf ihn zu.

„Halt!" Wieder die gewaltige Stimme, diesmal drohend. „Dazu hast du nicht das Recht, Muirtach."

„Was geht dich das an?"

Langsam, fast zögerlich, griff der Mann in seinen Kittel, taste herum und brachte dann einen silbernen Anhänger zum Vorschein. Einen Hammer.

Muirtach fluchte, steckte sein Schwert weg und spuckte aus. „Dann nehmt ihn. Aber du, Jungchen…" Sein Blick blieb auf Shef liegen. „Du wolltest dein Schwert ziehen. Dauert nich' lang, dann treff ich dich alleine. Dann bist du tot, Kleiner." Er nickte Thorvin zu. „Thor ist mir gleich. Genau wie Christus und seine Hure von einer Mutter. Mich legste nich' rein wie den da." Er zeigte mit dem Daumen auf den Hünen, wandte sich ab und ging mit erhobenem Kopf und breitem Schritt fort, wie einer, der besiegt worden war und es nicht zeigen will. Seine Männer folgten ihm.

Shef fiel auf, dass er die Luft angehalten hatte. Jetzt atmete er betont langsam und mit vorgetäuschter Ruhe aus.

„Wer ist das?", fragte er mit Blick auf die sich zurückziehenden Männer.

Thorvin antwortet nicht auf Englisch, sondern auf Nordisch. Er sprach langsam und betonte dabei die Worte, die beiden Sprachen gemeinsam waren.

„Das sind Gaddgedlar. Irische Christen, die ihren Gott und ihr Volk verlassen haben, um sich den Wikingern anzuschließen. Viele gehören zu Ivar Ragnarssons Gefolge. Er will mit ihnen König von England und Irland werden, bevor er und sein Bruder Sigurth sich wieder ihren eigenen Reichen in Dänemark und Norwegen zuwenden."

„Mögen sie niemals dort ankommen", setzte der Riese hinzu, der sie gerettet hatte. Mit einem merkwürdigen Ausdruck der Hochachtung, ja sogar der Ehrerbietung, nickte er Thorvin zu, bevor er Shef von Kopf bis Fuß in Augenschein nahm.

„Das war kühn, Bursche. Aber du hast eben einen mächtigen Mann verärgert. Ich auch. Aber mir hat das schon lange geblüht. Falls Ihr mich wieder braucht, Thorvin, ruft einfach. Ihr wisst, dass die Ragnarssons mich um sich wünschen, seit ich die Kunde in die Braethraborg gebracht habe. Wie lange das noch so bleibt, jetzt, da ich den Hammer gezeigt habe, weiß ich nicht. Aber Ivars Hunde habe ich jetzt schon satt."

Er schlenderte davon.

„Wer war denn das?", erkundigte sich Shef.

„Ein großer Krieger aus Hålogaland in Norwegen. Man nennt ihn Viga-Brand. Brand den Mörder."

„Und er ist Euer Freund?"

„Ein Freund des Weges. Ein Freund Thors. Und darum ein Freund der Schmiede."

Ich habe keine Ahnung, worauf ich mich hier eingelassen habe, dachte Shef. Aber ich darf nicht vergessen, wozu ich hier bin. Ohne sein Zutun schweifte sein Blick von der umgrenzten Schmiede zu Hund, zum Mittelpunkt der Gefahr im Lager, zum südlichen Flusswall des Wikingerlagers, wo die Ragnarssons ihre Zelte aufgeschlagen hatten. Dort muss sie sein, dachte er plötzlich. Godive.

Sechstes Kapitel

Viele Tage lang konnte Shef nicht an seine Suche nach Godive denken – oder an irgendetwas anderes. Die Arbeit war zu hart. Thorvin stand zum Sonnenaufgang auf und arbeitete meist bis tief in die Nacht, hämmerte, schmiedete um, feilte, härtete. In einem Heer dieser Größe schienen sich unzählige Axtköpfe zu lockern, Schildnieten herauszuspringen, Schildschäfte zu brechen. Manchmal standen zwanzig Männer von der Schmiede, in einer Schlange bis zum Rand dieses Teils des Lagers und darüber hinaus. Es gab auch schwierigere Arbeiten. Einige Krieger brachten Kettenhemden mit zerrissenen und blutbefleckten Gliedern zum Ausbessern, Auslassen oder Anpassen an einen neuen Besitzer. Einzeln mussten die Ringe der Rüstungen in vier weitere eingepasst werden, und diese vier wiederum jeweils in vier andere. „Kettenhemden sind leicht und geben Bewegungsfreiheit", hatte Thorvin ihm erklärt. „Aber sie schützen nicht vor heftigen Stößen und sind für den Schmied die Hölle auf Erden."

Mit der Zeit gab Thorvin mehr und mehr der regelmäßig anfallenden Arbeiten an Shef ab und stürzte sich selbst auf die schwierigen oder besonderen Aufgaben. Aber er war nie weit entfernt. Er sprach die ganze Zeit nordisch, wiederholte sich so oft wie nötig. Manchmal, zu Anfang, bediente er sich Handzeichen, bis er sicher war, dass Shef verstanden hatte. Shef wusste, dass er gut englisch sprach. Aber er benutzte es nie. Er bestand darauf, dass sein Lehrling ihm auf Nordisch antwortete, selbst wenn er nur wiederholte, was sein Lehrer gesagt hatte. Tatsächlich waren sich die Sprachen sehr nahe, was die Worte und den Ausdruck anging. Nach einer Weile lernte Shef den Kniff hinter den Wiederholungen und begann, das Nordische als eine eigenartige und abwegige

Mundart des Englischen zu betrachten, die er nur nachahmen und nicht völlig neu erlernen musste. Dann lief vieles einfacher. Die Unterhaltungen mit Thorvin waren auch eine willkommene Ablenkung von der Langeweile und der Verdrießlichkeit. Von ihm und den Männern, die warteten, bis sie an der Reihe waren, lernte Shef Vieles, von dem er vorher noch nie gehört hatte. Alle Wikinger schienen erstaunlich gut unterrichtet über die Entscheidungen oder Absichten ihrer Heerführer und hatten keinerlei Bedenken, diese zu besprechen oder zu bemängeln. Ihm wurde schnell klar, dass dieses große Heer, das die gesamte Christenheit so fürchtete, alles, aber keine Einheit war. In seinem Herzen standen die Ragnarssons und ihr Gefolge. Sie machten vielleicht die Hälfte der Streitmacht aus. Aber ihnen hatten sich in Hoffnung auf Beute viele andere angeschlossen, von Jarls mit zwanzig Schiffen von den Orkney-Inseln bis hin zu einzelnen Mannschaften aus Dörfern in Jütland oder Schonen. Von diesen waren viele bereits jetzt unzufrieden. Der Feldzug, so meinten sie, habe gut genug angefangen, mit dem Einfall in Ostanglien und der Errichtung dieses befestigten Lagers. Aber eigentlich war es immer darum gegangen, nicht lange zu bleiben, sondern Pferde zu sammeln, örtliche Führer zu finden und sich dann von der festen Stellung in Ostanglien gegen den echten Feind und das wirkliche Ziel zu wenden: das Königreich Northumbria.

„Warum nicht gleich mit allen Schiffen in Northumbria landen?", hatte Shef eines Tages gefragt, sich den Schweiß von der Stirn gewischt und den nächsten Wartenden heran gewunken. Der untersetzte, kahle Wikinger mit dem verbeulten Helm hatte laut, aber ohne Häme gelacht. Er hatte gemeint, dass der wirklich schwierige Teil des Feldzugs immer der Anfang sei. Die Schiffe die Flüsse hinauf zu führen, einen Ort zum Anlegen zu finden. Pferde für tausende Männer zusammenzutreiben und dabei auf Nachzügler und Verirrte zu warten, die in die falsche Flussmündung gesegelt waren. „Wenn die Christen genug Grips hätten", hatte er gesagt und ausgespuckt, „könnten sie uns fast immer rauswerfen, bevor wir wirklich Fuß fassen." „Nicht so lange Schlangenauge das Sagen hat", hatte ein anderer Mann eingeworfen. „Vielleicht nicht", hatte der erste Wikinger zugegeben. „Vielleicht nicht mit Schlangenauge. Aber mit geringeren Anführern. Erinnerst du dich an Ulfketil im Frankenland?"

Also, da waren sie sich einig, besser zuerst einen festen Stand finden, bevor man zuschlug. Guter Einfall. Aber diesmal war etwas schiefgegangen. Sie hatten schon zu lange gestanden. Das lag an diesem König Edmund, oder ,Jatmund', wie sie es aussprachen. Da stimmte der Großteil der Kundschaft zu. Und die einzige Frage war, warum er sich so dumm verhielt. In Ostanglien alles zu plündern, bis der König nachgab, sei einfach. Aber sie waren ja nicht gekommen, um Ostanglien zu überfallen, beschwerten sie sich. Es nahm zu viel Zeit in Anspruch und brachte zu wenig Beute. Warum in aller Welt kam der König nicht zur Vernunft und bezahlte einfach? Eine Warnung hatte er bekommen.

Vielleicht war die Warnung zu deutlich gewesen, dachte Shef und erinnerte sich an das eingefallene Gesicht Wulfgars in der Pferdetränke und an das unbestimmte Gefühl der Wut, das ihn auf ihrem Weg durch die Felder und Wälder überfallen hatte. Wenn er fragte, warum die Wikinger so versessen auf Northumbria, das größte, aber bei weitem nicht das reichste der englschen Königreiche waren, lachten die Wikinger laut und lange, bevor einer von ihnen antworte. Als er schließlich die Geschichte von Ragnar Lodbrok und König Ella, vom alten Eber und den Frischlingen, von Viga-Brand und seiner Herausforderung an die Ragnarssons in der Braethraborg zusammengesetzt hatte, überkam ihn ein Schauder. Er erinnerte sich an die rätselhaften Worte, die er von dem Mann in der Schlangengrube des Erzbischofs gehört hatte, und dem Gefühl der Vorahnung, das ihn damals ergriffen hatte. Er verstand das Verlangen nach Rache, aber andere Dinge machten ihn noch neugieriger.

„Warum sagt ihr ,Hölle'?", fragte er Thorvin eines Abends nach dem Aufräumen der Gerätschaften bei einem Krug gewürzten

Biers in der langsam kühler werdenden Schmiede. „Glaubt ihr an einen Ort, an dem ihr nach dem Tod für eure Sünden bestraft werdet? Christen glauben an die Hölle – aber ihr seid keine Christen."

Warum denkst du, dass ‚Hölle' ein Christenwort ist?", gab Thorvin zurück. „Was heißt Himmel?" Zur Abwechslung benutzte er das englische Wort: *heofon*.

„Nun, das ist die Luft da oben, wo die Wolken ziehen", antworte Shef überrascht.

„Und der Ort der Glückseligkeit für Christen nach dem Tod. Aber das Wort gab es schon, bevor die Christen kamen. Sie haben es nur geliehen und ihm eine neue Bedeutung gegeben. Mit der Hölle genauso. Was heißt *hulda?*" Diesmal benutzte er das nordische Wort.

„Etwas bedecken oder verstecken. Wie *helian* im Englischen."

„Also ist die Hölle das, was bedeckt ist. Was unter der Erde liegt. Ein ganz einfaches Wort, wie Himmel. Jenseits davon kannst du ihm jede Bedeutung geben, die du möchtest.

Aber um deine andere Frage zu beantworten: Ja, wir glauben an einen Ort der Strafe für unsere Sünden. Einige von uns haben ihn sogar gesehen."

Thorvin saß für eine Weile stumm da, als würde er nachdenken, unsicher darüber, ob er weiterreden sollte. Als er es schließlich tat, sang er halb, langsam und klangvoll, wie die Mönche in der Klosterkirche von Ely, die Shef vor so langer Zeit die Weihnachtsvigil hatte singen hören.

„Die Halle steht, von Balder unbesucht,
Am Totenstrand, die Türen nach Norden weisend.
Es regnet heißes Gift, vom Holz der Decke.
Die Wände aus Nattern, sich windend ohne Rast.
Dort kauern die Seelen, in Klage und Ängsten:
Hier weinen die Mörder und Männer gebrochener Eide,
Und alle, die lügen, um ihre Lust am Weib zu stillen."

Thorvin schüttelte den Kopf. "Ja, wir glauben an die Bestrafung von Sünden. Vielleicht haben wir nur eine andere Vorstellung von Sünde als die Christen."

„Wer ist das, wir?"

„Es wird Zeit, dass du es erfährst. Ich hatte schon öfter den Eindruck, dass du es wissen solltest." Während sie im Schein des erlöschenden Feuers ihr warmes, kräuterduftendes Bier tranken, wurde das Lager um sie herum ruhiger und Thorvin begann, den Anhänger zwischen den Fingern drehend, zu erzählen. „So war es also."

„Alles hat", sagte er, „vor einigen Menschenaltern begonnen, vielleicht vor hundertfünfzig Jahren. Zu jener Zeit war ein großer Jarl der Friesen, einem Volk an der Nordseeküste England gegenüber, noch Heide. Doch wegen der Geschichten der Missionare aus dem Frankenland und England, und wegen der alten Verwandtschaft mit den inzwischen christlichen Engländern hatte er sich für die Taufe entschieden.

Der Sitte nach sollte die Taufe öffentlich stattfinden, unter freiem Himmel in einem großen Becken, das die Missionare für alle sichtbar zusammengebaut hatten. Nach Jarl Radbods Taufe sollten die Adligen seines Hofstaats und bald darauf die gesamte Grafschaft folgen. Grafschaft, nicht Königreich, denn die Friesen waren zu stolz, als dass sie jemandem einen Rang über allen anderen gestattet hätten.

Der Jarl trat also neben das Becken, gekleidet in Hermelin und Scharlachrot über dem weißen Taufkleid, und setzte einen Fuß bereits auf die erste Stufe ins Becken hinab. Er hatte den Fuß bereits im Wasser", versicherte Thorvin, „aber dann drehte er sich um und fragte einen der Missionare, einen Franken, den seine Landsleute Wulhramm, den Wolfsraben, nannten, ob es stimme, dass, sobald er die Taufe annehme, seine Vorfahren, die in jenem Augenblick noch mit den anderen Verdammten in der Hölle seien, befreit und im Himmel auf die Ankunft ihres Nachkommens warten würden.

Nein, antwortete der Wolfsrabe. Es habe Heiden gegeben, die nie getauft worden waren und so nicht auf Erlösung hoffen konnten. Es gäbe keine Erlösung außerhalb der Kirche, wie er es schon auf Latein gesagt hätte: *Nulla salvatio extra ecclesiam.* Und es gäbe auch keine Erlösung für alle, die einmal in der Hölle waren. *De infernis nulla est redemptio.*

Aber Jarl Radbod meinte, seinen Vorfahren habe nie jemand von der Taufe erzählt. Sie hätten sie nicht einmal ablehnen können. Warum also sollten sie für etwas, von dem sie gar nichts wussten, für immer in der Hölle Qualen leiden?

Das sei der Wille des Herrn, gab der fränkische Missionar zurück und zuckte dabei vielleicht mit den Schultern. Danach nahm Radbrod den Fuß aus dem Taufbecken und erklärte feierlich, niemals Christ werden zu wollen. Wenn er wählen müsse, sagte er, würde er lieber mit seinen schuldlosen Vorfahren in der Hölle leben als mit Heiligen und Bischöfen in den Himmel aufsteigen, die nicht wüssten, was Recht ist. Und er begann eine Verfolgung der Christen in seinem Herrschaftsgebiet, die ihm den Zorn des Frankenkönigs einbrachte."

Thorvin nahm einen tiefen Zug aus seinem Becher und berührte dann den kleinen Hammer, der um seinen Hals hing.

„So fing alles an", sagte er. „Radbod Jarl war ein Mann mit großer Voraussicht. Er sah, dass die Wahrheit der Christen, solange sie die einzigen waren, die ihren Glauben in Büchern festhielten, am Ende bestehen bleiben würde. Und es die Stärke und gleichzeitig die größte Sünde der Christen war, dass sie niemandem sonst zugestanden, auch nur einen Splitter der Wahrheit zu kennen. Sie verhandeln nicht. Sie machen keine halben Sachen. Um sie also zu besiegen oder wenigstens auf Abstand zu halten, beschloss Radbod, dass die Länder des Nordens ihre eigenen Priester und ihre eigenen Wahrheiten haben sollten. Das war der Anfang des Weges."

„Der Weg…", ermunterte Shef Thorvin, als dieser eine Weile verstummt war.

„Der Weg, das sind *wir*. Wir sind die Priester des Weges und wir haben dreierlei Pflichten, die wir erfüllen, seit der Weg in die Länder des Nordens kam. Die erste ist es, die alten Götter, die Asen, zu ehren: Thor und Odin, Freya und Uller, Tyr und Njörd, Heimdall und Balder. Wer von ganzem Herzen an diese Götter glaubt, trägt einen Anhänger wie meinen, mit dem Zeichen des Gottes, den sie am meisten lieben: ein Schwert für Tyr, einen Bogen für Uller, ein Horn für Heimdall. Oder einen Hammer für Thor, so wie ich ihn trage. Viele Männer tragen dieses Zeichen.

Unsere zweite Pflicht ist es, uns mit einem Handwerk zu ernähren, so wie ich es mit meiner Schmiede tue. Wir sollen anders sein als die Priester des Christengottes, die nicht selbst arbeiten, sondern von denen, die arbeiten, Abgaben und Geschenke nehmen und sich und ihre Kirchen bereichern, bis das Land unter ihren Forderungen ächzt.

Aber unsere dritte Pflicht ist schwer zu erklären. Wir müssen an das denken, was kommt. An das, was in diesem Leben geschieht, nicht im nächsten. Die Christenpriester, verstehst du, glauben daran, dass diese Welt nur eine vorübergehende Bleibe auf dem Weg in die Ewigkeit ist und dass die wahre Pflicht der Menschen darin besteht, dieses Leben hinter sich zu bringen, ohne der Seele allzu viel Schaden zuzufügen. Sie glauben nicht, dass diese Welt irgendeine Bedeutung hat. Sie wollen nichts über sie erfahren, nichts Neues lernen.

Aber wir, die dem Weg folgen, glauben an eine Schlacht, die am Ende geschlagen werden muss. Eine Schlacht so groß, dass kein Mensch sie sich vorstellen kann. Aber sie wird in dieser Welt geschlagen werden, und wir haben die Pflicht, unsere Seite, die Seite der Menschen und Götter, zur stärkeren zu machen, wenn der Tag kommt.

Und so müssen wir alle unserem Handwerk oder unserer Kunst etwas hinterlassen, sie besser machen durch das, was wir lernen. Wir müssen immer darüber nachdenken, was wir anders angehen oder neu erfinden können. Die angesehensten unter uns sind jene, die etwas völlig Ungesehenes erdenken, an das noch kein Mensch vorher gedacht hat. Ich selbst bleibe weit hinter solchen Männern zurück. Und doch sind seit den Zeiten Radbod Jarls viele neue Dinge im Norden gesehen worden.

Selbst in den Ländern des Südens hat man schon von uns gehört. In den Städten der Mauren, in Córdoba und Kairo und den Reichen der blauen Männer spricht man vom Weg und den Taten der *majus*, der Feueranbeter, wie sie uns nennen. Sie schicken Abgesandte, die zusehen und lernen sollen.

Aber die Christen schicken niemanden zu uns. Sie haben noch immer Vertrauen in ihre einzige Wahrheit. Sie alleine wissen, was Erlösung und was Sünde ist."

„Ist es keine Sünde, einen Mann zum *heimnar* zu machen?", fragte Shef.

Thorvin blickte ihn scharf an. „Das Wort hast du nicht von mir gelernt. Aber ich vergesse, dass du viel mehr Dinge weißt, als ich dich bisher gefragt habe.

Ja, es ist eine Sünde, einen Mann zum *heimnar* zu machen, ganz gleich was er getan hat. Es ist ein Werk Lokis, des Gottes, in dessen Andenken wir das Feuer in unseren Versammlungen anzünden, das neben dem Speer seines Vaters Odin brennt. Aber wenige unter uns tragen das Zeichen Odins, und keiner das Lokis.

Einen Mann zum *heimnar* machen. Nein, das klingt nach dem Knochenlosen, ob er es selbst getan hat oder nicht. Es gibt mehr als einen Pfad zum Sieg über die Christen, und der Pfad, den Ivar Ragnarsson beschreitet, ist töricht. Er führt ins Nirgendwo. Aber… du hast bereits gesehen, dass ich nichts für die Geschöpfe und Mietlinge Ivars übrig habe.

Geh jetzt schlafen." Damit leerte Thorvin seinen Becher und zog sich ins Schlafzelt zurück, wohin ihm Shef nachdenklich folgte.

Die Arbeit für Thorvin hatte Shef keine Zeit gelassen, sich seiner eigentlichen Aufgabe zu widmen. Hund war beinahe augenblicklich zu Ingulf dem Heiler mitgenommen worden, der auch ein

Priester des Weges war, sich aber der Heilerin Eir verschrieben hatte. Seitdem hatten sie einander nicht wiedergesehen. Shef blieben nur die täglichen Arbeiten eines Schmiedehelfers, die noch schwieriger wurden, weil er sich nur in der Umgrenzung Thors aufhalten konnte: der Schmiede, dem Schlafzelt und einem kleinen Häuschen, in dem sich die Abtrittsgrube befand. Dieser Bereich war von den beerengeschmückten Fäden umspannt, die Thorvin *rowan* nannte. „Beweg dich niemals jenseits der Schnüre", hatte Thorvin ihm eingeschärft. „Hier stehst du unter dem Schutz Thors, und dein Tod würde seine Rache an den Tätern heraufbeschwören. Da draußen", gab er schulterzuckend zu bedenken, „würde Muirtach sich freuen, dich alleine herumlaufen zu sehen." Also blieb Shef im Bereich der Schmiede.

Am Morgen nach dem Gespräch besuchte ihn Hund.

„Ich hab sie gesehen, heute Morgen", flüsterte Shefs Freund ihm zu, als er sich neben ihn kauerte. Zur Abwechslung war Shef allein, Thorvin war gegangen, um ihnen einen Platz zum Brotbacken in den Öfen des Lagers zu sichern. Shef war zurückgeblieben und mahlte mit einer Handmühle Weizenkörner zu Mehl.

Shef sprang auf und schüttete dabei Mehl und ungemahlene Körner über den Boden aus gestampftem Lehm. „Wen? Du meinst… Godive! Wo? Wie? Ist sie…"

„Setz dich hin, ich bitte dich." Hund begann eilig die verschütteten Körner aufzulesen. „Wir müssen ganz ruhig aussehen. Hier sieht immer irgendjemand zu. Bitte, setz dich hin. Die schlechte Nachricht ist die: Godive gehört jetzt Ivar Ragnarsson. Dem, den hier alle den Knochenlosen nennen. Aber niemand hat ihr etwas getan. Sie ist am Leben und gesund. Ich weiß das nur, weil Ingulf als Heiler überall hinkommt. Er weiß jetzt, was ich alles kann und nimmt mich oft mit. Vor ein paar Tagen wurde er zu diesem Knochenlosen gerufen. Mich haben sie nicht rein gelassen. Um die Zelte steht immer eine starke Wache. Aber als ich draußen gewartete habe, ging sie an mir vorbei, ohne Zweifel. Keine fünf Schritt weit war sie entfernt, Shef. Gesehen hat sie mich aber nicht."

„Wie sah sie aus?", fragte Shef, gepeinigt von der Erinnerung an seine Mutter und Truda.

„Sie hat gelacht. Sie schien… glücklich." Die beiden Jungen wurden still. Nach allem, was sie gehört hatten, lag etwas Beunruhigendes darin, dass jemand im Umkreis dieses Ivar Ragnarsson glücklich war oder nur so schien.

„Aber hör zu, Shef. Sie ist in schrecklicher Gefahr. Sie versteht das nicht. Sie denkt, dass sie sicher ist, nur weil Ivar freundlich redet, höflich ist und sie nicht gleich wie eine Hure benutzt hat. Aber mit Ivar stimmt etwas nicht, im Kopf oder mit seinem Körper. Er kennt Wege, um sich Erleichterung zu verschaffen. Und vielleicht ist Godive bald einer davon.

Du musst sie hier raus bringen, Shef, so bald wie möglich. Und als erstes musst du dich ihr zeigen. Was wir danach machen sollen, weiß ich nicht. Aber wenn sie weiß, dass du hier bist, fällt ihr vielleicht eine Möglichkeit ein, dir eine Nachricht zukommen zu lassen. Und ich habe noch etwas gehört. Alle Frauen der Ragnarssons und ihrer engsten Vertrauten wollen heute ihre Zelte verlassen, ich habe gehört, wie sie sich beschwert haben. Sie sagen, sie hätten ihre Wäsche seit Wochen nur im schmutzigen Fluss waschen können. Am Nachmittag wollen sie das Lager verlassen und sich und ihre Kleider waschen, in einem Nebengewässer eine Meile von hier."

„Könnten wir sie dort retten?"

„Denk nicht mal dran. Das Lager wird von tausenden Männern bewacht, die es alle nach Frauen giert. Auf dem Ausflug werden so viele zuverlässige Krieger sein, dass man nicht zwischen ihnen hindurch gucken kann. Du kannst nur dafür sorgen, dass sie dich sieht. Hör zu, hier wollen sie hingehen." Hund begann, Shef eindringlich die Umgebung zu erläutern.

„Aber wie soll ich von hier wegkommen? Thorvin…"

„Daran habe ich gedacht. Sobald die Frauen sich auf den Weg machen, komme ich her und sage Thorvin, dass mein Lehrer seine Hilfe braucht und er die Werkzeuge schleifen muss, mit denen

Ingulf Männern die Bäuche und Köpfe öffnet. Ingulf vollbringt wirklich Wunder", fügte Hund mit beeindrucktem Kopfschütteln hinzu. „Er kann mehr als alle heilkundigen Mönche, die ich kenne.

Wenn Thorvin das hört, wird er mit mir kommen. Dann musst du aufbrechen, durch die Umzäunung schlüpfen und dir einen großen Vorsprung vor den Frauen und den Bewachern verschaffen, damit du sie wie zufällig unterwegs treffen kannst."

Was Thorvin anging, behielt Hund recht. Sobald sich Hund mit der Bitte an ihn wendete und erklärte, wobei er gebraucht wurde, stimmte der Schmied zu. „Ich komme", sagte er, legte den Hammer weg und suchte Wetzstein, Abziehstein und Schlichtstein zusammen. Umstandslos verließ er die Schmiede.

Von da an lief alles schief. Zwei Wikinger warteten in der Schlange und keiner von beiden ließ sich abwimmeln, weil sie genau wussten, dass Shef diesen Bereich sowieso nie verließ. Als er mit ihnen fertig war, kam ein dritter, der vor Fragen, Neugier und allgemeiner Geschwätzigkeit überquoll. Als Shef endlich zum ersten Mal über die mit Vogelbeeren bezeichnete Grenze trat, wurde ihm klar, dass er jetzt das gefährlichste tun müsste, was man in diesem beengten Lager voller offener Augen und gelangweilter Bewohner überhaupt tun konnte: sich beeilen.

Und trotzdem lief er jetzt mit langen Schritten die überfüllten Wege entlang, ohne in die aufmerksamen Gesichter der Umstehenden zu schauen. Er kürzte über die Seile einiger verlassener Zelte ab und erreichte die Umfriedung, griff mit den Händen zwischen die Spitzen zweier Baumstämme und sprang kraftvoll darüber hinweg. Ein Ruf in seinem Rücken verriet ihm, dass er gesehen worden war, aber niemand erhob lautes Geschrei und keiner hatte Grund „Haltet den Dieb!" zu rufen.

Er befand sich jetzt auf der Ebene hinter dem Lager, auf der immer noch Pferde grasten und Männer mit ihren Waffen übten. Die Baumgrenze um das Nebengewässer war eine Meile entfernt: Die Frauen würden sich am Flussufer entlang dorthin begeben.

Ihnen einfach hinterher zu laufen wäre Selbstmord. Er musste zuerst dort ankommen und dann wie zufällig zurückkehren, oder besser noch irgendwo stehenbleiben, wo sie vorbeikommen mussten. Er konnte sich auch nicht an das schwerbewachte Tor stellen, wo nichts unbeobachtet blieb. Ungeachtet der Gefahren streckte sich Shef und begann über die Weide zu laufen. In zehn Minuten war er an jenem stillen Flussarm und ging bedächtig den schlammigen Pfad entlang, der daneben verlief. Niemand war da. Jetzt musste er nur noch wie ein Mann dieses Heeres wirken, der sich hier erholte. Das war schwierig, denn etwas unterschied ihn von allen anderen im Lager: Er war allein. Außerhalb und sogar innerhalb der Umfriedung waren Wikinger immer als Schiffsbesatzung oder zumindest mit dem Mann unterwegs, mit dem sie sich die Ruderbank teilten.

Er hatte keine Wahl, er musste einfach an ihnen vorübergehen. Hoffen, dass Godive ihn auch sehen würde und klug genug wäre, nichts zu sagen.

Er hörte Stimmen: Frauen, die einander zuriefen und lachten, unterbrochen von Männerstimmen. Shef trat hinter einem Weißdorn hervor und sah Godive. Ihre Blicke trafen sich.

Im selben Augenblick flammten um sie herum gelbe Karos auf. Shef schaute sich ohne nachzudenken um und fand Muirtach, der keine fünf Schritte entfernt auf ihn zustürmte, einen triumphierenden Ruf auf den Lippen. Bevor er sich bewegen konnte, hatten ihn unnachgiebige Hände an beiden Armen gepackt. Die übrigen Männer stellten sich hinter ihrem Anführer auf. Die Frauen, die sie bewachen sollten, waren vergessen.

„Der kleine Spatz", freute sich Muirtach hämisch, die Daumen im Gürtel eingehakt. „Der sein Schwert gegen mich ziehen wollte. Wolltest dir mal die Weiber anschauen, was? Das wird ein teurer Blick für dich werden. Jungs, nehmt ihn ein paar Schritte beiseite. Mit einem Geräusch, das das Blut gefrieren ließ, zog der Mann sein Langschwert. „Wir wollen doch nicht, dass die Damen beim Anblick von Blut in Ohnmacht fallen."

„Ich kämpfe gegen dich", sagte Shef.

„Das tust du nicht. Ich bin ein Häuptling der Gaddgedlar und soll gegen einen entlaufenen Sklaven kämpfen, der gerade erst seinen Eisenkragen losgeworden ist?"

„Ich habe nie ein Eisen getragen", gab Shef wütend zurück. Von irgendwo in sich fühlte er eine Hitze aufsteigen, die die Kälte der Angst und des Schreckens vertrieb. Er hatte nur eine kleine Aussicht auf Erfolg. Wenn er sie dazu brachte, ihn als Gleichrangigen zu behandeln, würde er vielleicht überleben. Wenn nicht, würde er in wenigen Augenblicken kopflos in irgendeinem Graben liegen. „Ich bin genauso hoch geboren wie du. Und ich spreche allemal besser dänisch als du!"

„Da hat er Recht", gab eine unterkühlte Stimme hinter den karierten Tüchern zu. „Muirtach, deine Männer schauen dir alle zu. Dabei sollen sie doch die Frauen bewachen. Oder braucht es euch alle zusammen, um mit diesem Jungen fertigzuwerden?"

Die Menge vor Shef schmolz auseinander und er starrte dem Neuankömmling unverwandt in die Augen. Die beinahe vollständig weißen Augen. Sie waren so blass, dachte Shef, so blass wie Eis in einer Schüssel, einer Schüssel aus so dünn geschnitztem Ahornholz, dass es beinahe durchsichtig war. Sie blinzelten nicht und warteten darauf, dass Shef den Blick senken würde. Shef löste seinen Blick mit Mühe. Einen Herzschlag lang spürte er Angst und wusste, dass der Tod ganz nahe war.

„Hegst du hier einen Groll, Muirtach?"

„Ja, Herr." Auch der Blick des Iren war gesenkt.

„Dann kämpfe gegen ihn."

„*Och*, also, ich habe doch schon gesagt…"

„Wenn du nicht willst, lass einen deiner Männer gegen ihn kämpfen. Wähle den jüngsten aus. Lass einen Jungen gegen einen Jungen kämpfen. Wenn dein Mann gewinnt, bekommt er das hier von mir." Ivar zog einen silbernen Reif von seinem Arm, warf ihn in die Luft, fing ihn auf und legte ihn wieder an. „Tretet zurück und macht ihnen Platz. Lasst die Frauen auch zusehen. Keine

Regeln, kein Ergeben", fügte er mit einem kalten und freudlosen Lächeln hinzu. „Bis zum Tod."

Wenige Augenblicke später traf Shefs Blick wieder Godive, deren Augen vor Angst weit aufgerissen waren. Sie stand in der vordersten Reihe eines Kreises aus Frauen, zwischen deren Kleider sich gelb gefärbte Karoumhänge gemischt hatten. Unterbrochen wurden diese Farben von einigen roten Mänteln und goldenen Armreifen, die Jarls und Krieger schmückten, die Führer des Wikingerheeres.

Unter ihnen fand Shef auch eine bekannte Gestalt: das breite Kreuz Mörder-Brands. Auf ihn ging er zu, während die anderen seinen Gegner auf der anderen Seite des Kreises zum Kampf bereit machten.

„Herr, leiht mir Euren Anhänger. Ich werde ihn zurückgeben, wenn ich kann."

Gelassen zog der Krieger das Schmuckstück über den Kopf und reichte es weiter. „Zieh die Schuhe aus, Junge. Der Boden ist rutschig."

Shef folgte dem Rat. Bewusst begann er, schwerer zu atmen. Er hatte oft mit anderen Jungen gerungen und wusste, dass er so die flüchtige Bewegungslosigkeit besiegen konnte, die sich vor einem Kampf einstellte und anderen wie Angst vorkam. Er zog auch sein Hemd aus, legte den Anhänger an, zog sein Schwert und warf Scheide und Gürtel beiseite. Der Ring war groß. Hier würde ihm nur Schnelligkeit helfen.

Sein Feind kam aus der gegenüberliegenden Ecke des Rings auf Shef zu, den Umhang abgelegt und wie Shef nackt bis auf die Hosen. In der einen Hand hielt er das Gaddgedlar-Langschwert, schmaler als ein übliches Breitschwert, aber einen Fuß länger. In der anderen Hand trug er den gleichen stachelbewehrten Schild wie seine Gefährten. Über das geflochtene Haar hatte er einen Helm gesetzt. Er sah nicht älter aus als Shef, und in einem Ringkampf hätte er ihn nicht gefürchtet. Aber er hatte ein Langschwert, einen Schild, in jeder Hand eine Waffe. Er war ein

110

Krieger, der die Schlacht gesehen und in einem Dutzend Gefechte gekämpft hatte.

Von irgendwoher beschwor Shefs Geist ein Bild herauf. Er hörte wieder Thorvins feierlichen Gesang. Er bückte sich, hob einen Zweig auf und warf ihn wie einen Speer über den Kopf seines Gegners. „Ich weihe dich der Hölle," rief er, „Ich schicke dich an den Totenstrand."

Unter den Umstehenden ging ein Raunen der Neugier umher, gemischt mit Anfeuerungsrufen: „Mach schon, Flann!" oder „Versuchs mit dem Schild!"

Niemand spornte Shef an.

Der irische Wikinger trottete vorwärts und griff dann eilig an. Er täuschte einen Hieb auf Shefs Kopf an und verwandelte die Finte in einen seitlichen Rückhandhieb in Richtung des Halses. Shef duckte sich darunter hinweg, trat nach rechts und wich einem Stoß mit der Schildspitze aus. Der Wikinger trat auf ihn zu und hieb wieder nach ihm, mit der Rückhand nach oben und mit der Vorhand abwärts. Wieder trat Shef zurück, täuschte einen Schritt nach rechts an, ging nach links. Einen Wimpernschlag lang sah er die ungeschützte Seite des Gegners, die nackte rechte Schulter, die ihn zu einem Stich einlud. Stattdessen sprang er erneut zurück und bewegte sich schnell in die Mitte des Rings. Er hatte schon entschieden, was er tun wollte, und sein Körper antwortete tadellos auf sein Vorhaben: leicht wie eine Feder, getragen von einer Kraft, die seine Lungen füllte und das Blut durch seine Adern peitschte. Er erinnerte sich daran, wie Sigvarths Klinge zersprungen war und wie sehr ihn das mit brennender Freude erfüllt hatte.

Flann der Ire kam wieder heran, schwang das Schwert schneller und schneller, wollte Shef an die Körper am Rand des Kreises drängen. Er war schnell. Aber er war es gewohnt, dass Männer sich ihm stellten und er ihre Schläge mit Klinge oder Schild abfangen konnte. Mit einem Gegner, der ihm nur auswich, konnte er nichts anfangen. Shef sprang über einen weit ausholenden

Schwung auf Kniehöhe und sah, dass der Ire bereits zu schnauben begann. Das Heer der Wikinger bestand aus Seeleuten und Reitern, deren Kraft in den Armen und Schultern lag, die aber selten zu Fuß unterwegs waren und noch seltener rannten.

Die Rufe am Rand des Kreises klangen nun verärgert, als man Shefs Absicht begriff. Vielleicht würden sie näher herankommen und den Kreis enger machen. Als Flann noch einmal seinen Lieblingshieb – mit der Rückhand nach unten, aber bereits etwas langsamer, und vorhersehbar – versuchte, sprang Shef diesmal vorwärts und fing den Schlag verbissen ab, stellte das dicke untere Ende seiner Klinge der Spitze des Langschwerts in den Weg. Kein Zerbrechen. Aber als der Ire zögerte, hieb Shef aus der Abwehr heraus gegen die Rückseite des Arms seines Gegners. Blut spritzte.

Shef nutzte seinen Vorteil nicht aus und war bereits wieder außer Reichweite. Er kreiste nach rechts, wechselte den Tritt und bewegte sich wieder nach links, als sein Gegner erneut zum Angriff überging. Er hatte in den Augen des Kriegers einen kurzen Schrecken gesehen. Jetzt rann Blut über Flanns Schwertarm, und zwar so viel, dass er sehr bald müde werden würde, wenn er diesen Kampf nicht schnell zu Ende brachte.

Hundert Herzschläge lang standen die beiden sich im Ring gegenüber. Flann versuchte jetzt auch, Shef mit dem Dorn des Schilds Stiche zu versetzen. Shef parierte, wich aus und wollte seinem Gegner das Schwert aus der blutverschmierten Hand schlagen.

Dann spürte er auf einmal das Selbstvertrauen aus Flanns Hieben weichen. Wieder bewegte er sich, umkreiste seinen Gegner, immer nach links, hinter den starken Arm des Iren. Es war ihm gleich, wie sehr es an seiner Ausdauert zehrte.

Flanns Atem glich fast einem Schluchzen. Er warf den Schild Shefs Gesicht entgegen und ließ einen stürmischen Aufwärtsstich folgen. Doch Shef hatte sich geduckt, mit den Knöcheln seiner Schwerthand auf den Boden gestützt. Er wehrte den Stich über die linke Schulter hinweg ab. Augenblicklich richtete er sich auf und trieb seine Klinge tief zwischen die nackten, verschwitzten Rippen. Als der Getroffene erschauderte und zurücktaumelte, griff Shef ihn wie in einem Ringkampf und brachte das Schwert erneut in Angriffsstellung.

Durch das Stimmengewirr hörte Shef laut die Stimme Mörder-Brands. „Du hast ihn Naströnd geweiht", rief er, „du musst es zu Ende bringen."

Shef blick hinab auf das bleiche, angstverzerrte, noch lebendige Gesicht in seiner Armbeuge und fühlte eine Woge der Wut. Er trieb das Schwert durch Flanns Brustkorb und spürte den Todeskrampf seines Gegners. Langsam ließ er den Leichnam sinken, zog sein Schwert heraus. Blickte Muirtach ins Gesicht, das blass war vor Zorn. Er ging zu Ivar hinüber, der jetzt neben Godive stand.

„Sehr lehrreich", sagte Ivar. „Ich sehe gerne zu, wenn Männer mit dem Kopf genauso gut kämpfen wie mit dem Schwertarm. Und einen Silberreif hast du mir auch gespart. Aber du hast mich einen Mann gekostet. Wie willst du das zurückzahlen?"

„Ich bin auch ein Mann, Herr."

„Dann schließ dich meinen Mannschaften an. Zum Ruderer solltest du taugen. Aber nicht mit Muirtach. Komm heute Abend in mein Zelt und mein Hauptmann sucht einen Platz für dich."

Nachdenklich blickte Ivar zu Boden. „Deine Klinge hat eine Kerbe. Ich kann mich nicht erinnern, dass Flann sie dort getroffen hätte. Wessen Schwert war es?"

Kurz zögerte Shef. Doch bei solchen Männern war Unverfrorenheit der klügste Rat. Er sprach laut und herausfordernd: „Es war der Schwert von Sigvarth Jarl!"

Ivars Züge verhärteten sich. „Nun", sagte er dann, „so werden weder Frauen noch Kleider sauber. Gehen wir." Er drehte sich um und zog Godive mit sich fort, deren Blick einen durchdringenden Herzschlag lang den Shefs kreuzte.

Kurz darauf blickte Shef zum breiten Kreuz Viga-Brands hinauf. Langsam nahm er den Anhänger ab.

113

Brand wog ihn in der Hand. „Eigentlich würde ich dich ihn behalten lassen, Junge. Verdient hättest du ihn. Wenn du am Leben bleibst, wirst du mal ein großer Kämpfer. Das sage ich, Brand, Streiter der Männer Hålogalands.

Aber etwas sagt mir, dass der Hammer Thors nicht das richtige Zeichen für dich ist, Schmied oder nicht. Ich denke, du bist ein Mann Odins, den wir auch Bileyg, Baleyg und Bölverk nennen."

„Bölverk?", fragte Shef. „Und ich bin ein Übeltäter? Ein *bölverkr*?"

„Noch nicht. Aber du bist vielleicht das Werkzeug von einem, der es ist. Das Unheil folgt dir." Der Hüne schüttelte den Kopf. „Aber für einen Anfänger hast du dich heute gut geschlagen. Dein erster toter Feind, glaube ich, und ich plappere wie eine Völva. Schau mal, sie haben die Leiche mitgenommen, aber Schwert, Schild und Helm liegengelassen. Sie gehören dir, das ist der Brauch."

Er sprach wie jemand, der eine prüfende Frage stellte.

Shef schüttelte den Kopf. „Ich kann nichts nehmen von einem, den ich dem Totenstrand geweiht habe." Er hob den Helm auf und warf ihn ins trübe Wasser, schleuderte den Schild in ein Gebüsch, setzte den Fuß auf das Schwert und bog es einmal, zweimal, bis es nicht mehr zu gebrauchen war, ließ es liegen.

„Siehst du", sagte Brand, „das hat Thorvin dir nie beigebracht. Das ist das Zeichen Odins."

SIEBTES KAPITEL

Thorvin zeigte sich nicht überrascht, als Shef ihm erzählte, was geschehen war. Shefs Ankündigung, dass er sich Ivars Truppen anschließen würde, bedachte er mit einem erschöpften Grummeln und den Worten: „Dann solltest du aber nicht so aussehen. Die anderen würden dich auslachen und du würdest wütend werden, dann geschieht nur noch Schlimmeres."

Aus dem Haufen im hinteren Teil der Schmiede kramte er einen kürzlich neu beschlagenen Speer und einen ledergebundenen Schild hervor.

„Damit solltest du dich sehen lassen können."

„Gehören sie dir?"

„Manchmal kommen Männer mit Sachen zum Ausbessern und holen sie nie wieder ab."

Shef nahm die geschenkten Waffen und stand verlegen herum, seine zusammengerollte Decke und die wenigen Habseligkeiten um die Schulter gehängt.

„Ich muss dir für das danken, was du für mich getan hast."

„Ich habe es getan, weil es meine Pflicht als Priester des Weges war. Zumindest dachte ich das. Vielleicht lag ich falsch. Aber ich bin kein Narr, Junge. Ich bin sicher, dass du hier etwas suchst, von dem ich nichts weiß. Ich hoffe nur, es bringt dir keinen Ärger. Vielleicht treffen sich unsere Pfade eines Tages wieder."

Ohne weitere Worte gingen sie auseinander. Shef trat zum zweiten Mal über die Umgrenzung aus Stricken und *rowan* hinaus. Zum allerersten Mal ging er den Pfad zwischen den Zelten ohne Angst, mit erhobenem Haupt statt mit angsterfülltem Blick. Aber er ging nicht zum Lager Ivars und der anderen Ragnarssons, sondern zum Zelt des Heilers Ingulf.

Wie immer stand eine kleine Menschenansammlung darum versammelt, die irgendetwas beobachtete. Die Traube löste sich auf, als Shef ankam. Die letzten der Männer trugen auf einer Bahre einen verbundenen Körper. Hund kam seinem Freund entgegen und wischte sich die Hände an einem Lumpen ab.

„Was habt ihr hier gemacht?", wunderte sich Shef.

„Ich habe Ingulf geholfen. Er tut wirklich Wunder. Der Mann dort ist beim Ringen unglücklich gefallen, hat sich das Bein gebrochen. Einfach so. Was würden wir zu Hause tun?"

Shef zuckte mit den Schultern. „Es verbinden. Mehr kann man nicht tun. Letztendlich würde es von selbst heilen."

„Aber der Mann könnte nie wieder gerade gehen. Die Knochen würden dort zusammenwachsen, wo sie liegen. Das Bein wäre voller Beulen und verdreht – wie bei Crubba, der unter sein Pferd geraten ist. Naja, Ingulf zieht nur an dem Bein und richtet es, sodass die gebrochenen Enden einander berühren. Dann legt er das Bein zwischen zwei Pflöcke und verbindet es erst dann, damit das Bein beim Heilen gerade bleibt. Aber noch großartiger ist das, was er mit solchen wie eben macht, wenn die Knochen nach oben durch die Haut gestochen sind. Wenn es sein muss, schneidet er die Knochen gerade und das Bein auf, damit er die Knochen wieder gerade hineinschieben kann. Ich hätte nicht gedacht, dass jemand das überleben kann. So geöffnet und geschnitten werden, meine ich. Aber er ist so schnell und weiß genau, was zu tun ist."

„Könntest du das auch lernen?", wollte Shef wissen und bemerkte die begeisterte Röte im sonst so farblosen Gesicht seines Freundes.

„Mit genug Übung, genügend Anleitung. Und noch mehr. Ingulf schaut sich die Körper der Toten an, weißt du? Um zu sehen, wie Knochen zusammenpassen. Was würde Vater Andreas dazu sagen?"

„Du willst also bei Ingulf bleiben?"

Der ehemalige Sklave nickte. Unter seinem Kittel zog er eine Kette hervor. Daran hing ein kleiner silberner Anhänger. Ein Apfel.

„Das hat Ingulf mir gegeben. Der Apfel von Eir der Heilerin. Ich glaube jetzt. Ich glaube an Ingulf und den Weg. Vielleicht nicht an Eir. Hund besah sich den Hals seines Freundes. „Thorvin hat dich nicht bekehrt. Du trägst keinen Hammer."

„Ganz kurz hatte ich einen." Shef erzählte, was ihm wiederfahren war. „Vielleicht habe ich jetzt die Möglichkeit, Godive zu retten und davonzukommen. Vielleicht ist Gott gütig, wenn ich lange genug warte."

„Gott?"

„Oder Thor. Oder Odin. Langsam denke ich, dass es für mich keinen Unterschied macht. Vielleicht schaut einer von ihnen zu."

„Kann ich etwas tun?"

„Nein." Shef packte seinen Freund am Arm. Vielleicht sehen wir uns nicht wieder. Aber wenn du die Wikinger verlassen solltest, habe ich hoffentlich irgendwo einen Platz für dich. Und wenn es eine Hütte irgendwo im Sumpf ist."

Er drehte sich um und bewegte sich auf den Teil des Lagers zu, den er einige Tage zuvor bei seiner Ankunft nicht einmal anzusehen gewagt hatte. Die Befehlszelte des Heeres.

Das Reich der vier Ragnarssons erstreckte sich von der östlichen zur westlichen Palisade eine Achtelmeile am Flussufer entlang. In seinem Herzen standen das Große Zelt mit Platz für hundert Männer an langen Tischen, und die Zelte der Brüder selbst. Um jedes herum standen die Zelte der Frauen, Anhänger und vertrautesten Leibwachen. Etwas entfernt lagen die Reihen von Zelten für die Krieger, etwa drei bis vier für jede Schiffsbesatzung, manchmal mit eigenen, kleinen Zelten für Schiffsführer oder Steuerleute. Die Gefolgschaften der einzelnen Brüder blieben größtenteils unter sich, wenn auch nahe beieinander.

Die Männer Schlangenauges waren zum großen Teil Dänen. Es war allgemein bekannt, dass Sigurth nach seiner Rückkehr nach Dänemark zum Kampf um das Königreich in Sjælland und Schonen antreten würde, das sein Vater beherrscht hatte, und dass er eines Tages die Herrschaft über ganz Dänemark von der Ostsee zur Nordsee beanspruchen würde, ein Königreich, das seit König Guthfrith, der gegen Karl den Großen gekämpft hatte, niemand mehr hatte einen können. Ubbi und Halvdan, Männer, die nur mit roher Kraft einen Thron besteigen würden, nahmen ihre Männer aus anderen Gegenden: Schweden, Götaländer, Norweger, Männer von Bornholm und allen anderen Inseln.

Ivars Männer waren größtenteils Verbannte aller Art. Zweifellos waren viele von ihnen Mörder auf der Flucht vor Vergeltung oder den Gesetzen. Aber die meisten stammten aus den Seefahrerfamilien, die seit vielen Menschenaltern auf den äußeren Inseln der keltischen Reiche siedelten, den Orkneys, den Shetlands, den Hebriden und dem schottischen Festland.

Über Jahre hinweg waren diese Männer in den beständigen Gefechten in Irland und auf der Insel Man, in Strathclyde, Galloway und Cumbria abgehärtet worden. Untereinander gaben sie damit an, dass Ivar eines Tages ganz Irland von seiner Burg am schwarzen Teich, dem Dubh Linn, aus beherrschen und dann seine siegreichen Schiffe an die Küsten der fruchtbaren Länder des Festlands steuern würde. Diese Behauptung wurde von vielen leidenschaftlich abgelehnt. Am lautesten widersprachen die Norweger, die Irland als ihr eigenes Hab und Gut betrachteten, mit dem sie tun und lassen konnten, was sie wollten. Die Ui Niall würden da auch ein Wörtchen mitzureden haben, raunten die Gaddgedlar einander auf Gälisch zu, das kein Wikinger von den Hebriden oder aus Schottland sprechen würde. Aber sie sagten es leise. Trotz allen Stolzes auf ihre Herkunft wussten sie, dass sie von allen, die Irland Feuer und Verheerung gebracht hatten, die Meistgehassten waren. Sie, die es für Gold und Macht getan hatten, nicht aus Freude oder für den Ruhm, wie es seit den Tagen Finns und Cuchulainns und den Kriegern Ulsters Sitte gewesen war.

In diese heikle und zundertrockne Umgebung voller Streitigkeiten und leicht zu findender Entschuldigungen für Rangeleien trat Shef in dem Augenblick, als die Feuer zur Zubereitung des Abendessens angezündet wurden.

Empfangen wurde Shef von einem Hauptmann, der sich seinen Namen und den Grund für sein Kommen anhörte, ihn und seine dürftige Ausrüstung missgünstig musterte und mürrisch einen jungen Mann herbeirief, der Shef sein Zelt, seinen Schlafplatz und sein Ruder zeigen und ihm seine Pflichten erklären sollte. Der Mann, dessen Namen er sich weder merken konnte noch wollte, meinte, dass er sich auf vier verschiedene Arbeiten würde einstellen müssen: Schiffswache, Torwache, Wache am Sklavenpferch und, falls nötig, Wache an Ivars Zelt. Oft wurden die Wachen nach Schiffsbesatzungen verteilt.

„Ich dachte, die Gaddgedlar bewachen Ivar", meinte Shef.

Der junge Mann spuckte aus. „Wenn er da ist. Wenn nicht, gehen sie mit ihm. Aber die Schätze und Frauen bleiben hier, auf die muss jemand aufpassen. Und wenn diese Gaddgedlar sich zu weit von Ivar entfernen, könnte ihretwegen jemand auf dumme Gedanken kommen. Es gibt einige, die nicht gut auf sie zu sprechen sind – Ketil Flachnase und seine Leute, oder Thorvald der Taube. Und ein Dutzend andere."

„Würde man uns Ivars Zelte anvertrauen?"

Sein Gegenüber schaute Shef schief an. „Sollte man uns nicht trauen? Ich sag dir eins, *Enzkir*, wenn du es auf Ivars Schätze abgesehen hast, solltest du den Gedanken ganz schnell vergessen. So ersparst du dir sehr viel Schmerz. Hast du gehört, was Ivar mit dem Irenkönig in Knowth gemacht hat?"

Während sie durch das Lager gingen, hörte Shef alle Einzelheiten zu Ivars Umgang mit Königen und Gemeinen, die Ivars Missfallen erregt hatten. Shef hörte kaum zu, sah dafür aber umso mehr vom Lager. Die Geschichten sollten ihn ganz klar einschüchtern.

Die Schiffe, dachte er, waren der Schwachpunkt des Lagers. Es war Platz gelassen worden, um sie hier ans Ufer zu ziehen, deshalb konnten hier keine Befestigungen errichtet werden. Die

119

Schiffe selbst stellten ein Hindernis dar, aber sie waren auch der kostbarste Besitz der Wikinger. Falls jemand an den Wachen am Fluss vorbeikäme, könnte er mit Fackeln und Äxten zu Werke gehen und wäre schwer abzuwehren.

Die Torwachen waren allerdings eine ganz andere Angelegenheit. Sie würden schwer zu überraschen sein, und jeder Kampf hätte zu ebener Erde stattgefunden, wo die Langäxte und Wurfspieße der Wikinger leichtes Spiel hatten. Jeder, der dessen ungeachtet durch das Tor käme, müsste in jedem Fall Reihe um Reihe feindlicher Krieger abwehren, und das in dem Gewirr aus Zelten und Seilen.

Die Pferche allerdings... Die klägliche Reihe in den Boden geschlagener, mit Lederriemen zusammengebundener Baumstämme nahm einigen Platz in der Nähe der östlichen Palisade ein. Hier kauerten Männer unter groben Abdeckungen aus Segeltuch. Eiserne Fesseln an Händen und Füßen, die, wie Shef bemerkte, nur von Lederbändern zusammengehalten wurden. Aber bis ein Gefangener das Leder durchgenagt hätte, wäre selbst die schläfrigste Wache auf ihn aufmerksam geworden. Die Strafen in den Sklavenpferchen waren empfindlich. Wie Shefs Begleiter erklärte, konnte man einen zu übel zugerichteten Sklaven sowieso nicht mehr verkaufen, also lag es nahe, die Sache lieber zu Ende zu bringen, um dem Rest der Ware Furcht einzuflößen.

Beim Blick über die Spitzen der Pfähle erblickt Shef einen bekannten Kopf, dessen Besitzer von Verzweiflung gezeichnet war: blonde Locken, vom Schmutz verklebt. Sein Halbbruder, Sohn derselben Mutter, Alfgar, ein Teil der Beute aus Emneth. Der Kopf bewegte sich, als hätte er den Blick gespürt. Sofort wandte Shef die Augen ab, wie er es mit einem Reh oder einem Wildschwein getan hätte, die er manchmal in den Sümpfen gejagt hatte.

„Habt ihr keine Sklaven verkauft, seit ihr angekommen seid?"

„Nee. Ist zu schwer, sie aufs offene Meer zu bringen, weil die Engländer ständig auf der Lauer liegen. Die hier gehören Sigvarth." Vielsagend spuckte der junge Mann wieder aus. „Der wartet drauf, dass jemand den Weg für ihn frei räumt."

„Den Weg frei räumt?"

„Ivar nimmt in zwei Tagen das halbe Heer und will den kleinen König Jatman, Edmund nennt ihr Engländer ihn, zum Kampf zwingen oder sein Land zerstören. Wir hätten es gerne auf die einfache Weise gemacht, aber wir haben jetzt schon zu viel Zeit verschwendet. Das wird nicht hübsch für Jatmund, wenn Ivar ihn schnappt, das kannste wissen..."

„Gehen wir mit oder bleiben wir hier?"

„Unsere Mannschaft bleibt hier." Erneut blickte er Shef halb neugierig, halb verärgert an. „Warum denkst du, erzähl ich dir das alles? Wir halten die ganze Zeit über Wache. Ich wünschte, wir wären dabei. Ich wüsste gern, was sie mit dem König machen, wenn sie ihn haben. Ich hab dir ja von Knowth erzählt. Ich war am Boyne dabei, als Ivar die Gräber der toten Könige geplündert hat und dieser Christenpriester ihn aufhalten wollte. Ivar hat Folgendes getan..."

Die Erzählung unterhielt den jungen Mann und seine Freunde das gesamte Abendessen lang, das aus Brühe, Pökelfleisch und Kohl bestand. Es gab ein Fass Bier, und nachdem jemand sich mit einer Axt oder einem Beil daran zu schaffen gemacht hatte, tauchten alle ihre Becher ein und bedienten sich großzügig. Shef trank mehr als ihm bewusst war, während sich die Ereignisse des Tages in seinem Kopf überschlugen. Im Geiste ging er alles durch, was er erfahren hatte. Er begann, einen Plan zu schmieden. Am Ende des Abends legte er sich völlig erschöpft schlafen. Der tote Ire in seinem Arm war unwichtig geworden und gehörte längst der Vergangenheit an.

Die Erschöpfung packte ihn und trieb ihn in den Schlaf. In etwas, das mehr war als nur Schlaf.

Er blickte durch ein halbzerschlagenes Fenster aus einem Gebäude heraus. Es war Nacht. Eine von klarem Mondlicht so stark erhellte Nacht, dass die rasend schnell ziehenden Wolken sogar im Dunkeln Schatten warfen. Und dort draußen flammte etwas, wurde angezündet.

Neben ihm stand ein Mann, der Erklärungen zu dem Lichtschein brabbelte. Aber Shef brauchte sie nicht. Er wusste, was es gewesen war. Eine stumpfe Angst wuchs in ihm. Dagegen stemmte sich eine wachsende Flut des Zorns. Er schnitt die plappernden Deutungen mitten im Satz ab.

„Das ist nicht die Morgenröte im Osten", sagte Shef, der nicht Shef war. „Noch ist es ein Drache oder die brennenden Giebel dieser Halle. Das ist das Erstrahlen der gezückten Waffen versteckter Feinde, die uns im Schlaf überraschen wollen. Denn nun erwacht der Krieg, der Unglück über alle Menschen bringen wird. Steht auf, meine Krieger, denkt an Mut, bewacht die Türen, kämpft wie Helden."

Im Traum spürte Shef hinter sich Bewegung, als die Krieger sich erhoben, ihre Schilde ergriffen und die Schwertgürtel umlegten.

Aber im Traum und über dem Traum, nicht in der Halle, nicht als Teil der Heldengeschichte, die sich vor seinen Augen entspann, hörte er eine mächtige Stimme, zu mächtig für die eines Menschen. Es war die Stimme eines Gottes, das wusste Shef. Aber sie klang nicht wie das, was man sich unter der Stimme eines Gottes vorgestellt hätte. Nicht ehrwürdig, nicht ehrbar. Eine belustigte, glucksende, hämische Stimme.

„Oh, Halbdäne, der kein Nachfahr Halfdans ist", tönte sie, „hör nicht auf den Krieger, den Tapferen. Wenn die Schwierigkeiten kommen, steh nicht auf zum Kampf. Bleibe am Boden. Am Boden."

Shef fuhr hoch, der Geruch von Verbranntem stieg ihm in die Nase. Für einige Augenblicke, vom Schlaf halb betäubt, wunderte er sich darüber: komischer Geruch, stechend irgendwie, wie Pech; warum sollte hier jemand Pech brennen? Dann brach um ihn herum ein Gewirr los, ein Tritt in die Magengrube weckte ihn vollends. Das Zelt siedete förmlich vor Bewegung, als Männer Hosen, Stiefel, Waffen anlegten, in völliger Dunkelheit. Auf einer Seite des Zeltes sah er Feuerschein. Da bemerkte Shef auch das durchgängige Brausen außerhalb des Zelts. Lautes Rufen, knisterndes Holz, und alles wurde übertönt von metallischem Klirren, dem Aufprall von Klinge auf Klinge und Klinge auf Schild. Der Lärm einer richtigen Schlacht.

Die Männer im Zelt brüllten durcheinander und schubsten sich gegenseitig. Draußen hörte man Stimmen rufen, auf Englisch und nur wenige Schritte entfernt. Da verstand Shef, dem die mächtige Stimme noch in den Ohren klang. Er warf sich wieder auf den Boden und kämpfte sich zur Mitte des Zeltes, weg von den Seitenwänden.

Währenddessen fiel die Seite des Zelts in sich zusammen. Eine Speerspitze durchdrang den Stoff und traf den jungen Wikinger, der Shef das Lager gezeigt hatte und der noch mit seiner Decke rang, mitten in die Brust. Shef griff sich den stürzenden Körper und zog ihn über sich. Zum zweiten Mal innerhalb eines halben Tages spürte er, wie das Leben zuckend aus einem durchbohrten Herzen wich.

Shef wusste, was geschehen war. Der englische König hatte die Herausforderung der Wikinger angenommen, ihr Lager in der Nacht angegriffen und durch irgendein Wunder der Planung und die Vermessenheit seines Feindes die Barrikade überwunden oder durchbrochen. Sein Ziel waren die Schiffe und die Zelte der Anführer, wo seine Männer so viele Schlafende wie möglich töten sollten, bevor diese unter ihren Decken hervorkriechen konnten. Die Engländer liefen weiter in Richtung des Flussufers. Shef nahm seine Hosen und Stiefel und seinen Schwertgürtel, schlängelte sich an den Leichen seiner kurzzeitigen Gefährten vorbei ins Freie. Er legte seine Sachen an und lief vornübergebeugt los.

In zwanzig Schritt Umkreis stand niemand mehr. Zwischen Shef und der Lagergrenze lagen nur niedergetrampelte Zelte und Körper. Einige Verwundete riefen schwach um Hilfe oder versuchten aufzustehen. Die englischen Angreifer waren durch das Lager gestürmt und hatten wie im Rausch alles niedergestreckt, das sich bewegte. Das hatten nur wenige überlebt.

Bevor sich die Wikinger vom Schrecken erholt und gesammelt hätten, würden die Angreifer tief ins Herz der feindlichen Befestigung vorgedrungen sein. Dann wäre die Schlacht unwiderruflich gewonnen oder verloren.

Entlang des Flusslaufs war alles Rauch und Feuerschein, der nach den Segeln schlug oder einen frisch geteerten Rumpf verzehrte. Vor dem Brand zeichneten sich die Umrisse irrsinnig tanzender Teufel ab, die Speere schleuderten und Schwerter oder Äxte schwangen. In ihrem ersten Ansturm musste den Engländern bei den Schiffen wenig Gegenwehr entgegengeschlagen sein. Aber die den Fahrzeugen am nächsten wachenden Wikinger hatten sich schnell gefangen und verteidigten ihre Wellenrösser mit großer Verbissenheit. Was geschah bei den Zelten der Ragnarssons? War das der Augenblick? Mit ruhiger und entschlossener Berechnung, die keinen Platz für Selbstzweifel ließ, dachte Shef nach. War das der Augenblick, um Godive zu befreien?

Nein. Ganz offensichtlich war er von Kämpfern und heftigem Widerstand umringt. Wenn die Wikinger den Angriff abwehrten, bliebe alles beim Alten: Sie wäre weiterhin die Bettsklavin Ivars. Aber wenn der Überfall der Engländer glückte und er da wäre, um sie zu befreien…

Er rannte los, nicht in Richtung der Kämpfe, wo ein weiterer halbbewaffneter Mann nur den Tod finden würde, sondern in die andere Richtung zu der Umzäunung, die noch still und dunkel da lag. Zumindest beinahe. Shef wurde schlagartig klar, dass nicht nur in seiner Nähe, sondern überall, auch jenseits der Einfriedung gekämpft wurde. Speere surrten durch die Dunkelheit, Brandfackeln wurden im hohen Bogen über die Stämme der Palisadenwand geworfen. König Edmund hatte mehrere Sturmangriffe von allen Seiten gleichzeitig befohlen und jeder Wikinger war zum nächsten Gefahrenpunkt gelaufen. Bis sie herausgefunden hätten, wo Hilfe am nötigsten war, würde Edmund die Schlacht also gewonnen oder verloren haben.

Schattengleich rannte Shef zu den Sklavenpferchen. Als er sich seinem Ziel näherte, taumelte ihm aus der von Feuern erleuchteten Dunkelheit eine Gestalt entgegen, deren Oberschenkel schwarz vom Blut war und die schlaff ein Langschwert in der Rechten trug. „*Fraendi*", sprach die Erscheinung, „hilf mir kurz, das Blut läuft immer weiter ..." Shef stach einmal von unten zu, drehte die Klinge und zog sie zurück.

Einer, dachte er und hob das Schwert auf.

Die Pferchwachen waren noch da, in enger Aufstellung vor dem Tor des Verschlags und sichtbar entschlossen, keinen Durchbruch zuzulassen. Entlang der Umfriedung des Pferchs tauchten Köpfe auf und verschwanden wieder. Die aneinander gefesselten Insassen versuchten einen Blick nach draußen zu erhaschen. Shef warf das Langschwert über die nächste Seite der Palisade und sprang ihm in einer einzigen flüssigen Bewegung hinterher. Eine der Wachen rief nach ihm, als sie ihn entdeckte bewegte sich aber nicht. Die Männer waren unsicher, ob sie das Tor bewachen oder ihm folgen sollten.

Um ihn herum drängten sich stinkende, nach ihm greifende Gestalten. Shef beschimpfte sie auf Englisch, schob sie weg. Mit dem Langschwert zerschnitt er die Lederriemen zwischen den Handfesseln eines Mannes, wiederholte das gleiche mit den Fußeisen, bevor er dem so Befreiten das Schwert in die Hand gab.

„Schneid sie alle los", zischte er und drehte sich augenblicklich zum nächsten Mann um, während er sein eigenes Schwert zog. Die Gefangenen sahen, was geschah und streckten ihre Arme aus, griffen ihre Fußfesseln und hielten sie für einen schnellen Schnitt nach oben. Innerhalb von zwanzig Herzschlägen waren 10 Sklaven befreit.

Knarrend öffnete sich das Tor, nachdem die Wachen sich scheinbar entschlossen hatten, sich des Eindringlings zu entledigen. Als der erste Wikinger hereinkam, griffen entschlossene Hände seine Arme und Beine, Fäuste trafen ihn im Gesicht. Einen Wimpernschlag später war er am Boden, seine Axt und sein Speer hatten den Besitzer gewechselt, und Stiche und Schläge gingen auf seine Gefährten nieder, die sich hinter ihm aus dem Fackelschein in die Dunkelheit des Pferchs drängten. Shef hieb wie wild weiter auf lederne Riemen ein und erkannte plötzliche die Hände seines Halbbruders Alfgar, und ein Gesicht, das ihn voller Verwunderung und verzerrter Wut anstarrte.

„Wir müssen Godive holen."

Das Gesicht nickte.

„Komm mit mir. Ihr anderen, sucht euch Waffen am Tor, befreit euch selbst. Wer schon Waffen hat und einen Schlag für Edmund setzen will, über die Wand und mir nach."

Shefs Stimme steigerte sich zu einem Brüllen. Er steckte das Schwert ein, trat an die Wand, legte die Hände auf die Enden der Stämme und zog sich hinüber. Alfgar folgte ihm kurz darauf, noch torkelnd vom Schrecken seiner Befreiung. Zwanzig halbnackte Gestalten folgten ihm und weitere schwärmten über die Umfriedung. Viele liefen sofort in die friedliche, beruhigende Dunkelheit davon, andere wandten sich wütend gegen ihre ehemaligen Peiniger, die noch immer in einen Kampf am Tor verstrickt waren. Shef lief mit einem Dutzend Männern hinter sich zurück durch die niedergeworfenen Zelte.

Überall lagen Waffen verstreut, neben ihren toten Besitzern oder in Lagerhaufen vom gestrigen Abend. Shef warf eine Zelttür beiseite, rollte einen Leichnam weg und griff sich Speer und Schild des Toten. Einen atemschöpfenden Augenblick lang besah er die Männer, die ihm gefolgt waren, während sie sich gleichermaßen bewaffneten. Die meisten von ihnen waren Bauern, schätzte er. Aber verärgert und verzweifelt, rasend gemacht durch das, was ihnen in den Sklavenverschlägen angetan worden war. Der, der Shef am nächsten stand, hatte allerdings starke Arme und Schultern und gebärdete sich wie ein Krieger.

Shef deutete voran, auf den Kampf, der noch immer um die weiterhin unangetasteten Befehlszelte des Wikingerheeres brandete.

„Da ist König Edmund", rief er, „und versucht die Ragnarssons zu töten. Wenn er das schafft, brechen die Wikinger auseinander. Sie werden fliehen und sich nie mehr erholen. Schafft er es nicht, bringen sie uns alle zur Strecke und kein Dorf in keinem Königreich wird jemals wieder sicher sein. Wir sind ausgeruht und bewaffnet. Kämpfen wir mit ihm und brechen gemeinsam durch!"

Geschlossen strömten die befreiten Sklaven in Richtung des Gefechts.

Alfgar hielt sich zurück. „Du bist nicht mit Edmund hergekommen, halbnackt und halb bewaffnet. Woher weißt du, wo Godive ist?"

„Halt die Klappe und komm mit." Shef lief wieder vorweg, durch das Schlachtgewirr in Richtung der Zelte für Ivars Frauen.

ACHTES KAPITEL

Edmund, Sohn von Edwold, Nachfahre Raedwald des Großen, letzter Spross der Wuffinger und von Gottes Gnaden König der Ostangeln, blickte verdrossen und wütend durch die Augenlöcher seines Maskenhelms.

Sie mussten durchbrechen! Noch ein Stoß und die verzweifelte Gegenwehr der Wikingerhäuptlinge würde bröckeln, die Ragnarssons würden alle gemeinsam in Feuer und Blut sterben, der Rest des Großen Heeres würde sich voller Zweifel und Verwirrung zurückziehen... Aber wenn sie standhielten... Wenn sie standhielten, das wusste er, würden die kriegskundigen Wikinger merken, dass die Angreifer an der Umfriedung nicht mehr als wütende Bauern mit Fackeln waren und dass der wahre Überfall hier stattfand, hier... und dann würden sie den Kampf am Fluss mit ihrer Überzahl verstärken. Die Engländer säßen in der Falle wie Ratten im letzten ungemähten Stück des Heufelds. Er, Edmund, hatte keine Söhne. Die ganze Zukunft seines Herrscherhauses und seines Königreichs hatte sich auf dieses eine schreiende, klirrende Getümmel verengt. Vielleicht hundert Mann auf jeder Seite, die handverlesenen Krieger der Ostangeln im Kampf mit dem verbliebenen harten Kern der Herdgenossen der Ragnarssons. Die eine Seite versuchte mit jedem angespannten Muskel, auf den dreiseitigen Platz mit den Zelten der Ragnarssons am Flussufer vorzudringen, die andere stand selbstsicher und bereit zwischen den Spannseilen und machte sich bereit, noch fünf Minuten auszuhalten, bis die allumfassende, unheimliche Überraschung über den Angriff der Engländer abgeklungen war.

Und es sah aus, als schafften sie es. Edmund griff sein blutverschmiertes Schwert fester und setzte zum Sturm an. Sofort tauchten die kräftigen Gestalten der Hauptmänner seiner Leibwache neben ihm auf, hielten ihre Schilde und Körper in den Weg. Sie würden nicht zulassen, dass er sich in den Nahkampf stürzte. Sobald das anfängliche Abschlachten schlafender Männer beendet gewesen war und der Kampf begonnen hatte, waren sie vor ihn getreten.

„Bleibt ruhig, Herr", meinte Wigga. „Seht Trotta und seine Jungs an. Die kommen schon noch zu den Schweinehunden durch."

Während er sprach, wogte der Kampf vor ihnen erst ein paar Schritte vorwärts, als ein Wikinger fiel und die Engländer die kurzzeitig entstehende Lücke nutzten, und schließlich wieder zurück, zurück. Über den Helmen und erhobenen Schilden raste eine Streitaxt. Das dumpfe Dröhnen, wenn sie auf das Lindenholz schlug, verwandelte sich in das Geräusch von Stahl auf Kettenhemd. Der schwankende Haufen stieß einen Körper aus, der samt Kettenhemd vom Hals bis zum Brustbein durchschlagen worden war. Einen Herzschlag lang sah Edmund eine riesenhafte Gestalt ihre Axt wie einen Ochsenstecken drehen und die Engländer herausfordernd verhöhnen. Seine Männer griffen verbissen an, und dann sah er nur noch zum Reißen angespannte Rücken.

„Wir müssen doch schon mindestens tausend von den Hurensöhnen getötet haben", meinte Eddi zu seiner Rechten. Jeden Augenblick, dachte Edmund, würden seine Männer so etwas wie „Zeit zu verschwinden, Herr" sagen und ihn wegführen. Falls sie entkommen konnten. Der Großteil seines Heeres, die Thanes und ihre Wehrpflichtigen, würden sich bereits jetzt zurückziehen. Sie hatten ihre Aufgabe erfüllt, waren hinter dem König und seinen ausgewählten Sturmtruppen über die Umfriedung gebrochen, hatten die Schlafenden getötet, die Schiffswache überwältigt und so viele der an Land gezogenen Boote in Brand gesteckt wie möglich. Aber niemand hatte von ihnen erwartet, in einer Schlachtreihe den Berufskriegern aus dem Norden entgegenzutreten. Das wollten sie auch gar nicht. Sie schlafend und unbewaffnet erwischen, ja. Die wachen, zornigen Männer im Zweikampf herausfordern, Auge in Auge – das war die Pflicht der Leute, die über sie herrschten.

Ein Durchbruch, betete Edmund. Allmächtiger, ewiger Gott, ein Durchbruch auf diesen Platz und wir können von allen Seiten angreifen. Der Krieg wird enden und die Heiden werden vernichtet. Keine toten Knaben mehr auf den Weiden, keine Kinderleichen mehr in Brunnenschächten. Aber wenn sie noch eine Minute aushalten, gerade lang genug für einen Schnitter, der seine Sense wetzen will... dann sind wir es, die brechen, und mich erwartet dasselbe Schicksal wie Wulfgar.

Der Gedanke an seinen gefolterten Thane ließ sein Herz anschwellen, bis es ihm schien, als müssten die Glieder seines Kettenhemdes nachgeben. Der König schob Wigga beiseite und schritt voran, das Schwert erhoben und auf der Suche nach einer Lücke, in die er hineinstoßen konnte. Er rief aus vollem Hals und seine Stimme hallte wider im metallenen Schutz seines uralten Maskenhelms:

„Brecht durch! Brecht durch! Den Schatz Raedwalds für den, der ihre Reihen durchbricht. Und fünfhundert Pfund Silber für Ivars Kopf!"

Zwanzig Schritte entfernt, sammelte Shef seine kleine Truppe befreiter Gefangener in der Nacht. Viele der geteerten Langschiffe entlang des Flusses brannten jetzt lichterloh und warfen schreckliches Licht auf die Schlacht. Überall um sie herum lagen die Zelte der Wikinger am Boden, niedergerannt vom englischen Sturmangriff, ihre Bewohner verwundet oder tot. Nur an einer Stelle vor ihnen standen noch acht oder zehn Zelte: die Heime der Ragnarssons, ihrer Hauptmänner, Wachen und ihrer Frauen. Um die Zelte wurde gekämpft.

Shef drehte sich zu Alfgar und dem muskelbepackten Thane neben ihm um, die einen halben Schritt vor dem kleinen Pulk halbbewaffneter und schwer atmender Bauern standen.

„Wir müssen zu diesen Zelten dort. Dort sind die Ragnarssons."
Und Godive, dachte er still. Aber das würde nur Alfgar kümmern.

Im Feuerschein zeigte der Thane die Zähne. Ein freudloses Lächeln.

„Schaut mal", sagte er zeigte mit dem Finger auf etwas.

Einen Augenblick lang, als das Kampfgetümmel sich kurz legte, waren die Umrisse zweier Krieger zu sehen, die jedes Züngeln der Flammen in einer neuen verdrehten Haltung einfing. Die Schwerter sangen, die Hiebe wurden mit gleicher Kraft geführt wie abgewehrt, mit der Vorhand, der Rückhand und aus allen Winkeln. Die Kämpfenden drehten sich und stampften auf, hoben die Schilde, übersprangen niedrige Schläge, gingen nach jedem Angriff in Stellung für den nächsten, immer mit dem Versuch, sich einen Vorteil gegenüber dem Feind zu finden: ein erschöpftes Handgelenk, eine Unaufmerksamkeit, ein Zögern.

Die Stimme des Thanes war beinahe liebevoll. „Seht sie euch an, alle von ihnen. Das sind die Krieger des Königs und die Besten der Räuber. Sie sind die *drengir*, die harten *here-champan*. Wie lange kämen wir gegen die an? Ich? Ich könnte ihnen dreißig Herzschläge lang Ärger machen. Und du? Bei dir weiß ich es nicht. Die da?" Er deute mit dem Daumen hinter sich auf die Bauern. „Aus denen machen sie Wurstfüllung."

„Verschwinden wir von hier", sagte Alfgar unvermittelt. Die Bauern wurden unruhig und murrten.

Plötzlich packte der Thane Alfgar so hart am Arm, dass seine Finger tief ins Fleisch sanken.

„Nein. Hört zu. Das ist die Stimme des Königs. Er ruft nach seinen Getreuen. Hört, was er von ihnen will."

„Er will Ivars Kopf", zischte einer der Bauern.

Auf einmal stürmten sie alle vorwärts, die Speere gehoben, die Schilde vorgehalten, den Thane zwischen sich.

Er weiß, dass es nicht klappen wird, dachte Shef. Aber ich weiß, was klappen kann.

Er sprang ihnen in den Weg, deutete mit dem Finger und redete mit den Händen. Langsam verstanden die Männer, was er meinte, wandten sich ab, ließen die Waffen fallen und machten sich auf den Weg zum nächsten brennenden Langschiff.

Über den Lärm des Stahls hörten auch die Wikinger die Stimme des Königs rufen und verstanden ihn gut. Viele von ihnen hatten über Jahre englische Bettsklavinnen gehabt, wie ihre Väter vor ihnen.

„König Jatmund will Euren Kopf", rief einer der Jarls.

„Ich will Jatmunds Kopf nicht", gab Ivar zurück. „Er muss lebendig gefangen werden."

„Was wollt Ihr mit ihm?"

„Darüber muss ich noch viel nachdenken. Etwas Neues. Etwas Lehrreiches."

Etwas, um den Männern wieder Mut zu machen. Das war alles viel zu knapp gewesen, dachte Ivar, während er von links nach rechts ging, um alles im Blick zu behalten. Er hatte nicht geglaubt, dass der König eines so kleinen Reiches den Mut hätte, das Große Heer in seinem eigenen Lager anzugreifen.

„Gut", sagte er ruhig zu den Gaddgedlar, die hinter der Schlachtreihe gewartet hatten. „Länger warten bringt jetzt nichts mehr. Sie werden nicht durchbrechen. Hier drüben, zwischen den Zelten. Wenn ich den Befehl gebe, stürmen wir. Geht mitten durch sie durch, haltet euch nicht mit Kämpfen auf. Ich will, dass ihre diesen König fangt. Sehr ihr ihn? Den kleinen Mann dort, mit der Kriegsmaske vor dem Gesicht."

Ivar füllte seine Lungen zum Schlachtruf, der über den Lärm des Kampfes hallen und in seinem Ton das Angebot Edmunds verhöhnen sollte. „Zwanzig Unzen, zwanzig Unzen Gold für den Mann, der mir den englischen König bringt. Aber tötet ihn nicht. Ich muss ihn lebendig haben."

Aber bevor er diese Worte sagen konnte, spürte er, wie sich Muirtach und die anderen Iren versteiften und scharf den Atem einsogen.

„Seht doch, dort!"

„Ein brennendes Kreuz…"

„Mac na hoige slan."

„Muttergottes sei uns gnädig."

„Was in Odins Namen ist das?"

Über die Köpfe der kämpfenden Männer hinweg stürzte ein riesiger Gegenstand auf sie zu. Ein Kreuz, gewaltig und von Flammen umlodert. Die Reihen der Engländer teilten sich, Mörder-Brand sprang mit erhobener Axt vorwärts. Dann neigte sich der enorme Holzstamm vorwärts und fiel, halb geschleudert von den wütenden Rachegöttern, die ihn getragen hatten.

Brand sprang beiseite, stolperte über ein Seil und fiel mit dumpfem Krachen zu Boden. Etwas versetzte Ivar einen betäubenden Schlag auf die Schulter. Die Gaddgedlar sprengten in alle Richtungen auseinander, während der gewachste Flachsstoff der Zelte Feuer fing. Schreiende Frauenstimmen gesellten sich zum anderen Lärm der Schlacht.

Augenblicklich folgte dem brennenden Stamm das von Wut und Freude verzerrte Gesicht eines Knechts, der noch die Handfesseln trug und sich jetzt durch die auseinandergejagten Reihen seiner Fänger warf. Ein Speer stach nach Ivars Gesicht. Ohne nachzudenken, blockte er und schnitt die Spitze vom Schaft, gerade als seine Schulter vom Schmerz zerrissen wurde. Der Bauer lief weiter, drehte die plumpe Waffe in den Händen und schlug sie mit aller Kraft gegen Ivars Schläfe.

Der Treffer, der heranrasende Boden, der Sturz in brennendes Wachs und brennende Haut. Von einem Bauern geschlagen, dachte Ivar noch im letzten Augenblick des Bewusstseins, bevor die Dunkelheit ihn in den Arm nahm: Aber ich bin doch der Herr des Nordens.

Durch die Flammen kamen Gestalten heran gesprungen. Es ist dieser Junge, dachte Ivar, der vom Zweikampf am Waschplatz. Aber ich dachte, der gehört zu mir… Ein schuhloser Fuß traf seine Hoden und sein Körper gab den Kampf auf.

Shef rannte neben dem noch immer glimmenden Holz des Schiffsmasts entlang. Ihm war klar, dass seine Hände verbrannt waren, anschwollen und schon jetzt die ersten Blasen bildete. Dafür war keine Zeit. Er, der Thane und Alfgar hatten den brennenden Mast ergriffen, sobald die Bauern ihn aus dem Feuer gezogen hatten, das obere Ende gepackt und waren damit auf die Kampflinie losgelaufen. Es war ihnen schwergefallen, das Gewicht aufrecht zu halten, um es dann auf die Krieger werfen zu können. Sobald sie es in das Gemenge geschleudert hatten, wurden sie von einer Welle hasserfüllter Bauern überspült. Und hinter ihnen kamen König Edmund und seine Männer, alle außer sich vor Zorn, Angst und Mordlust. Er musste Godive als Erster erreichen.

Vor ihm ließ einer der Knechte mit einem abgebrochenen Speer Schlag um Schlag auf einen erstaunter Wikinger niedergehen. Unter Shefs Füßen stöhnte und wälzte sich etwas herum. Ein anderer Bauer ging mit einer Wunde in der Seite zu Boden. Überall schienen sich gelbe Karoumhänge zur Flucht zu wenden. Die Gaddgedlar, voll abergläubischer Angst vor dem feurigen Kreuz, das ihren Abfall vom Glauben zu rächen schien. Und überall schrien Frauen.

Shef bog umgehend nach links um ein Zelt herum. Die Seiten schwollen an und ab, hinter dem Stoff waren Schreie zu hören. Er zog sein Schwert und zerschnitt den Stoff auf Kniehöhe, hob ihn an der Ecke an und zog mit ganzer Kraft.

Wie Wasser aus einem gebrochenen Mühlendamm flossen jammernde Frauen heraus, in Unterkleidern, Umhängen, wenigstens eine noch nackt, wie sie aufgewacht war. Wo war Godive? Die dort, mit dem Schal vor dem Gesicht. Shef griff sie an der Schulter, drehte sie herum und zog ihr den Stoff aus dem Gesicht. Eine Feuersbrunst rotblonder Haare, von den Flammen am Nachthimmel in Kupfer verwandelt, und ein wütender, heller Blick aus Augen, die ganz anders waren als Godives dunkelgraue. Eine Faust traf ihn mitten im Gesicht und er stolperte rückwärts,

135

erschrocken und erfüllt von unzusammenhängendem Schmerz: Um ihn herum starben Helden und er hatte sich einen Schlag auf die Nase eingefangen!

Dann war die Frau weg und Shef sah eine bekannte Körperform, nicht trippelnd wie die anderen Frauen, sondern mit langen Schritten wie ein junges Reh. Sie lief geradewegs in ihren Untergang. Die Engländer waren jetzt überall im Viereck der Wikinger und griffen ihre Feinde gleichzeitig von vorne und hinten an, begierig, die Anführer und Adligen unter den Seeräuber auszulöschen, bevor Rettung und Rache aus dem Hauptlager kommen würden. Sie schlugen nach allem, was sich rührte, mitgerissen von der Angst, dem Siegestaumel und langem Überdruss.

Shef war bei ihr, warf sich vorwärts, griff sie an der Hüfte und warf sie zu Boden, gerade als ein rasender Krieger, der hinter sich Bewegung gehört hatte, einen baumspaltenden Hieb auf Hüfthöhe führte. Die beiden rollten zur Seite, in einem Gewirr aus Beinen und Kleid und Nägeln, während über ihnen ein neuer Kampf ausbrach. Dann hatte er einen festen Griff um ihren Bauch und zog sie mit roher Kraft in den Schatten des Großen Zeltes, in dem jetzt nur noch Leichen lagen.

„Shef!"

„Ich." Er legte eine Hand über ihren Mund. „Hör zu. Wir müssen jetzt weg von hier. Eine zweite Möglichkeit wird es nicht geben. Geh dahin zurück, wo ich reingekommen bin. Dort sind alle tot. Wenn wir es durch das Gefecht schaffen, sind wir dort, beim Fluss. Verstehst du? Gehen wir."

Mit dem Schwert in der Hand und Godive fest an seiner Seite gehalten, trat Shef in die Nacht hinaus und suchte nach einem Weg durch die fünfzig Zweikämpfe, die um sie herum wüteten.

Die Schlacht war vorbei, dachte Edmund. Und er hatte verloren. Er hatte den letzten Ring der Wikinger durchbrochen, ja, dank des Bauernhaufens, der aus dem Nichts gekommen und von einem halbnackten Jungen angeführt worden war. In den letzten Augenblicken hatte er den härtesten Kern der Wikinger zerschlagen und verkrüppelt. Das Große Heer würde nicht mehr dasselbe sein. Oder sich an das Lager am Stour erinnern können, ohne zu erschauern. Aber er hatte noch keinen Ragnarsson fallen sehen. Überall kämpften noch immer kleine Knäuel von Männern, unter denen auch die Ragnarssons sein mussten. Nur, wenn er dieses Schlachthaus hielt und jeden von ihnen besiegen und töten konnte, wäre sein Sieg von Dauer.

Er würde keine Möglichkeit dazu bekommen. Er fühlte, wie sich der Blutdurst in ihm zu langsamer und vorsichtiger Berechnung abkühlte. Verdächtigerweise war der Lärm aus dem Hauptlager oberhalb der Zelte der Ragnarssons verstummt. Mit Pfeilen von der Umfriedung beschossen, gehetzt von Scheinangriffen und messerschwingenden Engländern im Rücken hatten die Wikinger beschlossen, die Ragnarssons auf ihre eigene Weise mit dem Angriff fertig werden zu lassen.

Aber solche erfahrenen Kämpfer konnte man nicht lange zum Narren halten. Sie würden nicht ewig untätig bleiben, während man ihre Anführer abschlachtete.

Edmund spürte, dass sich jenseits der Flammen Männer sammelten. Dort wurden Befehle gerufen. Jemand machte sich bereit, sie zu zerschlagen, wie ein Kriegshammer eine Haselnuss zermalmt, mit tausend Männern auf einmal. Wie viele hatte er noch übrig, die nicht tot oder in die Nacht geflohen waren? Fünfzig?

„Zeit zu gehen, Herr", meinte Wigga.

Edmund nickte und wusste, dass er den wirklich letzten Augenblick erreicht hatte. Noch war sein Fluchtweg frei, und er war umgeben von Getreuen, die jeden versprengten Krieger beiseite wischen würden, der ihn vor Erreichen der östlichen Umfriedung abfangen könnte.

„Zurück!", befahl er. „Zurück dahin, wo wir reingekommen sind. Von dort zur Umfriedung. Aber tötet jeden, jeden, der am Boden liegt, unsere und ihre Männer. Überlasst sie nicht Ivar. Und versichert euch, dass sie tot sind!"

137

Ivar fühlte, wie sein Bewusstsein zurückkehrte. Aber es kam nicht alles auf einmal wieder, es war da und dann wieder nicht. Er musste zugreifen, schnell zugreifen. Etwas Furchtbares kam auf ihn zu. Er konnte es wie von schweren Fußschritten stampfen, stampfen, stampfen hören.

Es war ein *draugr*: riesig, angeschwollen, blau angelaufen wie eine drei Tage alte Leiche, stark wie zehn Männer, mit aller Kraft, die denen eigen ist, die in den Hallen der Großen leben und auf die Erde zurückkommen, um ihre Nachkommen zu plagen oder den eigenen Tod zu rächen.

Ivar fiel wieder ein, wer er selbst war. Im selben Augenblick wurde ihm klar, wer der *draugr* sein musste. Er war der Irenkönig Maelguala, den er vor Jahren getötet hatte. Ivar sah noch das verzerrte Gesicht vor sich, schweißglänzend vor Wut und Schmerz, aber Ivar noch immer furchtlos verfluchend, als sich die Räder weiter drehten und die stärksten Männer des Heeres sich in die Hebel warfen. Wieder und wieder hatten sie ihn über den Stein gestreckt und gekrümmt, bis plötzlich…

Als sein Verstand das Geräusch eines brechenden Rückgrats wahrnahm, erwachte Ivar vollends. Etwas lag auf seinem Gesicht; Haut, Stoff – hatten sie ihn schon zur Begräbnis in seinen Mantel gehüllt? Eine unbedachte Bewegung ließ den Schmerz in seiner Schulter aufblühen, der den Nebel aus seinem Kopf vertrieb. Er setzte sich auf. Mehr Schmerzen im Kopf, nicht die rechte Seite, sondern die linke, gegenüber von dort, wo er getroffen worden war. Eine Gehirnerschütterung also. Das war ihm nicht neu. Er wusste, wo er war.

Langsam kam Ivar auf die Füße. Die Anstrengung ließ Übelkeit und Schwindel durch seinen Körper fluten. Sein Schwert hielt er noch in der Hand. Er versuchte es zu heben. Keine Kraft. Er senkte die Klinge und stützte sich schwer darauf, fühlte, wie die Spitze sich in den hartgestampften Boden bohrte. Er starrte nach Westen, zwischen den zerrissenen Zelten hindurch, wo noch immer etwa sechzig Männer verzweifelt um etwas mehr Zeit oder für den Untergang ihrer Gegner kämpften, und sah den Untergang auf sich zukommen.

Kein *draugr*, sondern ein König, der auf dem Rückzug geradewegs auf ihn zu kam. Der kleine, breitschultrige englische König Jatmund mit seinem Maskenhelm. Neben und hinter ihm lief ein halbes Dutzend riesiger Männer, groß wie Wikinger, wie Viga-Brand. Sie waren ganz offensichtlich die Leibwache des Königs, das Herz und die Seele seines Kriegeradels. Die *chempan*, wie die Engländer sie nannten. Auf ihrem Weg erstachen sie sorgfältig, sparsam und nüchtern jeden, der am Boden lag. Sie machten es genau richtig. Einem von ihnen hätte er sich entgegengestellt, wenn er bei Kräften und unverletzt gewesen wäre und die Männer ein gutes Beispiel gebraucht hätten. Sechs. Und er konnte kaum seine Waffe halten, geschweige denn führen. Ivar versuchte, seine Füße so zu ordnen, dass er ihnen entgegenblickte. Niemand sollte später sagen, dass Ivar Ragnarsson, der Herr des Nordens, vom Schlag überrascht oder auf der Flucht gefallen war. Der Blick hinter der Kriegsmaske fand ihn.

Ihr Träger ließ einen Aufschrei des Erkennens hören, winkte seine Männer vorwärts. Gemeinsam trabten die Engländer los und stürmten in seine Richtung, mit gehobenen Schwertern und bemüht, ihren König zu überholen.

Als Edmund angriff, sah Shef auf seinem Weg von Schatten zu Schatten am Rand des Kampfes eine Lücke zwischen den verhedderten Zelten, schob Godive unsanft hindurch und spannte die Muskeln für die letzten Schritte in die Freiheit.

Ohne Vorwarnung hatte sie sich losgerissen und rannte voneweg. Sie hatte einen Verwundeten am Arm ergriffen und stützte ihn.

Bei Christus, das war Ivar! Verletzt, fertig, wankend.

In einem mordlüsternen Knurren zeigte Shef die Zähne und trat wie eine Waldkatze auf Ivar zu, ein Schritt, zwei, drei, und senkte das Schwert schon auf Hüfthöhe, bereit für den wilden Aufwärtsstich unters Kinn, wo keine Rüstung schützte.

Dann war Godive vor ihm und umklammerte seinen Schwertarm. Er versucht, sie abzuschütteln, aber Godive hielt sich fest, schlug mit der Faust auf seinen nackten Brustkorb ein und kreischte. „Hinter dir! Hinter dir!"

Shef warf sie von sich und drehte sich um, nur um ein Schwert zu sehen, dass schon nach seinem Hals hieb. Seine eigene Klinge traf die des Angreifers mit einem Klirren und lenkte sie nach oben ab. Ein zweiter Schlag folgte sofort. Er duckte sich darunter hinweg und hörte das Sirren des Stahls, als er die Luft durchschnitt. Er erkannte im selben Augenblick, dass Godive hinter ihm war und er seinen Körper zwischen ihr und den Schwertern halten musste. Dann wich er rückwärts aus in den Irrgarten aus Spannseilen, getrieben von einem halben Dutzend Männern hinter dem kleinen Träger der unwirklich geformten und vergoldeten Kriegsmaske. Das war der König. Aber egal, wer er war und wie viele Männer ihm folgten, in diesem Augenblick standen sich Shef der Sklave, der Hund, und der König der Ostangeln auf Augenhöhe gegenüber.

„Aus dem Weg", schnauzte Edmund und stürmte vorwärts. „Du bist Engländer. Du hast den Schiffsmast gebracht und die Reihen durchbrochen. Ich habe dich gesehen. Das ist Ivar hinter dir. Töte ihn, oder lass mich es tun und die versprochene Belohnung gehört dir."

„Die Frau", stammelte Shef. Eigentlich hatte „Lasst mir nur die Frau" sagen wollen. Aber die Zeit hatte nicht gereicht.

Zu spät. Als sich die Lücke zwischen den Zelten weitete, sahen Edmunds Krieger ihre Gelegenheit gekommen. Einer war innerhalb eines Herzschlags an der Seite des Königs und stach wild aufwärts nach dem unbewehrten Jungen, verwandelte den Stich in einen Hieb. Als dieser sein Ziel verfehlte, schlug er mit dem Schild, um eine Rippe zu brechen oder ein Handgelenk zu zerschlagen. Shef trat zurück, duckte und drehte sich wie gegen Flann den Iren, machte aber keinen Versuch, zurückzuschlagen oder zu parieren.

„Ihr könnt ihn haben", rief er.

Er schlug einen Hieb beiseite, duckte sich in einen Schildbuckel und ergriff mit der Kraft der Verzweiflung ein Handgelenk, das so dick war die Fessel eines Pferds. Er verdrehte es und setzte Wigga, den Krieger des Königs, mit einem dorfwiesenerprobten Ringerwurf außer Gefecht.

Er war selbst am Boden und um ihn herum waren nichts als Beine, Schreie, Schläge und der Klang von aufeinanderprallendem Stahl. Ein Dutzend Wikinger war zum Schutz ihres Anführers aufgetaucht, angeführt von Viga-Brand. Jetzt war es an den Engländern, sich um ihren König aufzustellen und einer nach dem anderen zu sterben, während Ivar immer wieder rief, dass Jatmund übrig bleiben müsse und nicht getötet werden dürfe.

Ohne auf den Kampf zu achten, hatte Shef sich herausgewunden, sah Godive einige Schritte vom Rand des Kampfes entfernt stehen und sich verängstigt umsehen. Er griff sie beim Arm und zog sie im vollen Lauf in Richtung der inzwischen ausgebrannten Langschiffe und der schlammigen Fluten des Stour. Das englische Königreich lag hinter ihnen in Trümmern, und wenn die Seeräuber ihn jemals wieder in die Hände bekamen, würde sein Schicksal schrecklich sein. Aber Godive war unverletzt. Und er hatte sie gerettet.

Auch wenn sie Ivar gerettet hatte.

Neuntes Kapitel

Die Sterne verblassten am östlichen Himmel hinter ihnen, als sich der junge Mann und das Mädchen vorsichtig und behutsam durch die Waldniederungen stahlen. Wenn er sich umblickte, sah Shef die obersten Äste der Bäume vom Morgenlicht umrissen und von den leichten Winden des beginnenden Tages bewegt. Die Brise war am Boden nicht zu spüren. Wenn sie eine vereinzelte Lichtung überquerten, die nach dem Sturz einer der Eichen oder Eschen entstanden war, benetzte der Tau ihre Füße. Es würde ein heißer Tag werden, dachte Shef, einer der letzten dieses ereignisreichen Spätsommers.

Seinetwegen konnte er nicht schnell genug kommen. Sie froren beide. Shef trug nur die Stiefel und die wollenen Hosen, die er zu Beginn des englischen Angriffs hastig aufgehoben hatte. Godive hatte nur ihr Unterkleid. Ihr langes Gewand hatte sie ausgezogen, als sie bei den brennenden Schiffen ins Wasser geglitten waren. Sie schwamm wie ein Fisch, wie ein Otter; und wie Otter waren sie raus geschwommen: so viele Züge wie möglich unter der Oberfläche, bedacht auf Lautlosigkeit und ohne Platschen oder Luftholen. Hundert langsame Schläge und zehn Atemzüge den Fluss hinauf, gegen die träge, krautige Strömung, bei jedem Auftauchen wachsam nach Spähern am Flussufer Ausschau haltend. Dann ein sorgfältiges Füllen der Lungen, während Shef die Umzäunung beobachtet hatte, auf der mit Sicherheit noch immer Wachen in Stellung gewesen waren. Ein tiefes Tauchen und langes Schwimmen unter Wasser, bis es wieder Zeit war, wie die Otter zu schwimmen. So hatten sie es wieder und wieder gemacht, eine Viertelmeile weit, bis Shef es für sicher gehalten hatte, ans Ufer zu kriechen.

143

Er hatte während ihrer Flucht nicht gefroren. Es machte sich lediglich ein kurzes Stechen bemerkbar, als er seine Brandwunden an Händen und Körper das erste Mal ins Wasser tauchte. Aber jetzt begann er unwillkürlich zu zittern, und lange Schauder schüttelten ihn. Shef wusste, dass er dem Zusammenbruch nahe war. Er müsste bald loslassen, sich hinlegen und seine Muskeln entspannen. Und sein Geist würde sich dabei an den Erlebnissen des letztens Tages abarbeiten. Er hatte einen Mann getötet. Nein, es waren zwei Männer gewesen. Er hatte den König gesehen, was den meisten Engländern nur sehr selten im Leben widerfuhr. Aber der König hatte auch ihn gesehen, sogar mit ihm gesprochen! Und er hatte sich Ivar dem Knochenlosen, dem mächtigsten Herrscher des Nordens, entgegengestellt. Shef war sich sicher, dass er ihn getötet hätte, wenn Godive ihn nicht gerettet hätte. Er wäre der Held ganz Englands und der gesamten Christenheit gewesen.

Aber sie hatte sich ihm in den Arm geworfen. Und dann hatte er seinen König verraten, ihn aufgehalten und ihn der Übermacht der Heiden überlassen. Falls das jemals jemand erfuhr... vor diesem Gedanken scheute er zurück. Sie waren entkommen und er würde Godive über sie und Ivar ausfragen, sobald er konnte.

Als das Licht heller wurde, erkannte Shef die kaum mehr sichtbaren Überreste eines Pfades vor sich. Er war überwachsen und seit Wochen nicht mehr benutzt worden. Das war gut. Zuletzt waren hier Menschen vor der Landung der Wikinger geflohen. Aber am Ende dieses Weges war vielleicht etwas: eine Hütte oder irgendein Verschlag. Egal was nach dem Angriff übrig geblieben war, es würde jetzt sein Gewicht in Silber wert sein.

Die Bäume standen inzwischen weniger dicht, und auf ihrem Weg stand etwas: keine Hütte, wie er bemerkte, sondern ein Unterstand aus Ästen. Holzfäller mussten ihn gebaut haben, um hier ihre Werkzeuge zu verstauen, wenn sie sich auf Streifzug durch den Wald befanden und die Pfosten schnitten, die alle Bauern für Zäune, Gehege, Werkzeuggriffe und als Mittelteile ihrer dünnen Lehmflechtwerke brauchten.

Es war niemand dort. Shef führte Godive heran und drehte sie zu sich. Er hielt ihre Hände und blickte ihr in die Augen.

„Was wir hier haben", sagte er, „ist nichts. Eines Tages, hoffe ich, haben wir unser eigenes, richtiges Haus. Irgendwo, wo wir ohne Sorgen zusammen leben können. Deshalb bin ich zurückgekommen und habe dich vor den Wikingern gerettet. Es wird nicht sicher sein tagsüber zu reisen. Lass uns bis zum Abend so gut es geht ausruhen."

Die Holzfäller hatten aus Baumrinde eine Regenrinne gebaut, die unter dem Dach aus groben Schindeln zu einem großen, halb zerbrochenen Tonkopf führte, der bis zum Rand mit klarem Regenwasser gefüllt war. Ein weiterer Hinweis darauf, dass seit Wochen kein Mensch an diesem Ort gewesen war. Im Inneren lagen auf dem Boden aus Zweigen einige alte, zerrissene Decken. Steif vor Kälte wickelte das Paar sich darin ein, legte sich aneinandergeschmiegt hin und schlief vor Erschöpfung sofort ein.

Shef erwachte, als die ersten Strahlen der Sonne durch die Äste stachen. Darauf bedacht, das noch schlafende Mädchen nicht zu wecken, erhob er sich und kroch aus dem Unterschlupf. Unter den Ästen versteckt, fand er Stahl und Feuerstein. Sollte er es wagen, ein Feuer zu entfachen?, fragte er sich. Besser nicht. Sie hatten Wasser und Wärme, aber es gab nichts zu essen. Er würde mitnehmen, was sie gefunden hatten, wenn sie weiterzogen. Allmählich begann er, an die Zukunft zu denken. Er besaß jetzt nichts als seine Hosen, weshalb jede neue Habe, die er an sich nahm, kostbar sein würde.

Er glaubte nicht, dass man sie stören würde, nicht an diesem Tag. Sie waren noch in der Reichweite der ausreitenden Wikinger, die er auf dem Weg ins Lager gesehen hatte. Aber die Nordmänner würden sich für eine Weile um andere Dinge kümmern müssen. Sie waren sicher alle im Lager, zählten ihre Verluste und entschieden was zu tun war – wahrscheinlich rangen sie untereinander um die Führung des Heeres. Hatte Sigurth Schlangenauge überlebt? Wenn ja, hätte vielleicht selbst er Mühe, die Gewalt über die erschütterten Krieger wiederzuerlangen.

Von den Engländern wusste Shef, dass bei ihrem Auftauchen aus dem Fluss und der Flucht in den Wald andere Leute in der Nähe gewesen waren. Die Überreste der Armee Edmunds, die Fliehenden und all jene, die rechtzeitig vor dem Wendepunkt der Kämpfe den Rückzug angetreten hatten. Sie alle machten sich so schnell wie möglich in Richtung ihrer jeweiligen Heimatorte auf. Shef bezweifelte, dass sich noch ein einziger Engländer in einem Umkreis von fünf Meilen um das Lager aufhielt. Sie hatten geahnt, dass ihr Angriff gescheitert und ihr Herr tot war.

Das hoffe Shef, denn er erinnerte sich daran, was sein Führer durch das Lager über Ivars Behandlung besiegter Könige berichtet hatte. Er lag in der Sonne auf seiner Decke und spürte, wie sein Körper sich entspannte. Unregelmäßig zuckte ohne sein Zutun ein Muskel in seinem Oberschenkel. Er wartete darauf, dass es aufhörte, besah sich die großen Blasen an seinen Händen.

„Würde es helfen, wenn ich sie aufsteche?" Godive war neben ihm, kniete sich in ihrem Unterkleid hin und hielt einen langen Dorn in die Höhe. Er nickte.

Als sie sich an seiner linken Hand an die Arbeit machte und er die zähen Tropfen seinen Arm hinab rinnen spürte, hielt er mit der Rechten ihre warme Schulter.

„Sag mal", meinte er, „Warum hast du dich zwischen mich und Ivar gestellt? Wie war das mit dir und ihm?"

Godive hielt den Blick gesenkt und schien nicht zu wissen, was sie sagen sollte.

„Du weißt, dass ich an ihn verschenkt worden bin? Von… von Sigvarth."

„Von meinem Vater. Ja. Ich weiß. Was ist dann geschehen?"

Sie sah weiterhin nach unten, ihre ganze Aufmerksamt auf seine Blasen gerichtet.

„Sie haben mich ihm bei einem Festmahl geschenkt, alle haben zugesehen. Ich… ich habe nur das hier angehabt. Einige von ihnen machen furchtbare Dinge mit ihren Frauen, weißt du? Ubbi ist so einer. Man sagt, er nimmt sie unter den Augen seiner Männer, und wenn sie nicht tut, was er will, gibt er sie an die anderen weiter, die mit ihr machen können, was sie wollen. Du weißt, dass ich noch Jungfrau war – bin. Ich hatte Angst.'

„Du bist noch jungfräulich?"

Sie nickte. „In dem Augenblick hat Ivar gar nicht mit mir gesprochen, aber er ließ mich am selben Abend in sein Zelt bringen und sagte mir etwas. Er sagte mir... er sagte mir, dass er nicht wie andere Männer wäre.

Er ist nicht wie ein verschnittener Hengst, weißt du? Er hat schon Kinder gezeugt. Zumindest sagte er das. Aber er meinte, dass er, wo andere Männer schon beim Anblick von nackter Haut Lust empfinden, noch etwas anderes braucht."

„Weißt du, was er damit meint?", bohrte Shef nach und dachte an Hunds Andeutungen zurück.

Godive schüttelte den Kopf. „Nein. Ich verstehe es nicht. Aber er sagte, dass die Männer ihn verspotten würden, wenn sie es wüssten. In seiner Jugend nannten ihn die anderen jungen Männer den Knochenlosen, weil er nicht tun konnte, was sie taten. Aber er hat viele der Spötter getötet und gemerkt, dass es ihm Freude bereitet. Jetzt sind alle, die gelacht haben, tot und nur die, die ihm nahe stehen, ahnen es. Wenn es alle wüssten, hätte Sigvarth nicht gewagt, mich ihm so öffentlich zu schenken, wie er es getan hat. Jetzt, sagt er, nennen die Männer ihn den Knochenlosen, weil sie Angst vor ihm haben. Sie meinen, er verwandele sich nachts wie andere Gestaltwander. Aber nicht in einen Wolf oder einen Bären, sondern in einen Drachen, einen langen Wurm, der nachts hinauskriecht und nach Beute sucht. Das denken sie zumindest."

„Und was denkst du?", wollte Shef wissen. „Erinnerst du dich, was er mit deinem Vater gemacht hat? Er ist dein Vater, nicht meiner, aber sogar ich war traurig, als ich ihn gesehen habe. Und auch wenn Ivar das nicht getan hat, kam der Befehl trotzdem von

147

ihm. So etwas tut er. Er hat dich vielleicht nicht vergewaltigt, aber wer weiß, was er mit dir vorhatte? Du sagst, er hat Kinder? Hat irgendwer jemals ihre Mütter gesehen?"

Godive drehte seine Hand um und kümmerte sich um die Blasen auf seiner Handfläche.

„Ich weiß nicht. Er ist voller Hass und grausam zu seinen Männern, aber nur weil er sie fürchtet. Er hat Angst davor, dass sie männlicher sind als er selbst. Aber wie zeigen sie das, ihre Männlichkeit? Sie schänden alle, die schwächer sind als sie selbst und erfreuen sich an deren Schmerz. Vielleicht hat Gott Ivar geschickt – als Strafe für die Sünden der Menschen."

„Wärst du lieber bei ihm geblieben?" Härte legte sich um Shefs Stimme.

Langsam beugte sich Godive über ihn und ließ den Dorn fallen. Er spürte ihre Wange auf seiner nackten Brust, spürte ihre Hände an seinen Seiten entlang streichen. Als er sie zu sich hochzog, glitt ihr das Unterkleid von der linken Schulter. Shef sah die nackte Brust an, deren Knospe mädchenhaft rosenfarben strahlte. Die einzige Frau, die er bisher so gesehen hatte, war die liederliche Truda gewesen: stämmig, fahl und grobschlächtig. Seine rauen Hände streichelten Godives Haut mit ungläubiger Zärtlichkeit. Wenn er sich das vorgestellt hatte, und das hatte er oft, wenn er alleine in einer Fischerhütte oder der verlassenen Schmiede gelegen hatte, war es in seinem Kopf immer viele Jahre in der Zukunft gewesen, nachdem sie einen Ort zum Leben gefunden, er sie verdient und ein Heim gebaut hatte, in dem sie sicher wären. Jetzt, im Wald, auf der Lichtung im Sonnenlicht, ohne den Segen eines Priesters oder die Zustimmung ihrer Eltern…

„Du bist ein besserer Mann als Ivar oder Sigvarth oder alle, die ich jemals getroffen habe", seufzte Godive, das Gesicht noch immer in seiner Schulter vergraben. „Ich wusste, dass du mich holen würdest. Ich hatte nur Angst, dass sie dich dafür töten würden."

Er zog an ihrem Unterkleid und ihre Beine schlangen sich um ihn, als sie sich auf den Rücken drehte.

„Wir sollten eigentlich beide tot sein. Am Leben zu sein, fühlt sich gut an, mit dir…"

„Wir teilen kein Blut, wir haben verschiedene Väter, verschiedene Mütter…"

Unter den Sonnenstrahlen drang er in sie ein. Aus einem Busch beobachtete sie ein Augenpaar; Lungen sogen Luft ein, voller Neid.

Eine Stunde später lag Shef im weichen Gras, gewärmt von den Strahlen der inzwischen heißen Sonne, die durch die hohen Äste der Eichen schien. Regungslos, vollkommen gelöst. Aber er schlief nicht. Oder er tat es, blieb aber auf eine gewisse, dämmrige Weise wach und war sich bewusst, dass Godive davon geschlüpft war. Er hatte an die Zukunft gedacht. Daran, wohin sie gehen konnten: in die Moore vielleicht. Dahin, wo er nach dem Kampf die Nacht mit Edrich, dem Thane des Königs zugebracht hatte. Er spürte die Sonne auf der Haut, den weichen Boden unter seinem Körper, aber die Welt schien weit weg zu sein. Das war schon einmal geschehen, im Lager der Wikinger. Sein Geist erhob sich vom Waldboden der Lichtung, ließ seinen Körper hinter sich und wanderte über die Grenzen seines Herzens hinaus…

Eine Stimme sprach zu ihm, rau, harsch, voller Macht.

„Von mächtigen Männern", sagte sie, „hast das Mädchen du genommen."

Shef wusste, dass er an einem anderen Ort war. Er war am Schmiedefeuer. Alles war ihm vertraut: das Zischen beim Umwickeln der heißen Zange mit nassen Lumpen, die Last in den Muskeln von Armen und Rücken beim Herausheben des Metalls aus dem Herzen der Glut, das Reiben und Kratzen der Lederschürze auf der Brust, das unwillkürliche Ducken und Schütteln des Kopfes, wenn die Funken in seinen Haaren zu landen drohten. Aber es war nicht seine Schmiede in Emneth, noch Thorvins Arbeitsplatz zwischen den Ebereschenbeeren. Er spürte um sich herum einen riesigen Raum, eine unglaublich weite, offene Halle, die so hoch war, dass er die Decke nicht sehen konnte, nur die mächtigen Säulen und Pfeiler, die im Rauch verschwanden, der sich unter der unsichtbaren Decke gesammelt hatte.

Mit dem schweren Hammer begann Shef eine Form aus der gestaltlosen Masse zu schlagen, die auf seinem Amboss glühte. Was diese Form sein sollte, wusste er nicht. Aber seine Hände wussten es, denn sie bewegten sich fachmännisch und ohne Zögern, setzten die Zange an, schoben die Luppe hin und her, schlugen erst aus der einen, dann aus der anderen Richtung. Er schmiedete weder eine Speerspitze noch einen Axtkopf oder eine Pflugschar. Es schien ein Rad zu sein, aber eines mit vielen Zähnen, die gezackt waren wie die eines Hundes. Shef schaute staunend dabei zu, als es unter seinen Schlägen zum Leben erwachte.

In seinem Herzen wusste er, dass es unmöglich war, was er hier tat. Niemand konnte eine solche Form ohne Umwege schmieden. Und trotzdem… Er sah, wie es möglich sein könnte, wenn man die Zähne einzeln schmiedete und dann am Rad befestigte, das man vorher machen müsste. Aber was wäre der Sinn des Ganzen? Vielleicht, wenn man ein solches Rad hätte und es in eine Richtung drehte, aufrecht wie eine Mauer hoch oder herunter, und ein zweites, das flach wie der Boden war und sich andersrum drehte. Und wenn dann die Zähne ineinander passten, dann könnte das erste Rad das zweite antreiben. Aber was würde das nützen? Es gab einen Zweck. Er hatte etwas mit dem Ding zu tun, dem riesigen Gegenstand, der hoch wie zwei Männer an einer der Seitenwände stand, gerade außerhalb seiner Sichtweite im trüben Halbdunkel.

Als seine Sinne klarer wurden, erkannte Shef um sich herum andere Gestalten, die ihm zusahen und dieselbe immense Größe wie die Halle hatten. Er konnte sie nicht klar sehen und wagte nicht länger als wenige Augenblicke von seiner Arbeit aufzusehen. Ihre Anwesenheit nahm er aber ohne Zweifel wahr. Sie standen beisammen und beobachteten ihn, sprachen sogar über ihn, dachte er. Sie waren Thorvins Götter, die Götter des Weges.

Am nächsten stand ihm eine breite und kräftige Gestalt, die wie ein übergroßer Zwilling Viga-Brands erschien: riesige Oberarmmuskeln unter einem kurzärmeligen Kittel. Das muss Thor sein, dachte Shef. Der Gesichtsausdruck des Gottes war voll Verachtung, Feindseligkeit und einer Spur Angespanntheit. Hinter ihm stand ein zweiter Gott – scharfäugig, mit gemeißelten Zügen, die Daumen in einen silbernen Gürtel gehakt. Er blickte Shef mit so etwas wie verborgener Zustimmung an, als wäre er ein zum Verkauf stehendes Pferd, ein Vollblüter, den sein dummer Besitzer zum Spottpreis anbot.

Der steht auf meiner Seite, meinte Shef. Oder er denkt, ich wäre auf seiner.

Hinter den beiden drängten sich noch weitere: Der Größte von ihnen stand auch am weitesten entfernt. Ein Gott, der sich auf einen mächtigen Speer mit dreieckiger Spitze stützte.

Zwei weitere Dinge wurden Shef bewusst. Er war gelähmt. Wenn er sich in der Schmiede bewegte, zog er seine Beine nutzlos hinter sich her, sodass er die Arme gebrauchen musste, um sein Gewicht zu stützen und vorwärtszukommen. Hohe Stühle, Holzstapel und Bänke waren scheinbar ungeordnet in der Schmiede verstreut. Tatsächlich aber, so wurde ihm schnell klar, waren sie dazu bestimmt, ihm zwischen den verschiedenen Arbeitsplätzen Halt zu geben. Er konnte sich auf die Beine stützen, stehen wie ein Mann, der auf kräftigen hölzernen Klötzen das Gleichgewicht hält. Aber da war keine Kraft, überhaupt keine Bewegung der Muskeln in seinem Oberschenkel oder den Waden. Ein dumpfer Schmerz kroch von seinen Knien nach oben.

Und es beobachtete ihn noch jemand. Keine der mächtigen Gestalten, sondern eine winzig kleine, versteckt in den Schatten der rauchgefüllten Halle, wie eine Ameise oder eine Maus, die aus der Vertäfelung lugt. Es war Thorvin! Nein, es war nicht Thorvin, sondern ein kleinerer und schmalerer Mann mit einem langen Gesicht und stechendem Ausdruck, der von dem dünnen Haar und der hohen Stirn noch verstärkt wurde. Aber er war wie Thorvin gekleidet, ganz in Weiß und mit einer Kette aus Vogelbeeren um den Hals. Auch sein

Gesichtsausdruck war ähnlich nachdenklich, brennend aufmerksam und zugleich vorsichtig und angstvoll. Die kleine Gestalt versuchte mit ihm zu sprechen.

„Wer bist du, Junge? Bist du ein Wanderer aus der Welt der Menschen, der für eine Weile Wölunds Platz einnimmt? Wie bist du hergekommen? Und durch welches Glück hast du den Weg gefunden?"

Shef schüttelte den Kopf und tarnte die Bewegung als einen Versuch, seine Augen vor den fliegenden Funken zu schützen. Er warf das Rad beiseite in einen Eimer voll Wasser und machte sich an die Arbeit am nächsten Stück. Drei schnelle Schläge, das Umdrehen, drei weitere Schläge und ein glühendes Etwas flog durch die Luft ins kalte Nass, wurde sofort durch ein neues Werkstück auf dem Amboss ersetzt. Was er tat, wusste Shef nicht, aber es erfüllte ihn mit stürmischer Aufregung und einem rasenden, ungeduldigen Glück; wie ein Mann, der eines Tages frei sein würde aber nicht wollte, dass sein Wächter seine Freude kannte.

Shef wurde klar, dass eines der riesigen Wesen auf ihn zukam – der Größte, der mit dem Speer. Der Mausmann sah ihn ebenfalls und duckte sich zurück in die Schatten, bis er nur noch als blassester Schatten in der Düsternis erkennbar war.

Ein Finger von der Größe eines Eschenstammes hob Shefs Kinn an. Ein Auge sah auf ihn herab, aus einem Gesicht wie der Klinge einer Axt: gerade Nase, hervorstehendes Kinn, spitzer grauer Bart, breite Wangenknochen. Es war ein Gesicht, das Ivars Anblick wie eine Erleichterung erscheinen lassen würde, wie etwas, das zumindest begreifbar und nur von menschlichen Leidenschaften wie Neid, Hass und Grausamkeit verzerrt war. Dieses Gesicht war ganz anders: Nur eine Berührung mit einem Gedanken hinter dieser Maske, das wusste Shef, und jeder menschliche Geist würde zerbrechen.

Und doch schien es nicht gänzlich feindselig, eher gedankenvoll und abwägend.

„Du hast noch einen langen Weg vor dir, Menschlein", sagte es. „Doch du hast gut begonnen. Bete, dass ich dich nicht zu bald zu mir rufe."

*„Warum würdet Ihr mich zu Euch rufen, Höchster?", fragte Shef,
erstaunt über seine eigene Kühnheit.*
*Das Gesicht lächelte wie ein kalbender Gletscher. „Frage nicht", sagte
es. „Der Weise späht und lugt nicht wie eine Jungfrau auf der Suche
nach einem Liebhaber. Schon jetzt blickt er, der wilde graue Wolf,
durch die Tore Asgards."*
*Der Finger senkte sich und die große Hand wischte über Schmiede-
feuer und Amboss und Werkzeuge, über Bänke und Eimer und den
Schmied hinweg, fegte alles beiseite wie ein Mann, der Nussschalen
von einer Tischdecke kehrt. Shef fühlte, wie er in die Luft geschleudert
wurde und sich überschlug. Die Schürze wurde fortgerissen und seine
letzte Erinnerung war die an einen winzigen, gesichtsförmigen Fleck
in den Schatten, der ihn beobachtete und sich sein Gesicht einprägte.*

Einen Herzschlag später lag er wieder auf dem Gras, den Rücken
dem englischen Himmel über der Lichtung im Wald zugewandt.
Aber die Sonne hatte sich entfernt und ihn im Schatten zurück-
gelassen, fröstelnd und plötzlich angsterfüllt.
Wo war Godive? Sie hatte sich für einen Augenblick von seiner
Seite entfernt, aber dann…
Shef war auf den Beinen, hellwach, und blickte sich nach einem
Feind um. Unruhe in den Gebüschen, Zappeln und Kämpfen
und das Geräusch einer Frau, die durch eine Hand auf ihrem
Mund hindurch zu schreien versucht.
Als Shef auf den Kampf zueilte, sprangen Männer aus ihren Ver-
stecken hinter den Bäumen hervor und näherten sich ihm wie
Finger des Untergangs. Angeführt wurden sie von dem Gaddged-
lar Muirtach, dessen Gesicht eine frische dunkle Strieme und ein
bitterer, beherrschter, zufriedener Zorn zierten.
„Bist fast davongekommen, Jungchen", sagte er. „Hättest weiter-
laufen sollen und nicht Ivars Frau begutachten. Aber eine heiße
Rute kennt keinen Verstand. Deine wird bald ganz kalt sein."
Harte Hände packten Shef an den Schultern, als er nach den
Büschen springen wollte, um Godive zu erreichen. Hatten sie sie

schon geschnappt? Wie hatten sie sie gefunden? Hatten sie eine Spur hinterlassen?

Über das Stimmengewirr der Gaddgedlar erhob sich ein johlendes Lachen. Shef erkannte es, selbst als er sich noch wand und wehrte, um alle Wikinger auf sich zu ziehen. Es war das Lachen eines Engländers. Seines Halbbruders Alfgar.

Zehntes Kapitel

Als ihn Muirtach und die anderen zurück ins Lager geschleppt hatten, war Shef dem Zusammenbruch nahe gewesen. Er war sowieso schon erschöpft. Der Schrecken der erneuten Gefangennahme hatte ihn zusätzlich getroffen. Die Wikinger waren auf dem Rückweg grob mit ihm umgesprungen, hatten ihn durch den Wald geschlagen und gestoßen und dabei die Augen nach noch zwischen den Bäumen lauernden Engländern offengehalten. Erst beim Anblick ihrer Mitstreiter, die auf den Weiden die wenigen verbliebenden Pferde zusammengetrieben hatten, war Shef wieder und wieder in unsanftem Jubel von den Füßen geholt worden. Sie hatten einen furchtbaren Schrecken davongetragen. Ivar ein einziges Beutestück bringen zu können, würde kaum all das aufwiegen, was sie verloren hatten. Schwammig, durch die Erschöpfung und den Schrecken hindurch, wurde Shef klar, dass sie in Stimmung waren, sich für alle durchstandenen Ängste mit jeder noch so kleinen Befriedigung zu rächen. Aber bevor er das durchdenken konnte, schleppten sie ihn ins Sklavengehege und schlugen ihn bewusstlos.

Er hatte nur gewünscht, nicht wieder zu sich kommen zu müssen. Sie hatten ihn am späten Morgen ins Gehege geworfen. Er war den ganzen langen, warmen Spätsommertag ohnmächtig gewesen. Als er schließlich seine blutversiegelten Lider öffnete, war er wund, steif, zerschrammt – aber nicht mehr schwindelig oder müde bis auf die Knochen. Dennoch war bis ins Mark durchgefroren, hatte einen vor Durst trocknen Mund und Hunger, der ihn schwächte. Dazu kam die Todesangst. Bei Einbruch der Nacht blickte er sich um und suchte nach einer Möglichkeit zur Flucht oder Rettung. Es gab keine. Seine eisernen Fußringe waren

155

an kräftige Pflöcke gebunden und seine Hände vor dem Bauch gefesselt. Mit genügend Zeit hätte er die Pflöcke lockern oder die rohledernen Riemen an seinen Händen durchbeißen können, aber die kleinste Bewegung brachte ihm ein Knurren und einen Tritt der Wachen ein, die in der Nähe standen. Die Männer, bemerkte Shef, hatten kaum noch Gefangene zu bewachen. In der Verwirrung des nächtlichen Angriffs hatte sich beinahe die gesamte Sklavenbeute des Feldzugs freigekämpft, davongemacht und den Gewinn der Wikinger in alle Winde zerstreut. Nur eine Handvoll anderer Gestalten, neue Gefangene wie er selbst, saßen oder lagen am Boden des Geheges verstreut.

Ihre Geschichten machten Shef keinen Mut. Sie waren die wenigen Überlebenden der handverlesenen Kämpfer König Edmunds, die bis zum letzten Hieb darum gerungen hatten, die Ragnarssons zu vernichten und die Führerschaft des Wikingerheeres zu lähmen. Sie waren alle verwundet, die meisten schwer. Sie waren darauf vorbereitet zu sterben und sprachen leise miteinander, während sie darauf warteten. Die meisten bereuten, nicht innerhalb der ersten hundert Atemzüge des Angriffs reinen Tisch mit ihren Feinden gemacht zu haben. Andererseits gaben sie zu, dass sie nicht hatten erwarten können, ohne Widerstand ins Herz des Großen Heeres vorzustoßen. Sie hatten sich gut geschlagen: Die Schiffe verbrannt, die Mannschaften getötet. „Wir haben großen Ruhm gewonnen", meinte einer von ihnen. „Wir stehen wie Adler auf den Körpern der Toten. Lasst uns nichts bereuen, ob wir nun jetzt oder später sterben."

„Ich wünschte, sie hätten den König nicht gefangen genommen", sagte einer der Gesellen des Kriegers nach einem Augenblick des Schweigens, mühsam gegen das Pfeifen seiner durchbohrten Lunge anredend. Nüchtern nickten alle ringsum und ihre Blicke wanderten in eine Ecke des Geheges.

Shef erzitterte. Er hatte nicht den Wunsch, dem seines Sieges beraubten König Edmund gegenüberzutreten. Er erinnerte sich an die Augenblicke, als der König auf ihn zugekommen war und ihn angefleht hatte – ihn, den Streuner, den Thrall, das Kind keines Vaters – aus dem Weg zu gehen. Hätte er das getan, wäre die Nacht ein Sieg für die Engländer gewesen. Und ihn hätte nicht der Zorn Ivars erwartet. Trotz seiner Benommenheit hatte er gehört, wie seine Häscher ihn damit verhöhnt hatten, was Ivar mit ihm machen würde. Er erinnerte sich an den närrischen jungen Mann, der ihn am Abend vorher durch eben dieses Gehege geführt und ihm erzählt hatte, was Ivar denen antat, die ihn verärgerten. Und er, Shef, hatte eine seiner Frauen genommen. Sie ihm weggenommen und mit ihr geschlafen, sodass sie nicht zurückgegeben werden konnte. Was war mit ihr geschehen?, fragte er sich unbeteiligt. Sie war nicht mit ihm zusammen zurückgetrieben worden. Jemand anders hatte sie mitgenommen. Aber er konnte sich kaum noch Sorgen um sie machen. Sein eigenes Schicksal beschäftigte ihn zu sehr. Schwerer als die Angst vor dem Tod wogen die Schande des Verrats und seine Furcht vor Ivar. Wenn er doch nur, dachte er während der Nacht wieder und wieder, jetzt vor Kälte sterben könne. Er wollte den Morgen nicht anbrechen sehen.

Der Stoß eines Stiefels in seinem Rücken weckte ihn im stärker werdenden Licht des nächsten Morgens aus seiner Starre. Shef setzte sich auf und bemerkte vor allem die angeschwollene Trockenheit seiner Zunge. Um ihn herum durchschnitten die Wachen Fesseln, schleppten Leichen fort. Einigen war Shefs Wunsch während der Nacht erfüllt worden. Aber vor ihm kauerte eine kleine, schmale Gestalt in verdrecktem Kittel und mit von Erschöpfung gezeichneten Zügen. Es war Hund. Er hielt einen Krug Wasser. Viele Augenblicke lang dachte Shef an nichts, während Hund ihm bedächtig und mit schmerzhaft langen Pausen den Krug immer nur für einen Mundvoll Wasser an die Lippen führte. Erst, als er die segenreiche Fülle unter seinem Brustbein spürte und die Wonne auskostete, die es ihm bereitete, einen überschüssigen Schluck im Mund herumzuwirbeln und ins Gras

157

zu spucken, wurde ihm klar, dass Hund mit ihm zu reden versuchte.

„Shef, Shef, versuch mir zu folgen. Wir müssen ein paar Dinge wissen. Wo ist Godive?"

„Ich weiß nicht. Ich hab sie hier weggebracht. Ich glaube, dann hat sie jemand anders geschnappt. Aber sie hatten mich, bevor ich etwas tun konnte."

„Was denkst du, wer sie hat?"

Shef erinnerte sich an das Lachen im Gebüsch, das beiseitegeschobene Gefühl, dass noch andere Flüchtige im Wald gewesen waren. „Alfgar. Er konnte schon immer gut Spuren lesen. Er muss uns gefolgt sein."

Shef dachte weiter nach und schüttelte dabei die Trägheit der Kälte und Erschöpfung ab. „Ich denke, er ist zurückgegangen, um Muirtach und die anderen zu uns zu führen. Oder vielleicht hat er sie einfach genommen, als die mit mir beschäftigt waren. Sie waren nicht genug, um uns weiter zu verfolgen. Nicht nach dem Kampf letzte Nacht."

„Also, Ivar macht sich über dich mehr Gedanken als über sie. Aber er weiß, dass du sie aus dem Lager geschafft hast. Das ist schlecht." Hund ließ besorgt eine Hand über seinen spärlichen Bart fahren. „Shef, denk nach. Hat jemand dich dabei gesehen, wie du Wikinger mit deinen eigenen Händen getötet hast?"

„Ich habe nur einen getötet. Da war es dunkel und keiner hat etwas gesehen. Es war keine Heldentat. Aber vielleicht hat mich jemand erkannt, als ich in das Gehege gestiegen bin und die Gefangenen befreit habe – und Alfgar." Shef verzog den Mund. „Und weißt du, dass ich den Schildwall der Wikinger durchbrochen habe? Mit einem brennenden Mast, besser als alle Krieger des Königs zusammen." Shef drehte die Handflächen zu sich und betrachtete die Flecken weißer Haut, die winzigen Dornenlöcher, wo die Brandblasen gewesen waren.

„Ja. Trotzdem ist das vielleicht noch kein Grund für Blutrache. Ingulf und ich haben seit dem Angriff einigen Leuten so manchen Gefallen getan. Viele der Hauptleute wären ohne uns tot oder fürs Leben gezeichnet. Weißt du, er näht sogar Eingeweide zusammen; und manchmal, wenn er stark genug ist den Schmerz auszuhalten und kein Gift im Körper hat, überlebt der Verwundete."

Shef besah sich die Flecken auf der Kleidung seiner Freundes etwas genauer.

„Ihr versucht, mich Ivar abzubetteln?"

„Ja."

„Du und Ingulf? Aber was bedeute ich ihm?"

Hund stippte einen Bissen hartes Brot in den Rest Wasser und reichte es hinüber.

„Es ist Thorvin. Er sagt, es sei eine Angelegenheit des Weges. Er sagt, du musst gerettet werden. Ich weiß nicht warum, aber er ist fest entschlossen. Jemand hat gestern mit ihm geredet und er kam sofort zu uns. Hast du etwas getan, wovon ich nichts weiß?"

Shef lehnte sich so gut es ging in seinen Fesseln zurück. „Viele Dinge, Hund. Aber eines weiß ich: Nichts wird mich vor Ivar schützen. Ich hab seine Frau genommen. Wie kann ich dafür Sühnegeld zahlen?"

„Großes Übel, nahe Hilfe", gab Hund zu bedenken und füllte den Krug aus einem Schlauch wieder mit Wasser auf, legte etwas Brot daneben auf den Boden und reichte Shef das schmutzige Leinenstück, das er über dem Arm getragen hatte.

„Das Essen im Lager wird knapp und die Hälfte aller Decken benutzen sie als Leichentücher. Mehr konnte ich noch nicht finden. Teil es dir ein. Wenn du Sühnegeld zahlen willst, finde heraus, was der König tun kann."

Hund reckte Kinn in Richtung der Ecke der Umzäunung, jenseits der Stellen, wo die sterbenden Engländer gesessen hatten. Er rief den aufmerksamen Wachen etwas zu, erhob sich und ging.

Der König, dachte Shef. Was für ein Sühnegeld würde Ivar für ihn annehmen?

„Gibt es irgendeine Hoffnung?", fauchte Thorvin über den Tisch.

Mörder-Brand sah ihn mit etwas Überraschung an. „Was sind denn das für Worte von einem Priester des Weges? Hoffnung? Hoffnung ist der Speichel, der Fenriswolf von den Lefzen tropft, der bis zur Ragnarök angekettet liegt. Wenn wir anfangen Dinge zu tun, nur weil es Hoffnung gibt... dann enden wir noch wie die Christen und betteln mit Liedern unsere Götter um ein besseres Geschäft nach dem Tod an. Du vergisst dich, Thorvin."

Brand blickte voller Aufmerksamkeit auf seine rechte Hand, die er auf den grob gezimmerten Tisch neben Thorvins Schmiede gelegt hatte. Sie war von einem Schwerthieb gespalten worden, der zwischen dem zweiten und dritten Finger fast bis zum Handgelenk hinab gefahren war. Der Heiler Ingulf beugte sich darüber und wusch die Wunde mit warmem Wasser, das den schwachen Duft von Kräutern trug. Dann zog er langsam und vorsichtig die Ränder der Wunde auseinander. Einen Wimpernschlag lang leuchteten weiß die Knochen auf, bevor das hervorquellende Blut sie und Ingulfs Finger überspülte.

„Das wäre einfacher gewesen, wenn du sofort zu mir gekommen wärst, statt anderthalb Tage zu warten", schimpfte der Heiler. „Dann hätte ich sie behandeln können, als sie noch frisch war. Jetzt hat das Blut angefangen, zu gerinnen und ich muss das hier machen. Ich könnte versuchen, sie einfach so zu nähen. Aber wir wissen ja nicht, was der Mann, der dich erwischt hat, am Schwert hatte."

Auf Brands Brauen brachen sich einige Schweißperlen Bahn, aber seine Stimme blieb ruhig, nachdenklich. „Mach nur weiter, Ingulf. Ich hab zu viele Wunden faulen sehen, um das zu versuchen. Das ist nur Schmerz. Wundbrand ist der sichere Tod."

„Trotzdem hättest du eher kommen sollen."

„Ich habe anderthalb Tage zwischen den Toten rumgelegen, bis ein helles Kerlchen gemerkt hat, dass sie alle außer mir kalt geworden sind. Und als ich wieder zu mir kam und merkte, dass das wirklich meine schlimmste Wunde war, hattest du Wichtigeres zu tun. Stimmt es, dass du Bjors Gedärme rausgeholt, zusammengenäht und wieder reingeschoben hast?"

Ingulf nickte und zog mit einer winzigen Zange kurzentschlossen einen Knochensplitter aus Brands Hand. „Es heißt, er lässt sich jetzt ‚Grind-Bjor' nennen, weil er schwört, er hätte die Tore Hels gesehen."

Thorvin seufzte stürmisch und schob einen Krug näher an Brands linke Hand. „Gut. Ihr habt mich mit eurem Geschnatter genug bestraft. Sagt jetzt: Gibt es eine Möglichkeit?"

Brand wurde allmählich blass, antwortete aber mit derselben gleichmäßigen Stimme. „Ich denke nicht. Du weißt, wie Ivar ist."

„Ich weiß", gab Thorvin zu.

„Das macht es ihm schwer, bei bestimmten Dingen vernünftig zu bleiben. Ich sage nicht ‚nachsichtig'; wir sind keine Christen, die Schaden oder Beleidigungen einfach hinnehmen. Aber er hört uns nicht einmal zu oder denkt darüber nach, was ihm vielleicht nützen könnte. Der Junge hat seine Frau gestohlen. Eine Frau, mit der Ivar… etwas vorhatte. Wenn dieser Esel Muirtach sie zurückgebracht hätte, dann vielleicht. Aber selbst dann… ich denke nicht. Weil das Mädchen freiwillig abgehauen ist. Der Junge hat etwas getan, das Ivar nicht konnte. Er will Blut sehen."

„Es muss etwas geben, das ihn umstimmt. Eine Entschädigung, die er anzunehmen willens wäre."

Ingulf nähte jetzt, wobei sich die Nadel immer weiter über seine Schulter hob, während er stach und zog, stach und zog, immer wieder.

Thorvin legte die Hand auf den Silberhammer um seinen Hals. „Ich schwöre dir, Brand, dass das vielleicht der größte Dienst ist, den wir dem Weg je erweisen können. Du weißt, dass einige von uns den Blick haben?"

„Ich habe dich darüber reden hören", erklärte Brand.

„Sie reisen in die Reiche der Mächtigen, der Götter selbst, und kehren zurück mit Berichten über das, was sie gesehen haben.

Einige denken, es seien nur Traumbilder, nicht besser als Einbildung, vielleicht eine eigene Dichtkunst.

Aber sie alle sehen dieselben Dinge. Zumindest manchmal. Meistens sehen sie verschieden Teile derselben Sache. So wie es viele verschiedene Berichte über die Schlacht neulich nachts gibt und einige sagen, die Engländer wären stärker gewesen, während andere uns als klare Sieger sehen – ohne dass einer von ihnen lügt oder woanders gewesen wäre. Wenn sie einander bestätigen, muss es die Wahrheit sein."

Brand brummte. Vielleicht war es vor Zweifel, vielleicht vor Schmerz.

„Wir wissen, dass es da eine andere Welt gibt, und dass Menschen sie besuchen können. Nun, gerade gestern ist etwas sehr Merkwürdiges geschehen. Farman kam zu mir, Farman, der Freyas Priester in diesem Heer ist, wie ich Thors Priester bin, oder Ingulf der Priester Eirs. Im Gegensatz zu mir ist er schon oft in der Anderwelt gewesen. Er meint, er sei in der Großen Halle gewesen, dem Ort an dem sich die Götter treffen und die Angelegenheiten der neun Welten besprechen. Er stand am Boden, ein winziges Geschöpf, wie eine Maus in der Täfelung unserer eigenen Langhäuser. Er hat die Götter im Gespräch gesehen.

Und meinen Lehrling Shef. Er meinte, es gebe keinen Zweifel. Er hatte ihn vorher hier in der Schmiede gesehen, und jetzt wieder in seinem Traumbild. Er soll ungewöhnlich angezogen gewesen sein, wie ein Jäger in unseren Wäldern in Rogaland oder Hålogaland. Seine Haltung war schlecht, als wäre er… verkrüppelt. Aber sein Gesicht war zu erkennen, unverwechselbar. Und der Vater der Götter und Menschen hat mit ihm gesprochen. Wenn Shef sich daran erinnern kann, was er gesagt hat…"

„Es ist selten", endete Thorvin, „dass Wanderer in der Anderwelt einander sehen. Es ist selten, dass Götter Wanderer bemerken oder mit ihnen sprechen. Dass beides geschieht…

Und es gibt noch eine Sache. Wer auch immer dem Jungen seinen Namen gegeben hat, wusste nicht, was er tut. Heute ist es ein Name für Hunde, ja. Aber das war nicht immer so. Habt ihr je von Skjöld gehört?

Urvater der Skioldinger, der alten Dänenkönige, die Ragnar gern vertrieben hätte.

Die Engländer nennen ihn Scyld Sceafing und erzählen die alberne Geschichte, dass er in einem Schild über das Meer getrieben sei und so seinen Namen erhalten habe. Aber jeder weiß, dass ,Sceafing' nichts anderes heißt als ,der Sohn des Sceaf'. Wer ist also dieser Sceaf? Wer auch immer er war, er hat den mächtigsten aller Könige über die Wellen gesandt und ihm alles beigebracht, um das Leben der Menschen besser und ruhmreicher zu machen. Es ist ein großer, glückverheißender Name, besonders wenn er unwissend vergeben wird. ,Shef' ist nichts anderes als die Aussprache des Wortes ,Sceaf' in dieser Gegend Englands.

Wir müssen den Jungen vor Ivar retten. Ivar dem Knochenlosen. Ihn haben manche auch schon auf der anderen Seite gesehen, wisst ihr? Aber er hatte nicht die Gestalt eines Menschen."

„Er ist ein Mann mit mehr als einer Haut", pflichtete Brand ihm bei.

„Er gehört zu Lokis Brut und soll Zerstörung in der Welt zu säen. Wir müssen meinen Lehrling vor ihm schützen. Wie können wir das schaffen? Tut er es nicht auf meinen oder deinen Ratschlag hin, Brand, können wir ihn vielleicht bestechen? Gibt es etwas, das er mehr will als Rache?"

„Ich weiß nicht, was ich von diesem Gerede über andere Welten und Wanderer halten soll", meinte Brand. „Du weißt, dass ich dem Weg folge, weil er viele Fertigkeiten wie die Ingulfs lehrt, und weil ich nichts für Wahnsinnige wie Ivar oder die Christen übrig habe. Aber der Junge hat Mut gezeigt, als er für ein Mädchen in dieses Lager gekommen ist. Für sowas braucht man Mumm. Ich muss es wissen. Ich bin in die Braethraborg gegangen, um die Ragnarssons zu diesem Unternehmen hier zu locken, wie deine Mitstreiter es mir aufgetragen hatten, Thorvin. Ich wünsche dem Jungen nur Gutes. Ich weiß natürlich nicht, was Ivar will. Wer tut das schon? Aber ich kann dir sagen, was er braucht. Und Ivar wird das auch einsehen, selbst wenn er völlig irrsinnig ist. Tut er es nicht, wird das Schlangenauge seinen Blick schon darauf lenken."

Während er seinen Plan erläuterte, nickten seine beiden Zuhörer bedächtig.

Es waren nicht Ivars Männer, die ihn holen kamen. Das fiel Shef auf, sobald sie auftauchten. Nach nur wenigen Tagen im Lager der Wikinger hatte er gelernt, zumindest grundlegende Unterschiede zwischen den verschiedenen Gruppen der heidnischen Krieger zu erkennen. Das hier waren keine Gaddgedlar. Ihnen fehlte auch die nicht-nordische oder halb-nordische Art der Hebrider oder Manx, die Ivar in so großer Zahl anwarb, oder das ungebundene Benehmen und wenig anständige Aussehen, das so viele seiner nordischen Gefolgsleute auszeichnete. Die meisten dieser Nordmänner waren jüngere Söhne oder Gesetzlose, weit weg von ihren Heimatdörfern, ohne eigenen Hof, zu dem sie zurückkehren würden, und ohne ein eigenes Leben außerhalb des Lagers. Die Männer, die nun in den Sklavenpferch kamen, waren breit gebaute Krieger mittleren Alters mit teilweise ergrautem Haar. Ihre Gürtel waren silberbeschlagen, goldene Ringe lagen um ihre Arme und Hälse und bezeugten sichtbar Jahre oder Jahrzehnte des Erfolgs. Als der Wächter des Geheges sich ihrem selbstsicheren Gang entgegenstellte und ihnen befahl zu verschwinden, konnte Shef die Antwort nicht hören. Sie wurde leise gegeben, als ob der Sprecher nicht mehr erwartete, rufen zu müssen. Der Wächter gab Widerworte, schrie und deutete durch das zerstörte Lager auf die niedergebrannten Zelte Ivars. Doch bevor er seinen Satz beenden konnte, gab es einen Schlag und ein Stöhnen. Der Anführer der Neuankömmlinge blickte einen Augenblick lang zu Boden, als wollte er sehen, ob weiterer Widerstand zu befürchten sei. Er steckte den Sandsack wieder in den Ärmel und ging voran, ohne sich noch einmal umzublicken.

Kurz darauf wurden die Knoten um Shefs Knöchel durchtrennt und er selbst auf die Füße gerissen. Plötzlich und unhaltbar machte seinen Herz einen Sprung. War das sein Tod? Würden sie ihn aus dem Pferch auf ein Stück ebener Erde schleppen, wo sie ihn innerhalb weniger Wimpernschläge in die Knie zwingen und enthaupten konnten? Fest biss er sich auf die Lippen. Er würde nicht reden, bitten oder um Gnade betteln. Dann hätten diese Wilden nur einen Grund zu lachen, darüber zu spotten, wie ein Engländer den Tod hinnahm. In finsterem Schweigen stolperte er vorwärts. Nur ein paar Schritte zum Tor hinaus, die Umfriedung des Geheges entlang und dann wurde er vor einem anderen Tor wieder unsanft zum Halt gezwungen. Shef bemerkte, dass der Anführer seiner Begleiter ihm unnachgiebig in die Augen starrte, als wollte er eine Einsicht tief in Shefs derbe Haut einbrennen.

„Sprichst du Nordisch?"

Shef nickte.

„Dann hör gut zu. Wenn du redest – gleichgültig. Aber wenn er hier drin redet – bleibst du vielleicht am Leben. Vielleicht. Du musst für einiges geradestehen. Aber da drinnen ist etwas, das dir das Leben retten könnte. Und mir noch etwas mehr einbringen. Ob du stirbst oder lebst, du wirst bald einen Freund brauchen. Einen Freund vor Gericht, einen Freund auf dem Hinrichtungsplatz. Es gibt mehr als einen Weg zu sterben. Gut jetzt. Werft ihn rein. Und macht ihn ja vernünftig fest."

Shef wurde in eine an die Seite des Sklavenpferches gebaute Unterkunft geschoben. Von einem stabilen Pfosten hing ein eiserner Ring, von dem eine Kette zu einem zweiten führte. Ohne Umschweife wurde ihm das Halsband angelegt und ein Bolzen aus weichem Eisen durch die beiden Löcher geführt. Zwei, drei Hammerschläge, eine kurze Überprüfung, ein letzter Schlag. Die Männer wandten sich ab und verließen den Raum. Shefs Beine waren frei, aber seine Hände immer noch gefesselt. Das Halsband und die Kette um seinen Hals gaben ihm nur einige wenige Schritte Bewegungsfreiheit.

Es war noch ein zweiter Mann in der hölzernen Unterkunft. Er war auf die gleiche Weise gesichert wie Shef, die Kette lief vom Pfosten in der Mitte ins Halbdunkel. Etwas an der am Boden liegenden Gestalt erfüllte Shef mit Unruhe, mit Scham und Furcht.

„Herr," sprach er ungläubig. „Herr. Seid Ihr der König?"

Die Gestalt rührte sich. „König Edmund bin ich, Sohn von Edwold, Herr der Ostangeln. Aber wer bist du? Du klingst wie ein Mann aus Norfolk. Du bist keiner meiner Krieger. Bist du mit den Wehrpflichtigen gekommen? Haben sie dich in den Wäldern geschnappt? Beweg dich, damit ich dein Gesicht sehen kann."

Shef bewegte sich ein wenig. Die Sonne, die sich schon nach Westen senkte, schien durch die offene Tür und beschien sein Gesicht, als er das Ende seiner Kette erreichte. Voller Schrecken erwartete er die Worte des Königs.

„Aha. Du bist der, der sich zwischen mich und Ivar gestellt hat. Ich erinnere mich an dich. Du hattest weder Rüstung noch Waffen, aber du hast dich Wigga entgegengestellt und ihn zehn Herzschläge lang aufgehalten. Ohne dich wären das die letzten zehn im Leben des Knochenlosen gewesen. Warum sollte ein Engländer Ivar retten wollen? Bist du deinem Herren davongelaufen? Warst du ein Sklave der Kirche?"

„Euer Thane Wulfgar war mein Herr", sagte Shef. „Als die Seeräuber kamen… wisst Ihr, was sie mit ihm gemacht haben?"

Der König nickte. Als seine Augen sich auf die Lichtverhältnisse einstellten, sah Shef das ihm zugewandte Gesicht. Es war erbarmungslos, entschlossen.

„Sie haben seine Tochter gestohlen, meine… meine Ziehschwester. Ich bin hergekommen, um sie zurückzuholen. Ich wollte Ivar nicht beschützen, aber Eure Männer hätten sie beide getötet, sie alle. Ich wollte nur, dass Ihr sie mich beiseite ziehen lasst! Dann hätte ich an Eurer Seite gekämpft. Ich bin kein Wikinger, ich habe zwei von denen selbst getötet. Und ich habe etwas für Euch getan, König, als es nötig war. Ich…"

„Das hast du. Ich habe nach jemandem gerufen, der den Ring durchbrechen soll, und du hast es getan. Du und ein Haufen Bauern, wie aus dem Nichts, mit einem Schiffsmast. Wenn das Wigga, Totta oder Eddi eingefallen wäre, hätte ich sie zu den reichsten Männern im Königreich gemacht. Was habe ich versprochen?"

Stumm schüttelte er den Kopf, bevor er Shef erneut ansah.

„Weißt du, was sie mit mir machen werden? Sie bauen gerade den Altar für ihre heidnischen Götter. Irgendwann morgen werden sie mich hier raus schleppen und darauf legen. Dann wird sich Ivar an die Arbeit machen. Könige töten ist sein Geschäft. Eine der Wachen hat mir erzählt, dass er dabei gewesen sei, als Ivar den König von Munster in Irland ermordete. Als Ivars Männer das Seil fester und fester zogen und die Adern am Hals des Königs hervortraten, der Ivar die ganze Zeit über mit wüsten Flüchen bei allen Heiligen überschüttete. Und dann das Krachen, als sein Rückgrat über den Steinen brach. Daran erinnern sie sich alle. Aber für mich hat Ivar ein anderes Schicksal im Sinn. Sie meinen, dass er es eigentlich für den Mörder seines Vaters, Ella von Northumbria, aufsparen wollte. Aber scheinbar haben sie entschieden, dass ich es ebenso verdiene.

Sie werden mich nach draußen führen, mich auf den Altar legen, mit dem Gesicht nach unten. Ivar wird ein Schwert in mein Kreuz setzen. Dann… Hast du schon mal gespürt, wie deine Rippen ein Haus aus Knochen bilden, und wie jede der Rippe fest am Rückgrat sitzt? Ivar wird jede einzelne losschneiden, sich von unten nach oben vorarbeiten. Sie sagen, dass er das Schwert nur für den ersten Schnitt benutzt. Danach nimmt er Hammer und Meißel. Wenn er sie alle abgeschlagen hat, schneidet er das Fleisch frei, steckt seine Hände hinein und zieht die Rippen nach oben heraus.

Dann werde ich wohl sterben. Es heißt, dass er einen Mann so lange am Leben halten kann. Er passt auf und schneidet nicht zu tief. Aber wenn sie die Rippen herausziehen, dann muss das

Herz zerspringen. Wenn es vollbracht ist, nehmen sie die Lungen heraus und drehen die Rippen nach draußen, bis es aussieht wie die Flügel eines Raben. Oder eines Adlers. Sie nennen das ‚den Blutadler ritzen‘.

Ich frage mich, wie es sich anfühlen wird, wenn er mir das Schwert ins Kreuz setzt. Ich denke, junger Knecht, wenn ich dann nicht den Mut verliere, wird der Rest einfacher. Aber das Gefühl des kalten Stahls auf der Haut, bevor der Schmerz beginnt…

Ich hätte nie gedacht, dass es so kommt. Ich habe mein Volk verteidigt, meine Eide gehalten, den Waisen geholfen. Weißt du, Knecht, was Christus sagte, als er sterbend am Kreuz hing?“

Vater Andreas’ Lehrstunden waren meist auf den Nutzen der Keuschheit oder die Bedeutung rechtzeitiger Abgaben an die Kirche beschränkt gewesen. Stumm schüttelte Shef den Kopf.

„Mein Gott, mein Gott, warum hast du mich verlassen?“

Für einige Zeit schwieg nun auch der König.

„Aber ich weiß schon, warum er es tun will. Immerhin bin ich auch ein König. Ich weiß, was seine Männer brauchen. Die letzten Monate sind dem Heer nicht gut bekommen. Sie dachten, sie hätten leichtes Spiel vor dem wirklichen Angriff auf York. Und das wäre wohl auch so gewesen, wenn sie nicht deinen Ziehvater so zugerichtet hätten. Aber seitdem haben sie keine Beute gemacht, nur wenige Sklaven gefangen und für jede Kuh kämpfen müssen. Und jetzt, da kann man sagen, was man will, sind wesentlich weniger von ihnen übrig als vor zwei Nächten. Sie haben ihre Freunde sterben sehen, und viele andere sitzen da und warten auf den Wundbrand. Wenn es nichts Großes zu sehen gibt, werden sie den Mut verlieren. Jede Nacht werden ein paar Schiffe davon rudern.

Ivar braucht ein Schauspiel. Eine Hinrichtung. Oder…“

Shef entsann sich der Warnung des Mannes, der ihn in den Verschlag gestoßen hatte.

„Sprecht nicht zu offen, Herr. Sie wollen, dass Ihr redet. Und dass ich zuhöre.“

Edmund lachte, ein scharfes, kurzes Bellen. Das Licht war beinahe verschwunden, die Sonne stand tief, aber die englische Dämmerung hielt sich.

„Dann hör zu. Ich habe dir die Hälfte von Raedwalds Schatz versprochen, wenn du die Reihen der Wikinger durchbrichst, was du geschafft hast. Also gebe ich dir den ganzen Schatz. Mach damit dein eigenes Geschäft. Der Mann, der ihnen das gibt, kann sein Leben und noch viel mehr haben. Wenn ich es ihnen gebe, würden sie mich zum Jarl der Wikinger machen. Aber Wigga und die anderen sind lieber gestorben als zu reden. Es würde sich für einen König aus dem Geschlecht Wuffas nicht geziemen, aus Angst nachzugeben.

Aber dir, Junge… dir hilft es vielleicht.

Jetzt hör zu und vergiss es nicht. Ich erzähle dir vom geheimen Schatz der Wuffinga. Damit, das schwöre ich bei Gott, kann ein kluger Mann ihn finden.

Hör zu und ich erzähle es dir.

Die Stimme des Königs senkte sich zu einem heiseren Murmeln und Shef musste sich anstrengen, um alles zu hören.

„Am Bach voll Weiden, bei der Brücke aus Holz,
Liegen alte Könige, auf Kiele ewig gebettet.
Tief drunten sitzen sie, die dunkle Schlafstatt hütend.
Vier kalte Knöchel wölben sich, aus kargem Feld umher
Von diesen Fingern vier, finde den nördlichsten.
Dort ruht Wuffa, Wehhas Nachfahr,
auf glänzend düsterem Schatz. Grab, wer es wagt."

Die Stimme verlief sich. „Meine letzte Nacht, junger Knecht. Vielleicht auch deine. Denk darüber nach, wie du dich morgen retten willst. Aber ich denke nicht, dass die Wikinger das Rätsel eines Engländers so einfach lösen können.

Und wenn du wirklich nur ein Knecht bist, nützt auch dir das Rätsel der Könige nichts."

Der König sprach nicht weiter, obwohl Shef ihn nach einer Weile flüsternd und mutlos zu ermuntern versuchte. Es schien ein Menschenalter zu dauern, bis Shefs geschundener Körper in einen unruhigen Schlaf abzutreiben begann. Im Schlaf wiederholten sich die Worte des Königs und wanden sich umeinander und verflochten sich wie die Umrisse von Drachen am Vordersteven eines Schiffes.

ELFTES KAPITEL

Dieses Mal war das Große Heer beunruhigt und verunsichert. Das hatte König Edmund vorhergesehen. Es war im eigenen Lager angegriffen worden, von einem kleinen Reich und seinem belanglosen König, von dem noch nie jemand gehört hatte. Und obwohl letztlich alles glimpflich ausgegangen war, wussten viele, dass sie zumindest eine Zeitlang unterlegen gewesen waren. Die Toten waren begraben. Die nicht mehr zu rettenden Schiffe waren an Land gezogen worden, die Verwundeten versorgt. Hauptleute hatten miteinander verhandelt, Schiffe getauscht oder verkauft, Männer unter sich verteilt, um die Mannschaften wieder auf die notwendigen Größen zu bringen. Aber die Krieger, die gewöhnlichen Ruderer und Axtträger mussten weiter beruhigt werden. Sie mussten etwas sehen, das ihnen das Selbstvertrauen ihrer Anführer bewies. Ein Ritual, mit dem sie daran erinnert werden konnten, dass sie noch immer das Große Heer waren, der Schrecken der Christen, die Unbesiegbaren aus dem Norden.

Vom frühen Morgen an sammelten sich die Männer am abgegrenzten Bereich im Lager, in dem das *vápnatak* stattfinden sollte: die Versammlung, bei der Männer ihre Zustimmung durch *vapna takr*, das Aneinanderschlagen der Waffen, von Schild und Schwert bekundeten. Oder, bei selteneren Gelegenheit, unter unvorsichtigen Anführern, ihren Unmut und ihre Verweigerung. Noch früher an diesem Tag, vor Sonnenaufgang, hatten die Heerführer der Wikinger ihr Vorgehen besprochen, das Gleichgewicht der Streitkräfte bedacht, und die Stimmung geprüft, die ihre gefährlichen und unberechenbaren Anhänger zu einer Entscheidung führen würde.

Als sie ihn holten, war Shef wenigstens körperlich bereit. Sein Hunger hatte ein Loch in sein Inneres gefressen und der Durst ihm wieder einmal Zunge und Lippen vertrocknen lassen. Aber er war wach, aufmerksam und ganz bei Sinnen. Er wusste, dass auch Edmund wach war, sich aber nicht rührte. Shef hätte sich dafür geschämt, ihn zu stören.

Die Männer des Schlangenauges gingen mit derselben zügigen Bestimmtheit wie tags zuvor. Ohne Zögern hielt einer Shefs Halsband in einer Zange und zwang die Niete heraus. Der Kragen löste sich und fiel zu Boden, bevor kräftige Hände Shef in die kalte Düsternis dieses Frühherbstmorgens hinauszogen. Noch immer hing Nebel am Fluss, legte sich in feinen Tropfen auf das Farnkrautdach des Verschlags. Shef starrte es für einen Augenblick an und fragte sich, ob er das Wasser ablecken sollte.

„Ihr habt gestern geredet. Was hat er dir erzählt?"

Shef schüttelte den Kopf und deutete mit gefesselten Händen auf die Lederflasche am Gürtel des Mannes. Ohne ein Wort reicht dieser sie herüber. Darin war Bier, schlammig, voller Gerstenspelze, ganz offensichtlich vom Boden des Fasses. Shef nahm tiefe, gleichmäßige Züge, bis er den Kopf nach hinten neigen und die letzten Tropfen leeren konnte. Er wischte sich die Lippen ab und fühlte sich, als habe das Bier ihn gefüllt wie einen leeren Schlauch. Er gab die Flasche zurück und hörte das belustigte Grunzen der Seeräuber, die sein Gesicht betrachteten.

„Gut, hm? Bier ist gut. Leben ist gut. Wenn du beides weiter haben willst, verrätst du es uns. Alles was er gesagt hat."

Der Wikinger Dolgfinn sah Shef mit der üblichen ungerührten Schärfe an. Er erkannte Zweifel, aber keine Angst. Der Junge würde einen Handel abschließen. Es würde der Richtige sein. Er drehte sich um und gab ein vorher abgesprochenes Zeichen. Aus einer etwas abseits stehenden Gruppe löste sich ein Mann, um dessen Hals goldener Schmuck hing und der die Hand auf einem silbernen Schwertknauf abgelegt hatte. Shef erkannte ihn sofort. Es war der große Mann, mit dem er auf dem Dammweg

172

gekämpft hatte. Sigvarth, der Jarl aus Falster. Sein Vater. Als er auf
ihn zukam, zogen sich die anderen Männer einige Schritte zurück
und gaben ihnen Raum, sich gegenüber zu stehen. Sie blickten
einander für einige Augenblicke an. Der Ältere besah sich den
Körperbau des jungen Mannes, der seinem Vater wiederum aufmerksam ins Gesicht schaute. Er versucht, sich in mir wiederzu-
finden, so wie ich es mit ihm tue, dachte Shef. Er weiß es.

„Wir haben uns bereits kennengelernt", merkte Sigvarth an. „Auf
dem Dammweg im Moor. Muirtach hat mir schon erzählt, dass
hier ein junger Engländer herumläuft und erzählt, er hätte mit
mir gekämpft. Jetzt heißt es, du seist mein Sohn. Der Helfer des
Heilers, der mit dir zusammen hier aufgetaucht ist, behauptet
das. Stimmt es?"

Shef nickte.

„Gut. Du bist ein kräftiger Knabe und hast damals gut gekämpft.
Schau mal, mein Sohn" – Sigvarth trat auf ihn zu und legte mit
sanftem Druck eine Hand auf seinen Oberarm – „Du stehst auf
der falschen Seite. Ich weiß, dass deine Mutter Engländerin ist.
Das gilt für die Hälfte der Männer in diesem Heer. Englisch,
irisch, fränkisch, finnisch, lappisch, was das angeht. Aber das
Blut fließt durch den Vater. Und ich weiß, dass du von einem
Engländer aufgezogen worden bist – diesem Narr, den du retten
wolltest. Aber was haben die je für dich getan? Ich denke mir,
dass du es nicht leicht hattest, wenn sie wussten, dass ich dein
Vater bin. Stimmt's?"

Er starrte in Shefs Augen und wusste, dass er einen Treffer gelandet hatte.

„Du denkst vielleicht, dass ich dich einfach im Stich gelassen
habe. Das stimmt, das habe ich. Aber ich wusste nicht, wo du
warst. Ich wusste nicht, wie du aufgewachsen bist. Aber jetzt bist
du hier und ich sehe, was aus dir geworden ist. Ich denke, ich
kann stolz auf dich sein. Und unsere ganze Sippe auch.

Also, sag es. Ich biete dir an, dich als meinen rechtmäßigen Sohn
anzuerkennen. Du wirst dieselben Rechte haben, als wärst du auf

173

Falster geboren. Lass die Engländer hinter dir. Vergiss die Christen, vergiss deine Mutter.

Und als dein Vater werde ich mit Ivar sprechen. Und was ich sage, wird das Schlangenauge unterstützen. Du steckst in der Klemme. Holen wir dich da raus."

Shef blickt seinem Vater über die Schulter und dachte nach. Er erinnerte sich an den Pferdetrog und die Prügel, die er immer bezogen hatte. Er erinnerte sich an den Fluch, mit dem ihn sein Stiefvater belegt hatte, und den Vorwurf der Feigheit. Er erinnerte sich an die Unfähigkeit, die Trödelei, die Wut Edrichs über den Stolz und das Zögern der englischen Thanes. Wie konnte man mit solchen Leuten im Rücken siegreich sein? Über die Schulter seines Vaters hinweg sah Shef vor der Gruppe von Männern, die Sigvarth hatte stehen lassen, einen jungen Mann in verzierter Rüstung, mit blassem, starkem Gesicht und den hervorstehenden Zähnen eines Pferdes. Auch er ist Sigvarths Sohn, dachte Shef. Noch ein Halbbruder für mich. Und ihm gefällt ganz und gar nicht, was hier geschieht.

Shef hatte Alfgars Lachen aus dem Gebüsch nicht vergessen.

„Was muss ich tun?", fragte er.

„Erzähl, was König Jatmund dir verraten hat. Oder krieg aus ihm heraus, was wir wissen müssen."

Wohlüberlegte zielte Shef, danke Gott für den Schluck Bier, der ihm den Mund angefeuchtet hatte, und spuckte seinem Vater auf den ledernen Schuh.

„Du hast Wulfgars Arme und Beine abgeschnitten, während deine Männer ihn festgehalten haben. Du hast die Männer meine Mutter schänden lassen, nachdem sie dir einen Sohn geboren hat. Du bist kein *drengr*. Du bist nichts. Ich verfluche das Blut, das wir teilen."

Augenblicklich standen die Männer Schlangenauges zwischen ihnen, schoben Sigvarth fort, hielten seinen Arm fest, mit dem er sein Schwert ziehen wollte. Er wehrte sich nicht wirklich verbissen, dachte Shef. Als sie ihn zurückdrängten, starrte er seinen

Sohn noch immer mit verdutzter Sehnsucht an. Er meint, dass es noch mehr zu sagen gibt, dachte Shef. Was für ein Narr.

„Jetzt hast du es geschafft", bemerkte Schlangenauges Abgesandter Dolgfinn und riss seinen Gefangenen an den rohledernen Streifen um dessen Handgelenke vorwärts. „Alles klar. Nehmt ihn mit zum *vápnatak*. Und holt den kleinen König da raus. Sehen wir mal, ob er vernünftig geworden ist, bevor die Versammlung ihn sieht."

„Wohl kaum", meinte einer der Helfer. „Die Engländer können nicht kämpfen, aber sie sind auch nicht klug genug um nachzugeben. Der gehört jetzt Ivar. Und Odin, noch bevor die Nacht anbricht."

Das Heer der Wikinger war außerhalb der östlichen Umfriedung zusammengekommen, nicht weit von dem Ort, an dem Shef hinübergesprungen war, um Godive abzufangen und mit Flann gekämpft hatte. Das war kaum drei Tage her. Die versammelten Männer bildeten drei Seiten eines leeren Rechtecks. An der vierten Seite, in der Nähe der Umfriedung, standen die Jarls und Hauptleute, die Ragnarssons und deren unmittelbare Verbündete. Die anderen Männer hatten sich hinter ihren Bootsführern und Steuerleuten versammelt, redeten miteinander, riefen Freunden aus anderen Mannschaften etwas zu, boten Hilfe und Ratschläge ohne Belehrungen und ohne Einschränkungen. Auf ihre Art war das Heer eine Volksherrschaft: Stand und Rang waren wichtig, besonders beim Verteilen der Beute. Aber kein Einzelner konnte vollständig zum Schweigen gebracht werden, wenn er die Gefahr auf sich nahm, jemandem auf die Füße zu treten.

Als sie sich mit Shef auf den freien Platz in diesem Rechteck drängten, ging ein lautes Jubeln durch die Menge, begleitet vom lauten Klirren von Metall. Die Wikinger schoben einen großgewachsenen Mann in Richtung eines Blocks an der Ecke des Platzes. Sein Gesicht stach selbst aus dreißig Schritten Entfernung aus der Masse heraus: während die Haut aller Umstehenden vom

Wind unter dem freien Himmel des englischen Sommers verbrannt war, zeigte es nur Leichenblässe. Ohne Aufhebens stießen
die Wikinger ihn über den Block. Einer packte sein Haar und
zog es vorwärts, legte das Genick frei. Ein Aufblitzen, ein dumpfer Schlag und sein Kopf rollte davon. Shef starrte ihn für einen
Augenblick an. Er hatte in Emneth einige und hier in den letzten
Tage viele Leichen gesehen. Aber kaum eine davon bei Tageslicht,
mit etwas Zeit, um sie wirklich anzuschauen. Es wird keine Zeit
bleiben, sobald die Entscheidung getroffen ist, dachte er nur. Ich
muss bereit sein, sobald sie mit den Waffen aneinanderschlagen.
„Wer war das?", fragte er und nickte mit dem Kopf in Richtung
des Kopfes, der eben auf einen Haufen geworfen wurde.
„Einer der englischen Krieger. Jemand meinte, er habe gut und
treu für seinen Herrn gekämpft, und dass wir Lösegeld fordern
sollten. Aber die Ragnarssons meinen, dass jetzt nicht die Zeit für
Lösegeld sei, sondern für ein Lehrstück. Du bist dran."
Die Kämpfer schoben ihn vorwärts und ließen ihn in zehn Schritt
Abstand vor den Hauptleuten und Anführern stehen.
„Wer will diesen Fall vorbringen?", rief einer der Fürsten mit einer Stimme wie ein Nordseesturm. Langsam ebbte die Unruhe
zu einem leisen Brummen ab. Ivar Ragnarsson trat aus den Rän-
gen der Anführer hervor. Sein rechter Arm hing in einer Schlinge. Gebrochenes Schlüsselbein, dachte Shef mit einem Blick auf
den Winkel, in dem der Arm gebunden war. Darum hatte er das
Schwert nicht gegen Edmunds Krieger erheben können.
„Ich bringe den Fall vor", sagte Ivar. „Dies hier ist kein Feind,
sondern ein Verräter und Eidbrecher. Er war keiner von Jatmunds
Männern, sondern von meinen. Ich nahm ihn in meine Mannschaft auf, gab ihm Essen und Unterkunft. Als die Engländer kamen, kämpfte er nicht für mich. Er kämpfte überhaupt nicht. Er
rannte weg, während die Krieger kämpften, und er stahl ein Mädchen aus meinem Zelt. Er nahm sie mit sich und gab sie nicht zurück. Sie ist für mich verloren, obwohl sie rechtmäßig mein war,
ein Geschenk von Sigvarth Jarl, gegeben vor allen Männern.

Ich fordere Lösegeld für das Mädchen, und er kann es nicht zahlen. Selbst wenn er könnte, würde ich ihn töten, weil er mich beleidigt hat. Aber noch schwerer wiegt, dass das ganze Heer ihn wegen Verrats anklagen kann. Wer unterstützt mich?"

„Ich unterstütze dich", rief eine andere Stimme: ein kräftiger, angegrauter Mann in Ivars Nähe. Vielleicht Ubbi, oder Halvdan? Jedenfalls einer der Ragnarssons, aber nicht ihr Anführer, nicht Sigurth, der noch immer zurückhaltend inmitten der Reihe von Männern stand. „Ich unterstütze dich. Er hatte die Möglichkeit, seine wahre Treue zu zeigen, und hat sie nicht genutzt. Er ist als Kundschafter, Dieb und Frauenräuber in unser Lager gekommen."

„Welche Strafe haltet ihr für angemessen?", fragte der Sprecher der Versammlung.

„Der Tod ist zu einfach", rief Ivar. „Ich fordere seine Augen für die Beleidung, die ich erlitten habe. Ich fordere seine Eier als Entschädigung für die Frau. Und ich fordere seine Hände für den Verrat am ganzen Heer. Danach kann er sein Leben behalten."

Shef fühlte, wie er am ganzen Körper erschauerte. Sein Rückgrat schien sich in Eis zu verwandeln. Jeden Augenblick musste ein Rufen und Klirren durch die Menge gehen, und dann würden Block und Messer auf ihn warten.

Langsam trat eine Gestalt aus den Reihen der Männer, eine große, bärtige Gestalt im Lederwams. Ihre Hand war verbunden, und zwischen den weißen Leinenstreifen zeigten sich dunkle Blutflecke.

„Ich bin Brand. Viele kennen mich." Ein Ruf der Zustimmung und der Anerkennung erklang von den Männern hinter ihm.

„Ich habe zwei Dinge zu sagen. Erstens, Ivar, woher hattet Ihr das Mädchen? Oder woher hatte Sigvarth es? Wenn Sigvarth die Kleine gestohlen hat und der Junge sie nur zurückstehlen wollte, was ist dagegen zu sagen? Ihr hättet ihn töten sollen, als er es versucht hat. Aber ihr habt es nicht getan, und jetzt ist es zu spät, um nach Vergeltung zu rufen.

177

Außerdem gibt es noch eine zweite Sache, Ivar. Ich war auf dem Weg, Euch zu helfen, als die Krieger dieses Jatmunds angriffen – ich, Brand, Held des Volkes von Hålogaland. Seit zwanzig Jahren stehe ich in der ersten Reihe jedes Kampfs. Wer von euch kann sagen, dass ich mich je zurückgehalten habe, wenn die Speerträger sich schlugen? Diese Wunde hat mir jemand gleich neben Euch, als auch Ihr verletzt wurdet, geschlagen. Und ich fordere Euch dazu heraus, mich einen Lügner zu nennen, aber als der Kampf beinahe vorüber war und der englische König dabei war, auszubrechen, ist er dabei nicht geradewegs mit seinen Männern auf Euch zugekommen? Ihr wart verletzt und konntet Euer Schwert nicht heben. Eure Männer waren tot, ich hatte nur meine linke Hand und niemand sonst stand bei Euch. Wer hat sich mit seinem Schwert vor Euch gestellt, außer diesem Jungen hier? Er hat sie abgehalten, bis ich und Arnketil mit seiner Mannschaft den König einkreisen konnten. Sag mir, Arnketil, lüge ich?"

Eine Stimme erhob sich von der gegenüberliegenden Seite des Platzes. „Es war, wie du sagst, Brand. Ich habe Ivar gesehen, die Engländer und den Jungen. Ich dachte, sie hätten ihn in der Unruhe getötet, und war traurig deswegen. Er hat so mutig standgehalten."

„So fällt Euer Anspruch auf die Frau, Ivar. Die Anschuldigung des Verrats kann nicht wahr sein. Ihr schuldet ihm Euer Leben. Ich weiß nicht, was er mit Jatmund zu tun hat, aber ich sage dies: Wenn er gut darin ist, Frauen zu rauben, habe ich einen Platz für ihn in meiner Mannschaft. Wir brauchen ein paar Neue. Und wenn Ihr nicht auf Eure Frauen aufpassen könnt, Ivar… nun, was hat das mit dem Heer zu tun?"

Shef sah, wie Ivar seinen Blick auf Brand heftete und auf den Hünen zuging. Seine Zunge zuckte wie eine blasse Schlange über seine Lippen. Vor Spannung und Aufmerksamkeit begann die Menge zu brummen. Es war kein feindseliges Geräusch. Die Krieger des Heeres mochten Unterhaltung, und jetzt wurde diese vielleicht endlich geboten.

Brand rührte sich nicht von der Stelle, sondern schob die linke Hand in seinen Schwertgurt. Als Ivar nur noch drei Schritte von ihm entfernt war, hielt er die verbundene Rechte empor, damit die Versammlung sie sehen konnte.

„Wenn deine Hand geheilt ist, werde ich mich an deine Worte erinnern, Brand", kündigte Ivar an.

„Wenn Ihr die Schulter wieder bewegen könnt, werde ich Euch daran erinnern."

Hinter ihnen meldete sich eine Stimme zu Wort, hart wie Stein, die Stimme Sigurth Ragnarssons, des Schlangenauges.

„Das Heer hat Wichtigeres zu tun, als über irgendwelche Knaben zu verhandeln. Ich sage, mein Bruder Ivar muss seinen eigenen Anspruch auf die gestohlene Frau verfolgen. Als Zahlung für sein Leben muss Ivar dem Jungen sein eigenes Leben schenken, nicht ihn verstümmeln, dass er es nicht leben kann. Aber der Knabe ist als einer von uns in dieses Lager gekommen und hat sich nicht als treuer Gefährte erwiesen, als wir angegriffen wurden. Stattdessen hat er zuerst an seinen Vorteil gedacht. Wenn er sich der Mannschaft Viga-Brands anschließen soll, müssen wir ihm eine Lehre erteilen. Keine Hand, sonst kann er nicht mehr kämpfen. Keinen Hoden, weil kein Frauenraub im Spiel ist. Aber das Heer wird ihm ein Auge nehmen."

Es verlangte Shef alles ab, ruhig stehen zu bleiben, als die ersten zustimmenden Rufe laut wurden.

„Nicht beide Augen. Nur eines. Was sagt das Heer?"

Anerkennendes Gebrüll, das Klirren von Waffen. Hände die ihn zogen. Allerdings nicht zum Block, sondern in die entgegengesetzte Ecke des Platzes. Männer traten beiseite, schubsten einander aus dem Weg zu einem Kohlenbecken, dessen Inhalt rot glühte und von Thorvin mit einem Blasebalg angefacht wurde. Von einer Bank daneben erhob sich Hund, das Gesicht vor Schreck und Überforderung erblasst.

„Halt still", raunte er ihm auf Englisch zu, als die Männer Shef die Beine wegtraten und den Kopf nach hinten rissen. Wie nebensächlich erkannte Shef, dass es Thorvins Arme waren, die seinen Kopf wie eine Zwinge festhielten. Er versuchte sich zu wehren, zu rufen und sie des Verrats zu beschuldigen. Ein Stück Stoff wurde zwischen seine Zähne gepresst und schob seine Zunge weit im Mund zurück. Die weißglühende Nadel kam näher, näher, ein Daumen hielt sein Augenlid oben, während er zu einem Schrei ansetzte, den Kopf wegzudrehen versuchte, die Augen schließen wollte.

Nicht aufzuhaltender Druck. Nur die glühende Spitze, die sich seinem rechten Auge weiter und weiter näherte. Schmerz, Qualen, das weiße Feuer schoss von seinem Augapfel in jede Ecke seines Gehirns, Tränen und Blut überschwemmten sein Gesicht. Und über allem, ganz unscharf, ein Zischen, das Geräusch von Stahl, der im Becken gehärtet wird.

Er hing in der Luft. Durch sein Auge war ein Spieß gebohrt, ein nicht abklingender, brennender Schmerz ließ ihn das Gesicht verziehen und die Muskeln in Nacken und Gesicht anspannen, als Versuch ihn zu lindern. Aber der Schmerz verging nicht oder schwand gar; er blieb die ganze Zeit. Aber er schien nichts zu bedeuten. Sein Geist war unberührt, dachte und grübelte weiter nach, ohne Ablenkung durch den schreienden Schmerz.

Auch sein anderes Auge war nicht beeinträchtigt. Es blieb offen, blinzelte nicht einmal. Mit diesem Auge sah er, von wo auch immer in allen Welten er war, einen weiten Rundblick. Er befand sich irgendwo weit oben, sehr weit oben. Unter sich sah er Berge, Ebenen, Flüsse und hier und da auf den Meeren in kleinen Gruppen die bunten Segel der Wikingerflotten. Auf den Ebenen verstreute Staubwolken, wo die riesigen Heere der christlichen Könige Europas und der umherziehenden Heiden der Steppe im ständigen Aufmarsch gegeneinander ins Feld zogen. Wenn er seine Augen – sein Auge – auf eine bestimmte Art zusammenkniff, konnte er näher an die Dinge herankommen, den Feldherren und Reitern von den Lippen lesen, die Worte der griechischen Kaiser oder der Khakhane der Tartaren hören, bevor sie gesprochen wurden. Zwischen ihm und der Welt dort unten schwebten Vögel – riesige Tiere, die ohne jeden Flügelschlag, einzig mit dem Zittern der Federspitzen ihrer Flügel, ihren Platz hielten. Zwei von ihnen flogen dicht an ihm vorbei, starrten ihn mit strahlenden, klugen, gelben Augen an. Ihre Federn schimmerten schwarz, ihre Schnäbel waren bedrohlich und fleckig: Raben. Die Raben, die kamen, um Hingerichteten die Augen auszuhacken. Er sah sie ebenso unverwandt an wie sie ihn; sie legten hastig die Flügel an und schossen davon.

Der Spieß in seinem Auge. War das alles, was ihn hielt? Es schien so. Aber dann hätte er tot sein müssen. Niemand überlebte einen Stich, der durch das Gehirn und den Schädel in das Holz dahinter drang. Beim Berühren der Rinde spürte er darunter einen Ausbruch von Harz, ein stetes Fließen von Saft, von den unvorstellbar tief greifenden Wurzeln in die Äste weit über ihm, die so hoch waren, dass niemand sie je würde erklettern können.

Sein Auge stach erneut und er wand sich, seine Hände noch immer herabhängend wie die eines Toten. Die Raben kamen zurück – neugierig, gefräßig, feige, klug, aufmerksam auf der Suche nach dem kleinsten Zeichen von Schwäche. Sie schwebten zu ihm, schlugen mit den Flügeln, kamen plötzlich näher, landeten schwer auf seinen Schultern. Doch diesmal, das wusste er, musste er ihre Schnäbel nicht fürchten. Sie hielten sich an ihm, um ihn zu beruhigen. Ein König war auf dem Weg zu ihnen.

Die Gestalt erschien vor ihm, hatte sich von einer Stelle der Erde aus erhoben, die er nicht im Blick gehabt hatte. Es war eine furchtbare Gestalt, nackt blutüberströmt von den zerstörten Lenden abwärts, das Gesicht in einem Ausdruck entsetzlicher Schmerzen verzogen. Ihr Rücken zeigte sich hinter ihren Schultern in einem Zerrbild der Rabenflügel, ihr Brustkorb war eingefallen und verdreht, Klumpen eines schwammigen Stoffes hingen über die Brustwarzen. In der Hand trug sie ihr eigenes Rückgrat.

Einige Herzschläge lang hingen die beiden Gestalten einander Auge in Auge gegenüber. Das Geschöpf erkannte ihn, dachte der Aufge-

hängte. Es bemitleidete ihn. Aber es hatte ein Ziel jenseits der neun Welten, ein anderes Schicksal, zu dem ihm, wenn überhaupt, nur wenige folgen würden. Sein geschwärzter Mund verzerrte sich.
„Erinnere dich", sagte es. „Erinnere dich an den Reim, den ich dich gelehrt habe."

Der Schmerz in Shefs Auge verdoppelte sich, und er schrie, schrie und wand sich um den Spieß, der ihn festhielt, warf sich gegen die Fesseln, die ihn fassten, die weichen, sanften, unbeweglichen Hände. Er öffnete das Auge und starrte hinauf, aber nicht auf die neun Welten, sondern in das Gesicht Hunds. Hund mit der Nadel. Er schrie wieder und riss eine Hand hoch, um ihn abzuwehren, und die Hand packte Hunds Arm mit der Kraft der Verzweiflung.

„Ruhig, ruhig", sagte Hund. „Es ist alles vorbei. Keiner kann dir mehr etwas tun. Du bist jetzt ein Karl im Heer, gehörst zu Brands Mannschaft und die Vergangenheit ist vergessen."

„Aber ich muss mich erinnern", rief Shef flehend.

„Woran erinnern?"

Tränen erfüllten beide Augen, das gesunde und die zerstörte Höhle. „Ich habe sie vergessen", flüsterte er.

„Ich habe die Worte des Königs vergessen."

KARL

Erstes Kapitel

Für viele Meilen war der Weg über flaches, gut entwässertes Land verlaufen – die südliche Hälfte des Tales, das sich an die Sümpfe Northumbrias anschloss und in dessen Mitte York lag. Selbst so war es dem Großen Heer schwergefallen, voranzukommen: achttausend Männer, ebenso viele Pferde, hunderte Lagerbummler und Bettgefährtinnen und Sklaven für den Markt, die alle hinterher trotteten. Hinter dem Zug verwandelten sich selbst die breiten Steinstraßen des Römervolks in schlammige Pfade, die Matsch bis an die Bäuche der Pferde spritzten. Wo das Heer über englische Wege und Viehpfade zog, blieb nichts als ein Sumpf zurück.

Brand hob seine noch immer verbundene Hand, und die Männer hinter ihm, drei ganze Schiffsbesatzungen, ein langes Hundert und fünf, lockerten die Zügel. Diejenigen, die ganz hinten ritten, die Letzten der Nachhut des Heeres, drehten sich um und blickten in die graue, nasse Landschaft hinter ihnen, aus der bereits das Licht zu sickern begann.

Die zwei Männer an der vordersten Spitze der Truppe beobachteten genau, was vor ihnen lag: ein sumpfiger Pfad, vier Armspannen breit, der sich abwärts und um eine Biegung in Richtung eines weiteren Flussbetts wand. Einige hundert Schritt voraus sahen sie, wie die Landschaft wieder anstieg, gequert von einem ungesicherten Pfad. Aber dazwischen, entlang des Flussbetts, lag ein dichter Waldgürtel aus großen Eichen und Kastanien, deren braune Blätter im stärker werdenden Wind wogten und die bis an den Rand des Weges wuchsen.

„Was denkst du, junger Feldherr?", fragte Brand und zupfte sich mit der Linken den Bart. „Vielleicht siehst du mit einem Auge weiter als die meisten anderen mit zweien."

„Eins seh ich sogar mit einem halben Auge, alter Linkshänder",
gab Shef gelassen zurück. „Und zwar, dass dieser Pferdeapfel da
vorne zu dampfen aufgehört hat. Der Hauptteil des Heeres zieht
uns immer weiter davon. Wir sind zu langsam. Genug Zeit für
ein paar Ortsansässige, hinter ihnen und vor uns in den Wald zu
schlüpfen."

„Und was würdest du dann tun, junger Verhöhner Ivars?"

„Ich würde uns alle von der Straße runter und nach rechts gehen
lassen. Rechts, weil sie uns wahrscheinlich links erwarten, mit
unseren Schilden in Richtung der Bäume und des Hinterhalts.
Runter zum Fluss, und wenn wir da ankommen, alle Hörner
blasen lassen und anstürmen als stünden wir vor eine Lücke im
feindlichen Wall. Wenn niemand da ist, sehen wir dumm aus.
Wenn da ein Hinterhalt ist, treiben wir sie heraus. Aber wenn wir
das tun wollen, tun wir es schnell."

Brand schüttelte mit so etwas wie Verzweiflung seinen massigen
Kopf. „Du bist kein Narr, Junge. Das ist die richtige Antwort.
Aber es ist die Antwort eines Anhänger deines einäugigen Gön-
ners, Odin, dem Verräter der Krieger. Nicht die eines Karls im
Großen Heer. Wir sind hier, um Nachzügler mitzunehmen, damit niemand den Engländern in die Hände fällt. Das Schlangenauge mag es nicht, wenn jeden Morgen Köpfe ins Lager geworfen
werden. Es macht die Männer unruhig. Sie denken gerne, dass
jeder Einzelne wichtig ist und aus einem guten Grund stirbt und
nicht zufällig. Wenn wir den Weg verlassen, entgeht uns vielleicht jemand, und seine Freunde würden früher oder später bei
uns nach ihm fragen. Wir wagen es und folgen dem Pfad."

Shef nickte, schlang den Schild vom Rücken, steckte den Arm
durch den Ellbogenriemen und fasste den Griff hinter dem
Schildbuckel. Hinter ihm klirrte und raschelte es, als hundert-
fünfundzwanzig Männer gleichzeitig ihre Waffen bereitmachten
und ihre Pferde vorwärts trieben. Shef wusste, dass Brand diese
Gespräche mit ihm führte, um ihm etwas beizubringen, ihn zu

lehren wie ein Anführer zu denken. Er nahm es ihm nicht übel, wenn seine Ratschläge übergangen wurden.

Und doch kämpfte er tief in seiner Brust mit dem Gedanken, dass diese erfahrenen Krieger – Brand, der Held seine Volkes, Ivar der Knochenlose und sogar das unbezwingbare Schlangenauge – falsch lagen. Sie gingen die Dinge verkehrt an. Dieses falsche Vorgehen hatte alle Königreiche auf ihrem Weg zerschlagen, nicht nur das winzige, beinahe unbedeutende Ostanglien. Und trotzdem war sich Shef, einst ein Sklave, der zwei Männer getötet hatte, ohne je länger als insgesamt zehn Herzschläge in der Schlachtreihe gestanden zu haben, sicher, dass er besser als sie wusste, wie man ein Heer aufstellen sollte.

Hatte er es in seinen Traumbildern gesehen? War ihm das Wissen von seinem Vatergott in Walhalla geschickt worden? Odin, dem Verräter, dem Gott der Gehenkten und Betrüger aller Kämpfer, wie Brand immer wieder andeutete?

Woran es auch lag, dachte Shef, wenn ich der Heerführer wäre, würde ich sechsmal am Tag Halt machen und die Hörner blasen lassen, damit die Nachhut und der Flankenschutz wüssten, wo wir sind. Und das Heer würde erst weitermarschieren, wenn ich die Antwort der anderen Hörner gehört hätte.

Es wäre besser, wenn jeder die Zeit kannte, zu denen das Horn geblasen würde. Aber wie konnte man das schaffen, ohne einander zu sehen? Wie wissen die schwarzen Mönche in den Domkirchen, wann es Zeit für die Messe ist? Diese Frage nagte an Shef, während sein Pferd den Pfad betrat und sich Schatten über den Weg zu legen begannen. Wieder und wieder überfluteten dieser Tage Gedanken seinen Kopf, Einfälle, mit Schwierigkeiten für die es im Wissen seiner Zeit keine Lösung gab. Shefs Finger sehnten sich danach, einen Hammer zu halten. Er meinte, auf dem Amboss eine Lösung schlagen zu können, statt rastlos sein Hirn zu zermartern. Auf der Straße vor ihnen sah er eine Gestalt. Er drehte sein Pferd herum, als er die Tiere hörte und ließ sein Schwert am Gürtel, als er den Anderen erkannte.

„Ich bin Stuf", sagte der Mann. „Ich gehöre zu Humlis Mannschaft aus Ribe."

Brand nickte. Eine kleine Truppe, nicht besonders wohlgeordnet. Die Art von Mannschaft, bei der ein Mann kurz austreten konnte und niemand nach ihm fragen würde, bevor es zu spät war.

„Mein Pferd hat gelahmt und ich bin zurückgefallen. Dann habe ich mich entschlossen, es freizulassen und meine Sachen selbst zu schleppen."

Wieder nickte Brand. „Wir haben ein Pferd für dich. Du kannst es haben, kostet aber eine Silbermark."

Stuf öffnete den Mund, um zu widersprechen, das selbstverständliche Feilschen anzufangen, das zu jedem Geschäft um Pferde dazugehörte. Er verkniff es sich, als Brand seinen Männern bedeutete weiterzureiten. Er griff die Zügel des Pferdes, das Brand neben seinem führte.

„Ein hoher Preis", meinte er. „Aber vielleicht ist jetzt keine Zeit zu streiten. Es sind Engländer in der Gegend. Ich kann sie riechen."

Bei diesen Worten sah Shef aus dem Augenwinkel eine plötzliche Bewegung. Ein Zweig, der sich regte. Nein, der ganze Baum fiel in einem stattlichen Bogen Richtung Erde, während sich die an die Spitze gebundenen Seile strafften. Einen Wimpernschlag darauf war der linke Rand des Pfades in Aufruhr geraten.

Shef riss seinen Schild nach oben. Ein dumpfer Schlag, eine Pfeilspitze, die unmittelbar neben seiner Hand durch das weiche Lindenholz gedrungen war. Rufe und Schreie hinter ihm, Pferde, die sich aufbäumten und ausschlugen. Er war schon vom Pferd gesprungen und hatte das Tier zwischen sich und den Hinterhalt gebracht. Er erfasste ein Dutzend Dinge gleichzeitig, wie ein Blitzschlag, schneller als er denken konnte.

Ein Baum war abgesägt worden, nachdem das Große Heer durchgekommen war. Die Nachhut war noch weiter zurück, als sie gedacht hatten. Der Angriff würde von links kommen; die Engländer wollten die Feinde nach rechts in den Wald treiben. Über den gefällten Stamm war keine Flucht nach vorne möglich, nach hinten versperrten niedergeschossene Pferde und überraschte Männer den Weg. Tu, was sie am wenigsten erwarten!

Shef rannte vorne um sein Pferd herum, den Schild erhoben. Er warf sich die steile linke Böschung des Weges hinauf, den Speer unter der Hand umschlossen. Ein Sprung, zwei, drei – kein Anhalten, falls der schlammige Boden nachgeben sollte. Ein eilig gebautes Hindernis aus Ästen und ein finster dreinschauendes Gesicht erwarteten ihn. Ein Engländer, der nach einem Pfeil aus seinem Köcher tastete. Shef trieb den Speer auf Leistenhöhe durch das Hindernis und sah, wie sich das Gesicht des Mannes in Todesqualen verzerrte. Drehen, zurück reißen, hinübergreifen und den Mann über dessen eigenen Schutzwall ziehen. Shef trieb die Speerspitze in den Boden, sprang über Leiche und Äste hinweg und stach in beide Richtungen nach den Angreifern.

Er erkannte plötzlich, dass seine Kehle vom lauten Rufen rau geworden war. Mit ihm gemeinsam bellte eine viel kräftigere Stimme: Brand, am anderen Ende des Pfades, der mit einer Hand nicht kämpfen konnte, aber die erschrockenen Wikinger die Böschung hinauf und in die von Shef geschlagene Bresche lenkte. In einem Augenblick kamen zwölf Feinde auf Shef zu, die er mit wütenden Stichen von sich fernhielt, im nächsten schon schlug ihm jemand mit dem Ellbogen ins Kreuz, woraufhin er vorwärts stolperte und von Männern in Kettenhemden umringt wurde, die die Engländer bald zum Rückzug und schließlich zur Flucht zwangen.

Sie waren Bauern und Knechte, wie Shef schnell klar wurde. Lederwämser, Jagdbogen und Hippen. Gewöhnt an das Hetzen von Wildschweinen, nicht den Kampf gegen andere Männer. Wären die Wikinger wie erwartet in die Wälder gelaufen, hätten sie sich zweifellos in einem mörderischen Gewirr aus Netzen und Gruben wiedergefunden, wo sie sich hilflos im Schmutz gewälzt hätten, bis die Angreifer sie einzeln abgestochen hätten. Aber diese Engländer waren keine Krieger, die über die Speerwand hinweg

Schläge mit den Wikingern austauschen würden. Sinnlos jedenfalls, sie durch ihren eigenen Wald zu verfolgen. Die Wikinger blickten zu Boden, erstachen die wenigen Männer, die ihr Sturmangriff erwischt hatte und sorgten dafür, dass sich keiner von ihnen jemals damit würde brüsten können. Shef fühlte den Schlag einer kräftigen Hand im Rücken.

„Gut gemacht, Junge. Bei einem Hinterhalt niemals stillstehen. Immer wegrennen – oder geradewegs darauf zu. Aber woher weißt du das alles? Vielleicht hat Thorvin doch Recht mit dir."

Brand umfasste den Hammer-Anhänger um seinen Hals und begann erneut Befehle zu geben, trieb seine Männer vom Weg herunter und um den gefällten Baum herum, ließ sie Ausrüstung von den toten Männern und Pferden sammeln, besah sich kurz die zehn oder zwölf durch den Hinterhalt verwundeten Wikinger.

„Auf diese Entfernung", beobachtete er, „kommen die Pfeile dieser kurzen Bögen durch unsere Rüstungen. Aber gerade so. Nicht genügend Kraft, um durch die Rippen oder in den Bauch zu treffen. Pfeile und Bogen haben bisher noch keine Schlacht entschieden."

Der Zug wand sich weiter den Hang hinauf, auf die andere Seite des kleinen Flusses. Der Pfad führte sie aus dem Wald hinaus und in die letzten Reste des Abendlichts.

Vor ihnen lag etwas auf dem Weg. Zwei Umrisse. Als die Wikinger vorwärtsströmten, erkannte Shef, dass es sich um Krieger des Heeres handelte – zwei von ihnen, Nachzügler wie Stuf, gekleidet in das verdreckte Vadmal der altgedienten Kämpfer. Aber es war noch etwas an ihnen, etwas Furchtbares, etwas, das er schon einmal gesehen hatte…

Mit demselben Schrecken der Erkenntnis wie in Emneth erkannte Shef, dass die Männer zu klein waren. Ihre Arme waren an den Ellbogen, die Beine an den Knien abgehackt worden. Der Gestank verbrannten Fleisches verriet, wie sie am Leben geblieben waren. Denn sie atmeten noch. Einer von ihnen hob den Kopf vom Boden, als die Reiter sich näherten, sah die erschütterten und zornigen Gesichter.

„Bersi", rief er, „vom Schiff von Skuli dem Kahlen. *Fraendir, vinir,* tut, was sein muss. Tötet uns wie Krieger."

Brand schwang sich vom Pferd, sein Gesicht aschfahl, den Dolch mit der Linken vom Gürtel ziehend. Behutsam tätschelte er das Gesicht des lebenden Toten, hielt es fest und trieb den Dolch mit einem festen Stoß hinter das Ohr. Dasselbe tat er für den anderen Mann, der in gnädiger Bewusstlosigkeit danebenlag.

„Holt sie von der Straße runter", befahl er, „und dann weiter. Heimnar", meinte er zu Shef gewandt. „Wer ihnen das wohl beigebracht hat."

Shef antwortete nicht. In weiter Ferne, aber beleuchtet von den letzten Strahlen der Sonne, die jetzt beinahe waagerecht durch eine Lücke in den Wolken brachen, sah er gelbe Steinmauern, ein Gewirr aus Häuser auf dem sanft ansteigenden Hügel davor, Rauch aus tausend Schornsteinen. Er hatte das alles schon einmal gesehen. Ein weiterer Augenblick des Erkennens.

„Eoforwich", sagte er halblaut.

„*Yorvik*", gab der neben ihm stehende Wikinger im Kampf mit den ungewohnten Lauten zurück.

„Zur Hölle damit", meinte Brand. „Sag einfach York."

Nach Einbruch der Dunkelheit schauten die Männer auf der Stadtmauer hinab auf die unzähligen flackernden Lichtpunkte der Kochfeuer des Großen Heeres. Sie standen auf dem runden Bollwerk an der südöstlichen Ecke der alten, Ehrfurcht gebietenden Römerfestung, einst das Heim der Sechsten Legion, die hier die Ergebenheit des Nordens sicherstellen sollte. Hinter ihnen, innerhalb der achthundert Morgen großen Verteidigungsanlage, stach die Klosterkirche St. Peter heraus, die einst als wichtigste Stätte des Wissens und der Bildung in der gesamten nördlichen Christenheit gegolten hatte. Hinter den Mauern befanden sich auch die Unterkünfte des Königs, die Häuser etwa hundert adliger Familien, die eng zusammenstehenden Baracken ihrer Thanes, Herdgesellen und Söldner. Dazu kamen die Schmieden, Waffenkammern, Werkstätten, die Gerbereien. Die Sehnen der Macht. Außerhalb des Befestigungswerks lag eine ausgedehnte Stadt mit Lagerhäusern und Stegen unten an der Ouse. Aber die Stadt war entbehrlich. Was zählte, lag hinter den Mauern der alten Legionärsfestung und ihres Gegenstücks auf der anderen Seite des Flusses, um die Kirche St. Mary's herum. Hier hatten sich einst die ausgedienten Legionäre in der *colonia* niedergelassen und zum Schutz gegen die Aufruhr und Feindseligkeit der Eingeborenen eingemauert, wie sie es gewohnt gewesen waren.

Finster blickte König Ella hinab auf die Unzahl der Feuerstellen. Cuthred, der stämmige Hauptmann seiner Leibwache, stand an seiner Seite. Daneben warteten Wulfhere, der noch immer in Weiß und Purpur gekleidete Erzbischof von York, und die schwarz gewandete Gestalt seines Diakons Erkenbert.

„Sie sind nicht sehr lange aufgehalten worden", stellte Ella fest. „Ich dachte, die Sümpfe des Humber würden ihre Ankunft verzögern, aber sie sind anscheinend darüber hinweg gesprungen. Ich hoffte, ihnen würden die Vorräte ausgehen, aber sie scheinen keine Not zu leiden."

Er hätte noch hinzufügen können, dass er gehofft hatte, dass der inzwischen von allen gerühmte verzweifelte Angriff König Edmunds und seiner Ostangeln die Wikinger entmutigt hätte. Aber dieser Gedanke ließ sein Herz gefrieren. Alle Geschichten über die Schlacht endeten mit einer Beschreibung des Qualentods jenes Königs. Seit diese Eindringlinge als die Ragnarssons erkannt worden waren, wusste Ella, dass sie für ihn dasselbe oder ein noch schlimmeres Schicksal ausersehen hatten. Die achttausend Männer, die dort draußen um ihre Kochstellen saßen, waren seinetwegen hier. Wenn er floh, würden sie folgen. Wenn er sich versteckte, würden sie Geld für seine Leiche zahlen. Wulfhere und sogar Cuthred konnten hoffen, eine Niederlage zu überleben. Ella wusste, dass er das Heer besiegen oder sterben musste.

192

„Sie haben zu viele Männer verloren", warf der Diakon Erkenbert
ein. „Sogar die Knechte sind unterwegs, um sie aufzuhalten, ihre
Nachhut abzuschneiden und die Plünderungen zu unterbinden.
Sie müssen schon Hunderte, vielleicht Tausende, verloren haben.
Unser ganzes Volk steht zur Verteidigung bereit."
„Das stimmt", erwiderte Cuthred. „Aber Ihr wisst, wessen Ver-
dienst das ist."
Gleichzeitig blickten alle Männer die etwas abseits stehende,
merkwürdige Vorrichtung an. Eine flache Kiste mit langen Griffen, an denen sie wie eine Bahre getragen werden konnte. Zwischen einem der Griffpaare verlief eine Achse mit Rädern, auf
denen sie über ebenen Boden geschoben werden konnte. In der
Kiste lag der Rumpf eines Mannes, der jetzt, da die Kiste aufgestellt war, wie die anderen über die Zinnen schauen konnte. Der
Großteil seines Gewichts wurde von einem Riemen getragen, der
unter seinen Armen entlang und über seinen Brustkorb geführt
war. Sein Schritt ruhte auf einer gepolsterten Ausbuchtung. Er
stützte sich auf den verbundenen Stümpfen seiner Knie ab.
„Ich bin eine Warnung", grollte Wulfgar mit einer Stimme, deren
erschreckende Tiefe im Gegensatz zu seinem scheinbar kleinen
Körper stand.
„Eines Tages werde ich die Rache sein. Für das hier und alles, was
die Heiden mir angetan haben."
Die anderen Männer gaben keine Antwort. Sie kannten die Wirkung des verstümmelten ostanglischen Thanes, wussten von der
beinahe glorreichen Stimmung, die geherrscht hatte, als er dem
Heer voran aus seiner Heimat nach York gezogen war und dabei
in jedem Dorf Halt gemacht hatte, um den Bauern zu berichten,
was sie und ihre Frauen erwartete.
„Was hat all das Sammeln genützt?", fragte König Ella bitter.
Cuthred verzog abwägend das Gesicht. „Hat sie nicht aufgehalten. Hat sie nicht viele Männer gekostet. Hat sie enger zusammenrücken lassen, sie vielleicht sogar gestärkt. Immer noch etwa
achttausend Mann."

„Wir können noch einmal halb so viele ins Feld führen", warf Erzdiakon Erkenbert ein. Wir sind nicht die Ostangeln. Allein in Eoforwich leben zweitausend Männer im wehrfähigen Alter. Und wir sind stark in der Macht des himmlischen Herrn der Heerscharen."

„Ich denke nicht, dass es für uns reicht", meinte Cuthred langsam. „Nicht mal mit dem Herrn der Heerscharen. Es klingt gut, wenn man sich drei zu zwei überlegen nennt. Aber es kämpft immer einer gegen einen. Wir haben genauso gute Vorkämpfer wie sie, aber nicht viele. Wenn wir einen Ausfall wagen und sie angreifen, verlieren wir."

„Also stellen wir uns ihnen nicht zum Kampf?"

„Wir bleiben hier. So müssen sie zu uns kommen. Zuerst müssen sie die Mauern überwinden."

„Sie werden unseren Grundbesitz vernichten!", keifte Erkenbert. „Das Vieh schlachten, die jungen Leute verschleppen, die Obstbäume fällen, die Erne niederbrennen. Und noch viel Schlimmeres. Die Pacht auf Kircheneigentum ist erst an Michaeli fällig, es ist noch kein Penny bezahlt worden. Die Bauern haben das Geld noch in der Tasche oder im Boden vergraben. Aber wenn sie sehen, wie ihre Güter verwüstet werden, während ihre Herren hinter den Mauern sitzen, werden sie dann noch bezahlen?"

Übertrieben warf er die Hände in die Luft. „Das wäre ein unglaubliches Unglück. In ganz Northumbria würden die Häuser Gottes verfallen und seine Diener hungern."

„Sie werden kaum verhungern, weil ihnen für ein Jahr die Pacht entgeht", antwortete Cuthred. „Wie viel der Pacht aus dem letzten Jahr habt Ihr im Münster auf die Seite gelegt?"

„Es gibt noch eine Lösung", warf Ella ein. „Ich habe sie schon einmal vorgeschlagen. Wir könnten Frieden mit ihnen schließen. Ihnen Tribut zahlen – wir könnten es Wergeld für ihren Vater nennen. Es müsste eine mächtige Summe sein, um sie anzulocken. Aber für jeden Mann da draußen muss es zehn Haushalte in Northumbria geben. Zehn Haushalte von Bauern können einen ihrer Karls kaufen. Zehn Thanes können mit ihrem Geld einen ihrer Adligen zum Rückzug bewegen. Einige von ihnen werden das nicht annehmen wollen, aber wenn wir das Angebot öffentlich machen, überreden die übrigen sie vielleicht. Wir wollen ein Jahr Frieden von ihnen verlangen. Sie werden wiederkommen, da könnt ihr sicher sein. Aber in dem Jahr bis dahin bereiten wir jeden Mann im Kampfesalter vor, bis er gegen Ivar den Knochenlosen oder den Leibhaftigen bestehen kann. Dann können wir sie drei gegen zwei bekämpfen, mh, Cuthred? Oder einer gegen einen, wenn es sein muss."

Belustigt schnaufte der Hauptmann. „Mutige Worte, Herr, ein gutes Vorhaben. Das würde ich gerne tun. Die Schwierigkeit ist nur…"

Er löste die Schnüre eines Beutels an seinem Gürtel und schüttete dessen Inhalt in seine Handfläche. „Seht hier. Ein paar gute Silberpennys, die ich im Süden für einen Pferdehandel bekommen habe. Die anderen sind Nachahmungen aus der Präge unseres Erzbischofs. Viel Kupfer, noch mehr Blei. Aber seit zwanzig Jahren gibt es immer weniger Geld hier im Norden. Wir benutzen das Geld des Erzbischofs, aber im Süden nehmen sie es nicht an. Man muss etwas zum Tauschen haben, um mit ihnen zu handeln. Und wir können verdammt sicher sein, dass das Heer da draußen es nicht nehmen wird. Ihnen Honigwaben oder Weizen anzubieten, dürfte Unsinn sein."

„Aber sie sind hier", gab Ella zu bedenken. „Wir müssen also etwas haben, das sie wollen. Die Kirche muss doch Vorräte von Gold und Silber haben…"

„Ihr wollt Kirchenschätze an die Wikinger verschenken? Um sie zu bestechen?", keuchte Erkenbert. „Statt hinauszugehen und zu kämpfen, wie es Eure christliche Pflicht gebietet? Was Ihr sagt, ist ein Sakrileg, Kirchenfrevel! Stiehlt ein Knecht einen Silberteller aus der winzigsten Dorfkirche wird er gehäutet und seine Haut an die Kirchentür genagelt. Was Ihr vorschlagt, ist tausendmal schlimmer."

„Ihr gefährdet Eure unsterbliche Seele, wenn Ihr nur daran denkt", kreischte der Erzbischof.

Erkenbert zischte wie eine Natter. „Dafür haben wir Euch nicht zum König gemacht."

Die Stimme des *heimnar* übertönte sie beide schneidend. „Und Ihr vergesst außerdem, mit wem Ihr es zu tun habt. Das sind keine Menschen. Das ist eine Höllenbrut. Wir können nicht mit ihnen handeln. Wir können sie nicht monatelang da draußen lassen. Wir müssen sie vernichten!" Speichel begann auf seinen fahlen Lippen zu scheinen und er hob einen Arm, wie um ihn wegzuwischen, bevor er den Stumpf wieder sinken ließ. „Herr König, *Heiden sind keine Menschen*. Sie haben keine Seele."

Vor einem halben Jahr, dachte Ella, hätte ich das Heer Northumbrias angeführt. Das erwarten sie. Jeder andere Befehl hieße, sich einen Feigling schimpfen zu lassen. Niemand folgt einem Feigling. Erkenbert hätte es beinahe ausgesprochen: Wenn ich nicht kämpfe, holen sie den Dummkopf Osbert zurück. Der versteckt sich noch irgendwo im Norden. Er würde sich zum Kampf stellen wie ein edler Narr.

Aber Edmund hat gezeigt, was mit denen passiert, die sich den Wikingern im offenen Feld entgegenstellen, selbst in einem Überraschungsangriff. Wenn wir auf die alte Weise hinausreiten, dann weiß ich dass wir verlieren werden. Ich *weiß*, dass wir verlieren werden und dass ich sterben werde. Ich muss etwas anderes tun. Etwas, das Erkenbert annehmen kann. Aber einer offenen Zahlung an die Wikinger wird er nicht zustimmen.

Ella sprach mit plötzlicher Entschlossenheit, das ganze Gewicht der Königswürde lag in seiner Stimme.

„Wir werden einer Belagerung standhalten und sie hoffentlich schwächen. Cuthred, überprüfe die Verteidigungsanlagen und die Vorräte. Schicke alle nutzlosen Mäuler aus der Stadt. Herr Erzbischof, es heißt Eure Bibliothek enthält gelehrte Bücher des alten Römervolks, in denen es um Krieg und vor allem um Belagerungen geht. Seht, wie die Schriften uns helfen können, die

Wikinger zu vernichten." Er drehte sich um, verließ die Mauer gefolgt von Cuthred und einem Schwarm niedrigerer Adliger. Wulfgar wurde auf seiner Bahre nach hinten gelehnt und von zwei stämmigen Sklaven die Steinstufen hinab getragen.

„Der Thane aus Ostanglien hat recht", flüsterte Erkenbert dem Erzbischof zu. „Wir müssen diese Leute von hier vertreiben, bevor sie unsere Einkünfte zerstören und unsere Sklaven oder unsere Adligen anstiften. Mir fallen einige ein, die sich vielleicht einreden lassen könnten, dass sie ohne uns zurechtkämen."

„Geht und findet ... *De Re Militari*", gab Wulfhere zur Antwort. „Es ist von einem gewissen Vegetius. Ich wusste nicht, dass unser Herr so belesen ist."

„Er ist jetzt seit vier Tagen da drin", stellte Brand fest. Er und Thorvin standen gemeinsam mit Hund und seinem Lehrmeister Ingulf in einer kleinen Gruppe wenige Schritte vom glühenden Schein der Schmiede entfernt. Die Wikinger hatten sie und einen großen Vorrat Holzkohle im Weiler Osbaldwich einige Meilen außerhalb von York entdeckt. Shef hatte die Werkstatt sofort übernommen, dringend um Helfer, Eisen und Brennstoff gebeten. Seine vier Freunde starrten ihn durch die aufgerissenen Türen hindurch an.

„Vier Tage", wiederholte Brand. „Er hat kaum etwas gegessen. Er hätte auch nicht geschlafen, wenn die Männer nicht gemeint hätten, dass sie schlafen müssten, ob er wolle oder nicht. Und deshalb muss er jetzt wenigstens für ein paar Stunden jede Nacht mit dem Hämmern aufhören."

„Es scheint ihm nicht sehr geschadet zu haben", meinte Hund. Tatsächlich hatte sich sein Freund, von dem er immer noch wie über einen Jungen dachte, im Lauf des vergangenen Sommers von Grund auf verändert. Sein Körperbau war nach den Maßstäben dieses Heeres aus Hünen nicht riesig. Aber es schien kein bisschen Fleisch zu viel an ihm zu sein. Shef hatte sich trotz der Böen des englischen Oktobers bis zur Hüfte ausgezogen. Bei sei-

nen Bewegungen durch die Schmiede, den vorsichtigen Schlägen
auf ein kleines und empfindliches Werkstück, dem Umdrehen
des rotglühenden Metalls mit den Zangen, der Art, wie er seinem
englischen Assistenten mit dem Eisenkragen befahl, die Blasebälge schneller zu bedienen, bewegten sich seine Muskeln, als lägen
sie unmittelbar unter der Haut, ohne verschleierndes Fett oder
Gewebe. Ein schnelles Reißen, Metall, das mit einem Zischen
in eine Wanne gleitet, ein weiteres Stück, das aus dem Feuer genommen wird. Mit jeder Regung glitten einzelne Muskeln sanft
übereinander hinweg. Im rötlichen Leuchten der Esse hätte er
auch eine Bronzestatue aus alter Zeit sein können.
Allerdings hatte er nichts von deren Schönheit. Selbst im Licht
der Schmiede erschien das zerstörte Auge wie ein fauliger Krater.
Auf seinem Rücken sah man deutlich die Spuren des Sklaven-
lebens. Nur wenige Männer des Heeres wären so unvorsichtig
gewesen, solche Schande offen zu zeigen.
„Keine Schäden am Körper vielleicht", gab Thorvin zurück. „Für
den Geist lässt sich das nicht sagen. Ihr kennt das Wölundslied:
„Er saß, und schlief nicht, sondern schlug mit dem Hammer.
Stets verdingte er sich, in verderblichem Tun für Nidung."
„Ich weiß nicht, was für eine schlaue Sache unser Freund in seinem
Geist schmiedet. Oder für wen er es tut. Ich hoffe nur, er hat mehr
Erfolg damit als Wölund und findet, was sein Herz begehrt."
Fragend wandte sich Ingulf zu ihm. „Was hat er in den letzten
vier Tagen gemacht?"
„Zuerst einmal das hier." Thorvin hielt einen Helm hoch, damit
die anderen ihn in Augenschein nehmen konnten.
Was Thorvin ihnen zeigte, war anders als alle Helme die sie jemals
gesehen hatten. Er war zu groß, bauchig wie der Kopf eines riesigen Käfers. Rundherum war eine Krempe angeschmiedet worden, die an der Vorderseite rasiermesserscharf geschliffen war. Ein
Nasenschutz in der Mitte endete in schmalen Platten, die weiter
hinten auf jeder Seite mit einem Wangenschutz verbunden waren. Eine ausgestellte Schürze aus Metall bedeckte das Genick.

Noch überraschender war allerdings sein Inneres. Ein an Riemen aufgehängtes Lederfutter war in den Helm gearbeitet worden. War das Rüstungsteil einmal aufgesetzt, würde dieses Futter fest anliegen, das Metall den Kopf des Trägers aber nicht berühren. Ein breiter Kinnriemen mit einer Schnalle hielt alles an seinem Platz.

„Ich habe noch nie sowas gesehen", meinte Brand. „So drückt ein Schlag auf den Stahl nicht den Schädel ein. Trotzdem besser, nicht getroffen zu werden, finde ich."

Während ihres Gesprächs war der Lärm aus der Schmiede verstummt und Shef war dabei zu sehen gewesen, wie er sorgfältig kleine Teile zusammensetzte. Jetzt kam er schwitzend zu ihnen herüber.

Brand hob seine Stimme. „Ich finde, junger Früherwecker der Krieger, dass man den Helm nicht braucht, wenn man dem Schlag ausweicht. Und was in Thors Namen hast du da in der Hand?"

Shef grinste wieder und hielt die merkwürdige Waffe aus der Schmiede hoch. Er zeigte sie mit ausgestrecktem Arm vor und wog sie nach einem Augenblick auf der Handkante, gerade da wo Metall und Holz sich trafen.

„Und wie nennst du das?", fragte Thorvin. „Einen Hackspeer? Eine Heftaxt?"

„Den Bastard einer Bartaxt und einer Pflugschar?", schlug Brand vor. „Ich sehe nicht, wie es helfen soll."

Shef ergriff Brands noch immer verbundene Hand und schlug vorsichtig den Ärmel zurück. Er hielt seinen Unterarm neben den seines Freundes.

„Wie gut bin ich mit dem Schwert?", fragte er.

„Schlecht. Keine Übung, etwas Begabung."

„Hätte ich die Übung, könnte ich dann je gegen jemanden wie dich bestehen? Niemals. Schau dir unsere Arme an. Ist deiner doppelt so dick wie meiner oder nur anderthalb mal? Und ich bin kein Schwächling. Aber ich habe einen anderen Körperbau als du, und du bist gemacht zum Schwertkämpfer, eher noch zum Axtkämpfer. Du schwingst deine Waffe wie ein Spielzeug, mit dem ein Kind Disteln köpft. Ich kann das nicht. Wenn ich also jemals gegen einen Krieger wie dich antreten müsste… Und eines Tages werde ich das. Gegen Muirtach. Oder schlimmer."

Stumm nickten alle fünf.

„Also muss ich das ausgleichen. Hiermit, seht ihr…" Shef begann, die Waffe langsam herumzuwirbeln. „Ich kann stoßen oder mit der Vorhand schlagen. Ich kann mit der Rückhand schlagen, ohne die Waffe drehen zu müssen. Wenn ich umfasse, kann ich mit dem unteren Ende zuschlagen. Ich kann einen Hieb aus jeder Richtung abwehren. Ich kann beide Hände benutzen, weil ich keinen Schild brauche. Und am wichtigsten ist, dass ein Schlag hiermit, selbst von mir, wie ein Schlag von Brand ist, den nur wenige überleben."

„Aber deine Hände sind ungeschützt.", widersprach Brand.

Shef gab ein Zeichen und der Engländer in der Schmiede näherte sich verschüchtert. Er hielt zwei weitere metallene Gegenstände. Shef nahm sie und reichte sie weiter.

Es waren Panzerhandschuhe, mit Futter und Handflächen aus Leder. Lange Stahlüberstände reichten den halben Oberarm hinauf.

Doch die Männer sahen erst auf den zweiten Blick, was wirklich besonders an ihnen war: Das Metall bewegte sich auf erstaunliche Weise. Jeder Finger hatte fünf Platten, von denen jede mit der vorherigen durch kleine Nieten verbunden war. Größere Platten waren über den Knöcheln und den Handrücken angebracht, aber auch sie bewegten sich. Shef zog die Handschuhe an und krümmte die Finger, öffnete und schloss die Hände um den Schaft der Waffe.

„Wie die Schuppen von Fafnir dem Drachen", staunte Thorvin.

„Fafnir hat man von unten in den Bauch gestochen. Ich hoffe, dass ich schwerer zu töten sein werde." Shef wandte sich ab. „Eine Sache habe ich noch zu erledigen. Ich hätte das hier nicht ohne Halfis Hilfe geschafft. Er kann gut mit Leder umgehen, aber er ist zu langsam mit dem Blasebalg."

Er bedeutete dem Engländer, sich hinzuknien und begann an dessen Eisenhalsband zu feilen. „Ihr meint sicher, dass es wenig Sinn ergibt, ihn freizulassen, weil ihn sowieso wieder jemand einfängt. Aber ich bringe ihn heute Nacht über die Wachtfeuer des Heeres hinaus und sein Herr sitzt in York fest. Wenn er nur ein wenig Verstand oder Glück hat, läuft er weit, weit weg und wird nie wieder gefasst."

Der Engländer blickte auf, als Shef behutsam das weiche Eisen von seinem Hals löste. „Ihr seid Heiden", sagte der Sklave verständnislos. „Der Priester meinte, ihr kennt keine Gnade. Ihr habt dem Thane die Arme und Beine abgeschnitten. Hab ich selbst gesehen! Wieso lasst ihr einen frei, den die Priester als Sklaven halten?"

Shef half ihm auf die Beine. Er antwortete auf Englisch, nicht auf Nordisch, das er bis dahin gesprochen hatte. „Die Männer, die den Thane verstümmelt haben, hätten das nicht tun dürfen. Aber ich will dir nichts über Christen und Heiden erzählen, außer, dass es überall schlechte Männer gibt. Ich habe nur einen Rat für dich. Wenn du nicht weißt, wem du trauen sollst, halte dich an Männer, die so etwas hier tragen." Er zeigte auf die vier Zuhörer, die dem Gespräch so gut wie möglich gefolgt waren und jetzt ihre Anhänger hervor holten: Hämmer bei Brand und Thorvin, Eirs Äpfel bei den Heilern Hund und Ingulf.

„Oder Anhänger, die diesen ähnlich sehen. Vielleicht ist es ein Boot für Njörd oder ein männliches Glied für Freya. Ich sage nicht, dass sie dir helfen werden. Aber sie werden dich wie einen Menschen behandeln, nicht wie ein Pferd oder eine Milchkuh."

„Ihr tragt keins", warf Halfi ein.

„Ich weiß nicht, welches ich tragen soll."

Um sie her verwandelten sich die üblichen Geräusche des Lagers in Lärm, als sich Nachrichten verbreiteten, Stimmen lauter wurden, Krieger einander zuriefen. Die Männer in der Schmiede

201

blickten auf, als einer von Brands Leuten auftauchte, ein breites Grinsen unter dem Gestrüpp seines Bartes.

„Es geht los!", rief er. „Die Jarls, die Ragnarssons und Schlangenauge haben aufgehört, durch die Gegend zu reiten und sich am Arsch zu kratzen. Wir nehmen morgen die Mauer! Die Frauen und Mädchen da drinnen können sich auf was gefasst machen!"

Shef schaute den Mann, an dessen Worten er nichts zu lachen fand, düster an. „Mein Mädchen hieß Godive", sagte er. „Das bedeutet ‚Gottesgeschenk'." Er zog die Handschuhe an, schwang nachdenklich die Helmbarte. „Das hier werde ich *thralles wræc* nennen – die Rache des Thralls. Eines Tages werde ich damit Rache nehmen für Godive. Und alle anderen Mädchen."

ZWEITES KAPITEL

Im grauen Morgenlicht sickerte die Vorhut des Heeres durch die schmalen Gassen zwischen den ärmlichen Häusern, die die Unterstadt Yorks bildeten. Alle drei Brücken über die Ouse lagen in Reichweite der Mauern der alten *colonia* am Südufer des Flusses, aber das stellte für die vielen geschickten Schiffbauer und Axtträger in den Reihen der Wikinger kein Hindernis dar. Sie hatten einige Hütten und eine etwas abgelegene Kirche niedergerissen und die langen Bohlen verwendet, um eine breite Brücke über die Ouse zu legen, die nahe an ihrem eigenen Lager den Übergang erlaubte. Die Armee war auf die andere Seite gezogen und plätscherte nun wie die Flut langsam immer höher in Richtung der gelben Steinmauern um das Herz der Stadt. Es bestand keine Eile, niemand rief Befehle. Es gab nur die achttausend Männer, abzüglich der Schiffswachen, auf dem Weg zu ihrem offensichtlichen Ziel.

Während sie durch die engen Straßen gingen, setzten sich immer wieder kleine Gruppen von ihnen ab, um Türen einzutreten oder Fensterläden abzureißen. Shef drehte den Kopf, steif und ungeschickt unter dem ungewohnten Gewicht des Helms, und blickte Brand fragend an, der friedlich neben ihm spazierte und seine narbige, gerade von Verbänden befreite Hand öffnete und schloss.

„Dummköpfe gibt es überall", erklärte Brand. „Die geflohenen Sklaven sagen, dass der König den Menschen hier schon vor Tagen befohlen hat, zu fliehen. Die Männer in die Festung, der Rest raus in die Hügel. Aber irgendwer weiß es immer besser, denkt, es geschieht schon nichts."

Weiter vor ihnen brach Unruhe aus und bestätigte Brands Worte: Rufe, die Schreie einer Frau, das Geräusch eines plötzlichen

Schlags. Aus einem zerschlagenen Hauseingang drückten sich vier Männer hervor, grinsend und mit einer schmutzigen, verwahrlosten jungen Frau, die sie mit festem Griff gepackt hielten. Die anderen Männer, auf dem Weg zur Spitze des Hügels hielten an, um Witze zu machen.

„Davon wirst du bloß zu schwach zum Kämpfen, Tosti! Hol dir lieber noch einen Eierkuchen, da bleibst du stark."

Einer der Wikinger zog dem Mädchen das Kleid wie einen Sack über den Kopf. Sie hielten ihre Arme fest und ihre Schreie wurden gedämpft. Zwei andere packten ihre nackten Beine und zwangen sie auseinander. Die Stimmung der vorbeiziehenden Menge änderte sich. Einzelne Männer blieben stehen und sahen zu.

„Ist da noch Platz, wenn du fertig bist, Skakul?"

Shefs eisenbewehrte Hände schlossen sich fester um den Schaft von *thralles wræc*, und auch er drehte sich zu der sich krümmenden, ächzenden Gruppe um. Brands riesige Faust schloss sich sanft um Shefs Oberarm.

„Lass gut sein, Junge. Wenn es einen Kampf gibt, stirbt sie ganz sicher. Leichte Ziele sterben immer. Lass sie machen und vielleicht lassen sie sie am Ende gehen. Sie haben eine Schlacht zu schlagen, sie können sich also nicht viel Zeit lassen."

Widerwillig wandte Shef den Blick ab und ging weiter, versuchte die Geräusche in seinem Rücken, und bald auch von den Seiten, zu überhören. Die Stadt, das erkannte er schnell, war wie ein Getreidefeld im Herbst. Sie erschien leer, aber als ihre Schnitter sie durchkämmten und immer kleiner werdende Teile beschritten und mähten, wurden die Bewohner zunehmend sichtbar, ängstlicher, erschrockener, bis sie schließlich überall hin liefen, um den Stimmen und den Klingen zu entkommen. Sie hätten gehen sollen, als es ihnen befohlen worden war, sagte er sich. Der König hätte dafür sorgen sollen. Warum kommt niemand auf dieser Welt je zu Vernunft?

Die Reihe der Gebäude endete und sie fanden sich vor einem geräumten Bereich aus Matsch und Trümmern wieder. Die gelbe

Steinmauer, die Mauer des Römervolks, war noch achtzig Schritt
entfernt. Brand und seine Mannschaft kamen aus der Gasse und
schauten auf die Mauerkrone, wo Gestalten sich bewegten und
spottend hinab riefen. Ein Sirren in der Luft und ein Pfeil, der
in das Lehmflechtwerk einer der Hütten einschlug und stecken-
blieb. Ein zweiter, und einer der Wikinger fluchte vor Ärger, als
er den aus seiner Hüfte stehenden Schaft betrachtete. Brand griff
danach und zog ihn heraus, warf ihn über die Schulter.
„Verletzt, Arnthor?"
„Ging nur durchs Leder. Sechs Zoll höher und er wäre vom Wams
abgeprallt."
„Keine Kraft dahinter", höhnte Brand wieder einmal. „Schaut
die Kerle nicht an. Ab und zu bekommt mal jemand einen Pfeil
ins Auge."
Shef trottete vorwärts und bemühte sich wie die Anderen, nicht
auf das Schwirren und die dumpfen Einschläge zu achten. „Hast
du sowas schon mal gemacht?", fragte er.
Brand hielt an, gab der Mannschaft den Befehl, es ihm gleichzu-
tun, drehte sich wieder zur Mauer um und kauerte sich an Ort
und Stelle hin.
„Ich müsste lügen, wenn ich ja sage. Zumindest in dieser Größe.
Aber heute müssen wir tun, was uns gesagt wird. Die Ragnarssons meinen, sie haben einen todsicheren Einfall, wie sie die Stadt
nehmen, wenn wir alle dabei bleiben und uns anstrengen, wenn
wir gebraucht werden. Also warten wir auf das, was kommt.
Aber wenn jemand weiß, was er tut, dann sie. Wusstest du, dass
ihr alter Herr, ihr Vater Ragnar, die Stadt der Franken einnehmen
wollte – das muss zwanzig Jahre her sein. Paris heißt sie. Wahrscheinlich haben die Ragnarssons seitdem viel über Steinmauern
und Städte nachgedacht. Obwohl Kilkenny oder Meath weit entfernt von dem hier sind. Ich bin gespannt, was sie anstellen."
Shef stützte sich auf seine Helmbarte und blickte sich um. Vor
ihm lief die Steinmauer mit der Brustwehr an der Krone. Auf ihr
waren in unregelmäßigen Abständen Männer aufgestellt, die jetzt

zwar keine Pfeile mehr an die Männer am Rand der geräumten Fläche verschwendeten, aber ganz klar bereit waren, jeden zu beschießen, der sich vorwärts wagte. Es überraschte Shef, wie wenig Reichweite selbst eine dreißig Fuß hohe Steinmauer verlieh. Die Männer auf den Brustwehren waren unangreifbar, unerreichbar. Doch die Bogenschützen auf den Mauern konnten so gut wie nichts gegen die Angreifer tun. Auf fünfzig Fuß Entfernung lief man Gefahr, getroffen zu werden, auf zehn war man so gut wie tot. Auf achtzig konnte man auf offenem Feld stehen und sich in Ruhe vorbereiten.

Er besah sich die Mauer nun sorgfältiger. Links, in zweihundert Schritt Entfernung, endete sie in einem runden, hervorstehenden Turm, von dem aus man die Mauer entlang schießen konnte, zumindest soweit die Bahn der Bogen reichten. Jenseits des Turms fiel der Boden in Richtung der braunen, brackigen Ouse ab. Am anderen Flussufer sah er die Holzumfriedung an der Wasserseite der *colonia*, Marystown nannten sie die Stadtbewohner. Auch dort waren Männer aufgestellt, die sorgenvoll die Vorbereitungen der Heiden in Augenschein nahmen, die gleichzeitig so nah und doch außer Reichweite ihrer Pfeile waren.

Das Heer wartete in sechs und acht Mann tiefen Reihe, die mit Blick auf die Mauer in einer fünfhundert Schritt langen Linie aufgestellt waren. Mehr Männer standen in den Ausgängen von Straßen und Gassen gedrängt. Der Dampf ihres Atems füllte allmählich die Luft. Matter Stahl, schmutzige Wolle und Leder wurden nur hier und da von den in strahlenden Farben bemalten Schilden unterbrochen. Die Krieger sahen ruhig und geduldig aus, wie Erntehelfer, die auf ihren Herrn warten.

Aus der Mitte der Reihen erklang das Schmettern der Hörner, vielleicht fünfzig oder sechzig Schritt zu Shefs Rechten. Plötzlich fiel ihm ein, dass er das Tor in der Mitte der Mauer genauer hätte betrachten sollen. Eine breite Straße führte von diesem fort, die jetzt unter einer Wüste aus Matsch und niedergetrampeltem Lehm, wo früher Häuser gewesen waren, nicht mehr herausstach. Ohne Zweifel die Hauptstraße nach Osten. Das Tor selbst war neu, kein Handwerk des Römervolkes, aber trotzdem von eindrucksvoller Wuchtigkeit. Sein Holz bestand aus abgelagerten Eichenstämmen, ebenso lang wie die Türme an beiden Seiten. Die Angeln waren aus dem härtesten Eisen geschmiedet, das so nur englische Schmiede herstellen konnten.

Aber es war schwächer als Stein. Außerhalb des Tores traten die vier Ragnarssons vor. Shef heftete den Blick auf den Größten unter ihnen, der sich neben seinen massigen Brüdern beinahe gebrechlich ausmachte. Ivar der Knochenlose. Für den Anlass gekleidet in einen ausgestellten, brennend scharlachroten Mantel, grasgrüne Hosen unter dem Kettenhemd, mit Schild und silberlackiertem Helm. Er hielt an und winkte seinen ergsten Anhängern zu, die dröhnend antworteten. Wieder wurden die Hörner geblasen, und die Engländer auf der Mauer erwiderten mit einer Wolke aus Pfeilen, die vorbeizischten, in Schilde einschlugen und von Kettenpanzern abprallten.

Jetzt winkte das Schlangenauge und auf einmal trotteten hunderte Männer vorwärts, die eigens ausgewählten Krieger der Ragnarssons. Die erste Reihe trug Schilde. Aber nicht die üblichen runden für den Kampf, sondern große Rechtecke, die den Körper vom Hals bis zu den Knöcheln verdecken konnten. Sie rannten durch den Pfeilgraupel voran und hielten vor dem Tor, wo sie ein auf die Stadt gerichtetes V bildeten. Bogenschützen standen in der zweiten und dritten Reihe. Auch sie liefen vor, knieten sich hinter die Schilde und begannen, den Beschuss von oben zu erwidern. Jetzt begannen auf beiden Seiten Männer zu fallen, denen ein Pfeil Hals oder Kopf durchschlagen hatte. Wieder andere sah Shef an Pfeilen zerren, die diesmal tief in die Kettenhemden und das Fleisch gedrungen waren. Schon tröpfelten die ersten Verwundeten zurück in die Reihen der Wikinger.

Aber die einzige Aufgabe dieser ersten Angreifer war es, die Wehrgänge frei zu machen. Aus der Mündung einer Straße, über die er herangeschleppt worden war, erschien kriechend langsam der

Stolz der Ragnarssons. Was Shef dort zwischen den Reihen der Männer auftauchen sah, erschien ihm im ersten Augenblick wie ein ungeheuerlicher, wilder Eber. Die Beine der Männer, die innen das Gerät schoben, waren nicht zu sehen. Zwanzig Fuß lang und auf beiden Seiten mit schweren, überlappenden Schilden geschützt, über die noch weitere genagelt worden waren, rollte es vorwärts.

In seinem Inneren war ein Eichenstamm als Ramme an eisernen Ketten an den Rahmen gehängt. Fünfzig nach ihrer Körperkraft ausgesuchte Männer schoben es auf acht übergroßen Karrenrädern voran. Während es sich behäbig dem Tor näherte, begannen auf beiden Seiten Krieger zu jubeln und in Richtung der Stadt zu branden, ohne auf die englischen Pfeile zu achten. Die Ragnarssons schritten neben der Ramme mit und winkten ihre Männer im Versuch zurück, so etwas wie eine Reihe zu bilden. Freudlos sah Shef ein Gestöber gelber Karos. Muirtach war da, das Langschwert noch nicht gezogen, winkend und fluchend.

„Nun, das ist also der Einfall", stellte Brand fest, der sich noch nicht die Mühe gemacht hatte aufzustehen. „Die Ramme schlägt das Tor ein und wir gehen durch."

„Wird es klappen?"

„Wir kämpfen die Schlacht, um es rauszufinden."

Die Ramme war nur zwanzig Schritte vom Tor entfernt, auf Höhe der vordersten Bogenschützen, und wurde schneller. Die Männer im Inneren sahen ihr Ziel durch den vorderen Sehschlitz. Einige plötzlich über die Zinnen blickende Männer zogen umgehend die Pfeile der nordischen Bogenschützen auf sich. Sie spannten ihre Bögen, und Brandpfeile zogen sich von der Mauer zur Ramme, schlugen dumpf ins schwere Holz.

„Kann nicht gehen", meinte Brand. „Woanders vielleicht, aber in England? Nach der Erntezeit? Man müsste das Holz einen Tag lang in deiner Schmiede trocknen, bevor man es anzünden kann."

Die Flammen zischelten und erloschen. Die Ramme war am Tor, beschleunigte weiter, bis sie mit einem Krachen zum Stehen kam.

Es gab eine kurze Unterbrechung, während die Männer von ihrem Zugseil an die Griffe des Stammes traten. Das gesamte Gerät verschob sich, als sie die Eiche an den eisernen Ketten nach hinten schwangen. Dann ein Satz vorwärts, getrieben von hundert starken Armen und dem unglaublichen Gewicht des Stammes selbst. Das Tor erzitterte.

Shef bemerkte, wie die Erregung der Schlacht um sich griff. Selbst Brand stand jetzt wieder, und alle drängten gemeinsam vorwärts. Er selbst fand sich plötzlich zehn Schritte näher an der Mauer als vorher. Keine Antwort von den Wehrgängen, keine Pfeile, die die Angreifer stören würden.

Die gesamte Aufmerksamkeit beider Seiten war jetzt auf die Ramme gerichtet. Der behäbige Rahmen des Wildschweins hob sich erneut, als die Männer den Eichenstamm nach hinten wuchteten. Wieder ein Sprung nach vorne, ein Aufprall, der sogar über die tausenden Stimmen hinweg zu hören war, ein erneutes Erschauern des massiven Tores. Was machten die Engländer? Wenn sie das Wildschwein weiter wühlen ließen, würden die Eichenbohlen bald in Trümmern liegen und die Streitmacht hindurch stürmen.

Auf den Türmen am Tor erschienen Köpfe, tauchten trotz der Pfeilwellen, die sie begrüßten, auf und ab. Jeder Mann dort oben, und es mussten starke Männer sein, hielt einen großen Feldstein, hob ihn über den Kopf, warf ihn hinab auf die überlappenden Schilde der Ramme. So ein großes Ziel war schwer zu verfehlen. Schilde knackten und brachen. Aber sie waren fest angebracht und abgeschrägt. Die Steine fielen und rollten zur Seite.

Dann geschah noch etwas. Shef war jetzt näher am Mittelpunkt des Geschehens, genau hinter der Reihe der Bogenschützen der Ragnarssons. Männer liefen mit eingesammelten Pfeilen an ihm vorbei nach vorne. Was war das? Seile. Sie hatten Seile in beiden Türmen, viele Seile, und die Männer in den Befestigungen, die noch immer außerhalb der Reichweite der Bögen waren, zogen mit aller Macht daran. Einer der Ragnarssons, wahrscheinlich

209

Ubbi, trat in Shefs Sichtbereich und feuerte seine Kämpfer an. Er befahl ihnen, Spieße über die Zinnen zu werfen, die dort landen sollten, wo die Engländer standen und an den Seilen zogen. Nicht viele Männer traten vor und folgten dem Befehl. Es waren blinde Würfe, und einen kostspielen Wurfspeer vergeudete niemand gerne. Die Seile spannten sich.

Über dem Tor erschien ein runder Gegenstand, eine riesige Walze, die sich langsam der Kante näherte. Es war eine Säule, eine steinerne Säule aus Römertagen, an beiden Enden abgemeißelt. Ihren Sturz aus solcher Höhe würde kein Rahmen aufhalten können.

Shef gab seine Waffe an Brand weiter und begann zu rufen. Die Männer im Eber sahen nichts von dem, was über ihren Köpfen geschah, andere schon. Es wusste nur niemand, was zu tun war. Als Shef das Gerät erreichte, standen mehrere Männer zusammengedrängt am hinteren Ende und redeten auf die Mannschaft ein, die Griffe loszulassen, sich wieder den Zugseilen zuzuwenden und die gesamte Vorrichtung zurück zu schleppen. Andere riefen Muirtach und seine Sturmtruppen heran, damit sie sich mit in die Seile hängen und den Rückzug beschleunigen konnten. Währenddessen sammelten sich die englischen Bogenschützen und füllten die Luft von Neuem mit dem Sirren und den dumpfen Einschlägen der Geschosse, diesmal jedoch aus tödlicher Entfernung.

Shef schob einen Mann beiseite, dann einen zweiten und duckte sich durch den Hintereingang der Ramme. Innen empfing ihn augenblicklich ein stinkender Nebel aus Schweiß und dampfendem Atem, fünfzig Helden, die vor Anstrengung und Verwirrung keuchten, einige bereits an den Zugseilen, andere noch mit einer Hand am schwingenden Baumstamm.

„Nein", rief Shef so laut er konnte. „Zurück an die Griffe."

Staunende Gesichter blickten ihn an, einige Männer legten sich in die Zugseile.

„Ihr müsst nicht das ganze Ding zurückschieben, schwingt einfach den Rammbock nach hinten…"

Ein Arm schlug ihm ins Kreuz, er wurde nach vorne geschleudert, andere Körper jagten an ihm vorüber, jemand drückte ihm ein Seil in die Hand.

„Zieh, du nutzloser *bodach*, oder ich schneid' dir deine Leber raus", schrie Muirtach ihm ins Ohr.

Shef spürte den Rahmen zittern, als das Rad hinter ihm sich zu drehen begann. Er warf sein ganzes Gewicht in das Seil – zwei Fuß würden reichen, vielleicht drei. Sie konnten das Riesending nicht weit vom Tor wegwerfen.

Ein bodenerschütternder Schlag, ein weiterer Hieb in den Rücken und Shefs Kopf schlug gegen einen Holzstamm. Unversehens schrie jemand, kreischte wie eine Frau und hörte nicht mehr auf...

Shef rappelte sich auf und sah sich um. Die Wikinger waren zu langsam gewesen. Der Steinpfeiler war von hundert Armen über die Mauerkrone geschoben worden und mitten auf der Schnauze des Ebers gelandet, hatte sie in den Boden getrieben, Ketten zerrissen, Haltebolzen herausgebrochen und schließlich einen der Männer im Inneren hüftabwärts unter sich begraben. Von ihm, einem etwa vierzigjährigen, schon leicht ergrauten Hünen, kam das Kreischen. Seine Kampfgefährten zogen sich zurück, erschrocken, beschämt und ohne Rücksicht auf die drei oder vier weiteren, stummen Körper, die von peitschenden Ketten oder splitternden Balken gefällt worden waren. Zumindest machte außer dem einen Mann niemand Lärm. Jeden Augenblick würden sie zu plappern beginnen, aber einige Herzschläge lang, das wusste er, konnte Shef ihnen seinen Willen aufzwingen. Er wusste, was getan werden musste.

„Muirtach, mach dem Krach ein Ende." Das finstere, grausame Gesicht starrte ihn an, ohne ihn zu erkennen, dann machte der Ire einen Schritt vorwärts und zog seinen Dolch vom Gürtel.

„Ihr anderen, rollt die Ramme zurück. Nicht weit, sechs Schritt. Halt. Jetzt..." Er war an den Balken am vorderen Ende und untersuchte die Schäden. „Zehn von euch nach draußen. Sammelt das zerschlagene Holz, Speerschäfte, alles, und rollt die Säule ans Tor heran. Sie ist nur ein paar Fuß breit. Wenn wir das Vorderrad heran schieben, können wir denn Stamm weiter schwingen.

Hängt die Ketten wieder auf. Ich brauche einen Hammer, zwei Hämmer. Fangt an, die Ramme zurück zu ziehen, legt euch in die Seile…"

Die Zeit verflog in der Aufregung. Shef sah Gesichter, die ihn anstarrten, einen Helm, der zum Hintereingang hineinkam und wieder ging, Muirtach, der seinen Dolch abwischte. Er beachtete das alles nicht. In seinem Kopf bildeten die Ketten und Balken, die Nägel und zerbrochenen Pfosten strahlende Bänder, die er so anordnete, wie er sie brauchte. Er wusste, was zu tun war, und kannte in diesen Augenblicken keinen Zweifel.

Draußen erscholl ein aufgeregtes Rufen, als das Heer die plötzliche Ersteigung einer scheinbar unverteidigten Mauer versuchte, allerdings samt ihrer Leitern von plötzlich auftauchenden Engländern zurückgeworfen und abgedrängt wurde.

Drinnen angestrengtes Atemholen, Gemurmel: „Es ist der Schmied. Der einäugige Schmied. Tut, was er sagt."

Bereit. Nach hinten gehend, schickte Shef die Krieger wieder an ihre Seile, sah die Ramme vorwärts rumpeln, bis ihre Räder an der Säule und der abgeschlagenen Spitze anlagen. Der Baumstamm berührte wieder das Tor, Eiche auf Eiche. Die Wikinger umfassten erneut die Griffe, warteten auf den Befehl, schwangen gemeinsam rückwärts und dann nach vorne. Sie sangen jetzt ein Ruderlied und legten sich mit den Körpern in jeden Schlag, wuchteten ohne nachzudenken, ohne Anweisungen. Shef duckte sich wieder aus dem Rahmen heraus ins Tageslicht.

Um ihn hatte die leere Matschwüste des Morgens das Aussehen eines Schlachtfelds angenommen. Leichen am Boden, Verwundete, die nach hinten gingen oder getragen wurden, verschossene Pfeile über die Erde verstreut oder in den Händen eifrig sammelnder Bogenschützen. Beklommene Gesichte, die erst ihn und dann das Tor ansahen.

Es begann zu springen. Bewegung durchlief es bei jedem Schlag der Ramme, einer der Pfosten hatte sich im Verhältnis zum anderen verschoben. Drinnen brachten die Männer die Ramme noch etwas näher ans Tor, um ihren Schlag besser setzen zu können. In fünfzig, vielleicht hundert Atemzügen würde der Zugang zur Stadt nachgeben. Die Kriegerhelden Northumbrias würden mit hocherhobenen, goldverzierten Schwertern heraus branden und sich den Männern Dänemarks, den Krieger Vikens und den irischen Abtrünnigen entgegenstellen. Es war der Wendepunkt der Schlacht.

Shef starrte unversehens ins Gesicht Ivars des Knochenlosen, nur wenige Schritte entfernt und den blassen Blick voller Misstrauen und Hass auf ihn gerichtet. Dann wendete Ivar seine Aufmerksamkeit etwas anderem zu. Auch er wusste, dass die Schlacht ihren Höhepunkt erreicht hatte. Sich umwendend, machte er mit beiden ausgestreckten Armen ein abgesprochenes Zeichen. Von den Häusern weiter unten an der Ouse kam eine Horde Gestalten getrabt. Sie trugen lange Leitern, nicht die behelfsmäßigen des letzten Sturmversuchs, sondern sorgfältig gearbeitete und bisher verborgen gehaltene. Ausgeruhte Männer, die wussten was sie taten. Wenn die besten Kämpfer am Tor waren, würde Ivar eine Welle zum Eckturm schicken, den die erfahrensten und mutigsten Engländer dann verlassen müssten. Dort würden die Wikinger sich dem Ringen um das Tor anschließen.

Die Engländer sind am Ende, dachte Shef. Ihre Verteidigung ist an zwei Stellen zusammengebrochen. Jetzt muss das Heer einfach reinkommen.

Warum habe ich das getan? Warum habe ich Ivar und dem Heer geholfen, die mein Auge ausgebrannt haben?

Von der anderen Seite des bebenden Tores hörte man ein seltsames dumpfes Schwirren. Wie das Reißen einer Harfenseite, aber unheimlich laut, laut genug um das Schlachtengetümmel zu übertönen. In die Höhe erhob sich eine Masse, eine große Masse, ein Findling, den zehn Männer nicht hätten heben können.

Doch der Fels stieg weiter, bis Shef den Kopf in den Nacken legen musste, um ihn im Blick zu behalten. Einen Herzschlag lang schien er stillzustehen.

Dann abwärts.

Es landete mitten auf der Ramme, durchschlug Schilde, Rahmen und Stützbalken, als wären sie Kinderspielzeuge aus Baumrinde. Der Kopf der Ramme schlug in die Luft und riss zur Seite aus wie ein sterbender Fisch. Von drinnen klangen raue Schmerzensschreie.

Die Truppen mit den Leitern hatten diese jetzt an die Mauern gelegt und kletterten hinauf. Eine Leiter war weggestoßen worden, die anderen standen sicher. Zweihundert Schritt entfernt auf der anderen Seite der Ouse tat sich ebenfalls etwas auf der hölzernen Umfriedung Marytowns: Männer bückten sich um ein Gerät, das nicht genau zu erkennen war. Kein Findling dieses Mal, ein Strich, der steigend den Fluss überquerte und auf die Leitern zustürzte. Der Krieger an der Spitze der nächsten Leiter hatte die Hand an die steinerne Zinne gelegt und wollte gerade hinüberklettern. Der Streifen kreuzte seinen Körper.

Wie von einem Riesen geschlagen, schmetterte der Mann gegen die Mauerkrone, so heftig, dass die Leitersprosse unter ihm brach. Als die Leiter unter ihm umstürzte und er sich mit ausgestreckten Armen umdrehte, sah Shef den riesigen Bolzen, der aus dem Rückgrat des Getroffenen ragte. Er fiel rückwärts in sich zusammen, als wäre er zweigeteilt worden und stürzte langsam auf den Haufen seiner am Boden zusammengedrängten Gefährten.

Ein Pfeil. Und doch kein Pfeil. Kein Mensch hätte ihn verschießen können. Oder den Findling werfen. Trotzdem war beides geschehen. Bedächtig näherte sich Shef dem Tor und betrachtete den Felsen zwischen den herumliegenden Trümmern der Ramme, ohne sich um die Mitleid erregenden Todeskämpfe und Hilferufe darunter zu kümmern.

Das war mit Geräten geschafft worden. Und was für Geräte! Irgendwo in der Festung, vielleicht bei den schwarzen Mönchen,

gab es einen Baumeister, wie er ihn sich nicht vorstellen konnte.
Er musste ihn finden. Aber jetzt wusste er wenigstens, warum er
dem Heer geholfen hatte. Weil er nicht zusehen konnte, wie ein
Gerät missbraucht wurde. Nun gab es auf beiden Seiten mächtige
Vorrichtungen.

Brand hatte ihn gepackt, ihm *thralles wræc* in die Hand gedrückt
und schob ihn verärgert fort.

„… stehst hier rum wie ein Hornochse, hier kommt gleich die
ganze *druhti* der Engländer raus!"

Shef sah, dass sie fast die letzten Männer auf der freien Fläche,
dem Feld des Gemetzels, waren. Die anderen Wikinger war ebenso schnell den Hügel hinab geronnen, wie sie hinauf gesickert
waren.

Der Angriff der Ragnarssons auf York war fehlgeschlagen.

Sehr vorsichtig, die Zunge zwischen den Zähnen, legte Shef die
scharfe Klinge seines Essmessers an den Faden. Er zerriss. Das Gewicht am Ende des hölzernen Armes fiel hinab, das andere Ende
hob sich. Ein Kieselstein flog gemächlich durch die Schmiede.

Seufzend setzte Shef sich auf. „So geht es", meinte er zu Thorvin.
„Ein kurzer Arm, ein großes Gewicht; ein langer Arm, ein klei-
neres Gewicht. Das ist alles."

„Gut, dass du endlich zufrieden bist", gab Thorvin zurück. „Du
hast zwei Tage lang mit Holzstückchen und Fäden herumge-
spielt, während ich die ganze Arbeit mache. Jetzt kannst du mir
vielleicht zur Hand gehen."

„Das mache ich, aber das hier ist auch wichtig. Es ist neues Wissen, der Weg muss es doch suchen."

„Muss er, ja. Und wichtig ist es. Aber wir müssen auch unsere
Arbeit machen."

Thorvin war genauso begeistert von den Versuchen wie Shef,
aber nach einigen Anläufen war ihm klar geworden, dass er nur
der aufgeregten Vorstellungskraft seines ehemaligen Lehrlings im
Weg stand. Danach hatte er sich wieder dem Riesenberg Arbeit

zugewandt, die ein Heer seinen Schmieden allein durch sein Bestehen machte.

„Aber ist es wirklich *neues* Wissen?", warf Hund ein. „Ingulf kann Dinge, die ich nie bei einem Engländer gesehen habe. Und er lernt sie durch Versuche und indem er die Körper der Gefallenen öffnet. Du lernst durch Versuche, aber du versuchst nur zu lernen, was die schwarzen Mönche schon wissen. Und die spielen nicht mit einem Nachbau."

Shef nickte. „Ich weiß. Ich verschwende meine Zeit. Ich verstehe jetzt, wie es klappen kann, aber es gibt noch eine Menge Dinge, die ich nicht durchschaue. Wenn ich hier ein richtiges Gewicht hätte, so wie den Findling, was bräuchte ich dann für ein Gewicht am anderen Arm, dem Wurfarm? Uns fehlt sowas wie eine Winde. Aber ich weiß jetzt, was das Geräusch war, das wir kurz vor dem Fall des großen Stein gehört haben. Jemand hat das Seil durchgeschnitten, um den Wurf auszulösen.

Und noch etwas stört mich. Sie haben einen Stein geschleudert, der hat die Ramme zerschlagen. Wenn sie nicht getroffen hätten, wäre das Tor gefallen und alle Baumeister wären tot. Sie mussten sehr sicher gewesen sein, mit dem ersten Schuss zu treffen."

Jäh verwischte er alle in den Staub gezogenen Zeichnungen. „Es ist Zeitverschwendung. Siehst du, was ich meine, Thorvin? Es muss eine Kunst geben, eine Fähigkeit, mit der man abschätzen kann, wohin der Stein fallen wird, ohne es wieder und wieder zu versuchen. Als ich zum ersten Mal die Umfriedung um das Lager am Stour gesehen habe, war ich erstaunt. Ich fragte mich, woher die Anführer wissen, wie viele Baumstämme sie mitbringen müssen, um alle ihre Männer schützen zu können. Aber ich weiß jetzt, wie das sogar die Ragnarssons schaffen. Sie schneiden für jedes Schiff eine Kerbe in einen Stock, zehn Kerben in jeden Stock, den sie dann auf Haufen werfen. Jeder Haufen steht für eine Seite der drei oder vier Seiten des Lagers, und wenn keine Stäbe mehr übrig sind, zählen sie die Haufen durch. Und so rechnen die größten Anführer und Steuermänner der Welt. Mit einem

Haufen Stöcke. Aber die da drüben in der Stadt kennen das Wissen des alten Römervolks, das Zahlen genauso leicht schreiben konnte wie Buchstaben. Wenn ich römische Zahlen schreiben könnte, würde ich so ein Geschütz bauen!"

Thorvin legte die Zange weg und sah Shef nachdenklich an, die Hand auf den Hammer um seinen Hals gelegt.

„Denk aber nicht, dass das Römervolk für alles eine Antwort hatte", bemerkte er. „Wenn es so gewesen wäre, würden sie immer noch von York aus über England herrschen. Und letztendlich waren sie nur Christen."

Ungeduldig sprang Shef auf. „Hah! Wie erklärst du dir dann die andere Vorrichtung? Die den großen Pfeil verschossen hat. Ich habe gegrübelt und gegrübelt. Nichts. Kein Bogen, den man bauen könnte, wäre groß genug. Das Holz würde splittern. Aber was kann noch schießen, außer einem Bogen?"

„Was du brauchst, ist ein entlaufener Thrall aus der Stadt oder aus Marystown. Einer, der die Geräte aus der Nähe gesehen hat."

„Vielleicht kommt einer", hoffte Thorvin.

Stille senkte sich in der Schmiede, nur unterbrochen von Thorvins wieder aufgenommenem Hämmern und dem Schnauben der Blasebälge, mit denen Shef wütend die Glut anheizte. Entlaufene sollte man besser nicht ansprechen. Nach der Niederlage vor den Toren Yorks hatten sich die Ragnarssons in ihrem Zorn des Umlands angenommen. Eine schutzlose Landschaft, denn ihre Bewaffneten und Adligen, Thanes und Kriegerhelden waren mit König Ella in der Stadt eingeschlossen. „Wenn wir die Stadt nicht nehmen können, plündern wir um sie herum", hatte Ivar gerufen. Und geplündert hatten sie.

„Ich hab es so satt", hatte Brand Shef nach dem letzten Zug durch die bereits völlig verheerte Gegend anvertraut. „Halt' mich nicht für einen Milchbart oder einen Christen. Ich will reich werden, und ich mache fast alles für Geld. Aber hier gibt es kein Geld zu holen. Und auch keine Herausforderung bei dem, was die Ragnarssons und die Gaddgedlar und das ganze Gesindel veranstalten. Es macht keinen Spaß, durch ein Dorf zu gehen, in dem sie schon gewesen sind. Es sind nur Christen und vielleicht verdienen sie genau das, was sie kriegen, dafür dass sie vor ihrem Christengott und seinen Priestern kriechen.

Ich mache es trotzdem nicht. Wir fangen Sklaven zu Hunderten, und die sind gute Ware. Aber wohin sollen wir sie verkaufen? In den Süden? Dafür brauchst du eine starke Flotte und ein scharfes Auge, das nie schläft. Wir sind da unten nicht sehr beliebt, und ich gebe daran Ragnar und seiner Brut die Schuld. Nach Irland vielleicht? Langer Weg und langes Warten, bis du dein Geld siehst. Und abgesehen von den Thralls gibt es hier nichts. Die Kirchen haben ihr Gold und Silber nach York geschafft, bevor wir gekommen sind. Die paar Münzen der Bauern oder Thanes sind schlecht. Sehr schlecht, was mich wundert. Das hier ist ein reiches Land, sieht doch jeder. Wo ist das ganze Silber hingekommen? Wenn wir so weitermachen, werden wir nie reich. Ich wünschte mir manchmal, ich hätte den Ragnarssons nie vom Tod ihres Vaters erzählt, auch wenn mir die Priester des Weges dazu geraten haben. Mir hat das überhaupt nichts gebracht."

Brand hatte die Mannschaften wieder hinausgeführt und Streifzüge durch die Umgebung und bis nach Strenshall unternommen, in der Hoffnung auf eine Beute aus Silber oder Gold. Shef hatte gebeten, nicht mitkommen zu müssen. Der Anblick und die Geräusche eines von den Ragnarssons und ihren Anhängern durchquerten Landes machten ihn krank. Jeder von ihnen war darauf bedacht, den anderen zu beweisen, wie gut er Geheimnisse und Lageplätze verborgener Schätze aus Knechten und Sklaven herauspressen konnte, die keine Geheimnisse und ganz sicher keine Schätze preiszugeben hatten. Brand hatte gezögert und ein finsteres Gesicht gemacht.

„Wir sind alle gemeinsam im Heer", hatte er gesagt. „Was wir gemeinsam entscheiden, müssen alle tun, auch die, die nicht damit zufrieden sind. Wenn uns das nicht passt, müssen wir die anderen umstimmen, im Gespräch. Aber ich glaube nicht, dass mir gefällt, wie du dir einen Teil der Rechte des Heeres herausnimmst und den anderen versäumst, junger Mann. Du bist jetzt ein Karl und tust, was das Beste für den Mann neben dir ist. Darum hat jeder von uns eine Stimme."

„Ich habe das Beste getan, als die Ramme zerschlagen war."

Zweifelnd hatte Brand geknurrt und „aus deinem eigenen Antrieb" gemurmelt. Aber er hatte Shef bei Thorvin und dem Haufen Schmiedearbeit im bewachten Lager in Sichtweite Yorks gelassen, das jederzeit auf einen Ausfall der Belagerten vorbereitet war. Shef hatte sofort angefangen mit Nachbauten zu spielen, sich riesige Bögen vorzustellen, Steinschleudern, Hämmer. Eine Schwierigkeit hatte er überwunden – zumindest in Gedanken.

Als sie außerhalb der Schmiede das Geräusch laufender Füße und ein erschöpftes Keuchen hörten, begaben sich alle drei Männer gleichzeitig zu den weit geöffneten Türen. Einige Fuß im Umkreis hatte Thorvin eine Reihe von Pfählen aufgestellt, die durch mit roten Beeren behängte Fäden verbunden waren, und so seinen Bereich, seinen heiligen Ort gekennzeichnet. Einen der Pfosten umklammerte nun eine ächzende Gestalt in groben Sackleinen. Der eiserne Kragen um seinen Hals wies auf seinen Stand hin. Verzweifelt huschten seine Augen zwischen den drei Männern hin und her. Sein Gesicht hellte sich vor Erleichterung auf, als er endlich den Hammer um Thorvins kräftigen Hals erblickte.

„Zuflucht", stieß er keuchend hervor, „gebt mir Zuflucht." Er sprach Englisch, benutzte aber das lateinische Wort.

„Was heißt ‚sanctuarium'?", fragte Thorvin.

„Sichere Aufbewahrung. Er will sich unter unseren Schutz stellen. Unter den Christen kann ein Entlaufener die Tür mancher Kirchen berühren und kommt so unter den Schutz des Bischofs, bis sein Fall verhandelt wird."

Langsam schüttelte Thorvin den Kopf. Er sah die Verfolger auftauchen: ein halbes Dutzend Männer von den Hebriden, die begeistertsten Sklavenhändler im Heer. Sie konnten ihre Beute jetzt sehen und beeilten sich nicht mehr.

„Solch eine Sitte kennen wir nicht", sagte er.

Der Sklave heulte vor Angst, als er Thorvins Gesichtsausdruck las und die Männer hinter sich spürte. Er klammerte sich fester an den Pfosten. Shef erinnerte sich an den Augenblick, als er auf Thorvin in seinem Bereich zugegangen war, ohne zu wissen, ob er in den Tod ging oder nicht. Aber er hatte sich einen Schmied, einen Gesellen des Handwerks, nennen können. Dieser Mann sah aus wie ein Tagelöhner, nicht wie jemand, der neues Wissen mit sich bringen würde.

„Jetzt komm mit, du…" Der Anführer der Hebrider schlug dem Mann aufs Ohr und fing an die verkrampften Finger einzeln vom Pfosten zu lösen.

„Wie viel wollt ihr für ihn?", fragte Shef ohne nachzudenken. „Ich kauf ihn euch ab."

Schallendes Gelächter.

„Für was, Einauge? Brauchst du einen hübschen Spielgefährten? Da hab ich schönere unten im Pferch."

„Ich sagte, ich kaufe ihn. Schaut, ich habe Geld." Shef drehte sich nach *thralles wræc* um. Die Waffe steckte am Eingang zu Thorvins Bereich im Boden. An ihr hing seine Geldkatze mit den wenigen Münzen, die Brand ihm nach dem bisher so mageren Raubzug ausgezahlt hatte.

„Vergiss es. Komm runter zu den Pferchen, wenn du einen Sklaven kaufen willst. Von mir kriegste welche. Der hier muss mit zurück, ich hab 'n Zeichen zu setzen. Da unten laufen zu viele ihren Herren weg. Denken, sie können auch dem nächsten weglaufen. Ich zeig ihnen, dass es sich nich' lohnt."

Der Sklave hatte Teile des Gesprächs verstanden und heulte wieder auf, noch verzweifelter als vorher. Als die Männer sich seine Arme und Beine griffen und ihn mit großer Rücksicht auf die Pfosten und Fäden fortzuziehen begannen, schlug er um sich und setzte sich zur Wehr.

„Die Anhänger", rief er. „Alle sagen, dass ihre Träger ungefährlich sind."

„Wir können dir nicht helfen", gab Shef wieder auf Englisch zur Antwort. „Du hättest bei deinem englischen Herren bleiben sollen."

„Meine Herren waren die schwarzen Mönche. Ihr wisst, wie sie zu ihren Sklaven sind. Und mein Herr war der schlimmste von allen. Erkenbert, der Diakon, der die Geräte baut…"

Ein wütender Hebrider verlor die Geduld mit dem Mann, zog seinen Sandsack vom Gürtel und schlug zu. Sein Schlag ging quer und traf den Sklaven am Kiefer, statt an der Schläfe. Ein Knacken, der Kiefer hing schlaff nach vorne, Blut sickerte aus dem Mundwinkel.

„Er'en'ert. 'as is' ei' 'eufel. 'aut 'eufels'erä'e."

Shef griff seine Panzerhandschuhe, zog sie an und machte sich bereit, die Helmbarte aus dem Boden zu reißen. Der Knoten ringender Männer zog sich einige Schritte zurück. „Wartet", bat er. „Der Mann ist wertvoll. Schlag ihn nicht nochmal." Zehn Worte, dachte er, mehr als zehn Worte brauche ich vielleicht nicht. Dann weiß ich, was an dem großen Bogen dran ist.

Der Sklave kämpfte jetzt wie mit der Raserei eines gequälten Wiesels, bekam einen Fuß frei, trat zu. Ein Hebrider grunzte, sackte fluchend zusammen.

„Das reicht", bellte der Kopf der Bande. Als Shef bittend vorwärts sprang, zog der Hebrider ein Messer vom Gürtel, trat vor und trieb es dem Sklaven aufwärts in den Oberkörper. Der Mann, der noch immer festgehalten wurde, machte einen Buckel, krümmte sich und erschlaffte.

„Du Schwachkopf!", schrie Shef. „Du hast einen der Bauleute getötet!"

Der Hebrider drehte sich zu ihm um, den Mund vor Wut verzerrt. Als er antworten wollte, schlug Shef ihm mit dem gepanzerten Handschuh mitten ins Gesicht. Er fiel der Länge nach hin, schlug auf dem Boden auf. Totenstille machte sich breit.

Langsam rappelte sich der Hebrider auf, spuckte erst einen, dann einen zweiten und einen dritten Zahn in seine Hand. Er sah seine

Männer an und zuckte mit den Schultern. Sie ließen die Leiche des Sklaven fallen, wandten sich ab und gingen gemeinsam zurück zu ihrem Lagerplatz.

„Jetzt hast du es geschafft, Junge", sagte Thorvin.

„Was meinst du?"

„Jetzt kann nur eines kommen."

„Und zwar?"

„*Holmgang.*"

Drittes Kapitel

Unruhig bewegte sich der schlafende Shef auf seiner strohbe-
deckten Pritsche neben den aufgehäuften Kohlen der Schmiede.
Thorvin hatte ihn zu einem üppigen Abendbrot genötigt, das
nach Tagen zunehmend knapper Vorräte in einem vollständig
auf die Nahrungssuche im Umland angewiesen Lager eigentlich
hätte willkommen sein müssen. Aber das Roggenbrot und der
gebratene Ochse lagen ihm schwer im Magen. Noch schwerer
wogen seine Gedanken. Man hatte ihm sehr genau die Regeln
eines *holmgangs* erklärt, der ganz anders sein würde als der kur-
zentschlossene Kampf, in dem er vor Monaten den Iren Flann
getötet hatte. Er wusste, dass er schrecklich im Nachteil war. Aber
es gab kein Entrinnen. Das gesamte Heer freute sich auf diese
willkommene Abwechslung am Morgen. Er war gefangen.
Und er dachte immer noch über die Maschinen nach. Wie wurden sie gebaut? Wie konnte er noch bessere bauen? Wie konnten
Yorks Mauern überwunden werden? Allmählich rutschte er in
einen schweren Schlummer.

*Er stand inmitten einer weiten Ebene. Vor ihm ragten ungeheure
Mauern empor. So hoch, dass die Mauern Yorks und alle von Men-
schenhand gebauten Schutzwälle neben ihnen zwergenhaft erscheinen mussten. Darauf standen jene Gestalten, die er schon aus früheren Träumen, den „Traumbildern", wie Thorvin sie genannt hatte,
kannte: die riesenhaften Wesen mit Gesichtern wie Axtklingen und
Mienen von strenger Ernsthaftigkeit. Doch diesmal zeigten ihre Züge
auch Beunruhigung, Sorge. Im Vordergrund sah er eine noch größere
Gestalt sich der Mauer nähern, so riesig, dass sie bis zur Krone des
Walls reichte, auf dem die Götter standen. Aber sie hatte nicht die*

Körpermaße eines menschlichen Wesens: Stumpfbeinig, fettarmig, schwellbauchig und zahnlückig sah sie aus wie ein unermesslich riesiger Possenreißer. Ein Dummkopf, eines der missgebildet geborenen Kinder, die, wenn Vater Andreas nicht schnell dazu kam, sehr bald und in aller Stille ins Moor bei Emneth gebracht wurden. Der Riese trieb ein fast ebenso großes Pferd neben sich her, das einen Karren zog, der mit einem berggroßen Stein beladen war.

Shef sah, dass der Stein dazu gedacht war, eine Lücke in der Mauer zu füllen. Die Umwallung war beinahe vollständig. Die Sonne in dieser seltsamen Welt ging gerade unter und er wusste, dass etwas Fürchterliches, etwas unheilbar Grässliches geschehen würde, wenn die Mauer vor Sonnenuntergang vollendet würde. Darum schienen die Götter so erschrocken und darum trieb der Riese sein Pferd, seinen Hengst, wie Shef sah, mit schadenfrohen und ungeduldigen Rufen an.

Ein Wiehern von hinten. Ein zweites Pferd, diesmal von gewöhnlicher Größe. Eine Fuchsstute, der der Wind die Mähne um die Augen wehte. Sie wieherte erneut und drehte sich neckisch um, als wüsste sie nicht um die Wirkung ihres Rufs. Doch der Hengst hatte gehört. Sein Kopf hob sich, er schüttelte sich in seinen Strängen und sein Glied schob sich aus seinem Mantel.

Der Riese schrie, schlug dem Hengst gegen den Kopf und versuchte, ihm die Augen zuzuhalten. Seine Nüstern blähten sich, er wieherte vor Wut, die Stute antwortete ermutigend, diesmal näher und mit einem scheuem Ausschlagen. Der Hengst richtete sich auf den Hinterbeinen auf, schlug mit den übergroßen Hufen nach dem Riesen und den Strängen. Der Karren fiel um, der Stein stürzte heraus und der Riese tanzte vor Ärger. Der Hengst war frei und stürzte sich auf in Richtung der Stute, um sein steifes, kettenlanges Glied in ihr zu versenken. Aber sie neckte ihn, tänzelte davon, reizte ihn, ihr zu folgen, schoss dann zur Seite. Die beiden Pferde wirbelten herum und rasten dann in vollem Galopp davon. Der Hengst holte die Stute langsam ein, dabei kamen sie bald außer Sicht. Hinter ihnen fluchte der Riese und sprang mit lächerlichen Gebärden hin und her. Die

Sonne ging unter. Eine der Gestalten auf der Mauer trat grimmig vor und zog ein Paar metallener Handschuhe an.

Es würde ein Reuegeld zu zahlen sein, das wusste Shef.

Wieder stand er auf einer Ebene gegenüber einer von Mauern umgebenen Stadt. Sie war zu gewaltig, ihre Mauern viel höher als die Yorks, aber dieses Mal war sie wenigstens von menschlicher Größenordnung, so wie die unzähligen Gestalten innerhalb und außerhalb der Mauern. Draußen schoben sie ein riesiges Abbild – kein Eber wie die Ramme der Ragnarssons, sondern ein Pferd. Ein hölzernes Pferd. Was ist der Sinn eines turmhohen Pferdes, fragte sich Shef. Davon würde sich niemand täuschen lassen.

So kam es auch. Pfeile und Geschosse flogen von den Mauern auf das Pferd oder auf die Männer, die seine riesigen Räder bewegten. Sie prallten ab, vertrieben die Schiebenden, entmutigten aber nicht die zahllosen neuen Hände, die heranstürmten, um die Plätze der Gefallenen einzunehmen. Das Pferd näherte sich der Mauer, die es um Längen überragte. Shef wusste, dass das, was jetzt geschehen würde, der Höhepunkt von etwa war, das schon viele Jahre andauerte, das abertausende Leben verschlungen hatte und noch tausende vernichten würde. Etwas sagte ihm auch, dass dieses Geschehen Menschenalter auf Menschenalter alle begeistern würde, die seine Geschichte hörten. Aber nur wenige würden sie wirklich verstehen. Stattdessen würden alle ihre eigenen Erzählungen davon erfinden.

Eine Stimme, die Shef schon einmal gehört hatte, sprach plötzlich in seinem Geist. Die Stimme, die ihn in der Nacht vor dem Kampf am Stour gewarnt hatte. Sie trug noch immer den Klang tiefer, aufmerksamer Belustigung.

„Und jetzt sieh hin", sagte sie. „Sieh hin."

Das Maul des Pferdes öffnete sich, seine Zunge schob sich hervor und kam auf der Mauer zum Liegen. Aus dem Maul…

Thorvin schüttelte ihn, zog unnachgiebig an seinen Schultern. Shef setzte sich auf, noch immer nach der Bedeutung seines Traumes greifend.

„Zeit zum Aufstehen", ermahnte ihn Thorvin. „Du hast einen harten Tag vor dir. Ich hoffe nur, dass du auch sein Ende sehen wirst."

Der Erzdiakon Erkenbert saß in einem Turmzimmer hoch über dem großen Schiff der Domkirche und zog den Kerzenhalter näher heran. Drei Kerzen brannten darin, alle waren aus bestem Bienenwachs, nicht etwa aus stinkendem Talg, und ihr Licht war klar und hell. Er betrachtete sie zufrieden, als er den Gänsekiel aus dem Tintenfass hob. Was er nun tun würde, war arbeitsam, das Ergebnis vielleicht traurig.

Vor ihm lag ein Wirrwarr aus Pergamentfetzen, beschrieben, durchgestrichen, wiederbeschrieben. Er nahm seine Feder und ein frisches, großes, schönes Stück zum Schreiben. Darauf notierte er Folgendes:

De parochia quae dicitur	*Schirlam*	*desunt nummi*	*XLVIII*
" " " "	*Fulford*	" "	*XXXVI*
" " " "	*Haddinatunus*	" "	*LIX*

Die Liste kroch weiter und weiter die Seite hinab. Am Ende zog er einen Strich unter die Aufzeichnung der nicht bezahlten Pachtbeträge, sog den Atem ein und begann die geistzerreißende Addition der Zahlen. „*Octo et sex*", murmelte er sich selbst zu, „*quattordecim. Et novo, sunt… viginta tres. Et septem.*" Er bediente sich kleiner Striche, die er auf ein abgelegtes Blatt zeichnete, sobald er eine Zehn erreichte.

Während sein Finger die Liste hinab wanderte, setzte er kleine Markierungen zwischen XL und VIII, zwischen L und IX, um sich daran zu erinnern, welche Teile zusammengezählt und welche ausgelassen werden mussten. Endlich erreichte er das Ende der ersten Berechnung, schrieb mit sicherer Hand CDXLIX und begann wieder die Liste hinab zu rechnen, diesmal mit den Zahlen, die er vorher ausgelassen hatte. „*Quaranta et triginta sunt septuaginta. Et quinquaginta. Centum et viginta.*" Der Novize, der kurz darauf beflissen den Kopf durch den Türrahmen streckte, um zu fragen, ob etwas gebraucht würde, kehrte voller Ehrfurcht zu seinen jungen Brüdern zurück.

„Er rechnet mit Zahlen, die ich noch nie gehört habe", berichtete er.

„Er ist ein erstaunlicher Mann", meinte einer der schwarzen Mönche. „Geb es Gott, dass er von solch schwarzen Künsten keinen Schaden nimmt."

„Duo milia quattuor centa nonaginta", sprach Erkenbert und schrieb es auf: MMCDXC. Die beiden Zahlen standen nun nebeneinander: MMCDCX und CDXLIX. Nach einem weiteren Augenblick des Streichens und Notierens erhielt er die Antwort: MMCMXXXIX. Nun begann die wahre Mühe. Das war die Summe der nicht eingenommenen Pacht für ein Vierteljahr. Was würde das für ein ganzes Jahr bedeuten, falls als himmlische Strafe die Geißeln Gottes, die Wikinger, so lange bleiben und den Christenmenschen die Arbeit unmöglich machen würden? Selbst unter den *arithmetici* hätten viele den einfach Weg gewählt und diese Zahl viermal addiert. Aber Erkenbert wusste sich solchen Ausflüchten überlegen. Sorgfältig bereitete er sich auf die vertrackteste Aufgabe, die teuflischste aller Fähigkeiten vor: die Multiplikation römischer Ziffern.

Als alles fertig war, schaute er ungläubig auf das Ergebnis. Niemals in seinem gesamten Leben war ihm eine solche Summe untergekommen. Langsam und mit zittrigen Fingern löschte er die Kerzen in Anerkennung des grauen Morgenlichts. Nach der Morgenandacht würde er den Erzbischof aufsuchen müssen.

Es war zu viel. Solchen Verlusten konnte man nicht standhalten.

Weit entfernt, hundertfünfzig Meilen südlich, erreichte dasselbe graue Licht die Augen einer Frau, die tief in ein Nest aus Daunenbetten und Wolldecken gekuschelt gegen die Kälte geschützt lag. Sie bewegte sich, drehte sich um. Ihre Hand berührte den

Oberschenkel des Mannes neben ihr. Schreckte zurück, als hätte sie die Schuppen einer großen Natter ertastet.

Er ist mein Halbbruder, dachte sie zum tausendsten Mal. Der Sohn meines eigenen Vaters. Es ist eine Todsünde. Aber wie sollte ich es ihnen sagen? Ich konnte es nicht einmal dem Priester sagen, der uns verheiratet hat. Alfgar hat ihm erzählten, wir hätten auf der Flucht vor den Wikingern fleischlich gesündigt und, dass er dafür die Vergebung Gottes und seinen Segen für unsere Vereinigung suche. Sie halten ihn für einen Heiligen. Und die Könige, die Könige von Mercia und Wessex, sie hören auf alles, was er über die Bedrohung durch die Wikinger erzählt, über die Verstümmelung seines Vaters, und darüber, wie tapfer er im Lager der Nordmänner gekämpft hat, um mich zu befreien. Sie halten ihn für einen Helden. Es heißt, sie wollen ihn zum Ratsherrn machen und ihm Land geben. Man will seinen armen, gequälten Vater aus York retten, wo er noch immer den Heiden trotzt.

Aber was wird geschehen, wenn unser Vater uns zusammen sieht? Wenn Shef doch nur überlebt hätte…

Als sie an ihn dachte, rannen Godives Tränen langsam, wie jeden Morgen, ihre geschlossenen Lider entlang aufs Kissen.

Shef ging die matschige Straße zwischen den Hütten entlang, die die Wikinger gezimmert hatten, um das Winterwetter abzuhalten. Die Helmbarte ruhte auf seiner Schulter und er trug die Metallhandschuhe. Seinen Helm hatte er in Thorvins Schmiede gelassen, denn Kettenhemden und Helme durften im *holmgang* nicht getragen werden, wie ihm gesagt worden war. Der Zweikampf wurde als Ehrensache ausgefochten, weshalb es auf reine Zweckmäßigkeiten wie Überleben und das Töten des Feindes nicht ankam.

Was nicht bedeutete, dass man nicht vielleicht doch sterben würde.

Ein *holmgang* war eine Angelegenheit für vier Männer. Die zwei Hauptkämpfer wechselten sich damit ab, einander anzugreifen.

Doch beide waren vor den Schlägen des anderen durch einen zweiten Mann, den Schildträger, geschützt, der den Schild hielt und die Hiebe auffing. Das eigene Leben hing von den Fähigkeiten des zweiten Mannes ab.

Shef hatte keinen zweiten Mann. Brand und alle seine Männer waren noch immer unterwegs. Thorvin hatte fieberhaft an seinem Bart gezupft und mit seinem Hammer immer wieder enttäuscht auf den Boden geschlagen, aber er konnte als Priester des Weges nicht für einen anderen zu den Waffen greifen. Hätte er es angeboten, wäre sein Angebot von den Schiedsrichtern abgelehnt worden. Dasselbe galt für Ingulf, Hunds Meister. Der einzige Mensch, den er hätte fragen können, war Hund, und sobald Shef den Gedanken gefasst hatte, wusste er, dass Hund, nachdem er die Umstände begriffen hätte, sofort freiwillig mit ihm in den *holmgang* getreten wäre. Und er hatte seinem Freund sofort eingebläut, dass er nicht mal ans Helfen denken solle. Abgesehen von allem anderen, war Shef sicher, dass Hund im wichtigsten Moment, wenn der Schwerthieb sich gerade senkte, einen Reiher im Sumpf oder einen Molch im Moor beobachten und sie wahrscheinlich beide umbringen würde.

„Ich werde es allein durchstehen", hatte er den Priestern des Weges erklärt, die sich überraschenderweise aus dem ganzen Lager zusammengefunden hatten, um Shef mit Rat zur Seite zu stehen.

„Dafür haben wir nicht beim Schlangenauge für dich vorgesprochen, und dich vor Ivars Rachsucht gerettet", meinte Farman scharf. Farman, der Priester Freyas, war berühmt für seine Wanderungen in den anderen Welten.

„Seid ihr euch so sicher, was die Wege des Schicksals angeht?", war Shefs Erwiderung gewesen, und die Priester des Weges hatten geschwiegen.

Aber in Wahrheit war es nicht der Zweikampf, der ihn auf dem Weg zum *holmgang* beunruhigte. Er fragte sich vielmehr, ob die Schiedsrichter ihn alleine kämpfen lassen würden. Wenn nicht, würde er zum zweiten Mal dem Urteil des *vapna takr* ausgesetzt sein. Beim Gedanken an das Brüllen und den Klang der Waffen zog sich ihm der Magen zu einem Klumpen zusammen.

Er durchquerte das Tor der Umfriedung und betrat die zertrampelte Weide am Fluss, wo das Heer sich versammelt hatte. Als er vortrat, erhob sich ein Summen aus Zurufen und Bemerkungen, und die Zuschauermenge teilte sich, um ihn durchzulassen. In ihrer Mitte stand ein Ring aus Weidenruten, zehn Fuß im Durchmesser.

„Streng genommen sollte der *holmgang* auf einer kleinen Insel in einem Fluss ausgetragen werden", hatte Thorvin ihn aufgeklärt. „Aber wo es kein Eiland gibt, wird stellvertretend eines abgesteckt."

In einem *holmgang* gab es kein Hin und Her: Die Teilnehmer standen einander gegenüber und schlugen zu, bis einer von ihnen tot war. Oder nicht mehr kämpfen konnte, sich freikaufte, seine Waffen niederlegte oder den abgesteckten Bereich verließ. Wer sein Heil in einer der letzten beiden Handlungen suchte, war der Gnade des Gegners ausgeliefert, der Tod oder Verstümmelung verlangen konnte. Zeigte einer der Kämpfer Feigheit würden die Richter ganz sicher eines – oder sogar beides – verhängen.

Shef sah seine Feinde bereits bei den Weiden stehen: der Hebrider, dem er die Zähne ausgeschlagen hatte und dessen Namen er inzwischen kannte, Magnus. Der Hebdrider hielt ein nacktes Breitschwert in der Hand, auf dessen Klinge Schlangenmuster poliert worden waren, die sich im stumpfen, grauen Licht wanden. Neben ihm stand sein Schildträger, ein großer, narbenübersäter und stark aussehender Mann mittleren Alters. Er hielt einen übergroßen Schild aus bemaltem Holz, mit eisenbeschlagenem Rand und Buckel. Shef sah sie für einen Augenblick an, wandte seinen Blick dann aber bedächtig den Schiedsrichtern zu.

Sein Herz setzte einen Schlag aus, als er in der kleinen Vierergruppe die unverwechselbare Gestalt des Knochenlosen erkannte. Er trug noch immer Scharlachrot und Grün, der silberne Helm aber fehlte; die blassen Augen mit den unsichtbaren Brauen und Wimpern starrten ihn unumwunden an. Doch diesmal waren sie nicht voller Misstrauen, sondern zeigten Selbstvertrauen, Verachtung und Belustigung, als sie Shefs unwillkürliches Erschrecken und den sofortigen Versuch erkannten, es durch Regungslosigkeit zu verschleiern.

Ivar gähnte, streckte sich, wandte sich ab. „Ich schließe mich als Richter in diesem Fall selbst aus", sprach er laut. „Dieser Bauernhofgockel und ich haben noch eine andere Rechnung offen. Ich werde ihm nicht die Möglichkeit geben zu behaupten, ich hätte deswegen ungerecht entschieden. Ich überlasse seinen Tod Magnus."

Die nächsten Zuhörer brummten ihre Zustimmung, und die Entscheidung schwirrte von einem Mann zum nächsten in die hinteren Reihen. Shef erkannte, dass jeder im Heer der Zustimmung der Anderen unterlag und dass es immer das Beste war, die Meinung der Männer auf seiner Seite zu haben.

Ivars Rückzug ließ drei Männer zurück, die alle offensichtlich erfahrene Krieger waren, gut bewaffnet und mit Silber an den Hälsen, Gürteln und Armen, um ihren Stand deutlich zu machen. Den mittleren erkannte er als Halvfan Ragnarsson, den ältesten der Brüder. Ein Mann, der im Ruf stand, grimmig auch dann zu kämpfen, wenn es nicht sein musste. Er war nicht so weise wie sein Bruder Sigurth, nicht so schrecklich wie sein Bruder Ivar, aber ganz sicher kein Mann, der dem Unkriegerischen Gnade zeigen würde.

„Wo ist dein zweiter Mann?", fragte Halvdan mit finsterer Miene.

„Ich brauche keinen", gab Shef zurück.

„Du musst einen haben. Man kann keinen *holmgang* ohne Schild oder Schildträger ausfechten. Wenn du ohne antrittst, ist es genauso, als würdest du dich sofort der Gnade deines Gegners ausliefern. Magnus, was willst du mit ihm machen?"

„Ich brauche keinen!" Dieses Mal rief Shef die Worte, trat vor und rammte das Griffende der Helmbarte aufrecht in die Erde.

„Ich habe einen Schild." Er hob den linken Unterarm, an dem er einen rechteckigen Buckler von einem Fuß Durchmesser und ganz aus Eisen befestigt hatte. „Ich kämpfe nicht mit Brett und Breitschwert, sondern hiermit und hiermit. Ich brauche keinen zweiten Mann. Ich bin Engländer, kein Däne!"

Ein Knurren ging durch die Umstehenden. Ein Knurren mit einem Klang von Belustigung. Die Streitmacht liebte Schauspiele, das wusste Shef. Sie würden die Regeln vielleicht ein wenig verbiegen, wenn sie auf den Ausgang wetten konnten. Sie würden einen Mann unterstützen, der im Unrecht war, wenn er nur genug Wagemut zeigte.

„So einen Vorschlag können wir nicht annehmen", beschied Halvdan. „Was sagt ihr?", fragte er die anderen beiden Richter.

Unruhe weiter hinten, jemand drängte sich durch zum Ring, trat vor und stellte sich neben Shef den Richtern gegenüber auf. Eine weitere große und kräftige Gestalt, silberbeladen. Die Hebrider standen etwas abseits und schauten mürrisch drein. Mit einigem Schrecken erkannte Shef in dem Neuankömmling seinen Vater Sigvarth. Sigvarth sah seinen Sohn, dann die Richter an. Er breitete mit einem listigen Hauch von Versöhnlichkeit die Arme aus.

„Ich will der Schildträger für diesen Mann sein."

„Hat er darum gebeten?"

„Nein."

„Was für einen Anteil hast du dann an diesem Kampf?"

„Ich bin sein Vater."

Wieder knurrten die Zuhörer mit immer lauter werdender Aufregung. Das Leben im Winterlager war kalt und langweilig. Das war sicher die beste Unterhaltung, die sie alle seit dem fehlgeschlagenen Sturm auf die Stadt bekamen. Wie Kinder wollten die Nordmänner des Heeres die Vorführung nicht zu schnell zu Ende gehen sehen. Sie drängten sich näher heran, streckten sich, um zu hören, was geredet wurde und es nach hinten weiterzugeben. Ihre Anwesenheit beeinflusste die Schiedsrichter: Sie mussten gerecht und richtig entscheiden, aber auch die Laune der Menge abschätzen.

Während sie sich leise miteinander besprachen, drehte sich Sigvarth zu Shef um. Er trat nahe an ihn heran, beugte sich die nötigen zwei Zoll hinab, um auf Augenhöhe zu sein, und sprach in bittendem Ton.

„Sieh mal, Junge, du hast mich schon einmal abgewiesen, als du in der Klemme warst. Da hattest du Mumm, das muss ich zugeben. Was hat es dich gekostet, mh? Ein Auge hat's dich gekostet. Mach's nicht nochmal. Es tut mir leid. Was mit deiner Mutter passiert ist, meine ich. Hätte ich gewusst, was für einen Sohn sie bekommen hat, ich hätte es nicht gemacht. Ich habe von vielen Männern gehört, was du bei der Belagerung mit der Ramme getan hast. Das ganze Heer redet von nichts anderem. Ich bin stolz auf dich.

Und jetzt lass mich diesen Schild für dich tragen. Ich hab das schon öfter gemacht. Ich bin besser als Magnus, besser als sein zweiter Mann Kolbein. Mit mir als Schildträger kommt nichts zu dir durch. Und du... du hast diesen Schwachkopf von den Hebriden schon mal schwindelig wie ein Schwein geschlagen. Mach es nochmal! Wir hauen die beiden um."

Er griff fest nach der Schulter seines Sohnes. Seine Augen schimmerten vor lauter Gefühlsregungen: einer Mischung aus Stolz, Verlegenheit und etwas anderem – der Gier nach Ruhm, entschied Shef. Keiner konnte zwanzig Jahre lang ein erfolgreicher Krieger, ein Jarl und der Anführer einer *druhti* sein, ohne den Drang zu haben, immer vorne im Kampf zu stehen, alle Augen auf sich zu ziehen, das Schicksal mit reiner Gewalt zu zerschlagen. Shef fühlte sich plötzlich ruhig, gelassen, und wusste sogar, wie er seinen Vater abweisen konnte, ohne dass dieser das Gesicht verlieren würde. Er wusste bereits, dass seine schlimmste Befürchtung nicht eintreffen würde. Die Schiedsrichter würden ihn alleine kämpfen lassen. Anders zu entscheiden wäre eine zu große Enttäuschung gewesen.

Shef trat aus der Beinahe-Umarmung seines Vater heraus.

„Ich danke Sigvarth Jarl für sein Angebot, meinen Schild in diesen *holmgang* zu tragen. Aber zwischen uns ist Blut. Er weiß, wessen Blut. Ich bin sicher, dass er mich in dieser Sache treu unterstützen würde, und seine Hilfe würde einem jungen Mann wie mir viel bedeuten. Aber es wäre ohne *drengskapr*, wenn ich annähme."

Shef benutzte das Wort für Kriegerschaft, für Ehre – das Wort, mit dem man sagte, dass man über Kleinigkeiten stand, dass man sich nicht um seinen eigenen Vorteil scherte. Das Wort war eine Herausforderung. Wenn ein Mann *drengskapr* für sich beanspruchte, wäre es für sein Gegenüber eine Schande, weniger zu zeigen.

„Ich sage es noch einmal: Ich habe einen Schild, ich habe eine Waffe. Ist das weniger, als was ich haben sollte, dann umso besser für Magnus. Ich sage es ist mehr. Wenn ich falsch liege, dann soll unser Kampf das zeigen."

Halvdan Ragnarssons sah die anderen Schiedsmänner an und pflichtete ihrem zustimmenden Nicken bei. Die beiden Hebrider betraten ohne Umschweife den Ring aus Weidenruten und bezogen nebeneinander Stellung. Sie wussten, dass jedes Zögern, jede weitere Unstimmigkeit dem Heer aufstoßen würde. Shef ging hinüber und stellte sich vor ihnen auf, sah die beiden untergeordneten Schiedsrichter ihre Plätze zu beiden Seiten des Kreises einnehmen, während Halvdan in dessen Mitte die Regeln des Kampfes wiederholte. Aus dem Augenwinkel erkannte Shef Sigvarth, der noch immer vor den anderen Wikingern stand, neben sich den jungen Mann mit den Pferdezähnen, den er schon einmal gesehen hatte. Hjörvarth Jarlsson, dachte er gleichgültig. Sein Halbbruder. Hinter dem Paar stand eine Reihe Männer um Thorvin herum. Obwohl er Halvdans Ausführungen zu folgen versuchte, sah er, dass jeder von ihnen seinen silbernen Anhänger offen zur Schau trug. Wenigstens hatte Thorvin eine Menge Unterstützer zusammengebracht, wohl für den Fall, dass etwas verhandelt werden müsste.

„… Kämpfer wechseln sich mit ihren Schlägen ab. Wer zweimal zuzuschlagen versucht, selbst wenn der Feind unachtsam ist, verliert den *holmgang* und unterliegt dem Urteil der Schiedsrichter. Und dieses Urteil wird streng sein! Fangt an. Als Geschädigter führt Magnus den ersten Schlag."

Halvdan trat zurück, sein Blick war wachsam und sein Schwert bereit zum Abfangen jedes unrechtmäßigen Hiebs. Shef fand sich in großer Stille wieder, Angesicht in Angesicht mit seinen beiden Feinden. Er schwang die Helmbarte vorwärts und richtete die Spitze auf Magnus' Gesicht. Seine Linke hielt die Waffe nah am massigen und vielteiligen Kopf. Die andere Hand lag an seiner rechten Körperseite, bereit, den Griff sofort zu umfassen und Hieben aus jeder Richtung zu entgegnen oder sie abzufangen. Magnus runzelte die Stirn, denn er musste nun zu einer Seite treten und so die Richtung seines Angriffs verraten. Er trat nach vorne rechts, mit den Zehenspitzen an der Geraden im Sand, mit der Halvdan die beiden Kämpfer getrennt hatte. Das Schwert raste abwärts, ein Vorhandhieb auf den Kopf, der grundlegendste Schlag überhaupt. Er will das hier hinter sich bringen, dachte Shef. Der Hieb war gnadenlos und blitzschnell. Er warf den linken Arm in die Höhe und fing ihn mitten auf dem eisernen Buckler ab. Ein Klirren, ein Rückstoß. Der Treffer hinterließ eine stumpfe Linie und eine Delle über die ganze Länge des Schilds. Was er mit der Schwertklinge angestellt hatte, wollte Shef sich als Schmied nicht einmal vorstellen.

Magnus war wieder hinter seinen Strich getreten, Kolbein trat mit dem Schild vor, um ihn zu decken. Shef hob die Helmbarte mit beiden Hände über die rechte Schulter, trat an den Strich am Boden und stach mit der Spitze gezielt auf Magnus' Herz, ohne auf den Schutz des Schilds zu achten. Die dreieckige Lanzenspitze drang durch das Lindenholz als wäre es Käse. Dabei riss Kolbein es aber nach oben, sodass der Dorn Magnus in die Wange stach. Shef riss zurück, drehte, riss erneut und befreite die Waffe mit einem Klang zermalmten Holzes. Jetzt klaffte ein großes Loch in der fröhlich blauen Farbe des Schilds, und zwischen Magnus und Kolbein wurden ernste Blicke getauscht.

Magnus trat wieder vor und erkannte, dass er nicht auf die Bucklerseite schlagen durfte. Er schwang mit der Rückhand, aber trotzdem auf den Kopf, denn er dachte weiterhin, dass ein Mann ohne richtiges Schwert und Schild einen Nachteil haben musste. Ohne umzugreifen, ließ Shef den Kopf seiner Helmbarte achtzehn Zoll seitwärts in Richtung des herabstürzenden Schwertes schnellen und fing die Klinge nicht mit der Axtseite, sondern dem daumendicken Eisendorn ab.

Das Schwert flog Magnus aus der Hand und landete weit in Shefs Seite auf den Boden. Alle Augen hefteten sich auf die Schiedsrichter. Shef trat einen, zwei Schritte zurück und blickte fest zum Himmel. Murmelnd verstanden die Zuschauer, was geschah, leise wurde Zustimmung geknurrt. Das Geräusch setzte sich fort, als die Umstehenden die Möglichkeit der neuen Waffe in Shefs Händen und die Probleme, die sie den beiden Hebridern bereitete, verstanden. Mit steinerner Miene kam Magnus hinüber, sammelte sein Schwert ein, zögerte, winkte Shef kurz mit der Waffe und kehrte auf seine Seite zurück.

Diesmal schwang Shef die Waffe über die linke Schulter und schlug zu wie ein Holzfäller, der einen Baum bearbeitet, wobei er die linke Hand beim Hieb die Waffe hinab gleiten ließ und all seine Kraft gemeinsam mit dem Gewicht von sieben Fuß Stahl in die einen halben Schritt lange Klinge fließen ließ. Kolbein sprang geistesgegenwärtig und entschieden vor, um seinen Gefährten zu schützen und den Schild über Kopfhöhe zu heben. Die Axt hieb durch dessen Rand und weiter, durch den Widerstand des eisernen Rands nur wenig beiseite gedreht, durch zwei Fuß Lindenholz, bevor sie sich mit einem dumpfen Klatschen in den matschigen Boden grub. Shef löste sie und kehrte in die Verteidigungshaltung zurück.

Kolbein betrachtete den Halbschild an seinem Arm und wisperte Magnus etwas zu. Teilnahmslos trat Halvdan Ragnarsson näher, hob das abgeschlagene eiförmige Stück Schild auf und warf es beiseite.

„Schilde können nur mit Einverständnis beider Kämpfer ersetzt werden", bemerkte er. „Schlagt."

Als Magnus nun vortrat, sah Shef so etwas wie Verzweiflung in seinen Augen. Der Hebrider führte ohne Vorwarnung einen üblen Schlag auf Kniehöhe. Ein Schwertkämpfer wäre darüber gesprungen oder hätte es wenigstens versucht – er kam in etwa auf der Höhe, die man vielleicht schaffen konnte.

Shef bewegte die rechte Hand kaum. Es reichte, um den Hieb mit dem metallbeschlagenen Schaft aufzuhalten. Magnus erreichte kaum den Schutz des Schilds, bevor sein Gegner sich ihm genähert und mit dem Dorn seiner Waffe voran einen Aufwärtsschlag getan hatte. Ein stumpfes Dröhnen, als es auf die Überreste des Schilds traf, ein Widerstand, der dieses Mal nicht nur aus Holz bestand. Kolbein starrte die fußlange Spitze an, die Schild und Unterarm durchdrungen und ihm Elle und Speiche zerfetzt hatte.

Ohne mit der Wimper zu zucken, ließ Shef die Hand zum Kopf der Helmbarte gleiten, packte zu und zog die Waffe zurück. Kolbein stolperte vorwärts, über den Trennstrich, kriegte sich wieder ein und richte sich auf, das Gesicht weiß vor Schreck und Schmerz. Ein gleichzeitiger Schrei aus vielen Kehlen und ein Gewirr aus Stimmen begleiteten den Augenblick, an dem er den Fuß aufsetzte.

„Der Kampf ist vorbei, der Fuß war drüber!"

„Er hat den Schildträger getroffen!"

„Er hat auf seinen Mann gezielt. Wenn der Schildträger den Arm dazwischen hält…"

„Der Schmied vergießt das erste Blut, macht eure Wetten jetzt!"

„Hört auf, hört jetzt auf", rief Thorvin. Aber eine noch lautere Stimme übertönte ihn. Sigvarth. „Lasst sie zu Ende kämpfen. Das sind Krieger, keine Mädchen, die bei einer Schramme rumflennen."

Shef blickte zur Seite, sah Halvdan, ernst aber gebannt, der die beiden Gegner weiterkämpfen hieß.

Kolbein zitterte, begann mit den Schnallen des jetzt nutzlosen Schilds zu hantieren, den er jetzt offenbar nicht mehr lange halten konnte. Auch Magnus war erbleicht. Jeder Schlag mit der Helmbarte war nahe dran gewesen, ihn zu töten. Jetzt blieb ihm kein Schutz mehr. Und es gab kein Entkommen, keine Möglichkeit zur Flucht.

Weißlippig trat er vor, mit der Entschlossenheit des Verzweifelten und erhobenem Schwert. Er schwang es in einem geraden Hieb abwärts. Einem solchen Schlag konnte jeder bewegliche Mann ohne nachzudenken ausweichen. Aber im holmgang musste man stillstehen. Zum ersten Mal in diesem Kräftemessen drehte Shef die linke Hand und schwang mit voller Kraft einen Abwehrhieb mit der Axtklinge der Helmbarte. Er traf das sich nähernde Schwert in der Mitte der Schneide, schlug es beiseite und brachte Magnus aus dem Gleichgewicht. Als er wieder fest stand, blickte der Hebrider sein Schwert an. Es war nicht gebrochen, aber halb durchschnitten und verbogen.

„Schwerter können nur", erklärte Halvdan, „mit Einverständnis beider Kämpfer ersetzt werden."

Verzagt erschlafften Magnus' Züge. Er versuchte, sich zusammenzureißen und für den folgenden tödlichen Hieb aufrecht zu stehen. Kolbein schleppte sich vorwärts und wollte seinen Schildarm mit Hilfe der anderen Hand in Stellung bringen.

Shef begutachtete die Klinge seiner Waffe und ließ den Daumen über die Kerbe fahren, die er ihr eben verpasst hatte. Ein wenig sorgfältige Arbeit mit einer Feile, dachte er. Die Waffe hieß *thralles wræc*. Er kämpfte, weil der Mann vor ihm einen Thrall ermordet hatte. Jetzt war die Zeit für Rache, für jenen Thrall und zweifellos noch viele andere.

Aber er hatte den Hebrider nicht niedergeschlagen, weil der einen Sklaven ermordet hatte, sondern weil er, Shef, den Sklaven hatte haben wollen. Er hatte wissen wollen, wie die Geschütze arbeiteten, die der Sklave gebaut hatte. Magnus zu töten, würde das verlorene Wissen nicht zurückbringen. Außerdem besaß er jetzt mehr Wissen.

In vollkommener Stille trat Shef zurück, trieb die Helmbarte mit der Spitze voran in den Morast, band den Buckler ab, warf ihn zu Boden. Er drehte sich zu Halvdan um und rief mit lauter, für alle hörbarer Stimme.

„Ich gebe diesen *holmgang* auf und bitte um das Urteil der Schiedsrichter. Ich bereue, Magnus Ragnaldsson im Zorn geschlagen und seine beiden Vorderzähne herausgebrochen zu haben. Wenn er mich aus diesem *holmgang* entlässt, biete ich ihm Wergeld für diesen Schaden und für die Verletzung Kolbeins, und bitte ihn um seine Freundschaft und Unterstützung in der Zukunft."

Ein enttäuschtes Aufstöhnen, vermischt mit zustimmenden Rufen. Johlen und Schubsen in der Menge, als beide Meinungen Verfechter fanden. Halvdan und die Schiedsrichter drängten sich zur Beratung und riefen nach einigen Augenblicken die Hebrider zu sich herüber. Eine Übereinkunft, die die Zuschauer, die die Entscheidungen hören und bestätigen wollten, allmählich zum Schweigen brachte. Shef spürte keine Angst, keine Erinnerung an das letzte Mal, dass ein Ragnarsson über ihn Gericht gehalten hatte. Er wusste, dass er die Stimmung der Umstehenden richtig eingeschätzt hatte und dass die Schiedsrichter nicht wagen würden, gegen sie zu entscheiden.

„Es ist die Entscheidung aller drei Richter, dass dieser *holmgang* gerecht und gut gekämpft wurde, ohne dass einer Partei in Ansehen geschadet wurde, und dass du, Shef…", er rang mit dem englischen Namen, verhaspelte sich, „…*Skjef*, Sohn Sigvarths, das Recht hattest, dich dem Urteil zu unterwerfen, während du am Schlag warst." Halvdan blickte in die Runde und wiederholte diesen Punkt. „Während du am Schlag warst. Darum, und weil auch Magnus Ragnaldsson bereit ist, den Schiedsspruch anzunehmen, erklären wir, dass der Waffengang ohne Strafe für einen der Kämpfer beendet werden darf."

Magnus der Hebrider trat vor. „Und ich erkläre, dass ich das Angebot Skjef Sigvarthssons eines Wergelds für meinen Schaden und den Kolbein Kolbrandssons annehme, und dass wir den Schaden mit einer halben Mark Silber für jeden von uns bemessen…" Pfiffe und Rufe nach diesem niedrigen Preis für die sprichwörtlich raffgierigen Inselbewohner. „Unter einer Bedingung. Dass Skjef Sigvarthsson in seiner Schmiede Waffen herstellt, die seiner gleichen, zum Preis von je einer halben Silbermark. Und damit nehmen wir ihn in Freundschaft und Unterstützung an." Grinsend kam Magnus auf Shef zu, fasste seine Hände, während auch Kolbein vorwärts hinkte. Auch Hund war jetzt im Ring und packte Kolbeins blutenden und bereits geschwollenen Arm, schnalzte mit der Zunge, als er den schmutzigen Ärmel sah. Sigvarth war ebenfalls da, trieb sich hinter den Zweikämpfern herum und wollte etwas sagen. Eine eisige Stimme schnitt durch das Geschwätz.

„Nun, ihr scheint euch ja alle einig zu sein. Wenn ihr mit dem Kampf aufhören wolltet, sobald zwei Tropfen Blut fließen, hättet ihr das alles hinter der Abfallgrube klären können, ohne die Zeit des ganzen Heeres zu verschwenden.

Aber sag mir, kleiner Misthaufengockel…" Die Stimme des Knochenlosen fiel in einen See des Schweigens, als er mit brennendem Blick auf Shef zu pirschte. „Wie, denkst du, kannst du meine Freundschaft und Unterstützung gewinnen? Hm? Auch zwischen uns ist Blut. Was kannst du mir im Tausch dagegen bieten?"

Shef drehte sich herum und antwortete mit lauter Stimme, gestärkt von einem Ton der Herausforderung und Verachtung für alle hörbar, die wissen sollten, dass er Ivar getrotzt hatte:

„Ich kann dir etwas geben, Ivar Ragnarsson, das ich dir schon einmal zu geben versucht habe, das du aber nicht selbst bekommen kannst. Nein, ich meine nicht die Röcke einer Frau…" Ivar schwankte zurück, die Augen noch immer auf Shefs Gesicht gerichtet, und Shef wusste, dass Ivar ihn nun niemals mehr in Ruhe lassen, ihn nie vergessen würde, bis einer von ihnen tot war.

„Nein. Gib mir fünfhundert Männer und ich gebe dir etwas, das
du mit uns allen teilen kannst. Ich werde dir Geräte geben, die
stärker sind als die der Christen. Waffen, die besser sind als die,
die ich hier benutzt habe. Und wenn ich sie habe, werde ich dir
noch etwas geben.
Ich gebe dir York!"
Er endete mit einem Ruf, und das Heer rief mit ihm, schlug in
zustimmendem Getümmel die Waffen aneinander.
„Das ist gute Angeberei", erwiderte Ivar mit bösen Blicken auf
Sigvarth, die Hebrider, Thorvin und seine Gruppe von Anhän-
gerträgern, die sich alle unterstützend um Shef gesammelt hatten. „Aber sie wird traurig für den Jungen enden, wenn er sie
nicht einlösen kann."

Viertes Kapitel

Schwer zu sagen, wann in einem englischen Winter die Morgendämmerung beginnt, dachte Shef. Die Wolken senken sich bis zum Boden, Schauer aus Regen oder Graupel wehen vorbei – wo auch immer die Sonne ist, sie muss durch Schicht um Schicht dringen, bevor ihr Licht erstrahlt. Er brauchte Licht, um seine Leute zu sehen, er brauchte Licht um die Engländer zu sehen. Sie konnten alle warten, bis er es hatte.

Er bewegte seinen Körper unter der Schicht aus durchgeschwitzter Wolle, in die sich sein Kittel verwandelt hatte, und der Schicht steifen, durchgeschwitzten Leders, die noch immer seine einzige Rüstung war. Der Schweiß war jetzt eisig kalt, nach Stunden schnaufender, flüsternder Arbeit. Mehr als alles andere wollte er die Kleidung loswerden und sich mit einem Mantel trocken reiben. Die Männer in der Dunkelheit hinter ihm mussten sich genauso fühlen.

Aber jeder von ihnen durfte jetzt nur an eines denken, hatte eine Pflicht zu erfüllen, die ihm schmerzhaft und immer wieder eingebläut worden war. Nur Shef hatte das Bild im Kopf, wusste wie Dinge geschehen und alle Teile sitzen mussten. Nur er sah die hundert Unglücke, die geschehen konnten. Shef hatte keine Angst vor Tod und Verstümmelung, oder Schmerz, Schande oder Ehrlosigkeit, den üblichen Ängsten des Schlachtfelds, die sich durch Tatkraft, Aufregung und Kampfeswut zerstreuen ließen. Er hatte Angst vor dem Unvorhergesehenen, dem Unerwarteten, der gebrochenen Speiche, den rutschigen Blättern, der unbekannten Maschine.

Aus Sicht eines erfahrenen Wikingerjarls hatte Shef bereits alles falsch gemacht. Seine Männer waren aufgestellt, litten aber unter

Kälte, Erschöpfung und Unsicherheit über das, was als Nächstes geschehen würde.

Aber dies war eine neue Art, eine Schlacht zu schlagen. Es kam nicht darauf an, wie die Männer sich fühlten oder wie gut sie kämpften. Wenn jeder tat, was er tun sollte, musste nichts gut gemacht werden. Es musste nur richtig gemacht werden. Diese Schlacht würde wie das Pflügen eines Feldes oder das Ausreißen eines Baumstamms sein. Hier war kein Platz für Heldenmut oder große Taten.

Shefs Auge sprang zum Funkenlicht einer Flamme. Ja! Mehr Funken, ein wachsender Pinsel aus Lichtern, mehr Flammen weiter weg, alle von verschiedenen Quellen. Die Umrisse von Gebäuden wurden sichtbar, und Rauch ergoss sich aus ihnen, vom Wind vertrieben. Die Brände beleuchteten den langen Mauerabschnitt mit dem Tor, das die Ragnarssons zwei Wochen zuvor mit ihrer Ramme angegriffen hatten. Auf einer Geraden gegenüber der östlichen Mauer steckten Männer die Häuser an. Lange Rauchschwänze quollen heraus, Krieger mit Leitern rannten durch sie hindurch nach vorne – ein plötzlicher Angriff, fliegende Pfeile, der Klang von Kriegshörnern, mehr Männer als Ersatz für die, die sich bereits zurückzogen. Der Lärm, die Flammen und Anstürme waren harmlos. Bald würden die englischen Anführer erkennen, dass es ein Scheinangriff war, ihre Aufmerksamkeit anderen Dingen zuwenden. Aber Shef erinnerte sich an die hoffnungslose Langsamkeit der Wehrpflichtigen in Emneth. Den Engländern war fast gleichgültig, was ihre Anführer dachten. Bis sie ihre Männer davon überzeugt hatten, nicht zu glauben, was sie sahen, wollte Shef die Schlacht bereits gewonnen haben.

Die Flammen, der Rauch. Hörner auf den Wehrgängen oben riefen zu den Waffen, entfernte Geräusche von Hektik auf den Mauern, die er jetzt schon sehen konnte. Zeit, loszulegen.

Shef wandte sich nach rechts und begann, mit der Helmbarte locker in den Händen, wohlüberlegt die lange Reihe der Häuser an der Nordmauer abzuschreiten. Vierhundert Doppelschritte zu zählen. Bei vierzig sah er die große, viereckige Masse der ersten Kriegsmaschine, seine Besatzung verteilt um den Ausgang der Straße, die sie das Geschütz so mühsam hinaufgeschoben hatten. Er nickte ihnen zu und tippte Egil, den Hersen aus Schonen, mit dem Griffende der Waffe an. Egil nickte ernst und begann, die Füße auf und nieder zu bewegen. Dabei zählte er mühsam jedes Mal, wenn sein linker Fuß aufsetzte.

Nichts an der ganzen Aufgabe war schwieriger gewesen, als sie dazu zu bringen. Es war nicht kriegerisch. So sollten *drengir* sich nicht benehmen. Ihre Männer würden über sie lachen. Und überhaupt, wie sollte ein Mann soweit zählen können? Fünf weiße Kiesel hatte Shef Egil gegeben, einen für jeweils hundert, und einen schwarzen für die letzten sechzig. Bei fünfhundertsechzig Schritten würde Egil sich entfernen, wenn er sich nicht verzählte, wenn seine Männer nicht lachten. Bis dahin würde Shef das hintere Ende der Reihe erreicht, kehrtgemacht und wieder Stellung in der Mitte bezogen haben. Er glaubte nicht, dass Egils Männer lachen würden. Die zehn Zählenden, die er ausgewählt hatte, waren alle berühmte Krieger. Was Ehre hieß, bestimmten sie.

Das war die Aufgabe eines Anführers in dieser neuen Schlacht, dachte Shef beim Weitergehen. Die Männer auszuwählen, wie ein Zimmermann die Holzteile für einen Hausrahmen auswählt. Er zählte achtzig, sah die zweite Kriegsmaschine, tippe Skuli den Kahlen an, sah ihn seine Kiesel fassen und zu zählen beginnen, ging weiter. Und die Teile zusammensetzen, so wie es ein Zimmermann täte.

Es musste eine einfachere Möglichkeit geben, dies alles zu tun, überlegte er sich beim Erreichen der dritten und vierten Maschine. Für das Römervolk mit ihrer Rechenkunst wäre es ein Leichtes. Aber er kannte keine Schmiede, die heiß genug gebrannt hätte, um diese Fähigkeit zu hämmern.

Brands drei Mannschaften bedienten die nächsten drei Geschütze in der Reihe. Die Hebrider kamen als nächste, ein halbes Dutzend von ihnen mit ihren neugeschmiedeten Helmbarten.

Merkwürdig, die Freiwilligen, die zu ihm gekommen waren. Nach dem *holmgang* hatte er Sigurth Schlangenauge um fünfhundert Männer gebeten. Am Ende hatte er mehr als zweitausend gebraucht, nicht nur als Besatzung für die Geräte und für den Ablenkungsangriff, sondern vor allem als Arbeitskräfte für die Suche und Bearbeitung von Holz, das Finden oder Schmieden der großen Nägel, die er brauchte, und zur Überwindung des aufgeweichten Anstiegs vom Ufer des Foss. Aber die Männer, die die Arbeit gemacht hatten, waren nicht von Sigurth, Ivar oder einem anderen Ragnarsson gekommen, die sich nach einigen Tagen fernhielten. Sie waren stattdessen aus kleineren Mannschaften gekommen, einige waren niemandem verschrieben und gehörten zu den Randbereichen des Heeres. Ein großer Teil von ihnen trug die Halsketten des Weges.

Shef war schmerzlich bewusst, dass Brands und Thorvins Überzeugungen, was ihn betraf, sich auch unter den anderen Männern breitmachten. Die Leute hatten angefangen, sich Geschichten über ihn zu erzählen.

Wenn alles gut ging, hatten sie bald eine neue.

Er erreichte die letzte Maschine bei vierhundertzwölf, drehte sich auf dem Absatz um und bemerkte wie er nun, da die Zählung geschafft war, schneller ging. Das Licht wurde immer stärker, der Lärm an der östlichen Mauer hatte seinen Höhepunkt erreicht, noch immer stieg Rauch in die undurchsichtige Luft.

Ungebeten kamen ihm einige Worte in den Sinn, ein kleiner englischer Reim aus Kindertagen:

Am Bach voll Weiden, bei der Brücke aus Holz,
Liegen alte Könige, auf Kiele ewig gebettet...

Nein, das war falsch! Es war „*Staub stieg zum Himmel, Tau stürzt zur Erd', Nacht verschwand*" – so ging der Reim... Was war also der andere Satz gewesen?

Er hielt an, klappte zusammen, wie von einem Krampf gequält. Etwas Furchtbares, in seinem Kopf, gerade jetzt, wo er sich nicht darum kümmern durfte.

Er bemühte sich, aufzustehen. Sah Brand auf sich zukommen, Sorge in seinen Zügen.

„Ich habe mich verzählt."

„Macht nichts. Wir können jetzt vierzig Schritt weit sehen. Wir bewegen uns, wenn Gummi sich bewegt. Eins noch..." Brand beugte sich herunter und flüsterte Shef ins Ohr. „Ein Mann ist den Hügel hochgekommen. Er meinte, die Ragnarssons wären nicht hinter uns. Sie folgen uns nicht."

„Dann machen wir es alleine. Aber eins sag ich dir. Die Ragnarssons und alle anderen, die nicht kämpfen, bekommen keine Beute!"

„Sie fangen an."

Shef war zurück an seiner eigenen Maschine, umgeben vom wohligen Geruch von Sägespänen. Er duckte sich ins Innere, hängte die Helmbarte über einen krummen Nagel, den er letzte Nacht selbst eingeschlagen hatte, trat an seinen bestimmten Platz an der hintersten Stange und warf sich vorwärts. Langsam kroch die Maschine über die ebene Erde der wartenden Mauern entgegen.

Den englischen Wachtposten erschien es, als würden die Häuser sich bewegen. Aber nicht die niedrigen Behausungen aus Lehmflechtwerk, von denen sie wussten, wo sie standen. Stattdessen mutete es an, als hätten sich die Hallen der Thanes, die Kirchtürme und Glockenstühle in Bewegung gesetzt. Wochenlang hatten sie von ihrer Mauer auf alles um die Stadt herum hinabgeblickt. Jetzt kam etwas auf ihrer eigenen Höhe auf sie zu. Waren es Rammen? Getarnte Leitern? Abschirmungen für anderes Teufelswerk? Hundert Bogen wurden gespannt, verschossen ihre Pfeile. Nutzlos. Jeder konnte sehen, dass diese Aufbauten, die auf sie zurollten, sich nicht von den Geschossen eines einfachen Bogens aufhalten lassen würden.

Aber sie hatten bessere Waffen. Knurrend warf der Thane am Nordtor einen erblassten Wehrpflichtigen aus dem Gefolge eines unbedeutenden Adligen zurück an dessen Platz an den Zinnen,

247

griff sich einen der Sklaven, die ihm als Boten dienten, und bellte
ihn an.

„Geh zum Ostturm. Sag den Maschinenleuten dort, dass sie
schießen sollen. Du da! Selbe Geschichte, Westturm. Du! Zurück
zum Marktplatz, die Männer mit dem Steinwerfer müssen wissen, dass Maschinen auf die Nordmauer zukommen. Sag ihnen
das: *Maschinen*! Ganz sicher! Was auch immer hier los ist, das ist
kein Scheinangriff. Mach schon, na los, bewegt euch!"
Als sie sich zerstreuten, wandte er seine Aufmerksamkeit den Soldaten zu. Die außer Dienst stehenden Krieger stampften die Leitern hinauf, um ihre Plätze einzunehmen. Die Wachhabenden,
die die Bedrohung bereits gesehen hatten, riefen durcheinander
und deuteten auf die näherrollenden Umrisse.

„Denkt an eure Aufgaben", brüllte er. „Seht nach unten, um
Gottes Willen! Was immer diese Dinger sind, sie dürfen nicht an
die Mauer kommen. Und wenn sie nah genug sind, zerstören die
Priester sie mit ihren Waffen!"
Wären die Römersoldaten noch in der Festung gewesen, dachte
Shef, hätte am Fuß der Mauer ein tiefer Graben die Mauer um-
zogen, den jeder Angreifer vor einem Aufstieg hätte überqueren
müssen. Jahrhunderte der Nachlässigkeit und des Abfallabladens
hatten diesen Graben gefüllt und an seiner Stelle einen fünf Fuß
hohen, grasbewachsenen Hügel anschwellen lassen. Jeder, der
ihn erklomm, war immer noch ein Dutzend Fuß unterhalb der
oft ausgebesserten Zinnen. Den Verteidigern war das nicht als
Gefahr erschienen. Tatsächlich hatten ihre Feinde so mit einem
weiteren Hindernis zu kämpfen.
Als der Belagerungsturm auf die Mauer zurollte, rief der vorders-
te Mann plötzlich laut, und die Schiebenden beschleunigten auf
einen langsamen Trab. Die Maschine polterte voran, traf auf den
Widerstand des Hügels, kam erschauernd zum Stehen. Ohne
zu zögern, rannte ein Dutzend Männer aus seiner Stellung hinter dem Turm nach vorne. Die Hälfte von ihnen hielt schwere,
rechteckige Schilde, um den Pfeilregen abzuhalten. Die anderen

trugen Spitzhacken und Schaufeln. Wortlos begannen sie, einen Pfad entlang der Spuren der Vorderräder zu graben und warfen die Erde dabei wie Dachse beiseite.

Shef schob sich zwischen den schwitzenden Männern nach vorne und blickte zwischen den leichten Planken an der Vorderseite des Turms hindurch. Sein Gewicht war die Schwierigkeit gewesen. Im Grunde war er nur ein rechteckiger Rahmen von acht Fuß Breite, zwölf Fuß Länge und dreißig Fuß Höhe, der auf sechs Karrenrädern lief. Er war wacklig und schwerfällig und die unteren Teile bestanden an beiden Seiten aus den schwersten Balken, den die Häuser und Kirchen Northumbrias hergegeben hatten. Als Verteidigung gegen die englischen Bolzenwerfer. Irgendwo mussten sie Gewicht sparen, und Shef hatte entschieden, an der Vorderseite zu knausern. Dort war das Holz nur schilddick. Als er nach vorne hinaus schaute, schlugen Pfeile ein, trieben ihre Spitze hindurch. Nur wenige Handbreit entfernt schaufelten die Spatenträger angestrengt, um die wenigen Fuß Erdreich zu entfernen, die das Rad noch am Weiterrollen hinderten.

Das reichte. Als er sich umdrehte, um der Mannschaft einen Befehl zuzurufen, hörte er ein Gewirr aus Rufen hinter sich, begleitet von einem lauten Krachen. Shef schnellte mit rasendem Herzen herum. Ein Bolzen? Einer der riesigen Findlinge? Nein, nicht so schlimm. Ein kräftiger Engländer auf der Mauer hatte einen Feldstein von wenigstens fünfzig Pfund Gewicht heruntergeworfen, der durch die Beplankung geschlagen war und dabei einige Bretter der Maschine zerstört hatte. Unwichtig. Aber es war auch ein Mann zu Boden gegangen – Eystein, dessen Bein verkrümmt im Weg des linken Rads lag und der nun weitäugig den hölzernen Turm anstarrte.

„Wartet!" Die Männer hielten an, gerade als sie ihre Muskeln für das letzte Schieben anspannten, das den Turm aber über Eysteins zerschmettertes Bein geführt hätte.

„Wartet. Zieh ihn weg, Stubbi. Gut. Hacken und Schaufeln, zurück in die Deckung. Schiebt, Jungs, und schön kräftig! Ja, sie steht! Brand, hämmer die Pfähle fest, damit sie nicht zurückrollt. Lasst die Leitern runter. Bogenschützen auf die oberste Bühne. Sturmtrupp mir nach."

Ein Paar Leitern erlaubten den Männern den ersten zwölf Fuß hohen Aufstieg. Sie alle keuchten vor Erschöpfung, wurden aber von der Aufregung mitgespült. Mehr Leitern, nochmal zwölf Fuß aufwärts. Eine Hand reichte Shef seine Helmbarte, die er in der Eile vergessen hatte. Er griff zu, beobachtete die eng gedrängten Männer auf der obersten Stufe. Waren sie gleichauf mit der Mauer?

Ja! Er konnte die Zinnen unter sich sehen, nicht mehr als kniehoch. Ein Engländer schoss nach oben. Die Spitze fand eine Lücke zwischen den Planken, sirrte durch den Innenraum, bis sie ins Holz einschlug, einen Zoll von Shefs gesundem Auge entfernt. Er brach den Pfeil ab und warf ihn weg. Die Männer waren bereitet, warteten auf den Befehl.

Shef legte die messerscharfe Klinge seiner Waffe an das Seil und schnitt.

Sofort senkte sich die Schlagbrücke, erst langsam, dann wie ein großer Hammer, abwärtsgezogen vom Gewicht fest angebrachter Sandsäcke. Ein Schlag, eine Sandwolke, als einer der Säcke riss, Bogensehnen, die über ihm schwirrten, als die Schützen die Zinnen freizuhalten versuchten.

Dann ein Grummeln als Brand seinen massigen Körper vorwärtswarf und die Brücke in einem riesigen Schritt überwand, die Bartaxt hoch erhoben. Als Shef ansetzte, ihm zu folgen, fand er sich in einer festen Umarmung von hinten wieder. Beim Blick über seine Schulter erkannte er den Schiffskoch Ulf, nach Brand der größte Mann aller drei Besatzungen.

„Brand hat gesagt, du nicht. Er hat gesagt, ich soll dich für ein paar Augenblicke aus dem Ärger raushalten."

Die Männer strömten vorüber, erst die eigens ausgewählten Krieger des Sturmtrupps, dann der Rest der Mannschaft der Maschine, der sich ohne Unterlass die Leitern hinauf und über die

Brücke ergoss. Dann folgten die Männer, die vorhin Schaufeln und Hacken geschwungen hatten. Shef wand sich in Ulfs Umklammerung, die Füße in der Luft, den Klang klirrender Waffen in den Ohren, das Schreien und Rufen der Schlacht.

Erst als völlig Fremde von anderen Schiffen sich die Leiter hinaufbewegten, ließ Ulf ihn los. Shef sprang vorwärts auf den breiten Steg ins Freie und konnte zum ersten Mal sehen, ob sein Vorhaben geglückt war.

Im grauen Licht sah er auf der Freifläche vor der Mauer hier und dort riesige Hüllen, haushohe Tiere einer unbekannten Art, die zum Sterben hierher gekrochen waren. Der Turm dort musste ein Rad verloren oder eine Achse auf einem Stück unebenen Bodens, vielleicht einer Abfallgrube, eingebüßt haben. Der dahinter, der Turm der Hebrider, schien die Mauer erfolgreich erreicht zu haben. Die Brücke war noch an ihrem Platz zwischen dem Turm und den Zinnen, und genau in diesem Augenblick liefen einige junge Männer darüber. Ein weiterer war nicht so erfolgreich gewesen. Sie hatten das Seil durchtrennt und dann war die Brücke einige Fuß zu kurz gewesen, um die Mauer zu erreichen. Sie hing schlaff hinab, wie die übergroße Zunge eines augenlosen Gesichts. Leichen in Kettenhemden lagen am Fuß des Turms vor der Mauer.

Shef trat von der Brücke herunter und ließ eine weitere Welle anstürmender Krieger vorbei. Dann begann er zu zählen. Drei Türme hatten die Mauer nicht erreicht, zwei weitere hatten ihre Männer nicht auf die Mauern gebracht, nachdem sie erfolgreich angekommen waren. Das bedeutete im besten Fall fünf erfolgreiche Durchbrüche. Das wäre genug. Aber sie hätten mehr verloren, wenn sie langsamer gewesen wären, dachte Shef. Oder wenn sie nicht alle gleichzeitig gekommen wären.

Dahinter musste eine Regel stecken. Wie würde man es sagen? Vielleicht auf Nordisch mit „*Höggva ekki hyggiask.*" Schlag zu, denk nicht drüber nach. Ein schwerer Treffer, nicht eine Reihe von kleinen Angriffen. Brand würde das für eine gute Regel halten, sobald man es ihm erklärt hatte.

Er sah zum Himmel und erblickte das, was er seit Wochen in seinen Träumen, seinen Alpträumen gehört hatte: der riesenhafte Findling, der sich mit unmenschlicher Leichtigkeit hob, immer weiter hob, obwohl alles verlangte, dass er fallen musste. Der Stein erreichte den Höhepunkt seiner Bahn, begann zu fallen. Nicht auf ihn. Auf den Turm.

Shef zuckte vor Furcht zusammen – nicht Furcht um seine eigene Haut, sondern vor dem schrecklichen Krachen, das folgen musste, das Reißen und Spalten aller Balken und Räder und Achsen, über denen er gebrütet hatte. Auch der Wikinger auf der Brücke zuckte und riss nutzlos den Schild hoch.,

Ein stumpfes Dröhnen, das Rieseln loser Erde. Ungläubig bestaunte Shef den Findling, der jetzt zwanzig Fuß neben dem Turm zur Hälfte in der Erde eingegraben lag und aussah, als sei er seit dem Schöpfungstag nicht bewegt worden. Sie hatten ihn verfehlt. Um einige Schritte verfehlt. Er hatte nicht gedacht, dass sie das konnten.

Der Mann vor ihm, ein Hüne im Kettenhemd, wurde beiseite geschleudert. Blut in der Luft, ein Surren wie der tiefste Ton auf der Harfe eines Riesen, ein Strich in der Luft, der zu schnell kam, um sichtbar zu sein und dem Krieger die Brust durchschlug.

Das Bolzengeschütz und der Steinwerfer. Shef trat an den Rand der Mauer und sah auf den zerbrochenen Körper herab, der am Fuß des Bollwerks lag. Gut, sie mochten jetzt in Betrieb sein, aber eine hatte danebengeschossen, die andere kam zu spät. Sie mussten trotzdem erobert werden.

„Kommt schon, steht nicht rum wie Jungfrauen, die gerade den Stier gesehen haben!" Wütend deutete Shef auf die Männer, die am Ausgang des Turm standen. „Sie brauchen eine Stunde, um die Geräte neu zu spannen. Kommt mit und wir sorgen dafür, dass sie es gar nicht schaffen."

Er drehte sich zur Stadt um und lief den Wehrgang entlang. Ulf folgte ihm wie ein gewaltiges Kindermädchen in einem Schritt Abstand.

Sie trafen Brand bei den jetzt offenstehenden Toren, inmitten eines freien Platzes, auf dem die bekannten Trümmer einer Schlacht verstreut lagen: zersplitterte Schilde, verbogene Waffen, Leichen und, ganz fehl am Platz, ein zerrissener Schuh, den jemand seinem Träger entrissen hatte. Brand atmete schwer und saugte an einem Kratzer am nackten Arm über dem Kampfhandschuh, war ansonsten aber unverletzt. Noch immer drängten sich Männer durch das Tor und wurden von ihren Schiffsführern nach einem vorab festgelegten Plan gerufen und verteilt. Allem wohnte ein Gefühl von fieberhafter Eile inne. Als Shef sich ihm näherte, rief Brand zwei ältere Krieger zu sich und gab ihnen kurze Anweisungen.

„Sumarrfugl, nimm dir sechs Männer, such alle Leichen ab, zieh die Engländer aus und sammel alles bei dem Haus da drüben. Kettenhemden, Waffen, Ketten, Schmuck, Geldbeutel. Guckt auch unter die Achseln. Thorstein, nimm dir sechs andere Männer und mach dasselbe oben auf der Mauer. Lasst euch nicht abschneiden und passt auf euch auf. Bringt alles mit runter und legt es zu Sumarrfugls Zeug. Danach könnt ihr euch um unsere Toten und Verwundeten kümmern. Gut – du da, Thorvin!"

Der Priester erschien mit einem beladenen Packpferd im Torbogen.

„Hast du deine Ausrüstung? Ich will, dass du hier bleibst, bis wir die Kirche gesichert haben. Dann kommst du nach, sobald ich dir ein paar Leute herschicke. Dann kannst du deine Schmiede aufbauen und die Beute einschmelzen.

Die Beute." Brands Augen glänzten vor Freude. „Ich kann den Bauernhof in Hålogaland schon riechen. Das Anwesen! Den Landsitz! Wunderbar. Fangen wir an."

Shef trat an Brand heran, als dieser sich gerade umdrehen wollte, und fasste ihn am Ellenbogen.

„Brand, ich brauche zwanzig Männer."

„Wofür?"

„Um das Geschütz im Eckturm zu sichern. Und den Steinwerfer."

Der große Krieger drehte sich und betrachtete das Gewirr um sie herum. Er packte Shef mit den großen Stahlfingern seines Kampfhandschuhs an der Schulter und drückte sanft zu.

„Junger Wahnsinniger. Junge Rotznase. Du hast heute Großes vollbracht. Aber vergiss nie: Männer kämpfen, um Geld zu machen. Geld!" Er benutzte das nordische Wort *fe*, das alle Arten von Besitz zusammenfasste, Geld und Metall, Güter und Vieh. „Also vergiss deine Maschinen für einen Tag, junger Hämmerer, und lass uns reich werden!"

„Aber wenn wir…"

Shef fühlte wie sich die Finger schmerzhaft fester um sein Schlüsselbein legten. „Jetzt habe ich es dir gesagt. Denk daran, du bist jetzt ein Karl in diesem Heer, wie wir alle. Wir kämpfen zusammen, wir teilen miteinander. Und bei Gerdas strahlenden Titten, wir plündern zusammen! Und jetzt ab in die Reihe mit dir!"

Kurz darauf liefen fünfhundert Männer in einer dichten Staffel eine der Straßen in der Innenstadt hinauf, unbeirrbar in Richtung der Domkirche. Hinten im Zug starrte Shef auf den kettengekleideten Rücken seines Vordermanns, schleppte seine Helmbarte über der Schulter und sehnte sich in die kleinen Gruppen, die am Tor zurückgelassen worden waren.

„Na komm", drängte ihn Ulf. „Keine Sorge, Brand hat genug Leute dagelassen, die die Beute bewachen. Anteil ist Anteil, das weiß jeder im Heer. Sie sollen nur irgendwelche übriggebliebenen Engländer abhalten."

Die vorrückende Abteilung war gleichzeitig in Trab gekommen und hatte sich in die Keilform gebracht, die Shef aus dem allerersten Gefecht kannte. Zweimal waren sie auf Widerstand gestoßen, eilig errichtete Hindernisse auf der schmalen Straße, verzweifelte northumbrische Thanes, die über den Schild hinweg Schläge mit dem Feind austauschten, während die Knechte und Herdgesellen Wurfspieße und Steine von den Dächern der Häuser warfen. Die Wikinger stürmten vor, schlugen sich mit den Gegnern, strömten in die Häuser, vertrieben Bogenschützen und Speerwerfer, rissen Innenwände ein, um die Engländer von hinten und den Flanken anzugreifen, alles ohne Befehle und Unterlass, mit einer schrecklichen, tödlichen Eile. Bei jedem kurzen Halt nutzte Shef die Möglichkeit und kämpfte sich weiter nach vorne, in die Richtung von Brands breitem Kreuz. Er musste sie die Domkirche einnehmen lassen. Aber vielleicht konnte Brand einige Männer zum Sichern der Maschinen erübrigen, sobald die Beute, jahrhundertealte Relikte, gesichert war. Und er musste nahe an den Anführern sein, um Gefangenen das Leben zu retten – die Leben derer, die die Waffen erbauen und errechnen konnten.

Wieder waren die Wikinger schneller geworden, Brand nur einige Reihen vor ihm. Eine Kurve in der Gasse, die Männer auf der Innenbahn wurden langsamer, damit ihre Gefährten weiter außen Schritt halten konnten. Da war die Domkirche, ragte plötzlich vor ihnen auf wie das Werk eines Riesen, keine sechzig Schritte entfernt, in ihrem eigenen Bereich abgesetzt von den niedrigeren Gebäuden ringsum.

Hier waren auch wieder die Northumbrier, in ihrem letzten Ansturm getrieben vom Mut der Verzweiflung und dem Haus ihres Gottes im Rücken.

Die Wikinger hielten an, rissen die Schilde hoch. Shef, noch immer auf dem Weg nach vorne, fand sich unversehens neben Brand wieder, sah das Schwert eines Engländers wie eine Sternschnuppe auf seinen Hals zurasen.

Ohne nachzudenken, parierte er, fühlte das bekannte Klirren einer zerbrechenden Klinge, stach mit der Lanzenspitze der Helmbarte vorwärts, drehte und riss, um den Schild des Feindes beiseite zu zerren. Rücken an Rücken mit Brand hieb er blind mit ausgestreckten Armen um sich. Um ihn herum war freier Raum, aber auch Feinde auf allen Seiten. Er schwang erneut die Axtklinge zischte in der Luft, Shef fasste um und schlug in die andere Richtung, während die Gegner unter den Hieben hindurchzutauchen versuchten. Vorbei, wieder vorbei, aber die Zeit reichte den Wikingern, sich neu aufzustellen. Ihr Keil rollte vorwärts, die Breitschwerter schnitten aus allen Winkeln, Brand ging vorneweg und schwang seine Axt mit der Genauigkeit eines Tischlers.

Wie eine einzige Welle brach der stürmende Zug über die englischen Verteidiger und begrub sie unter sich. Shef wurde im Laufschritt auf eine Freifläche gespült. Um ihn herum Platz, vor ihm die Domkirche, in seinen Ohren Freudenschreie.

Geblendet vom plötzlichen Sonnenschein sah er vor sich... gelbe Umhänge. Ungläubig starrte er in das grinsende Gesicht Muirtachs, der einen Pflock in die Erde rammte. Eine Reihe von Pflöcken, zusammengebunden wie die Grenze aus *rowan*-Beeren um Thorvins Schmiede. Sofort erstarben die Schreie.

„Gut gelaufen, Jungs. Aber hier is' Schluss für euch. Keiner übers Seil, verstanden?"

Muirtach trat zurück und streckte die Arme aus, als Brand auf ihn zukam. „Immer mit der Ruhe, Jungs. Ihr kriegt euern Anteil, keine Sorge. Aber ist schon alles ohne euch geklärt. Ihr hättet euern Anteil auch ohne den Angriff gekriegt."

„Sie sind hinten in die Stadt gekommen", rief Shef. „Sie sind uns heute Morgen überhaupt nicht gefolgt. Sie sind durchs Westtor gebrochen, während wir am Nordtor gekämpft haben."

„Nichts da durchgebrochen", schnarrte eine wütende Stimme. „Man hat sie rein gelassen. Seht!"

Aus der Tür der großen Kirche trat, gelassen wie immer, und auch jetzt noch in Scharlachrot und Grün gekleidet, Ivar. Neben ihm schritt eine Gestalt einher, in Farben, die Shef das letzte Mal beim Tod Ragnars vor einem Jahr gesehen hatte, ein Mann in Purpur und Weiß, einen merkwürdigen, hohen Hut auf dem Kopf, einen goldverzierten Elfenbeinstab in der Hand. Wie unwillkürlich, hob er die andere Hand im Segen. Der Erzbischof des Bistums Eoforwich höchstselbst, Wulfhere *Eboracensis*.

„Wir haben einen Handel abgeschlossen", verkündete Ivar. „Das Christenvolk hat uns angeboten, uns in die Stadt zu lassen, unter der Bedingung, dass die Domkirche verschont bliebe. Ich habe mein Wort darauf gegeben. Alles andere können wir haben: die

Stadt, das Umland, den Besitz des Königs, alles. Aber nicht den Dom oder den Besitz der Kirche. Und das Christenvolk wird so freundlich sein und uns zeigen, wie wir dieses Land auswringen können.

„Aber Ihr seid ein Jarl des Heers", rief Brand erbost. „Ihr habt kein Recht, für Euch selbst einen Handel abzuschließen und uns auszulassen."

Gekünstelt bewegte Ivar eine Schulter, rollte sie und verzog das Gesicht in überzogenem Schmerz.

„Wie ich sehe ist deine Hand geheilt, Brand. Wenn auch ich wieder kämpfen kann, müssen wir über einige Dinge reden. Aber bleib auf deiner Seite des Seils. Und halte deine Männer im Zaum, sonst wird es ihnen schlecht bekommen. Das gilt auch für Jungs", fügte er hinzu und blickte dabei Shef an.

Hinter der Domkirche traten Männer hervor, die engsten Anhänger der Ragnarssons. Hunderte von ihnen, voll bewaffnet, frisch, zuversichtlich und abschätzig ihre verstreuten und erschöpften Kameraden betrachtend. Das Schlangenauge trat zwischen ihnen hervor, die anderen beiden Brüder neben sich: Halvdan blickte finster drein, Ubbi zur Abwechslung verschämt, die Augen auf den Boden geheftet, als Sigurth zu sprechen begann.

„Ihr habt euch heute gut geschlagen. Verzeiht die Überraschung. Alles wird in der großen Versammlung erklärt. Aber es stimmt, was Ivar sagt. Bleibt außerhalb des Seils. Haltet euch von der Domkirche fern. Abgesehen davon, könnt ihr euch bereichern, so viel ihr wollt."

„Wohl kaum!", rief eine Stimme aus der Menge. „Die Christenpriester lassen doch dem Rest der Leute kein Gold."

Das Schlangenauge antwortete nicht. Sein Bruder Ivar wandte sich ab, gab Handzeichen. Hinter den Ragnarssons erhob sich ein Mast, wurde vor den Türen des Münsters in die Erde getrieben. Ein Zug am Seil und an seiner Spitze entfaltete sich, schlaff im nassen Wind, das berühmte Rabenbanner, die Fahne der Brüder, die Flügel weit gespreizt, um den Sieg anzuzeigen.

Allmählich begann die ehemals vereinte Gruppe, die die Mauern erstürmt und sich einen Weg durch die Stadt erkämpft hatte, den Zusammenhalt zu verlieren, auseinanderzubrechen, durcheinander zu murmeln und ihre Verluste zu zählen.

„Naja, sie mögen die Kirche haben. Aber wir können uns immer noch die Maschinen schnappen", flüsterte Shef.

„Brand", rief er. „Brand. Kann ich *jetzt* die zwanzig Männer haben?"

FÜNFTES KAPITEL

In einem blätterlosen Wäldchen vor den Toren Yorks saß eine Gruppe von Männern im fahlen Wintersonnenschein beisammen. Fäden umspannten sie, Ebereschenbeeren leuchteten blutrot zwischen den Speeren. Es war eine Zusammenkunft der Priester, aller Priester des Weges Asgards, die das Heer der Ragnarssons begleitet hatten: Thorvin für Thor, Ingulf für Eir, aber auch andere, Vestmund der Steuermann, Sternkartenzeichner, Priester des Meeresgottes Njörd, Geirulf, der Schreiber der Schlachten und Priester Tyrs, Skaldfinn, der Übersetzer und Priester Heimdalls. Wegen seiner Traumbilder und seiner Reisen in die anderen Welt am höchsten geachtet unter ihnen war Farman, der Priester Freyas.

In ihrem Kreis war der Speer Odins neben dem heiligen Feuer Lokis aufgestellt. Aber kein Priester des Heeres wollte die große Verantwortung für die silberglänzende Waffe auf sich nehmen. Es gab keine Priester Lokis, doch sein Dasein wurde nie vergessen.

Ebenfalls innerhalb des Kreises, aber etwas abseits und schweigend, saßen zwei, die keine Priester waren: Brand der Krieger und Hund, der Lehrling Eirs. Sie sollten Zeugnis ablegen, und falls nötig, Rat erteilen.

Farman erhob die Stimme und blickte dabei in die Runde. „Es wird Zeit, unseren Standpunkt zu bedenken."

Stummes Nicken, Zustimmung. Diese Männer redeten nicht, wenn es nicht sein musste.

„Wir alle wissen, dass die Geschichte der Welt, *heimsins kringla*, der Kreis der Erde, nicht vorbestimmt ist. Aber viele unter uns haben seit Jahren ein Bild von der Welt gesehen, wie sie scheinbar sein wird. Sein muss.

Eine Welt, in der der Christengott über alles herrscht. In der für tausend Jahre und länger alle Menschen ihm allein und seinen Priestern Untertanen sind. Dann, am Ende der tausend Jahre, der Brand und die Hungersnot. Und in jenen tausend Jahren der Kampf darum, die Menschen von Veränderung fernzuhalten. Der Wunsch, nicht an diese Welt zu denken, sondern nur an die nächste. Als wäre Ragnarök, die Schlacht der Menschen, Götter und Riesen, bereits entschieden und der Sieg den Menschen sicher."

Sein Gesicht war beim Blick in die Runde hart wie Stein.

„Gegen diese Welt haben wir uns gestellt und es ist diese Zukunft, die wir abzuwenden hoffen. Erinnert euch, dass ich zufällig in London vom Tod Ragnar Lodbroks erfuhr. Im Schlaf ward mir eingegeben, dass dies einer jener Augenblicke in der Geschichte sein musste, an dem der Weg der Welt sich gabelt. Und so bat ich Brand", sagte er und deutete mit der Hand auf die in ein paar Fuß Entfernung kauernde Gestalt, „die Nachricht den Ragnarssons in einer Weise zu überbringen, die ihnen nicht erlauben würde, die Herausforderung abzulehnen. Nur wenige Männer hätten diese Aufgabe überlebt. Und doch tat Brand es, als Pflicht uns gegenüber, im Namen dessen, der aus dem Norden kommen wird. Aus dem Norden kommen wird, so glauben wir, um die Welt auf ihren rechten Weg zu bringen."

Andächtig berührten die Männer im Zirkel ihre Anhänger.

Farman fuhr fort. „Ich hatte mir vorgestellt, dass die Söhne Ragnars die Königreiche Englands angreifen und vielleicht ihre Macht brechen könnten, und eine große Kraft zu unserem Nutzen wären. Ich war ein Narr, den Willen der Götter erraten zu wollen. Und ein Narr zu glauben, dass aus dem Übel der Ragnarssons Gutes kommen könnte. Sie sind keine Christen, doch was sie tun, gibt den Christen Kraft. Folter. Schändung. Einen Mann zum *heimnar* zu machen."

Ingulf, Hunds Lehrmeister, warf ein: „Ivar gehört zu Lokis Brut, geschickt, um die Erde zu verheeren. Er wurde schon auf der anderen Seite gesehen – und zwar nicht als Mensch. Ihn kann man zu keinem guten Zweck gebrauchen."

„Wie wir nun gesehen haben", antwortete Farman, „hat er nicht die Macht der Christengott-Kirche gebrochen, sondern sich mit ihr verbündet. Zu seinem eigenen Zweck, und dieser Hammel von einem Erzbischof traut ihm auch noch. Trotzdem sind beide für den Augenblick gestärkt."

„Und wir geschwächt!", brummte Brand, seine Achtung vor Wut vergessend.

„Aber ist Ivar reicher?", fragte Vestmund. „Ich kann nicht sehen, was er und seine Brüder von diesem Handel haben. Außer Einlass nach York."

„Das kann ich euch sagen", meinte Thorvin. „Denn ich habe viel darüber nachgedacht. Wir wissen alle, wie schlecht das Geld in dieser Gegend ist. Wenig Silber, viel Blei, viel Kupfer. Wohin ist das Silber verschwunden? Selbst die Engländer fragen sich das. Die Kirche hat es genommen.

Wir können uns nicht vorstellen, selbst Ivar kann das nicht, wie reich die Kirche in Northumbria ist. Sie ist seit zweihundert Jahren hier und hat die ganze Zeit Silber, Gold und Ländereien als Geschenke angenommen. Aus den Ländereien pressen sie ebenfalls Silber, und aus dem, was ihnen nicht gehört, noch etwas mehr. Dafür, dass sie ein Kind mit Wasser bespritzen, eine Hochzeit heilig machen und die Menschen am Ende in heiliger Erde begraben und vor unendlicher Folter schützen – nicht Folter für die Sünden, wohlgemerkt, sondern für das Nichtbezahlen der Abgaben."

„Aber was machen sie mit dem Silber?", wollte Farman wissen.

„Sie verarbeiten es zu Schmuck für ihren Gott. Es liegt alles in der Kirche, so nutzlos, als wäre es noch immer im Boden. Das Silber und das Gold der Kelche, der großen Kreuze und Lettner, der Teller auf ihren Altären und der Kisten für ihre Heiligen. Das wird alles von dem Geld abgezweigt. Je reicher die Kirche, desto schlechter die Münzen." Angewidert schüttelte er den Kopf.

„Die Kirche wird nichts davon herausgeben. Und Ivar weiß nicht einmal, was er in der Hand hält. Die Priester haben ihm versprochen, alle Münzen des Reichs einzuholen und zu schmelzen, die niederen Metalle zu entfernen und ihm das Silber zu überlassen. Und daraus wollen sie ihm dann neue Münzen prägen. Münzen für Ivar den Siegreichen, König von York und Dublin. Die Ragnarssons sind vielleicht nicht reicher. Aber mächtiger!"

„Und Brand Barnsson ist dafür umso ärmer", zische eine wütende Stimme.

„Kurzum", fasste Skaldfinn zusammen, „wir haben die Ragnarssons und die Christenpriester zusammengebracht. Wie sicher bist du dir mit deinem Traum jetzt, Farman? Und was ist mit dem Lauf der Welt und ihrer Zukunft?"

„Es gibt inzwischen etwas, das ich damals noch nicht geträumt habe", gab Farman zur Antwort. „Aber ich habe ihn inzwischen gesehen. Den Jungen, Skjef."

„Er heißt Shef", stellte Hund fest.

Farman nickte zustimmend. „Denkt darüber nach. Er hat Ivar getrotzt. Er ist zum *holmgang* angetreten. Er hat die Mauern Yorks überwunden. Und er hat Thorvins Versammlung vor Monaten unterbrochen und gemeint, er sei der, der aus dem Norden komme."

„Er meinte nur, dass er aus dem Nordteil des Königreichs stammt, von den Nordleuten", widersprach Hund.

„Was er meint, ist eine Sache. Was die Götter meinen, eine andere", wies Farman ihn zurecht. „Vergesst auch nicht, dass ich ihn auf der anderen Seite gesehen habe. Im Haus der Götter. Und noch etwas an ihm ist bemerkenswert. Wer ist sein Vater? Sigvarth Jarl meint, er wäre es. Aber dafür haben wir nur das Wort seiner Mutter. Mir scheint, dass dieser Junge vielleicht der Anfang einer großen Veränderung ist, die Mitte des Kreises, auch wenn niemand es erraten hätte. Und darum muss ich alle seine Freunde und alle, die ihn kennen, eines fragen: Ist der Junge wahnsinnig?"

262

Langsam wanderten alle Blicke zu Ingulf. Der hob die Augenbrauen.

„Wahnsinnig? Das ist kein Wort für einen Heiler. Aber wenn ihr mich so fragt, werde ich es euch sagen. Ja, natürlich ist der Junge Shef wahnsinnig. Bedenkt…"

Hund fand seinen Freund wie erwartet zwischen Haufen aus Eisen und verkohltem Holz im Nordostturm über dem Aldwark, umgeben von einem Knäuel aufmerksamer Wegkrieger. Er schlüpfte wie ein Aal zwischen ihnen hindurch.

„Hast du es schon raus?", fragte er.

Shef blickte auf. „Ich denke, ich habe die Antwort. Bei jedem Geschütz stand ein Mönch, der dafür sorgen sollte, dass es zerstört wird, statt uns in die Hände zu fallen. Sie haben damit angefangen, sind dann aber zurück zur Kirche gekrochen. Die Männer, die sie zurückgelassen haben, wollten die Geräte ungern brennen sehen. Diesen Sklaven da", er nickte auf einen Mann im Eisenkragen, der von Wikingern umringt war, „haben wir gefangengenommen. Er hat es mir erklärt. Ich hab noch nicht versucht, sie nachzubauen, aber ich verstehe es jetzt."

Er deutete auf den Haufen halbverbrannter Balken und eiserner Gerätschaften.

„Damit haben sie die großen Bolzen verschossen.'

Shef zeigte mit dem Finger und erklärte dabei. „Siehst du, nicht das Holz hat die Schnellkraft, sondern das Seil. Ein gedrehtes Seil. Diese Welle muss gedreht werden und verdrillt das Seil. Dadurch kommt immer mehr Kraft auf die beiden Arme des Bogens und die Sehne. Und dann, im richtigen Augenblick, löst du die Bogensehen…"

„Und, bumm, schon war es für den alten Tonni aus", warf einer der Wikinger ein.

Rundum wurde gelacht. Shef machte Hund auf die gezahnten Räder aufmerksam, die am Rahmen befestigt waren. „Siehst du den Rost darauf? Die sind so alt wie die Zeit selbst. Ich weiß nicht, wann das Römervolk hier verschwunden ist, oder ob die Dinger seitdem in irgendeinem Lager verstaubt sind. So oder so: Die Mönche der Domkirche haben sie nicht geschmiedet. Sie wissen gerade einmal, wie man sie benutzt."

„Was ist mit dem Steinwerfer?"

„Den haben sie sehr gewissenhaft verbrannt. Aber ich wusste schon, was es damit auf sich hatte, bevor wir über die Mauer waren. Die Mönche aus der Domkirche haben für das alles ein großes Buch und Bauteile aus alten Zeiten. Das sagt zumindest der Sklave. Schon allein deswegen bin ich traurig, dass sie alles abgefackelt haben. Ich würde mir gerne das Buch ansehen, in dem alles über die Geschütze steht. Und über die Rechenkunst!"

„Erkenbert versteht die Rechenkunst", sagte der Sklave plötzlich, als er das nordische Wort durch Shefs noch immer leicht englische Aussprache erkannte. „Er ist der *arithmeticus*."

Mehrere Wikinger berührten schutzsuchend ihre Anhänger. Shef musste lachen.

„Arithmeticus oder kein *arithmeticus*, ich kann bessere Waffen bauen als er. Und zwar viele davon. Der Thrall meint, er hätte mal einen Priester sagen hören, dass die Christen dem Römervolk wie Zwerge auf den Schultern von Riesen stehen. Nun, sie haben vielleicht Riesen, auf denen sie reiten können, mit ihren Büchern, den alten Geschützen und noch älteren Mauern aus vergangenen Zeiten. Aber die bleiben trotzdem Zwerge. Und wir, wir sind…"

„Sag ihn nicht", schnitt einer der Wikinger ihm das Wort ab und trat auf ihn zu. „Nenn nicht den Unheilsnamen, Skjef Sigvarthsson. Wir sind keine Riesen, und die Riesen, die *iötnar*, sind die Feinde der Götter und Menschen. Ich denke, du weißt das. Hast du sie nicht gesehen?"

Shef nickte bedächtig und dachte an seinen Traum von der unfertigen Mauer und dem ungeheuren, tollpatschigen Pferdetreiber. Seine Zuhörer rührten sich wieder und blickten einander an.

Shef ließ die Eisenteile in seinen Händen zu Boden fallen. Lass den Sklaven frei, Steinulf, als Bezahlung für das, was er uns erzählt hat. Zeig ihm, wie er gut von hier weg kommt, damit die Ragnarssons ihn nicht einfangen. Wir können jetzt ohne ihn unsere eigenen Waffen bauen."

„Haben wir Zeit dafür?", fragte ein Wikinger.

„Wir brauchen nur Holz. Und ein wenig Arbeit in der Schmiede. Es sind noch zwei Tage bis zur Heeresversammlung."

„Es ist neues Wissen", fügte einer der Krieger hinzu. „Thorvin würde uns dazu raten."

„Trefft euch morgen früh wieder hier", sagte Shef entschieden. Als die Gruppe sich aufzulösen begann, bemerkte einer der Wikinger: „Das werden zwei lange Tage für König Ella. Dieser Bischof ist ein Saukerl, ihn einfach so an den Knochenlosen auszuliefern. Ivar hat viel mit ihm vor."

Shef starrte die sich entfernenden Männer an und drehte sich wieder zu seinem Freund um.

„Was hast du da eigentlich?"

„Einen Trank von Ingulf. Für dich."

„Ich brauche keinen Trank. Wofür ist der?"

Hund zögerte. „Er sagt, damit bekommst du wieder einen freien Geist. Und... und deine Erinnerungen sollen zurückkommen."

„Was stimmt denn nicht mit meinem Gedächtnis?"

„Shef, Ingulf und Thorvin sagen... sie sagen, dass du sogar vergessen hast, dass wir dich geblendet haben. Dass Thorvin dich festgehalten und Ingulf die Nadel zum Glühen gebracht hat und dass ich... dass ich sie geführt habe. Wir haben es nur gemacht, damit sich keiner von Ivars Schlächtern an dir vergreift. Aber sie sagen, dass es nicht gut sein kann, wenn du dazu nichts sagst. Sie glauben, dass du die Blendung vergessen hast. Und Godive, für die du ins Lager gekommen ist."

„Du kannst ihnen sagen, dass ich nichts davon auch nur einen Augenblick lang vergessen habe."

„Aber trotzdem." Er streckte die Hand aus. „Ich nehme euren Trank."

„Er hat es getrunken", sagte Ingulf.

„Shef ist wie der Vogel in dieser kleinen Geschichte", bemerkte Thorvin. „Die, die Christen davon erzählen, wie die Engländer im Norden bekehrt wurden. Sie sagen, ihr König Edwin habe einen Rat einberufen und gefragt, ob er und sein Königreich den Glauben ihrer Väter verlassen und einen neuen annehmen sollten. Ein Priester der Asen meinte, sie sollten es tun, weil die Verehrung der alten Götter ihnen keinen Nutzen gebracht hatte. Ein anderer Ratgeber, und das ist wohl die wahre Geschichte, meinte, dass ihm die Welt wie die Halle eines Königs an einem Winterabend erscheine. Warm und innen hell beleuchtet, aber draußen eine dunkle, kalte Welt, die niemand sehen konnte. ‚Und in diese Halle‘, sagte der Ratgeber, ‚fliegt nun ein Vögelchen und für einen Moment ist es im Licht und in der Wärme, um dann wieder hinaus in die Kälte und die Dunkelheit zu fliegen. Wenn der Christengott uns sicherer sagen kann, was vor und nach dem Leben der Menschen geschieht‘, soll er geschlossen haben, dann müssen wir mehr darüber erfahren.‘"

„Eine gute Geschichte. Und es ist viel Wahrheit darin", antwortete Ingulf. „Ich verstehe, warum du denkst, Shef könnte wie dieser Vogel sein."

„Das könnte er durchaus. Oder er ist etwas ganz anderes. Als Farman ihn in seinem Traumbild gesehen hat, in Asgard, hatte er den Platz des Schmieds der Götter eingenommen. Wölunds Platz. Du kennst die Geschichte nicht, Hund. Wölund wurde gefangen und vom bösen König Nidung versklavt, der ihm die Kniesehnen durchtrennen ließ, damit er arbeiten, aber nicht fliehen konnte. Doch Wölund lockte die jungen Söhne des Königs in seine Schmiede, tötete sie, machte Broschen aus ihren Augäpfeln und Halsketten aus ihren Zähnen. Diese schenkte er ihrem Vater, seinem Herrn. Danach lockte er die Tochter des Königs in seine Schmiede, betäubte sie mit Bier und vergewaltigte sie."

„Warum tut er das, wenn er immer noch ein Gefangener ist?", fragte Hund. „Wenn er nicht weglaufen kann, weil er gelähmt ist."

266

„Er war der größte aller Schmiede", gab Thorvin zurück. „Als die Königstocher erwachte, lief sie zu ihrem Vater und erzählte ihm die ganze Geschichte. Der kam und wollte den Sklavenschmied zu Tode foltern – aber Wölund legte Flügel an, die er sich heimlich geschmiedet hatte. Er flog davon und lachte über die, die ihn für verkrüppelt gehalten hatten."

„Und warum ist Shef wie Wölund?"

„Er kann nach oben und unten blicken. In eine Richtung, die andere Menschen nicht sehen. Es ist eine große Gabe, aber ich fürchte, es ist eine Gabe aus Odins Hand. Odin Allvater, Odin Bölverk, Odin der Übeltäter. Dein Trank wird ihn zum Träumen bringen, Ingulf. Aber was wird er in den Träumen sehen?"

Shefs langsam versinkender Geist kreiste um einen bestimmten Geschmack. Ingulfs Trank hatte nach Honig geschmeckt, ganz anders als die fauligen Gebräue, die Hund und sein Lehrmeister sonst immer zusammenmischten. Aber unter der süßen Maske war etwas anderes gewesen: Schimmel? Pilze? Er wusste es nicht. Es war trocken und verrottet unter der Maske gewesen. Er hatte beim ersten Schluck gewusst, dass er etwas würde durchstehen müssen.

Der Traum begann sehr süß, wie einer, den er schon oft gehabt hatte, bevor all der Ärger begonnen und bevor er überhaupt gewusst hatte, dass sie ihn zum Thrall bestimmt hatten.

Er schwamm im Hochmoor, aber dabei wurde die Kraft seiner Schläge größer und größer, so dass das Ufer immer weiter zurückfiel und er schneller schwamm, als ein Pferd lief. Jetzt trugen ihn die Züge aus dem Wasser heraus und er stieg in der Luft, nicht mehr mit den Armen rudernd, sondern erst kletternd, dann, als die Angst ihn verließ, vorwärts schnellend, höher und höher in die Luft wie ein Vogel. Das Land unter ihm war grün und sonnig, mit den neuen Blättern des Frühlings an allen Pflanzen und höher und höher rollenden Weidehügeln bis in sonnenbeschienene Hochlande. Plötzlich war da Dun-

267

kelheit. Vor ihm stand eine riesenhafte Säule aus Finsternis. Er war,
das wusste er, schon einmal dort gewesen. Aber damals war er in der
Säule oder auf ihr gewesen und hatte ringsum geblickt. Er wollte nicht
noch einmal sehen, was er damals gesehen hatte. Der König, König
Edmund, mit seinem traurigen und gemarterten Gesicht und seinem
Rückgrat in der Hand. Wenn er vorsichtig hineinflog und nicht hinaus oder zurück schaute, würde er ihn diesmal vielleicht nicht sehen.
Langsam, beinahe behutsam näherte sich seine wandernde Seele dem
riesigen, geschwärzten Baumstamm. Daran war, auch das hatte er
vorher gewusst, eine Gestalt genagelt, mit einem Dorn, der ihr durch
die Augenhöhle drang. Er schaute das Gesicht aufmerksam an – war
es sein eigenes?
Nein. Das gesunde Auge war geschlossen. Die Gestalt schien ihm
nicht mit Neugier zu begegnen.
Um ihren Kopf herum schwebten zwei schwarze Vögel mit schwarzen Schnäbeln: Raben. Sie blickten ihn aus hellen Augen an, legten
wissbegierig die Köpfe schief. Ihre Flügelspitzen raschelten und verschoben sich, während sie ihre Stellung ohne Mühe oder Anstrengung
hielten. Die Gestalt war Odin, oder Wodan, und die Raben seine
ständigen Begleiter.
Wie hießen sie? Das war das Wichtige. Er hatte sie irgendwo gehört.
Auf Nordisch war es… Hugin und Munin, richtig. Das wären Hyge
und Myne auf Englisch. Hugin, Hyge. Das bedeutete „Geist". Den
suchte er nicht. Als wäre er entlassen worden, senkte sich einer der
Raben auf die Schulter seines Herrn.
Munin, Myne. Das bedeutete „Erinnerung". Die suchte er. Aber er
würde dafür zahlen müssen. Er hatte einen Freund, einen Beschützer unter den Göttern, soviel war ihm inzwischen klar. Aber es war
nicht Odin, auch wenn Brand das dachte. Also musste ein Preis ge-
zahlt werden. Er wusste, was dieser Preis war. Wieder kam ihm un-
erwartet ein Stück eines Reims in den Sinn, wieder auf Englisch. Es
beschrieb den Gehängten am Galgen, dessen knarrendes Schwingen
die Vögel anlockte, der keine Hand heben konnte, um sich zu schützen, als die schwarzen Raben kamen…

*Um seine Augen zu holen. Sein Auge. Plötzlich war der Vogel da,
so nah, dass er alles andere umher verdeckte, sein Schnabel wie ein
Pfeil, nur eine Handbreit von seinem Auge entfernt. Aber nicht an
seinem guten Auge. An seinem schlechten Auge. Dem, das er schon
verloren hatte. Aber das hier war Erinnerung, aus einer Zeit, als er es
noch gehabt hatte. Seine Hände hingen herunter, er konnte sie nicht
bewegen. Das lag daran, dass Thorvin sie festhielt. Nein, er konnte
sie diesmal nicht bewegen, durfte es nicht. Würde es nicht.
Der Vogel erkannte, dass er sich nicht rühren würde. Er kam mit
einem Siegesschrei auf ihn zu, trieb den Nagel seines Schnabels durch
sein Auge und in sein Gehirn. Als der weißglühende Schmerz Shef
durchstach, schossen ihm die Worte ein, die Worte des todgeweihten
Königs:*

*„Am Bach voll Weiden, bei der Brücke aus Holz,
Liegen alte Könige, auf Kiele ewig gebettet.
Tief drunten sitzen sie, die dunkle Schlafstatt hütend.
Vier kalte Knöchel wölben sich, aus kargem Feld umher
Von diesen Fingern vier, finde den nördlichsten.
Dort ruht Wuffa, Wehhas Nachfahr,
auf glänzend düsterem Schatz. Grab, wer es wagt. "*

*Er hatte seine Pflicht getan. Der Vogel ließ ihn los. Er fiel unverse-
hens vom Baumstamm herab, überschlug sich ohne Unterlass, seine Hände waren noch immer wie gefesselt, in Richtung des Bodens,
meilenweit unten. Viel Zeit, um sich zu überlegen, was als Nächstes
zu tun war. Er brauchte seine Hände nicht. Er konnte seinen Körper
in jede beliebe Richtung drehen, drehen und rollen, bis er wieder in
Richtung der Sonne flog, drehen und sich neigen, bis er wieder sanft
zur Erde hinab kreiste, wo er hingehörte, wo sein Körper auf Stroh
gebettet lag.
Merkwürdig, das Land von hier oben zu betrachten, und die Menschen und Heere und Händler auf dem Weg hierhin und dorthin,
viele von ihnen heftig spurtend, aber völlig unbewegt unter seinen*

großen, zwanzig Meilen langen Kreisen. Er konnte das Hochmoor sehen, das Meer. Er konnte die Hügelgräber sehen, die Totenhallen unter dem quellenden grünen Gras. Er würde es sich merken, ein andermal darüber nachdenken. Jetzt hatte er nur eine Aufgabe, die er ausführen musste, sobald sein Geist wieder an seinem Platz war, in dem Körper, den er jetzt auf dem Lager sehen konnte, in dem Körper, in den er nun schlüpfte…

Shef schreckte in einer einzigen flüssigen Bewegung aus dem Schlaf. „Ich muss mich erinnern, aber ich kann nicht schreiben", rief er bestürzt.

„Ich schon", sagte Thorvin, der im gedämpften Licht der aufgehäuften Kohlen nur schwer auf seinem Hocker auszumachen war.

„Ja? Schreiben wie ein Christ?"

„Ich kann schreiben wie ein Christ. Aber auch wie ein Nordmann und ein Priester des Weges. Ich kann Runen schneiden. Was soll ich denn schreiben?

„Schreib schnell", antwortete Shef, „ich hab es mit Schmerzen von Munin erkauft."

Thorvin blickte nicht auf, sondern griff nach einem Buchenholzbrettchen und einem Messer, machte sich bereit zu schneiden.

„Am Bach voll Weiden, bei der Brücke aus Holz,
Liegen alte Könige, auf Kiele ewig gebettet."

„Schwierig, mit Runen Englisch zu schreiben", murmelte Thorvin. Aber er murmelte es so leise, dass Shef es nicht hören konnte.

Das Heer versammelte sich in Misstrauen und schlechter Laune, drei Wochen vor dem Tag, an dem die Christen die Geburt ihres Gottes feierten, auf der großen Freifläche vor der Ostmauer der Stadt. Siebentausend Männer nehmen viel Raum ein, besonders wenn sie sowohl voll bewaffnet als auch dick eingepackt sind ge-

gen den Wind und immer wieder fallenden Graupel. Aber seit
Shef die übriggebliebenen Häuser auf dieser Seite hatte niederbrennen lassen, war genug Platz, um alle in einem groben Halbkreis von Mauer zu Mauer aufzustellen.

In der Mitte des Halbkreises standen die Ragnarssons und ihre
Unterstützer, das Rabenbanner hinter sich. Ein paar Schritte
entfernt, festgehalten und umstellt von flatternden gelben Ka-
roumhängen, wartete die schwarzhaarige Gestalt des Königs, des
ehemaligen Königs Ella. Shef sah selbst aus dreißig Schritt Entfernung, dass sein Gesicht weiß war, weiß wie ein gekochtes Ei.
Denn Ellas Ende war gewiss. Das Heer hatte es noch nicht verkündet, aber es war so sicher wie das Schicksal. Bald würde Ella
das Klirren der Waffen hören, mit dem das Heer seine Zustimmung verkündete. Und dann würden sie anfangen, so wie sie
es mit Shef getan hatten, mit König Edmund, König Maelguala
und den anderen irischen Kleinherrschern, an denen Ivar seine
Zähne gewetzt und sein Vorgehen geübt hatte. Für Ella gab es
keine Hoffnung. Er hatte Ragnar in den Ormgarth werfen lassen. Selbst Brand, selbst Thorvin gaben zu, dass ein Mann das
Recht auf Rache in gleicher Weise hatte. Mehr als ein Recht,
eine Pflicht. Das Heer schaute abwägend zu, um sicherzustellen,
dass die Aufgabe gut und auf eine Weise erledigt wurde, die eines
Kriegers angemessen war.

Aber es saß, oder besser, stand auch über seine eigenen Anführer
zu Gericht. Nicht nur Ella war hier in Gefahr. Nicht einmal Ivar
Ragnarsson oder gar Sigurth das Schlangenauge konnten sicher
sein, dass sie mit heiler Haut aus dieser Versammlung hervorge-
hen würden, oder mit unbeschadetem Ruf. Spannung lag in der
Luft.

Als die Sonne so hoch stand, dass man es selbst in einem englischen Winter Mittag nennen konnte, rief Sigurth die Krieger zur
Ordnung.

„Wir sind das Große Heer. Wir sind hier, um über das zu reden, was getan worden ist und was noch getan werden muss. Ich

habe einiges zu sagen. Aber vorher will ich mit denen reden, die nicht glücklich darüber sind, wie die Stadt eingenommen wurde. Möchte einer von ihnen vor uns allen sprechen?"

Ein Mann trat aus dem Halbkreis heraus und ging in die Mitte, stellte sich so auf, dass seine eigenen Anhänger und die Ragnarssons ihn hören konnten. Es war Skuli der Kahle, der den zweiten Turm an die Mauer geführt hatte, ihn aber hatte aufgeben müssen, ohne die Zinnen zu erreichen.

„Abgekartet", flüsterte Brand. „Bezahlt, damit er spricht, aber nicht zu ernst."

„Ich bin unzufrieden", rief Skuli. „Ich habe meine Mannschaften im Angriff auf die Mauern angeführt. Ich habe ein Dutzend Männer verloren, darunter meinen Schwager, einen guten Kämpfer. Wir sind trotzdem über die Mauer gekommen und haben uns zu der großen Kirche durchgeschlagen. Aber dann hat man uns davon abgehalten, dort Beute zu machen, wie es unser Recht gewesen wäre. Und dann sagte man uns auch noch, dass wir diese Männer nicht hätten verlieren müssen, weil die Stadt schon eingenommen war. Wir haben weder Beute noch Entschädigung bekommen. Warum habt Ihr uns wie Hornochsen die Mauern angreifen lassen, Sigurth, wenn Ihr wusstet, dass das gar nicht nötig war?"

Rumpelnde Zustimmung ringsum, einige Buhrufe von den Mannschaften der Ragnarssons. Sigurth trat vor und gebot dem Lärm mit einer Handbewegung Einhalt.

„Ich danke Skuli für seine Worte, und gebe zu, dass das Recht auf seiner Seite ist. Aber lasst mich zwei Dinge sagen. Erstens wusste ich nicht, ob euer Angriff unnötig sein würde. Wir konnten nicht sicher sein, ob wir hinein kommen würden. Es hätte eine Lüge der Priester gewesen sein können. Und wenn der König es herausgefunden hätte? Dann wären seine eigenen Leute uns am Tor entgegengetreten. Wenn wir dem ganzen Heer davon erzählt hätten, vielleicht wäre dann irgendein neugieriger Sklave auf die Idee gekommen, es auszuplaudern. Darum haben wir alles für uns behalten.

Ich habe noch etwas zu sagen: Ich hatte nicht daran geglaubt, dass Skuli und seine Leute es über die Mauer schaffen würden. Ich hatte nicht mal geglaubt, dass sie es bis *an* die Mauer schaffen würden. Diese Geräte, die Türme, waren etwas, das ich noch nie vorher gesehen hatte. Ich habe sie für ein Spielzeug gehalten, und gemeint, alles wäre vergeblicher Schweiß gewesen, erledigt mit ein paar Pfeilschüssen. Hätte ich gewusst, dass es nicht so ist, hätte ich Skuli niemals befohlen, sein Leben aufs Spiel zu setzen und seine Männer zu vergeuden. Ich lag falsch und es tut mir leid."
Skuli nickte auf würdevolle Weise und ging zurück auf seinen Platz.
„Nicht genug!", rief jemand aus der Menge. „Was ist mit Entschädigung? Wergeld für unsere Verluste!"
„Wie viel habt ihr von Priestern bekommen?", fragte ein zweiter lauthals. „Und warum wir teilen wir nicht unter allen auf?"
Sigurth hob wieder die Hand. „Das ist schon besser. Ich frage das Heer: Weswegen sind wir hier?"
Brand trat aus dem Halbkreis hervor, schwang seine Axt, und sein Nacken färbte sich purpurn von der Kraft, die er in seinen Ruf steckte: „Geld!"
Aber selbst seine Stimme wurde vom Lärm der Menge übertönt: „Geld! Reichtum! Silber und Gold! Abgaben!"
Als der Lärm verebbt war, rief Sigurth seine Antwort. Er hatte die Versammlung gut im Griff, dachte Shef. Es lief alles so, wie die Ragnarssons es sich erdacht hatten. Und selbst Brand machte mit.
„Und *wofür* wollt ihr das Geld?", wollte Sigurth wissen. Verwirrung, Zweifel, verschiedene lautstarke Antworten, einige Zoten. Das Schlangenauge überrollte sie weiter. „Ich sag es euch. Ihr wollt euch zu Hause ein kleines Plätzchen kaufen und Sklaven, die es für euch bestellen. Ihr wollt nie wieder einen Pflug anfassen müssen. Ich sage euch noch etwas: Hier gibt es nicht genug Geld dafür. Nicht genug gutes Geld." Er warf abschätzig eine Handvoll Münzen auf den Boden. Die Männer erkannten die

beinahe wertlosen, silberarmen Geldstücke, die sie hier schon so oft gefunden hatten.

„Aber denkt nicht, dass wir es nicht doch noch bekommen. Es wird nur etwas Zeit brauchen."

„Zeit für was, Sigurth? Zeit, damit ihr eure Beute verstecken könnt?"

Das Schlangenauge trat vor und suchte mit seinen merkwürdig weiß umrandeten Augen die Menge nach dem Mann ab, der ihn angeklagt hatte. Seine Hand fuhr zum Knauf seines Schwertgriffs.

„Ich weiß, dass das hier eine offene Versammlung ist", rief er aus, „in der jeder frei und offen sprechen kann. Aber wer mir und meinen Brüdern vorwirft, wir würden uns nicht wie Krieger verhalten, den werden wir außerhalb der Versammlung zur Rechenschaft ziehen.

Lasst mich euch noch etwas sagen. Wir haben ein Lösegeld aus der Kirche genommen, das stimmt. Die von euch, die die Mauer erstürmt haben, haben Beute gemacht, von den Toten und aus den Häusern innerhalb der Mauern. Wir haben alle Gewinn aus dem gezogen, was am Dom geschehen ist."

„Aber das ganze Gold war in der Kirche!" Diesmal war es Brand, noch immer schnaubend vor Wut, und weit vorne, damit er nicht in der Masse verschwand.

Ein kalter Blick von Sigurth, aber kein Entgegentreten. „Keine Sorge. Wir legen alles zusammen, was wir genommen haben, Lösegeld, Beute, was auch immer, und teilen es nach Mannschaften auf, so wie es immer war.

Und dann treiben wir noch eine Abgabe von dieser Stadt und diesem Königreich ein, bevor der Winter endet. Natürlich werden sie in schlechten Münzen zahlen. Aber die schmelzen wir ein, nehmen das Silber und prägen daraus unsere eigenen Geldstücke, die wir dann gerecht aufteilen.

Eine Sache nur. Dafür brauchen wir eine Prägestätte." Ein Brummen erklang aus siebentausend Kehlen, als das unbekannte Wort

die Runde machte. „Wir brauchen Männer, die die Münzen machen und die Werkzeuge, mit denen sie gemacht werden. Und die sind in der Domkirche, bei den Christenpriestern. Ich habe es bisher nur gedacht, aber jetzt sage ich es:
Wir müssen die Priester für uns arbeiten lassen."
Diesmal zog sich der Widerspruch der Kriegerversammlung lange hin und viele traten vor, sprachen durcheinander. Langsam wurde Shef klar, dass Sigurths Standpunkt Unterstützer hatte, vor allem unter den Männern, die das wenig einträgliche Plündern leid waren. Aber es gab auch von vielen Seiten Widerstand: Anhängern des Weges, Männern, die Christen misstrauten oder sie verachteten, und all jenen, die noch immer über das Ausbleiben der Beute aus der Domkirche verärgert waren.
Diese Männer ließen sich nicht unterkriegen. Gewalt bei einer solchen Versammlung hatte es beinahe noch nie gegeben, denn die Strafen waren schonungslos. Doch die Menge war bewaffnet, trug Kettenhemden, Schilde und Helme. Die Wikinger waren es gewohnt, den ersten Schlag zu führen. Die Möglichkeit eines Ausbruchs gab es immer. Das Schlangenauge würde etwas tun müssen, dachte Shef, um die Leute wieder in den Griff zu bekommen. Jetzt gerade hatte ein Mann, Egil aus Schonen, der einen der Türme an die Mauer gebracht hatte, die Aufmerksamkeit der Umstehenden auf sich gelenkt. Er hielt eine flammende Rede über die Heimtücke der Christen.
„Und noch etwas", rief er. „Wir wissen, dass die Christen ihr Wort niemals halten, weil sie denken, dass nur die Anhänger ihres Gottes nach dem Tod weiterleben. Aber ich will euch sagen, was noch gefährlicher ist. Sie lassen andere Männer ihre Versprechen vergessen. Lassen andere Männer eines sagen und etwas anderes tun, beichten das dem Priester, der die Vergangenheit wegwischt wie eine Amme die Scheiße vom Hintern eines Säuglings. Und das sage ich euch! Euch, Söhne Ragnars!"
Er wandte sich zur Gruppe der Brüder um, trat trotzig näher heran. Ein mutiger Mann, musste Shef anerkennen, und zornig

275

obendrein. Bewusst warf Egil seinen Umhang zurück und ließ das silberne Horn Heimdalls um seinen Hals in der Sonne strahlen.

„Wie habt ihr eures Vaters gedacht, den sie in dieser Stadt in den Ormgarth geschickt haben? Wie habt ihr eure Prahlereien in der Halle in Roskilde erfüllt, als ihr die Füße auf den Bock gestellt und Bragi heilige Eide geschworen habt?

Was tut man in unserer Welt mit Eidbrechern? Habt ihr das vergessen?"

Aus dem Gedränge pflichtete ihm eine Stimme bei, tief und feierlich. Thorvins Stimme, erkannte Shef, die ein heiliges Gedicht aufsagte:

„Dort kauern die Seelen, in Klage und Ängsten:
Hier weinen die Mörder und Männer gebrochener Eide,
Nidhögg saugt das Blut, aus nackten Leibern,
der Wolf zerreißt sie. Wünscht ihr noch mehr?"

„Männer gebrochener Eide!", rief Egil aus. Er drehte sich um und ging wieder an seinen Platz, den Ragnarssons den Rücken zugewandt. Aber die schienen zufrieden, beinahe erleichtert. Sie hatten gewusst, dass jemand dies sagen würde.

„Wir wurden herausgefordert!", stellte Halvdan Ragnarsson lautstark fest, der jetzt zum ersten Mal das Wort ergriff. „Lasst uns antworten. Wir wissen sehr gut, was wir in der Halle in Roskilde geschworen haben. Und zwar, dass wir in England einfallen und unseren Vater rächen werden…" Alle vier Brüder stellten sich nahe zusammen und begannen, wie aus einem Mund zu sprechen.

„Und das haben wir. Und Sigurth, er schwor…"

„… die englischen Könige zu besiegen und sie uns zu unterwerfen."

„Zwei habe ich besiegt, die übrigen folgen bald."

Zustimmendes Brüllen aus den Kehlen ihres Gefolges.

„Und Ivar, er schwor…"

„…dass wir Rache an den schwarzen Krähen, den Christenpriestern üben werden, die den Ormgarth forderten."

Totenstille, die Ivar brechen musste.

„Und das habe ich nicht getan. Aber es ist nur unvollendet, nicht
vergessen. Denkt daran, dass ich die schwarzen Krähen jetzt in
der Hand habe. Ich entscheide, wann ich sie zur Faust balle."

Immer noch Totenstille. Ivar sprach weiter. Aber Ubbi, mein
Bruder, er schwor…"

Wieder die Brüder einstimmig.

„…dass wir König Ella gefangen nehmen und mit Qualen für
Ragnars Tod bezahlen lassen werden."

„Und so soll es sein", erklärte Ivar. „Zwei unserer Schwüre sollen
erfüllt werden, und zwei von uns sollen reinen Herzens vor den
Eidgott Bragi treten. Die anderen beiden werden bald erfüllt.
Bringt den Gefangenen raus!"

Muirtach und seine Bande schubsten ihn augenblicklich in den
Halbkreis. Darauf bauten die Ragnarssons. Shef war klar, dass sie
damit die Laune der Menge zu ihren Gunsten wenden wollten.
Ihm fiel wieder der junge Mann ein, der ihn am Stour von Ivars
Grausamkeit erzählt hatte. Einige ließen sich immer beeindru-
cken. Aber bei dieser Versammlung war das keineswegs sicher.

Sie hatten Ella jetzt in der ersten Reihe und hämmerten einen
großen Pfahl in die Erde. Der König war jetzt noch blasser, was
das schwarze Haar und der Bart noch betonten. Niemand hatte
ihn geknebelt, sein Mund stand offen, aber kein Geräusch ent-
kam ihm. Eine Seite seines Halses war blutig.

„Ivar hat ihm die Stimmbänder durchgeschnitten", sagte Brand
plötzlich. „Das macht man mit Schweinen, damit sie nicht quie-
ken. Wofür ist das Kohlebecken?"

Die Gaddgedlar trugen mit umwickelten Händen ein Kohlebecken mitsamt dem glühenden Inhalt heran. Rotglühende Eisenstangen schauten unheilverkündend daraus hervor. Die Menge
brandete näher und murmelte, drängte sich, um alles gut sehen

zu können. Andere erkannten die Ablenkung vom eigentlichen Anlass der Zusammenkunft, waren aber nicht sicher, wie sie sich dagegen wehren sollten.

Muirtach riss dem Todgeweihten unvermittelt den Umhang herunter, sodass der König nackt, nicht mal mit einem Lendentuch bedeckt, da stand. Lachen, Spott, vereinzelt missbilligendes Aufstöhnen. Vier der Gaddgedlar packten den Mann und streckten seine Arme und Beine aus. Ivar trat vor, ein glänzendes Messer in der Hand. Er beugte sich zu Ellas Bauch vor, versperrte Shefs erschrockenen Blick auf den König, der keine zwölf Schritte entfernt stand. Eine mächtige Verrenkung, ein Zappeln von Gliedmaßen, fest gepackt von stämmigen irischen Abtrünnigen.

Ivar trat zurück und hielt eine blaugraue, glitschige Rolle in den Händen.

„Er hat ihm den Bauch aufgeschnitten und die Eingeweide rausgezogen", bemerkte Brand.

Ivar trat zum Pfahl hinüber, zog sanft, aber gnadenlos an den sich abwickelnden Gedärmen und bedachte den verzweifelten und gequälten Gesichtsausdruck Ellas mit einem leichten Lächeln. Er erreichte den Pfahl, nahm einen Hammer und nagelte das freie Ende, das er in der Hand hielt, ans Holz.

„Jetzt", verkündete er, „wird König Ella um diesen Pfahl laufen, bis er sein eigenes Herz heraus reißt und stirbt. Los, Engländer. Je schneller du gehst, desto schneller ist es vorbei. Aber ein paar Runden wirst du schon brauchen, denke ich. Ungefähr zehn Schritte. Ist das zu viel verlangt? Bring ihn in Bewegung, Muirtach."

Der Gehilfe trat mit einer glühenden Eisenstange vorwärts und stach dem verlorenen König damit ins Gesäß. Ein verkrampftes Zusammenzucken, ein ergrauendes Gesicht, ein langsames Vorwärtsschlurfen.

Das war der schlimmste Tod, den man einem Menschen bereiten konnte, dachte Shef. Ohne Stolz, ohne Würde. Nur ein Ausweg: zu tun, was der Feind verlangte, und dafür verspottet werden. Zu wissen, dass man es tun musste, um ein Ende zu finden, und es doch nicht schnell tun zu können. Die heißen Eisenstangen, die verhinderten, dass man wenigstens wählen konnte, wie bald es vorüber war. Nicht einmal eine Stimme, um zu schreien. Und die ganze Zeit die eigenen Eingeweide, die langsam herausgezogen wurden.

Shef reichte Brand seine Helmbarte und schlüpfte durch die drängelnde, sich streckende Menge. Einige Gesichter blickten vom Turm herab, wo er seine Helfer zurückgelassen hatte, um die Maschinen zu bewachen. Ein Seil wurde herabgelassen, als ihnen klar wurde, was er wollte. Kurz darauf zog er sich über die Zinnen und wurde empfangen vom bekannten, sauberen Duft frisch gesägten Holzes und neu geschmiedeten Eisens.

„Er ist dreimal um den Pfahl herum", sagte einer der Wikinger auf dem Turm, ein Mann mit dem gliedförmigen Anhänger Freyas um den Hals. „So sollte niemand abtreten müssen."

Mit eingelegtem Bolzen drehte sich das Geschütz herum – erst gestern war ihnen eingefallen, den unteren Rahmen auf zwei kräftigen Rädern anzubringen. Der Wiederhaken lag aufrecht zwischen den Führungsschienen. Dreihundert Schritt Entfernung, der Schuss würde sicher etwas über das Ziel hinausgehen.

Shef richtete die Spitze des Widerhakens auf die Wunde am Unterbauch des Königs, als dieser sich gerade bei einem weiteren Humpeln um den Pfahl der Mauer zuwandte, angetrieben von den rotglühenden Brandeisen. Bedächtig löste Shef aus.

Der dumpfe Schlag, der steigende, fallende Strich in der Luft – mitten durch den Brustkorb König Ellas, sein sich plagendes Herz und in den Boden hinter ihm, beinahe zwischen Muirtachs Füße. Als der König von der Wucht des Schlags nach hinten geworfen wurde, sah Shef wie sich sein Gesicht veränderte, sich friedlich entspannte.

In das das Gewühl der Krieger kam Bewegung, jeder blickte in Richtung des Turms, von dem herab der Schuss gekommen war. Ivar beugte sich über den Leichnam, richtete sich dann aber wieder auf, drehte sich ebenfalls um, die Hände zu Fäusten geballt.

Shef griff sich eine der neuen Helmbarten und ging auf der Mauer entlang in Richtung der Menge. Er wollte erkannt werden. Am Rand des Halbkreises blieb er stehen und schwang sich auf die Zinnen der Mauer auf dieser Seite.

„Ich bin nur ein Karl", rief er laut, „kein Jarl. Aber ich habe diesem Heer drei Dinge zu sagen.

Erstens. Die Söhne Ragnars haben diesen Teil ihrer Prahlereien vor Bragi erfüllt, weil sie nicht den Schneid hatten, die übrigen zu erfüllen.

Zweitens. Ganz gleich, was das Schlangenauge sagt: Als er sich durch die Hintertür nach York geschlichen hat, war ihm nicht das Wohl des Heeres wichtig, sondern sein eigenes und das seiner Brüder. Er wollte nicht kämpfen und nicht teilen."

Wütende Rufe. Die Gaddgedlar wirbelten herum und suchten nach dem Tor in die Stadt und den Treppen zu Shef hinauf. Andere stellten sich ihnen in den Weg oder griffen nach ihren karierten Umhängen. Shef wurde noch lauter, um den Lärm zu übertönen.

„Und drittens. Einen Mann und Krieger so zu behandeln, wie sie es mit König Ella getan haben, das hat keine *drengskapr*. Ich halte es für *nithingsverk*."

Die Tat eines *nithing*, eines Mannes ohne Ehre, ohne Rechte, schlimmer als ein Gesetzloser. Vor den Augen des Heeres als *nithing* bezeichnet zu werden, war die schlimmste Schande, die einem Karl – oder einem Jarl – widerfahren konnte. Wenn das Heer zustimmte.

Einige Leute riefen zustimmend. Shef konnte Brand dort unten sehen, die Axt zum Schlag erhoben und seine Männer hinter sich. Sie schoben die Anhänger Ragnarssons mit ihren Schilden beiseite. Von der anderen Seite des Halbkreises schlossen sich ihnen weitere Krieger an – die Mannschaften Egils, des Heimdall-Verehrers, der ihnen voranging. Wer trat dort hervor? Sigvarth, das Gesicht gerötet in gebellter Antwort auf irgendeine Beleidigung. Skuli der Kahle, der nur kurz in der Nähe des toten Königs zögerte, als Ubbi ihn anschnauzte.

Das gesamte Heer war im Begriff sich zu teilen. Nach hundert Herzschlägen war ein Freiraum zwischen zwei Gruppen entstanden, die sich immer weiter auseinanderbewegten. Die Ragnarssons an der Spitze der weiter entfernten Menge; Brand, Thorvin und eine Handvoll anderer in der ersten Reihe der näheren.

„Der Weg gegen den Rest", wisperte der Jünger Freyas, der Shef gefolgt war. „Und ein paar von deinen Freunden. Zwei zu eins gegen uns, würde ich schätzen."

„Du hast das Heer gespalten", meinte ein Hebride aus Magnus' Mannschaft. „Eine große Tat, aber unbedacht."

„Das Geschütz war gespannt", gab Shef zurück. „Ich musste nur schießen."

Sechstes Kapitel

Als das Heer die Mauern Yorks hinter sich ließ, fielen dicke Schneeflocken vom windlosen Himmel. Nicht das Große Heer, wohlgemerkt. Das würde es nie wieder geben.

Es war der Teil der einst so großen Schar, der den Oberbefehl der Ragnarssons ablehnte und nicht länger mit ihnen leben konnte, der jetzt die Stadt verließ: vielleicht zwanzig lange Hundert Männer, zweitausendvierhundert, wenn man wie die Römer zählte. Sie hatten eine große Zahl Ponys mitgenommen, dazu Packpferde, Maultiere und fünfzig knarrende Karren und deren geraubten Inhalt: Bronze und Eisen, Schmiedewerkzeuge und Schleifsteine. Dazwischen standen Kisten voller schlechter Münzen und nicht mehr als einer mageren Handvoll reinen Silbers aus der Aufteilung der Beute. Auch die Männer, die zu schwer verwundet waren, um ein Pferd zu besteigen oder zu laufen, lagen in den Wagen.

Von der Stadtmauer aus sah ihnen der Rest des Heeres nach. Einige der jüngeren und wilderen Krieger hatten die Abziehenden ausgebuht und verhöhnt, sogar ein paar Pfeile in den Boden hinter ihren früheren Kampfgefährten geschossen. Aber das Schweigen der hinausziehenden Männer und ihrer eigenen Anführer auf der Mauer hatte ihnen schnell die Laune verdorben. Sie zogen die Mäntel enger an den Körper und betrachteten den Himmel, den düsteren Horizont, das erfrorene Gras an den Hängen außerhalb der Stadt, und waren dankbar für ihre eigenen Unterkünfte mit Fensterläden und Mauern, die vor der Zugluft schützten.

„Bis morgen vor Tagesanbruch wird es noch mehr schneien", sagte Brand am hinteren Ende der Abteilung, wo die Gefahr am größten wäre, bis sie tatsächlich aus der Reichweite der Ragnarssons hinaus waren.

„Ihr seid Nordmänner", antwortete Shef. „Ich dachte Schnee macht euch nichts aus."

„Ist schon in Ordnung, solange der Frost bleibt", meinte Brand. „Wenn es schneit und dann taut, wie immer in diesem Land, dann laufen wir durch den Schlamm. Das erschöpft die Männer und die Tiere und macht die Karren noch langsamer. Wer sich so bewegt, der braucht Essen. Hast du eine Ahnung, wie schnell ein Ochsengespann sein eigenes Gewicht in Futter verputzt? Aber wir müssen etwas Abstand zwischen uns und die hinter uns bringen. Schwer zu sagen, was sie als nächstes vorhaben."

„Wohin geht es für uns?", wollte Shef wissen.

„Ich weiß nicht. Wer führt dieses Heer überhaupt an? Alle anderen denken, du wärst das."

Shef verstummte fassungslos.

Als die letzten dick einpackten Gestalten der Nachhut zwischen den zerstörten Häusern um York von den Stadtmauern aus nicht mehr zu sehen waren, sahen die Ragnarssons einander an.

„Gut so, endlich", meinte Ubbi. „Weniger Mäuler zu stopfen, weniger Männer zum Teilen der Beute. Was sind schon ein paar hundert Wegleute? Weiche Hände, leere Mägen."

„Viga-Brand hat nie jemand weichhändig genannt", gab Halvdan zurück. Seit dem Holmgang hatte er sich den Angriffen seiner Brüder gegen Shef und dessen Unterstützer nur zögerlich angeschlossen. „Und sie folgen auch nicht alle dem Weg."

„Völlig egal, wem sie folgen oder wer sie sind", wehrte sich Sigurth entschieden.

„Jetzt sind sie unsere Feinde. Ansonsten muss man nichts über irgendwen wissen. Aber wir können es uns jetzt gerade nicht leisten, gegen sie zu kämpfen. Wir müssen uns erst um etwas anderes kümmern…"

Er zeigte mit dem Daumen auf eine kleine Gruppe in einigen Schritten Entfernung von der Mauer: Erzbischof Wulfhere, umringt von einigen schwarzen Mönchen, unter denen dürr und fahl der Diakon Erkenbert hervorstach, der jetzt auch Münzmeister war.

Unversehens lachte Ivar auf. Seine drei Brüder blickten ihn beunruhigt an.

„Wir müssen sie gar nicht bekämpfen", stellte er fest. „Sie tragen ihr eigenes Unglück schon mit sich. Zumindest einige von ihnen."

Auch Wulfhere schaute den Abziehenden mürrisch nach. „Ein paar Blutwölfe weniger", sagte er. „Wenn sie früher gegangen wären, hätten wir mit dem Rest vielleicht nicht verhandeln müssen. Aber jetzt sind sie in unseren Mauern." Er sprach Latein, damit auch ganz sicher keine feindseligen Ohren ihn verstehen würden. „In diesen Tagen des Unfriedens leben wir nach der Weisheit der Schlange", erwiderte Erkenbert, ebenfalls auf Latein, „und nach der Durchtriebenheit der Taube. Aber unsere Feinde in der Stadt und außerhalb können vielleicht beide noch besiegt werden."

„Für die in der Stadt glaube ich das. Sie sind jetzt weniger zahlreich, und können erneut angegriffen werden. Nicht hier in Northumbria. Aber von den Königen im Süden. Burgred in Mercia, Ethelred in Wessex. Darum haben wir den verkrüppelten Thane nach Süden geschickt, fest verzurrt zwischen seinen Ponys. Er wird den Königen im Süden zeigen, wie die Wikinger sind, und ihre schläfrigen Herzen für den Kampf schüren.

Aber was, Erkenbert, können wir gegen die tun, die die Stadt verlassen haben? Mitten im Winter?"

Der schmale Diakon lächelte. „Wer im Winter marschiert, braucht Nahrung, und diese Plünderer des Nordens sind es gewohnt, sie sich zu nehmen. Aber jeder Bissen, den sie jetzt stehlen, bedeutet einen weniger für die Kinder der Armen, noch bevor der Frühling kommt. Selbst der niedrigste Knecht kämpft bei so einem Ansporn.

Ich habe dafür gesorgt, dass die Menschen über ihr Kommen schon im Voraus Bescheid wissen."

Die Angriffe begannen, als das Licht des kurzen Wintertags aus dem Himmel sickerte. Erst waren es kaum mehr als Balgereien. Ein Bauer würde hinter einem Baum auftauchen und mit Rückenwind einen Stein oder einen Pfeil in ihre Richtung schicken, dann schnell flüchten und nicht einmal sehen, ob er etwas getroffen hatte. Bald kamen kleine Gruppen von ihnen und wagten sich näher heran. Wer von den marschierenden Wikingern einen Bogen besaß, machte seine Waffe bereit, versuchte die Sehne trocken zu halten und schoss zurück. Alle anderen duckten sich hinter ihre Schilde, ließen die Geschosse abprallen und forderten ihre Gegner heraus, sich zum Kampf zu stellen. Dann schleuderte einer von ihnen gereizt seinen Wurfspieß in Richtung einer durch das Dickicht huschenden Gestalt, verfehlte das Ziel und stürzte mit einem Fluch vom Pfad hinunter, um seine Waffe zurückzuholen. Einen Augenblick lang verschwand er in einem Schneegestöber. Als es sich legte, war er nirgendwo zu sehen. Unter Schwierigkeiten gelang es seinen Gefährten, den Tross anzuhalten. Sie stapften mit gesenkten Köpfen und ernsten Gesichtern in den Schnee, um ihn zu retten, eine Gruppe von dreißig Männern. Als sie mit dem Leichnam zurückkehrten, der schon ausgezogen und verstümmelt worden war, folgten ihnen bereits die Pfeile aus dem trüben Dunkel des zu Ende gehenden Tages.

Der Zug streckte sich über eine Meile den Weg entlang. Schiffsführer und Steuermänner drängten und verfluchten ihre Männer, bis sie eine dickere, kürzere Reihe bildeten, mit den Karren in der Mitte und den Bogenschützen an den Flanken. „Sie können euch nicht verletzen", rief Brand wiederholt. „Nicht mit Jagdbögen. Ruft einfach laut und schlagt gegen eure Schilde. Dann nässen sie sich ein und rennen weg. Wenn jemand am Bein getroffen wird, bindet ihn auf ein Packpferd. Werft was von dem Mist auf den Karren weg, wenn es sein muss. Aber bewegt euch vorwärts!"

Die englischen Bauern erkannten bald, wozu sie fähig waren. Ihre Feinde waren mit Ausrüstung beladen, dick angezogen und ungelenk, und sie kannten die Gegend nicht. Die Bauern waren mit jedem Baum, Busch, Pfad und Schlammtümpel vertraut. Sie konnten sich bis auf Kittel und Hose ausziehen, leichtfüßig anstürmen, zuschlagen und wieder verschwunden sein, bevor der Gegner den Arm aus dem Mantel gezogen hatte. Kein Wikinger würde sie im Halbdunkel weiter als ein paar Schritte verfolgen.

Nach einer Weile übernahm ein Dorfoberhaupt die Führung über die immer größer werdende Zahl der Männer. Vierzig oder fünfzig Bauern stürmten gemeinsam die rechte Flanke des Zuges an, schlugen mit Knüppeln und Hippen die wenigen Männer nieder, die zu deren Bewachung abgestellt waren und zogen die Leichen fort wie Wölfe ihre Beute. Wütend sammelten sich die Wikinger und stürmten ihnen nach, die Äxte und Schilde gehoben. Als sie sich zurückmühten, ohne auch nur einen Engländer erwischt zu haben, empfingen sie angehaltene Karren, deren Zugtiere an Ort und Stelle niedergemacht worden waren. Die Abdeckungen der Wagen waren heruntergerissen, ihre Ladung verwundeter Wikinger keine Last mehr. Der Schnee bedeckte schon die roten Flecken.

Wie ein Eistroll strich Brand den Tross auf und ab, wandte sich zu Shef. „Sie denken, dass sie uns jetzt haben", fauchte er. „Aber bei Tageslicht werde ich ihnen dafür eine Lehre erteilen. Und wenn es das Letzte ist, was ich tue."

Shef starrte ihn an und blinzelte sich die Schneeflocken aus den Wimpern. „Nein", sagte er, „du denkst wie ein Karl, ein Karl des Heeres. Aber es gibt kein Heer mehr. Wir dürfen nicht mehr wie Karls denken. Wir müssen so denken, wie du es mir immer unterstellst, wie ein Anhänger Odins, des Schlachtenlenkers."

„Und was befiehlst du, kleiner Mann? Kleiner Mann, der nie in der Schlachtreihe gestanden hat?"

„Ruf alle Schiffsführer in Hörweite zu uns."

Shef begann, im Schnee zu zeichnen.

„Wir haben hier Eskrick durchquert, bevor das Schneetreiben schlimmer wurde. Wir dürften etwas weniger als eine Meile von Riccall entfernt sein."

Nicken, Übereinstimmung. Die Umgebung Yorks war allen durch Raubzüge wohlbekannt.

„Ich will einhundert ausgewählte Männer, junge Männer, schnell auf den Beinen und unverbraucht, die jetzt vorausgehen und Riccall sichern. Nehmt Gefangene, wir werden sie brauchen. Jagt den Rest aus dem Ort. Wir werden dort die Nacht verbringen. Es ist nicht viel, fünfzig Häuser, eine Kirche aus Flechtwerk. Aber es sollten die meisten von uns dort unterkommen, wenn wir zusammenrücken.

Ein weiteres langes Hundert teilt sich in vier Gruppen auf und geht unsere Flanken auf und ab. Die Engländer werden sich nicht herantrauen, wenn sie befürchten müssen, dass da draußen jemand ist, der sie abfangen könnte. Sie tragen keine Mäntel, müssen sich also mit Laufen warmhalten. Alle anderen, bewegt euch einfach weiter und haltet die Karren in Bewegung. Sobald wir Riccall erreichen, verstellt die Lücken zwischen den Hütten mit den Wagen. Die Ochsen und alle Männer in den Kreis. Wir zünden Feuer an und bauen Unterstände auf. Brand, such die Männer aus, setze alle in Bewegung."

Zwei geschäftige Stunden später saß Shef auf einem Schemel im Langhaus des Thanes von Riccall und starrte einen grauhaarigen Engländer an. Das Haus war voll mit Wikingern, ausgestreckt am Boden oder hingehockt. Die Männer schienen zu dampfen, als ihre Körperwärme die durchnässte Kleidung auf der Haut trocknete. Wie vorausgesagt, kümmerte sich niemand darum, was hier geschah.

Zwischen den beiden Männern stand auf einem grob gezimmerten Tisch ein lederner Becher mit Bier. Shef nahm einen Zug und sah den Mann genauer an, der ihm gegenübersaß. Er schien den Kopf bei aller Unruhe noch nicht verloren zu haben. Um seinen Hals lag ein eiserner Ring.

Shef schob ihm den Becher hin. „Du hast mich trinken sehen und weißt, dass es nicht vergiftet ist. Na los, trink ruhig. Wenn ich dir wehtun wollte, gäbe es einfachere Wege." Die Augen des Thralls wurden groß, als er das flüssige Englisch hörte. Er nahm den Becher und trank gierig.

„An welchen Herrn zahlt ihr eure Abgaben?"

Der Mann trank das Bier aus, bevor er antwortete. „Thane Ednoth gehört das meiste Land hier, er hat es von König Ella. Er ist in der Schlacht gestorben. Der Rest gehört den schwarzen Mönchen."

„Habt ihr am letzten Michaeli eure Pacht bezahlt? Wenn nicht, habt ihr das Geld hoffentlich versteckt. Die Mönche kennen keine Gnade mit Schuldnern."

Shef erkannte ein kurzes Aufblitzen der Angst, als er die Mönche und ihre Strafen erwähnte.

„Wenn du einen Eisenkragen trägst, dann weißt du auch, was die Mönche mit Entflohenen tun. Hund, zeig ihm deinen Hals."

Schweigend legte Hund den Anhänger Eirs ab und gab ihn an Shef weiter, zog den Kragen seines Kittels beiseite und entblößte die Schwielen, die das jahrelange Tragen des Eisenrings auf seiner Haut hinterlassen hatte.

„Sind hier Entlaufene gewesen? Männer, die euch von diesen hier erzählt haben." Shef ließ den Anhänger in der Hand springen und gab ihn dann an Hund zurück. „Oder diesen?" Er deutete auf Thorvin, Vestmund, Farman und die anderen Priester, die zusammen in der Nähe standen. Auch sie zeigten ihre Abzeichen.

„Wenn ja, dann haben sie dir vielleicht gesagt, dass man diesen Männern trauen kann."

Der Sklave senkte den Blick, zitterte. „Ich bin ein guter Christ. Ich weiß nichts von solchen Heidendingen…"

„Ich rede hier von Vertrauen, nicht von Heiden oder Christen."

„Ihr Wikinger handelt mit Sklaven, ihr befreit sie doch nicht."

Shef lehnte sich vor und tippte mit der Fingerspitze an den eisernen Kragen seines Gegenübers. „Es waren nicht die Wikinger, die dir den hier angelegt haben. Außerdem bin ich Engländer. Kann man das nicht hören? Jetzt hör gut zu. Ich werde dich gehen lassen. Sag denen da draußen in der Dunkelheit, sie sollen uns nicht weiter angreifen, denn wir sind nicht ihre Feinde – die sind noch in York. Wenn deine Leute uns ziehen lassen, wird niemand verletzt. Und dann erzähl deinen Freunden von diesem Banner hier."

Shef zeigte mit dem Finger durch den rauchigen, dampfenden Raum auf einige Nachzügler, die sich daraufhin erhoben und ein großes Banner entfalteten, an dem sie rastlos gestickt hatten. Auf einem Hintergrund aus roter Seide war ein doppelköpfiger, weißer Schmiedehammer aus silberner Borte zu sehen.

„Das andere Heer, das wir verlassen haben, kämpft unter dem schwarzen Raben, dem Aasvogel. Und das Zeichen der Christen steht für Folter und Tod. Unser Zeichen ist das eines Schöpfers. Sag ihnen das. Und ich gebe dir ein Handgeld auf das, was der Hammer dir bringen kann. Wir nehmen dein Halsband ab."

Der Sklave bebte vor Angst. „Nein. Die schwarzen Mönche, wenn sie wiederkommen…"

„Werden sie dich grausam umbringen. Merk dir das und sag es den anderen. Wir haben angeboten, dich zu befreien, wir, die Heiden. Aber die Angst vor den Christen zwingt dich, ein Sklave zu bleiben. Jetzt geh."

„Eine Bitte habe ich. Aus Angst. Tötet mich nicht, weil ich es sage, aber… Eure Männer leeren die Speicher und essen unsere Wintervorräte. Wenn Ihr das zulasst, werden wir noch vor dem Frühling leere Bäuche und tote Kinder haben."

Shef seufzte. Das würde der schwierige Teil sein. „Brand. Bezahl den Thrall. Gib ihm etwas. Aber von dem guten Silber, ja? Nicht dem Unrat des Erzbischofs."

„Ich soll ihn bezahlen? Der sollte mich bezahlen. Was ist mit Wergeld für die Männer, die wir verloren haben? Und seit wann zahlt das Heer für seine Vorräte?"

„Es gibt kein Heer mehr. Und er schuldet dir kein Wergeld. Du bist in sein Land eingedrungen. Bezahl ihn. Ich sorge dafür, dass du dadurch nichts verlierst."

Brand murmelt verärgert, knüpfte aber seinen Beutel auf und zählte dem Mann sechs silberne Pennys aus Wessex in die Hand. Der Sklave konnte offensichtlich kaum glauben, was geschah. Er starrte die glänzenden Münzen an, als hätte er noch nie solches Geld gesehen. Vielleicht hatte er das wirklich nicht.

„Ich sage es ihnen", meinte er, fast schreiend. „Auch das mit dem Banner."

„Wenn du das tust und heute Nacht zurückkommst, zahle ich dir noch sechs davon, für dich allein, nicht zum Teilen."

Als der Thrall mit einigen Kriegern, die ihn durch den Ring aus Wachfeuern führen sollten, hinausging, blickten Thorvin, Brand und die anderen Shef zweifelnd an.

„Der kommt nicht wieder. Und das Geld ist auch verloren", versicherte Brand.

„Mal sehen. Jetzt will ich zwei lange Hundert Männer mit unseren besten Pferden, alle von ihnen mit einer warmen Mahlzeit im Bauch und fertig zum Abmarsch, sobald der Thrall zurückkommt."

Brand öffnete einen Fensterladen einen Spaltbreit und blickte hinaus in Nacht und Schnee. „Wofür?", brummte er.

„Ich muss dir deine zwölf Pennys zurückholen. Und ich habe noch einen anderen Einfall." Langsam und mit in Falten gelegter Stirn begann er, mit der Messerspitze Striche in den Tisch vor sich zu kratzen.

Die schwarzen Mönche der Domkirche St. John's in Beverley hatten, anders als ihre Brüder in York, keine sicheren Mauern einer Legionärsburg, hinter denen sie sich verbergen konnten. Stattdessen verließen sie sich auf die beinahe zweitausend kräftigen Männer, die ihre Pächter und die Bewohner der Ebene östlich der Yorkshire Wolds ins Feld führen konnten, unterstützt von vielen weiteren halbgerüsteten Speerträgern und Bogenschützen. Den ganzen Herbst hindurch hatten sie sich sicher vor allem, außer einer großen Abteilung des Heeres gewusst. Sie wussten, dass diese kommen musste. Der Küster war schon vor Monaten mit den wertvollsten Reliquien der Kirche verschwunden und wenige Tage später mit einer vertraulichen Nachricht für den Abt zurückgekehrt. Sie hatten die Hälfte ihrer Truppen aufgestellt gelassen und den Rest auf die verschiedenen Güter und Dörfer verteilt, um dort die Ernte und die Wintervorbereitungen zu beaufsichtigen. Heute Nacht fühlten sie sich sicher. Ihre Späher hatten das Zerwürfnis des Großen Heeres beobachtet und berichtet, dass sich ein Teil der Wikinger nach Süden bewegte.

Aber eine Nacht um die Wintersonnenwende dauert in England sechszehn Stunden zwischen Sonnenuntergang und Morgengrauen: für entschlossene Männer mehr als genug Zeit, um vierzig Meilen weit zu reiten. Auf den ersten Meilen noch von Ortskundigen über schlammige, gewundene Feldwege geführt, waren sie bald schneller geworden und hatten ihre Pferde die besseren Straßen der Landschaft, die die Einheimischen die Wolds nannten, entlang schreiten oder traben lassen. Das Umgehen der Dörfer auf dem Weg hatte sie etwas Zeit gekostet. Der Sklave, Tida, hatte sie gut geführt und erst verlassen, als der blass werdende Himmel den Kirchturm der Domkirche in Beverley enthüllt hatte. Die Hütten der Wachen spien gerade erst schläfrige Sklavinnen mit Handmühlen aus, die die Feuer anzünden und das Korn für den Frühstücksbrei mahlen sollten. Beim Anblick der Wikinger rannten sie heulend und schreiend davon, um ungläubige Krieger aus ihren Betten zu holen, sich Närrinnen schimpfen zu lassen und Teil der völligen Verwirrung zu werden, mit der Engländer Überraschungen aufnahmen.

Shef schob die großen Holztüren der Klosterkirche auf und ging hinein. Seine Gefährten drängten sich hinter ihm durch den Eingang.

Aus der Kirche drang der Wechselgesang der Mönche, die einander im Kirchenschiff gegenüberstanden und mit kristallklaren Hymnen die Geburt des Christusknaben feierten. Andere Gläubige fehlten in der Kirche, obwohl die Türen für sie unverschlossen geblieben waren. Die Mönche sangen die Laudes jeden Morgen, mit oder ohne Besucher. Im Morgengrauen eines Wintertags erwarteten sie niemanden.

Als die Wikinger – noch immer in durchnässter Kleidung, aber bis auf Shefs Helmbarte ohne gezogene Waffen – den Gang zum Choraltar hinab schritten, sah der Abt sie mit überraschtem Schrecken von seinem hohen Sitz im Chorraum aus an. Einen Augenblick lang versagte Shef der Mut, und seine Entschlossenheit zerbröckelte im Angesicht der Herrlichkeit der Kirche, mit deren Lehren und Macht er aufgewachsen war.

Er räusperte sich unsicher.

Guthmund, ein Schiffsführer von der schwedischen Kattegatküste, hatte keinen solchen Zweifel oder Bedenken. Sein ganzes Leben lang hatte er bei der Plünderung einer wirklich großen Kirche oder Abtei dabei sein wollen. Er würde sich die Gelegenheit nicht von der Aufregung eines Anfängers zerstören lassen. Er trat hinter seinen jungen Anführer, hob ihn höflich hob und stellte ihn beiseite, griff den nächststehenden Mönch aus dem Chor bei dessen schwarzer Kutte und schleuderte ihn in den Gang. Er zog die Axt vom Gürtel und trieb sie mit einem dumpfen Hallen in das Geländer um den Altar.

„Schnappt euch die Schwarzkutten", bellte er. „Durchsucht sie, bringt sie in die Ecke da. Tofi, nimm die Kerzenständer. Frani, ich will dieses ganze Geschirr vom Altar. Snok und Uggi, ihr seid leicht, guckt euch mal dieses Standbild an…" Er deute auf den überlebensgroßen Gekreuzigten hoch über dem Altar, der sie aus trauernden Augen ansah. „Klettert rauf und seht, ob ihr die Krone abkriegt. Die sieht echt aus. Der Rest dreht alles um und schüttelt es. Greift euch alles, was glänzt. Ich will, dass hier alles raus ist, bevor diese Saukerle hinter uns überhaupt ihre Stiefel angezogen haben. Und jetzt zu dir…" Er ging auf den Abt zu, der auf seinem Thron noch kleiner zu werden schien.

Shef drängte sich zwischen sie. „Jetzt, Vater", begann er wieder auf Englisch. Die vertraute Sprache brachte Shef einen versteinernden Blick des Abts ein, der gleichzeitig entsetzt und tödlich beleidigt schien. Shef zögerte wieder kurz, bis er sich an die Innenseite der Kirchentür erinnerte, die, wie so viele andere, mit Haut bespannt war. Menschlicher Haut, einem lebenden Körper, abgezogen für die Sünde des versuchten Diebstahls von Kircheneigentum. Er verschloss sein Herz.

„Eure Wachen werden bald hier sein. Wenn ihr alle am Leben bleiben wollt, müsst Ihr Eure Männer von uns fernhalten."

„Nein!"

„Dann sterbt Ihr hier und jetzt." Er drückte die Spitze der Helmbarte fest an den Hals des Priesters.

„Wie lange?" Die zitternden Hände des Abts lagen an der Waffe, konnten sie aber nicht wegschieben.

„Nicht lange. Danach könnt Ihr uns jagen lassen, Eure gestohlenen Schätze zurückholen. Also tut, was ich sage…"

Laute, zerstörerische Schläge waren hinter ihnen zu hören. Guthmund zerrte einen Mönch in ihre Richtung. „Ich glaube, das hier ist der Küster. Er sagt, dass der Kirchenschatz leer ist."

„Es stimmt", gab der Abt zu. „Er wurde schon vor Monaten versteckt."

„Was versteckt ist, kann man wiederfinden", stellte Guthmund fest. „Ich fang mit dem Jüngsten an, damit sie wissen, wie ernst ich es meine. Ein, zwei tote Mönche und der Schatzmeister wird reden."

„Das wirst du nicht tun", befahl Shef dem Schweden. „Wir nehmen sie mit. Es wird keine Folter bei denen geben, die dem Weg folgen. Die Asen verbieten es. Und wir haben doch schöne Beute gemacht. Und jetzt bringt sie raus, damit die Domwachen sie sehen können. Wir haben noch einen langen Ritt vor uns."

Im stärker werdenden Licht bemerkte Shef etwas an der Wand. Eine ausgebreitete Pergamentrolle, deren Abbildungen er nicht deuten konnte.

„Was ist das?", fragte er den Abt.

„Sie hat keinen Wert für solche wie euch. Kein Gold und kein

Silber im Rahmen. Es ist eine *mappa mundi*. Eine Weltkarte."

Shef riss sie herab, rollte sie zusammen und steckte sie tief in seinen Kittel, bevor er den Abt zum Rest der Mönche nach draußen schob, wo sie sich der ungleichmäßigen Schlachtreihe der wenigen Engländer gegenübersahen, die inzwischen tatsächlich aufgestanden waren.

„Wir schaffen es nie zurück", murmelte Guthmund ihm zu, den klackernden Beutesack in der Hand.

„Wir reiten nicht zurück", antwortete Shef. „Du wirst schon sehen."

SIEBTES KAPITEL

Burgred, König von Mercia, eines der beiden großen englischen Reiche, die noch nicht an die Wikinger gefallen waren, hielt vor dem Eingang zu seinen eigenen Gemächern an, entließ die Menge aus Dienern und Hofschranzen, legte den Umhang aus Marderfell ab, ließ sich die schneedurchnässten Stiefel durch Pantoffeln aus weißgegerbtem Leder ersetzen und bereitete sich darauf vor, den Augenblick zu genießen. Auf sein Geheiß hin warteten der junge Mann und sein Vater auf ihn, ebenso der Aetheling Alfred als Vertreter seines Bruders Ethelred, des Königs von Wessex – des anderen verbliebenen englischen Königreichs.

Ihre Aufgabe war es, das Schicksal Ostangliens zu beschließen. Dessen König war tot und hatte keinen Nachfolger hinterlassen, seine Untertanen waren entmutigt und verunsichert. Trotzdem war Burgred klar, dass sie, wenn er seine Truppen aussandte, um Ostanglien Mercia mit Gewalt anzuschließen, vielleicht doch kämpfen würden, Engländer gegen Engländer, wie so oft zuvor. Aber wenn er einen der ihren schickte, so dachte er, einen Ostangeln von hoher Geburt, der wirklich alles, selbst das Heer unter seinem Befehl, ihm, König Burgred, schuldete, würden sie es vielleicht schlucken.

Besonders weil dieser junge und dankbare Adlige einen so nützlichen Vater hatte. Einen, der sozusagen – hier erlaubte sich Burgred ein finsteres Lächeln – den Beweis seines Hasses auf die Wikinger immer bei sich trug. Wer würde sich nicht hinter einer solchen Leitgestalt sammeln? Eine Leitgestalt und tatsächlich auch Leidgestalt. Stumm segnete Burgred den Tag, an dem zwei Führer ihn auf einer zwischen zwei Ponys befestigten Bahre aus York hierher gebracht hatten.

Und die wunderschöne, junge Frau. Wie rührend alles gewesen war. Der junge Mann, das helle Haar nach hinten gekämmt, hatte vor seinem Vater gekniet, noch bevor sie diesen aus seiner Bahre losgebunden hatten, und um Vergebung gefleht, weil er ohne väterliche Erlaubnis geheiratet hatte. Dem Paar hätten die Meisten noch viel Schlimmeres vergeben, nach allem, was sie durchgemacht hatten. Doch Alfgar war durch und durch Inbegriff der Schicklichkeit gewesen. Das war der Geist, der aus den Engländern einst das größte aller Völker machen würde. Anstand, sann Burgred nach: *gedafenlicnis.*

Was Alfgar wirklich gesagt hatte, als er zu Füßen seines Vaters kniete, war etwas anderes gewesen. „Ich habe Godive geheiratet, Vater. Ich weiß, dass sie meine Halbschwester ist, aber du wirst niemandem davon erzählen, denn dann sage ich allen hier, dass du irrsinnig bist. Und dann könnte dir ein Unglück geschehen. Männer ohne Arme ersticken doch so leicht. Und denk daran, wir sind immer noch beide deine Kinder. Wenn wir Erfolg haben, werden deine Enkel Prinzen sein. Oder noch besser."

Nach dem ersten Schrecken war es Wulfgar gut erschienen. Ja, sie hatten sich des Inzests, der ‚Blutschande', wie die Leute es nannten, schuldig gemacht. Aber war eine solche Belanglosigkeit wirklich wichtig? Thryth, seine eigene Frau, hatte Unzucht mit einem heidnischen Wikinger getrieben. Hatte deswegen jemand etwas unternommen? Wenn Alfgar und Godive ein Inzuchtkind zeugten wie Siegmund und seine Schwester in den Geschichten, konnte es nicht schlimmer sein als dieses Hurenkind, das er, Wulfgar, in seiner Dummheit aufgezogen hatte.

Als der König der Mercier den Raum betrat, erhoben sich die anwesenden Männer und verbeugten sich tief. Die einzige Frau, die ostanglische Schönheit mit dem traurigen Gesicht und den strahlenden Augen, stand ebenfalls auf und machte einen Knicks nach der neuen Art der Franken. Zwei Diener, die bis eben noch leise darüber gestritten hatten, was sie tun sollten, hoben Wulfgars gepolsterte Kiste kurz in die Senkrechte, bevor sie sie wieder an die Wand lehnten. Auf eine Geste hin nahmen sie wieder ihre Plätze ein: Schemel für alle bis auf den König und den *heimnar*. Auch Wulfgar wurde in einen hohen Stuhl mit hölzernen Armlehnen gehoben. Er hätte sich aus eigener Kraft nicht auf einem Schemel halten können.

„Ich bringe Nachrichten aus Eoforwich", begann der König. „Neuere Kunde als Eure", nickte er Wulfgar zu. „Bessere Kunde. Trotzdem hat sie in mir den Wunsch geweckt, zur Tat zu schreiten.

Es scheint, als habe die Aufgabe der Stadt und König Ellas durch die Kirche – "

„Wohl eher", unterbrach ihn der junge Aetheling aus Wessex, „der schändliche Verrat an König Ella durch die, die er beschützte."

Burgred blickte finster drein. Er hatte schon bemerkt, dass der junge Mann wenig Hochachtung für Könige und überhaupt keine Ehrfurcht für hohe Mitglieder der Kirche übrig hatte.

„Nach der Aufgabe des Königs wurde dieser leider auf abscheuliche Weise hingerichtet – von den gottlosen Ragnarssons, allen voran dem, den man den Knochenlosen nennt. Ganz so, wie es Eurem Herrn, dem edlen Edmund, erging", fügte er hinzu und blickte wieder Wulfgar an.

„Doch es scheint, als habe es darüber Unstimmigkeiten unter den Heiden gegeben. Tatsächlich gibt es sonderbare Berichte darüber, dass die Bluttat von einer Art *Maschine* beendet worden sein soll. Irgendwie scheint alles in Eoforwich mit diesem oder jenem Gerät zu tun zu haben.

Aber die wichtige Nachricht ist die Uneinigkeit der Heiden. Denn nach der Hinrichtung hat sich die Streitmacht der Wikinger geteilt."

Überraschtes und erfreutes Murmeln.

„Einige von ihnen haben Eoforwich verlassen und sich nach Süden gegangen. Der kleinere Teil des Heeres zwar, aber immer noch beachtlich und kampfstark. Wohin, muss ich mich da fragen, sind sie unterwegs? Und ich meine, dass sie sich auf dem Rückweg nach Ostanglien befinden, woher sie gekommen sind."

„Zurück zu ihren Schiffen", brach es aus Alfgar hervor.

„Das könnte wohl sein. Ich denke nun allerdings nicht, dass die Ostangeln sie noch einmal bekämpfen werden. Sie haben ihren König und zu viele Anführer, Thanes und Krieger in der Schlacht am Stour verloren, aus der Ihr, junger Mann, Euch so tapfer heraus gekämpft habt. Und doch hat man mir klar gemacht", endete er mit einem beißenden Blick auf Alfred, „dass die Wikinger vernichtet werden müssen.

Darum werde ich Ostanglien einen Heerführer schicken, zusammen mit einer schlagkräftigen Abordnung meiner Männer, um es zu unterstützen, bis es wieder eigene Truppen ausheben kann. Ihr, junger Mann, Alfgar, Sohn Wulfgars. Ihr gehört zu den Leuten aus dem Norden. Euer Vater war Thane unter König Edmund. Eure Familie hat mehr verloren, mehr gelitten und mehr gewagt als jede andere. Ihr werdet das Königreich wieder aufrichten. Aber es kann nicht länger ein Königreich sein."

Burgred heftet seinen Blick auf den des jungen Aethelings, Alfred aus Wessex: Augen so blau und Haare so blond wie Alfgars, ein würdiger Thronfolger von königlichem Blut. Aber er hatte etwas Querköpfiges an sich. Einen gescheiten Blick. Beide wussten, dass hier der Knackpunkt lag. Burgred von Mercia hatte ein genauso gutes Anrecht auf Ostanglien wie Ethelred von Wessex. Und doch würde derjenige, der die Lücke füllte, der Mächtigere werden.

„Was wäre mein Titel?", wagte sich Alfgar vor.

„Aldermann. Des Nordvolks und des Südvolks."

„Es sind zwei große Länder," erhob Alfred Einspruch. „Niemand darf Aldermann zweier Länder gleichzeitig sein."

„Neue Zeiten, neue Regeln", gab Burgred zurück. „Aber was Ihr sagt stimmt. Mit der Zeit, Alfgar, verdient Ihr Euch vielleicht einen neuen Titel. Vielleicht werdet Ihr das, was die Priester *subregulus* nennen. Ihr wärt dann mein Unterkönig. Sagt mir, werdet Ihr mir und Mercia treu sein? Der Mark?"

Alfgar kniete sich stumm zu Füßen des Königs und legte seine Hände als Zeichen der Unterwerfung zwischen dessen Knie. Der König klopfte ihm auf die Schulter und richtete ihn wieder auf. „Nach und nach werden wir das alles etwas förmlicher machen. Ich wollte nur sicherstellen, dass wir alle einer Meinung sind." Er wandte sich an Alfred. „Und ja, junger Aetheling, ich weiß, dass Ihr nicht zustimmt. Aber sagt Eurem König und Bruder, wie es jetzt steht. Er soll auf seiner Seite der Themse bleiben, und ich bleibe auf meiner. Aber das Land nördlich der Themse und südlich des Humber gehört mir. Und zwar alles."

Burgred ließ die angespannte Stille einen Augenblick lang in der Luft hängen, bevor er sie zerschlug. „Eine besonders seltsame Neuigkeit wurde mir auch überbracht. Die Ragnarssons haben das Große Heer nach England geführt, doch sie sind alle in Eoforwich geblieben. Die, die gegangen sind, haben angeblich gar keinen Anführer oder gleich mehrere. Aber einem Bericht nach ist einer ihrer Anführer, der wichtigste, ein Engländer. Seiner Sprache nach aus Ostanglien, meinte der Bote. Aber der konnte mir nur sagen, wie ihn die Wikinger nennen, deren Englisch so schlecht ist, dass es beim besten Willen nicht wie ein Name klang. Sie nennen ihn Skjef Sigvarthsson. Was wäre das auf Englisch? Oder auf Ostanglisch?"

„Shef!" Die schweigende junge Frau hatte gesprochen. Oder eher gekeucht. Ihre Augen, ihre strahlenden, reinen Augen, brannten vor Leben. Ihr Ehemann starrte sie an wie einer, der schon mit der Birkenrute auf einen nackten Rücken zielt, während ihr Schwiegervater glotzte und errötete.

„Ich dachte, du hättest seine Leiche gesehen", schnauzte der *heimnar* seinen Sohn vorwurfsvoll an.

„Das werde ich auch noch", kündigte Alfgar an. „Gebt mir einfach die Männer."

Beinahe zweihundert Meilen weiter nördlich wandte sich Shef im Sattel um und prüfte, ob die Nachhut Schritt hielt. Es war

301

wichtig, nah beieinander zu bleiben, immer in Rufweite. Shef war klar, dass außer Sichtweite eine vierfache Übermacht seine Männer verfolgte, aber nicht angreifen konnte, solange er die dreißig Mönche und ihren Abt Saxwulf in seiner Gewalt hatte. Es war auch wichtig, die Geschwindigkeit zu halten, selbst nach dem langen Ritt durch die Nacht. Nur so konnten sie schneller sein als die Kunde ihres Kommens, und alle Vorbereitungen der Engländer auf dem Weg vor ihnen vereiteln.

Der Duft des Meeres zeigte ihnen den Weg, und dort, hinter einer leichten Erhöhung und als unverwechselbarer Wegpunkt, lag der Flamborough Head. Mit einem Ruf und einer Handbewegung trieb Shef die Vorhut an.

Guthmund ließ sich ein oder zwei Fuß zurückfallen, die Hand noch immer fest um die Zügel des Pferdes gelegt, auf dem der Abt saß. Shef winkte ihn zu sich. „Bleib nahe bei mir und halte den Abt in der Nähe."

Er spornte sein Tier an und holte den Rest des Zuges ein, als die hundertzwanzig Männer mit ihren dreißig Geiseln den langen Abhang hinab in das ärmliche Dörfchen Bridlington ritten.

Sofort entstand Durcheinander. Rennende Frauen griffen sich in Lumpen gekleidete Kinder, Männer holten ihre Speere aus den Verstecken, einige Dorfbewohner liefen in Richtung der Boote, die an den schneebedeckten Strand gezogen worden waren. Shef drehte sein Pferd herum und stieß den Abt in seiner klar erkennbaren schwarzen Kutte wie eine Kriegsbeute vorwärts.

„Frieden", rief er. „Frieden. Ich suche nach Ordlaf."

Aber Ordlaf war schon da, der Gemeindevorsteher von Bridlington und – auch wenn ihn niemals jemand öffentlich dazu erklärt hatte – der Bezwinger Ragnars. Er trat aus der Mitte seiner Leute heraus, betrachte erstaunt die Wikinger und die Mönche, übernahm unwillig die Verantwortung.

„Zeig ihnen den Abt", blaffte Shef Guthmund an. „Sorg dafür, dass die hinter uns Abstand halten." Er deutete auf Ordlaf, den Dorfvorsteher. „Wir sind uns schon einmal begegnet. Am Tag, als

Ragnar dir ins Netz gegangen ist." Er stieg vom Pferd und rammte den Griff seiner Helmbarte tief in den sandigen Boden. Die Hand auf Ordlafs Schulter führte er den Mann einige Schritte zur Seite, außer Hörweite des zornig umherblickenden Abts. Er begann, in dringlichem Ton auf den Dorfvorsteher einzureden.

„Das ist unmöglich", sagte Ordlaf kurz darauf. „Es geht nicht."

„Warum nicht? Der Wellengang ist hoch und es ist kalt, aber der Wind kommt aus Westen."

„Südwest Strich West", berichtigte ihn Ordlaf ohne nachzudenken.

„Es ginge die Küste hinab, mit dem Wind geradewegs von der Seite. Bis zum Spurn. Fünfundzwanzig Meilen, nicht mehr. Wir wären vor Anbruch der Dunkelheit dort, würden nie das Land aus den Augen verlieren. Ich bitte dich ja nicht, übers offene Meer zu fahren. Wenn sich das Wetter ändert, werfen wir den Treibanker aus und warten ab."

„Wir würden unmittelbar gegen den Wind drehen, sobald wir am Spurn vorbei sind."

Shef deutete über die Schulter hinter sich. „Vor dir stehen die besten Ruderer der Welt. Ihr könntet sie machen lassen und euch wie Könige ans Ruder stellen."

„Aber... Was, wenn der Abt zurückkommt und seine Leute schickt, um hier alles abzufackeln?"

„Du tust es, um dem Abt das Leben zu retten."

„Ich bezweifle, dass er sehr dankbar sein wird."

„Du kannst dir mit deiner Rückkehr Zeit lassen. Zeit genug, um zu verstecken, was wir dir zahlen. Silber aus der Klosterkirche. Euer Silber. Eure Pacht für viele Jahre. Versteck es, schmilz es ein. Sie werden es nie erkennen können."

„Aber... Woher weiß ich, dass ihr mir nicht einfach die Kehle aufschneidet? Und meinen Männern auch?"

„Das kannst du nicht wissen. Aber du hast kaum eine Wahl. Entscheide dich." Ordlaf zögerte nur noch kurz. Er dachte an Merla, den Vetter seiner Frau, den der Abt hinter ihm wegen ausstehender Pachten zum Sklaven gemacht hatte. Dachte an Merlas Frau und Kinder, die noch immer von der Barmherzigkeit der anderen Dorfbewohner abhängig waren, seit das Oberhaupt der Sippe vor Angst geflohen war.

„Gut. Aber lass es aussehen, als würdest du uns zwingen."

Shef barst vor gespielter Wut, landete einen weiten Schlag gegen den Kopf des Dorfvorstehers und zog einen Dolch vom Gürtel. Ordlaf wandte sich um und rief einer kleinen Gruppe von Männern Befehle zu, die sich in einigen Schritten Entfernung gebildet hatte. Nach und nach schoben sie Fischerboote in die Flut, richteten die Masten auf und holten Segeltuch aus den Schuppen. Dichtgedrängt schoben die Wikinger sich in Richtung des Ufers und stießen dabei ihre Gefangenen vor sich her. Nur fünfzig Schritt entfernt schlossen fünfhundert englische Reiter ihre Linie, bereit, eher anzustürmen als die Geiseln aufzugeben. Nur die über den Tonsuren erhobenen Waffen hielten sie zurück.

„Halt sie zurück", zischte Shef dem Abt zu. „Ich lasse die Hälfte deiner Männer gehen, wenn wir an Bord sind. Du und der Rest können in einer Jolle zurückrudern, wenn wir auf dem Wasser sind."

„Du weißt sicher, dass wir so die Pferde verlieren, oder?", fragte Guthmund betrübt.

„Ihr habt sie doch sowieso gestohlen. Ihr könnt wieder neue stehlen."

„Und so sind wir bei Sonnenuntergang in die Humbermündung gerudert, haben die Boote über Nacht an Land gezogen, als wir sicher waren, dass uns niemand sehen konnte, und haben dann heute früh den Rest des Weges zu euch geschafft. Mit der Beute."

„Wie viel ist es?", fragte Brand aus der Mitte der anderen Mitglieder des eilig einberufenen Rates.

„Ich habe es abgewogen", versicherte Thorvin ihm. „Altargeschirr, Kerzenhalter, diese kleinen Kisten, in denen die Christen

304

die Knöchelchen ihrer Heiligen aufbewahren, das Kästchen für die gesegneten Waffeln, diese Dinger zum Weihrauch verbrennen, ein paar Münzen – viele Münzen. Ich dachte, dass Mönche gar nichts besitzen dürfen, aber Guthmund meint, wenn man sie lange genug schüttelt, fällt allen ein Beutel vom Gürtel. Abzüglich der Bezahlung der Fischer haben wir zweiundneunzig Pfund Silber.

Aber noch besser ist das Gold. Die Krone, die ihr dem Bildnis des Christengottes abgenommen habt, war rein, und schwer dazu. Genau wie ein großer Teil des Geschirrs. Weitere vierzehn Pfund. Und wir rechnen Gold achtmal so wertvoll wie Silber, also hundertvierzehn Pfund Silber, mehr als ein Zentner zusätzlich zu den zweiundneunzig Pfund.

„Zweihundert Pfund insgesamt", meinte Brand nachdenklich. „Wir werden es zu gleichen Teilen an die Mannschaften ausgeben und sie ihre eigene Verteilung machen lassen müssen."

„Nein", widersprach Shef.

„Das sagst du in letzter Zeit öfter", murrte Brand.

„Weil ich weiß, was zu tun ist. Andere nicht. Das Geld wird nicht verteilt. Das sind die Kriegsmittel des Heeres. Dafür haben wir es überhaupt geholt. Wenn wir es aufteilen, sind alle ein wenig reicher. Ich will es benutzen, damit alle sehr viel reicher werden."

„Wenn du es so sagst, werden die Männer es vielleicht verstehen. Du hast es erbeutet, du hast das Recht dazu, über seine Verwendung mitzubestimmen. Aber wie werden wir alle sehr viel reicher?"

Shef zog vorne aus seinem Kittel die *mappa mundi*, die er von der Mauer der Domkirche genommen hatte. „Seht euch das an", sagte er. Ein Dutzend Gesichter beugte sich über das Pergamentblatt. Jedes von ihnen zeigte einen eigenen Ausdruck von Verwunderung beim Anblick der mit Tinte gezogenen Zeichnungen.

„Könnt ihr die Schrift lesen?", wollte Shef wissen.

„Hier in der Mitte", meldete sich der Heimdall-Priester Skaldfinn zu Wort, „neben dem kleinen Bild. Da steht ‚Hierusalem'. Das ist die heilige Stadt der Christen."

„Lügen, wie immer", spuckte Thorvin aus. „Diese schwarze Grenze soll das Meer sein, die große See um Midgard, die Welt. Sie sagen, dass ihre heilige Stadt der Mittelpunkt von allem ist. Das war ja zu erwarten."

„Schaut euch die Ränder an", empfahl Brand. „Seht mal, was es über Orte sagt, die wir kennen. Wenn es darüber lügt, dann können wir sicher sein, dass es alles Lügen sind, wie Thorvin sagt."

„*Dacia et Gothis*'", las Skaldfinn laut vor. „,Gothia.' Das muss das Land der Gauten sein, die südlich der Schweden leben. Außer, sie meinen Gotland. Aber Gotland ist eine Insel, und das hier ist Festland. Daneben... daneben steht ,Bulgaria'."

Der Rat brach in schallendes Gelächter aus. „Die Bulgaren sind die Feinde des Kaisers der Griechen in Miklagarth", sagte Brand schließlich. „Man reist zwei Monate zu den Bulgaren."

„Auf der anderen Seite von Gothia ist bei ihnen ,Slesvic'. Na, das ist wenigstens klar verständlich. Wir kennen alle das Schleswig der Dänen. Hier steht noch mehr. ,*Hic abundant leones*'. Das bedeutet ,Hier gibt es viele Löwen'."

Ein neues brüllendes Lachen. „Ich bin ein Dutzend Mal auf dem Markt von Schleswig gewesen", erklärte Brand. „Und ich habe Männer getroffen, die von Löwen erzählt haben. Löwen sind große, gefährliche Katzen, und sie leben in den heißen Gegenden südlich von Sarkland. Aber ganz sicher hat man in Schleswig noch nie einen Löwen gesehen, von vielen ganz zu schweigen. Du hast deine Zeit verschwendet, als du diese... wie nennst du sie gleich? Diese *mappa* mitgebracht hast. Es ist Unsinn, wie alles, was die Christen für Weisheit halten."

Shefs Finger folgte weiteren Buchstaben, während er die Buchstaben vor sich hin murmelte, die Vater Andreas ihm mit mittelmäßigem Erfolg beigebracht hatte.

„Hier steht was auf Englisch", sagte er. „Die Handschrift ist eine andere bei dem Rest. Hier steht ,Suth-Bryttas', also ,Südbriten'."

„Er meint die Bretonen", meinte Brand. „Sie leben auf einer großen Halbinsel auf der anderen Seite der Englischen See."

„Das ist also nicht ganz falsch. Man kann die Wahrheit auf einer *mappa* finden. Wenn man sie darauf einzeichnet."

„Ich verstehe immer noch nicht, wie uns das reich machen soll", mäkelte Brand. „Du hast gesagt, dass sie das kann."

„Sie nicht." Shef rollte das Pergament zusammen und schob es beiseite. „Aber der Gedanke dahinter vielleicht. Wir müssen wichtigere Dinge erfahren. Erinnert euch. Hätten wir nicht gewusst, wo Riccall liegt, an jenem Tag im Schnee, wären wir vielleicht abgeschnitten und von den Bauern vernichtet worden. Als ich nach Beverley geritten bin, kannte ich die Richtung, aber die Kirche hätte ich ohne ortskundigen Führer nie erreicht. Und nach Bridlington und zu dem Mann, der uns hierher gesegelt hat, bin ich nur gekommen, weil ich schon vorher auf der Straße unterwegs gewesen war.

Versteht ihr, was ich meine? Wir wissen viel, aber es hängt alles von irgendjemandem ab. Kein Mensch weiß genug für alles, was wir verstehen müssen. Eine *mappa* sollte wie ein Speicher für das Wissen vieler Menschen sein. Wenn wir so etwas hätten, könnten wir Orte finden, an denen wir noch nicht waren. Wir könnten die Richtung bestimmen, Entfernungen berechnen."

„Gut, dann machen wir eine *mappa* voller Wissen", sagte Brand bestimmt. „Jetzt erzähl mir was vom Reichwerden."

„Wir haben noch etwas Wertvolles", erwiderte Shef unbeeindruckt. „Und diesmal nicht von den Christen. Thorvin wird es euch erzählen. Ich hab es selbst gekauft. Von Munin, Odins Raben. Ich habe mit Schmerz dafür bezahlt. Zeig es ihnen, Thorvin."

Diesmal holte Thorvin etwas aus seiner Kleidung: ein dünnes, rechteckiges Brettchen. Darauf standen Runen in schmalen Zeilen, jede einzeln mit einem Messer gearbeitet und mit roter Farbe hervorgehoben.

„Es ist ein Rätsel. Wer es löst, wird den Schatz von Raedwald finden, dem König der Ostangeln. Danach hat Ivar letzten Herbst gesucht. Aber König Edmund hat das Geheimnis mit ins Grab genommen."

„Der Schatz eines *Königs*", raunte Brand. „Das könnte tatsächlich etwas wert sein. Aber erst müssen wir das Rätsel lösen."

„Und genau das kann eine *mappa*", stellte Shef fest. „Wenn wir jedes Stück Wissen aufschreiben, das wir finden können, haben wir am Ende genügend Teile zusammen, um das Rätsel zu lösen. Aber wenn wir sie nicht festhalten, haben wir den ersten Teil schon vergessen, wenn wir den letzten finden. Und es gibt noch etwas." Shef rang mit dem Bild in seinem Kopf, der Spur einer Erinnerung von irgendwoher, ein Blick von oben – ein Blick auf die Welt, wie ihn kein Mensch jemals wirklich haben könnte. „Selbst diese *mappa*. Dahinter steckt ein Gedanke. Es ist, als würde man von oben auf die Welt herabschauen und alles ausgebreitet vor sich liegen sehen. Wie ein Adler die Welt sehen würde. Wie sonst könnte man besser Orte und Dinge finden?"

Der Schiffsführer Guthmund durchbrach das abwägende Schweigen. „Bevor wir irgendetwas sehen oder finden, müssen wir aber entscheiden, wohin es als nächstes gehen soll."

„Noch wichtiger", warf Brand ein, „ist, dass wir entscheiden, wie dieses Heer geführt wird und nach welchem Gesetz es leben soll. Als Männer des Großen Heeres sind wir dem alten *hermanna lög* unserer Vorfahren gefolgt – dem Gesetz der Krieger. Aber Ivar hat es gebrochen und ich will es nicht wieder einführen. Ich weiß, dass nicht jeder in unserem Heer einen Anhänger trägt." Bezeichnend blickte er bei diesen Worten Shef und Guthmund an. „Aber ich denke, dass wir von jetzt an nach einem neuen Gesetz leben sollten. Dem *vegmanna lög*, wie ich es nennen würde. Das Gesetz der Wegmänner. Der erste Schritt ist aber, das Heer offen darüber abstimmen zu lassen, wem es die Macht überträgt, Gesetze zu erlassen."

Während sie darüber beratschlagten, glitt Shefs Geist, wie so häufig, ab von der kabbelnden Wortrangelei, die augenblicklich ausbrach. Er wusste, was das Heer jetzt tun musste: aus Northumbria verschwinden, um den Ragnarssons zu entgehen, und die Gebiete Burgreds, des mächtigen Königs der Mark, so schnell wie möglich durchqueren. Sich im königslosen Reich der Ostangeln einrichten und von der Bevölkerung Abgaben im Austausch für deren Sicherheit erheben. Das bedeutete Schutz vor Königen, Unabhängigkeit von Äbten und Bischöfen. Bei Abgaben in solchem Umfang würde selbst Brand sehr bald zufrieden sein.

Währenddessen könnte er an der *mappa* arbeiten, und an dem Rätsel. Am allerwichtigsten, wenn das Heer seine Gebiete vor gierigen Händen schützen wollte, waren neue Waffen. Neue Geschütze.

Vor seinem geistigen Auge erschienen die Formen eines neuen Katapults, als eine Stimme seine Gedanken unterbrach, die sehr laut einen Platz im Rat für all jene forderte, deren Jarlstitel erblich war.

Dazu würde auch Sigvarth, sein Vater, gehören, dessen Mannschaften sich der Abteilung in York als letzte angeschlossen hatten. Er wünschte sich, dass Sigvarth geblieben wäre, zusammen mit seinem pferdezahnigen Sohn Hjörvath. Aber vielleicht mussten sie sich nicht begegnen. Vielleicht würde das Heer das mit den Jarls nicht befürworten.

Shef wandte sich wieder der Frage zu, wie er die Kraft des langsamen und schwerfälligen Gegengewichts ersetzen konnte. Seine Finger sehnten sich danach, wieder einen Hammer zu halten.

ACHTES KAPITEL

Vier Wochen später hatte sich das Kribbeln in Shefs Händen gelegt. Außerhalb des behelfsmäßigen Lagers der Krieger des Weges hatte er sich auf der Geschützbahn eingefunden. Aber die Maschine neben ihm hätte kein stolzer Vertreter des Römervolks erkannt.

„Runterlassen!", rief er der achtköpfigen Besatzung zu.

Der lange Ausleger knarrte abwärts in seine wartenden Hände, der zehn Pfund schwere Stein lag in der Lederschlinge, die an einem befestigten und einem freien Haken hing.

„Bereit!" Die acht kräftigen Wikinger legten ihr Gewicht in die Seile und warteten darauf, zu ziehen. Shef fühlte, wie der Arm, die obersten sechzehn Fuß eines Schiffsmastes, der kurz über Deckhöhe abgesägt worden war, sich unter ihrem und seinem Gewicht bog und ihn selbst langsam vom feuchten Boden hob.

„Zieht!" Die Wikinger rissen gemeinsam den Mast nach unten, jeder von ihnen legte sein gesamtes Körpergewicht und alle Kraft hinein. Sie waren so wunderschön aufeinander abgestimmt, als würden sie im schlimmsten Wellengang des Atlantiks an der Rahe ihres Schiffs hieven. Der kurze Arm des Geschützes ruckte abwärts, der lange Arm peitschte nach oben. Die Schlinge wirbelte mit plötzlicher, gewaltiger Kraft herum, erreichte den Punkt, an dem der nicht befestigte Haken sich von seinem Ring löste, und bewegte sich frei.

Hinauf in den trüben Himmel schoss der Stein. Für einen langen Augenblick schien er an der Spitze seiner bogenförmigen Flugbahn zu verharren, dann begann sein langer Fall, der zweihundertfünfzig Fuß entfernt mit einem nassen Klatschen im ostenglischen Boden endete. Zehn zerlumpte Gestalten liefen schon in seine Richtung und kämpften darum, wer das Geschoss vom anderen Ende der Zielbahn zurückbringen würde.

„Runterlassen!", rief Shef so laut er konnte. Seine Mannschaft nahm ihn wie immer überhaupt nicht wahr. Sie jubelten und lachten, klopften einander auf die Schulter und verfolgten die Bahn des Steins mit ihren Blicken.

„Eine Achtelmeile, könnte ich wetten!", rief Steinulf, Brands Steuermann.

„Runterlassen! Wir versuchen hier, wie schnell wir schießen können!", rief Shef erneut. Allmählich erinnerte sich die Besatzung daran, dass es ihn gab. Einer von ihnen, der Koch Ulf, drehte sich behäbig um und tätschelte Shef vorsichtig den Rücken.

„Schnell… am Arsch", sagte er gesellig. „Wenn sie jemals schnell hintereinander schießen müssen, schaffen wir das schon. Jetzt ist es Zeit etwas zu essen."

Seine Freunde nickten zustimmend und nahmen ihre Jacken vom galgenhaften Gestell des Geschützes.

„Hat Spaß gemacht, schöne Übung", sagte Kolbein der Hebrider, der seit Neustem das silberne Glied der Freya-Verehrer um den Hals trug. „Wir kommen morgen wieder her. Zeit zu essen."

Shef sah ihnen zu, wie sie sich zurück auf den Weg zur Umfriedung machten, die die Ansammlung aus Zelten und grob überdachten Hütten umgab, die ihrem Heer als Winterlager dienten. Sein Herz füllte sich mit Wut und Missmut.

Der Einfall zu dieser neuen Art von Geschütz war ihm gekommen, als er Ordlafs Fischern dabei zusah, wie sie an den Seilen am Schiffsmast zogen. Der riesige Felsenwerfer der Mönche in York, der drei Monate zuvor der Ramme der Ragnarssons zum Verhängnis geworden war, hatte seine Kraft aus einem Gegengewicht geschöpft. Dieses wiederum war von Männern über eine Winde emporgehoben worden. Letztendlich machte das Gegengewicht nichts anderes, als die Kraft zu speichern, mit der die Männer es in die Höhe gehievt hatten. Warum also die Kraft speichern, hatte er sich gefragt. Warum nicht Seile am kurzen

312

Arm befestigen und daran ziehen? Für kleine Steine wie diese hier, die sie zu groben Kugeln behauen hatten, war das neue Gerät wunderbar geeignet.

Es schleuderte sie in makellos gerader Richtung und erlaubte ein Zielen mit wenigen Fuß Abweichung. Die Wirkung des Geschosses war im wahrsten Sinne des Wortes schlagkräftig. Es verwandelte Steine in Staub und drang durch Schilde als wären sie aus Pergament. Während sie lernten, wie sie die Waffe möglichst wirkungsvoll einsetzen konnten, erhöhte sich auch deren Reichweite stetig bis auf eine Achtelmeile. Und Shef war sicher, dass er in der Zeit, in der ein Mann bis hundert zählte, zehn Steine verschießen könnte. Wenn die Männer nur täten, was er sagte.

Aber seine Mannschaft begriff das Katapult nicht als Waffe. Für sie war es ein Spielzeug. Vielleicht eines Tages nützlich gegen eine Umfriedung oder eine Mauer. Ansonsten nichts mehr als eine Ablenkung von der Langeweile des Winterlagers im englischen Marschland, in dem selbst der übliche Zeitvertreib der Wikinger, der Raub von Mädchen und Geld in der Umgebung, strengstens verboten war.

Diese Werfer konnten gegen alles eingesetzt werden, dachte Shef: Schiffe, ganze Heere. Wie würde sich eine aufgestellte Schlachtreihe gegen einen Regen von Felsbrocken wehren, von denen jeder einzelne töten oder verkrüppeln konnte und die von Männern weit außerhalb der Reichweite der Bögen abgefeuert wurden?

Ihm wurde bewusst, dass eine Ansammlung aufgeregter, grinsender Gesichter ihn erwartungsvoll ansah. Die Sklaven. Entlaufene aus dem Norden oder dem Land des Königs der Mark, angezogen vom erstaunlichen Gerücht, dass man ihre eisernen Halsringe in diesem Lager im flachen, sumpfigen Grenzland zwischen den Flüssen Nene und Welland abnehmen würde. Dass es im Austausch für Arbeit genug zu essen gab. Man hatte ihnen, bisher zu ihrem Unglauben, versprochen, dass sie nicht wieder zu Sklaven gemacht werden würden, wenn ihre Herren weiterzogen. Jede der zottigen Gestalten trug einen der zehn Pfund schweren

Steine, die sie am Tag zuvor mit Thorvins ältesten Meißeln in stundenlanger Arbeit in Form gebracht hatten.

„Gut", meinte Shef. „Zieht die Pflöcke raus, baut das Geschütz ab, bringt die Balken zurück und wickelt sie in ihre Planen ein."

Die Männer traten von einem Bein aufs andere und blickten einander an. Einer von ihnen, von den anderen sanft nach vorne gedrängt, sprach zögernd und mit gesenktem Blick.

„Wir ham' gedacht, Meister… Ihr seid aus Emneth und reden tut Ihr auch wie wir, und alles… Und…"

„Raus damit."

„Wir ham' uns gefragt, weil Ihr doch einer von uns seid, ob wir auch mal schießen dürfen."

„Wir wissen, wie es geht!", rief einer seiner Mitstreiter. „Wir ham' zugeguckt. Wir sind nich' so stark wie die, aber ziehen können wir."

Shef blickte in die begeisterten Augen der Männer. Betrachtete ihre dürren, unterernährten Körper. Warum nicht?, dachte er. Er hatte immer angenommen, dass diese Aufgabe nur rohe Kraft und ein gewisses Körpergewicht brauchte. Aber eine gute Abstimmung aufeinander war ebenso wichtig. Vielleicht wären zwölf leichtgewichtige Engländer so gut wie acht schwere Wikinger. Für Schwerter und Äxte hätte das niemals zugetroffen. Aber diese ehemaligen Sklaven würden in jedem Fall tun, was man ihnen sagte.

„Na gut", meinte er. „Fünf Schüsse zum Eingewöhnen. Danach sehen wir mal, wie viele ihr verschießen könnt, während ich bis einhundert zähle."

Die Freigelassenen jubelten und machten Luftsprünge auf dem Weg zu den Seilen.

„Wartet mal. Wir wollen hier sehen, wie schnell ihr schießt. Als erstes legt ihr also alle Steine dort drüben zusammen auf einen Haufen, damit ihr nicht mehr als einen Schritt machen müsst, um an sie ranzukommen. Jetzt passt auf…"

Eine Stunde später war die neue Mannschaft unterwegs, um zu verstauen, was sie jetzt ihr Geschütz nannten, und Shef machte sich nachdenklich auf den Weg zur Hütte von Hund und Ingulf, wo die Kranken und Verwundeten untergebracht waren. Hund kam ihm aus dem Eingang der Unterkunft entgegen, die Hände voller Blut, das er sich an einem Lappen abwischte.

„Wie geht es ihnen?", fragte Shef. Er meinte die Verletzten, die seine andere Maschine gefordert hatte. Der Nachbau des Windenkatapults, das König Ella den Tod geschenkt hatte und das die Wikinger ‚Drehgeschütz' nannten, war bei einer Übung auseinander gesprungen.

„Sie kommen durch. Einer hat drei Finger eingebüßt, es hätte aber genauso gut die ganze Hand oder der Arm sein können. Dem anderen hat es den Brustkorb eingedrückt. Ingulf musste ihn aufschneiden, um ein Stück Knochen aus der Lunge zu holen. Aber es verheilt gut. Ich habe eben an seinen Fäden gerochen, kein Zeichen von Wundbrand. Aber zwei Männer, die sich in vier Tagen an der Maschine verletzen… Was ist da los?"

„Es liegt nicht am Geschütz, sondern an diesen Nordmännern. Sie sind stark und stolz auf ihre Kraft. Sie drehen die Zahnräder fest und dann wirft einer von ihnen sein ganzes Gewicht auf den Hebel, nur um noch eine letzte Drehung rauszuholen. Der Arm bricht und jemand wird verletzt."

„Dann ist es nicht der Fehler der Waffe, sondern der Männer, die sie bedienen?"

„Genau. Was ich brauche, sind solche, die so und so viele abgezählte Drehungen machen, nicht mehr und nicht weniger. Männer, die tun, was man ihnen sagt."

„Davon gibt es nicht viele hier im Lager."

Shef starrte seinen Freund an. „Zumindest nicht unter denen, die Nordisch sprechen." Der Samen eines Einfalls war gesät.

Nach dem winterlich frühen Einbruch der Dunkelheit würde er sich bald eine Kerze nehmen und an der *mappa* weiterarbeiten – der Karte von England, wie es wirklich war.

„Nichts zu essen übrig außer Roggenbrei, schätze ich?"
Ohne zu antworten, reichte Hund ihm die Schüssel.

Sigvarth sah sich mit einem Hauch von Unsicherheit um. Die Priester des Weges hatten den heiligen Kreis gebildet, begrenzt von Schnüren mit Eberesche, den Speer und das Feuer in der Mitte. Wieder einmal nahmen nur die sechs weißgekleideten Priester teil. Außer ihnen befand sich nur der Jarl der Hebrider in der schummrigen, segelüberdachten Hütte.

„Es wird Zeit, dass wir etwas klären, Sigvarth", begann Farman. „Und zwar wie sicher du bist, dass der Junge Shef dein Sohn ist."

„Er meint es", gab Sigvarth zurück. „Alle denken, dass er es ist. Und seine Mutter nennt ihn Sohn. Sie muss es doch wissen. Sicher hätte sie alles tun können, nachdem sie mir abgehauen war. Ein junges Mädchen, zum ersten Mal unbeaufsichtigt. Vielleicht hat sie sich etwas Spaß gegönnt." Gelbe Zähne blitzten auf. „Aber ich denke nicht. Sie war eine edle Dame."

„Ich denke, ich kenne den Großteil dieser Geschichte", unterbrach ihn Farman. „Du hast sie ihrem Ehemann geraubt. Aber eins verstehe ich nicht. Sie ist dir entkommen, zumindest erzählt man es sich so. Bist du immer so unachtsam mit deinen Gefangenen? Wie ist sie entkommen? Und wie hat sie es zurück zu ihrem Ehemann geschafft?"

Überfragt strich sich Sigvarth über den Bart. „Das ist zwanzig Jahre her. Trotzdem eine lustige Geschichte. Ich erinnere mich gut. Es war folgendermaßen. Wir kamen gerade zurück von einer Reise in den Süden. War nicht besonders gut gelaufen. Auf dem Rückweg beschloss ich, mein Glück in der Flussmündung hier zu wagen, zu sehen, was es zu holen gab. Wir taten das Übliche. Ab an Land, überall Engländer, wie immer. Wir fanden dieses kleine Dörfchen, Emneth, und griffen uns alles, was laufen konnte. Darunter war die Frau vom Thane, ihren Namen habe ich vergessen.

316

Aber an sie erinnere ich mich. Sie war gut. Ich hab sie für mich selbst behalten. Damals war ich dreißig, sie etwa zwanzig, das passt immer gut. Sie hatte schon ein Kind zur Welt gebracht, war also gut zugeritten. Aber ich hatte den Eindruck, dass sie nicht besonders glücklich mit ihrem Mann war. Am Anfang hat sie sich ziemlich heftig gewehrt, aber das bin ich gewohnt Sie müssen es machen, damit man sie nicht für Huren hält. Aber als ihr klar wurde, dass sie keine Wahl hatte, hat sie sich ins Zeug gelegt. Sie hatte diesen Kniff, eine kleine Eigenheit. Sie hat sich immer mit den Füßen vom Boden hochgestemmt, wenn ihr Augenblick da war, und mich immer gleich mit."

Thorvin grummelte missbilligend. Farman, in der Hand das getrocknete Pferdeglied, das wie der Hammer in Thorvins Griff seinen Rang bezeichnete, brachte ihn mit einer Geste zum Schweigen.

„Aber in einem schlingernden Langschiff macht es keinen rechten Spaß. Nachdem wir ein Stück die Küste hinaufgefahren waren, suchte ich nach einem ruhigen Plätzchen. Ich hoffte auf ein wenig *strandhögg*. Feuer anzünden, sich aufwärmen, ein paar Stücke Rindfleisch braten, Bierfässer anstechen und ausruhen, Spaß haben. Den Jungs vor der Rückfahrt übers offene Meer etwas Mut machen. Aber sich nicht in Gefahr bringen, nicht mal durch die Engländer.

Also hab ich mir ein Stück Strand ausgeguckt, hinter dem eine schöne, steile Klippe lag. Ein Bächlein lief durch eine Rinne ins Meer. Ich stellte ein halbes Dutzend Männer auf, nur um die Mädchen zu bewachen. Jeweils ein Mann mit einem Horn sollte die Klippe auf beiden Seiten bewachen und Verstärkung rufen, wenn ein Rettungstrupp oder sowas auftauchte. Und wegen der Klippen bekamen beide ein Seil an einem Pflock. Wenn wir überrascht würden, konnten sie sich damit die Klippe herunterlassen, während der Rest am Strand zurücklief Wir hatten die drei Boote an Bug und Heck zusammengebunden. Die Buge lagen Richtung Strand, die Heckanker waren weit draußen im

Wasser. Wenn wir es eilig hätten, müssten wir nur rein springen, die Bugseile lösen, uns über das Ankertau rausziehen und Segel setzen. Aber der Strand war versiegelt wie eine Nonne."

„Du musst es wissen", bemerkte Thorvin.

Wieder blitzen Sigvarths Zähne auf. „Nur ein Bischof wüsste es besser."

„Aber sie ist entkommen", forderte ihn Farman auf.

„Stimmt. Wir hatten unseren Spaß. Ich hab es mit ihr gemacht, im Sand, zweimal. Es wurde dunkel. Ich habe sie nicht mit den anderen geteilt, aber meine Männer hatten ein Dutzend Mädchen, und ich wollte gerne mitmachen. Hah, ich war dreißig! Also habe ich mein Boot an Land gezogen, meine Kleider auf dem Sand gelassen und mich mit ihr reingesetzt. Ich bin nicht mehr als dreißig Schritte weit raus, am Hecktau entlang und habe dort festgemacht. Da habe ich sie zurückgelassen, bin ins Meer gesprungen und zurück an Land geschwommen. Mir hatte diese hübsche, große Blonde gefallen. Sie war die ganze Zeit über schön laut gewesen.

Aber nach einer Weile, als ich gerade eine gebratene Rippe in der linken Hand und einen Becher Bier in der anderen hatte, fingen die Männer zu rufen an. Außerhalb unseres Feuerscheins lag etwas im Sand, etwas Großes. Ein gestrandeter Wal, dachten wir, aber als wir hinliefen, schnaufte es und griff den ersten von uns an. Der sprang zurück, wir suchten nach unseren Waffen. Ich dachte, dass es vielleicht ein *rhosswal* war. Ein Walross, wie es manche nennen.

Und genau in dem Augenblick hörten wir jede Menge Aufregung auf den Klippen. Der Junge da oben, Stig, rief um Hilfe. Er blies nicht in sein Horn, ja? Er rief um Hilfe. Es klang, als würde er gegen etwas kämpfen. Also bin ich das Seil hochgeklettert, um zu sehen, was es war."

„Und was war es?

„Nichts, als ich oben ankam. Aber er sagte, den Tränen nahe, dass ihn ein Skoffin angegriffen hätte."

„Ein Skoffin?", fraget Vigleik nach. „Was ist das?"

Skaldfinn lachte auf. „Du solltest öfter mit alten Frauen sprechen, Vigleik. Ein Skoffin ist das Gegenteil eines Skuggabaldurs. Der eine ist der Abkömmling eines Fuchses und einer Katze, der andere der eines Katers und einer Fähe."

„Nun ja", schloss Sigvarth. „Inzwischen waren alle unruhig geworden. Also habe ich Stig da oben gelassen, ihm gesagt, dass er kein Narr sein soll, bin das Seil runter und habe allen befohlen, wieder an Bord zu gehen.

Aber als wir das Boot einholten, war die Frau verschwunden. Wir haben den Strand abgesucht. Ich schaute bei den Männern in der Flussrinne nach, die sich beim Zusammenpacken nicht wegbewegt und niemanden gesehen hatten. Ich kletterte beide Seile auf beide Klippen hinauf. Niemand hatte etwas bemerkt. Am Ende war ich so wütend, dass ich Stig die Klippe runter geschmissen habe, weil er die ganze Zeit geschnieft hat. Er hat sich den Hals gebrochen und ist gestorben. Ich musste bei der Rückkehr nach Hause sogar Wergeld für ihn zahlen. Aber bis letztes Jahr habe ich die Frau nie wiedergesehen. Und da war ich zu beschäftigt, um nach ihrer Geschichte zu fragen."

„Ja, und wir wissen auch, womit du beschäftigt warst", merkte Thorvin an. „Mit einem Auftrag des Knochenlosen."

„Bist du neuerdings Christ, dass du deswegen quengelst?"

„Letztendlich ist es doch so", unterbrach Farman die beiden, „dass sie in dem Durcheinander wahrscheinlich weggeschwommen ist. Du bist auch ans Ufer geschwommen."

„Dabei wäre sie aber vollständig angekleidet gewesen, denn ihre Sachen waren auch weg. Und es ist weit gewesen, im dunklen Meer, um um die Klippen herumzukommen. Denn am Strand war sie nicht, da bin ich sicher."

„Ein Walross. Ein Skoffin. Eine Frau, die verschwindet und mit einem Kind unter dem Herzen wieder auftaucht", dachte Farman laut nach. „Das alles ließe sich erklären. Aber es gab mehrere Möglichkeiten, das zu tun.

„Ihr denkt, dass er nicht mein Sohn ist", forderte Sigvarth die
Priester heraus. „Ihr denkt, dass er das Kind eines eurer Götter ist. Ich will euch was sagen: Ich verehre keine Götter außer
Rán, der Göttin in der Tiefe, zu der ertrunkene Seemänner gehen. Und diese andere Welt, von der ihr redet, diese Traumbilder,
von denen ihr tönt – ich denke, sie kommen vom vielen Gesaufe
und dem sauren Essen, und von einem Mann, dessen Geseier die
anderen ansteckt, bis alle von ihren Traumbilder erzählen müssen, um nicht hinter ihren Freunden zurückzubleiben. Dahinter
steckt nicht mehr Sinn als hinter Skoffins. Der Junge ist mein
Sohn. Er sieht aus wie ich. Er benimmt sich wie ich – wie ich, als
ich jung war."

„Er benimmt sich wie ein Mann", zischte Thorvin. „Du be-
nimmst dich wie ein Tier in der Brunft. Lass mich dich erinnern,
Sigvarth. Selbst wenn du viele Jahre ohne Reue und Strafe gelebt
hast, gibt es doch ein Schicksal für dich. Unser Dichter sagte es,
als er die Helwelt sah:
Viele Krieger sah ich, laut klagend vor Schmerzen,
Leidvoll wandernd auf den Wegen Hels.
Rot bespritzt die reuigen Gesichter,
Für den Gram der Frauen, waren sie gerecht bestraft.
Sigvarth stand auf, die Hand schon am Schwertgriff. „Ich kenne
noch ein besseres Lied. Der Skalde des Knochenlosen hat es letztes
Jahr gesungen, als Ragnar gestorben war:
Uns sangen die Schwerter. Ich sage, es ist gut,
Wenn im Funkenregen Mann und Mann, sich fechtend messen,
Statt den Kampf zu scheuen. Der Krieger Freund
gewinnt das Weib in der Schlacht, den Weg des Tapferen gehend.
Das ist ein Lied für einen Krieger. Für einen, der weiß wie man
lebt und stirbt. Für so einen wird es einen Platz geben in Odins
Hallen, ob er nun viele oder keine Frauen zum Weinen gebracht
hat. Ein Lied für einen Wikinger. Nicht für einen Milchbart."
In der folgenden Stille sagte Farman sanft, „Nun, Sigvarth. Wir
danken dir für deine Geschichte. Wir werden uns daran erin-

nern, dass du ein Jarl bist und zum Rat gehörst. Du wirst dich daran erinnern, dass du jetzt dem Gesetz des Weges unterliegst – ganz gleich, was du über unseren Glauben denkst."

Er zog die Stöcke aus dem Boden, die den heiligen Bereich begrenzten, und ließ Sigvarth hinaus. Als der Jarl sich entfernt hatte, begannen die Priester leise miteinander zu reden.

Shef, der nicht Shef war, wusste, dass die Dunkelheit um ihn seit zweimal hundert Jahren nicht von Licht durchbrochen worden war. Eine Zeitlang waren die steinerne Kammer und die Erde um sie herum vom Leuchten des Verfalls erhellt gewesen, das auf die Maden bei ihrem stummen, schweren Ringen geschienen hatte, als sie die Körper, die Augen und Lebern und das Fleisch und das Mark aller derer verschlangen, die hier zur Ruhe gebettet worden waren. Aber die Maden waren verschwunden, die vielen Leichname auf die weißen Knochen geschwunden, so hart und unbeweglich wie der Wetzstein in seiner eigenen fleischlosen Hand. Sie waren jetzt nichts weiter als Habseligkeiten ohne eigenes Leben, so unangreifbar sein Eigen wie die Truhen und Kästen zu seinen Füßen und unter seinem Sitz, wie der Sitz selbst – der massige, hölzerne Thron, in dem er sich sieben Menschenalter zuvor selbst niedergelassen hatte, für die Ewigkeit. Der Sitz war unter der Erde zusammen mit seinem Besitzer verrottet, sie waren zu einem verwachsen. Doch die Gestalt saß unbeweglich da, die leeren Augenhöhlen auf die Erde und alles jenseits davon gerichtet.

Er, die Gestalt auf dem Thron, erinnerte sich daran, wie sie ihn hier gebettet hatten. Die Männer hatten den großen Graben ausgehoben, das Langschiff auf Walzen hinein gleiten lassen, den hohen Sitz wie befohlen auf dem Heck aufgebaut. Er hatte sich gesetzt, den Wetzstein mit seinen geschnitzten, wilden Gesichtern auf einer Armlehne abgelegt, sein langes Breitschwert auf der anderen. Er hatte seinen Männern mit einem Nicken bedeutet, weiterzumachen. Erst brachten sie sein Kriegsross, hielten es ihm gegenüber fest und erstachen es. Dann seine vier besten Jagdhunde, die mit einem Stich ins Herz getötet wurden. Er schaute aufmerksam zu, um sicherzustellen, dass jeder von ihnen tatsächlich tot war. Er hatte keine Lust, sein ewiges Grab mit einem gefangenen Fleischfresser zu teilen. Dann die Falken, jeder einzelne schnell erdrosselt. Dann die Frauen, ein Paar Schönheiten, die weinten und trotz des verabreichten Mohns um Hilfe flehten. Die Männer erdrosselten auch sie im Handumdrehen. Dann brachten sie die Kisten, jeweils zwei Männer mühten sich keuchend mit ihrem Gewicht ab. Wieder sah er aufmerksam zu, damit er jedes Zögern, jeden Unwillen erkennen würde. Sie hätten seinen Reichtum für sich behalten, wenn sie es gewagt hätten. Sie hätten die Schätze wieder ausgegraben... Sie würden es nicht wagen. Ein Jahr lang würde der Grabhügel in dem blauen Schimmer des Verfalls in seinem Inneren leuchten. Ein Mann mit einer Fackel würde unweigerlich den ausströmenden Gestank zu unheilvollen Bränden entfachen. Geschichten würden sich verbreiten, bis jeder die Ruhestätte Kars des Alten fürchtete und mied. Wenn es die Ruhestätte Kars war.

Die Truhen stapelten sich, die Männer bedeckten den Innenraum des Schiffs mit seiner Fracht aus Leichnamen. Andere häuften Steine um ihn herum und hinter ihm auf, bis sie zur Höhe der seidenen Überdachung seines Sitzes aufgetürmt waren. Darüber legten sie dicke Balken, darauf wiederum ein dickes Blech aus Blei. Um seine Füße und über seine Brust spannten sie geteertes Leinentuch. Mit der Zeit würde das Holz verfaulen, die Erde würde in den Laderaum des Schiffes fallen, die toten Frauen und Tiere würden geschunden und durcheinander daliegen. Und er würde weiter hier sitzen, auf sie hinabblicken, das Erdreich von sich ferngehalten. Sie waren tot begraben worden. Das würde bei ihm anders sein.

Als alles erledigt war, stellte sich ein Mann vor seinen Thron: Kol den Geizhals würde man ihn nennen, Sohn Kars des Alten. „Es ist getan, Vater", sagte er, das Gesicht zwischen Angst und Hass zerrissen.

Kar nickte starren Auges. Er würde seinem Sohn weder viel Glück wünschen, noch Lebewohl sagen. Wenn er das schwarze Blut seiner Vorfahren hätte, wäre er mit seinem Vater im Hügel geblieben und *lieber in alle Ewigkeit mit seinen Schätzen vereint gewesen, als sie dem neuen König zu überlassen, der aus dem Süden vordrang.*

Die getreuen Krieger, sechs an der Zahl, begannen die Arbeiter zu töten und sie um das Schiff herum zu stapeln. Dann stiegen sie mit seinem Sohn hinaus. Einige Augenblick darauf fielen die ersten Klumpen des Aushubs auf die Planken, bedeckten den Rumpf bald gänzlich. Schnell lag die Erde höher als die Seitenplanken, die Leinentücher, das Bleiblech. Langsam sah er sie steigen, zu seinen Knien, seiner Brust. Er saß ungerührt da, noch als die Erde in die steinerne Kammer zu rieseln begann und seine Hand auf dem Wetzstein bedeckte.

Noch ein letzter Lichtstrahl. Mehr Erde, die herabregnete. Der Strahl war verschwunden, die Dunkelheit wurde tiefer und tiefer. Kar lehnte sich endlich zurück, seufzend vor Erleichterung und Zufriedenheit. Jetzt waren die Dinge so, wie sie sein sollten. Und so würden sie für immer bleiben. Sein Eigen.

Er fragte sich, ob er hier unten sterben würde. Was könnte ihn töten? Es war gleichgültig. Ob er lebte oder starb, er würde immer derselbe bleiben. Der haugbui, der Bewohner des Hügels.

Shef erwachte mit einem Ruck und keuchte. Unter der groben Decke strömte Schweiß seinen Körper hinab. Widerwillig schlug er sie zurück, rollte sich mit einem Knurren aus dem Bett auf den feuchten Boden aus festgetretener Erde. Er griff sein Hemd aus Hanffasern, als ihn die Eiseskälte traf, zog es an und tastete nach dem Kittel und den Hosen aus schwerer Wolle.

Thorvin sagt, dass die Götter diese Traumbilder schicken, um mich zu führen. Aber was wollen sie mir damit sagen? Diesmal hatte es keine Waffe, kein Gerät zu sehen gegeben.

Der Leinenstoff im Türrahmen wurde beiseite gehoben und Padda, einer der Freigelassenen, trat ein. Draußen schien das Morgengrauen an diesem späten Januartag nur auf dicken Nebel, der aus dem durchnässten Boden aufstieg. Das Heer würde sich heute lange unter den Decken herumdrücken.

Die Namen der Männer im Traum waren Kar und Kol gewesen. Sie klangen nicht englisch. Auch nicht Nordisch, überhaupt nicht. Aber die Nordmänner hatten eine Schwäche dafür, Namen abzukürzen. Guthmund nannten seine Freunde Gummi, Thormoth wurde zu Tommi. Die Engländer machten das auch. Die Namen in König Edmunds Rätsel:

„...Wuffa, Wehhas Nachfahr..."

„Wie heißt du mit ganzem Namen, Padda?", fragte er.

„Paldriht, Meister. Aber so hat mich keiner mehr genannt, seit meine Mutter gestorben ist."

„Wofür könnte Wuffa stehen, was denkst du?"

„Weiß nicht. Vielleicht Wulfstan. Könnte alles sein. Ich kannte mal einen Wiglaf. Ein sehr vornehmer Name. Wir haben ihn alle Wuffa genannt."

Shef dachte nach, während Padda sorgsam die Glut des Feuers vom Vorabend wieder zum Leben erweckte.

Wuffa, Sohn des Wehha. Wulfstan oder Wiglaf, Sohn des... Weohstan, vielleicht, oder Weohward. Er kannte diese Namen nicht, aber er musste mehr herausfinden.

Als Padda sich Holz und Wasser zuwandte, in seinen Töpfen den nie zur Neige gehenden Haferbrei vorbereite, entrollte Shef die *mappa mundi* aus ihrer Wachspapierhülle, breitete sie aus und beschwerte die Ecken. Er sah die eine Seite, die vollständig mit dem Wissen der Christen beschrieben war, gar nicht mehr an. Auf der Rückseite hatte er eine andere Karte gezeichnet. Eine Karte Englands, auf der alles verzeichnet war, was er bisher hatte zusammentragen können.

Er zeichnete immer zuerst grobe Umrisse, Namen und Entfernungen auf Birkenrinde. Erst nachdem die Angaben überprüft und mit dem abgeglichen worden waren, was er schon wusste, trug er sie mit Tinte auf dem Pergament ein. Die Karte wuchs mit jedem Tag, dicht beschrieben und sehr genau für Norfolk und die Marschgebiete, in denen sie jetzt lagerten, zweifelhaft und fleckig für Northumbria abseits von York, völlig unbeschrieben im Süden, bis auf London an der Themse und der ungefähren Lage Wessex' westlich der Stadt.

Padda hatte unter den Freigelassenen einen Mann aus Suffolk gefunden. Im Gegenzug für sein Frühstück würde er Shef alles erzählen, was er über seine Heimat wusste.

„Hol ihn rein", bat Shef, rollte frische Birkenrinde aus und machte einen Probestrich mit seinem Griffel, als der Mann eintrat.

„Ich will, dass du mir alles über Orte in deiner Gegend erzählst. Fang mit den Flüssen an. Den Yare und den Waverly kenne ich schon."

„Aha", sagte der Mann aus Suffolk nachdenklich. „Naja, südlich davon ist der Alde, der bei Aldeburth die Küste erreicht. Dann der Deben. Der fließt zehn Meilen südlich von Aldeburg ins Meer, bei Woodbridge, wo angeblich die alten Könige begraben sind. Wir hatten mal unsere eigenen Könige in Suffolk, wisst Ihr? Bevor die Christen gekommen sind…"

Augenblicke später stürzte Shef in Thorvins Schmiede, wo sein ehemaliger Lehrmeister sich darauf vorbereitete, einen weiteren Tag mit der Herstellung eiserner Zahnräder für die Drehgeschütze zuzubringen.

„Du musst den Heeresrat zusammenrufen", verlangte er.

„Warum?"

„Weil ich weiß, wie wir Brand reich machen."

Neuntes Kapitel

Eine Woche später brach eine Abteilung des Heeres unter einem drohenden Himmel eine Stunde nach dem Morgengrauen auf. Der Rat des Weges hatte sich dagegen entschieden, das Lager abzubrechen und in Gänze auszuziehen. Die Schiffe, die am Ufer des Welland vertäut waren, mussten weiter bewacht werden. Im Lager gab es nicht nur Wärme für die letzten Wochen und Monate des Winters, sondern auch einen mühsam zusammengesuchten Vorrat an Lebensmitteln. Und es ließ sich nicht leugnen, dass viele Ratsmitglieder Shefs glühender Überzeugung skeptisch gegenüberstanden und nicht glaubten, dass seine *mappa* den Schlüssel zu Reichtum lieferte, von dem noch ihre Urenkel würden leben können.

Aber es war offensichtlich, dass mehr als eine Handvoll Mannschaften nötig war. Zwar gab es das Königreich der Ostangeln nicht mehr, und seine mächtigsten Krieger und edelsten Thanes waren tot. Aber es bestand immer noch die Möglichkeit, dass die Menschen sich sammelten, wenn man sie zu sehr reizte. Eine kleine Gruppe von Wikingern könnte abgeschnitten und niedergemacht werden, wenn sie in die Unterzahl gerieten. Brand hatte gebrummt, dass er die ganze Unternehmung zwar töricht finde, aber auch nicht eines Morgens von den abgeschnittenen Köpfen seiner Freunde geweckt werden wolle, die jemand vor sein Zelt warf. Am Ende war es Shef erlaubt worden, nach Freiwilligen zu fragen. Bei der Langeweile des Winterlagers hatte er keine Schwierigkeiten gehabt, welche zu finden.

Eintausend Wikinger ritten auf ihren Ponys aus, acht lange Hundert und vierzig, wie üblich nach Schiffsbesatzungen aufgeteilt. Hunderte Lastenponys trugen Zelte und Tierfutter, Nahrung und Bier, in langen Reihen geführt von englischen Thralls. In der Mitte des Zuges aber bewegte sich etwas Neues: eine Kette von Karren, voll beladen mit Seilen und Balken, Rädern und Hebeln – jedes Stück sorgfältig gekennzeichnet, um den Zusammenbau zu erleichtern. Ein Dutzend Werfer und acht Drehgeschütze. Alle Geräte, die Shef und Thorvin in den Wochen im Lager hatten bauen können, waren hier. Hätte er sie zurückgelassen, wären sie vergessen, verlegt oder verfeuert worden. Sie hatten zu hart gearbeitet, um das zuzulassen.

Um die Karren herum hing eine Traube von Thralls, den Entlaufenen aus der Gegend. Jede Besatzung lief neben ihrem Werfer her, jeweils angeführt von einem Mann aus Shefs erstem Dutzend. Den Wikingern gefiel das gar nicht. Ja, jedes Heer brauchte eine Bande Thralls zum Ausheben der Abfallgruben, Anzünden der Feuers und Striegeln der Pferde. Aber so große Gruppen? Die auch noch einen festgelegt Anteil der Vorräte beanspruchen konnten? Und anfingen zu denken, dass sie gar keine Thralls mehr wären? Selbst die Anhänger des Weges hatten es nie in Erwägung gezogen, Männer, die kein Nordisch sprachen, zu vollwertigen Mitstreitern zu erheben. Shef hatte es nicht vorzuschlagen gewagt.

Er hatte Padda und den anderen elf klargemacht, dass sie ihren Leuten empfehlen sollten, sich kleinzumachen. „Wenn ihr für jemanden Korn mahlen oder das Zelt aufbauen sollt, tut es einfach", hatte er gesagt. „Und haltet euch ansonsten abseits."

Aber er wollte, dass seine Leute sich besonders fühlten. Dass sie stolz waren auf die Schnelligkeit und das Geschick, mit dem sie ihre Plätze einnahmen, die Hebel drehten oder die Balken emporschnellen ließen.

Um sie von den Wikingern abzuheben, trugen sie alle das gleiche Wams aus rauem, ungefärbtem Sackleinen über den Lumpen, die sie bei ihrer Ankunft am Leib gehabt hatten. Jeder Mann hatte sein Wams liebevoll mit einem zweiköpfigen Hammer aus Leinen auf Brust und Rücken bestickt. Um die Hüfte trug jeder von ihnen einen Gürtel oder wenigstens ein Seil. Wer eines hatte, trug ein Messer.

Vielleicht würde es klappen, dachte Shef und sah zu, wie die Karren vorwärts ächzten, umringt von Wikingern und begleitet von wamstragenden Freigelassenen. In jedem Fall waren sie schon jetzt viel besser im Umgang mit den Wurfgeschützen als die Wikinger, die sie ersetzt hatten. Und selbst in der rohen Kälte dieses Wintertages sahen sie fröhlich aus.

Ein seltsames Geräusch spaltete den Himmel. Am Kopf des Karrenzugs hatte Cwicca, ein Thrall, der erst vor wenigen Tagen aus dem Schrein St. Guthlacs in Crowland entkommen war, seinen heißgeliebten Dudelsack mitgebracht. Jetzt führte er die Karren an, die Wangen aufgeblasen und mit Fingern, die lebhaft über die Hornpfeife tanzten. Seine Freunde jubelten und liefen mit festerem Schritt, einige pfiffen die Lieder mit.

Ein Wikinger aus der Vorhut wendete sein Pferd, blickte finster über seinen Pferdezähnen. Es war Hjörvarth Sigvarthsson. Shefs Halbbruder. Sigvarth hatte sich ohne Zögern dem Zug angeschlossen und alle seine Mannschaften mitgebracht. Er war zu schnell gewesen, um ihn abweisen zu können, schneller als Thorvin, die anderen Hebrider, oder der noch immer zweifelnde Brand. Jetzt trottete Hjörvarth bedrohlich nach hinten auf den Dudelsackspieler zu, das Schwert halb gezogen. Die Musik quäkte unschön und erstarb. Shef wendete sein Pony zwischen sie, glitt herunter und reichte Padda die Zügel.

„Laufen hält warm", meinte er zu Hjörvarth, den Blick fest auf dessen zorniges Gesicht. „Mit Liedern vergehen die Meilen schneller. Lass ihn spielen."

Hjörvarth zögerte, riss den Kopf des Ponys herum. „Wie du willst", warf er über die Schulter zurück. „Aber Harfen sind für Krieger. Nur ein *hornung* würde eine Sackpfeife vorziehen."

Hornung, Gadderling, dachte Shef. Wie viele Worte es für Bastarde gab. Es hält die Männer nicht davon ab, sie zu zeugen. Vielleicht trägt Godive inzwischen auch schon einen.

„Spiel weiter", ermutigte er den Pfeifer. „Etwas Schnelles. Spiel es für Thor, Odins Sohn, und zur Hölle mit den Mönchen."

Der Dudelsack begann von Neuem sein zuckendes, schnelles Lied, lauter diesmal und von vereinigtem, trotzigen Pfeifen begleitet. Die Karren rollten hinter den geduldigen Ochsen voran.

„Es ist sicher, dass König Burgred die Ostangeln unterwerfen will?", fragte König Ethelred. Sein Satz endete in einem Hustenanfall – scharf, schrill und langwierig, nachdem er schon abgeklungen zu sein schien.

Ethelreds jüngerer Bruder, Alfred der Aetheling, sah ihn besorgt an. Und mit widerwilliger Berechnung. Alfreds Vater Ethelwulf, der König von Wessex, Sieger über die Wikinger bei Oakley, hatte vier starke Söhne: Ethelstan, Ethelbald, Ethelbert und Ethelred. Als der fünfte Sohn geboren worden war, hatte sein Anspruch auf den Thron als so unwahrscheinlich gegolten, dass der königliche Ethel-Name für ihn nicht einmal mehr benutzt worden war. Er war zu Ehren des Volkes seiner Mutter Alfred genannt worden.

Nun waren der Vater und drei der starken Söhne tot. Keiner war in der Schlacht gefallen, dennoch waren sie alle Opfer der Wikinger geworden. Jahrelang hatten sie in jedem Wetter Feldzüge geführt, in ihre nassen Mäntel gehüllt die Nächte verbracht, Wasser aus Flüssen getrunken, die durch die Lager von Heeren führten, die sich wenig darum scherten, wo sie ihren Abfall hinwarfen oder sich erleichterten. Sie starben an Magenkrämpfen und Lungenkrankheiten. Jetzt hatte sich Ethelred die Schwindsucht zugezogen. Wie lange würde es dauern, fragte sich Alfred, bis er selbst der letzte Aetheling des Hauses Wessex wäre. Bis dahin jedoch musste er dienen.

„Ganz sicher", gab er zurück. „Er hat es offen zugegeben. Seine Männer haben sich schon gesammelt, als ich abgereist bin. Aber er unternimmt nichts Offensichtliches. Er hat einen Unterkönig, einen Ostangeln, dem er das Heft in die Hand geben wird. So werden die Ostangeln seine Herrschaft leichter annehmen. Und er hat starken Zulauf wegen dieses Mannes ohne Gliedmaßen, von dem ich dir erzählt habe."

„Ist das wichtig?", Ethelred tupfte sich die speichelverschleimten Lippen ab.

„Die Ostangeln haben noch zwanzigtausend Mann. Zusammen mit denen, die Burgred bereits folgen, macht ihn das mächtiger als uns, viel mächtiger als Northumbria. Wenn wir ihm glauben könnten, dass er nur die Heiden bekämpfen will… Aber vielleicht bevorzugt er die leichtere Beute. Er würde sagen, dass es seine Pflicht gewesen sei, alle englischen Reiche zu vereinen. Unseres eingeschlossen."

„Und?"

„Wir müssen unser Recht einfordern. Verstehst du? Essex gehört bereits uns. Die Grenze zwischen Essex und den Südländern verläuft hier…"

Die beiden Männer, König und Prinz, arbeiteten einen Anspruch auf Land heraus, einen möglichen Grenzverlauf. Sie hatten kein Bild von diesem Land vor sich, nur das Wissen, dass dieser Fluss nördlich jenes Flusses verlief, diese Stadt in diesem oder jenem Gebiet lag. Die Unterhaltung kostete Ethelred noch mehr seiner bereits schwindenden Kraft.

„Ist es sicher, dass sie sich getrennt haben?", fragte Ivar Ragnarsson scharf.

Der Bote nickte. „Fast die Hälfte von ihnen ist nach Süden verschwunden. Vielleicht ist noch ein Dutzend lange Hundert übrig."

„Aber kein Streit?"

„Nein. Im Lager ging das Gerücht, dass sie sich den Reichtum dieses Königs Jatmund schnappen wollen, den Ihr mit dem Blutadler getötet habt."

„Unsinn", schnarrte Ivar.

„Hast du gehört, was sie bei ihrem Angriff auf Beverley erbeutet haben?", fragte Halvdan Ragnarsson seinen Bruder. „Hundert

331

Pfund Silber und nochmal so viel in Gold. Das ist mehr, als wir sonst irgendwo erbeutet haben. Der Junge hat ziemlich gute neue Einfälle. Du hättest dich mit ihm nach dem Holmgang einigen sollen. Seine Freunde haben es besser mit ihm als seine Feinde."
Ivar drehte sich zu seinem Bruder um, die Augen fahl, das Gesicht in einem seiner berühmten Wutanfälle erblassend. Halvdan erwiderte den Blick unverwandt. Die Ragnarssons kämpften niemals gegeneinander. Das war das Geheimnis ihrer Macht, das wusste selbst Ivar in seinem Wahnsinn. Er würde seine Wut auf andere Weise und an jemand anderem ausleben. Ein neues Geheimnis, das es zu hüten galt. Aber das war schon oft zuvor geschehen.
„Aber er ist jetzt unser Feind", warf Sigurth entschieden ein. „Wir müssen uns entscheiden, ob er gerade der wichtigste ist. Und wenn er das ist... Du kannst jetzt verschwinden, Bote."
Die Brüder steckten in dem kleinen Zimmer neben der zugigen Halle König Ellas in Eoforwich die Köpfe zusammen und berechneten Zahlen, Verpflegung, Entfernungen, Möglichkeiten.

„Die Weisheit der Schlange, die Durchtriebenheit der Taube", erinnerte Erzdiakon Erkenbert zufrieden. „Schon jetzt zerstören unsere Feinde sich selbst und einander."
„In der Tat", stimmte ihm Wulfhere zu. „Die Heiden machen viel Lärm und die Königreiche rühren sich. Aber Gott hat seine Stimme erschallen lassen, und das Irdische schmilzt dahin."
Sie unterhielten sich über den Lärm der Prägestempel hinweg. Jeder einzelne der Laienbrüder in der Prägestätte des Klosters legte in regelmäßigem Takt einen Silberrohling in die Form und schlug fest mit dem Hammer darauf, um das Zeichen auf die erste Seite zu prägen. Legte ihn in die nächste Form, schlug wieder zu. Zuerst den Raben der Ragnarssons mit den ausgebreiteten Flügeln, dann die Buchstaben *S.P.M. – Sancti Petri Moneta*. In Eisenkragen geschlagene Sklaven schlurften vorbei, beladen mit Holzkohle oder Karren mit abgelehntem Blei und Kupfer oder Schlacke vor sich her schiebend. Nur Mönche des Klosters be-

kamen das Silber in die Hände. Sie hatten Teil am Reichtum der Kirche. Jeder, der auch nur einen Augenblick lang an seinen eigenen Vorteil dachte, konnte sich auf die Regeln des Heiligen Benedikt und der darin enthaltenen Strafen besinnen, die der Erzbischof ohne Zögern anwenden würde. Es war lange her, dass ein Mönch vor seinen Brüdern zu Tode gepeitscht oder in den unterirdischen Gewölben lebendig eingemauert worden war. Aber es hatte solche Fälle gegeben.

„Sie sind in der Hand des Herrn", schloss der Erzbischof. „Mit Sicherheit wird Gottes Vergeltung die treffen, die den Reichtum St. Johns in Beverley geraubt haben."

„Aber Gottes Hand zeigt sich durch die Hände anderer", entgegnete Erkenbert. „Und diese anderen müssen wir um Hilfe bitten."

„Die Könige in der Mark und in Wessex?"

„Jemanden mit noch größerer Macht als sie."

Wulfheres Gesichtsausdruck wandelte sich von Überraschung zu Zweifel und schließlich zu Verständnis. Erkenbert nickte.

„Ich habe einen Brief verfasst. Ihr müsst ihn nur besiegeln. Sein Ziel ist Rom."

Freude breitete sich auf Wulfhere Gesicht aus, vielleicht sogar Vorfreude auf die vielgerühmten Annehmlichkeiten der Heiligen Stadt. „Eine äußerst wichtige Angelegenheit", erklärte er. „Ich werde den Brief selbst nach Rom bringen. Mit meinen eigenen Händen."

Shef starrte gedankenverloren auf die Rückseite seiner *mappa*, der Karte Englands. Auf halbem Wege durch seine Bemühungen hatte er die Grundsätze des Maßstabs verstanden, zu spät um sie durchgängig anzuwenden. Suffolk war jetzt unpassend groß und nahm ein Viertel des Pergaments ein. An einem der Ränder fand sich seine genaue Zeichnung alles Wissens, das er über das Nordufer des Flusses Deben hatte zusammentragen können.

Es passt, dachte er. Da ist die Stadt Woodbridge. Das ist die erste Zeile des Gedichts, und die Zeile muss die Stadt meinen, sonst ergibt alles keinen Sinn. Alle Brücken sind aus Holz. Aber noch wichtiger ist, was der Thrall über die Gegend gesagt hat: Sie hatte keinen Namen, lag flussabwärts von der Brücke und der Furt. Dort sind die Grabhügel, die Ruhestätten der alten Könige. Und wer sind die alten Könige? Der Sklave kannte keine Namen, aber der Thane in Helmingham, von dem wir Bier gekauft haben, kannte alle Vorfahren Raedwalds des Großen. Und unter ihnen waren Wiglaf und sein Vater Weohstand gewesen: Wuffa, der Nachfahre Wehhas.

Hatte die Erinnerung den Sklaven nicht getäuscht, so liefen vier Gräber in einer Reihe von Süden nach Norden. Das nördlichste. Das war der Ort, an dem sie den Schatz suchen mussten.

Warum war nichts geraubt worden? Wenn König Edmund gewusst hatte, dass hier sein Reichsschatz versteckt lag, warum war der Ort nicht bewacht?

Vielleicht wurde er ja bewacht. Nur nicht von Männern. Das war es gewesen, was der Sklave vermutet hatte. Als diesem klar geworden war, was Shef plante, war er verstummt. Niemand konnte ihn mehr finden. Er hatte die Gefahr, wieder aufgegriffen zu werden, dem Raub aus diesem Grab vorgezogen.

Shef wandte seine Aufmerksamkeit sachlichen Angelegenheiten zu. Arbeitern, Wachen, Spaten, Mänteln, Kisten und Schlingen zum Heraufbringen des Aushubs. Fackeln – er hatte keine Lust darauf, bei Tageslicht und unter den Augen einer neugierigen Bevölkerung zu graben

„Sag mal, Thorvin", bat er, „was denkst du, werden wir in diesem Grabhügel finden. Außer Gold, wie ich hoffe."

„Ein Schiff," gab Thorvin knapp zurück.

„Fast eine Meile vom Wasser entfernt?"

„Schau auf deine Karte. Man hätte es hier den Hang hinauf tragen können. Die Gräber haben den Umriss von Schiffen. Und der Thane meinte, dass dieser Wiglaf ein Seekönig gewesen ist, von den Küsten Schwedens, wenn er die Wahrheit gesagt hat. In meiner Heimat lassen sich selbst Bauern, wenn sie reich genug sind, aufrecht sitzend in ihren Booten begraben. Sie glauben, dass sie so über die See nach Odainsakr, der Unsterblichen Küste, gelangen können, wo sie ihre Vorfahren und die Asen finden. Ich sage nicht, dass ich das für Unsinn halte."

„Naja, wir werden es bald rausfinden." Shef sah der Sonne dabei zu, wie sie langsam unterging, blickte durch die Zeltklappe auf seine ausgewählten Männer: fünfzig Wikinger als Wachen, fünfzig Engländer mit Schaufeln, die sich gemächlich bereit machten. Sie würden nach Einbruch der Dunkelheit aufbrechen.

Als er sich erhob, um seine eigenen Vorbereitungen zu treffen, griff Thorvin ihn am Arm. „Nimm das hier nicht zu leicht, Junge. Ich glaube nicht – nicht *fest* – an *draugar* oder *haugbui*, die lebenden Toten oder Drachen aus den Rückgraten der Leichen. Aber trotzdem ziehst du aus, um die Toten zu bestehlen. Darüber gibt es viele Geschichten, und alle berichten dasselbe. Die Toten geben ihren Reichtum her, aber nicht kampflos. Und nur zu einem Preis. Du solltest einen Priester mitnehmen. Oder Brand."

Shef schüttelte den Kopf. Sie hatten das bereits ausgiebig besprochen. Er hatte Ausflüchte vorgetragen, Gründe genannt. Nichts davon war wahr gewesen. Tief in seinem Herzen wusste Shef, dass er ein Recht auf den Schatz hatte, den der sterbende König ihm vermacht hatte. Er trat hinaus in die fallende Abenddämmerung.

Viele, viele Stunden später hörte Shef eine Hacke auf Holz schlagen. Er erhob sich aus seiner Hocke am Rand des schwarzen Loches. Bisher hatte die Nacht keine Überraschungen für sie bereitgehalten. Geführt von der Karte, hatten sie die richtige Stelle ohne langes Suchen gefunden, ohne jemandem zu begegnen. Aber wo sollte man mit dem Graben anfangen? Die Wachen und die Engländer, die graben sollten, hatten sich stumm zusammengefunden und auf Befehle gewartet. Er hatte die Fackeln anzünden lassen, um vielleicht aufgewühltes Erdreich zu finden.

335

Aber sobald das erste harzgetränkte Bündel zischelnd zum Leben erwacht war, hatte eine plötzliche blaue Flamme die gesamte Länge des Hügelgrabs erhellt und himmelwärts geleckt. In diesem Augenblick hatte Shef die Hälfte der Arbeiter verloren. Sie waren ganz einfach in die Nacht verschwunden. Die Wikinger hatten sich besser gehalten, sofort die Waffen gezogen und sich umgesehen, als würden sie einen Angriff der rachsüchtigen Toten erwarten.

Aber selbst Guthmund der Gierige, der eifrigste Schatzsucher, hatte gemurmelt „Geht nicht zu nah ran." Seitdem hatte sich keiner der Wikinger mehr blicken lassen. Sie mussten da draußen in der Dunkelheit sein, in kleinen Gruppen, Rücken an Rücken. Shef waren zehn freigelassene Engländer geblieben, die vor Angst mit den Zähnen klapperten. Ohne Wissen und ohne Plan hatte er sie alle ganz einfach zum Gipfel des Hügels steigen lassen und angeordnet, dass sie gerade nach unten graben sollten, so nah an der Mitte wie möglich.

Endlich fanden sie etwas. „Ist es eine Kiste?", rief er hoffnungsvoll in die Tiefe.

Die einzige Antwort war hektisches Ziehen an den Seilen, die in das acht Fuß tiefe Loch hinunter hingen. „Sie wollen hoch", meinte einer der Männer in der Nähe.

„Dann zieht."

Nach und nach wurden die matschbespritzen Männer aus der Erde gezogen. Shef wartete mit dem letzten Rest seiner Geduld auf ihren Bericht.

„Keine Kiste, Herr. Es ist ein Boot. Der Boden von einem Boot. Sie müssen's falsch rum vergraben haben."

„Dann brecht durch."

Kopfschütteln. Stumm streckte einer der ehemaligen Sklaven seine Hacke vor. Ein anderer reichte einen schwach glimmenden Tannenast. Shef nahm beides entgegen. Es hatte jetzt keinen Sinn mehr, nach weiteren Freiwilligen zu fragen. Er steckte die Helmbarte tief in die Erde, nahm ein Seil, prüfte den Haltepfahl, sah die umstehenden Gestalten an, die einzig an den in der Dunkelheit schimmernden Augäpfeln zu erkennen waren.

„Bleibt beim Seil!" Nicken. Er ließ sich unbeholfen, Fackel und Hacke in einer Hand, ins Dunkel hinab.

Am Boden des Lochs fand er Halt auf sanft geschwungenen Holzplanken, offensichtlich in der Nähe des Kiels. Er ließ seine Hand im schwachen Fackelschein über die Bretter wandern. Überlappend, Klinkerbauweise. Und, das spürte er, stark geteert. Wie lange hätte das in diesem trocknen, sandigen Boden überdauert? Er hob die Hacke und schlug zu – noch einmal, und er hörte das Geräusch splitternden Holzes.

Ein Luftstrom und fauliger Gestank umfingen ihn. Seine Fackel erstrahlte mit plötzlich stärkerem Licht. Aufgeregtes Rufen und Schritte von oben. Aber das hier war nicht der Geruch des Verfalls. Eher der eines Kuhstalls zum Ende des Winters. Er schlug wieder und wieder zu, das Loch wuchs zusehends. Die Erschaffer dieses Grabes hatten erfolgreiche eine Kammer für die Toten und den Schatz angelegt, statt sie einfach in der Erde zu versenken, die er sonst Schaufel für Schaufel hätte durchsieben müssen.

Shef ließ das Seil durch das entstandene Loch fallen und stieg hinterher, die Fackel noch immer fest in der Hand.

Unter seinen Füßen knirschten Knochen. Menschliche Knochen. Er sah zu Boden und wurde von Mitleid überspült. Die Rippen, die er zermalmt hatte, waren nicht die des Herrn über diesen Schatz. Die Knochen gehörten einer Frau. Er konnte ihre Broschenfibel unterhalb des Schädels glänzen sehen. Aber sie lag mit dem Gesicht nach unten, als Teil eines Paares, in Längsrichtung auf den Boden der Grabkammer ausgestreckt. Die Wirbelsäulen der beiden Frauen waren, das konnte er jetzt erkennen, von den großen Mahlsteinen zerschlagen worden, die man auf sie hinab geworfen haben musste. Ihre Hände waren gefesselt worden, man hatte sie in das Grab hinabgelassen, ihre Rücken waren gebrochen worden und man hatte sie zum Sterben der Dunkelheit ausgeliefert. Die Mahlsteine zeigten, wer sie gewesen waren und warum sie hier lagen: Sie sollten als Sklavinnen dem Herrn das Korn mahlen. Sie waren hier, um ihm bis in alle Ewigkeit seinen Haferbrei zuzubereiten.

Wo Sklaven waren, konnte der Herr nicht weit sein. Er hob seine Fackel und wandte sich dem Heck des Schiffes zu.

Dort, auf seinem Thron, saß der König, blickte über seine Hunde, sein Pferd und die Frauen. Seine Zähne grinsten zwischen Falten ausgedörrter Haut. Ein goldener Kronreif zierte noch immer den kahlen Schädel. Shef trat näher und blickte in das halberhaltene Gesicht, als suche er nach dem Geheimnis königlicher Erhabenheit.

Er erinnerte sich an das Verlangen Kars des Alten, seinen Besitz für immer bei sich zu haben, ihn auf ewig in seiner Hand zu halten, statt ohne ihn zu leben. Unter der linken Hand des Herrschers lag ein königlicher Wetzstein, das Zeichen des Kriegerkönigs, der nur nach dem Gesetz geschärfter Waffen herrschte. Unversehens erlosch Shefs Fackel.

Shef stand stocksteif, seine Haut kribbelte. Vor sich hörte er ein Knarren, ein Gewicht, das sich verschob. Der alte König, der sich von seinem Sitz erhob, um mit dem Eindringling abzurechnen, der gekommen war, um zu stehlen, was Kar gehortet hatte. Shef machte sich bereit für die Berührung knochiger Finger und der schrecklichen Zähne im ledrigen Gesicht.

Er drehte sich herum und ging vier, fünf, sechs Schritte von seinem Platz in der pechschwarzen Dunkelheit zurück. Er hoffte, den Punkt zu finden, an dem er sich zuerst hinabgelassen hatte. War die Schwärze hier kaum merklich weniger geworden? Warum zitterte er wie ein gewöhnlicher Sklave. Er hatte sich dem Tod über der Erde gestellt – er würde sich dem Tod hier in der Dunkelheit stellen.

„Du hast kein Recht mehr auf dieses Gold", sagte er in die Finsternis hinein und tastete sich zurück zum Thron. Der Sohn des Sohnes deines Sohnes hat es mir geschenkt. Es hat einen Zweck zu erfüllen."

Er fühlte herum, bis er die Fackel fand, bückte sich und nahm Feuerstein, Stahl und Zunder aus seinem Beutel. Er bemühte sich, Funken zu schlagen.

„Überhaupt solltest du alter Knochen froh sein, deinen Reichtum einem Engländer zu geben. Es gibt Schlimmere als mich, die ihn dir abnehmen würden."

Er lehnte die wieder entzündete Fackel gegen einen nassen, halbverrotteten Balken und trat an den Thron und seinen grausigen Inhaber heran, legte die Arme um den Leichnam, den er vorsichtig anhob, hoffend, dass die Überreste von Fleisch, Haut und Tuch die zerfallenden Knochen zusammenhalten würden. Er wandte sich um und legte ihn so zu Boden, dass er die Leichen der Frauen im Bett des Bootes ansah.

„Ihr drei müsst da unten jetzt euren eigenen Streit austragen."

Er nahm den goldenen Kronreif vom Schädel des Königs und setzte ihn sich selbst auf. Wieder dem hohen Thron zugewandt, griff er sich den Wetzstein und das Zepter, das unter der Hand des Königs gelegen hatte, und schlug sich mit dem zwei Pfund schweren Gegenstand grüblerisch auf die Handfläche.

„Eines gebe ich dir im Tausch gegen dein Gold", fügte er hinzu.

„Rache für deinen Nachfahren. Rache am Knochenlosen."

Während dieser Worte raschelte es hinter ihm. Zum ersten Mal sprang Shef erschrocken zurück. Hatte der Knochenlose seinen Namen gehört und war erschienen? War er mit einer riesigen Schlange in diesem Grab eingeschlossen?

Er riss sich zusammen und ging in die Richtung aus der das Geräusch gekommen war, die Fackel erhoben. Es war das Seil, an dem er hinabgeklettert war. Es war abgeschnitten worden.

Von oben hörte er jemanden angestrengt keuchen. Wie in seinem Traum von Kar dem Alten begann Erde durch das Loch zu rieseln.

Es kostete ihn alle Kraft, vernünftig zu bleiben. Es war kein Albtraum, nichts, was ihn in den Wahnsinn treiben würde. Man konnte es ein Rätsel nennen, das er verstehen und lösen musste. Dort oben waren Feinde. Padda und seine Männer waren vielleicht von der Angst gepackt worden und weggelaufen. Aber ganz sicher hatten sie nicht das Seil durchtrennt und Erde auf mich geschüttet. Guthmund ebenso wenig. Also hat sie jemand vertrieben, als ich hier unten war. Vielleicht die Engländer, die den Hügel ihres Königs verteidigen wollten. Aber sie wollen mich offenbar nicht hier herunter verfolgen. So oder so komme ich dort entlang nicht mehr raus.

Gibt es einen anderen Weg? König Edmund hat das hier Raedwalds Schatz genannt, aber der Grabhügel gehört Wuffa. Haben er und seine Vorfahren diesen Ort als Versteck für ihre Reichtümer benutzt? Wenn das stimmte, musste es eine Möglichkeit geben, dem Schatz Neues hinzuzufügen. Oder etwas herauszuschaffen. Aber der Hügel war von oben durchgängig und unberührt gewesen. Gibt es einen anderen Weg? Wenn ja, ist er in der Nähe des Goldes. Und das Gold ist sicher so nahe am Wächter wie möglich.

Er trat über die Knochen hinweg zum Königssitz und zog ihn beiseite. Vier feste, hölzerne Kisten mit Ledergriffen kamen zu Tage. Starke, neu aussehende Ledergriffe, wie er bemerkte, als er einen davon berührte. Hinter ihnen, ordentlich dort aus den Planken geschnitten, wo sich der Bug des Schiffes aufwärts bog, ein rechteckiges, dunkles Loch, gerade mal so groß wie ein Mann in den Schultern breit war.

Das ist der Tunnel! Er spürte eine unermessliche Erleichterung, ein unsichtbares Gewicht, das von ihm genommen wurde. Es war möglich. Ein Mann konnte von draußen hier herein kriechen, eine Kiste öffnen, schließen, tun, was zu tun war. Er musste nicht mal dem alten König gegenübertreten, von dessen Anwesenheit er wusste.

Dem Tunnel musste er sich stellen. Shef drückte die schmale goldene Krone fester auf seine Stirn, packte die Fackel, die schon fast ausgebrannt war. Sollte er den Wetzstein oder die Hacke mitnehmen? Ich könnte mich mit der Hacke freigraben, dachte er. Aber jetzt habe ich dem alten König das Zepter genommen, und das Recht verwirkt, es wieder abzulegen.

Die Fackel in der einen, den Wetzstein in der anderen Hand bückte er sich und kroch in die Dunkelheit.

Während er sich Zoll für Zoll vorwärts schob, wurde der Tunnel enger. Er musste zuerst mit der einen, dann mit der anderen Schulter drücken. Die Fackel brannte herunter und versengte ihm die Hand. Er drückte sie an der Wand aus Erde aus und kroch weiter, redete sich selbst mehr oder weniger erfolgreich ein, dass die Wände nicht stetig näherkamen.

Auf der Stirn brach ihm der Schweiß aus und rann ihm in die Augen. Er konnte seine Hände nicht weit genug bewegen, um ihn abzuwischen. Noch weniger konnte er umkehren: Der Tunnel war zu niedrig, als dass er die Hüfte hätte heben und rückwärts kriechen können.

Seine Hände vor ihm trafen nicht auf Erdreich, sondern auf Leere. Ein Schieben und sein Kopf und seine Schultern hingen über einer Lücke. Vorsichtig tastete er nach Halt. Feste Erde, zwei Fuß weiter vorne, abwärts geneigt. Die Bauherren wollen es nicht zu einfach machen, dachte er.

Aber ich weiß, was da sein muss. Ich weiß, dass es keine Falle ist, sondern ein Eingang. Also muss ich nach unten kriechen, um die Biegung. Mein Gesicht wird ein oder zwei Fuß lang unter dem Erdreich sein, aber solange kann ich die Luft anhalten.

Wenn ich mich irre, werde ich ersticken, mit dem Gesicht im Dreck. Das Schlimmste, was ich machen kann, ist zu zappeln. Das werde ich nicht tun. Wenn ich nicht durchkomme, werde ich das Gesicht in die Erde drücken und sterben.

Shef kroch über die Kante und drehte sich abwärts. Einen Herzschlag lang konnte er seine Muskeln nicht dazu bringen, ihn vorwärts zu schieben. Seine Füße hielten sich hartnäckig auf dem waagrechten Boden, den er eben hinter sich gelassen hatte. Dann schob er sich nach unten, rutschte ein, zwei Fuß weit und schlug

341

auf. Er steckte mit dem Kopf nach unten in einem rabenschwarzen Tunnel.

Kein Alptraum, kein Schrecken. Ich muss es mir wie ein Rätsel vorstellen. Das hier kann keine Sackgasse sein, es ergibt keinen Sinn. Thorvin hat immer gesagt, dass ein Mensch keine stolzere und schwerere Bürde als seinen Verstand tragen kann.

Shef taste umher. Eine Lücke. Hinter seinem Hals. Wie eine Schlange glitt er hinein. Der Boden wurde wieder waagrecht, diesmal gab es eine aufwärts geneigte Spalte. Er hievte sich hinein und stand zum ersten Mal nach einer gefühlten Ewigkeit aufrecht. Seine Finger fanden eine hölzerne Leiter.

Unsicheren Schrittes kletterte er hinauf. Sein Kopf schlug gegen eine Falltür. Aber eine Tür, die für den Zugang von außen gedacht war, würde sich von innen nicht so einfach öffnen lassen. Vielleicht war sogar einige Fuß hoch Erde darüber aufgeschüttet.

Er zog den Wetzstein vom Gürtel und stützte sich an der Wand des Schachtes ab, dann stach er mit dem angespitzten Ende des Zepters aufwärts. Das Holz splitterte und knarrte. Wieder und wieder hieb er auf die Bretter ein. Als das Loch groß genug war, griff er hindurch und riss einige große Stücke heraus. Sandiges Erdreich begann durch das Loch in den Tunnel zu fallen, schneller und schneller an ihm vorbei zu rauschen, während das Loch sich weitete und der blasse Himmel der Morgendämmerung sichtbar wurde.

Erschöpft stemmte sich Shef über den Rand des Tunnels, um ihn herum ein dichtes Weißdorngestrüpp, nicht weiter als hundert Schritte von dem Grabhügel entfernt, den er vor so langer Zeit betreten hatte. An der Spitze des Hügels stand eine Gruppe von Gestalten und blickte hinab. Er würde sich nicht verstecken oder kriechend die Flucht antreten. Er streckte sich, richtete den Kronreif, nahm den Wetzstein fest in die Hand und ging schweigend auf die Männer zu.

Einer von ihnen war Hjörvarth, sein Halbbruder, was er schon beinahe erwartet hatte. Im heller werdenden Licht sah ihn jemand, rief etwas und taumelte zurück. Die Ansammlung aus Männern zog sich von ihm zurück, Hjörvarth in ihrer Mitte, noch immer neben dem nicht aufgefüllten Erdloch. Shef trat über den Leichnam eines seiner englischen Arbeiter hinweg, der von einem Breitschwert von der Schulter bis zum Brustkorb aufgeschlitzt worden war.

Er sah jetzt, dass Guthmund in fünfzig Schritt Entfernung mit einer Anzahl kampfbereiter Wikinger wartete, aber nicht bereit schien, einzugreifen.

Müde blickte Shef in das pferdezähnige Gesicht seines Halbbruders.

„Nun, Bruder", stellte er fest, „scheinbar willst du etwas mehr als deinen Anteil. Oder tust du das für jemanden, der gar nicht hier ist?"

Das Gesicht vor ihm verhärtete sich. Hjörvarth zog sein Schwert, stieß mit dem Schild nach vorn und kam den Abhang des Hügelgrabes hinunter auf Shef zu.

„Du bist nicht der Sohn meines Vaters", zischte er und schwang das Schwert.

Shef hob den armdicken Wetzstein in den Weg der Klinge. „Stein macht Scheren stumpf", meinte er, als die Waffe zersprang. „Und Stein schlägt Schädel ein." Mit einem peitschenden Rückhandschlag traf er seinen Halbbruder und fühlte das Knirschen, als er eines der geschnitzten, wilden Gesichter am anderen Ende des Zepters tief in Hjörvarths Schläfe versenkte.

Der Wikinger schwankte, fiel auf eins seiner Knie, stützte sich für einen Augenblick auf sein abgebrochenes Schwert. Shef trat zur Seite, maß den Schlag ab und führte mit aller Kraft einen zweiten Hieb. Mit einem neuerlichen Knirschen fiel sein Bruder vorwärts, Blut rann ihm aus Mund und Ohren. Bedächtig wischte Shef die graue Masse von dem Stein und sah sich zu den fassungslosen Männern aus Hjörvarths Mannschaft um.

„Ein Bruderzwist", sagte er. „Das geht keinen von euch etwas an."

Zehntes Kapitel

Sein Einspruch vor dem Rat der Wikinger lief nicht zu Sigvarths Gunsten. Mit fahlem, angestrengtem Gesicht starrte er über den Tisch. „Er hat meinen Sohn getötet. Dafür will ich eine Entschädigung."

Brand hob eine Pranke, um ihn zum Schweigen zu bringen. „Hören wir uns an, was Guthmund zu sagen hat. Los, Guthmund."

„Meine Männer waren in der Dunkelheit um den Grabhügel aufgestellt. Hjörvarths Leute kamen ganz plötzlich. Wir hörten ihre Stimmen, wussten, dass sie keine Engländer waren, aber auch nicht wirklich, was wir machen sollten. Sie schoben jeden beiseite, der sich ihnen in den Weg stellte. Keine Toten. Dann hat Hjörvarth versucht, seinen Bruder Skjef umzubringen. Erst wollte er ihn lebendig begraben, dann hat er ihn mit dem Schwert angegriffen. Wir haben es alle gesehen. Skjef war nur mit einem Stab aus Stein bewaffnet."

„Er hat Padda und fünf meiner Arbeiter getötet", sagte Shef. Der Rat überging seinen Einwurf.

Brand brummte sanft, aber entschieden. „So wie ich die Sache sehe, hast du keinen Anspruch auf Entschädigung, Sigvarth. Nicht mal für deinen Sohn. Er hat versucht, ein anderes Mitglied der Streitmacht zu töten, das unter dem Schutz des Gesetzes des Weges steht. Hätte er Erfolg gehabt, hätten wir ihn hingerichtet. Er hat außerdem versucht, seinen Bruder in diesem Hügel zu begraben. Und wenn ihm das gelungen wäre, denk doch nur mal daran, was wir dann verloren hätten!" Ungläubig staunend schüttelte er den Kopf.

Nicht weniger als zweihundert Pfund Gold. Das meiste davon so fein gearbeitet, dass es den Wert des reinen Metalls überstieg.

Verzierte Schüsseln des großen Romvolkes. Blassgoldene Wendelringe aus dem Land der Iren. Münzen mit den Köpfen unbekannter Herrscher aus Rom. Arbeiten aus Córdoba und Miklagarth, Rom und den Ländern der Germanen. Und obendrauf säckeweise Silber, mit denen die Schatzmeister der Könige über die Jahrzehnte hinweg den Eingang zum Tunnel gefüllt hatten. Insgesamt mehr als genug, um jeden Mann im Heer des Weges ein Leben lang reich zu machen. Wenn sie lange genug lebten, um es auszugeben. Das Geheimnis um den Schatz hatte sich im Morgengrauen aufgelöst.

Sigvarth schüttelte den Kopf, ohne dass seine Miene sich änderte. „Sie waren Brüder", murmelte er. „Die Söhne desselben Mannes."

„Darum darf es auch keine Rache geben", bestimmte Brand. „Du darfst nicht den einen Sohn am anderen rächen, Sigvarth. Das musst du schwören." Er hielt inne. „Es war der Richtspruch der Nornen. Ein schlechter Schiedsspruch vielleicht. Aber von Sterblichen nicht abzuwenden."

Diesmal nickte Sigvarth. „Ja. Die Nornen. Ich werde schwören, Brand. Hjörvarth wird ungerächt ruhen. Für mich."

„Gut. Denn ich sage euch was", sprach Brand in die Runde. „Mit diesem ganzen Reichtum in den Händen werde ich langsam unruhig wie eine Jungfrau bei einem Zechgelage nackter Männer. Die ganze Gegend summt sicher schon vor Geschichten über unseren Fund. Shefs Freigelassene reden mit den Knechten und Thralls. Neuigkeiten wandern immer in alle Richtungen. Sie haben gehört, dass ein neues Heer in dieses Königreich eingedrungen ist. Ein englisches Heer, aus der Mark, das hier die Königsherrschaft wieder herstellen will. Ihr könnt sicher sein, dass sie schon von uns gehört haben. Wenn sie einigermaßen Verstand haben, sind sie schon auf einem Weg, der uns von unseren Schiffen abschneidet oder auf dem sie uns zumindest verfolgen können. Ich will, dass das Lager abgebrochen wird und die Männer unterwegs sind, bevor die Sonne untergeht. Wir bewegen uns die

Nacht und den Tag morgen, keine Rast vor Sonnenuntergang morgen Abend. Sagt es den Schiffsführern, füttert die Tiere, stellt die Männer auf."

Als die Gruppe auseinanderging und Shef sich zu seinen Karren begeben wollte, fasste Brand ihn an der Schulter.

„Du nicht", sagte er. „Wenn ich polierten Stahl hätte, würde ich ihn dir zum Hineinschauen hinhalten. Weißt du, dass du graue Schläfen bekommen hast? Guthmund kümmert sich um die Karren. Du reist in einem von ihnen, zugedeckt mit meinem und deinem Mantel." Er reichte Shef ein Fläschchen.

„Trink das, ich hab es aufgespart. Nenn es ein Geschenk von Odin, für den Mann, der den größten Schatz gefunden hat, seit Gunnar das Gold der Niflungs verschwinden ließ." Shef bemerkte schwach den Duft vergorenen Honigs: Odins Met.

Brand blickte hinab auf das verzerrte, zerstörte Gesicht – ein Auge eingesunken und verschrumpelt, herausstechende Wangenknochen unter angespannten Muskeln. Ich wundere mich, dachte er. Welchen Preis hat der *draugr* in dem Hügel für seinen Schatz verlangt? Er klopfte Shef noch einmal auf die Schulter und eilte fort, rief nach Steinulf und seinen Schiffsführern.

Als sie aufbrachen, lag Shef auf der Ladefläche eines der Karren, die Flasche geleert und er selbst von der schaukelnden Bewegung in den Halbschlaf gewiegt, eingezwängt zwischen zwei Schatzkisten und einem Geschützbalken. Neben jedem Schatzkarren lief ein Dutzend Männer aus Brands Mannschaften, abgestellt als Schutz für den Weg. Um sie her waren in Trauben die freigelassenen Katapultschützen verteilt, angetrieben von dem Gerücht, dass sie sich selbst einen kleinen Anteil verdienen und zum ersten Mal in ihrem Leben eigenes Geld in den Händen halten konnten. Vorhut, Nachhut und Flankenschutz bildeten große Trupps von Wikingern, die ständig auf der Hut vor Hinterhalten oder Verfolgern blieben. Brand ritt den Zug auf und ab, wechselte das Pferd, sobald ein Tier unter seinem Gewicht schlappmachte, und trieb so alle fluchend zu größerer Anstrengung.

Jetzt kümmert sich jemand anders um alles, dachte Shef. Er rutschte hinab in tiefen Schlummer.

Er ritt über eine Ebene. Es war mehr als nur reiten – er spornte das Tier unablässig an. Das Pferd unter ihm ächzte, als er wieder und wieder die Sporen über dessen blutende Rippen rieb, kämpfte gegen das Gebiss des Zaumzeugs, ließ sich besänftigen und weitertreiben. Shef stand im Sattel auf und blickte zurück. Über die Kuppe eines niedrigen Hügels strömten Reiter hinter ihm her. Einer der Verfolger hatte sich auf einem mächtigen Schimmel von den anderen abgesetzt. Adils, König von Schweden.

Und wer war er, der Reiter? Shef wusste nicht zu sagen, wessen Körper ihn beherbergte. Aber es war ein erstaunlich großer Mann, so groß, dass seine Beine selbst auf diesem hohen Pferd immer wieder den Boden streiften. Der große Mann hatte Begleiter, bemerkte Shef. Auch sie waren merkwürdig. Ihm am nächsten ritt ein Mann, dessen Schultern so breit waren, dass er aussah, als steckte ein Tragejoch unter seiner Lederjacke. Auch sein Gesicht war breit, stupsnasig, mit einem Ausdruck voll tierischem Einfallsreichtum. Auch sein Pferd mühte sich, unfähig das Gewicht bei dieser Geschwindigkeit zu tragen. Neben ihm ritt ein weiterer, außergewöhnlich schöner Mann – groß, liebreizend, mit den Wimpern eines hübschen Mädchens. Neun oder zehn andere Männer donnerten in derselben Eile vor dem großen Mann und seinen nächsten Begleitern voran.

„Sie werden uns einholen", rief der Breite. Er nahm eine kurze Axt von seinem Sattel und schüttelte sie fröhlich.

„Noch nicht, Böthvar", antwortete der Große. Er zügelte sein Pferd, nahm einen Beutel aus seiner Satteltasche, griff hinein und holte mehrere Handvoll Gold hervor, die er auf dem Boden verstreute, bevor er sein Pferd wendete und weiterritt. Kurz darauf, als er sich auf einem neuen Hügelkamm umdrehte, sah er die verfolgende Meute innehalten, auseinanderbrechen und sich in einen Haufen von Männern verwandeln, die einander, immer noch im Sattel, hin und her schubsten, während sie nach dem Gold auf dem Boden griffen.

Der Schimmel löste sich, nahm wieder die Jagd auf. Nach und nach folgten einige der anderen Reiter.

Noch zweimal wiederholte der Große dieses Spiel, jedes Mal verloren die Verfolger einige Männer. Aber die Sporen zeigten keine Wirkung mehr, die Pferde bewegten sich kaum noch im Schritt. Aber es war jetzt nicht mehr weit, bis sie in Sicherheit wären. Was diese Sicherheit war, wusste Shef nicht. Ein Schiff? Eine Grenze? Es war gleichgültig. Es musste nur alles getan werden, um sie zu erreichen.

Böthvars Pferd brach endgültig zusammen, wälzte sich in einem Gestöber aus Schaum und Blut, das aus seinen Nüstern quoll. Der Breite sprang geschickt beiseite, griff seine Axt und wandte sich bereitwillig den Reitern zu, die jetzt nur noch hundert Schritt entfernt waren. Noch immer zu viele Verfolger, und der König vorneweg – Adils von Schweden, auf seinem Schimmel Hrafn.

„Schlepp ihn mit, Hjalti", befahl der Große. Er griff noch einmal in den Beutel. Da war nichts mehr, was seine Finger fassen konnten. Außer einer letzten Sache. Der Ring Sviagris. Selbst, als der Tod auf ihn zugeritten kam und Schutz nur noch einen kurzen Spurt entfernt waren, zögerte der Große. Dann, mit aller Willensanstrengung, hob er den Ring und warf ihn den schlammigen Weg hinab in Richtung Adils, glitt von seinem Pferd und rannte mit aller Kraft, die er noch hatte, über den Hügelkamm in Sicherheit. Noch einmal drehte er sich um. Adils hatte den Ring erreicht. Er bremste sein Pferd, versuchte den Ring mit dem Speer aufzuheben, ohne anzuhalten. Es missglückte. Er wandte das Tier um, verwirrte die hinter ihm Reitenden, versucht es erneut. Verfehlte das Schmuckstück wieder.

Voller Hass und Unentschlossenheit sah Adils seinen schon beinahe entkommenen Feind an, schaute auf den Ring, der langsam im Morast versank. Urplötzlich sprang er vom Pferd, bückte sich und griff nach seinem Schatz. Verpasste seine Gelegenheit.

Der Große krächzte vor Lachen, lief seinen Freunden hinterher. Als sich der Breite, Böthvar, ihm fragend zuwandte, rief er im Siegestaumel: „Jetzt habe ich den größten aller Schweden dazu verdammt, wie ein Schwein zu wühlen."

Mit einem heftigen Ruck setzte sich Shef im Karren auf, formte mit den Lippen das Wort *svinbeygt*. Er fand sich Angesicht zu Angesicht mit Thorvin wieder.

„Schweinsgebeugt', ja? Dieses Wort hat König Hrolf auf der Ebene von Fyrisvellir gesprochen. Ich bin froh, dass du dich etwas ausgeruht hast. Aber ich denke, dass du jetzt laufen solltest wie der Rest von uns."

Er half Shef beim Ausstieg aus dem Karren, sprang dann selbst hinunter. Er flüsterte ihm leise etwas zu: „Wir werden von einem Heer verfolgt. In jedem Weiler schnappen die Thralls etwas mehr auf. Angeblich sind uns dreitausend Mann auf den Fersen, die Krieger der Mark. Sie haben Ipswich verlassen, als wir in Woodbridge aufgebrochen sind, und sie wissen jetzt auch von dem Gold. Brand hat Reiter ausgesandt, die im Lager in Crowland dafür sorgen sollen, dass der Rest des Heeres uns schlachtbereit entgegenkommt. Wir treffen uns in March. Wenn wir bis zu ihnen kommen, sind wir sicher. Zwanzig lange Hundert Wikinger, fünfundzwanzig bei den Engländern. Aber sie werden auseinanderbrechen, wie sie es immer tun. Wenn sie uns vor March erreichen, wird es ganz anders aussehen.

Etwas Seltsames berichten sie auch. Angeblich wird das Heer der Engländer von einem *heimnar* angeführt. Einem *heimnar* und seinem Sohn."

Shef spürte, wie ihn ein Schauder durchströmte. Von weiter vorn erklang ein Reigen gerufener Befehle, Karren fuhren beiseite, Männer legten ihre Bündel ab.

„Brand lässt den Zug alle zwei Stunden anhalten, um die Tiere zu tränken und den Männern Zeit zum Essen zu geben", erklärte Thorvin. „Selbst in der Eile spart das Zeit, meint er."

Ein Heer hinter uns, dachte Shef. Und wir ziehen in größter Eile in Sicherheit. Das habe ich in meinem Traum gesehen. Ich sollte von dem Ring lernen, dem Ring Sviagris.

Aber wer wollte ihn etwas lehren? Einer der Götter, aber nicht Thor oder Odin. Thor ist gegen mich und Odin sieht nur zu. Wie viele Götter gibt es? Ich wünschte, ich könnte Thorvin fragen. Aber ich denke nicht, dass mein Beschützer – der, der mir die Warnungen schickt – Erkundigungen gerne sieht.

Auf Shefs Weg zum Kopf des Zuges, die Gedanken bei Sviagris, sah er Sigvarth am Wegesrand sitzen, zusammengesunken auf einem ausgeklappten Hocker aus Segeltuch, den seine Männer für ihn aufgestellt hatten. Der Blick seine Vaters folgte ihm, als er vorüberging.

Der Morgen dämmerte gerade, als Shefs müde Augen durch die Trübe des Februarmorgens die Domkirche von Ely erblickten, zur rechten Hand ihres Weges. Sie war bereits vom Großen Heer ausgebrannt worden, doch der Kirchturm stand noch immer.

„Sind wir jetzt sicher?", fragte er Thorvin.

„Die Thralls scheinen es so zu sehen. Sieh mal, wie sie lachen. Aber warum? Wir sind noch einen Tagesmarsch von March entfernt und die Männer der Mark liegen nur knapp zurück."

„Es sind die Moore jenseits von Ely", sagte Shef. „Um diese Jahreszeit ist der Weg nach Ely für viele Meilen nur ein schmaler Dammweg, aufgeschüttet über Schlamm und Wasser. Wenn wir müssten, könnten wir mit ein paar Männern und einem Hindernis die Straße versperren. Es führt kein Weg herum. Nicht für Fremde."

Stille breite sich den Zug hinab aus, eine Ruhe, die Brand hinter sich her zu ziehen schien. Plötzlich stand er vor Shef und Thorvin, den Mantel schwarz vom Schlamm, das Gesicht weiß und erschüttert.

„Halt!", rief er. „Alle anhalten. Füttern, wässern, Sattelgurte lockern." Viel leiser sprach er mit den beiden Ratsmitgliedern. „Großer Ärger. Wir treffen uns vorne. Lasst euch nichts anmerken."

Shef und Thorvin blickten einander an. Stumm folgten sie ihm. Ein Dutzend Männer, die Anführer der Wikinger, standen an einem der Wegränder, wo ihre Stiefel schon im Matsch zu versinken begannen. In ihrer Mitte stand wortlos, die linke Hand stets am Schwertknauf, Sigvarth Jarl.

„Es geht um Ivar", sagte Brand ohne Vorrede. „Er hat letzte Nacht das Hauptlager in Crowland angegriffen. Einige getötet, den Rest vertrieben. Ganz sicher hat er einige unserer Leute gefangengenommen. Die dürften inzwischen geredet haben. Er wird wissen, wo wir uns treffen wollten. Und er hat sicher vom Gold erfahren.

Wir müssen damit rechnen, dass sie schon unterwegs sind, um uns abzufangen. Er steht also im Norden und die Engländer ein paar Meilen südlich."

„Wie viele Männer?", fragte Guthmund.

„Die Männer, die entkommen und uns entgegen geritten sind, schätzen ungefähr zweitausend. Nicht das ganze Heer aus York. Keiner der anderen Ragnarssons. Nur Ivar und seine Meute."

„Wir könnten es mit ihnen aufnehmen, wenn unsere Leute vollzählig wären", meinte Guthmund. „Ein Haufen Verbrecher. Gaddgedlar. Gebrochene Männer." Er spuckte aus.

„Wir sind nicht vollzählig."

„Aber bald", setzte Guthmund fort. „Wenn Ivar vom Gold weiß, dann wussten es alle in unserem Lager vor ihm. Sie waren garantiert stockbesoffen, als er aufgetaucht ist. Sobald sie wieder klare Köpfe haben, werden sich die Davongekommenen zum Treffpunkt bei March aufmachen. Wenn wir uns ihnen dort anschließen, dann ist unser Heer vollzählig. Oder verdammt nah dran. Dann kümmern wir uns um Ivars Bande. Ivar selbst kannst du haben, Brand. Ihr habt noch eine Rechnung offen."

Brand grinste. Es war schwer, stellte Shef fest, diesen Leuten Angst zu machen. Sie mussten getötet werden, einer nach dem anderen, um sie zu besiegen. Leider würde wahrscheinlich genau das geschehen.

„Was ist mit den Engländern hinter uns?", wollte er wissen.

Aus seinem Traum vom Kampf Mann gegen Mann gerissen, wurde Brand wieder ernst.

„Die sollten keine große Schwierigkeit sein. Wir haben sie immer geschlagen. Aber wenn sie von hinten angreifen, während wir mit Ivar beschäftigt sind... Wir brauchen Zeit. Zeit, um den Rest des Heeres in March abzuholen. Zeit, Ivar den Wind aus den Segeln zu nehmen."

Shef dachte an sein Traumbild. Wir müssen ihnen etwas hinwerfen, das sie haben wollen. Keinen Schatz. Brand würden die Reichtümer niemals aufgeben.

Der Wetzstein aus dem Grab des alten Königs steckte noch immer an seinem Gürtel. Er zog ihn heraus, starrte die bärtigen, gekrönten Gesichter an, die in die Enden geschnitzt worden waren. Könige mussten Dinge tun, die andere Männer nie tun würden. Anführer genauso. Ebenso Jarls. Es hatte geheißen, dass für den Schatz ein Preis zu zahlen sein würde. Vielleicht war das der Preis. Als er aufblickte, sah er Sigvarth mit großen Augen die Waffe anstarren, mit der seinem Sohn der Schädel eingeschlagen worden war.

„Der Dammweg", sagte Shef heiser. „Ein paar Männer könnten ihn gegen die Engländer für lange Zeit halten."

„Könnten sie", bestätigte Brand. „Aber einer von uns müsste sich an ihre Spitze stellen. Ein Anführer. Jemand, der es gewohnt ist, Befehle zu geben und eigenständig zu kämpfen. Der sich auf seine Männer verlassen kann. Vielleicht ein langes Hundert."

Einige Augenblicke lang, die ewig erschienen, wurde das Schweigen nicht gebrochen. Wer auch immer zurückblieb, war so gut wie tot. Es war viel verlangt – selbst von diesen Wikingern.

Sigvarth beäugte Shef kühl und wartete darauf, dass er sprach. Aber es war Brands Stimme, die als erste wieder erklang.

„Einer hier hat eine ganze Mannschaft, die ihn unterstützt. Einer, der den *heimnar* geschaffen hat, den die Engländer jetzt zu uns tragen..."

„Redest du von mir, Brand? Soll ich meinen Schritt und den meiner Männer auf den Weg nach Hel setzen?"

„Ja, Sigvarth. Ich rede von dir."

353

Sigvarth wollte etwas erwidern, wandte sich dann aber Shef zu. „Ja, ich werde es tun. Ich fühle, dass die Runen, die davon erzählen, schon geschnitten sind. Ihr sagt, dass der Tod meines Sohnes der Wille der Nornen war. Ich denke, dass die Nornen auch auf diesem Dammweg Schicksale verweben. Und nicht nur die Nornen."

Er hob den Blick und sah seinem Sohn in die Augen.

Die vordersten Reihen des Heeres der Mark, das seine fliehenden Feinde im Eilschritt auch durch die Nacht verfolgte, tappte eine Stunde nach Sonnenuntergang in Sigvarths Falle. Innerhalb eines zwanzig Herzschläge dauernden Gemetzels verloren die Engländer, die immer zu zehnt nebeneinander den Weg entlangkommen waren, mehr als fünfzig handverlesene Krieger. Der Rest – müde, durchnässt, hungrig und wütend auf seine Anführer – fiel verwirrt zurück und kehrte nicht einmal wieder, um die Toten und ihre Rüstung zu bergen. Eine Stunde lang konnten Sigvarths Männer, angespannt und kampfbereit, sie rufen und streiten hören. Dann, allmählich, die Geräusche eines Rückzugs. Es klang nicht verängstigt. Auf der Suche nach einem Weg herum. In Erwartung neuer Befehle. In der Hoffnung, die Aufgabe einem anderen zuschieben zu können. Oder einfach nur bereit für eine Nacht Schlaf in einer durchgeweichten Decke auf dem Boden, statt das kostbare Leben im Kampf gegen etwas Unbekanntes aufs Spiel zu setzen.

Schon zwölf Stunden waren gewonnen, dachte Sigvarth, als er seine Männer ansah. Aber nicht für mich. Ich kann genauso gut zusehen. Für mich wird es keinen Schlaf geben nach dem Tod meines Sohnes. Meines einzigen Sohnes. Ich frage mich, ob der andere wirklich mein Sohn *ist*. Wenn ja, dann ist er der Fluch seines Vaters.

Mit dem Morgengrauen kamen die Engländer zurück, dreitausend Mann stark, um sich das Hindernis anzusehen, das sich ihnen in den Weg stellte.

Die Wikinger hatten sich zu beiden Seiten des Weges durch das Moor in den nachgiebigen Februarboden eingegraben. In einem Fuß Tiefe waren sie auf Wasser gestoßen. Zwei Fuß tief und es gab nur noch Schlamm. Statt ihres normalen Erdbollwerks hatten sie einen zehn Fuß weiten, mit Wasser gefüllten Graben ausgehoben. Auf ihrer Seite waren die Holzteile eines von Shef zurückgelassenen Karrens in die Erde gerammt worden. Ein schwaches Hindernis, das ein paar Bauern innerhalb weniger Augenblicke auseinander nehmen konnten. Wären da nicht die Männer gewesen, die es verteidigten.

Auf dem Weg konnten nur jeweils zehn Mann nebeneinander stehen. Nur fünf, wenn sie ihre Waffen schwangen. Die Krieger der Mark, die sich mit erhobenen Schilden vorsichtig näherten, fanden sich bis zum Oberschenkel in eiskaltem Wasser, bevor sie überhaupt in Reichweite der Schwerter ihrer Gegner kamen. Ihre Lederschuhe rutschten auf dem Boden hin und her. Während sie sich vorwärts quälten, sahen bärtige Gesichter auf sie herab, zweihändige Äxten ruhten auf den Schultern der Nordmänner. Zuschlagen? Man musste sich eine glitschige Steigung hinauf kämpfen, um überhaupt die Gelegenheit dazu zu bekommen. Währenddessen konnten die Axtträger sich aussuchen, wohin sie schlugen. Also mussten sie das hölzerne Hindernis angreifen. Aber wenn man den Mann über sich aus den Augen verlor, hackte dieser einem den Arm von der Schulter oder den Kopf vom Rumpf.

Behutsam und verzweifelt um Gleichgewicht ringend, gingen Mercias Vorkämpfer im Krebsgang in die Schlacht, angefeuert von denen, die dem Feind noch nicht so nahe waren.

Als der kurze Tag seinen Lauf nahm, geriet der Kampf immer mehr in Bewegung. Cwichelm, der Hauptmann der Mercier, von seinem König abgestellt zur Beratung und Unterstützung des neuen Aldermanns, verlor die Geduld mit seinen zögerlichen Männern, zog sie ab und beorderte zwanzig Bogenschützen vorwärts, die sich mit einem unerschöpflichen Vorrat an Pfeilen über die gesamte Breite des Weges aufstellten.

„Schießt auf Kopfhöhe", befahl er ihnen. „Ganz gleich, ob ihr trefft. Haltet sie einfach unten." Weitere Männer warfen ihre Spieße knapp über die Köpfe der Schützen hinweg. Cwichelms beste Schwertkämpfer, angespornt von Aufrufen an ihren Stolz, gingen voran und sollten fechten – nicht angreifen. Den Gegner für eine Weile beschäftigen und ermüden, um dann von der nächsten Reihe abgelöst zu werden. Währenddessen waren tausend Männer nach hinten geschickt worden, um Reisig zu sammeln, ihn nach vorne zu bringen und den Kriegern unter die Füße zu werfen, wo es mit der Zeit einen festen Untergrund bilden würde.

Alfgar, der aus zwanzig Schritten Entfernung zusah, raufte sich vor Verdruss den Bart.

„Wie viele Männer braucht Ihr denn?", fragte er. „Es ist nur ein Graben mit einem Zaun. Ein guter Stoß und wir sind durch. Ist doch gleich, wenn wir ein paar verlieren."

Höhnisch betrachtete der Hauptmann seinen rangmäßigen Anführer. „Sagt das mal den paar, die wir verlieren", antwortete er. „Oder wollt Ihr es selbst versuchen? Streckt einfach den großen Kerl da in der Mitte nieder. Der so lacht, mit den gelben Zähnen."

Im trüben Licht starrte Alfgar über das kalte Wasser und die angestrengten Männer Sigvarths an, der von einer Seite zur anderen schritt, Schwerthiebe abwehrte, hier und da focht, um einen Treffer zu landen. Alfgar schob die Hand in den Gürtel, als sie zu zittern begann.

„Bringt meinen Vater nach vorn", murmelte er seinen Dienern zu. „Hier gibt es etwas für ihn zu sehen."

„Die Engländer haben einen Sarg ran geschleppt", sagte einer der Wikinger in der ersten Reihe zu Sigvarth. „Ich hätte gedacht, dass sie inzwischen mehr als einen brauchen."

Sigvarth blicke die ausgepolsterte Kiste, die von ihren Trägern beinahe senkrecht aufgerichtet worden war, und den darin liegenden Mann in seinen Brustgurten und Bauchriemen an. Über das Wasser hinweg traf sein Blick den des Engländers, den er verstümmelt hatte. Nach einem Augenblick warf er den Kopf in einem wilden, bellenden Lachen zurück, hob den Schild, schüttelte seine Axt und rief etwas auf Nordisch.

„Was sagt er?", wollte Alfgar wissen.

„Er ruft eurem Vater zu", erklärte Cwichelm auf Englisch. Ob er die Axt erkenne. Er soll die Hosen runterlassen, dann wird er ihn schon erinnern."

Wulfgars Mund bewegte sich. Sein Sohn beugte sich nahe an ihn heran, um das krächzende Murmeln zu hören.

„Er sagt, dass er seinen ganzen Besitz dem Mann vermachen will, der diesen Wikinger lebend zu ihm bringt."

Cwichelm schürzte die Lippen. „Leichter gesagt als getan. Das ist das Schlimme an diesen Teufeln. Man kann sie besiegen, manchmal. Aber es ist nicht einfach. Nie, niemals ist es einfach."

Aus dem Himmel über ihnen drang ein schrilles Pfeifen, das lauter werdend auf sie niederstürzte.

„Runterlassen!", bellte der Anführer der ersten Katapultmannschaft. Die zwölf Freigelassenen an den Seilen legten die linke Hand über die rechte, die rechte über die linke, wobei sie mit rauer Stimme zählten. „Eins. Zwei. Drei." Die Schlinge fiel dem Anführer in die Hände. Als sie herunterkam, sprang ein zweiter Mann aus der Hocke auf, legte einen zehn Pfund schweren Stein an seinen Platz, schnellte zurück und griff bereits nach dem nächsten Brocken.

„Bereit!" Die Rücken spannten sich, der Arm des Geschützes zeigte ein Biegung, der Anführer der Mannschaft wurde leicht vom Boden gehoben.

„Zieht!" Ein Keuchen aus acht Kehlen, das Peitschen der Schlinge, ein fliegender Stein. Auf seinem Weg drehte er sich und die gemeißelten Rinnen auf seiner Oberfläche erzeugten ein unheilvolles Pfeifen. Im selben Augenblick hörten sie den Ruf des Befehlshabers am zweiten Wurfgeschütz.

357

„Bereit!" Diese Geschütze waren dahingehend besonders, dass sie ihre größte Kraft bei der höchsten Entfernung entwickelten. Sie schleuderten ihre Geschosse in den Himmel. Je höher sie stiegen, desto härter trafen sie. Die zwei Geschütze, die Shef mit den Mannschaften aus ehemaligen Sklaven und ihrem Karren zurückgelassen hatte, waren schnell einsatzbereit gemacht worden. Sorgfältig hatten sie zweihundert Schritte Abstand von Sigvarths Umwehrung abgeschritten. Ihre Geschosse würden fünfundzwanzig Schritte weiter entfernt einschlagen.

Der schmale Gangweg war ausgezeichnet geeignet für die Geschütze. Sie schossen immer in gerader Linie, wichen niemals weiter als einige Fuß von der Mitte ab. Die englischen Freigelassenen hatten einen Ablauf geübt, bei dem jeder von ihnen genau zur selben Zeit genau dasselbe tat wie sein Nebenmann. Und das so schnell wie möglich. Drei Minuten lang schossen sie. Dann standen sie entspannt still, völlig außer Atem.

Die Steine brachten den Tod aus dem Himmel in die Reihen des Zugs aus der Mark. Der erste traf einen großgewachsenen Krieger und schlug ihm beinahe ganz zwischen die Schultern. Der zweite traf einen unwillkürlich gehobenen Schild, zerschmetterte den Arm dahinter, prallte ab und zerschlug einem zweiten Mann den Brustkorb. Der dritte traf einen abgewandten Mann im Rücken und brach ihm das Rückgrat.

Augenblicklich war der Dammweg voller durcheinander drängender Männer, die versuchten, rückwärts dem Tod zu entkommen, den sie weder verstehen noch sehen konnten. Auf diese eng zusammenstehende Menge fielen neue Steine, immer mit einigen Fuß Abweichung hier oder dorthin, je nach der Stärke des Zugs, den die Männer an den Geschützen schafften. Die Dammstraße verfehlte keiner von ihnen. Nur diejenigen, die ganz nach vorne in den Graben zu den Füßen der Wikinger krochen, waren sicher.

Nach einigen Augenblicken sahen die Krieger, die den Angriff angeführt hatten, nur noch Zerstörung und Durcheinander hinter sich. Die, die nach hinten geflohen waren, erkannten, dass sie nur in einer bestimmten Entfernung sicher waren.

Cwichelm, ganz vorne, winkte mit seinem Breitschwert und rief wütend zu Sigvarth hinüber. „Kommt raus. Kommt raus aus eurem Graben und kämpft wie Männer. Mit Schwertern, nicht mit Steinen."

Sigvarths gelbe Zähne zeigten ein neues Grinsen. „Komm und hol mich", antwortete er in etwas, das Englisch nur entfernt ähnlich war. „Du so mutig. Wie viele von dir brauchst du?"

Noch mehr Zeit gewonnen, dachte er. Wie lange dauert es, bis ein Engländer Vernunft annimmt?

Nicht lange genug, dachte er, als der kurze Februartag sich einem Ende in Graupel und Regen zuneigte. Der Graben und die Steingeschosse hatten sie verunsichert. Aber sehr, sehr langsam, vielleicht nicht langsam genug, legten die Angreifer ihre Bestürzung ab und taten, was sie von Anfang an hätten tun sollen.

Und zwar alles – gleichzeitig. Ein Sturmangriff, um Sigvarth zu beschäftigen. Speere und Pfeile knapp über Kopfhöhe, um die Wikinger abzulenken und in Deckung zu zwingen. Reisig unter den Füßen der Kämpfenden, der sicheren Halt bieten würde. Ein wachsamer Aufmarsch in dünnen Reihen, damit die Geschütze keine leichten Ziele hätten. Mehr Männer, die sich durch den Sumpf mühten, um den Dammweg hinter seiner Stellung heraufzuklettern und ihn so zwangen, seine dürftige Truppe zu teilen. In Beschlag genommene Boote, die noch weiter nach hinten gestakt wurden und ihm den Rückzug abzuschneiden drohten. Sigvarths Männer begannen jetzt, rückwärts zu schauen. Ein starker Schlag würde die Engländer nun, ungeachtet ihrer Verluste, durchbrechen lassen.

Einer der Sklaven vom Wurfgeschütz zog an Sigvarths Ärmel und redete in gebrochenem Nordisch mit ihm.

„Wir jetzt gehen", sagte er. „Nicht mehr Steine. Meister Shef, er sagt, schießen bis Steine leer, dann gehen. Seile schneiden, Gerät in Sumpf werfen. Jetzt gehen!"

Sigvarth nickte und schaute zu, wie die schwächliche Gestalt zurückhuschte. Jetzt musste er an seine eigene Ehre denken, sein eigenes Schicksal erfüllen. Er trat vor in die erste Reihe der Kämpfer und schlug seinen Männern auf die Schulter.

„Beweg dich", befahl er jedem Einzelnen. „Steig auf dein Pferd. Verschwinde von hier. Reite nach March, dann kriegen sie dich nicht."

Sein Steuermann Vestlithi zögerte, als Sigvarth ihn antippte. „Wer bringt Euch das Pferd, Jarl? Ihr müsst schnell sein."

„Ich habe noch etwas zu tun, Vestlithi. Das hier ist mein Schicksal, nicht eures."

Er hörte die Füße hinter ihm im Matsch schmatzen, als seine Männer sich entfernten und wandte sich den fünf vordersten Kriegern der Mark zu, die sich argwöhnisch näherten, nachdem das den Tag über dauernde Gemetzel sie Vorsicht gelehrt hatte.

„Na kommt!", forderte er sie heraus. „Nur noch ich!"

Als der Gegner in der Mitte ausrutschte, sprang Sigvarth mit beängstigender Geschwindigkeit vorwärts, hieb nach dem Mann, konterte, stach mit dem Schwert durch den Bart des Feindes, sprang wieder zurück, täuschte von der einen zur anderen Seite an, während die wütenden Engländer näher kamen.

„Na los!", rief er, und ließ noch einmal die Worte von Ragnars Totenlied hören, das Ivar Ragnarssons Skalde geschrieben hatte:

„Uns sangen die Schwerter. Sechzig und ein Mal,
focht ich in vorderster Reihe, wenn Feinde sich trafen.
Doch fand ich noch keinen, in vielen Jahren seitdem,
Der mir den Schild zerschlüge – mein Meister im Kampfe.
Die Götter empfangen mich. Mir graut nicht vorm Sterben."

Über dem Kampflärm zwischen einem Mann und einem Heer war deutlich Wulfgars Stimme zu hören.

„Fangt ihn lebendig! Zwingt ihn mit den Schilden zu Boden. Fangt ihn lebendig!"

Ich muss es zulassen, dachte Sigvarth, während er wirbelnd um sich hieb. Ich habe meinem Sohn noch nicht genug Zeit verschafft. Aber es gibt eine Möglichkeit, ihm noch eine Nacht zu schenken.

Für mich wird sie sehr lang werden.

ELFTES KAPITEL

Shef und Brand standen beinander und betrachteten gemeinsam die zweihundert Mann breite Schlachtreihe, die über das ebene Weideland auf sie zukam. Über den Köpfen der Angreifer wehten Feldzeichen, die Flaggen von Jarls und großen Kriegern. Nicht das Rabenbanner der Ragnarssons, das nur auf gemeinsamen Befehl aller vier Brüder gehisst wurde. Aber mittig über den Truppen im Hintergrund blähte eine Böe ein langes Abzeichen auf: den sich windenden Lindwurm Ivar Ragnarssons. Selbst auf diese Entfernung meinte Shef den Silberglanz des Helmes und den scharlachroten Mantel erkennen zu können.

„Das wird heute unser Schlachtfeld. Die Heere sind gleich stark", murrte Brand. „Selbst der Sieger wird unheimlich viele Männer verlieren. Es braucht schon Mumm, mit diesem Wissen vorwärts zu gehen. Schade, dass Ivar nicht ganz vorne mitläuft. Darauf habe ich gehofft, dann könnte ich ihn mir selbst vornehmen. Es gibt nur eine Möglichkeit für einen einfachen Sieg. Wir müssen einen ihrer Anführer töten und dem Rest den Mut nehmen."

„Gibt es für sie auch eine einfache Möglichkeit?"

„Ich denke nicht. Unsere Jungs haben das Gold gesehen. Ihre Jungs haben nur davon gehört."

„Aber du denkst trotzdem, dass wir verlieren?"

Brand klopfte Shef aufmunternd auf den Rücken. „Helden denken gar nicht an sowas. Aber jeder verliert dann und wann. Und wir sind in der Unterzahl."

„Du hast meine Thralls gar nicht mitgezählt."

„Soweit ich weiß, haben Thralls noch keine Schlacht gewonnen."

„Wart ab und staune."

Shef rannte ein paar Schritte zurück von ihrem Aussichtspunkt unter dem Banner des Weges in der Mitte ihrer eigenen Schlachtreihe. Sie war genauso aufgestellt wie Ivars, aber nur fünf Mann tief gestaffelt und mit weniger Kämpfern im Rückhalt. Shef hatte seine auf Räder gebetteten Drehgeschütze mit ihren riesigen Pfeilen in dieser Reihe verteilt, geschützt lediglich von einer einzigen Riege Bewaffneter mit Schilden. Weit hinter der Aufstellung befanden sich die Wurfgeschütze – alle bis auf die beiden, die er Sigvarth überlassen hatte. Ihre halben Besatzungen bändigten die im Wind peitschenden Seile.

Aber es waren die Drehgeschütze, die jetzt ganze Arbeit leisten mussten. Mit Hilfe seiner Helmbarte schwang sich Shef auf den einige Schritte weiter hinten abgestellten und noch immer angespannten Karren des mittleren Geschützes. Er blickte die lange Reihe der Männer hinab und in die Gesichter der Geschützbesatzungen, die ihn erwartungsvoll ansahen.

„Beiseite!"

Die Wikinger, die die Schussbahn verdeckt hatten, traten zur Seite. Die Seile waren fest gespannt, jeweils ein Mann stand mit einer Armladung Pfeile bereit, die Geschütze waren ausgerichtet und vorbereitet. Die langsam näher kommende Menge der Feindes konnten sie nicht verfehlen. Über das Feld drang der heisere Gesang der Krieger unter Ivars Befehl: „*Ver thik*", riefen sie immer wieder. „*Ver thik, her ek kom.*" – „Rüste dich, jetzt komme ich."

Shef ließ die Spitze der Helmbarte sinken und rief „Schießt!"

Schwarze Streifen, die nach dem Abschuss stiegen und dann wieder fielen, als sie die Luft durchschnitten und in die Reihen der anrückenden Männer stürzten.

Die Thralls an den Hebeln drehten wild, Pfeile wurden eingelegt. Shef wartete, bis auch das letzte Geschütz geladen war, die letzte erhobene Hand ihm Schussbereitschaft angezeigt hatte.

„Schießt!"

Wieder ein düsteres Surren, neue Streifen, neue Wirbel. Im Heer des Weges erhob sich aufgeregtes Brummen. Und auch mit den

Kriegern der Ragnarssons war etwas geschehen. Sie hatten ihren gleichmäßigen Schritt verloren, der feurige Gesang flackerte schließlich. Jetzt trotteten sie vorwärts, bemüht, in den Nahkampf zu gelangen, bevor sie wie Spanferkel aufgespießt wurden – es war noch kein einziger Axthieb geführt worden. Eine halbe Meile in Rüstung zu rennen, dürfte sie schön ermüden. Die Geschützmannschaften hatten ihre Aufgabe bereits erledigt.

Aber viel länger würden sie nicht schießen können. Shef rechnete damit, noch zwei Schüsse abgeben zu können, bevor die Angreifer ihre Stellungen erreichen würden. Noch ein paar Feinde töten, den Rest beunruhigen. Nachdem die Geschütze ein letztes Mal auf ihren Rädern zurückgesprungen waren, befahl er den Thralls den Rückzug. Die Mannschaften hoben die Stützen an, rollten die Geräte aus der Reihe heraus zu den wartenden Karren und jubelten.

„Seid still! Geht an die Werfer."

Innerhalb weniger Herzschläge luden die Thralls die Geschütze und richteten sie aus. Das hätten Wikinger nie getan, dachte Shef. Sie hätten Zeit damit verschwendet, einander von ihren Heldentaten zu erzählen. Er hob seine Helmbarte und zehn Steinbrocken wurden zugleich in die Luft geschleudert.

Sie luden so schnell nach, wie sie konnten, mühten sich mit der Ausrichtung der schweren Rahmen ab, die von den Mannschaftsführern neu befohlen wurde. Ein Steinregen pfiff aus dem Himmel hinab. Nicht mehr in gleicher Folge, jedes Geschütz schleuderte jetzt so schnell, wie seine Mannschaften die Schlinge herablassen und laden konnte.

Bedrängt und erschüttert brachen die Truppen der Ragnarssons jetzt in einen Sturmangriff aus. Schon jetzt überschossen die Steine ihre Ziele, schlugen hinter den heranrasenden Männern ein. Trotzdem sah Shef hinter ihnen zufrieden eine lange Spur zerschmetterter Leichname und sich windender Verwundeter, wie eine Schleimspur hinter dem herannahenden Heer.

Mit einem Brüllen und dem Schlag von Metall auf Metall trafen die Schlachtreihen aufeinander. Das Heer des Weges wich erst

365

zurück und ging dann einen Schritt vor, als der Schwung des feindlichen Sturms gefühlt, gehalten, erwidert wurde. Innerhalb weniger Herzschläge wurde die Schlacht in einen langen Strang von Einzelkämpfen verwandelt, in denen Männer Schilde mit Äxten und Schwertern bearbeiteten, einen Arm abwärts zu ziehen versuchten, eine Lücke in der Verteidigung suchten, mit dem Schildbuckel auf Gesicht oder Brustkorb des Gegners zielten.

Wie aus einem Mund stimmten die weiß gekleideten Priester des Weges, um den heiligen Speer des Schlachtengottes Odin hinter ihren Männern aufgestellt, einen vollklingenden Gesang an.

Unentschlossen hob Shef seine Waffe. Er hatte seinen Auftrag erfüllt. Sollte er sich jetzt vorwärts zwischen die Kämpfer drängen? Ein Mann unter viertausend?

Nein. Es gab noch eine Möglichkeit, die Wirkung seiner Geschütze zu nutzen. Er rannte zu den Thralls hinüber, die um die Geräte standen, rief und bedeutete ihnen mit Handzeichen, sich in Bewegung zu setzen.

„Um ihre Flanke – folgt mir! Sie kämpfen jetzt Mann gegen Mann. Wir müssen nur hinter sie kommen."

Als sich die quietschenden Ochsenkarren quälend langsam im Rücken der Kämpfenden in Bewegung setzten, bemerkte Shef besorgte Blicke. Die Wikinger fragten sich, ob er aus der Schlacht floh. Eine Flucht auf Ochsenkarren? Er erkannte einige von ihnen. Magnus, Kolbein und ihre Hebrider, ganz hinten unter den noch nicht in den Kampf verwickelten Kriegern. Brand hatte sie dort aufgestellt, weil ihre Waffen seiner Meinung nach nicht für den Kampf im Gemenge gemacht waren.

„Magnus! Ich brauche sechs von deinen Männern als Bewachung für jeden Karren."

„Wenn wir das machen, bleibt keiner mehr zum Eingreifen übrig."

„Mach was ich sage und wir brauchen sie nicht mehr."

Helmbartenträger sammelten sich um die Wagen, die Shef in einem Bogen um die Flanken der miteinander ringenden Heere führte, erst die des Weges, dann die der Ragnarssons, die überrascht gafften. Aber mit der wütenden Schlacht betrachteten sie in den trägen Tross lediglich als eine unwichtige Ablenkung. Endlich fand Shef eine Stellung halb im Rücken der rechten Flanke des Feindes.

„Anhalten. Dreht die Karren links herum. Keilt die Räder fest. Nein! Nicht abladen. Wir schießen aus den Karren heraus. Jetzt. Lasst die Klappen runter." Die Wache aus Helmbartenkämpfern löste die Stifte, die Wagenklappen fielen. Die gespannten und geladenen Geschütze wurden gedreht.

Sorgfältig überdachte Shef den Kampfschauplatz vor sich. Die zwei Schlachtreihen waren auf einer Länge von zweihundert Schritten miteinander verkeilt und versuchten nicht, einander zu umfassen. Aber in der Mitte der Angreifer sah Shef eine größere Ansammlung, zwanzig Männer tief und im langsamen, aber stetigen Vormarsch. Sie wollten die zahlenmäßig unterlegenen Krieger des Weges mit ihrer schieren Übermacht besiegen. Über ihnen flatterte seine Fahne. Dorthin mussten sie zielen, nicht auf das Getümmel, wo er seine eigenen Männer treffen konnte.

„Zielt auf die Mitte, zielt auf den Wurm. Schießt!"

Der Rückstoß wurde von den festen Holzbrettern weniger gut abgefangen als vom weichen Boden. Die Katapulte sprangen in die Luft, als sich die Pfeile lösten, und rutschten in den Karren herum. Die Thralls griffen zu und schoben sie zurück. Die Männer an den Hebeln bemühten sich, ihre Drehwerkzeuge wieder in Stellung zu bringen.

Um die Lindwurmfahne herum brach Unordnung aus. In dem Gedränge irrlichternder Männer sah Shef einen Wimpernschlag lang einen Pfeil, der zwei Krieger wie Wachteln auf dem Bratspieß durchbohrt hatte. Ein weiterer Gegner versuchte verzweifelt, eine abgebrochene Pfeilspitze aus seinem Arm zu ziehen. Die Blicke der Umstehenden wandten sich ihm zu. Und nicht nur die Blicke. Auch Schilde, als den Männern klar wurde, dass der Angriff aus ihrem Rücken gekommen war und sie sich bereit machten, ihn abzuwehren. Die Lindwurmfahne wehte noch, ihr Träger nur geschützt von mehreren Reihen seiner Gefährten, die ihr bis hierher gefolgt waren. Als das Nachladen abgeschlossen war, wiederholte Shef brüllend seinen Befehl.

„Schießt!"

Diesmal fiel der Lindwurm, begleitet von einem Freudenschrei aus der Mitte der Krieger des Weges. Jemand schnappte sie sich, hob sie noch einmal trotzig in die Höhe, aber in der Mitte war das Heer der Ragnarssons fünf blutige Schritte zurückgeworfen worden. Die Männer versuchten, auf glitschigem Boden und zwischen ihren eigenen Toten und Verwundeten auf den Beinen zu bleiben. Aber jetzt stürmten auch Männer auf die Karren zu.

„Neues Ziel?", schlug einer der Mannschaftsführer vor und deutete auf die näherkommenden Feinde.

„Nein. Nochmal der Wurm. Schießt!"

Ein neuer Pfeilhagel schlug in die dichtgedrängte Masse ein, und wieder fiel der Lindwurm. Es war keine Zeit zu sehen, ob ihn noch jemand aufstellen konnte oder ob Brand die Sache zu Ende bringen würde. Die Thralls an den Winden beeilten sich, aber sie würden keinen weiteren Schuss mehr abgeben können.

Shef griff mit seinen eisernen Handschuhen nach *thralles wræc* und dem Helm, den er noch nie in einer Schlacht getragen hatte.

„Helmbartenträger in die Karren", rief er. „Haltet sie fern. Besatzungen, benutzt die Hebel. Und die Hacken!"

„Was ist mit uns, Herr?" Fünfzig unbewaffnete Freigelassene mit gestickten Hämmern auf ihren Wämsern standen hinter den Karren. „Sollen wir abhauen?"

„Kriecht unter die Karren, nehmt eure Messer."

Kurz darauf erreichte die Welle der Ragnarsson-Krieger ihre Stellung in einem Wirbel aus finsteren Gesichtern und singenden Schwertern. Shef fühlte, wie er von einem übermächtigen Gewicht befreit wurde. Jetzt musst nicht mehr gedacht werden. Keine Verantwortung lastete auf ihm. Die Schlacht würde anderswo gewonnen oder verloren werden. Er musste nur noch seine Waffe schwingen, als würde er auf dem Amboss Metall schmieden. Abwehr und Hieb, überhand ausholen und abwärts stechen.

Zu ebener Erde wären die Anhänger der Ragnarssons ohne Mühe über Shefs kleine und schlecht bewaffnete Abteilung hinweg gerollt. Aber sie hatten keine Ahnung, wie sie gegen Männer auf Bauernkarren ankommen sollten. Der Feind stand mehrere Fuß höher als sie selbst, geschützt von Eichenbrettern. Die Helmbarten, die Shef für die Hebrider gemacht hatte, verliehen ihnen zusätzliche Reichweite. Wikinger, die unter den neuartigen Waffen wegtauchten und sich auf die Karren zu schwingen versuchten, waren leichte Ziele für die Knüppel und Hacken der englischen Thralls. Messer in mageren Händen stachen aus dem Schutz der großen Räder nach Oberschenkeln und Unterleibern.

Nach einigen verzweifelten Versuchen zogen die Wikinger sich zurück. Die Besonneneren unter ihnen gaben Befehle. Die Ochsen wurden losgeschnitten, die Deichseln ergriffen, um die Karren von den darunter versteckten Thralls zu ziehen. Mit den Wurfspeeren in der Hand bereiteten Ivars Männer einen Fernangriff auf die schutzlosen Helmbartenträger vor.

Auf einmal starrte Shef Muirtach an. Der Hüne kam wie ein riesiger Wolf auf ihn zu, vor dem sein eigenes Rudel auseinander stob. Er trug keine Rüstung, nur das senfgelbe, karierte Tuch, das den Oberkörper und den rechten Arm frei ließ. Er hatte seinen kleinen Schild abgelegt und trug nur den spitz zulaufenden Zweihänder der Gaddgedlar.

„Du und ich, Junge", verkündete er. „Ich zieh dir die Kopfhaut ab und putz mir damit den Arsch."

Shefs Antwort bestand darin, den Stift herauszuziehen und die Klappe des Karren mit einem Tritt erneut herunterzuklappen.

Muirtach stürmte los, bevor Shef sich aufrichten konnte, schneller als er je einen Menschen sich hatte bewegen sehen. Ohne nachzudenken sprang Shef zurück, wo er über das Rad des Geschützes im hinteren Teil des Karrens stolperte. Aber Muirtach war bereits auf der Ladefläche, die Schwertspitze zum Stich gesenkt. Wieder wich Shef zurück. Er stieß mit Magnus zusammen, und der Platz reichte nicht, um die Helmbarte für einen Stich oder eine Abwehr bereitzumachen.

Muirtach holte bereits aus. Ein hastig von Cwicca in den Weg der Klinge gehaltener Hebel lenkte den Hieb auf die gespannte Sehne des Drehgeschützes.

Ein tiefes Surren, ein Klatschen, lauter als der Schlag einer Walfischflosse auf den Wellen.

„Sohn der Jungfrau", sagte der Ire und blickte an sich hinab.

Ein Arm des plötzlich ausgelösten Katapults war sechs Zoll nach vorne geschnellt. Weiter war er nicht gekommen. In diesen sechs Zoll hatte die Kraft gesteckt, die sonst einen Pfeil eine Meile weit geschleudert hätte. Die ganze Seite von Muirtachs nacktem Brustkorb war wie vom Hammerschlag eines Riesen eingedrückt worden. Blut rann dem Iren aus dem Mund. Er machte einen Schritt zurück, setzte sich wie betäubt und sank an der Seitenwand des Karrens zusammen.

„Wie ich sehe, hast du den Glauben wiedergefunden", meinte Shef. „Dann erinnerst du dich sicher an ‚Auge um Auge'". Er drehte seine Waffe in der Hand und trieb den Dorn am Griff durch Muirtachs Augapfel tief in das Gehirn des Iren.

In den kurzen Augenblicken des Aufeinandertreffens hatte sich alles verändert. Shef sah sich um und konnte nur ihm zugewandte Rücken sehen. Die angreifenden Anhänger der Ragnarssons hatten sich abgewandt, warfen ihre Waffen zu Boden und schnallten die Schilde ab. „Bruder", riefen sie, „Freund, Gefährte." Einer öffnete überraschenderweise seinen Kittel und zeigte einen silbernen Anhänger. Ein Freund des Weges, der lieber bei einem Vater oder Häuptling geblieben war, statt aus York fortzuziehen. Hinter ihnen drangen hunderte Männer in einem stahlborstigen Keil vorwärts, den riesigen Brand an ihrer Spitze. Vor diesem Keil sah Shef nur Männer auf der Flucht, rennend, humpelnd, in kleinen Gruppen mit erhobenen Händen stehend. Das Heer der

Ragnarssons war zerbrochen. Seine Überlebenden hatten nur die Wahl zwischen einer Flucht in schwerer Rüstung und der Hoffnung auf Gnade.

Shef ließ *thralles wræc* sinken, unversehens erschöpft. Als er vom Karren herabstieg, fiel sein Blick auf eine plötzliche Bewegung. Zwei Pferde, einer der Reiter mit scharlachrotem Mantel und grasgrünen Hosen.

Kurz traf Ivar Ragnarssons Blick aus dem Sattel über das verlorene Schlachtfeld den Shefs auf seinem Karren. Dann waren er und sein Begleiter verschwunden. Die stampfenden Hufe der Pferde hatten große Grassoden aus dem Feld gerissen.

Brand kam herüber und ergriff Shefs Hand.

„Ich hab mir kurz Sorgen gemacht. Dachte, du würdest wegrennen. Aber du bist *zur* Schlacht gerannt. Gute Arbeit heute."

„Der Tag ist noch nicht vorbei. Wir haben noch ein Heer hinter uns", erwiderte Shef. „Und Sigvarth. Die Mercier hätten im Morgengrauen hinter uns sein sollen. Er hat sie zwölf Stunden länger aufgehalten, als ich gedacht habe."

„Aber vielleicht nicht lang genug", meinte Magnus der Zahnlose von seinem Platz im Karren. Er streckte einen Arm aus und zeigte mit dem Finger. Weit entfernt auf der anderen Seite der Ebene wurde ein verirrter Wintersonnenstrahl in zahlosem Widerschein zurückgeworfen. Die Speerspitzen eines Heeres, das sich aufstellte und langsam auf sie zukam.

„Ich brauche mehr Zeit", flüsterte Brand Shef barsch zu. „Geh und rede, verhandle. Verschaff sie mir."

Er hatte keine Wahl. Thorvin und Guthmund schlossen sich ihm auf seinem Weg zur sich nähernden Streitmacht der Mercier an, die sich – rein äußerlich zumindest – nur durch die drei vorweg getragenen, großen Kreuze von der unterschied, die sie eben besiegt hatten.

Hinter ihnen bemühte sich ihr eigenes Heer, Ordnung herzustellen. Etwa ein Drittel von ihnen war tot oder schwer verwundet. Sogar die nur leicht verletzten Krieger waren jetzt schwer beschäftigt. Sie zogen den toten Ragnarssonskämpfern die Rüstungen aus und nahmen Waffen an sich, griffen vom Schlachtfeld, was nützlich oder wertvoll war, mit der begeisterten Hilfe von Shefs Freigelassenen. Einige trieben verwundete Feinde in Richtung der noch immer in der Flussmündung liegenden Schiffe vor sich her oder trugen die Wenigen, die die Aufmerksamkeiten der Leichenfledderer und Heiler überstanden hatten.

Das „Heer“ war reine Schau. Ein paar hundert der kampftüchtigsten Männer, aufgereiht, um Eindruck zu schinden. Hinter ihnen, Reihe um Reihe von Gefangenen, die Hände nur nachlässig gefesselt, denen sie nur befehlen konnten, still zu stehen und sich zählen zu lassen, wenn ihnen ihr Leben lieb war. Eine halbe Meile weiter hinten hoben die Thralls und Krieger gemeinsam einen Graben aus, bauten die Geschütze auf und sammelten Pferde und Karren für den nächsten Rückzug. Das Heer des Weges war noch nicht bereit zum Kampf. Nicht, dass es den Mut verloren hatte. Aber alle Gewohnheiten schrieben eine Rast vor, eine Erholung nachdem man eine Schlacht gegen eine überlegene Streitmacht gewonnen hatte. Dasselbe gleich wieder zu verlangen, war zu viel.

Shef erkannte, dass die nächsten Augenblicke sehr gefährlich werden würden. Ihm und seiner kleinen Abordnung kamen Männer entgegen, unter ihnen ein Priester. Zwei weitere schoben eine merkwürdige, aufrecht stehende Kiste auf Rädern. Einen Herzschlag später wurde ihm klar, dass das Ding darin nur sein Stiefvater Wulfgar sein konnte.

Die zwei Gruppen blieben zehn Schritte voneinander entfernt stehen, musterten einander. Shef störte die tiefe, hassvolle Stille.

„Nun, Alfgar“, sagte er zu seinem Halbbruder. „Wie ich sehe, bist du aufgestiegen. Freut sich unsere Mutter für dich?“

„Unsere Mutter hat sich nie von dem erholt, was dein Vater mit ihr gemacht hat. Dein toter Vater. Er hat uns viel von dir erzählt, bevor er gestorben ist. Er hatte schließlich genug Zeit.“

„Du hast ihn also gefangengenommen? Oder hast du dich rausgehalten, wie bei der Schlacht am Stour?“

Alfgar kam auf ihn zu und griff nach seinem Schwert. Der finster blickende Mann neben ihm, nicht der Priester, hielt ihn zurück. „Ich bin Cwichelm, Hauptmann König Burgreds von Mercia", verkündete er. „Mein Auftrag ist es, Norfolk and Suffolk ihrem neuen Aldermann zu übergeben und sie meinem König zu unterwerfen. Und wer seid Ihr?"

Langsam, immer auf die hastigen Vorbereitungen hinter sich bedacht, stellte Shef seine Begleiter vor, ließ Cwichelm dasselbe tun. Stritt ihre Feindseligkeit ab. Erklärte seine Absicht, sich zurückzuziehen. Ließ die Aussicht auf Entschädigungen für entstandene Schäden durchblicken.

„Ihr fechtet mit mir, junger Mann", unterbrach ihn Cwichelm. „Wenn ihr stark genug wärt zu kämpfen, würdet ihr nicht reden. Also sage ich euch, was ihr tun müsst, wenn ihr den nächsten Morgen sehen wollt. Ich weiß von dem Schatz, den ihr aus dem Hügel bei Woodbridge gehoben habt. Ich muss ihn haben, für meinen König. Er lag in seinem Reich."

„Außerdem", drängte sich der schwarz gekleidete Priester ins Gespräch und blickte starr auf Thorvin, „sind unter euch Christen, die ihren Glauben verloren und ihre Herren verraten haben. Sie müssen uns zur Bestrafung übergeben werden."

„Das schließt dich mit ein", schloss Alfgar. „Was auch immer mit dem Rest von euch passiert, mein Vater und ich werden dich nicht gehen lassen. Ich lege dir mit meinen eigenen Händen den Halsring an. Schätz dich glücklich, dass wir mit dir nicht dasselbe wie mit deinem Vater machen."

Shef machte sich nicht die Mühe, das für Guthmund zu übertragen.

„Was habt ihr mit ihm getan?"

Wulfgar hatte noch nicht gesprochen. Er lag, von den Riemen gehalten, in seiner Kiste. Shef erinnerte sich an das gelbliche, schmerzerfüllte Gesicht, das ihn bei ihrem letzten Treffen aus der Pferdetränke heraus angesehen hatte. Jetzt war Wulgars Antlitz rötlich angelaufen, die Lippen leuchteten unter dem ergrauten Bart.

„Was er mit mir gemacht hat", sagte er, „habe ich mit ihm getan. Nur mit mehr Können. Erst haben wir die Zehen genommen, dann die Finger. Ohren, Lippen. Seine Augen nicht, damit er noch zusehen konnte. Und auch nicht die Zunge, damit er noch schreien konnte. Hände, Füße. Knie und Ellenbogen. Und wir haben ihn nicht bluten lassen. Ich habe ihn zerschnitzt wie ein Knabe einen Stock. Am Ende war nichts außer dem Kern übrig. Hier, Junge. Als Erinnerung an deinen Vater."

Er nickte und ein Diener warf einen Lederbeutel in Shefs Richtung. Shef löste die Schnüre, sah hinein und warf den Beutel Cwichelm vor die Füße.

„Ihr seid in schlechter Gesellschaft, Hauptmann", bemerkte er nur.

„Zeit zu gehen", meinte Guthmund.

Die beiden Seiten entfernten sich rückwärts voneinander und drehten sich um, als sie außer Reichweite der Waffen waren. Während sie schnell auf ihre eigenen Männer zuschritten, hörte Shef das Brausen der Kriegshörner Mercias, ein Brüllen und das Schmettern von Rüstung, als die Engländer sich in Bewegung setzten.

Wie abgesprochen wandte sich die Schlachtreihe des Weges um und lief davon. Der erste Schritt eines langen, wohlüberlegten Rückzugs.

Stunden später, als das lange Winterzwielicht in Dunkelheit verging, murmelte Brand Shef heiser zu: „Ich glaube, wir haben es geschafft."

„Für heute", stimmte Shef ihm zu. „Für den Morgen sehe ich keine Hoffnung."

Brand zuckte mit den breiten Schultern, hob mit lauten Befehlen die Kampfbereitschaft seiner Männer auf, ließ Feuer anzünden, Wasser kochen, Essen zubereiten.

Den ganzen Tag hatten die Anhänger des Weges sich zurückfallen lassen. Dabei hatten sie Shefs Geschütze bewacht, die aufgestell-

374

ten Mercier beschossen und sie immer wieder gezwungen, anzuhalten. Die Karren und Packpferde waren immer wieder hastig beladen worden, nur um sich auf eine andere Stellung zurückzuziehen. Die Mercier waren ihnen gefolgt wie ein Mann, der einen tollwütigen Hund anleinen wollte: waren herangekommen, hatten sich angesichts des Knurrens und Schnappens zurückgezogen, waren wieder angestürmt. Wenigstens dreimal war es zu Kämpfen gekommen, immer da, wo die Wegkrieger ein festes Hindernis verteidigen konnten: den frisch ausgehobenen Graben, einen Deich am Rand des Moores, das flache, schlammige Rinnsal des Nene. Jedes Mal waren die Mercier nach einer halben Stunde Hauen und Stechen plötzlich zurückgewichen, unfähig, den Durchbruch zu erzwingen. Dadurch setzten sie sich jedes Mal einem Regen aus Steinbrocken und übergroßen Pfeilen aus. Die Streitmacht des Weges hatte besser gekämpft, je mehr Mut sie schöpfte, dachte Shef. Die einzige Schwierigkeit war, dass die Mercier auch dazulernten. Am Anfang waren sie bei jedem Pfeifen am Himmel zusammengeschreckt, dem ersten Drehgeschütz, dem sie gegenüberstanden. Jeder Graben im matschigen Boden hatte sie zögern lassen. Sigvarth musste ihnen im Sumpf eine bittere Lehrstunde erteilt haben.

Aber im Lauf des Tages wurden sie mutiger, nachdem sie erkannt hatten, wie gering die Zahl ihrer Feinde wirklich war.

Mit der Schüssel voll Haferbrei noch immer in der Hand sank Shef gegen einen Saumsattel und schlief sofort ein.

Er erwachte mit steifen Gliedern, schweißbedeckt und frierend, als die Hörner das erste Sonnenlicht ankündigten. Um ihn herum kamen Männer auf die Füße, tranken Wasser oder die letzten, streng gehüteten Reste Bier oder Met. Sie schlurften zu der halbfertigen Umwehrung, die sie um den Weiler errichtet hatten, in dem Shef das letzte Gefecht führen wollte.

Als das Licht stärker wurde, sahen sie etwas, das selbst den Mutigsten einschüchterte. Das Heer, das sie gestern bekämpft hatten, war wie sie selbst immer mehr heruntergekommen: durchnässte

Kleidung, Schilde mit Schlamm bespritzt, die Männer schmutzig bis zu den Augenbrauen, geschwächt durch ein stetiges Tröpfeln von Verlusten oder Fahnenflüchtigen. Bis zum Punkt, an dem es nur noch etwa anderthalb mal so groß wie ihre eigene Streitmacht war.

Es war verschwunden. An seiner Stelle, Reihe um Reihe vor ihnen aufgebaut, die Hörner immer wieder neue Herausforderungen rufend, standen andere Krieger, so frisch, als wären sie keine Meile gelaufen. Schilde strahlten in sauberen Farben, Rüstungen und Waffen glänzten rot im Morgengrauen. Kreuze ragten auch über ihnen empor, aber die Banner – die Banner waren andere. Neben den Kreuzen war ein goldener Drache.

Aus der vordersten Reihe kam langsam ein Reiter auf einem Grauschimmel hervor, Sattel und Schmuck in hellem Rot, den Schild nach außen gewendet als Zeichen des Waffenstillstands.

„Er will verhandeln", sagte Shef.

Stumm schoben die Wegkrieger einen umgeworfenen Karren beiseite, damit ihre Anführer hinauskamen: Brand, Shef, Thorvin und Farman, Guthmund und Steinulf. Ohne ein Wort zu sprechen, folgten sie dem Reiter zu einem langen Tisch, der aus unerfindlichen Gründen zwischen den kampfbereit stehenden Männern aufgebockt worden war.

Auf der einen Seite der Tischplatte saßen mit angespannter Miene Cwichelm und Alfgar. Wulfgar in seiner aufgerichteten Kiste stand einen Schritt hinter ihnen. Der Heerbote bedeutete Shef und den anderen, auf der gegenüberliegenden Seite Platz zu nehmen.

Zwischen den beiden Gruppen saß am Kopf des Tisches ein einzelner Mann – jung, blond, blauäugig, einen goldenen Reif auf der Stirn wie der alte König im Hügel. Seine Erscheinung war eigentümlich und kraftvoll, fand Shef. Als er sich setzte, trafen sich ihre Blicke. Der junge Mann lächelte.

„Ich bin Alfred, der Aetheling von Wessex, Bruder seines Königs Ethelred", stellte er sich vor. „Wie mir zu Ohren gekommen ist, hat das Gegenüber meines Bruders in der Mark, König Burgred, einen Aldermann für die Länder bestellt, die einst dem König der Ostangeln gehörten." Er wartete einen Augenblick lang. „Das werden wir nicht gestatten." Säuerliche Blicke, aber keine Widerworte von Alfgar und Cwichelm. Sie hatten das alles offenbar bereits gehört.

„Gleichzeitig werde ich aber keinem Wikingerheer aus dem Norden erlauben, sich irgendwo in England niederzulassen, wo es rauben und plündern kann, wie es seine Gewohnheit ist. Eher vernichte ich euch alle."

Ein weiteres Abwarten. „Aber ich weiß nicht, was ich mit euch machen soll. Es heißt, ihr hättet gestern gegen Ivar Ragnarsson gekämpft und ihn besiegt. Mit ihm… mit ihm werde ich keinen Frieden schließen, denn er hat König Edmund getötet, den König der Ostangeln. Wer von euch hat König Ella getötet?"

„Ich", gab Shef zu. „Aber er hätte mir dafür gedankt, wenn er gekonnt hätte. Ich habe Ivar gesagt, dass sein Mord am König *nithingsverk* war, die Tat eines feigen Schlächters."

„Da sind wir uns also schon einmal einig. Sagt mir eins: Kann ich von euch Frieden erwarten? Oder müssen wir kämpfen?"

„Habt Ihr Eure Priester gefragt?", wollte Thorvin in seinem langsamen, bedachten Englisch wissen.

Der junge Mann lächelte wieder. „Mein Bruder und ich haben herausgefunden, dass die Priester, egal wonach man sie fragt, immer Geld verlangen. Sie werden uns auch nicht dabei helfen, Ivar und seinesgleichen zu bekämpfen. Aber ich bin noch immer Christ. Ich ehre den Glauben meiner Väter. Ich hoffe, dass eines Tages sogar ihr Nordmänner die Taufe annehmt und euch unseren Gesetzen unterwerft. Aber ich bin kein Mann der Kirche."

„Wir haben viele Christen unter uns", sagte Shef. „Auch viele Engländer."

„Sind sie vollwertige Kämpfer eures Heers? Mit vollem Recht auf ihren Anteil?" Brand, Guthmund und Steinulf sahen einander an, als ihnen der Sinn der Frage klar wurde.

„Wenn Ihr sagt, dass sie es sein sollen, dann sind sie es", entgegnete Shef.

„Ihr seid also Engländer und Nordmänner. Christen und Heiden."

„Keine Heiden", warf Thorvin ein. „Wir folgen dem Weg."

„Aber ihr kommt miteinander aus. Das ist vielleicht ein Vorbild für uns alle. Hört mir gut zu. Wir können hier ein Abkommen schließen: Anteile und Abgaben, Rechte und Pflichten, Regeln für Wergeld und Freigelassene. Nichts als Kleinigkeiten. Aber der Kern muss Folgendes sein.

Ich gebe euch Norfolk, das ihr nach euren eigenen Gesetzen beherrschen könnt. Aber ihr müsst es gerecht führen und niemals Angreifer hindurch lassen. Und der, den ihr zum Aldermann macht, muss auf meine Reliquien und eure Heiligtümer gleichermaßen schwören, dass er ein treuer Freund König Ethelreds und seines Bruders sein will. Sollte es dazu kommen, wer wäre euer Aldermann?"

Brand legte seine narbige Hand auf Shefs Schulter. „Das muss er sein, Königsbruder. Er spricht zwei Sprachen. Er lebt in zwei Welten. Schau, er trägt kein Zeichen des Weges. Er ist getauft. Aber er ist unser Freund. Wähl ihn."

„Er ist ein Entlaufener!", ereiferte sich Alfgar plötzlich kreischend. „Er ist ein Thrall. Sein Rücken trägt die Narben von Peitschenhieben!"

„Und sein Gesicht die des Folterknechts", beendete Alfred den Ausbruch. „Vielleicht sorgt er dafür, dass es von beidem weniger in England gibt. Aber tröste dich, Junge. Ich werde dich nicht alleine an König Burgreds Hof zurückschicken."

Er machte ein Handzeichen und in seinem Rücken tauchte ein Schwarm Frauen in langen Gewändern auf.

„Ich habe diese Damen gefunden, zurückgelassen und hilflos. Ich habe sie mitgebracht, um Schlimmeres zu verhindern. Es heißt, eine von ihnen sei deine Ehefrau, junger Alfgar. Nimm sie mit zurück zu König Burgred und sei dankbar."

Seine Ehefrau, dachte Shef, und blickte tief in Godives graue Augen. Sie war schöner als je zuvor. Was musste sie nur von ihm denken, schlammbespritzt, stinkend vor Schweiß und Schlimmerem, das Auge in seine Höhle gesunken? Er spürte, wie sich eine eiskalte Faust um sein Herz schloss.

Dann lag sie weinend in seinem Arm. Er hielt sie und sah sich um. Alfgar war aufgestanden, wehrte sich gegen den festen Griff zweier Wachen. Wulfgar schrie in seiner Kiste, Alfred erhob sich sichtlich beunruhigt.

Als der Lärm abklang, sprach Shef „Sie gehört mir."

„Sie ist meine Ehefrau", rief Alfgar.

Sie ist auch seine Halbschwester, dachte Shef. Wenn ich das sage, wird die Kirche einschreiten, sie ihm wegnehmen. Aber dann würde ich die Sitten der Kirche mich und das Gesetz des Weges beeinflussen lassen. Das Land des Weges.

Das hier ist der Preis, den der *draugr* für sein Gold verlangt. Das letzte Mal war es ein Auge. Diesmal ist es ein Herz.

Er trat zurück, als die Diener Godive von ihm wegzerrten, sie zurückbrachten zur Inzucht und der blutbespritzten Birkenrute. Anführer zu sein, verlangt Dinge, die man von keinem gewöhnlichen Mann verlangen konnte.

„Wenn Ihr bereit seid, die Frau als Zeichen des guten Willens zurückzugeben", meinte Alfred entschieden, „beanspruche ich Suffolk für das Reich meines Bruders. Aber ich erkenne Euch, Shef Sigwardsson, als Aldermann von Norfolk an. Was sagt Ihr?"

„Sag doch nicht immer ‚Aldermann'", mischte Brand sich ein. „Benutz unser Wort. Er wird unser Jarl."

JARL

ERSTES KAPITEL

Auf einem schmucklosen, dreibeinigen Schemel saß Shef der Menge von Bittstellern gegenüber. Er trug noch immer seinen einfachen Kittel, wollene Hosen, kein Zeichen seines Rangs. Aber in seiner Ellenbeuge ruhte das Wetzstein-Zepter aus dem Hügelgrab des alten Königs. Von Zeit zu Zeit ließ er die Fingerspitzen über die mitleidlosen, bärtigen Gesichter wandern, während er die Zeugen anhörte.

„… darum haben wir den Fall König Edmund in Norwich vorgetragen. Und er hat es in seinem eigenen Gemach entschieden. Er war gerade von der Jagd zurückgekehrt und wusch sich die Hände. Gott soll mich mit Blindheit schlagen, wenn ich lüge – aber er sagte, das Land soll für zehn Jahre an mich gehen und dann zurückgegeben werden."

Der Sprecher, ein Thane mittleren Alters aus Norfolk, dem Jahre des fetten Lebens viele neue Löcher in den goldbeschlagenen Gürtel gebohrt hatten, hielt einen Augenblick in seiner endlosen Rede inne. Er war sich wohl nicht sicher, ob ihm die Erwähnung Gottes vor einem Gericht des Weges nützen oder schaden würde.

„Habt Ihr Zeugen für dieses Urteil?", fragte Shef.

Der Thane, Leofwin, blies mit lächerlicher Selbstherrlichkeit die Wangen auf. Er war es offenbar nicht gewohnt, befragt zu werden oder Widerworte zu hören.

„Ja, sicher doch. Viele Männer waren im Gemach des Königs. Wulfhun und Wihthelm. Und Edrich, der Thane des Königs. Aber Edrich wurde von den Heid… wurde in der großen Schlacht getötet, genauso wie Wulfhun. Und Wihthelm ist inzwischen an der Lungenkrankheit gestorben. Trotzdem liegen die Dinge, so wie ich berichte!", schloss Leofwin trotzig und blickte wütend auf die Umstehenden: Wachen, Diener, seinen Ankläger, die Wartenden, die selbst ihren Fall vortragen wollten und auf Urteile hofften.

Shef schloss sein Auge und erinnerte sich an einen Abend des Friedens auf einem Eiland im Moor, den er mit Edrich verbracht hatte. Lange her, aber ganz in der Nähe. Das war also aus ihm geworden. Das hätte er sich denken können.

Er öffnete es wieder und blickte Leofwins Ankläger fest an. „Warum", fragte er ihn sanft, „warum erscheint es dir ungerecht, was König Edmund in diesem Fall beschlossen hat? Oder leugnest du, dass dieser Mann die Wahrheit über das sagt, was entschieden wurde?"

Der Kläger, ein zweiter Thane wie sein Gegner, erblasste sichtlich, als der durchdringende Blick des Jarls auf ihn fiel. Ganz Norfolk wusste, dass dies der Mann war, der als Thrall in Emneth begonnen hatte. Der als letzter Engländer mit dem Märtyrerkönig gesprochen hatte. Der – nur Gott wusste wie – als Anführer einer Bande von Heiden wieder aufgetaucht war. Er hatte den Schatz Raedwalds geborgen. Hatte den Knochenlosen besiegt und die Freundschaft und Unterstützung des Königs von Wessex erlangt. Wer konnte sagen, wie es dazu gekommen war? Hundsname oder nicht, dieser Mann war zu merkwürdig, als dass man Lügen über ihn erzählen musste.

„Nein", antwortete der zweite Thane schließlich. „Ich leugne nicht, dass der König es so entschieden hat, und dass ich zugestimmt habe. Aber als das Urteil gefällt wurde, war die Übereinkunft dahinter folgende: Nach zehn Jahren sollte das besagte Land von Leofwin an meinen Enkel übergehen, dessen Vater die Heiden erschlagen hatten. Ich meine, nun... die Männer aus dem Norden. Es sollte so sein, wie es abgegeben worden war. Aber was dieser Mann getan hat..." Die Vorsicht in seiner Rede wich der Entrüstung. „Was Leofwin in der ganzen Zeit getan hat, hat das Land völlig unbrauchbar gemacht. Er hat die Bäume gefällt und keine neuen gepflanzt. Hat die Deiche und Entwässerungsgräben verfallen lassen und das Ackerland in eine Aue für Heu verwandelt. Wenn er es abgibt, wird das Land nichts mehr wert sein."

„Nichts mehr?"

Der Kläger zögerte. „Weniger als vorher, Herr Jarl."

Von draußen drang der Schlag einer Glocke zu ihnen herein, das Zeichen für das Ende des Gerichtstages. Aber dieser Fall musste entschieden werden. Es war schwierig, denn das Gericht hatte sich schon lange mit ihm beschäftigt, Geschichten von Schulden und Ausflüchten angehört, die Menschenalter zurücklagen. Noch dazu waren Beklagter und Kläger über viele Ecken miteinander verwandt. Keiner der beiden Männer war besonders wichtig. Sie waren wohl auch König Edmund nicht als herausragend erschienen, sonst hätte er sie nicht auf ihren Ländereien in Ruhe gelassen, sondern sie wie Edrich zu Dienst und Tod gerufen. Trotzdem waren sie Engländer von hohem Rang, deren Sippen seit ewigen Zeiten in Norfolk gelebt hatten: Solche Leute musste er auf seine Seite bringen. Es war ein gutes Zeichen, dass sie ihren Fall dem neuen Gericht des Jarls anvertraut hatten.

„Dies ist mein Urteil", verkündete Shef. „Das Land soll für den Rest der Frist von zehn Jahren bei Leofwin bleiben. Leofwins gerötetes Gesicht erstrahle vor Siegesfreude.

„Aber er soll seine Einnahmen jedes Jahres aufzeichnen. Diese Rechenschaft muss er meinem Thane in Lynn vorlegen. Sein Name ist…"

„Bald", half ihm eine schwarz gekleidete Gestalt an einem Schreibpult zu Shefs Rechter.

„Sein Name ist Bald". Und am Ende der zehn Jahre, wenn der Gewinn Bald übermäßig hoch erscheint, soll Leofwin dem Enkel des Klägers den übermäßigen Gewinn oder eine von Bald festgesetzte Summe auszahlen, die dem Wert des Landes entspricht, der in den zehn Jahren verlorengegangen ist. Diese Entscheidung soll der Großvater treffen, der hier heute anwesend ist."

Ein Gesicht verlor sein Strahlen, ein anderes hellte sich auf. Dann nahmen beide Mienen den Ausdruck angestrengter, angstvoller

Berechnung an. Gut, dachte Shef. Keiner ist vollkommen glücklich. So werden sie meine Entscheidung annehmen.

Er erhob sich. „Die Glocke hat geschlagen. Das war der letzte Urteilsspruch für heute." Gemurmelter Widerspruch, Männer und Frauen drängten sich aus den Reihen der Wartenden vor.

„Wir machen morgen weiter. Hat jeder seinen Zählstab? Zeigt sie den Wachen, wenn ihr eintretet, dann werden alle Fälle in der richtigen Reihenfolge angehört." Shefs Stimme erhob sich laut und fest über den Lärm der Ungeduldigen.

„Und merkt euch alle eins! Im Gericht des Weges gibt es keine Christen und Heiden, keine Anhänger des Weges und keine Engländer. Schaut her, ich trage keine Halskette. Und Vater Bonifatius hier", deutete er auf den Schreiber in der schwarzen Kutte, „ist Priester, trägt aber kein Kreuz. Gerechtigkeit hängt bei uns nicht von Glauben ab. Merkt es euch und erzählt es allen. Jetzt geht. Wir sind für heute fertig."

Die Türen am Ende des Raumes öffneten sich. Diener begannen, die Enttäuschten in den Frühlingssonnenschein hinauszuführen. Ein weiterer Bediensteter, dessen graues Wams ein fein gestickter Hammer zierte, winkte die zwei Beteiligten des letzten Falls zu Vater Bonifatius herüber, der den Richtspruch des Jarls zweifach aufschreiben und bezeugen würde. Eine Abschrift würde im *scriptorium* des Jarls aufbewahrt, die andere in zwei Teile geteilt und an die beiden Thanes ausgegeben werden. So konnte keiner von ihnen bei einem zukünftigen Gericht eine Fälschung vorlegen.

Durch die Hintertüren trat eine riesenhafte Gestalt, deren Kopf und Schultern die heraus drängenden Menschen weit überragten. Sie trug Kettenhemd und Mantel, war aber unbewaffnet. Shef spürte, wie die düstere Einsamkeit des Gerichts plötzlich leichter wurde.

„Brand! Du bist wieder da! Du kommst gerade richtig, wir können gleich reden."

Shefs Hand verschwand in Brands wie in einem übergroßen Becher, sein Freund erwiderte das Lächeln.

„Nicht ganz, Herr Jarl. Ich bin schon vor zwei Stunden angekommen. Deine Wachen haben mich nicht durchgelassen. Sie haben zwar alle eine Helmbarte, aber keiner von ihnen spricht auch nur ein Wort Nordisch. Da wollte ich nicht mit ihnen streiten."

„Ha! Sie sollten – Nein. Mein Befehl war, niemanden den Gerichtstag unterbrechen zu lassen, außer wenn es um Neuigkeiten vom Krieg geht. Sie haben ihre Arbeit gut gemacht. Aber es tut mir leid, dass ich nicht daran gedacht habe, für dich eine Ausnahme zu machen. Ich hätte dich gern dabei gehabt und gewusst, was du darüber denkst."

„Ich hab alles gehört." Er deutete hinter sich. „Der Hauptmann deiner Wache war bei den Geschützen und kennt mich, obwohl ich ihn nicht kenne. Er hat mir gutes Bier, ausgezeichnetes Bier nach einer so langen Seereise, gebracht, mit dem ich mir das Salz aus dem Mund waschen konnte. Er hat gesagt, ich soll durch die Tür zuhören."

„Und was denkst du?" Shef drehte Brand herum und sie spazierten durch die inzwischen freie Tür in den Innenhof hinaus. „Wie gefällt dir der Hof des Jarls?"

„Ich bin beeindruckt. Wenn ich dran zurückdenke, wie es hier vor vier Monaten aussah… Überall Schlamm, Krieger, die auf dem Boden schnarchen, weil die Betten fehlen, keine Küche und kein Essen, das man darin hätte machen können. Und jetzt? Wachen, Kammerherren. Bäckereien und Brauhäuser. Zimmermänner, die die Fensterläden richten und Arbeiter, die alles bemalen, was sich nicht schnell genug bewegt. Männer, die dich nach deinem Namen und dem Grund deines Besuchs fragen. Und dann *aufschreiben*, was du ihnen antwortest."

Dann verfinsterte sich Brands Miene und er sah sich um. In einem ungeübten Flüstern fragte er: „Shef… Herr Jarl, sollte ich sagen… eine Sache. Wozu die ganzen Schwarzkutten? Kannst du ihnen vertrauen? Und was in Thors Namen hat ein Jarl, ein Kriegsherr, damit zu schaffen, wenn sich zwei Lämmerköpfe über Entwässerungsgräben streiten? Du solltest lieber mit deinen Geschützen üben. Oder in der Schmiede stehen." Shef lachte und besah sich die große Silberfibel, die den Mantel seines Freundes zusammenhielt, den prall gefüllten Beutel an seinem Schwertgürtel, die schmückende Hüftkette aus verbundenen Silbermünzen.

„Sag mir, Brand, wie war deine Fahrt nach Hause? Konntest du alles kaufen, was du wolltest?"

Brands Züge nahmen einen Ausdruck geschäftsmäßiger Vorsicht an. „Ich habe einiges in sichere Hände gegeben. Die Preise sind hoch in Hålogaland, und die Leute geizig. Aber es kann gut sein, dass mich ein kleiner Bauernhof erwartet, wenn ich meine Axt irgendwann endgültig beiseitelege."

Wieder musste Shef lachen. „Mit deinem Anteil vom Gewinn, und allem in gutem Silber, musst du doch die ganze Gegend gekauft haben. Und jetzt passen deine Verwandten darauf auf."

Diesmal grinste auch Brand. „Es hat sich gelohnt, das gebe ich zu. Mehr als je zuvor in meinem Leben."

„Gut, dann lass mich dir von den Schwarzkutten erzählen. Was keinem von uns jemals klar geworden ist, war wie viel Geld die Leute haben, die im Krieg zu Hause bleiben. Der Reichtum eines ganzen Landes, eines reichen Landes wie England, nicht der eines steinigen Fleckchens, wie es dein Norwegen ist. Zehntausende Männer, die den Boden pflügen und Schafe hüten, Wolle verarbeiten, Bienen halten, Bäume fällen, Eisen schmelzen und Pferde züchten. Vielleicht tausendmal tausend Morgen. Jeder dieser Morgen muss ein wenig an mich zahlen, den Jarl, und wenn es nur Kriegsgeld oder Wegezoll ist.

Einige Ländereien müssen alles zahlen. Ich habe das Land der Kirche an mich genommen. Ein Teil davon ging sofort an die Freigelassenen, die für uns gekämpft haben, zwanzig Morgen für jeden Mann. Für sie ist das großer Reichtum, für uns nur ein Flohbiss im Vergleich zum großen Ganzen. Vieles habe ich umgehend an die reichen Männer Norfolks verpachtet, zu niedrigen Raten und für schnelles Geld. Die, denen es jetzt gehört, werden kaum wollen, dass die Kirche es zurückkommt. Vieles habe ich selbst in der Hand behalten, für meine Jarlschaft. In Zukunft wird es Geld abwerfen, mit dem ich Arbeiter und Krieger anheuern kann.

Aber ich hätte es nicht ohne die Schwarzkutten geschafft, wie du sie nennst. Wer könnte schon all diese Ländereien, die Pachten und die Güter im Kopf behalten? Außer Thorvin weiß kaum jemand, wie man in unseren Buchstaben schreibt. Plötzlich gab es viele, die lesen und schreiben konnten. Kirchenmänner ohne Land und Einkünfte. Einige von ihnen arbeiten jetzt für mich."

„Aber kannst du ihnen trauen, Shef?"

„Die, die mich hassen und mir oder dir oder dem Weg niemals verzeihen können, sind zu König Burgred oder dem Erzbischof geflohen, um den Krieg zu befeuern.

„Du hättest sie einfach alle töten sollen."

Shef hob sein steinernes Zepter. „Die Christen sagen, dass das Blut der Märtyrer der Samen der Kirche ist. Ich glaube ihnen. Ich schaffe keine Märtyrer. Aber ich habe dafür gesorgt, dass die Wütendsten unter denen, die gegangen sind, die Namen der anderen kennen. Die Mönche in meinen Diensten können nicht auf Vergebung hoffen. Wie das der reichen Thanes hängt ihr Schicksal jetzt von meinem ab."

Sie hatten ein niedriges Gebäude innerhalb der Umfriedung erreicht, die die *burg* des Jarls umschloss. Seine Fensterläden waren geöffnet. Shef deutete nach innen auf die Schreibpulte, an denen leise schwatzende Männer auf Pergament schrieben. An einer Wand konnte Brand eine große *mappa* sehen: neu gezeichnet, ohne Verzierungen und voller Einzelheiten.

„Bis zum Winter dürfte ich ein Buch haben, in dem jedes Stück Land der Jarlschaft aufgezeichnet ist, und einen Überblick über die ganze Gegend. Schon nächsten Sommer wird nirgendwo auch nur ein Penny für Ländereien bezahlt, von dem ich nichts weiß. Und dann kommt ein Reichtum auf uns zu, den sich nicht einmal die Kirche jemals hat vorstellen können. Damit können wir Dinge tun, die noch niemals jemand getan hat."

„Wenn das Silber gut ist", bremste Brand zweifelnd.

„Es ist besser als im Norden. Mir scheint, dass es folgendermaßen ist: Es gibt nur eine bestimmte Menge Silber in diesem Land, in allen Königreichen Englands zusammen. Und es hat immer dieselben Aufgaben. Land kaufen, Handel treiben. Je mehr also in den Schatzkisten der Kirche einstaubt, gegen Gold eingetauscht oder in hübschen Schmuck verwandelt wird, der sich nicht bewegt, desto weniger ist übrig… Nein, desto schwerer ist das Wenige, das übrig bleibt…."

Shefs Erklärung erstarb, und weder Englisch noch Nordisch reichten aus, um deutlich zu machen, was er meinte.

„Was ich sagen will: Die Kirche hat zu viel aus dem Königreich im Norden herausgepresst und nichts zurückgegeben. Darum waren die Münzen dort so schlecht. König Edmund war der Kirche gegenüber weniger zuvorkommend, und darum ist das Geld hier besser. Bald wird es das Beste sein.

Und nicht nur das Geld, Brand." Der junge Mann drehte sich so, dass er seinem hünenhaften Freund gegenüberstand. Sein Auge strahlte. „Ich will dieses Norfolk zum besten und glücklichsten Land der nördlichen Welt machen. Zu einem Ort, wo jeder vom Kind zum Graubart werden kann, ohne sich fürchten zu müssen. Wo wir wie Menschen leben können, nicht wie Tiere, die sich ums Überleben mühen. Wo wir einander helfen können.

Ich habe nämlich noch etwas von Ordlaf, dem Dorfvorsteher in Bridlington gelernt. Von den Sklaven, die meine erste *mappa* gemacht und uns bei der Lösung des Königsrätsels geholfen haben. Es ist etwas, das der Weg wissen muss. Was ist für den Weg, den Weg Asgards, das Kostbarste?"

„Neues Wissen", antwortete Brand ohne nachdenken zu müssen und mit einem Griff an seinen Hammer-Anhänger.

„Neues Wissen ist gut, Brand. Nicht jeder hat es. Aber es gibt etwas, das genauso gut ist, und das von überall her kommen kann: *altes Wissen, das noch niemand erkannt hat.* Das habe ich immer klarer gesehen, seit ich Jarl geworden bin. Es gibt immer jemanden, der die Antwort auf deine Frage kennt, das Mittel zu deinem Zweck. Aber meistens hat noch niemand danach gefragt. Es kann ein Sklave sein, ein armer Bergmann. Eine alte Frau, ein fischender Gemeindevorsteher, ein Priester.

Wenn ich alles Wissen dieser Gegend, seine Ländereien und sein Gold aufgeschrieben habe, dann werden wir der Welt etwas Neues zeigen!"

Brand, der sich wieder so gestellt hatte, dass Shef ihn nicht unmittelbar ansah, blickte auf die angespannten Sehnen im Hals seines Freundes und auf dessen inzwischen grau gesprenkelten, kurzgeschorenen Bart. Was er braucht, dachte der Krieger aus Norwegen, ist eine gute, fordernde Frau, die ihn beschäftigt hält. Aber selbst ich, Brand der große Kämpfer, traue mich nicht, ihm anzubieten, sie zu für ihn zu kaufen.

Als an jenem Abend der Rauch der Schornsteine sich mit dem grauen Zwielicht zu mischen begann, trafen sich die Priester des Weges in ihrem abgeschlossenen Kreis. Sie saßen im Hofgarten einer Kate außerhalb der Umfriedung des Jarls, inmitten des Dufts von Apfelbaumharz und grünen Trieben. Drosseln und Amseln sangen kraftvoll über ihren Köpfen.

„Und er hat keine Ahnung vom eigentlichen Ziel deiner Seereise?", fragte Thorvin.

Brand schüttelte den Kopf. „Nicht die geringste."

„Aber du hast die Nachricht überbracht?"

„Ich habe die Nachricht überbracht und die Antwort gehört. Die Kunde darüber, was hier geschehen ist, hat jetzt jeden Priester des Weges in der nördlichen Welt erreicht, und sie werden es ihren Anhängern erzählen. Sie hat es nach Birko und Kaupang, Skiringssal und den Tronds geschafft."

„Wir können uns also auf Verstärkung einstellen", freute sich Geirulf, der Priester Tyrs.

„Mit dem Geld, das nach Hause gebracht worden ist, und bei den Geschichten, die jeder Skalde erzählt, könnt ihr euch sicher sein, dass jeder Wegkrieger, der ein Schiff hat, hierher kommen und nach Arbeit fragen wird. Und alle Priester, die die Zeit haben, ebenso. Und es werden einige die Halskette nur aus Hoffnung anlegen. Darunter viele Lügner, keine Gläubigen. Aber um die kann man sich kümmern. Es gibt Wichtigeres."

Brand unterbrach seine Rede und blickte in den Kreis aufmerksamer Gesichter.

„Auf dem Heimweg habe ich in Kaupang den Priester Vigleik getroffen."

„Vigleik mit den vielen Traumbildern?", fragte Farman angespannt.

„Genau den. Er hatte ein Treffen der Priester der Norweger und Südschweden einberufen. Er hat ihnen und mir gesagt, dass er verstört wäre."

„Weswegen?"

„Wegen vieler Dinge. Er ist sich jetzt sicher, genau wie wir, dass der Junge, Shef, der Mittelpunkt einer Veränderung ist. Er hat auch gedacht, dass Shef vielleicht der ist, als der er sich bei eurem ersten Treffen vorgestellt hat, Thorvin: der, der aus dem Norden kommen wird."

Brand sah um den Tisch in Mienen, die gespannt auf ihn gerichtet waren. „Und doch, wenn es stimmt, dann ist die Geschichte nicht das, was selbst die Weisesten unter uns vorhergesehen haben. Vigleik sagt, dass Shef kein Nordmann ist. Er hat eine englische Mutter."

Schulterzucken. „Wer hat die nicht?", fragte Vestmund. „Englisch, irisch. Meine Großmutter war aus Lappland."

„Und er wurde christlich erzogen. Er ist getauft."

Diesmal war belustigtes Knurren die Erwiderung. „Wir haben alle die Narben auf seinem Rücken gesehen", meinte Thorvin.

„Er hasst die Christen so wie wir. Nein, er hasst sie nicht einmal. Er hält sie für Narren."

„Meinetwegen. Aber hier kommt das Wichtigste: Er trägt noch immer keinen Anhänger. Er glaubt nicht wie wir. Er hat diese

Traumbilder, Thorvin, oder erzählt es dir zumindest. Aber er glaubt nicht, dass sie aus einer anderen Welt stammen. Er ist kein Gläubiger."

Jetzt schwiegen die Männer und richteten ihre Blicke allmählich auf Thorvin. Der Priester Thors legte die Hand nachdenklich an den Bart.

„Nun, er ist aber auch kein Ungläubiger. Würden wir ihn fragen, würde er antworten, dass ein Mann, der das Zeichen eines Heidengottes trägt, wie die Christen sagen, nicht über Christen herrschen könnte, nicht einmal so lange, wie es dauern würde, bis sie keine Christen mehr sind. Er würde sagen, dass es keine Frage des Glaubens wäre, den Anhänger zu tragen, sondern ein Fehler. Als würde man zu hämmern anfangen, bevor das Eisen heiß ist. Und er weiß nicht, welchen Anhänger er tragen soll."

„Ich schon", antwortete Brand. „Ich habe es letztes Jahr gesehen und gesagt, als er seinen ersten Mann getötet hat."

„Ganz meine Meinung", pflichtete ihm Thorvin bei. „Er sollte den Speer Odins tragen, Gott der Gehenkten, Verräter der Krieger. Nur so jemand hätte seinen eigenen Vater in den Tod geschickt. Aber wenn er hier wäre, würde er sagen, dass es damals seine einzige Möglichkeit war."

„Spricht Vigleik nur von Wahrscheinlichkeiten?", fragte Farman unversehens. „Oder gab es eine bestimmte Nachricht? Eine Nachricht von einem der Götter?"

Ohne zu sprechen, zog Brand ein kleines Päckchen dünner Bretter in einer Hülle aus Robbenfell aus der Innentasche seines Rocks und reichte sie weiter. Runen waren in des Holz geschnitzt und mit Tinte nachgezeichnet. Thorvin las sie aufmerksam, Geirulf und Skaldfinn sahen ihm über die Schulter. Ihre Gesichter verfinsterten sich allmählich.

„Vigleik hat etwas gesehen", fasste Thorvin nach einer Weile zusammen. „Brand, kennst du die Geschichte von Frodis Mühle?"

Der Krieger schüttelte den Kopf. „Vor dreimal hundert Jahren lebte in Dänemark ein König namens Frodi. Er hatte, heißt es, eine verzauberte Mühle, die kein Mehl lieferte, sondern Frieden, Wohlstand und Fruchtbarkeit mahlte. Wir glauben, dass es die Mühle des neuen Wissens war. Um die Mühle zu betreiben, hatte er zwei Sklavinnen, zwei junge Riesinnen namens Fenja und Menja. Aber Frodi war so versessen auf dauerhaften Frieden und Wohlstand für sein Volk, dass er die Riesinnen, so sehr sie auch flehten, nicht ruhen ließ."

Thorvin stimmte einen kehligen Gesang an:

„Ihr sollt nicht ruhen', so rief König Frodi,
länger als die Zeit, die ein Spatz braucht,
einem zweiten Sang zu entgegnen, oder ein Sendbote,
ein Lied zu pfeifen, auf langem Wege.'"

„Und so wurden die Sklavinnen zornig und erinnerten sich an ihr Riesenblut. Statt Frieden, Wohlstand und Fruchtbarkeit begannen sie Flammen, Blut und Krieger zu mahlen. Und Feinde machten sich in der Nacht über Frodi her und vernichteten ihn und sein Königreich. Die Zaubermühle ging für immer verloren. Das hat Vigleik gesehen. Er meint, dass man zu weit gehen kann, selbst auf der Jagd nach neuem Wissen, wenn die Welt noch nicht bereit dafür ist. Man muss das Eisen schmieden, wenn es heiß ist. Aber man kann den Blasebalg auch zu lange und zu kräftig heizen lassen."

Langes Schweigen. Zögerlich bereitete Brand eine Erwiderung vor. „Ich sollte euch besser erzählen", begann er schließlich, „was der Jarl, was Skjef Sigvarthsson mir heute Morgen von seinen Absichten für die Zukunft erzählt hat. Dann müsst ihr euch entscheiden, wie das zu Vigleiks Vorhersagen passt."

Einige Tage später stand Brand mit großen Augen vor dem etwas in die Weide eingesunkenen Findling nahe der Stelle, wo der Dammweg aus Ely in die Felder um March überging.

Jemand hatte eine doppelte Schleife aus Runen hineingemeißelt. Ihre Kanten waren noch scharf vom Werkzeug. Shef berührte sie sanft mit den Fingerspitzen.

394

„Ich habe sie selbst geschrieben, in den Reimen eurer Sprache,
wie Geirulf sie mir beigebracht hat. Hier steht
Mutig ließ er die Welt, die im Leben kein Lob ihm sang.
All seine Taten tilgt der Tod.
Darüber ist sein Name: 'Sigvarth Jarl'.
Brand knurrte unsicher. Er hatte Sigvarth nicht leiden können.
Aber der Mann hatte den Tod seines Sohnes ohne zu wanken
aufgenommen. Und es gab keinen Zweifel daran, dass er seinen
anderen Sohn – und die Streitmacht des Weges – gerettet hatte,
indem er seine letzte Nacht in unvorstellbaren Qualen verlebt
hatte.
„Naja“, sagte er schließlich, „er hat seinen *bautarstein*, immerhin.
Es gibt ein altes Sprichwort: ‚Am Weg stünden wenige Steine,
wenn Söhne sie nicht aufstellten.‘ Aber hier ist er nicht getötet
worden, oder?“
„Nein“, antwortete Shef. „Sie haben es weiter hinten im Sumpf
erledigt. Scheint, als hätte mein anderer Vater, Wulfgar, nicht
warten können, bis sie festen Boden unter den Füßen hatten.“ Er
verzog den Mund und spuckte ins Gras. „Aber wenn wir ihn dort
aufgestellt hätten, wäre er in sechs Wochen im Morast versunken.
Außerdem wollte ich, dass du dir das hier ansiehst.“
Er grinste, drehte sich um und winkte in Richtung einer fast
unsichtbaren Erhebung auf dem Weg nach March. Von einem
unsichtbaren Punkt aus erhob sich ein Geräusch, das an ein Dutzend Schweine erinnerte, die gleichzeitig geschlachtet wurden.
Brand hob seine Axt und blickte sich in alle Richtungen nach
einem lauernden Feind, einem Angreifer um.
Da erschienen auf einem tief ausgefahrenen Weg eine Reihe von
Dudelsackspielern, immer zu viert nebeneinander, die Wangen
aufgeblasen. Brands Sorge legte sich, als er in der ersten Reihe
Cwicca wiedererkannte, den ehemaligen Sklaven der Mönche in
St. Guthlac in Crowland.
„Sie spielen alle dasselbe Lied“, brüllte er über den Lärm, „war
das dein Einfall?“

Shef schüttelte den Kopf und deutete auf die Spieler. „Ihr eigener. Das Lied haben sie sich selbst ausgedacht. Sie nennen es ‚Der ausgebeinte Knochenlose‘."

Ungläubig schüttelte Brand den Kopf. Englische Sklaven, die den Herrscher des Nordens verspotteten. Das hätte er sich nie erträumt…

Hinter den zwanzig Dudelsackspielern kam ein längerer Tross von Männern mit Helmbarten, die Köpfe von glänzenden, breitkrempigen Helmen geschützt. Jeder trug ein ledernes Wams mit aufgestickten Metallplättchen und einen kleinen Buckler am linken Unterarm. Sie mussten auch Engländer sein, dachte Brand, als sie vorbeigingen. Wie konnte er das wissen? Hauptsächlich verriet sie ihre Körpergröße: Keiner von ihnen überragte fünfeinhalb Fuß. Und trotzdem erreichten wohl auch viele Engländer einiges an Größe und Kraft. Er musste nur an die zurückdenken, die bis zum letzten Atemzug ihren König Edmund verteidigt hatten. Nein, das hier waren nicht einfach Engländer, sondern arme Engländer. Keine Thanes, keine Karls des Heeres, sondern Bauern. Oder Sklaven. Sklaven mit Waffen und Rüstung.

Brand schaute die Männer mit einer Mischung aus Unglauben und Zweifel an. Er hatte sein ganzes Leben das Gewicht seines Kettenhemdes getragen und kannte die Mühe, die es kostete, eine Axt oder ein Breitschwert zu schwingen. Ein vollständig bewaffneter Krieger musste vierzig oder fünfzig Pfund Metall nicht nur tragen, sondern beherrschen können. Wie lange konnte ein Mann das durchhalten? Der Erste, dem in der Schlachtreihe der Arm müde wurde, war so gut wie tot. In Brands Sprache war „der Starke" einer der größten Ehrennamen. Er kannte siebzehn Wörter für „Mann von kleiner Gestalt", und alle waren Beleidigungen.

Die Zwergmenschen zogen an ihm vorbei, zweihundert an der Zahl. Alle hielten ihre Waffen auf dieselbe Weise aufrecht über die rechte Schulter gelegt, bemerkte er. Männer, die in so dichter Reihe liefen, konnten es sich nicht leisten, eigene Entscheidungen zu treffen. Aber ein Wikingerheer hätte sich zerstreut und seine Waffen so gehalten, wie es jedem Krieger richtig erschien. Wie sonst sollte man ordentliche Unabhängigkeit zeigen?

Hinter den Helmbartenträgern folgten Pferdegespanne. Brand war überrascht über diesen Ersatz für die langsamen Ochsen, die Shefs Geschütze um die Flanke von Ivars Streitmacht gezogen hatten. Die ersten zehn Pferdepaare zogen Karren mit den zerlegten Balken, die er schon einmal gesehen hatte: die Wurfgeschütze, die die Steine schleuderten. Neben jedem Karren ging die jeweilige Besatzung, gekleidet in einheitliche graue Wämser mit den gestickten weißen Hämmern, die auch die Dudelsackspieler und Helmbartenträger geschmückt hatten. In jeder Mannschaft fand Brand ein bekanntes Gesicht. Shefs ausgezahlte Altgediente des Winterfeldzugs hatten ihr Land gesehen, Männer zurückgelassen, die es pflügen würden, und waren zurückgekommen zu ihrem Herren, der Quelle ihres Wohlstands. Jeder von ihnen befehligte jetzt seine eigene Mannschaft, angeworben unter den Sklaven der verschwundenen Kirche.

Die nächsten zehn Pferdegespanne brachten wieder etwas Neues. Hinter jedem von ihnen rollte etwas auf großen Karrenrädern voran, mit einem langen Sporn, der in die Luft stand und dem Rest das Aussehen eines im Boden scharrenden Huhns verlieh: Drehgeschütze. Die mit den großen Pfeilen. Nicht auseinandergenommen, sondern bereit für den Einsatz. Die Räder waren der einzige Unterschied zu den Geschützen, die König Ella getötet und Ivars Wurmfahne zu Fall gebracht hatten. Wiederum liefen die dutzendköpfigen Mannschaften neben ihren Geräten her, die Hebel und Pfeilbündel über die Schultern gelegt.

Als auch sie an ihm vorbeizogen, stellte Brand fest, dass die Dudelsackklänge sich zwar verändert, sich aber nicht entfernt hatten. Die fünfhundert Mann, die er bereits gesehen hatte, waren an ihm vorbeigegangen, hatten gewendet und sich in Reihen hinter ihm aufgestellt. Endlich kam so etwas wie eine echte Streitmacht auf ihn zu. Hunderte Männer, nicht in Reihen, nicht im

Gleichschritt, sondern als eine graue Flut auf Ponys, die den Weg hinunter brandete. Kettenhemden, Helme, bekannte Gesichter. Brand winkte fröhlich, als er an der Spitze seiner Mannschaften Guthmund erkannte, den immer noch alle den Gierigen nannten. Noch mehr Männer winkten zurück, riefen ihm zu, was die Engländer nicht getan hatten: Magnus der Zahnlose und sein Freund Kolbein, die Helmbarten trugen wie der Rest ihrer Leute, Vestlithi, der Steuermann des toten Sigvarth Jarl, ein Dutzend weitere, die er als Anhänger des Weges kannte.

„Einige haben ihren Anteil ausgegeben, so wie du", rief Shef Brand zu. „Ein paar haben das Geld nach Hause geschickt oder behalten und sind hiergeblieben. Viele haben sich hier Grund und Boden gekauft. Es ist jetzt ihr Land, das sie verteidigen."

Gleichzeitig beendeten die Dudelsackspieler ihr Getöse, und Brand fand sich in einem Kreis aus Männern wieder. Er blickte sich um, zählte, rechnete.

„Zehn lange Hundert?", fragte er schließlich. „Halb englisch, halb nordisch?"

Shef nickte. „Was denkst du?"

Brand schüttelte den Kopf. „Pferde zum Karrenziehen", meinte er. „Doppelt so schnell wie Ochsen. Aber ich dachte, die Engländer wüssten nicht, wie man sie richtig anspannt. Ich hab ihnen dabei zugesehen. Sie schirren sie an wie Ochsen und die Tiere müssen gegen eine Stange drücken. Das schnürt ihnen die Luft ab und sie können ihre Kraft nicht nutzen. Wie bist du drauf gekommen?"

„Ich hab dir doch gesagt, dass es immer jemanden gibt, der es besser weiß als man selbst. Diesmal war es einer von deinen Leuten. Gauti aus deiner eigenen Mannschaft, der so schlimm hinkt. Als ich zum ersten Mal versucht habe, ein Pferd anzuschirren, kam er gerade vorbei und hat mich einen Narren genannt. Dann hat er mir gezeigt, wie ihr es zu Hause macht. In Hålogaland pflügt ihr immer mit Pferden. Kein neues, sondern altes Wissen. Aber Wissen, das nicht jeder hat. Wie wir die Geschütze anhängen müssen, haben wir selbst rausbekommen."

„Schön und gut", beschied Brand. „Aber sag mir eins: Geschütze oder keine Geschütze, Pferde oder keine Pferde: Wie viele von deinen Engländern sind bereit, sich in eine Schlachtreihe gegen geübte Krieger zu stellen. Krieger, die anderthalb mal so schwer sind wie sie und doppelt so stark? Du kannst aus Küchenjungen keine Kämpfer für die erste Reihe machen. Wir sollten ein paar von diesen gut genährten Thanes anwerben. Oder ihre Söhne."

Shef krümmte einen Finger und zwei Helmbartenträger schoben einen Gefangenen nach vorne. Ein Nordmann – bärtig und blass unter dem Windbrand, einen Kopf größer als seine beiden Bewacher. Er hielt das linke Handgelenk unbeholfen mit seiner Rechten, wie ein Mann mit gebrochenem Schlüsselbein. Das Gesicht war Brand halbvertraut: Er hatte ihn einmal an einem vergessenen Lagerfeuer gesehen, als es noch ein einziges Wikingerheer gegeben hatte.

„Seine drei Mannschaften wollten vor zwei Wochen ihr Glück bei einem Überfall auf unsere Ländereien am Yare versuchen", erklärte Shef. „Erzähl, wie gut euch das gelungen ist."

Der Mann starrte Brand mit so etwas wie Entschuldigung im Blick an.

„Feiglinge. Wollten nicht ordentlich kämpfen", zischte er. „Sie haben uns erwischt, als wir mit unserem ersten Dorf fertig waren. Ein Dutzend von meinen Leuten waren schon tot, Riesenpfeile durch die Brust, bevor wir sie überhaupt gesehen haben. Als wir auf die Geschütze losgestürmt sind, haben sie uns mit diesen großen Äxten ferngehalten. Dann sind noch mehr von ihnen hinter uns aufgetaucht. Als sie mit uns fertig waren, haben sie mich mitgenommen. Mein Arm war gebrochen, also konnte ich meinen Schild nicht mehr heben. Sie haben mich beim Angriff auf die Schiffe zusehen lassen, die wir vor der Küste hatten ankern lassen. Eines haben sie mit dem Steingeschütz versenkt. Zwei sind davongekommen."

Er verzog das Gesicht. „Ich bin Snaekolf, aus Raumariki. Ich wusste nicht, dass ihr Leute vom Weg den Engländern so viel beigebracht habt. Ansonsten wäre ich hier nicht an Land gegangen. Werdet Ihr für mich sprechen?"

Shef schüttelte den Kopf, bevor Brand etwas erwidern konnte. „Seine Männer haben wie Tiere in dem Dorf gewütet", sagte er. „Sowas darf nicht mehr vorkommen. Ich habe ihn am Leben gelassen, damit er sagen kann, was er eben gesagt hat. Henkt ihn, sobald ihr einen Baum findet."

Hufschläge dröhnten hinter ihnen, als die Helmbartenträger den verstummten Wikinger nach hinten brachten. Shef wandte sich ohne Hast und Beunruhigung um und blickte den Reiter an, der den matschigen Pfad hinunter kanterte. Der Mann kam nahe heran, stieg ab, verbeugte sich kurz und sprach. Die Krieger des Weglands, Wikinger und Engländer gleichermaßen, machten lange Ohren, um hören zu können.

„Nachrichten aus eurer *burg*, Herr Jarl. Gestern kam ein Reiter aus Winchester. Ethelred, der König von Wessex ist tot, gestorben an der Schwindsucht. Sein Bruder, Euer Freund Alfred der Aetheling, wird ihm vermutlich nachfolgen und die Macht ergreifen."

„Gute Nachrichten", sagte Brand gedankenvoll. „Ein Freund an der Macht ist immer gut."

„Du hast ‚vermutlich' gesagt", hakte Shef nach. „Wer könnte sich gegen ihn stellen? Es ist doch niemand weiter von königlichem Blut übrig."

ZWEITES KAPITEL

Der junge Mann starrte aus dem schmalen Fenster, das in den Stein geschnitten war. Hinter sich hörte er ganz leise Gesänge der Mönche des Alten Doms, wo sie eine weitere der vielen Messen feierten, für die er bezahlt hatte. Messen für die Seele seines letzten Bruders, König Ethelreds. Vor seinen Augen war alles reine Geschäftigkeit. Die breite Straße von Osten nach Westen war voller Händler, Buden, Kunden. Zwischen ihnen hindurch wanden sich mit Holz beladene Karren. Drei Gruppen von Männern führten Arbeiten an Häuser auf beiden Straßenseiten durch, hoben einen Unterbau aus, trieben Balken in den Boden, befestigten Bretter an hölzernen Rahmen. Wenn er den Blick hob, konnte er rund um den Standrand weitere Arbeiter dabei beobachten, wie sie den Schutzwall verstärkten, dessen Errichtung sein Bruder befohlen hatte. Hier wurden Baumstämme eingepasst und die Plattformen errichtet, auf denen um die Umfriedung gekämpft werden würde. Aus allen Richtungen drangen die Geräusche von Hämmern und Sägen.

Alfred der Aetheling fühlte glühende Zufriedenheit. Dies war seine Stadt: Winchester. Seit Jahrhunderten die Stadt seiner Familie, schon seit die Engländer auf ihrer Insel lebten. Und sogar noch länger, denn er konnte auf Vorfahren unter den Briten und den Römern zurückblicken. Die Klosterkirche gehörte ihm. Sein Altvorderer König Cenwalh hatte den Boden, auf dem sie erbaut worden war, zweihundert Jahre zuvor der Kirche geschenkt, ebenso wie die Ländereien, die sie reich gemacht hatten und bis heute ernährten. Nicht nur sein Bruder Ethelred war jetzt dort begraben, sondern auch sein Vater Ethelwulf, seine anderen Brüder, seine Onkel und Großonkel in so großer Zahl, dass niemand sie zählen konnte. Sie hatten gelebt, sie waren gestorben und wieder der Erde übergeben worden. Aber es war immer dieselbe Erde. Er war der letzte seines Stammes, aber der junge Aetheling fühlte sich nicht alleine.

Gestärkte wandte er sich wieder dem Sägeschliff der Stimme zu, die sich hinter ihm mit den Geräuschen der Außenwelt gemessen hatte. Es war die Stimme des Bischofs von Winchester, Eminenz Daniel.

„Was meintet Ihr eben?", fragte der Aetheling nach. „*Falls* ich König werde? Ich *bin* der König. Ich bin der letzte Spross von Cerdics Baum, dessen Samen Woden pflanzte. Das *witenagemot*, die Zusammenkunft der Berater, hat mich einstimmig gewählt. Die Krieger haben mich auf meinem Schild emporgehoben. Ich bin der König."

Dem Bischof entglitten mauleselhaft die Gesichtszüge. „Was soll dieses Gerede von Woden, diesem Heidengott? Das ist keine Berechtigung für einen christlichen König. Und was die *witan* und die Krieger tun und sagen, das hat in Gottes Augen keine Bedeutung.

Ihr könnt nicht König sein, bevor Ihr mit heiligem Öl gesalbt worden seid, wie Saul oder David. Nur ich und die anderen Bischöfe des Reichs können Euch diese Gunst erweisen. Und ich sage Euch – wir werden es nicht tun. Nicht, bevor wir sicher sein können, dass Ihr ein wahrer König eines christlichen Volkes seid. Beweist es uns und beendet Euer Bündnis mit den Kirchenschändern. Hört auf den zu beschützen, den sie Shef nennen. Führt endlich Krieg gegen diese Heiden. Die Heiden dieses Weges!"

Alfred seufzte. Langsam durchschritt er das Zimmer. Er rieb mit der Fingerspitze über einen dunklen Fleck an einer der Wände, einer Brandspur.

„Vater", entgegnete er geduldig. „Ihr wart doch hier, vor zwei Jahren. Die Heiden haben diese Stadt geplündert. Jedes Haus darin niedergebrannt, die Kirche aller Geschenke beraubt, die meine Vorfahren ihr gemacht hatten, die Menschen und alle

Priester, derer sie habhaft werden konnten, zu den Sklavenmärkten getrieben.

Das waren echte Heiden. Und es war nicht einmal das Große Heer, die Streitmacht der Söhne Ragnars, Sigurth Schlangenauges und Ivar des Knochenlosen. Es war einfach nur eine Bande von Räubern.

So schwach sind wir. Oder waren es. Was ich will" – seine Stimme schwoll plötzlich und herausfordernd an –, „ist ganz einfach. Ich will sicherstellen, dass dieser Fluch nie wieder über Winchester kommt, damit meine Vorväter in Frieden in ihren Gräbern ruhen können. Dafür brauche ich Stärke und Unterstützung. Die Männer des Weges werden uns nicht herausfordern, werden mit uns gemeinsam leben, Heiden oder nicht. Sie sind nicht unsere Feinde. Ein wahrlich christlicher König kümmert sich um sein Volk. Genau das tue ich. Warum wollt Ihr mich nicht weihen?"

„Ein wahrlich christlicher König", wiederholte der Bischof vorsichtig, „ein wahrlich christlicher König kümmert sich zuallererst um die Kirche. Die Heiden haben vielleicht das Dach dieses Doms angezündet, aber sie haben der Abtei nicht endgültig ihre Ländereien und Einnahmen nehmen können. Kein Heide, nicht mal der Knochenlose selbst, hat das Land der Kirche an sich gerissen und es Sklaven und Mietlingen anvertraut."

Das war also die Wirklichkeit, dachte Alfred. Banden von Plünderern, selbst das Große Heer, könnten sich auf die Domkirche und Abtei stürzen, ihre Güter, Schätze und Reliquien rauben. Bischof Daniel würde es bitterübel nehmen, jeden Wikinger zu Tode foltern, der ihm in die Hände fiel. Aber es war für ihn noch keine Frage des Überlebens. Die Kirche würde ihre Gotteshäuser neu decken lassen, ihre Ländereien neu mit Vieh ausstatten, neue Gemeindemitglieder heranzüchten und sogar ihre Bücher und heiligen Knochen mit Lösegeldzahlungen auslösen. Plünderungen konnte man überleben.

Aber das Land zu verlieren, das die Grundlage andauernden Reichtums war und das unzählige Gläubige der Kirche über viele Jahrhunderte als letztes Geschenk noch am Totenbett überschrieben hatten, war viel gefährlicher. Genau dafür hatte der neue Aldermann – nein, der Jarl – der Wegmänner gesorgt. Er hatte Bischof Daniel das Fürchten gelehrt. Daniel fürchtete um die Kirche. Er selbst, erkannte Alfred unversehens, fürchtete um Winchester. Wiederaufbau oder nicht, Lösegeld oder nicht, auf kurze oder lange Sicht: Er würde nicht zulassen, dass es jemals wieder geplündert oder niedergebrannt würde. Die Kirche war weniger wichtig als die Stadt.

„Ich brauche Euer heiliges Öl nicht", sagte er bestimmt. „Ich kann ohne Euch herrschen. Die Aldermänner und Dorfvorsteher, die Thanes und Ratsherren und Krieger. Sie werden mir als König folgen, ob ich nun geweiht bin oder nicht."

Ungerührt starrte der Bischof in das entschlossene junge Gesicht vor sich, schüttelte den Kopf in kaltem Zorn. „So, glaubt Ihr das? Die Schreiber, die Priester, die Männer, die Eure königlichen Erlasse verfassen und die Pachteinnahmen vermerken: Sie werden Euch nicht helfen. Sie werden tun, was ich ihnen sage. In Eurem ganzen Königreich – wenn Ihr Euch schon König nennt – gibt es nicht einen Menschen, der lesen und schreiben kann und nicht zur Kirche gehört. Und noch schlimmer: Ihr könnt selbst nicht lesen. So sehr Eure heilige und fromme Mutter sich auch gewünscht hat, dass Ihr es lernt."

Die Wangen des jungen Aethelings liefen vor Wut und Scham rot an, als er an den Tag erinnert wurde, an dem er seine Mutter getäuscht hatte. Er hatte sich von einem Priester eines ihrer heißgeliebten englischen Gedichte vorlesen lassen, bis er es auswendig konnte. Dann hatte er vor ihr gestanden, es aufgesagt und dabei so getan, als würde er aus dem Buch vorlesen, auf das er so versessen gewesen war. Wo war das Buch jetzt? Ein Priester hatte es genommen. Wahrscheinlich hatte längst jemand die Schrift vom Pergament gekratzt, um es mit heiligen Worten zu füllen.

Der Bischof krächzte weiter. „Ihr braucht mich, junger Mann. Nicht nur wegen der Macht meiner Untergebenen, der Macht die ich Euch leihe. Denn auch ich habe Verbündete, oh ja! Und jene, die mir übergeordnet sind. Ihr seid nicht der einzige König in England. Der fromme Burgred von Mercia kennt seine Pflicht. Der junge Mann, dem Ihr Norfolk geraubt habt, Aldermann Alfgar, und sein werter Vater Wulfgar, den die Heiden verstümmelt haben, auch sie kennen ihre Pflicht. Sagt mir, gibt es unter Euren Thanes und Aldermännern keinen, der nicht auch einem von ihnen folgen würde? Als König?

„Wessex' Thanes werden nur einem Mann aus Wessex gehorchen."

„Selbst wenn man ihnen etwas anderes befiehlt? Und der Befehl… aus Rom kommt?"

Der Name hing zwischen ihnen in der Luft. Alfred zögerte, die verächtliche Antwort blieb an seinen Lippen kleben. Solang er sich zurückerinnern konnte, hatte Wessex den Papst nur ein einziges Mal herausgefordert. Als sein Bruder Ethelbald gegen alle Gesetze der Kirche die Witwe seines Vaters geheiratet hatte. Die Kunde war eingetroffen, Drohungen waren ausgesprochen worden. Ethelbald war kurz darauf gestorben, ohne dass jemand gewusst hätte woran. Die Braut kehrte zurück zu ihrem Vater, dem König der Franken. Sie hatten Ethelbalds Leichnam nicht in Winchester begraben dürfen.

Der Bischof lächelte jetzt, denn er wusste, dass seine Worte ihr Ziel nicht verfehlt hatten. „Ihr seht, Herr König, dass Ihr keine Wahl habt. Und was Ihr tut, ist in jedem Fall unbedeutend. Es ist nur eine Prüfung Eurer Ergebenheit. Der Mann, den ihr unterstützt habt – Shef, der Sohn dieses Heidenjarls, ist als Christ geboren und aufgewachsen. Dass er der Kirche den Rücken zugewandt hat, vom Glauben abgefallen ist, macht ihn zu einem schlimmeren Teufel als jeden Heiden, schlimmer noch als den Knochenlosen. Er hat nur noch ein paar Wochen zu leben. Seine Feinde kreisen ihn ein. Glaubt mir! Ich höre Neuigkeiten, die Euch nicht zu Ohren kommen.

Trennt Euren Bund mit ihm sofort. Zeigt der Kirche Eurer seligen Mutter Gehorsam."

405

Der Bischof lehnte sich in seinem neuen, geschnitzten Stuhl zurück. Er war sich seiner Macht sicher und darauf bedacht, eine Vorherrschaft zu bezeugen, die den jungen Mann vor ihm überschatten würde, solange er lebte.

„Ihr mögt jetzt König sein", sprach er, „aber Ihr seid in unserer Kirche. Ihr habt unsere Erlaubnis, Euch zu entfernen. Geht. Und gebt die Befehle aus, die ich verlangt habe."

Das Gedicht, das er vor all den Jahren für seine Mutter gelernt hatte, kam dem jungen Aetheling urplötzlich in den Sinn. Es war ein Gedicht mit weisen Ratschlägen für Krieger gewesen. Ein Gedicht, das älter war als die englische Kirche.

„*Gib auf Lüge Lüge wider*", hatte es begonnen, „*und lass deinen Feind, den höhnenden Laffen, niemals lösen deines Herzens Rätsel. Er wird nichts wissen, bevor deine Wut ihn trifft.*" Ein guter Rat, dachte Alfred. Vielleicht hat meine Mutter ihn mir gesandt.

„Ich werde Euren Worten gehorchen", sagte er und erhob sich demütig. „Und ich muss Euch bitten, mir die Fehler der Jugend zu vergeben, so wie ich Euch für Euren weisen Ratschlag danke."

Schwächling!, dachte der Bischof.

Er hört Neuigkeiten, die mir nicht zu Ohren kommen?, wunderte sich der König.

Für alle, die ihn kannten, und für viele, die es nicht taten, waren die Zeichen der Niederlage, der Schande und der ehrlosen Flucht im tiefsten Winter klar in Ivar Ragnarssons Zügen sichtbar.

Die furchterregenden Augen lagen noch immer unter ihren unbewegten Lidern eingefroren. Aber jetzt zeigten sie auch etwas, das vorher nicht dagewesen war: eine Abwesenheit, einen Rückzug. Ivar bewegte sich wie ein Mann, dessen Gedanken zu jeder Stunde um eine Sache kreisten. Langsam, fast unbemerkt und beinahe schmerzhaft war ihm die geschmeidige Leichtfüßigkeit abhanden gekommen, die ihn sonst so hatte herausstechen lassen.

Wenn es nötig war, hatte er sie noch. Die lange Flucht aus Norfolks Feldern durch ganz England zum Lager seiner Brüder in York war nicht leicht gewesen. Wo sich auf ihrem Weg zur Schlacht die Landbevölkerung noch vor ihnen zurückgezogen hatte, kamen jetzt Männer jeden Trampelpfad und jeden Nebenweg hinab, als sie nur noch zwei erschöpfte Krieger und ihre immer langsamer werdenden Pferde sahen. Ivar und sein treuer Pferdebursche Hamal, der ihn reitend vor der Streitmacht des Weges gerettet hatte. Nicht weniger als sechs Mal waren sie von aufgebrachten Bauern, örtlichen Thanes und den Grenzwachen König Burgreds in Hinterhalten angegriffen worden.

Ivar hatte sich ihrer verächtlich entledigt. Bevor sie überhaupt aus Norfolk heraus gewesen waren, hatte er zwei Bauern auf einem Karren die Köpfe abgeschlagen, ihre Lederwämser und dicken Mäntel genommen und an Hamal weitergereicht. Alles ohne ein Wort. Als sie York erreichten, hatte er so viele Männer getötet, dass sein Begleiter zu zählen aufgehört hatte.

Drei erfahrene Krieger auf einmal konnten nichts gegen ihn ausrichten, berichtete Hamal einer gebannten, neugierigen Zuhörerschaft. Er wolle beweisen, dass er noch immer der Herr des Nordens war.

Da hat er aber eine Menge zu beweisen, murmelten die umstehenden Karls des Heeres, so wie es ihr gutes Recht war. Verschwindet mit zwanzig langen Hundert und kommt mit einem Mann zurück. Er kann also besiegt werden.

Das war es, was Ivar nicht vergessen konnte. Seine Brüder hatten es gesehen, als sie ihn bei heißem Met am Feuer ihrer Unterkunft nahe der Domkirche ausgefragt hatten. Sie hatten auch gesehen, dass ihr Bruder, der noch nie ungefährlich gewesen war, jetzt jede Eignung für Angelegenheiten verloren hatte, die Berechnung erforderten. Ihrer berühmten Einigkeit hatte es keinen Abbruch getan – das würde niemals geschehen. Aber wenn sie nun miteinander redeten, saßen da drei und einer, wo sonst vier gesessen hatten.

Die Veränderung war ihnen bereits am ersten Abend aufgefallen. Stumm trafen sich ihre Blicke, stumm taten sie, was sie schon vorher getan hatten, ohne ihren Männern davon zu erzählen, ohne es selbst einander einzugestehen. Sie hatten ein Sklavenmädchen aus den Yorkshire Dales ausgewählt, in ein Segel gewickelt, geknebelt, gefesselt und im Schutz der Dunkelheit in Ivars Unterkunft gestoßen, wo dieser schlaflos und erwartungsvoll wachgelegen hatte.

Am Morgen waren sie zurückgekommen und hatten in der üblichen Holzkiste fortgetragen, was übrig war. Ivar würde eine Weile nicht irrsinnig werden und in rasende Launen verfallen. Aber kein geistig gesunder Mensch fühlte in seiner Gegenwart etwas anderes als Angst.

„Er kommt", rief der Mönch, der am Eingang zur großen Werkstatt der Domkirche in York Wache hielt, wo die Stadtbewohner für ihre zu Herren gewordenen Verbündeten schufteten. Die Sklaven an den Schmiedeöfen, Werkbänken oder Seilerbahnen legten sich noch mehr ins Zeug. Ivar würde jeden töten, den er untätig antraf.

Der scharlachrote Mantel und der Silberhelm pirschten durch die Tür, sahen sich finster um. Der Diakon Erkenbert, der einzige, dessen Verhalten sich nicht veränderte, wandte sich ihm zu und begrüßte ihn.

Ivar zeigte mit dem Daumen auf die Arbeiter. „Alles fertig? Fertig jetzt?" Er sprach ein Kauderwelsch aus Englisch und Nordisch, das das Heer und die Kirchenmänner den Winter über gelernt hatten.

„Von beidem genug, um es zu versuchen."

„Pfeilwerfer? Steinwerfer?"

„Seht selbst."

Erkenbert klatschte in die Hände. Augenblicklich riefen Mönche Befehle in die Runde, ihre Sklaven begannen eine Reihe von Geräten zu rollen und zu ziehen. Ivar sah ihnen zu, ausdruckslos. Nachdem seine Brüder die Kiste fortgetragen hatte, war er einen

Tag und eine Nacht lang unbeweglich liegen geblieben, den Mantel ins Gesicht gezogen. Dann war er, wie jeder Mann im Heer inzwischen wusste, aufgestanden, vor die Tür seiner Unterkunft getreten und hatte zum Himmel aufgeschrien: „Sigvarthsson hat mich nicht geschlagen. Es waren die Geschütze!"

Seitdem, seit er Erkenbert und den Gelehrten in York befohlen hatte, seine Wünsche zu erfüllen, war der Schmiedelärm nicht verstummt.

Außerhalb der Werkstatt stellten die Sklaven den Pfeilwerfer auf, der genau dem glich, der den ersten Angriff auf York vereitelt hatte. Von seinem Standort inmitten des Kirchgartens zielte das Geschütz über eine Achtelmeile freier Fläche auf die entfernte Mauer, wo ein dutzend Knechte ein großes Strohziel befestigten. Andere drehten fieberhaft an den neu geschmiedeten Zahnrädern.

„Genug!" Erkenbert selbst trat heran, prüfte die Ausrichtung des mit Widerhaken versehenen Pfeils, blickte zu Ivar und übergab ihm den Lederriemen, an dessen Ende der Auslöserstift hing.

Ivar zog. Der Stift flog beiseite, klingelte unbeachtet gegen Ivars Helm, der Strich hob und senkte sich in der Luft. Es gab einen ungeheuren, dumpfen Schlag. Bevor das Auge ihm folgen konnte, war der Pfeil tief vergraben und zitterte in seinem Bett aus Stroh.

Ivar ließ den Riemen fallen. „Das andere."

Diesmal zogen die Sklaven ein merkwürdiges Gerät heran. Wie das Drehgeschütz hatte es ein Holzgerüst aus festen Balken. Diesmal waren die Zahnräder allerdings nicht oben aufgebaut, sondern seitlich. Mit ihnen wurde ein einzelnes Seil gespannt, zwischen dessen Strängen eine hölzerne Stange eingebettet war. Am Ende dieser Stange hing eine schwere Schlinge bis knapp über den Boden herunter. Die Stange bebte gegen ihren Rückhaltebolzen, während die Sklaven ihre Hebel drehten.

„Das ist der Steinwerfer", erläuterte Erkenbert.

„Nicht wie das, das meine Ramme zerstört hat?"

Der Diakon lächelte voller Zufriedenheit. „Nein. Das war ein großes Gerät, mit einem Findling als Geschoss. Es braucht viele Männer, um es zu bewegen. Und es konnte nur einmal schießen. Dieses hier schleudert kleinere Steine. Seit den Tagen der Römer hat kein Mensch mehr so etwas gebaut. Aber ich, Erkenbert, Gottes demütiger Diener, habe die Worte in unserem Vegetius gelesen und dieses Geschütz gebaut. Es heißt *onager*, ‚wilder Esel‘ in eurer Sprache.“

Ein Sklave legte einen zehn Pfund schweren Stein in die Schlinge und gab Erkenbert ein Zeichen. Wieder reichte der Diakon den Riemen an Ivar weiter. „Zieht den Bolzen heraus“, sagte er.

Wieder riss Ivar am Lederband. Schneller als das Auge sehen konnte, sprang die Stange wie der Wurfarm eines Riesen nach vorne. Er traf mit einem lauten Krachen gegen den gepolsterten Balken, und der gesamte Rahmen erhob sich kurz vom Boden. Die Schlinge wirbelte viel schneller herum als bei Shefs selbst entworfenen Steingeschützen. Wie ein Strich schoss der Stein über den Kirchplatz, ohne sich zu erheben: geschleudert, nicht in die Höhe geworfen. Das Strohziel wogte in die Luft, fiel dann langsam in sich zusammen. Die Sklaven jubelten kurz vor Freude.

Langsam wandte sich Ivar an Erkenbert. „Das ist es nicht“, stellte er fest. „Die Waffen, die Tod auf meine Männer geregnet haben, werfen Steine hoch in den Himmel.“ Er war einen Kieselstein in die Luft. „Nicht so.“ Er schleuderte ein zweites Steinchen auf einen pickenden Spatzen.

„Du hast das falsche Geschütz gemacht.“

„Unmöglich“, entgegnete Erkenbert. „Es gibt das große Geschütz für Belagerungen. Und diese Maschine gegen Männer. Vegetius beschreibt keine anderen.“

„Dann haben diese Wegschweine ein neues Ding gebaut. Eins, das nicht in deinem… deinem Buch steht.“

Erkenbert war nicht überzeugt und zuckte mit den Schultern. Wen kümmerte, was der Seeräuber sagte? Der konnte nicht mal lesen, geschweige denn Latein.

„Wie schnell schießt es?" Ivar blickte finster auf die Sklaven mit ihren wirbelnden Hebeln. „Ich sage dir, dass ich die Steingeschütze in der Schlacht einen Stein habe werfen sehen, bevor der davor eingeschlagen war. Das hier… zu langsam."

„Aber es trifft mit großer Kraft. Keiner kann das überleben." Nachdenklich besah sich Ivar die am Boden verstreuten Reste des Ziels. Plötzlich drehte er sich um, rief auf Nordisch Befehle. Hamals und eine Handvoll Herdgenossen sprangen vor, schubsten die Sklaven grob aus dem Weg und wendeten die schwerfällige, gespannte Maschine herum.

„Nein!", rief Erkenbert und schob sich vorwärts. Unbezwingbar legte sich Ivars Arm um seinen Hals, eine eisenharte Hand verschloss ihm den Mund.

Die Wikinger drehten das Geschütz noch einen Fuß weiter, zogen es ein Stück zurück, wie ihr Anführer befahl. Während er mit einer Hand weiterhin den erschlafften Diakon hochhielt, zog Ivar ein drittes Mal am Lederriemen.

Die riesige Tür der Domkirche – Eichenstämme, die in zwei Lagen übereinander genagelt worden und mit Eisenbändern gesichert waren – zerbarst in alle Richtungen, Splitter flogen in trägen Bögen über den gesamten Kirchenvorplatz. Aus dem Inneren des Gotteshauses erklang ein Chor von Schreien, Mönche sprangen heraus und voller Schrecken wieder hinein, kreischend vor Furcht. Alle starrten voller Erstaunen auf das große Loch, dass der Stein geschlagen hatte.

„Seht Ihr?", fragte Erkenbert. „Das ist der echte Steinwerfer. Er trifft hart. Niemand kann das überleben."

Ivar sah ihn an, heftete einen verachtenden Blick auf den schmalen Mönch. „Es ist nicht der echte Steinwerfer. Der ist da draußen, und du weißt nichts darüber. Aber das hier trifft hart. Du musst mir viele davon bauen."

Jenseits des schmalen Meeres zwischen England und dem Reich der Franken, tausend Meilen weit entfernt im Land der Römer,

411

hinter den Toren einer Kirche, die größer war als die in Winchester, größer noch als die in York, herrschte tiefe Stille. Die Päpste hatten seit den Tagen ihres großen, ersten Vorgängers viele Sorgen, viele Fehlschläge durchlebt. Einige waren zu Märtyrern geworden, einige hatten fliehen müssen, um ihr Leben zu retten. Kaum dreißig Jahre zuvor hatten sarazenische Seeräuber es bis vor die Tore Roms geschafft und die Basilika des Heiligen Petrus geplündert, die außerhalb der Mauern lag.

Es würde nicht erneut geschehen. Er, der jetzt auf der Stufe der Apostel stand, der Nachfolger Petri, der Wächter über die Schlüssel zum Himmel, hatte seinen Blick vor allem anderen auf die Macht gerichtet. Tugenden waren schön und gut: Demut, Keuschheit, Armut. Aber ohne Macht konnten sie nicht überleben. Es war seine Pflicht den Demütigen, Keuschen und Armen gegenüber, nach der Macht zu greifen. Auf der Suche nach ihr hatte er viele Mächtige von ihren Thronen gestürzt. Er, Nikolaus I., Papst in Rom, Diener der Diener des Herrn.

Bedächtig streichelte der alte Mann seine Katze, umgeben von seinen schweigenden Sekretären und Dienern. Der närrische Erzbischof aus der Stadt in England, der Stadt mit dem fremdartig anmutenden Namen, wahrscheinlich *Eboracum*, aber das war schwer zu sagen bei seiner fürchterlichen Aussprache, war höflich seiner Wege geschickt und von einem Kardinal begleitet worden, der dafür sorgen sollte, dass der Besucher ehrenvoll und mit allen Annehmlichkeiten aufgenommen würde. Was er berichtet hatte, war Unsinn gewesen: eine neue Religion, eine Herausforderung an die Herrschaft der Kirche, die Barbaren aus dem Norden sollten plötzlich Intelligenz entwickeln. Das waren nichts als Panik und Schauergeschichten.

Aber sie bestätigten die anderen Neuigkeiten aus England: Diebstahl an der Kirche. Übertragung von Ländereien. Willentlicher Abfall vom Glauben. Es gab ein Wort dafür. *Enteignung*. Das waren Schläge gegen das Fundament seiner Macht. Sollte es bekannt werden, gäbe es zu viele mögliche Nachahmer, sogar in den Ländern des Kaiserreichs. Sogar hier in Italien. Es musste etwas unternommen werden.

Doch der Papst und die Kirche hatten andere Sorgen, dringlicher und unmittelbarer als diese Angelegenheiten englischer Barbaren und nordischer Barbaren, die um Grund und Silber eines Landes stritten, das er nie mit eigenen Augen sehen würde. Ihr Ursprung war die Teilung des Kaiserreichs, des großen Imperiums, das Karl der Große, König der Franken, der hier in dieser Kirche am Weihnachtstag des Jahres 800 zum Kaiser gekrönt worden war, ein Menschenalter zuvor begründet hatte. Seit zwanzig Jahren lag das Reich in Scherben, und seine Feinde wurden mutiger. Erst hatten Karls Enkel gegeneinander gekämpft, bis ein Frieden ausgeschachert worden war, der dem einen Frankreich, dem anderen das Deutsche Reich und dem dritten Enkel den unbeherrschbaren Streifen von Italien bis zum Rhein eingebracht hatte. Dieser dritte war nun tot, und sein Drittel wurde wiederum unter drei Männern aufgeteilt.

Der Kaiser persönlich, ältester Sohn des ältesten Sohnes, hielt nur noch ein winziges Neuntel dessen in der Hand, was sein Großvater beherrscht hatte. Und was kümmerte das diesen Kaiser, diesen Ludwig II.? Er konnte nicht einmal die Sarazenen zurückdrängen. Was war mit seinem Bruder Lothar? Dessen einziges Begehr war es, sich von seiner unfruchtbaren Frau scheiden zu lassen, damit er seine gebärfreudige Geliebte heiraten konnte – was er, Nikolaus, niemals erlauben würde.

Lothar, Ludwig, Karl. Die Sarazenen und die Nordmänner. Land, Macht, Enteignung. Der Papst streichelte seine Katze und dachte über all das nach. Etwas sagte ihm, dass in diesem nebensächlichen, weit entfernten Zank eines dümmlichen Erzbischofs, der vor seiner Pflicht davonlief, eine Lösung aller seiner Sorgen lag. Oder war das Stechen, das er spürte, eines der Angst? Ein Hinweis auf eine winzige schwarze Wolke, die nur noch wachsen würde? Der Papst räusperte sich mit dem Klang einer knarrenden Grille. Sofort tauchte sein erster Sekretär die Feder ein.

„An unseren Diener Karl den Kahlen, König der Westfranken. An Ludwig, König der Ostfranken. Ludwig, Kaiser des Heiligen Römischen Reiches. Lothar, König von Lotharingien. Karl, König der Provence'... du kennst ihre Titel, Theophanus. An alle diese christlichen Könige schreiben wir auf dieselbe Weise...
,Wisset, Kinder, dass wir, Papst Nikolaus, unsere Gedanken der Sicherheit und dem wachsenden Wohlstand allen Christenvolks zugewandt haben. Und daher weisen wir Euch, damit Ihr unserer Liebe auch in Zukunft gewiss sein könnt, an, mit Euren Brüdern und Vettern, den christlichen Königen dieses Reiches, gemeinsam darauf hinzuwirken, dass...'"
Schritt für Schritt begann er seine Pläne darzulegen. Pläne für ein gemeinsames Handeln. Für Einigkeit. Für eine Ablenkung vom Bruderkrieg und dem Zerfall des Reichs. Für die Errettung der Kirche und die Vernichtung ihrer gemeinsamen Feinde und – wenn Erzbischof Wulfheres Bericht der Wahrheit entsprach – ihrer Nebenbuhler.
„,...und es ist unser Wunsch'", schloss die knarzende, trockne Stimme, „dass als Zeichen ihres Dienstes an Mutter Kirche alle Männer unter Euren Bannern, die sich diesem gesegneten und geheiligten Feldzug anschließen, das Zeichen des Kreuzes auf ihrer Kleidung oder über ihrer Rüstung tragen sollen.' Stellt die Briefe in entsprechender Form fertig, Theophanus. Ich signiere und versiegele sie morgen. Wählt geeignete Boten aus." Der alte Mann erhob sich, nahm die Katze in den Arm und verließ den Arbeitsraum ohne Hast in Richtung seiner eigenen Gemächer.
„Feiner Einfall, das mit dem Kreuz", bemerkte einer der Schreiber, die jetzt geschäftig Abschriften des Briefs mit der purpurnen päpstlichen Tinte anfertigten.
„Welcher Einfall ihnen richtig gut gefallen wird", erwiderte der Erste Sekretär, der gerade sein Pergament mit Sand bestreute, „ist der Satz mit dem Wohlstand. Er sagt ihnen, dass sie, wenn sie tun, was er sagt, ganz Anglia plündern dürfen. Oder Britannia. Wie auch immer es heißt."

„Alfred will Missionare?", fragte Shef ungläubig.

„Das war sein Wort. *Missionarii.*" In seiner Aufregung verriet Thorvin, was Shef schon länger vermutet hatte. Trotz seiner umfassenden Verachtung christlichen Wissens sprach er zumindest zum Teil ihre heilige Sprache, Latein. „Es ist das Wort, das sie schon lange für die benutzen, die sie zu uns schicken, um uns zur Verehrung ihres Gottes zu bekehren. Ich habe aber noch nie von einem christlichen König gehört, der uns um Männer bittet, die in seinem Reich die Leute unseren Göttern zuwenden sollen."

„Und das will Alfred jetzt?"

Shef zweifelte. Er sah, dass Thorvin sich trotz seines Glaubens an Selbstbeherrschung und Ruhe davon hatte mitreißen lassen, wie viel Ruhm ihm und seinen Freunden das unter den Anhängern des Weges einbringen würde.

Er war sicher, dass es trotzdem mehr bedeutete, als es den Anschein hatte. Der Aetheling Alfred, den er kennengelernt hatte, war nicht erpicht auf heidnische Götter, und sein Glaube war, soweit Shef es hatte beurteilen können, fest und stark gewesen. Wenn er jetzt um Missionare des Weges in Wessex bat, hatte er einen tieferen Beweggrund. Ein Spielzug gegen die Kirche, soviel war klar. Man konnte an den Christengott glauben und die Kirche hassen, die seine Anhänger aufgebaut hatten. Aber was erhoffte Alfred sich davon? Und wie würde die Kirche darauf antworten?

„Die anderen Priester und ich müssen uns entscheiden, wer von uns, wer von unseren Freunden auf diese Reise geht."

„Nein", beschied Shef.

„Sein Lieblingswort schon wieder", bemerkte Brand von seinem Stuhl aus.

„Schickt keinen aus eurer Runde. Schickt keine Nordmänner. Es gibt Engländer, die genug über das wissen, woran ihr glaubt. Gebt ihnen Halsketten. Bringt ihnen bei, was sie sagen sollen. Schickt sie nach Wessex. Sie werden die Sprache besser beherrschen und glaubwürdiger sein."

Während Shef sprach, streichelte er die geschnitzten Gesichter seines Zepters.

Brand war schon bei früheren Gelegenheiten aufgefallen, dass Shef dies neuerdings tat, wenn er log. Sollte ich das Thorvin sagen?, fragte er sich. Oder soll ich Shef davon erzählen, damit er besser lügen kann, wenn es nötig ist?

Thorvin erhob sich von seinem Schemel, zu aufgeregt, um sitzenzubleiben. „Es gibt ein heiliges Lied", sagte er, „das die Christen singen. Es heißt *nunc dimittis*, und darin heißt es ‚Herr, lass deinen Diener in Frieden scheiden, denn er hat seinen Zweck erfüllt.' Ich fühle mich, als würde ich ihn selbst gern singen. Seit mehr Jahrhunderten als ich zählen kann, hat sich diese Kirche ausgebreitet, ausgebreitet erst in den Ländern des Südens und dann in denen des Nordens. Sie denken, dass sie uns alle unterwerfen können. Noch nie habe ich gehört, dass die Kirche etwas aufgibt, was sie einmal gewonnen hat."

„Sie haben noch nicht aufgegeben", erwiderte Shef. „Der König bittet dich, Missionare zu schicken. Er kann nicht wissen, ob die Leute ihnen zuhören oder sogar glauben werden."

„Sie haben ihr Buch, wir haben unseren Weitblick und unsere Traumbilder!", rief Thorvin. „Wir werden sehen, was mächtiger ist."

Brands tiefe Stimme schaltete sich erneut ein. „Der Jarl hat recht, Thorvin. Schickt freigelassene englische Sklaven auf diese Reise."

„Sie kennen die Geschichten nicht", widersprach der Priester. „Was wissen sie von Thor oder Njörd? Von Freyja oder Loki? Sie verstehen weder die heiligen Erzählungen, noch die verborgenen Bedeutungen darin."

„Das müssen sie nicht", beschwichtigte Brand ihn. „Wir schicken sie aus, damit sie über Geld reden."

DRITTES KAPITEL

An jenem schönen Sonntagmorgen trafen sich, wie an jedem
Sonntagmorgen, die Dorfbewohner von Sutton in Berkshire, im
Königreich der Westsachsen, wie befohlen vor dem Langhaus ihres Herrn Hereswith, Thane des viel betrauerten Königs Ethelred.
Er war jetzt, so hieß es zumindest, Thane König Alfreds. Oder
war der immer noch nur ein Aetheling? Man würde es ihnen
sagen. Ihre Blicke wanderten umher, man zählte einander und
wollte sehen, ob es jemand wagen würde, sich dem Befehl zu
widersetzen. Hereswith hatte angeordnet, dass das gesamte Dorf
erscheinen und gemeinsam zur drei Meilen entfernten Kirche
ziehen sollte, um den Priester vom Gesetz Gottes reden zu hören,
das hinter den Gesetzen der Menschen stand.
Langsam fanden alle ihre Blicke dieselbe Richtung. Fremde standen auf dem kleinen Platz vor dem Haus ihres Herrn. Keine
Ausländer, zumindest nicht ihrem Aussehen nach zu urteilen.
Sie sahen genau aus wie die anderen fünfzig anwesenden Bauern,
Sklaven, Knechte und deren Söhne: klein, schlecht gekleidet in
schmuddelige Wollkittel. Sie waren zu sechst und sprachen kein
Wort. Aber diese sechs Männer hatte in oder um Sutton herum noch keiner von ihnen gesehen – das war hier, inmitten der
unbereisten, ländlichen Gegend, noch nie dagewesen. Jeder von
ihnen stützte sich auf einen langen, kräftigen Stab aus Holz, um
den Eisenbänder lagen. Wie der Griff einer Streitaxt, aber doppelt so lang wie die gefürchtete Waffe der Wikinger.
Unauffällig zogen sich die Dorfbewohner vor ihnen zurück. Sie
wussten nicht, was diese Neuheit bedeuten sollte, aber lange Jahre hatten sie gelehrt, dass Neues immer gefährlich war, bis ihr
Herr es gesehen und gebilligt hatte.

Die Tür des Holzhauses öffnete sich und Hereswith kam heraus, gefolgt von seiner Frau und einer Schar von Söhnen und Töchtern. Als er die gesenkten Blicke, den Platz vor seinem Haus, die Fremden sah, blieb Hereswith stehen, seine linke Hand fiel augenblicklich zum Griff seines Breitschwerts.

„Warum geht ihr in die Kirche?", rief einer der Fremden unversehens und scheuchte die im Staub pickenden Tauben mit seinen Worten auf. „Es ist ein schöner Tag. Würdet ihr nicht viel lieber in der Sonne sitzen? Oder auf dem Feld arbeiten, wenn es nötig ist? Warum drei Meilen nach Drayton und nochmal drei zurück laufen? Und dazwischen einem Mann zuhören, der euch erzählt, dass ihre eure Abgaben bezahlen müsst?"

„Wer zur Hölle seid ihr?", fauchte Hereswith und kam auf sie zu.

Der Fremde blieb standfest und rief, damit es alle hören konnten. Seine Sprache klang fremd, wie die Dörfler bemerkten. Englisch, ja. Aber nicht von hier, nicht aus Berkshire. Nicht aus Wessex?

„Wir sind Alfreds Männer. Wir haben Befehl und Erlaubnis des Königs, hier zu sprechen. Wessen Männer seid ihr alle? Die des Bischofs?"

„Alfreds Männer am Arsch", bellte Hereswith und zog sein Schwert. „Ihr seid Fremdlinge. Das hört man doch."

Ungerührt standen die Neuankömmlinge weiter auf ihre Stäbe gestützt.

„Ja, wir sind Fremde. Aber wir kommen mit königlicher Erlaubnis, um ein Geschenk zu bringen. Unser Geschenk ist die Freiheit: von der Kirche, von der Sklaverei."

„Ihr befreit meine Sklaven ganz bestimmt nicht ohne meine Erlaubnis", sagte Hereswith, der sich offenbar entschieden hatte. Er schwang sein Schwert in einem Rückhandhieb auf Halshöhe des nächsten Fremden.

Der bewegte sich blitzartig und riss seinen merkwürdigen, metallbewehrten Stab nach oben. Die Klinge traf auf das Eisen fiel beim Rückprall aus Hereswiths ungeübter Hand. Der Thane ging in die Hocke und tastete nach dem Schwertgriff, ohne seinen Blick von den Fremdlingen abzuwenden.

„Bleibt ruhig, Herr", sagte der Mann. „Auch Euch wollen wir nichts Übles. Wenn Ihr uns zuhören wollt, werden wir erklären, warum der König uns geschickt hat, und wie wir als Fremde trotzdem seine Männer sein können."

Nichts in Hereswiths Wesen sprach dafür, den Männern zuzuhören oder ihnen in irgendeiner Weise entgegenzukommen. Er richtete sich auf, das Schwert wieder in der Hand, und führte einen neuen Schlag aufs Knie seines Gegenübers. Wieder fing der Stab die Klinge ab, mühelos. Als der Thane das Gleichgewicht wiedererlangt hatte, trat der Angegriffene vorwärts und schob ihn mit dem Stab auf dem Brustkorb zurück.

„Helft mir, Männer", rief Hereswith den stillen Umstehenden zu und drängte voran, die Schulter gesenkt und das Schwert bereit für einen Stoß, der sein Ziel mit Leichtigkeit ausgeweidet hätte.

„Genug", sagte ein anderer Fremder und stieß dem Thane seinen Stab zwischen die Beine. Hereswith fiel zu Boden, wollte wieder aufstehen. Der erste Neuankömmling zog einen kurzen, schlaffen Schlauch aus der Tasche: der Sandsack der Sklavenhändler. Er schwang ihn, traf die Schläfe, machte sich für einen zweiten Schlag bereit. Als Hereswith mit dem Gesicht voran zusammensackte und reglos liegenblieb, nickte er, streckte sich, steckte den Sandsack ein und bedeutete der Frau des Thanes, dass sie näherkommen und sich um ihren Ehemann kümmern solle.

„Gut", meinte der Fremde zur gebannten, aber noch immer unbeweglichen Zuschauermenge. „Lasst mich euch sagen, wer wir sind und wer wir waren. Wir sind Männer des Weges, geboren im Norden Englands. Letztes Jahr um diese Zeit waren wir Sklaven der Kirche. Eigentum der großen Klosterkirche in Ely. Lasst mich euch erzählen, wie wir freigekommen sind."

Die Sklaven in der Menge, etwa ein Dutzend unter den fünfzig anwesenden Männern, und eine vergleichbare Anzahl unter den Frauen, tauschten verängstigte Blicke aus.

„Und den Freien unter euch", setzte Sibba, einst Sklave der Kirche in Ely und später Geschützbesatzungsmitglied im Heer des Weges, Streiter in der siegreichen Schlacht gegen Ivar den Knochenlosen, seine Ansprache fort, „den Freien will ich sagen, wie wir unser eigenes Land bekommen haben. Zwanzig Morgen für jeden von uns", erklärte er, „ohne Abgaben an einen Herrn, abgesehen vom Dienst, den wir Jarl Shef schulden. Und diesen Dienst leisten wir freiwillig – freiwillig, hört ihr – dem Weg. Zwanzig Morgen. Unbelastet. Gibt es hier einen Freibauern, der so viel sein Eigen nennen kann?"

Diesmal blickten sich die Freien des Dorfs zueinander um und erhoben ein gespanntes Gemurmel. Während Hereswith mit schlaff hängendem Kopf zurück in sein Haus geschleppt wurde, drängten sich seine Pächter näher an die Neuankömmlinge. Das Breitschwert blieb vergessen im Schmutz liegen.

„Was kostet es euch, Christus zu folgen?", hob Sibba an. „Was kostet es euch in Geld? Hört zu und lasst es mich euch sagen…"

„Sie sind überall", erstattete der Büttel des Bischofs seinem Herrn Bericht. „So dicht wie Flöhe auf einem alten Hund."

Bischof Daniel runzelte die Stirn über die unbeschwerten Worte seines Dieners, hielt sich aber zurück. Er brauchte diese Neuigkeiten.

„Ja", fuhr der Ordnungshüter fort, „sie kommen alles aus Norfolk, scheint es, und geben sich als befreite Sklaven aus. Das leuchtet ein. Seht Ihr, Hochwürden, wir haben tausend Sklaven allein auf unseren Ländereien hier um Winchester herum, in den Kirchen und im Umland. Der Mann, von dem Ihr sprecht, dieser *jarl*, wie die Heiden ihn nennen, hätte aus Norfolk bis zu dreitausend Sklaven schicken können, um die Menschen hier zu beeinflussen."

„Sie müssen geschnappt werden", krächzte Daniel. „Ausgerottet wie Ackerrade zwischen den Weizenhalmen."

„Das ist nicht so einfach. Die Sklaven rücken sie nicht heraus. Die Bauern auch nicht, wie ich höre. Die Thanes können sie nirgendwo fangen. Wenn doch, dann verteidigen sie sich. Sie reisen immer mindestens zu zweit. Manchmal kommen sie in Rotten von einem Dutzend oder zwanzig. Für ein kleines Dorf ist das schon zu viel, um sie rauszuhalten. Noch dazu…“

„Noch dazu was?“

Der Büttel wählte seine Worte mit Bedacht. „Die Eindringlinge behaupten – ganz sicher Lügen, aber sie sagen er trotzdem –, dass König Alfred sie geschickt hat…“

„Der *Aetheling* Alfred! Er ist nie gekrönt worden!“

„Verzeiht, Herr. Der Aetheling Alfred. Aber selbst einige der Thanes würden nur sehr ungern einen Abgesandten des Königs der Kirche übergeben. Sie sagen… sie sagen, dass es ein Streit unter den Herren ist. Sie wollen sich nicht einmischen.“ Und viele würden sich auf die Seite des Aethelings stellen, des letzten Sprosses der großen Sippe Cerdics, und gegen die Kirche kämpfen, dachte der Büttel. Aber er hütete sich, es auszusprechen.

Lügner und Betrüger, dachte der Bischof. Noch keinen Monat war es her, dass der junge Prinz, die Augen wie eine Jungfrau niedergeschlagen, ihn in diesem Raum um Verzeihung und Ratschlag angefleht hatte. Und kaum hatte er das Zimmer verlassen, muss er sofort bei den Ungläubigen um Hilfe gebeten haben! Und nun war er verschwunden, niemand wusste wohin. Es gab Gerüchte aus diesem und jenem Teil von Wessex. Alfred sei aufgetaucht und habe seine Thanes angewiesen, die Kirche zu verleugnen, dem Beispiel des Nordvolks nachzueifern und den Glauben des Weges anzunehmen. Es half nicht, dass er selbst weiterhin behauptete, an Christus zu glauben. Wie lange würde der Glaube ausreichen, ohne Ländereien und Geld, die ihn stützten? Und wenn die Dinge so weitergingen wie bisher, wie lange würde es dauern, bis ein Bote oder ein Heer vor den Toren seiner Kirche auftauchte und ihm, dem Bischof, befahl, seine Rechte und Ländereien aufzugeben?

„Nun", sagte Daniel schließlich, halb zu sich selbst, „wir können diese Sache in Wessex nicht lösen. Wir müssen außerhalb nach Hilfe suchen. Und tatsächlich gibt es bereits eine Macht von draußen, die dieses Übel so hart treffen wird, dass es nie wieder sein hässliches Haupt erheben wird.

Aber ich kann es mir nicht leisten abzuwarten. Es ist meine christliche Pflicht zu handeln." Und außerdem, fügte er stumm hinzu, meine Pflicht mir selbst gegenüber. Ein Bischof, der stillsitzt und nichts tut! Wie würde das dem Heiligen Vater in Rom gefallen, wenn der Augenblick kam, in dem über die Herrschaft über die Kirche in England entschieden würde?

„Nein", fuhr der Bischof fort, „das Herz der Unruhe schlägt in der Brust des Nordvolks. Nun, was das Nordvolk geboren hat, muss das Nordvolk heilen. Es gibt noch einige unter ihnen, die ihre Christenpflicht kennen."

„In Norfolk, Herr?", fragte der Büttel zweifelnd.

„Nein. In der Verbannung. Wulfgar der Krüppel und sein Sohn. Der eine hat seine Glieder an die Wikinger verloren, der andere sein gerade gewonnenes Reich. Und auch König Burgred von Mercia. Ich dachte, mir wäre es einerlei, wer in Ostanglien, Mercia oder Wessex herrscht. Aber jetzt verstehe ich. Es wäre besser, dem frommen Edmund das Reich Edwards des Märtyrers zukommen zu lassen als Alfred. Alfred den Undankbaren werde ich ihn nennen.

Schickt meine Schreiber herein, ich will allen einen Brief zukommen lassen. Auch meinen Brüdern in Lichfield und Worcester. Was die Kirche verloren hat, wird die Kirche zurückgewinnen."

„Werden sie kommen, Herr?" fragte der Büttel. „Werden sie sich nicht davor fürchten, Wessex zu überfallen?"

„Ich allein spreche jetzt für Wessex. Und es regen sich mächtigere Spieler als Wessex oder Mercia. Ich biete Burgred und den anderen lediglich eine Möglichkeit, sich den Siegern anzuschließen, bevor sie gesiegt haben. Und die Anmaßung zu bestrafen. Die Anmaßung der Heiden und der Sklaven. Wir müssen ein abschreckendes Beispiel geben." Verkrampft schloss der Bischof seine Faust. „Ich werde diese Fäulnis nicht herausreißen wie ein Unkraut, sondern ausbrennen wie ein Geschwür."

„Sibba... Ich glaube, wir kriegen Ärger." Das Flüstern durchschnitt den dunklen Raum, in dem ein Dutzend Missionare in ihre Decken gewickelt schliefen.

Stumm gesellte sich Sibba zu seinem Gefährten an das kleine, scheibenlose Fenster. Draußen lag das Dörfchen Stanford-in-the-Vale, zehn Meilen und genauso viele Predigten von Sutton entfernt, still unter dem hellen Mond. Die vom Wind gejagten Wolken warfen Schatten zwischen die runden Flechtwerkhütten, die um das Holzhaus des Thanes standen, in dem die Missionare des Weges die Nacht verbrachten.

„Was hast du gesehen?"

„Ein Aufleuchten."

„Vielleicht ein nicht richtig gelöschtes Feuer?"

„Ich denke nicht."

Sibba bewegte sich ohne Worte in Richtung der kleinen Kammer die sich an die Haupthalle in der Mitte des Gebäudes anschloss. Dort sollte der Thane Elfstan, ihr Gastgeber und lautstarker Unterstützer König Alfreds, mit seiner Frau und seinen Kindern liegen und schlafen. Nach einigen Augenblicken kam er zurück.

„Sie sind noch da. Ich kann sie atmen hören."

„Also stecken sie nicht mit drin. Das heißt nicht, dass ich nichts gesehen habe. Schau! Da ist es wieder."

Draußen schlüpfte ein Schatten von einem dunklen Flecken zum nächsten und näherte sich dabei dem Haus. Im Mondlicht leuchtete etwas auf: etwas Metallenes.

Sibba wandte sich den noch schlafenden Männern zu. „Hoch mit euch, Jungs. Sammelt eure Sachen zusammen."

„Weglaufen?", fragte der Wächter.

Sibba schüttelte den Kopf. „Sie müssen wissen, wie viele wir sind. Sie würden nicht angreifen, wenn sie nicht sicher wären, dass sie uns schlagen können. Das ist für sie draußen leichter, als uns erst hier raus zu wühlen. Wir müssen ihnen vorher die Zähne ziehen."

Hinter ihm krabbelten Männer in ihre Hosen, legten Gürtel und Schuhe an. Einer von ihnen öffnete ein Bündel, aus dem er merkwürdige, glänzende Gegenstände nahm. Die anderen reihten sich vor ihm ein, die Pilgerstäbe in der Hand, die sie offen getragen hatten.

„Drückt sie gut fest", ächzte der Bündelträger und mühte sich, den ersten Helmbartenkopf mit dessen Fassung auf dem sorgfältig gearbeiteten Schaft zu befestigen.

„Bewegt euch schnell", wies Sibba an. „Berti, nimm dir zwei Männer und stell sie hinter der Tür auf, einen auf jeder Seite. Wilfi, du an die andere Tür. Der Rest bleibt bei mir und macht sich nützlich, wo immer er gebraucht wird."

Ihre Bewegung und das Klirren von Metall hatte Elfstan, den Thane, aus seinem Bett getrieben. Er starrte sie fragend an.

„Männer vor dem Haus", erklärte Sibba. „Keine Freunde."

„Hat mit mir nichts zu tun."

„Das wissen wir. Seht, Herr... Sie werden Euch und Eure Lieben gehenlassen. Wenn ihr jetzt verschwindet."

Der Thane zögerte. Er rief seine Frau und Kinder, zog sich hastig an und sprach leise mit ihnen.

„Kann ich die Tür aufmachen?"

Sibba sah sich um. Seine Männer waren gewappnet, die Waffen bereit. „Ja."

Der Thane hob den schweren Balken, der die mittlere Doppeltür verschloss, und schob deren Flügel gleichzeitig nach außen. Es erscholl ein Stöhnen von draußen, ein Seufzen beinahe. Viele Männer hatten dort darauf gewartet, einen Sturmangriff zu beginnen. Aber nun wussten sie, dass sie gesehen worden waren.

„Meine Frau und Kinder kommen raus!", rief Elfstan. Schnell glitten die Kinder durch die Tür, die Frau des Thanes huschte ihnen nach.

424

Einige Fuß entfernte drehte sie sich um, winkte ihren Mann wild zu sich. Er schüttelte den Kopf.

„Sie sind meine Gäste", antwortete er. Seine Stimme erhob sich zu einem Rufen und wandte sich an die Angreifer vor dem Haus. „Meine Gäste und die Gäste König Alfreds. Ich weiß nicht, wer ihr Diebe im Dunkel seid, in den Grenzen von Wessex noch dazu – aber ihr werdet hängen, wenn der Vogt des Königs euch findet."

„Es gibt keinen König in Wessex", rief eine Stimme von draußen. „Wir sind Männer König Burgreds. Und der Kirche. Deine Gäste sind Landstreicher und Ketzer. Sklaven von draußen. Wir sind gekommen, um ihnen den Halsring anzulegen und sie zu brandmarken."

Plötzlich erhellte das Mondlicht dunkle Gestalten, die gemeinsam aus der Deckung der Häuser und Zäune traten.

Es gab kein Zögern. Es wäre leichter gewesen, schlafende Feinde zu überwältigen, aber man hatte ihnen gesagt, was ihre Gegner waren: nicht mehr als freigelassene Sklaven, die niedrigsten der Rechtlosen. Männer, die im Schwertkampf ungeübt waren, die nicht von Kindesbeinen an auf den Krieg vorbereitet wurden. Die den Biss der Klingen über den Lindenschild nie gespürt hatten. Ein Dutzend Krieger aus Mercia stürmte auf den dunklen Eingang der Halle zu. Hinter ihnen bliesen Hörner zum Angriff. Alle Heimlichkeit war jetzt unnütz.

Die Doppeltür der Halle war sechs Fuß breit, die Spannweite eines großen Mannes. Nur Platz für zwei Kämpfer nebeneinander. Zwei Krieger stürmten gemeinsam hinein, die Schilde gehoben und mit wütenden Mienen.

Keiner von ihnen sah den Schlag, der ihn tötete. Als sie in die Dunkelheit spähten, auf der Suche nach einem Feind, nach Gesichtern, auf die sie zielen konnten, kamen die Helmbarten von beiden Seiten. Auf Schenkelhöhe, unter Schild und Kettenhemd trafen sie. Die Köpfe der Waffen mit der Axtklinge auf der einen und dem Dorn auf der anderen Seite, waren doppelt so schwer

425

wie ein Breitschwert. Einer schnitt durch das Bein des Mannes und tief in dessen anderes Bein. Der andere glitt vom Knochen aufwärts ins Becken. Während einer der Männer in einem Blutstrom versank, der ihn binnen weniger Herzschläge töten würde, kreischte der andere und schlug um sich, im Versuch, die große Klinge aus seinem Knochen zu befreien.

Weitere Männer drängten über sie hinweg. Diesmal trafen sie auf Speerspitzen, die hölzerne Schilde und Eisenringe gleichermaßen durchdrangen und einige waidwunde Angreifer in das Durcheinander im Türrahmen zurückwarfen. Jetzt regneten die langen Klingen in sechs Fuß weiten Bögen auf die gerüsteten Krieger nieder wie auf Vieh am Schlachttag. Einige Augenblicke lang sah es trotzdem aus, als würden das schiere Gewicht und die Übermacht dem ersten Sturmangriff zum Durchbruch verhelfen.

Aber gegen die Bedrohung im Halbdunkel versagte den Merciern der Mut. Sie zogen sich hastig zurück, die Vorderen hinter ihren Schilden versuchten verzweifelt, ihre Toten und Verwundeten mitzuschleppen.

„Bisher nicht schlecht", murmelte einer der Wegmänner.

„Die kommen wieder", wahrsagte Sibba.

Noch viermal griffen die Mercier an, jedes Mal vorsichtiger. Sie hatten die Waffen und das Vorgehen ihrer Gegner erkannt und waren jetzt darauf bedacht, den Schlag herauszufordern und ihm auszuweichen, vorwärts zu springen und die Helmbartenträger zu treffen, während diese ihre schwerfälligen Waffen wieder hoben. Die Freigelassenen aus Norfolk nutzen ihren Vorteil an den Türen, an denen jeweils ein Mann von jeder Seite aus schlagen konnte. Die Verluste auf beiden Seiten stiegen langsam.

„Sie versuchen, sich durch die Wände zu schneiden", brummelte Elfstan Sibba zu, als der Himmel schon zu erblassen begann.

„Macht nichts", gab Sibba zurück. „Sie müssen immer noch rein klettern. Solange genug von uns stehen, um jede Lücke zu bewachen.

Draußen starrte ein hellhaariger Mann einen blutenden, erschöpften zweiten an. Alfgar war mit den Angreifern gekommen, um die Vernichtung der Wegmänner zu sehen. Er war nicht zufrieden.
„Ihr kommt nicht rein?", rief er. „Gegen eine Handvoll Sklaven?"
„Wir haben zu viele gute Männer gegen diese Handvoll Sklaven verloren. Acht Tote, ein Dutzend Verletzte, alle davon ziemlich übel. Ich mache jetzt, was wir gleich hätten tun sollen."
Er winkte ein Dutzend Männer vorwärts in Richtung der unbeschädigten Giebelseite der Halle. Sie trugen ausgerissene Weidenzäune, die sie an die Wand stapelten und niedertraten, bis sie ein dichtes Gewirr bildeten. Stahl schlug Feuerstein, Funken fielen in trockenes Stroh. Das Feuer brandete auf.
„Ich will Gefangene", bestimmte Alfgar.
„Wenn wir welche machen können", erwiderte der Mercier. „Aber jetzt müssen sie auf jeden Fall rauskommen."

Als der Rauch sich in die zugige Halle zu ergießen begann, tauschen Sibba und Elfstan besorgte Blicke. Sie konnten einander in der stärker werdenden Dämmerung sehen.
„Sie nehmen Euch vielleicht noch gefangen, wenn Ihr jetzt rausgeht", sagte Sibba. „Übergeben Euch Eurem König. Ihr seid ein Thane, man weiß nie."
„Das wage ich zu bezweifeln."
„Was sollen wir tun?"
„Was immer getan wird. Wir warten hier drinnen bis zum letzten erträglichen Atemzug, bis der Rauch am dichtesten ist. Dann rennen wir raus und hoffen, dass einer oder zwei von uns in der Verwirrung entkommen."
Der Rauch wurde dicker, ihm folgte bald das erste rote Glimmen von Flammen, die an Brettern fraßen. Elfstan wollte einen Verwundeten aus dem Rauch ziehen, aber Sibba winkte ihn zurück.
„Den Rauch zu atmen ist ein leichter Tod", erklärte er. „Besser als das Feuer im Fleisch zu spüren."

Als ihr Durchhaltevermögen zu Ende ging, liefen die Helmbartenträger einer nach dem anderen durch den Rauch hinaus. Jeder versuchte, einige Schritte weit mit dem Wind zu rennen, damit die Schwaden ihm etwas Schutz bieten würden. Hämisch sprangen die Feinde ihnen in den Weg, ließen sie schlagen oder Ausfallschritte machen, drängten dann mit Schwert und Dolch und einer ganzen Nacht der Verdrossenheit, die es zu rächen galt, auf sie ein. Als letzter und am unglücklichsten floh Sibba. Als er herauskam, spannten zwei Mercier, die inzwischen den Fluchtweg ihrer Beute kannten, ein ledernes Seil vor ihm. Bevor er aufstehen oder sein kurzes Messer ziehen konnte, drückte ein Knie ihm in den Rücken, kräftige Hände packten seine Handgelenke.

Zuletzt stand nur noch Elfstan in der brennen Hülle seines Zuhauses. Er trat langsam, nicht mit dem Wind flüchtend wie die anderen, mit drei großen Schritten aus dem Rauch heraus, den Schild gehoben und das Breitschwert gezogen. Die heranrasenden Mercier zögerten. Hier war endlich einer wie sie selbst. Aus sicherer Entfernung sahen Elfstans Leibeigene und Pächter zu, wie ihr Herr sich dem Tod stellte.

Heiser zischte Elfstan seine Herausforderung und bedeutete den Merciern, näherzukommen. Einer von ihnen setzte sich ab und trat heran, schwang aufwärts, abwärts, schlug mit dem eisernen Schildbuckel zu. Elfstan wehrte die Angriffe ab, die Klingen trafen sich mit der Erfahrung eines ganzen Lebens. Er hieb mit seinem eigenen Schild zu, umkreiste seinen Gegner erst in die eine, dann in die andere Richtung und suchte nach einer Schwäche im Handgelenk, schlechter Haltung oder einem Ungleichgewicht. Einige hundert Herzschläge dauerte der trostlose Tanz des Schwertkampfes, für den Thanes gemacht waren. Dann spürte der Mercier die Erschöpfung des Thanes aus Wessex. Als der Schildarm vor ihm sich senkte, täuschte er einen niedrigen Hieb an und verwandelte ihn in einen plötzlichen, knappen Stoß. Die Klinge drang knapp unter dem Ohr ein. Im Fallen führte Elfstan einen letzten Hieb. Sein Feind stolperte zurück und sah ungläubig auf das helle Blut, das aus der Schlagader des Oberschenkels sprudelte. Auch er fiel, bemühte sich, den Fluss mit seinen Händen einzudämmen.

Ein Seufzen erhob sich unter den Männern Stanfords-in-the-Vale. Elfstan war ein harter Herr gewesen, und viele von ihnen hatten das Gewicht seiner Faust als Sklaven, die Macht seines Reichtums als Freie gespürt. Aber er war ihr Nachbar gewesen. Er hatte die Eindringlinge in ihrem Dorf bekämpft.

„Ein guter Tod", beschied der Hauptmann der Mercier berufsmäßig. „Er hat verloren, aber vielleicht seinen Gegner mitgenommen."

Alfgar stöhnte vor Abscheu. Hinter ihm rollten Männer den Reisekarren seines Vaters nach vorne. Durch die zerschmetterte Umfriedung des Dorfs kam ein zweiter Tross näher, schwarzgekleidete Priester in der Nachhut. In ihrer Mitte blitzte die Sonne auf dem vergoldeten Stab des Bischofs.

„Ein *paar* Gefangene haben wir wenigstens", sagte er.

„Zwei?", fragte Bischof Daniel ungläubig. „Ihr habt neun getötet und zwei gefangen?"

Niemand machte sich die Mühe, ihm zu antworten.

„Wir müssen das Beste daraus machen", sagte Wulfgar. „Wie wollt Ihr mit ihnen verfahren? ‚Ein abschreckendes Beispiel' wolltet Ihr geben." Die zwei Freigelassenen standen vor ihnen, jeder von zwei Kriegern gehalten. Daniel trat näher, streckte die Hand nach dem Band, das um den Hals eines der Gefangen hing, riss es ab. Er starrte den Inhalt seiner Hand an, wiederholte sein Tun mit dem zweiten Gefangenen. Ein silberner Hammer für Thor, ein silbernes Schwert für Tyr. Er steckte sie in seinen Beutel. Für den Erzbischof, dachte er. Nein, Ceolnoth ist ein zu großer Schwächling, so lasch wie der Wetterhahn Wulfhere von York.

Die sollen für Papst Nikolaus sein. Mit diesem Silber in der Hand würde ihm vielleicht klar werden, dass die Kirche in England sich keine schwachen Erzbischöfe mehr leisten konnte.

„Ich habe geschworen, das Geschwür auszubrennen", entgegnete er. „Und das werde ich auch."

Eine Stunde später war Wilfi von Ely an den Pfahl festgebunden worden. Auch die Beine hatte man ihm gefesselt, damit er nicht um sich treten konnte. Das Reisig brannte hell und griff auf seine wollene Hose über. Als das Feuer seine Haut mit Blasen zu bedecken begann, wand er sich in seinen Fesseln, Schmerzenskeuchen entrang sich trotz aller Bemühungen seiner Kehle.

Die Krieger aus Mercia sahen ihn abschätzig an, gespannt, wie ein Sklavengeborener Schmerzen ertrug. Die Dorfbewohner schauten angsterfüllt zu. Viele hatten schon Hinrichtungen gesehen. Doch selbst die schlimmsten Verbrecher, Meuchelmörder und Einbrecher, endeten am Strang. Einen Mann langsam zu töten, das war nicht Teil des englischen Rechts. Wohl aber des Kirchenrechts.

„Atme den Rauch ein", rief Sibba urplötzlich. „Atme den Rauch ein!"

Durch den Schmerz hindurch hörte Wilfi ihn, senkte den Kopf und nahm tiefe Atemzüge. Als seine Peiniger zögerten und nicht näher kamen, fiel er langsam in sich zusammen. Bewusstlosigkeit griff bereits nach ihm, als er sich noch einmal aufraffte und zum Himmel sah.

„Tyr", rief er flehend, „Tyr, hilf mir!" Wie zur Antwort bauschte der Rauch sich um ihn auf. Als er sich verzogen hatte, lag Wilfi schlaff in seinen Fesseln. Ein Murmeln breitete sich unter den Zusehern aus.

„Kein besonders abschreckendes Beispiel", bemerkte Wulfgar zum Bischof gewandt. „Warum lasst Ihr mich Euch nicht zeigen, wie es geht?"

Während Sibba zum zweiten Pfahl geschleift wurde, liefen auf Wulfgars Befehl einige Männer zum nächststehenden Haus. Kurz darauf kamen sie wieder heraus und brachten eines der Bierfässer mit, das selbst in der bescheidensten Kate stand. Auf sein Zeichen schlugen sie den Boden ein, drehten das Fass, zerstörten auch den anderen Boden. Ein kurzes, breites Rohr. Der Besitzer des Fasses sah wortlos zu, wie sein Sommerbier in den Schmutz spritzte.

„Ich habe darüber nachgedacht", erklärte Wulfgar. „Was sonst habe ich zu tun? Was es hier braucht, ist ein Luftzug. Wie im tönernen Schornstein einer Feuerstelle.

Man fesselte den fahlen und wütend blickenden Sibba neben den Pfahl, an dem sein Gefährte gestorben war. Während sie das Reisig um ihn aufhäuften, trat Daniel zu ihm.

„Schwöre deinen heidnischen Göttern ab", sagte er. „Kehre zu Christus zurück. Ich selbst werde dir die Beichte abnehmen und dich von deinen Sünden freisprechen. Sie werden dich gnädig erstechen, bevor du brennst."

Sibba schüttelte den Kopf.

„Abtrünniger", schrie der Bischof. „Was du gleich fühlst, wird nur ein Vorgeschmack auf dein ewiges Brennen sein. Merkt euch das!" Er drehte sich um und drohte den Dorfbewohnern mit der Faust. „Seinen Schmerz werdet ihr in alle Ewigkeit leiden. Alle würden diesen Schmerz erleiden, ohne Christus. Christus und die Kirche, die die Schlüssel zu Himmel und Hölle trägt."

Unter Wulfgars Anweisungen senkte man das Fass über den Pfahl und den Todgeweihten, schlug Funken und fachte das Feuer an. Die Flammen züngelten hinein, wurden hochgesogen, als die Luft über ihnen ausbrannte, sprangen wild über Körper und Gesicht des Mannes im Inneren. Nach einigen Wimpernschlägen begann das Kreischen. Setzte sich fort, wurde lauter. Langsam breitete sich ein Lächeln auf dem Gesicht des gliedlosen Leibes aus, der aus seiner Kiste heraus zusah.

„Er sagt etwas. Er will abschwören. Löscht die Flammen, zieht das Reisig weg!"

Bedächtig dämmten die Männer das Feuer ein. Sie näherten sich vorsichtig und hoben mit in Lappen gewickelten Händen das Fass über den Pfahl.

Darunter lag verkohltes Fleisch, Zähne leuchteten weiß unter dem geschwärztem Gesicht und verschmorten Lippen. Die

Flammen hatten Sibbas Augen verdorren lassen und waren tief in seine Lungen geschlagen, als er nach Atem gerungen hatte. Aber er war noch bei Bewusstsein.

Er hob den Kopf, als sich der Bischof näherte. Trotz der Blindheit bemerkte er, dass er wieder an der Luft war.

„Schwöre ab", rief Daniel laut genug für alle Umstehenden. „Gib ein Zeichen, irgendeins, und ich bekreuzige dich und schicke deine Seele ohne Schmerz zum Tag des Jüngsten Gerichts.

Er bückte sich unter seiner Mitra, um die Worte zu hören, die verbrannte Lungen noch hervorbringen konnten.

Sibba hustete zweimal und spie dem Bischof das verbrannte Innere seines Halses mitten ins Gesicht.

Daniel trat zurück, wischte sich den schwarzen Schleim angewidert auf die bestickte Robe, unwillkürlich zitternd.

„Zurück", keuchte er. „Legt es zurück. Steckt ihn wieder rein. Macht das Feuer wieder an. Und diesmal", rief er, „kann er seine Heidengötter anflehen, bis ihn der Teufel holt."

Aber Sibba rief nicht noch einmal. Während Daniel sich ereiferte und Wulfgar wegen der Bestürzung des Bischofs grinste, während die Krieger das brennende Holz auf die Leichen schoben, um sich das Ausheben eines Grabes zu ersparen, schlüpften zwei Männer aus der Zuschauermenge davon, ungesehen, außer von ihren schweigenden Nachbarn. Einer von ihnen war der Sohn von Elfstans Schwester. Der andere hatte gesehen, wie sein Zuhause in einer Schlacht zerstört wurde, mit der er nichts zu tun hatte. Das Gerücht, das in der Gegend umging, nannte ihnen ihr Ziel.

Viertes Kapitel

Shefs Gesichtsausdruck blieb unverändert, als der Bote, schwach auf den Beinen nach seinem langen Ritt, seine Nachricht überbrachte: eine Streitmacht der Mercier stand in Wessex. König Alfred war verschwunden, niemand wusste wohin. Die Abgesandten des Weges wurden gnadenlos zur Strecke gebracht, wo immer man sie fand. Die Kirche hatte über Alfred und alle Verbündeten des Weges den Bann verhängt. Gläubige durften ihnen weder helfen, noch sie beherbergen.

Überall gab es Verbrennungen. Die Namen der Gefangenen füllten lange Listen: Katapultschützen, Gefährten, Kämpfer aus der Schlacht gegen Ivar. Thorvin stöhnte erschüttert, als mehr und mehr Namen genannt wurden, tief bewegt, obwohl die Getöteten weder zu seinem Volk gehörten, noch ihm nahegestanden hatten – die meisten von ihnen hatten sogar erst vor wenigen, kurzen Wochen seinen Glauben angenommen. Shef blieb auf seinem Stuhl sitzen, sein Daumen glitt wieder und wieder über die gräulichen Gesichter seines Wetzsteins.

Er wusste es, wurde Brand klar, der ihn beobachtete und sich an Shefs plötzlichen Einspruch erinnerte, als Thorvin begierig vorgeschlagen hatte, den Glauben des Weges selbst zu verbreiten. Er wusste, dass das geschehen würde, oder zumindest etwas Ähnliches. Das heißt, dass er seine eigenen Leute, Engländer, die er selbst so gefördert hatte, in die Folter und den Tod geschickt hatte. Er hatte dasselbe mit seinem Vater getan. *Ich muss darauf achten, dass er mich nie auf diese Weise ansieht. Hätte ich nicht schon vorher sicher gewusst, dass er ein Sohn Odins ist, dann wäre ich mir jetzt sicher. Aber hätte er es nicht getan, dann würden wir jetzt um Thorvin trauern, statt um eine Handvoll streu-*

nender Bauern. Der Bote kam zum Ende, seine Nachrichten und sein Schrecken gleichermaßen erschöpft. Mit einem Wort entließ Shef ihn essen und schlafen, wandte sich zu seinem Kleinen Rat um, der sich in der sonnendurchfluteten oberen Halle versammelt hatte: Thorvin und Brand, Farman mit den Traumbildern, der ehemalige Priester Bonifatius mit seiner stets bereiten Pergamentrolle und dem Tintenhorn.

„Ihr habt die Neuigkeit gehört", sagte er. „Was sollen wir tun?"

„Gibt es da noch Zweifel?", fragte Thorvin. „Unser Verbündeter hat uns gerufen. Jetzt beraubt ihn die Kirche seiner Rechte. Wir müssen umgehend aufbrechen und ihm helfen."

„Mehr als das", fügte Farman hinzu. „Wenn es einen Augenblick für dauerhafte Veränderung gibt, dann ist es dieser. Vor uns liegt ein Königreich, das in sich zerrissen ist. Es gibt einen wahren König – Christ hin oder her –, der für uns spricht, für den Weg. Wie oft haben die Christen ihr Wort verbreitet, indem sie den König bekehren konnten, der dann sein Volk dem neuen Glauben zuwandte? Nicht nur die Sklaven werden uns unterstützen, sondern auch die Freibauern und die Hälfte der Thanes. Das ist unsere Gelegenheit, den durch die Christen bestimmten Lauf der Dinge zu wenden. Nicht nur in Norfolk, sondern in einem großen Königreich."

Eigensinnig presste Shef die Lippen zusammen. „Was sagst du, Brand?"

Brand zuckte mit seinen breiten Schultern. „Wir haben Gefährten zu rächen. Wir sind keine Christen – verzeiht, Vater. Aber der Rest von uns, wir sind keine Christen, die ihren Feinden vergeben sollen. Ich sage: Wir ziehen in den Kampf."

„Aber ich bin der Jarl. Es ist meine Entscheidung."

Langsam nickten seine Berater.

„Hier ist, was ich denke. Als wir die Missionare geschickt haben, war das ein Schlag ins Wespennest. Und jetzt werden wir gestochen. Das hätten wir vorhersehen müssen."

Du hast es vorhergesehen, dachte Brand im Stillen.

434

„Und ich habe noch ein Wespennest aufgeschreckt, als ich der Kirche ihr Land genommen habe. Dafür bin ich noch nicht gestochen worden, aber ich erwarte es. Ich sehe es kommen. Ich sage, wir schauen, wo unsere Feinde sind, bevor wir zuschlagen. Lasst sie zu uns kommen."

„Und unsere Freunde sollen ungerächt bleiben?", knurrte Brand finster.

„Wir verpassen unsere Gelegenheit, ein Königreich zu gewinnen. Ein Königreich für den Weg!", rief Farman bestürzt.

„Was ist mit deinem Verbündeten Alfred", fragte Thorvin scharf. Allmählich machte Shef sie mürbe. Wiederholte seine Überzeugung. Widersprach ihren Einwänden. Überzeugte sie schließlich, eine Woche lang auf weitere Neuigkeiten zu warten.

„Ich hoffe nur", sagte Brand am Ende, „dass das süße Leben dich nicht weich gemacht hat. Uns nicht weich gemacht hat. Du solltest mehr Zeit mit den Kämpfern verbringen statt mit den Schafsköpfen in deinem Gerichtssaal."

Endlich ein guter Ratschlag, dachte Shef. Um die Gemüter zu beruhigen, wandte er sich an Vater Bonifatius, der sich herausgehalten hatte, um Entscheidungen festzuhalten oder Befehle niederzuschreiben.

„Vater, lasst Wein bringen, ja? Unsere Kehlen sind trocken. Wenigstens können wir mit etwas Besserem als Bier auf das Andenken unserer toten Freunde trinken."

Der Priester, der noch immer an seiner schwarzen Kutte festhielt, blieb auf dem Weg zur Tür stehen.

„Es ist kein Wein mehr übrig, Herr Jarl. Die Männer meinen, sie warten auf eine Ladung vom Rhein, aber die ist noch nicht eingetroffen. Aus dem Süden kommen keine Schiffe mehr, schon seit vier Wochen nicht. Nicht einmal in London laufen welche ein. Ich werde ein Fass vom besten Met anstechen. Vielleicht liegt es am Wind."

Leise erhob sich Brand vom Tisch und schlich zum offenen Fenster, spähte nach den Wolken und dem Horizont. Bei dem Wetter

könnte ich im alten Waschtrog meiner Mutter von der Rhein-
mündung bis zum Yare segeln. Und er sagt, es liegt am Wind.
Irgendwas stimmt nicht, aber es ist ganz sicher nicht der Wind.

Am selben Morgen rollten sich die Mannschaften und Steuermänner hunderter eingezogener Handelsschiffe – Halbdeck-
Einmaster, rundbäuchige Koggen, englische, fränkische und
friesische Langschiffe – murrend aus ihren Decken und starrten
in den Himmel über Dunkirk, wie sie es jeden Tag seit einem
Monat und länger getan hatten. Um zu sehen, ob die Umstände
günstig waren. Um sich zu fragen, ob ihre Herren sich entschlie-
ßen würden, sich in Bewegung zu setzen.
Sie sahen das Licht, das aus dem Osten gekommen war, das
schon über die undurchdringlichen Wälder und die zusammen-
gekauerten Siedlungen Europas gerast war, über Fluss und Weg-
zollschranke, über *Slott, Chastel* und Erdwall. Überall auf dem
Kontinent hatte dieses Licht Krieger gesehen, die sich sammelten, Versorgungskarren, die zusammenströmten, Pferdeknechte,
die ausgeruhte Tiere heranführten.
Als es den Ärmelkanal erreichte, der zu diesem Zeitpunkt noch
als Fränkische See bekannt war, berührte es das oberste Banner
am steinernen *donjon* der hölzernen Festung, die den Hafen von
Dunkirk überblickte. Der Wachhauptmann schaute nach dem
Banner, nickte. Der Trompeter leckte sich die Lippen, schürzte
sie und sandte ein trotziges Signal durch seine metallene Röh-
re. Umgehend antworteten die Wachen von allen vier Mauern
und in der Festung schälten sich Männer aus ihren Decken. Und
draußen, in Lager und Hafen und entlang der Pferdetrosse, die
sich in weiter Ferne auf offenen Feldern verliefen, rührten sich
die Soldaten, prüften ihre Ausrüstung und begannen den Tag
mit demselben Gedanken wie die Seeleute, die im Hafen gefangen waren: Würden ihre Herren heute losschlagen? Würde König Karl mit seinen ausgehobenen Truppen, mit den Truppen,
die ihm seine frommen und papstfürchtigen Brüder und Neffen

geschickt hatten, das Zeichen für die kurze Reise nach England geben?

Im Hafen behielten die Schiffsführer ihre Wetterfahnen im Auge, blickten gelegentlich nach dem Horizont im Westen und Osten. Der Herr der *Dieu Aide*, der Kogge, auf der nicht nur der König selbst, sondern auch der Erzbischof von York und der päpstliche Legat reisen würden, stieß seinen ersten Maat an, deutete auf das Fähnchen, das straff vom Mast abstand. Die Flut wäre in vier Stunden da, das wussten sie. Die Strömung würde dann eine Weile günstig für sie gehen. Der Wind kam aus der passenden Richtung und machte keine Anstalten nachzulassen.

Würden die Landratten sich schnell genug einschiffen lassen? Keiner von beiden wollte darauf wetten. Es würde kommen, wie es eben kam. Aber wenn der König der Franken, Karl, den man den Kahlen nannte, wirklich den Befehlen seines geistlichen Oberhauptes, des Papstes, folgen und die alten Herrschaftsgebiete seines Großvaters Karls des Großen vereinen wollte, um England im Namen Seiner Heiligkeit auszuplündern, dann würde er keine bessere Gelegenheit bekommen.

Während sie weiter auf die Fahne und den Wind sahen, ließen sich erneut die Trompeten in der eine halben Meile entfernten Festung hören. Nicht zur Ankündigung des Morgengrauens, sondern für etwas anderes. Und dann, ganz leise und getragen vom Südwestwind, der Klang jubelnder Männer. Soldaten, die eine Entscheidung begrüßten. Ohne ein Wort zu verschwenden, deutete der *capitaine* der *Dieu Aide* auf die Lastkräne und Leintuchschlingen, pochte auf die Luken des einzelnen Laderaums der Kogge. „Macht die Luken auf. Bringt die Ladekräne an Land. Wir werden sie für die Pferde brauchen." Die Schlachtrösser, die *destriers* des Frankenreichs.

Derselbe Wind wehte über die Buge der vierzig Drachenschiffe, die die englische Küste vom Humber aus abwärts fuhren. Er blies zwischen die Zähne der verzierten, hölzernen Lindwurmköpfe, die Segel zu setzen, wäre sinnlos gewesen. Ivar Ragnarsson, der am Bug des vordersten Schiffs stand, war es gleichgültig. Seine Ruderer würden weitermachen, in einem Takt, den sie acht Stunden am Tag durchhalten konnten. Sie ächzten wie ein Mann, wuchteten die Riemen durchs Wasser, hoben und drehten sie mit der Leichtigkeit jahrelanger Erfahrung, führten ihre Unterhaltungen mit einem oder zwei Worten weiter, während sie sie wieder vorwärtsschoben, eintauchten, wuchteten.

Nur in den ersten sechs Schiffen gab es zusätzliche Arbeit für die Männer. In jedem lagen anderthalb Tonnen Gewicht, sorgfältig vor dem Mast vertäut. Erkenberts Onager, so viele von ihnen, wie York Schmieden in den Wochen, die ihnen von Ivar gelassen worden waren, hatten herstellen können. Ivar war wegen des Gewichts in rasenden Zorn ausgebrochen und hatte verlangt, dass man sie leichter machen solle. Unmöglich, war die Antwort des Erzdiakons gewesen. So seien sie bei Vegetius gezeichnet. Überzeugender war gewesen, dass leichtere Ausführungen sich nach einem Dutzend Schüssen selbst zerlegt hatten. Der Tritt des wilden Esels, der den Geschützen ihren Namen verlieh, rührte von der Kraft mit der der Wurfarm den Querbalken traf. Ohne Querbalken würde der Stein nicht mit einer solch erstaunlichen Kraft und Geschwindigkeit herausgeschleudert werden. Ein leichterer Querbalken, so gut er auch gepolstert war, würde splittern.

Ivars Gedanken wurden vom lauten Würgen hinter ihm unterbrochen. Jeder Onager wurde von einem Dutzend Sklaven aus der Domkirche bedient. Sie alle unterstanden dem nur unwillig von seinen Studien in der Bibliothek losgerissen Erkenbert. Einer der Tölpel war dem langen Nordseewellengang zum Opfer gefallen und kotzte sich das Herz aus dem Leib. Natürlich auf der falschen Seite, sodass der magere Inhalt seines Magens die weiter hinten sitzenden Ruderer traf. Das sorgte für laute Flüche, eine Unterbrechung des gleichmäßigen, wie von selbst laufenden Ruderschlags. Als Ivar sich der Störung zuwandte, das Ausweidemesser schon halb in der Hand, handelte Hamal, der Ivar aus der verlorenen

Schlacht bei March gerettet hatte, schnell. Er griff den Mann am Kragen. Ein heftiger Schlag gegen die Schläfe, noch einer, als Hamal den würgenden Sklaven von den Füßen holte und ihn über die Ruderbänke hinweg auf die Leeseite warf, wo er in Frieden weiter würgte.

„Wir werden ihm heut Abend die Haut abziehen", meinte Hamal. Ivar blickte ihn starren Auges an. Er wusste sehr wohl, was Hamal tat. Entschied sich, es für den Augenblick gut sein zu lassen. Wandte sich zurück zum Bug und seinen Grübeleien.

Hamals Blick traf den eines der Ruderer. Er tat so, als wische er sich den Schweiß von der Stirn. Ivar tötete inzwischen etwa einen Mann am Tag, meistens einen den wertlosen Sklaven der Kirche. Wenn er so weitermachte, wäre bei ihrer Ankunft niemand mehr übrig, der die Geschütze bedienen könnte. Und niemand konnte sicher sein, gegen wen Ivar sich als nächstes wenden würde. Er ließ sich ablenken, wenn genügend Grausamkeit gezeigt wurde. Zumindest manchmal.

Gebe Thor, dass wir dem Feind bald gegenüberstehen, bat Hamal. Das Einzige, was Ivars Zorn abkühlen würde, wären Kopf und Eier des Mannes, der ihn geschlagen hatte: Skjef Sigvarthsson. Ohne das würde er jeden vernichten, der sich in seiner Nähe befand. Deswegen hatten seine Brüder ihn diesmal allein geschickt. Mit mir als seiner Amme und dem Ziehvater des Schlangenauges, der Bericht erstatten soll.

Wenn wir den Feind nicht bald stellen, beschloss er, haue ich bei der erstbesten Gelegenheit ab. Ivar schuldet mir sein Leben. Aber er ist zu wahnsinnig, um die Schuld zu begleichen. Aber etwas sagt mir, dass es noch einige Reichtümer zu holen gibt, wenn er seinen Zorn an den richtigen Leuten auslässt. Die wohlhabenden Reiche im Süden sind reif und bereit zu fallen.

„Es ist zum Heulen", meinte Oswi, einst Sklave der Kirche St. Aethelthryths in Ely, jetzt Hauptmann einer Katapultmannschaft im Heer Norfolks und des Weges. Zustimmendes Nicken seiner

Männer antwortete ihm. Sie alle betrachteten nachdenklich ihr heiß geliebtes, aber nicht gänzlich vertrauenswürdiges Geschütz. Es war eines der Drehgeschütze auf Rädern, dem sie den liebevollen Spitznamen „Ins Schwarze" gegeben hatten. Sie hatten jeden seiner Balken inzwischen mehrfach geschliffen und poliert. Aber sie fürchteten es.

„Man kann zählen, wie oft man die Zahnräder dreht", schlug Oswi vor, „damit es nicht zu straff wird."

„Und ich leg immer meinen Kopf an die Seile und hör zu", sagte einer seiner Freunde, „bis ich hör', dass sie klingen wie die Saiten auf 'ner Harfe."

„Aber du kannst deinen Arsch drauf wetten, dass sie trotzdem irgendwann auseinandergeht, wenn wir's nich' erwarten, machen 'se immer. Und einen oder zwei von uns verschlingt sie gleich zum Frühstück mit."

Finster nickten die zwölf Umstehenden.

„Was wir brauchen, sind stärkere Holzarme", riet Oswi. „Die geben als erstes nach."

„Vielleicht Seile rumbinden?"

„Nein, die würden mit der Zeit locker werden."

„Ich hab in meinem Dorf in der Schmiede gearbeitet", sagte zögerlich das jüngste Mannschaftsmitglied. „Vielleicht, wenn sie eiserne Verstärkungen hätten…"

„Nein, die hölzernen Arme biegen sich doch so'n Bisschen", entgegnete Oswin nachdrücklich. „Müssen sie ja, und mit Eisen könnten sie das nicht."

„Kommt auf das Eisen an. Wenn man es immer wieder erhitzt und richtig hämmert, dann bekommt man, was mein alter Meister immer *Flussstahl* genannt hat. Das ist weicher Stahl, der biegt sich. Aber nich' so weich wie schlechtes Eisen, sondern… biegsam. Wenn wir einen Streifen davon an die Innenseite von jedem Arm bauen, biegt er sich mit dem Holz. Und wenn das Holz bricht, fliegt es nich' auseinander."

Nachdenkliches Schweigen.

„Und was ist mit dem Jarl?", fragte jemand.

„Genau, was ist mit dem Jarl?", wiederholte eine andere Stimme außerhalb ihres Halbkreises die Frage. Shef, der sich Brands Ratschlag zu Herzen genommen hatte, war auf die Ansammlung angespannter Gesichter gestoßen und hatte sich angeschlichen, um zuzuhören.

Verwirrung und Beunruhigung. Schnell stellten sich die Männer so auf, dass der Jüngste sich in der Mitte dem Unvorhergesehenen gegenüber wiederfand.

„Äh, Udd hier hat einen Vorschlag", meinte Oswi und entledigte sich auch der Verantwortung.

„Lass hören."

Als der neu angeworbene Schmiedelehrling erst zögerlich, dann flüssig und mit wachsendem Selbstvertrauen die Herstellung von Flussstahl beschrieb, sah Shef ihn an. Ein unbedeutender, schwächlicher Kerl, kleiner noch als die anderen, kurzsichtig und etwas bucklig. Jeder von Brands Wikingern hätte ihn sofort abgelehnt, als nutzlos für das Heer und nicht einmal als Latrinengräber seine Verpflegung wert. Aber er wusste etwas. War es neues Wissen? Oder altes Wissen, das schon viele Schmiede geteilt, aber niemandem außer ihren Lehrlingen weitergegeben hatten?

„Dieser Stahl ist biegsam, sagst du?", fragte Shef nach. „Und kehrt in seine Gestalt zurück? Nicht wie mein Schwert?" Er zeigte das fein gearbeitete, baltische Schwert vor, das Brand ihm geschenkt hatte. Wie seine selbstgeschmiedete, längst verlorene Klinge war die Waffe aus einer Mischung von Weicheisen und hartem Stahl gemacht. „Sondern als ein einziges Stück? Und völlig biegsam, nicht nur teilweise?"

Udd, der schmale Kerl, nickte entschieden.

„Gut." Shef dachte kurz nach. „Oswi, sag dem Lagerhauptmann, dass du und deine Mannschaft von allen Aufgaben befreit seid. Udd, morgen früh gehst du mit so vielen Männern, wie du brauchst, zu Thorvins Werkstatt und fängst an, diese Stahlstreifen zu schmieden. Bringt die ersten an ‚Ins Schwarze' an und findet heraus, ob es klappt. Wenn ja, rüstet ihr alle Geschütze damit aus.

Udd, wenn ihr fertig seid, hätte ich auch gerne etwas von diesem neuen Metall. Mach mir ein paar zusätzliche Stangen."

Shef verließ die Männer, als die Rufe der Hörner zum Löschen der Kochfeuer und dem Antritt der Nachtwache bliesen. Das war was, dachte er. Etwas, das er gebrauchen konnte. Das hatte er auch nötig. Denn trotz des neugewonnen Selbstvertrauens bei Thorvin und seinen Freunden wusste Shef, dass sie alle vernichtet werden würden, wenn sie einfach nur wiederholten, was ihnen schon einmal gelungen war. Jeder Schlag lehrt den Gegner die passende Abwehr. Und er war von Feinden umgeben, im Süden wie im Norden, in der Kirche und unter den Heiden. Bischof Daniel. Ivar. Wulfgar und Alfgar. König Burgred. Sie würden kein zweites Mal stillstehen und sich beschießen lassen.

Er wusste nicht, was als Nächstes kommen würde. Es war unvorhersehbar. Sie mussten ebenso unvorhersehbar bleiben.

Der Traum, das Bild, war dieses Mal beinahe eine Erleichterung. Shef fühlte sich von Schwierigkeiten umringt. Er wusste, dass er den Weg aus der Umzingelung allein nicht finden würde. Wenn eine höhere Macht mehr wusste als er, dann würde er das Wissen begrüßen. Er glaubte nicht, dass es Odin in seiner Gestalt als Bölverk, des Übeltäters, war, der ihn führte, so sehr Thorvin ihn auch drängte, den Speeranhänger als Zeichen Odins anzulegen. Aber wer sonst sollte ihm helfen wollen? Wenn er es wüsste, stellte er fest, würde er ohne Zögern dessen Zeichen tragen.

Im Schlaf blickte er plötzlich nach unten, aus großer Höhe und, wie ihm schien, nachdem sein Blick klarer wurde, auf ein riesiges Brett. Ein Schachbrett mit den darauf verteilten Figuren, mitten in einer Partie. Die Spieler waren die mächtigen Gestalten, die er schon vorher gesehen hatte: Die Götter Asgards, wie Thorvin meinte, saßen an ihrem heiligen Spielbrett mit den goldenen und silbernen Feldern.

Aber es spielten mehr als zwei von ihnen. So riesig waren die Gestalten, dass Shef sie nicht alle gleichzeitig sah, so wie er nicht zur selben Zeit alle Spitzen eines Gebirges im Blick behalten konnte. Einen der Spieler aber konnte er sehen. Nicht die rotgesichtige, Brand so ähnliche Erscheinung Thors, den er schon kannte, auch nicht Odin mit der axtklingenscharfen Miene und einer Stimme, die einem kalbenden Gletscher glich. Dieser hier schien schärfer, schlanker, mit ungleichmäßigem Blick. Ein Ausdruck brennenden Entzückens huschte über sein Gesicht, als er eine seiner Figuren umsetzte. Der Betrüger Loki vielleicht. Loki, dessen Feuer stets im heiligen Kreis der Priester brannte, dessen Anhänger aber unerkannt blieben.

Nein, dachte Shef. Trügerisch mochte dieser Gott sein, aber er sah nicht aus wie Loki. Nicht wie Ivar. Als er genauer hinsah, bemerkte Shef, dass er ihn schon einmal gesehen hatte. Es war der Gott, der ihn angesehen hatte wie ein Pferd, das er vielleicht kaufen würde. Und sein Gesichtsausdruck… das musste derjenige sein, dessen belustigte Stimme ihn schon zweimal gewarnt hatte. Er ist mein Beschützer, dachte Shef. Ich kenne diesen Gott nicht. Ich frage mich, wie er ist, welche Ziele er verfolgt. Was sein Zeichen ist.

Plötzlich sah Shef, dass das Brett, auf dem gespielt wurde, gar kein Spielbrett war, sondern eine mappa. Keine mappa mundi, sondern eine Karte Englands. Er streckte sich, um mehr zu sehen, denn er war sicher, dass die Götter seine Feinde und deren Pläne kannten. Dabei wurde ihm klar, dass er auf einem Kaminsims stand, wie eine Maus in der Halle eines Königs. Wie eine Maus konnte er zwar sehen, verstand aber nichts. Die Gesichter machten ihre Züge, lachten mit Stimmen wie Donnergrollen. Nichts ergab irgendeinen Sinn. Und doch war er hier, war hierher gebracht worden, um zu sehen und zu verstehen.

Das entzückte Gesicht hatte sich ihm zugewandt. Gebannt stand Shef still, unentschlossen, ob er sich wegducken oder gar nicht mehr rühren sollte. Aber sein Beschützer wusste, dass er da war. Es hielt ihm eine der Spielfiguren entgegen, während die anderen Götter weiterhin auf das Brett blickten.

Ihm wurde klar, dass das Gesicht ihm riet, diesen Stein zu nehmen. Was war es? Es war eine Königin, erkannte er endlich. Eine Königin. Mit dem Gesicht…

Der unbekannte Gott sah nach unten, winkte mit einer Hand wegwerfend ab. Als wäre er in einen Sturm geraten, stürzte Shef, stürzte zurück in sein Feldbett, zwischen seine Decken. Während er stürzte, fiel ihm ein, wessen Gesicht die Schachkönigin getragen hatte.

Keuchend schreckte Shef hoch. Godive, dachte er mit klopfendem Herzen. Mein eigener Wunsch muss mir dieses Traumbild geschickt haben. Wie konnte ein Mädchen die Landkarte der widerstrebenden Feinde beeinflussen?

Von außerhalb seiner Kammer hörte er Lärm und Unruhe, stampfende Pferde, Stiefelschritte, die seine Leibwache links liegen ließen. Er zog sich einen Kittel an und öffnete die Tür, bevor die Stiefel sie erreichten.

Ihm stand ein bekanntes Gesicht gegenüber: der junge Alfred, noch immer goldgekrönt und mit jugendlichem Feuer in den Augen, seine ganze Gestalt von einer angespannten Kraft erfüllt, über der jetzt aber dunkle Ernsthaftigkeit lag.

„Ich habe dir dieses Land gegeben", erinnerte er Shef ohne Vorrede. „Inzwischen denke ich, dass ich es dem anderen hätte geben sollen. Deinem Feind Alfgar und seinem verkrüppelten Vater. Denn die beiden haben mich zusammen mit meinen verräterischen Bischöfen und meinem Schwager Burgred aus meinem Königreich gejagt."

Alfreds Miene verändert sich, zeigte plötzlich Erschöpfung und Verlust. „Ich komme als Bittsteller. Vertrieben aus Wessex. Es war nicht genug Zeit, meine treuen Thanes zu sammeln. Die Streitmacht Mercias ist mir auf den Fersen. Ich habe dich gerettet. Wirst du jetzt mich retten?"

Noch während Shef seine Gedanken zu einer Antwort ordnete, hörte er erneut rennende Schritte, diesmal von jenseits des Kreises aus brennenden Fackeln um Alfred herum. Ein Bote, zu bestrebt und eilig, um auf Umgangsformen zu achten. Sobald er Shef im Türrahmen stehen sah, quoll seine Nachricht aus ihm heraus.

„Leuchtfeuer, Herr Jarl! Leuchtfeuer für eine Flotte auf See. Vierzig Schiffe oder mehr. Die Männer auf Wache sagen, dass es nur… dass es nur Ivar sein kann."

Shef sah Fassungslosigkeit in Alfreds Züge treten und in seinem Inneren zog etwas einen eiskalten Schluss. Alfgar auf der einen Seite. Ivar auf der anderen. Und was hatten sie gemeinsam? Einem habe ich eine Frau weggenommen. Der andere hat dieselbe Frau dann mir gestohlen. Wenigstens kann ich jetzt sicher sein, dass der Traum wahr war, den der Gott mir geschickt hat, wer auch immer er sein mag. Godive ist der Schlüssel zu allem. Jemand sagt mir, dass ich sie benutzen muss.

FÜNFTES KAPITEL

Schon früh in seiner Zeit als Jarl hatte Shef gelernt, dass Neuigkeiten nie so gut oder schlecht waren, wie sie beim ersten Hören erschienen. Und so war es auch diesmal. Leuchtfeuer waren gut geeignet, Gefahr anzukündigen, Richtung und sogar – mit etwas Mühe – Zahlen. Sie sagten aber nichts über die Entfernung aus. Die Kette aus Feuern hatte hoch im Norden der Küste begonnen, in Lincolnshire. Brand hatte ihn schnell darauf hingewiesen, dass das nur bedeuten konnte, dass Ivar, so er es denn wirklich war, den Humber mit dem Wind in den Zähnen verlassen hatte. Er konnte noch drei Tage entfernt sein, vielleicht sogar mehr.

Was König Burgred und Alfgar und Wulfgar in seinem Tross betraf, war sich Alfred sicher, dass sie ihm gefolgt waren und auf Drängen seiner eigenen Bischöfe nichts Geringeres als die vollständige Auslöschung des Reiches des Weges im Sinn hatten, um danach ganz England südlich des Humber unter ihre Macht zu bringen. Aber Alfred war ein junger Mann, der erbarmungslos reiten konnte und nur seine eigene Leibwache bei sich hatte. Burgred war berühmt für die Pracht seiner Feldausrüstung und die große Zahl von Ochsenkarren, die sie ziehen mussten. Vierzig Meilen bedeuteten für ihn einen Marsch von vier Tagen.

Shef konnte von beiden seiner Feinde einen harten Schlag erwarten. Aber keinen plötzlichen.

Es wäre in jedem Fall gleichgültig gewesen. Während Shef sich mit den unmittelbaren Bedingungen der Lage beschäftigte, dachte er nur an das, was als Nächstes geschehen musste und auf wessen Hilfe er sich verlassen konnte. Auf letztere Frage gab es nur eine Antwort. Sobald er alle Mitglieder seines Rats diesen oder jenen Auftrag gegeben hatte, schlüpfte er durch die Tore seiner *burg*, schickte die besorgten Wachen zurück, die ihn hatten begleiten wollen, und machte sich so unbemerkt wie möglich auf den Weg durch die geschäftigen Straßen.

Hund war, wie erwartet, beschäftigt. Er behandelte gerade eine Frau, deren Schrecken beim Anblick des Jarls auf ein schlechtes Gewissen schließen ließen: eine Hure oder eine Wiesenhexe. Hund kümmerte sich weiter um sie, als wäre sie die Ehefrau eines Thanes. Erst nachdem sie gegangen war, setzte er sich zu seinem Freund, wortlos wie immer.

„Wir haben Godive schon mal gerettet", begann Shef. „Jetzt werde ich es wieder tun. Ich brauche deine Hilfe. Ich kann niemandem sonst davon erzählen. Hilfst du mir?"

Hund nickte. Zögerte. „Ich werde dir immer helfen, Shef. Aber ich muss fragen: Warum hast du dich entschieden, das jetzt zu tun? Du hättest Godive jederzeit während der letzten Monate retten können, als du viel weniger Sorgen hattest."

Shef fragte sich zum wiederholten Mal, wie viel er gefahrlos sagen konnte. Er wusste schon, wozu er Godive brauchte: als Köder. Nichts würde Alfgar wütender machen als das Wissen, dass Shef sie wieder gestohlen hatte. Wenn er es wie eine Beleidigung durch den Weg aussehen lassen konnte, würden Alfgars Verbündete mit hineingezogen werden.

Er wollte, dass sie Godive verfolgten wie ein großer Fisch, der zuschnappte. Und dabei Ivar an den Haken gingen. Und auch Ivar würde sich locken lassen. Durch die Erinnerung an eine Frau, die er verloren hatte, und an den Mann, der sie mit sich genommen hatte.

Aber er wagte es nicht, Hund an diesen Gedanken teilhaben zu lassen, obwohl sie seit Kindheitstagen Freunde waren. Hund war auch Godives Freund gewesen.

Shef ließ sein Gesicht Besorgnis und Verwirrung zeigen. „Ich weiß", antwortete er. „Ich hätte es früher tun sollen. Aber jetzt habe ich Angst um sie."

Hund blickte seinen Freund ruhig an.

„Gut", meinte er schließlich, „ich denke, dass du einen guten Grund für alles hast, was du tust. Also, wie fangen wir es an?"

„Ich verschwinde im Morgengrauen. Triff mich dort, wo wir immer die Geschütze ausprobiert haben. Ich will, dass du den Tag über ein halbes Dutzend Männer sammelst. Aber hör gut zu. Es dürfen keine Nordmänner sein. Engländer, alle von ihnen, Freigelassene. Sie müssen aussehen wie Freigelassene, verstehst du? So wie du." Schmächtig und unterernährt, meinte Shef. „Mit Pferden und Verpflegung für eine Woche. Aber schäbig angezogen, nicht in der Kleidung, die sie von uns bekommen haben. Und noch was, Hund, etwas wofür ich dich brauche. Ich bin mit meinem einen Auge zu leicht zu erkennen." Dem einen Auge, das du mir gelassen hast, sagte Shef nicht. „Als wir ins Lager der Ragnarssons gegangen sind, war das gleichgültig. Wenn ich jetzt aber in das Lager gehe, in dem mein Halbbruder und mein Stiefvater sind, brauche ich eine Verkleidung. Ich denke dabei an…"

Shef goss seinen Plan über seinen Freund aus, Hund änderte oder verbesserte ihn gelegentlich. Am Ende steckte der schmale Heiler Eirs apfelförmigen Anhänger so unter seinen Kittel, dass nichts mehr zu sehen war.

„Wir können es schaffen", ermutigte er Shef, „wenn die Götter mit uns sind. Hast du darüber nachgedacht, was geschieht, wenn das Lager aufwacht und merkt, dass du fehlst?"

Sie werden denken, dass ich sie verlassen habe, erkannte Shef. Ich werde eine Nachricht hinterlassen, damit sie denken, dass ich es wegen einer Frau getan habe. Und doch wird es nicht stimmen.

Er fühlte den Wetzstein des alten Königs schwer an seinem Gürtel. Seltsam, dachte er, als ich in Ivars Lager kam, dachte ich nur daran, Godive zu retten, sie mitzunehmen und mit ihr das Glück zu finden. Jetzt will ich dasselbe tun, aber diesmal tue ich es nicht für sie. Ich tue es nicht einmal für mich. Ich tue es, weil es getan werden muss. Es ist die Antwort. Sie und ich sind nur Teile dieser Antwort. Wir sind wie die kleinen Zahnräder, die die Seile an den Geschützen aufwinden. Sie können nicht sagen, dass sie

449

sich nicht mehr drehen wollen, genauso wenig wie wir. Er dachte an die merkwürdige Geschichte von Frothis Mühle, die Thorvin erzählt hatte. Die Riesinnen und der König, der sie nicht ruhen lassen wollte. Ich würde sie gerne ausruhen lassen, sagte er sich, und all die anderen, die in dieser Mühle des Krieges gefangen sind. Aber ich weiß nicht, wie ich sie befreien soll. Oder mich selbst.

Als ich noch ein Thrall war, war ich frei, dachte er.

Godive verließ Burgreds riesiges Lagerzelt durch die Frauentür auf der Hinterseite und fand sich zwischen langen Reihen von aufgebockten Tischen wieder, die im Augenblick unbesetzt waren. Falls jemand sie fragen würde, hatte sie einen Auftrag, einen Befehl für Burgreds Braumeister, neue Fässer anzuschlagen, und die Anweisung Alfreds, dem Mann dabei zuzusehen. Tatsächlich hatte sie die erstickende Stimmung in den Unterbringungen der Frauen nicht mehr ertragen und fliehen müssen, bevor ihr Angst und Trauer das Herz zerspringen ließen.

Sie war nicht mehr die Schönheit von einst. Die anderen Frauen, das wusste sie, hatten es auch bemerkt und sprachen schadenfroh darüber, warum sie nicht mehr Alfgars Liebling war. Sie kannten die Gründe nicht. Sie wussten ganz bestimmt, dass Alfgar sie schlug, und das mit seit Wochen wachsender Wut und Wildheit. Er schlug sie mit einer Weidenrute auf den nackten Körper, bis das Blut rann und das Hemd ihr jeden Morgen an der Haut klebte. So etwas konnte nicht still und leise geschehen. Selbst in der hölzernen Halle von Tamworth, Burgreds Hauptstadt, drang Lärm durch die Bretter und Vertäfelungen. In Zelten, in denen die Könige die Sommer und die Monate der Feldzüge zubrachten...

Obwohl sie es wussten und es hörten, halfen sie ihr nicht. Die Männer verbargen ihr Lächeln am Tag nach einer Tracht Prügel, die Frauen redeten zu Beginn noch ruhig und tröstend auf sie ein. Sie alle dachten, dass die Welt nun einmal so war, so sehr sie auch darüber mutmaßten, wie es ihr immer wieder misslang, ihren Ehemann zufriedenzustellen.

Außer Wulfgar, dem es inzwischen gleichgültig war, wusste niemand, wie schwer Verzweiflung und Bestürzung auf ihr lasteten, wann immer sie an die Sünde dachte, die sie und Alfgar begingen, wenn sie beieinander lagen, die Sünde der Inzucht, die ihre Seelen doch für immer brandmarken musste. Es wusste auch niemand, dass sie eine Mörderin war. Zweimal hatte sie im vergangen Winter ein neues Leben in sich wachsen gespürt. Zum Glück hatte es sich nie geregt, sonst wäre ihr vielleicht der Mut vergangen, in den Wald zu gehen und nach Birgelkraut und Waldlilien zu suchen, den bitteren Trank hinunterzuwürgen, den sie daraus gemacht hatte, um das Kind der Schande in ihrem Schoß zu töten.

Aber das war es nicht, was ihr Züge so abgehärmt und vor ihrer Zeit hatte faltig werden lassen, ihren Gang gebeugt und unsicher gemacht hatte wie den einer alten Frau. Es war die Erinnerung an schöne Zeiten, die sie festhielt. An jenen heißen Morgen zwischen den Bäumen, die Blätter über ihrem Haupt, die warme Haut und das drängende Fleisch, das Gefühl von Erlösung und Freiheit.

Eine Stunde war es nur gewesen. Ihr Andenken aber überstrahlte den ganzen Rest ihres noch so jungen Lebens. Wie anders er ausgesehen hatte, als sie sich wieder begegnet waren. Das eine Auge, das wild entschlossene Gesicht, der Ausdruck beherrschten Schmerzes. Der Augenblick, als er sie zurückgegeben hatte…

Godive senkte den Blick und lief beinahe über die Freifläche neben dem Zelt, die sich jetzt mit Burgreds Leibwache, seinen Herdgesellen, und den hunderten Hauptleuten und Botengängern der Streitmacht aus Mercia gefüllt hatte, die auf Befehl ihres Königs schwerfällig in Richtung Norfolk zog. Ihr Gewand streifte an einer Menschentraube vorbei, die untätig herumstand und einem blinden Sänger und dessen Diener zuhörte. Undeutlich und ohne darüber nachzudenken, erkannte sie ein Lied über

Siegmund den Drachentöter. Sie hatte es in der Halle ihres Vaters schon einmal gehört.

Ein merkwürdiger Schauer erfasste Shefs Herz, als er sie vorübergehen sah. Gut, sie war hier, mit ihrem Ehemann, im Lager. Sehr gut, sie hatte ihn überhaupt nicht erkannt, obwohl sie nur sechs Fuß entfernt gewesen war. Schlecht, dass sie so krank und gebrechlich wirkte. Noch schlechter, dass sein Herz nicht wie sonst immer, wenn er sie sah, einen Sprung gemacht hatte. Ihm fehlte etwas. Nicht sein Auge. Etwas in seinem Herzen.

Shef wischte den Gedanken beiseite, als er das Lied beendete und Hund, sein Diener, schnell vorsprang und mit einem Beutel in der ausgestreckten Hand um milde Gaben bat. Die umstehenden Krieger schoben den schmalen jungen Mann vom einen zum nächsten, was aber eher wohlwollendes Überlegenheitsgehabe war als alles andere. Der Beutel füllte sich mit etwas Brot, einem Brocken Hartkäse, einem halben Apfel, was immer sie dabei hatten. So ließ sich sicher nicht arbeiten. Ein vernünftiges Sängerpaar hätte auf den Abend gewartet, den Herrn nach dem Abendessen demütig gebeten, seine Gesellschaft zu unterhalten. Dann hätte es die Möglichkeit auf vernünftiges Essen, ein Bett für die Nacht, vielleicht sogar einige Münzen oder einen Beutel mit Frühstücksverpflegung gegeben.

Aber ihre eigene Ungeschicklichkeit passte zu ihrer Tarnung. Shef wusste, dass er nicht als echter Sänger durchgehen würde. Er wollte auch lediglich wie ein weiteres der unzähligen Trümmerstücke des Kriegs aussehen, die überall in England zu finden waren: ein jüngerer Sohn, verstümmelt in der Schlacht, verstoßen von seinem Herrn, von seiner Sippe als nutzlos abgewimmelt und nun mit gesungenen Erinnerungen an den Ruhm auf der Flucht vor dem Verhungern. Hund hatte auf Shefs Körper geschickt eine Geschichte gezeichnet, die jeder mit Blicken lesen konnte. Zuerst hatte er ihm kunstvoll und sorgfältig eine große Narbe ins Gesicht gemalt, die Hiebspur einer Axt oder eines Schwert über die Augen. Dann hatte er das falsche Wundmal mit den schmutzigen Lumpen verbunden, die die Heiler eines englischen Heeres benutzt hätten. So konnten nur die Ränder andeuten, was darunter lag. Dann hatte er Shefs Beine unter weiten Hosen geschient und verbunden, damit es ihm unmöglich war, das Knie zu beugen, und zuletzt, als Verfeinerung der Qual, hatte er eine Metallstange auf Shefs Rücken festgebunden, die jede freie Bewegung verhinderte.

„Du hast deine Deckung sinken lassen", hatte er erklärt. „Ein Wikinger hat dich im Gesicht erwischt. Als du nach vorne gefallen bist, hat dich die stumpfe Seite einer Axt oder ein Kriegshammer getroffen und dir das Rückgrat zerschmettert. Jetzt kannst du die Beine nur noch nachziehen und musst auf Krücken humpeln. Das ist deine Geschichte."

Aber niemand fragte danach. Die erfahrenen Krieger mussten das nicht. Ein weiterer Grund dafür, dass die vertrauten Krieger des Königs von Mercia dem Krüppel und seinem mageren Begleiter keine Fragen stellten, war ihre eigene Angst. Jeder von ihnen wusste, dass er dieses Schicksal eines Tages würde teilen können. Könige und große Herren unterhielten gelegentlich ein paar Krüppel als Zeichen ihrer Großzügigkeit oder aus familiärem Pflichtbewusstsein. Aber Dankbarkeit oder Fürsorge für die Nutzlosen waren zu teure Güter in einem Land, das sich im Krieg befand.

Der Ring der Zuhörer wandte sich anderen Ablenkungen zu. Hund leerte den Beutel, reichte die Hälfte der Bissen an Shef weiter, kauerte sich neben ihn. Beide verschlangen ihre Geschenke mit gesenktem Blick. Ihr Hunger war nicht gespielt. Zwei Tage lang hatten sie sich näher und näher an die Mitte von Burgreds Lager herangearbeitet, waren jeden Tag zehn Meilen zurückgefallen. Shef hatte schlaffgliedrig auf einem gestohlenen Esel gesessen, sie hatten nur gegessen, was ihnen geschenkt worden war und jede Nacht in ihrer Kleidung im kalten Tau geschlafen.

„Du hast sie gesehen", murmelte Shef.

„Wenn sie zurückkommt, werfe ich ihr das Zeichen hin", erwiderte Hund. Dann schwiegen sie. Sie wussten, dass ihnen der gefährlichste Augenblick bevorstand. Irgendwann konnte Godive ihre Erledigungen nicht noch weiter ausdehnen. In den Frauenunterkünften würde die alte Vettel, die Alfgar zu ihrer Bewachung abgestellt hatte, argwöhnisch werden, ängstlich. Alfgar hatte ihr gedroht, dass er sie, wenn seine Hure von einem Weib einen Liebhaber fand, auf dem Sklavenmarkt in Bristol verkaufen würde, wo die walisischen Stammesführer billige Menschenleben erhandelten.

Sie machte sich über den noch immer sehr belebten Hof auf den Rückweg. Der Sänger und sein Knabe waren noch immer dort. Arme Leute. Ein blinder Krüppel und ein Hungerleider. So jemanden würden nicht einmal die Waliser kaufen. Wie lange würden sie überleben? Vielleicht bis zum Winter. Vielleicht länger als sie.

Der Sänger hatte zum Schutz vor dem trägen Nieselregen, der den Staub in Schlamm verwandelte, seine grobe, braune Kapuze aufgesetzt. Oder diente sie dem Schutz vor den grausamen Blicken der Welt? Er hatte das Gesicht in die Hände gelegt. Als sie auf seiner Höhe war, ließ der Begleiter des Sängers etwas auf den Boden zu ihren Füßen fallen. Ohne zu überlegen, bückte sie sich danach.

Es war Gold. Eine winzige Brosche in Gestalt einer Harfe, gerade groß genug für die Kleidung eines Kindes. So klein sie auch war, sie würde reichen, um zwei Männern ein Jahr lang Nahrung zu kaufen. Wie konnte ein wandernder Bettler so etwas besitzen? Mit einem Faden war etwas an die Brosche gebunden…

Es war eine Korngarbe. Eine *sheaf*, wie die Engländer sie nannten. Nur einige Halme, aber in einer Weise zusammengebunden, die die Gestalt unverkennbar machte. Aber wenn die Harfe den Sänger bezeichnete, dann war die *sheaf*…

Ruckartig wandte sie sich dem Harfner zu. Seine Hände zogen den Verband etwas herunter und ihr Blick traf den seines Auges. Ernsthaft, langsam, zwinkerte es. Als Shef das Gesicht wieder in die Hände bettete, sprach er vier Worte, leise aber klar verständlich. „Der Abtritt. Um Mitternacht."

„Aber der ist bewacht", widersprach Godive. „Und Alfgar…"
Hund streckte den Beutel in ihre Richtung, als würde er verzweifelt betteln. Als er sie berührte, ließ er eine kleine Flasche aus seiner Hand in ihre wandern.

„Tu das hier in das Bier", flüsterte er. „Wer es trinkt, wird schlafen."

Jetzt zuckte Godive zurück. Als sei er abgewiesen worden, sank Hund wieder in die Hocke, der Sänger ließ das Gesicht in den Händen vergraben, als wäre er zu niedergeschlagen, um aufzublicken. In einigen Schritten Entfernung sah Godive schon die alte Polga auf sich zukommen, ihre Vorhaltungen bereits auf den Lippen. Sie wandte sich ab, unterdrückte das Verlangen zu springen, unterdrückte das Verlangen, ihrer Aufseherin entgegenzulaufen und sie zu umarmen, wie eine Jungfrau ohne Kummer oder Sorge. Ihr wollenes Kleid scheuerte an den Risswunden auf ihrem Rücken und bremste sie zu einem verkrampften Schlurfen.

Shef hatte nicht damit gerechnet, so kurz vor der Entführung schlafen zu können, aber es hatte ihn unwiderstehlich übermannt. Zu unwiderstehlich, um gewöhnlich zu sein, fürchtete er. Als er einschlief, sprach eine Stimme. Nicht die inzwischen bekannte, belustigte Stimme seines unbekannten Beschützers. Die kalte Stimme Odins, des Nährvater der Schlachten, Verräter der Krieger, der Gott, der die Opfer annahm, die dem Totenstrand gebracht wurden.

„Sei ganz vorsichtig, Männlein", sagte die Stimme. „Ihr könnt tun, was ihr wollt, du und dein Vater, aber vergesst niemals meinen Anteil. Ich will dir zeigen, wie es denen geht, die mich betrügen."
In seinem Traum stand Shef am äußersten Rand eines Rings aus Licht, im Dunkel, aber mit Blick auf das Innere. Im Licht sang ein Harfner. Er sang vor einem Mann, einem Greis mit grauem Haar und einem abweisenden, grausamen, hakennasigen Gesicht, das denen auf dem Wetzstein glich. Vor diesem Mann sang der Harfner,

aber Shef wusste, dass er für die Frau sang, die vor den Füßen ihres Vaters saß. Er sang ein Lied von Liebe, ein Lied aus den Südlanden, über eine Frau, die eine Nachtigall in einem Obstgarten singen hörte und sich machtlos nach ihrem Geliebten sehnte. Das Gesicht des greisen Königs entspannte sich vor Freude, seine Augen schlossen sich, als er sich an seine Jugend und die Werbung um seine inzwischen verstorbene Frau erinnerte. Als der König unachtsam war, legte der Harfner, ohne einen Ton auszulassen, einen runakefli, einen mit geschnitzten Runen beschriebenen Stab, neben ihr Gewand: eine Nachricht von ihrem Liebsten. Er selbst war dieser Liebste, wusste Shef, und sein Name war Heoden. Der Harfner war Heorrenda, der unvergleichliche Sänger, geschickt von seinem Herrn, damit er um Hilda werben und sie ihrem eifersüchtigen Vater, Hagena dem Hartherzigen, abnehmen könnte.

Eine andere Zeit, ein anderer Schauplatz. Diesmal standen sich zwei Heere an einem ruhelosen Strand gegenüber, an dem die See ihre Wellen über den Seetang brechen ließ. Ein Mann trat aus den Reihen heraus, ging in Richtung der anderen Streitmacht. Es war Heoden, der gekommen war, um für die gestohlene Braut das Brautgeld zu zahlen. Das hätte er nicht getan, wenn Hagenas Männer ihn nicht gestellt hätten. Er zeigte die Säcke voller Gold und die kostbaren Edelsteine. Aber der andere Mann, der Greis, redete. Shef wusste das alles. Auch, dass das Angebot abgelehnt wurde, denn der Alte hatte sein Schwert Dainslaf, das die Zwerge für ihn geschmiedet hatten, gezogen, das nur dann wieder gesenkt werden konnte, wenn es ein Leben genommen hatte. Der Greis antwortete, dass ihn kein Preis zufriedenstellen würde, der geringer als Heodens Leben war. Die ihm angetane Beleidigung verlangte es.

Eile und Druck, Druck aus einer unbekannten Richtung. Er musste dieses letzte Bild noch sehen. Dunkel, und ein Mond, der durch verstreute Wolken schien. Viele Tote lagen auf dem Feld, ihre Schilde gespalten, ihre Herzen durchbohrt. Heoden und Hagena lagen verschlungen in ihrem tödlichen Handgemenge, jeder des anderen Fluch. Aber eine Gestalt war noch lebendig, bewegte sich. Es war das

Mädchen, Hilda, die ihren Entführer und Ehemann genauso wie ihren Vater verloren hatte. Sie streifte zwischen den Leichen umher und sang ein Lied, ein galdorleoth, das ihre finnische Amme ihr beigebracht hatte. Und die Toten begannen sich zu regen, sich zu erheben, einander im Mondlicht anzustieren, die Waffen zu heben und von Neuem aufeinander einzuschlagen. Hilda schrie vor Wut und Enttäuschung, aber ihr Ehemann und ihr Vater beachteten sie nicht. Sie standen einander gegenüber, fingen an, auf gesplitterte Schilde zu hacken und hauen. So würde es gehen bis zum Ende der Welt, wusste Shef, denn dies war der Strand von Hoy, einer der weit entfernen Orkneyinseln. Dies war die Ewige Schlacht.

Der Druck wuchs an, bis Shef mit einem Ruck erwachte. Hund hielt einen Daumen fest unter sein linkes Ohr gepresst, um ihn geräuschlos aufzuwecken. Um sie herum war die Nacht still, nur gestört von den Regungen und dem Husten hunderter Schläfer in Zelten und Unterkünften, die Burgreds Streitmacht beherbergten. Der Lärm der großen Feier im Hauptzelt war endlich verstummt. Ein Blick zum Mond verriet Shef, dass es bereits Mitternacht war. Zeit loszulegen.

Um ihn herum erhoben sich die sechs befreiten Sklaven, die er mitgebracht hatte. Angeführt wurden sie von Cwicca, dem Dudelsackspieler aus Crowland. Sie sammelten sich in einigen Schritt Entfernung um einen Karren, griffen die Schiebebügel und machten sich auf den Weg. Sofort erfüllte ein lautes Quietschen ungeschmierter Räder die Nacht und zog lautstarke Beschwerden nach sich. Die Bande Freigelassener kümmerte sich nicht darum und zog beharrlich weiter. Von Verband und Schienen befreit, aber noch immer auf Krücken, folgte Shef ihnen in dreißig Schritt Abstand. Hund sah ihnen einen Augenblick lang zu, bevor er in die Dunkelheit verschwand, und sich zum Rand des Lagers und den wartenden Pferden schlich.

Als der Karren in Richtung des großen Zelts rumpelte und quietsche, stellte sich ihm ein Hauptmann von Burgreds Leibwache in den Weg. Shef hörte den gezischten Anruf der Wache, hörte den Schlag seines Speerschafts auf die Schulter irgendeines Unglücklichen. Klagendes Jammern, laute Vorhaltungen. Als der Thane näherkam, um herauszufinden, was die Männer wollten, schlug ihm der Gestank des Karrens entgegen und er trat zurück, würgend und mit einer Hand vor Nase und Mund. Shef ließ die Krücken fallen und glitt hinter dem Rücken des Mannes in den Irrgarten aus Spannseilen. Von dort aus sah er, wie der Thane Cwicca und seine Männer erneut zum Gehen aufforderte. Cwicca wand sich und hielt an seiner Leier von Erklärungen fest: „Macht die Pötte jetzt sauber, haben sie gesagt. Der Kammerherr will kein Scheißeschippen bei Tageslicht. Und keine Scheißeschipper, die die feinen Damen anglotzen. Wir wollens doch auch nich' machen, Herr, wir würd'n auch lieber schlafen. Aber wir müssen, sonst sind wir morgen früh dran. Der Kammerherr meint, er zieht mir sonst die Haut ab."

Das Winseln eines ehemaligen Sklaven war unverwechselbar. Während er sprach, schob er den Karren weiter vorwärts, damit dem Thane der Gestank von zwanzig Jahre altem menschlichem Dung auch wirklich tief in die Nase fuhr. Der Krieger gab auf, entfernte sich und wedelte mit der Hand vor seiner Nase herum.

Die Dichter würden Schwierigkeiten haben, daraus eine schöne Geschichte zu machen, dachte Shef. Kein Dichter hatte je Platz für Männer wie Cwicca gemacht, aber sein Vorhaben konnte ohne ihn nicht gelingen. Sklaven, Freie und Krieger sahen unterschiedlich aus, liefen und sprachen unterschiedlich. Kein Thane hätte je daran gezweifelt, dass Cwicca tatsächlich ein Sklave bei der Arbeit war. Welcher feindliche Krieger wäre so klein geraten?

Die Gruppe erreichte die Tür des Abtritts der Frauen, am hinteren Ende des viertelmorgengroßen Zelts. Davor hielt ein Mann Wache, einer von Burgreds Herdgesellen, sechs Fuß groß und vom Helm bis zu den nietenbesetzten Stiefeln voll gerüstet. Aus

458

seinem Versteck in den Schatten betrachtete Shef ihn aufmerksam. Das war der entscheidende Augenblick. Cwicca hatte mit seinem Karren so viel des Blickfelds wie möglich verstellt, aber trotz allem konnte es in der Dunkelheit noch wachsame Augen geben.

Die Bande ehemaliger Sklaven umringte den Bewacher der Frauen, unterwürfig aber entschlossen. Sie begrapschten seine Ärmel, als sie sich erklärten. Packten den Stoff, packten den Arm, zogen ihn zu Boden, als sich magere Hände um seinen Hals schlossen. Ein flüchtiges Rucken, ein erstickter Halbschrei. Dann ein Spritzer Blut, schwarz im Mondlicht, als Cwicca blitzschnell ein scharfes Messer durch Blutgefäße und Luftröhre trieb, und mit nur einem Schnitt bis zum Halsknochen drang.

Als die Wache vorwärts zu Boden ging und von sechs Paar Händen gegriffen und auf den Karren gehievt wurde, kam Shef dazu, nahm Helm, Speer und Schild an sich. Einige Herzschläge später stand auch er im Mondlicht, winkte den Karren ungeduldig vorwärts. Jetzt konnten wachsame Augen nur noch sehen, was zu erwarten war: der bewaffnete Hüne, der eine Rotte zwergenhafter Arbeiter antrieb. Als Cwiccas Leute die Tür geöffnet hatten und sich mit ihren Schaufeln und Eimern darum drängten, war Shef einige Wimpernschläge lang ganz sichtbar. Dann trat auch er in den Schatten zurück, als wolle er die Sklaven besser beaufsichtigen.

Kurz darauf war er durch die Tür und Godive lag in seinem Arm, nackt bis auf ihr Unterkleid.

„Ich bin nicht an meine Kleider gekommen. Er schließt sie jeden Abend weg. Und Alfgar… Alfgar hat getrunken. Aber Wulfgar schläft auch in unserer Nische, er hat kein Bier getrunken, weil Fastentag ist. Er hat mich gehen sehen. Er macht vielleicht Lärm, wenn ich nicht wiederkomme.

Gut, dachte Shef, seine Gedanken kalt wie Eis, trotz der Wärme in seinem Herzen. Jetzt wird ihr das, was ich von vornherein tun wollte, vernünftig erscheinen, und es wird so viel weniger zu erklären sein. Vielleicht wird sie nie verstehen, dass ich nicht ihretwegen hier bin.

Hinter ihm schoben sich Cwiccas Männer durch die Tür, immer noch den Anschein von Arbeiten wahrend, die leise, aber offen ihrer Aufgabe nachkamen.

„Ich gehe in die Schlafkammer", flüsterte Shef ihnen zu. „Die Dame wird mich hinführen. Wenn ihr Aufruhr hört, haut sofort ab."

Als sie den unbelichteten Gang zwischen den kleinen Einzelschlafplätzen für Burgreds vertrauenswürdigste Anhänger betraten, in dem sich nur Godive mit der Sicherheit derer bewegte, die einen Weg schon hunderte Male gegangen sind, hörte Shef hinter sich Cwiccas Stimme. „Jetzt sind wir schon mal hier, da können wir auch die Arbeit machen. Was sind schon ein paar Eimer Scheiße am Tag?"

Godive hielt inne, als sie die heruntergelassenen Leinenklappen erreichten, deutete mit dem Finger, sprach beinahe tonlos. „Wulfgar. Auf der linken Seite. Er schläft oft bei uns, damit ich ihn wenden kann. Er lieg in seiner Kiste."

Ich habe keinen Knebel, dachte Shef. Ich hatte erwartet, dass er schlafen würde. Stumm griff er nach dem Saum von Godives Unterkleid, begann es zu heben. Kurz fasste sie in gewohnheitsmäßiger Sittsamkeit nach dem Stoff, gab dann aber nach und ließ sich ausziehen. Das tue ich gerade zum ersten Mal, bemerkte Shef. Ich hätte nie geglaubt, dass es mir keine Freude bereiten würde. Aber wenn sie nackt hineingeht, wird es Wulfgar vielleicht verwirren. Das könnte mir einen Augenblick mehr Zeit verschaffen.

Er schob ihren nackten Rücken voran, spürte ihr Zusammenzucken und das bekannte Gefühl getrockneten Bluts. Wut erfüllte ihn, Wut auf Alfgar, Wut auch auf sich selbst. Warum hatte er in diesen langen Monaten nicht daran gedacht, was sie ihr antaten? Das Mondlicht schien durch den Leinenstoff auf die nackte Godive, die durch den Raum auf das Bett zuging, in dem ihr Ehemann betäubt schlief. Ein erstauntes, ärgerliches Grunzen aus der kurzen, gepolsterten Kiste auf der linken Seite. Ohne Zögern stellte Shef sich davor auf und blickte auf das Gesicht seines Stiefvaters hinab. Er sah das Erkennen, sah, wie sich der Mund vor Erschrecken öffnete. Er stopfte das blutige Unterkleid zwischen Wulfgars Zähne.

Sofortiger Widerstand, ein wütendes Winden wie von einer großen, gefangenen Schlange. Auch wenn Wulfgar keine Arme oder Beine mehr hatte, wehrte er sich verzweifelt mit aller Kraft seines Rückens und Bauches, versuchte einen Stumpf über den Rand der Kiste zu schwingen, sich vielleicht auf den Boden zu rollen. Zu viel Lärm, wusste Shef, und die reichen Paare in den angrenzen Nischen würden auch erwachen, sich vielleicht dazu entscheiden, einzuschreiten.

Vielleicht auch nicht. Selbst adlige Paare hatten gelernt, ein taubes Ohr für die Geräusche des Liebesspiels zu haben. Wie für die Geräusche der Züchtigung. Shef dachte an Godives vernarbten Rücken, an seinen eigenen, überwand den kurzzeitigen Widerwillen. Er stemmte Wulfgar ein Knie in den Bauch und seine Hände zwangen dem *heimnar* das Unterkleid tiefer in den Schlund. Die Enden verknotete er im Nacken zweifach. Und dann war Godive bei ihm, noch immer nackt, und reichte ihm die Rohlederseile, mit denen Alfgars Männer ihre Habseligkeiten auf den Packmaultieren befestigten. Schnell banden sie die Seile um die Schlafkiste, ohne Wulfgar zu fesseln, aber um sicherzugehen, dass er nicht herauskrabbeln und über den Boden kriechend entkommen könnte. Als sie fertig waren, winkte Shef Godive zur anderen Seite der Kiste. Vorsichtig hoben sie sie aus ihrem Ständer, legten sie auf den Boden. Jetzt konnte er sie nicht einmal mehr umwerfen und so Lärm machen.

Nach diesem kurzen Ringen machte Shef zwei Schritte zum großen Bett und blickte auf Alfgar herunter, der benebelt im Mondlicht schlief. Sein Mund stand offen, seinem Hals entrang sich ein gleichmäßiges Schnarchen. Trotzdem sah er noch immer gut aus. Er hatte Godive diese zwölf Monate gehabt, und länger. Er

461

fühlte kein Verlangen, ihm die Kehle aufzuschlitzen. Er brauchte Alfgar noch für sein Vorhaben. Aber ein Zeichen würde bei dem, was er vor hatte, helfen.

Godive kam zu ihm, jetzt in Gewand und Mantel aus der Kiste, in die Alfgar sie eingeschlossen hatte. In der Hand hielt sie eine kleine Schneiderschere, auf ihrem Gesicht las er feste Entschlossenheit. Stumm stellte Shef sich ihr in den Weg, zwang sanft ihre Hand nach unten. Er berührte ihren Rücken, schaute sie fragend an.

Sie deutete auf eine Ecke. Da stand es, das Bündel Birkenzweige, frisch und ohne Blut. Er musste vorgehabt haben, sie später einzuweihen. Shef streckte Alfgar auf dessen Lager gerade aus. Er faltete seinem Halbbruder die Hände auf der Brust, legte das Birkenbündel zwischen sie.

Er ging wieder zu Alfgar, der in den Strahlen des Mondes am Boden lag, die Augen aufgerissen, einen unlesbaren Ausdruck auf dem Gesicht: Schrecken? Unglauben? Konnte es Reue sein? Von irgendwoher überfiel Shef eine Erinnerung. Sie drei, Shef und Godive und Alfgar, kleine Kinder noch, die aufgeregt spielten – vielleicht eines ihrer Lieblingsspiele, bei denen jeder einen Wegerichtrieb in der Hand hielt und sie abwechselnd versuchten, den Trieb des anderen zu treffen, bis dessen Spitze abfiel. Und Wulfgar, der lachend zusah und es auch einmal versuchte. Es war nicht seine Schuld, dass man ihn zum *heimnar* gemacht hatte. Er hatte Shefs Mutter bei sich behalten, statt sie zu verstoßen, wie es sein Recht gewesen wäre.

Er hatte seinem Sohn zugesehen, wie der seine Ehefrau halb zu Tode peitschte. Bedächtig, damit Wulfgar auch alles sehen konnte, nahm Shef den geliehenen silbernen Anhänger aus seinem Beutel, atmete darauf, rieb ihn sauber. Legte ihn auf Wulfgars Brust.

Der Hammer Thors.

Lautlos verließen beide den Raum, begaben sich durch die Dunkelheit zur Tür des Abtritts, geführt von kratzenden und klirrenden Geräuschen. Auf einmal fiel Shef eine Schwierigkeit ein. Daran hatte er im Voraus nicht gedacht. Für eine Edelfrau, behütet erzogen und gebildet, gab es nur einen Weg hinaus. Cwicca und seine Leute konnten hinausgehen, geschützt durch ihre schandbare Aufgabe, ihre geringe Körpergröße und die unterwürfigen Bewegungen, die sie als Sklaven auswiesen. Er konnte sich wieder Speer und Schild greifen und sie hinausbegleiten, mit lauten Beschwerden darüber, wie ehrlos es für einen Thane war, den Scheißekarren zu bewachen, damit die Sklaven nichts stahlen oder herumlungerten. Aber nicht Godive. Sie musste in den Karren. In ihrem Kleid. Mit einem Leichnam und zwanzig Eimern menschlicher Ausscheidungen.

Als er sich darauf gefasst machte, es ihr zu erklären, von Notwendigkeit zu sprechen, eine strahlende Zukunft zu versprechen, trat sie vor ihn.

„Nehmt die Abdeckung herunter", zischte sie Cwicca zu. Sie griff nach dem schmutzigen Rand des Karrens, sprang in den dunklen, magenwürgenden Gestank. „Und jetzt los", hörte er sie noch von drinnen sagen. „Das ist frische Luft im Vergleich zum Hof dieses Burgred."

Viel zu langsam quietschte der Karren über den Hof, Shef ging vorneweg, den Speer über die Schulter gelegt.

SECHSTES KAPITEL

Shefs Blick wanderte die Reihe von Gesichtern entlang, die ihm gegenüberstanden: alle feindselig, alle missbilligend.

„Du hast dir Zeit gelassen", meinte Alfred.

„Ich hoffe, sie war es wert", brummte Brand und sah ungläubig Godive an, abgehärmt und schäbig im geliehenen Kleid einer Bäuerin und auf dem Pony hinter Shefs.

„Das ist kein Benehmen für einen Kriegsherrn", schimpfte Thorvin. „Das Heer zurücklassen, während es von zwei Seiten bedroht wird. Für einen selbstsüchtigen Ausritt. Ich weiß, dass du damals zu uns gekommen bist, um das Mädchen zu retten, aber jetzt zu verschwinden… Hätte sie nicht warten können?"

„Sie hatte schon zu lange gewartet", gab Shef kurz zurück. Er schwang sich vom Pferd, verzog wegen der Schmerzen in den Oberschenkeln leicht das Gesicht. Sie hatten noch eine Nacht und einen Tag im Sattel verbracht, ihr einziger Trost war, dass Burgred selbst in unerbittlicher Eile und mit dem Zorn Wulfgars und der Bischöfe im Nacken zwei Tage zurücklag.

Shef wandte sich an Cwicca und dessen Mitstreiter. „Geht zurück zu euren Lagerplätzen", empfahl er ihnen. „Und vergesst nicht: Was wir heute geschafft haben, war eine große Tat. Ihr werdet bald sehen, dass sie noch wichtiger war, als es scheint. Ich werde nicht vergessen, euch alle dafür zu belohnen."

Als die Männer, unter ihnen auch Hund, sich langsam entfernten, drehte Shef sich wieder zu seinen Ratsmitgliedern herum.

„Gut", meinte er, „wir wissen jetzt, wo Burgred ist. Zwei Tage zurück und auf dem Weg hierher, so schnell er kann. Wir können uns darauf einstellen, dass er unsere Grenzen übermorgen Nacht erreicht. Aber wo ist Ivar?"

„Da gibt es schlechte Nachrichten", sagte Brand. „Er hat sich vor zwei Tagen mit vierzig Schiffen auf die Mündung der Ouse gestürzt. Der Ouse in Norfolk, nicht der Ouse in Yorkshire. Er hat sofort Lynn angegriffen. Die Stadt wollte ihn abwehren. Er hat die Umfriedung in wenigen Augenblicken überwunden und den gesamten Ort zerstört. Es gibt keine Überlebenden, die uns sagen könnten, wie er es angestellt hat, aber es gibt keinen Zweifel daran."

„Die Ousemündung", murmelte Shef. „Zwanzig Meilen entfernt. Und Burgred etwa gleich weit."

Ohne den Befehl abzuwarten, hatte Vater Bonifatius die große Landkarte Norfolks und seiner Grenzen geholt, die Shef für die Wand seiner großen Halle hatte anfertigen lassen. Shef stand darüber gebeugt, schätzte ab, sah von Ort zu Ort.

„Wir müssen Folgendes tun…", begann er.

„Bevor wir irgendwas tun", unterbrach ihn Brand, „müssen wir drüber reden, ob wir dir als Jarl noch vertrauen können."

Einen langen Augenblick schaute Shef Brand an, ein Auge gegen zwei. Am Ende senkte Brand den Blick.

„Ist ja gut, ist ja gut", murrte er. „Du hast was vor, kein Zweifel. Und eines Tages wirst du dich vielleicht dazu herablassen, es uns zu sagen."

„In der Zwischenzeit", warf Alfred ein, „weil du dir ja so viel Arbeit gemacht und die Dame hierher gebracht hast, wäre es nur höflich, darüber nachzudenken, was sie jetzt tun soll. Wir können sie nicht vor unseren Zelten stehen lassen."

Shef blickte erneut in feindselige Gesichter und schließlich in Godives Augen, die wieder einmal tränennass waren.

Wir haben keine Zeit für das hier!, schrie etwas in ihm. Leute überzeugen. Leute einlullen. Zu tun, als wären sie wichtig. Sie sind nur Räder einer Maschine, genau wie ich! Aber wenn man ihnen das sagt, hören sie vielleicht auf, sich zu drehen.

„Es tut mir leid", sagte er. „Godive, vergib mir. Ich war so überzeugt, dass wir sicher sind, dass ich an andere Dinge gedacht habe. Lass mich dir meine Freunde vorstellen…"

Die vierzig Drachenboote fuhren in langer Reihe langsam den seichten, schlammigen Lauf des Great Ouse hinab, der die westliche Grenze des Wegreichs bildete, das zu zerstören sie gekommen waren. Einige Mannschaften sangen Lieder, als sie durch die grüne, sommerliche Landschaft ruderten, in der die Masten ihrer Schiffe mit den eingeholten Segeln weithin sichtbar ihre Reise anzeigten. Ivars Männer machten sich nicht die Mühe. Sie kannten den Takt auch ohne Lied oder Vorsänger. Außerdem lag über dem Schiff, auf dem Ivar Ragnarssons stand, inzwischen eine Wolke aus Anspannung und Unruhe, selbst auf den Seeräubern, die behaupten und glauben konnten, keinen Mann zu fürchten. Nicht weit den Fluss hinauf konnten auf den vordersten Schiffen die gerade unbeschäftigten Ersatzruderer und die verängstigten Sklaven, die Ivars Geschütze bedienten, eine hölzerne Brücke über dem Fluss erkennen. Kein großes Bauwerk, nicht Teil einer Stadt, sondern einfach der Ort, an dem die Straße auf den Fluss traf. Keine Gefahr eines Hinterhalts. Aber Seeräuber wurden nur alt, wenn sie keine unnötigen Wagnisse eingingen. Selbst Ivar, dem seine eigene Sicherheit völlig gleichgültig war, tat Dinge auf eine Weise, die seine Männer von ihm erwarteten. Eine Viertelmeile vor der Brücke drehte sich die Gestalt im Bug, prächtig gekleidet in scharlachroten Mantel und die grasgrüne Hosen, zu seinen Männern um und bellte einen einzigen, harschen Befehl. Die Ruderer führten ihren Schlag zu Ende, zogen die Riemen an und ließen sie dann mit umgedrehten Blättern zurück ins Wasser sinken. Langsam kam das Schiff zum Stehen, der Rest des Verbands folgte, bis die ganze Reihe angehalten hatte. Ivar winkte den beiden Reiterabteilungen an den Ufern zu, die hier im Flachland um die Stadt gut zu sehen waren. Sie näherten sich der Brücke im Trab, um sie zu überprüfen. Hinter ihnen begannen die Schiffsbesatzungen mit der Leichtigkeit langjähriger Erfahrung, die Masten zu senken.

Kein Widerstand. Niemand in Sicht. Doch als die Reiter von ihren Ponys stiegen und die Brücke von beiden Seiten betraten, sahen sie, dass jemand hier gewesen sein musste. Eine Kiste stand mitten auf der Brücke, wo man sie nicht übersehen konnte.

Dolgfinn, der Anführer der berittenen Späher, sah sie ohne besonderen Eifer an. Ihm gefiel nicht, wie sie aussah. Irgendwer hatte sie mit einer bestimmten Absicht hier abgestellt. Irgendwer, der genau wusste, wie sich Wikinger mit ihren Schiffen ins Landesinnere bewegten. Solche Dinge enthielten immer eine Botschaft oder eine Herausforderung. Wahrscheinlich war es ein Kopf. Es gab keinen Zweifel, dass der Empfänger Ivar sein sollte, denn eine schlecht gemachte Zeichnung zierte den Deckel: Sie zeigte einen großen Mann in rotem Mantel, grünen Hosen und einem silbernen Helm. Dolgfinn hatte keine Angst um sich selbst, immerhin war er der Ziehvater von Sigurth Ragnarsson und vom Schlangenauge selbst mit auf diese Fahrt geschickt worden, um den wahnsinnigen Bruder im Auge zu behalten. Falls Ivar sich noch um die Meinung eines anderen Menschen kümmerte, dann war es Sigurths. Trotzdem gefiel Dolgfinn die Aussicht auf das Schauspiel nicht besonders, das sich vermutlich entwickeln würde. Irgendjemand würde den Preis zahlen, so viel war sicher. Dolgfinn erinnerte sich an den Zwischenfall vor einigen Monaten, als Viga-Brand es gewagt hatte, die Ragnarssons mit der Nachricht vom Tod ihres Vaters herauszufordern. Guter Stoff für eine Geschichte, dachte er. Aber danach war es nicht mehr so gut gelaufen. Hatte Brand, trotz des schlichten Eindrucks, den er machte, vorhergesehen, was geschehen würde? Und wenn ja, was bedeutete das hier?

Dolgfinn verdrängte den Gedanken. Vielleicht war es eine Falle. So oder so musste er es wagen. Er hob die Kiste hoch. Immerhin war es kein Kopf, dafür war sie zu leicht. Er trug sie zum Ufer, dem sich das Drachenboot inzwischen genähert hatte, sprang über ein Ruder auf die Ruderbänke und schlenderte auf Ivar zu, der auf dem Halbdeckbug in der Nähe seiner anderthalb Tonnen schweren Kriegsmaschine stand. Ohne ein Wort zu sagen, stellte er die Kiste ab, deutete auf die Zeichnung, zog ein Messer vom

Gürtel und bot es mit dem Griff voran Ivar an, damit dieser den vernagelten Deckel abheben konnte.

Ein König aus England hätte einem Diener geboten, diese niedrige Aufgabe zu erledigen. Die Anführer der Seeräuber bestanden nicht auf solche Erhabenheiten. Mit vier wuchtigen Bewegungen hatte Ivar die Nägel gelöst. Seine blassen Augen blickten zu Dolgfinn auf und sein Gesicht zeigte vor Freude und Erwartung ein überraschendes Lächeln. Ivar wusste, dass eine Überraschung oder Herausforderung in der Kiste wartete. Ihm gefiel der Gedanke, etwas vergelten zu können.

„Schauen wir mal, was die Wegmänner uns geschickt haben", kündigte er an.

Er warf den Deckel fort und griff in die Kiste.

„Die erste Beleidigung. Ein Kapphahn." Er hob den toten Vogel heraus, strich über die Federn. „Ein verschnittener Gockel. Ich frage mich ja, wer damit gemeint sein soll."

Ivar hielt die Stille, bis klar war, dass weder Dolgfinn noch sonst jemand etwas zu sagen hatte. Dann griff er erneut hinein.

„Die zweite Beleidigung. Am Kapphahn festgebunden, etwas Stroh. Nur ein paar Halme."

„Mehr als ein paar Halme", berichtigte ihn Dolgfinn. „Das ist eine *sheaf*. Muss ich dir sagen, für wen sie steht? Vor ein paar Wochen hast du seinen Namen oft gesagt."

Ivar nickte. „Danke für die Erinnerung. Kennst du das alte Sprichwort, Dolgfinn? ‚Ein Knecht nimmt immer sofort Rache, ein Feigling niemals'."

Ich habe dich nicht für einen Feigling gehalten, dachte Dolgfinn, sprach es aber nicht aus. Es hätte zu sehr nach einer Entschuldigung geklungen. Wenn Ivar sich beleidigt fühlen wollte, würde er einen Grund dafür finden.

„Kennst du ein anderes altes Sprichwort, Ivar Ragnarsson?", entgegnete er. „‚Blutige Beutel bringen dunkle Kunde.' Lass uns diesen Beutel bis auf den Grund enträtseln." Ivar griff erneut hinein, zog einen dritten und letzten Gegenstand heraus. Diesen allerdings starrte er mit echter Verwunderung an. Es war ein Aal. Der schlangengleiche Fisch der Sumpfgebiete.

„Was ist das?" Stille.

„Kann es mir jemand sagen?" Noch immer nur Kopfschütteln von den umher stehenden Kriegern. Eine fast unsichtbare Bewegung eines der Sklaven aus York, der neben seinem Geschütz kauerte. Ivars Augen entging sie nicht.

„Ich gewähre dem, der mir das hier enträtselt, eine Gunst."

Zögerlich erhob sich der Sklave und bemerkte erst jetzt, dass jeder an Bord in ansah.

„Eine Gunst, Herr, frei gewährt?" Ivar nickte.

„Auf Englisch nennen wir sie *eels*, Herr. Ich denke, dass damit ein Ort gemeint ist. Ely, weiter unten an der Ouse, heißt auch *Eel-Island*, also Aalinsel. Es ist nur ein paar Meilen entfernt. Vielleicht will es sagen, dass er, also der Sheaf, Euch dort treffen will."

„Weil ich der Kapphahn sein muss?", fragte Ivar nach.

Der Sklave schluckte unsicher. „Ihr habt eine Gunst versprochen, Herr. Ich wähle sie. Ich wähle die Freiheit."

„Du kannst gehen", antwortete Ivar und trat von der Ruderbank herunter. Der Sklave schluckte erneut, sah die bärtigen, teilnahmslosen Gesichter ringsum an. Er setzte sich langsam in Bewegung, wurde mutiger, als niemand sich erhob, um ihn abzufangen. Er sprang zum Rand des Schiffs, auf ein im Wasser liegendes Ruder und ans Ufer. Wie der Blitz stürmte er in Richtung der nächsten Deckung, lief dabei in ungeschickten Sprüngen wie ein Frosch.

„Acht, neun, zehn", zählte Ivar. Der silberbeschlagene Speer lag in seiner Hand. Er holte aus, machte zwei Schritte zur Seite. Die blattförmige Klinge traf den Sklaven genau zwischen Schulter und Hals, warf ihn nach vorne.

„Möchte mich noch jemand einen Kapphahn nennen?", fragte Ivar alle Anwesenden.

Nicht mehr nötig, dachte Dolgfinn. Das hat schon jemand getan.

Später am Abend, nachdem die Schiffe zwei vorsichtige Meilen von der Stelle der Herausforderung festgemacht worden waren, saßen einige von Ivars dienstältesten Schiffsführern um ein Lagerfeuer, das weit vom Zelt des Ragnarsson entfernt brannte. Sie unterhielten sich leise, sehr leise.

„Man nennt ihn den Knochenlosen," sagte einer, „weil er keine Frauen nehmen kann."

„Kann er wohl", widersprach einer, „er hat Söhne und Töchter."

„Nur, wenn er vorher seltsame Dinge anstellt. Nicht viele Frauen überleben das. Es heißt…"

„Nein", schnitt ein dritter Mann ihm das Wort ab. „Sag nichts. Ich sag euch, warum er der Knochenlose heißt. Weil er wie der Wind ist, der von überall kommt. Er könnte gerade hinter uns stehen."

„Ihr liegt alle falsch", sagte Dolgfinn. „Ich folge nicht dem Weg, aber ich habe Freunde, die es tun. Ich hatte Freunde, die es taten. Sie sagten Folgendes, und ich glaube ihnen. Er ist der *beinlausi*, das stimmt. Aber das bedeutet nicht knochenlos." Dolgfinn hielt eine Rinderrippe in die Höhe, um zu zeigen, welche der beiden Bedeutungen des nordischen Wortes er meinte. „Es heißt beinlos." Er klopfte sich auf den Oberschenkel.

„Aber er hat doch Beine", merkte einer seiner Zuhörer an.

„Auf dieser Seite, ja. Die, die ihn auf der anderen Seite gesehen haben, die Wegmänner, sagen, dass er dort auf seinem Bauch kriecht. Und, dass er dort die Gestalt eines Lindwurms, eines Drachen hat. Er ist ein Mann mit mehr als einer Haut. Und deshalb wird es mehr als Stahl brauchen, um ihn zu töten."

Prüfend bog Shef den zwei Fuß langen, zwei Zoll breiten Streifen Metall, den Udd, der schmale Freigelassene, ihm mitgebracht hatte. Die Muskeln an seinen Armen traten dabei hervor. Sie waren inzwischen so stark, dass sie das weiche Eisen eines Sklavenhalsreifens ohne Hilfsmittel aufbiegen konnten. Der Flussstahl gab einen Zoll, zwei Zoll nach. Kehrte in seine Form zurück.

„An den Geschützen klappt es ziemlich gut", meinte Oswi, der zusammen mit einem Ring aus Geschützmannschaften aufmerksam zusah.

„Ich frage mich, ob es auch für etwas anderes gut ist", sagte Shef. „Einen Bogen?" Er bog den Streifen erneut, diesmal aber mit seinem ganzen Körpergewicht über dem Knie. Das Metall widerstand ihm, gab nur ein paar Zoll nach. Zu fest für einen Bogen. Oder zu stark für die Arme eines Menschen? Aber es gab vieles, was für die Arme eines Menschen zu stark war. Geschütze. Schwere Gewichte. Die Rahe eines Langschiffs. Shef nahm das Metall wieder in die Hand. Irgendwo hier lag die Lösung des Rätsel: eine Mischung aus dem neuen Wissen, nach dem der Weg suchte, und dem alten Wissen, auf das er immer wieder stieß. Aber jetzt war nicht die Zeit, das Rätsel zu lösen.

„Wie viele davon hast du gemacht, Udd?"

„Vielleicht zwanzig. Nachdem wir die Geschütze ausgerüstet haben, meine ich."

„Bleib morgen noch in der Schmiede. Mach mehr. Nimm so viele Männer, wie du brauchst und so viel Eisen wie nötig. Ich will hundert, zweihundert... so viele du machen kannst."

„Heißt das, dass wir die Schlacht verpassen?", rief Oswi enttäuscht. „Nicht mal die Gelegenheit ‚Ins Schwarze' überhaupt abzufeuern?"

„Na gut. Udd wählt einen Mann aus jeder Besatzung aus, der ihm hilft. Der Rest von euch kann sich in der Schlacht beweisen."

Wenn es eine Schlacht gibt, fügte Shef stumm hinzu. Aber das habe ich nicht vor. Zumindest nicht für uns. Wenn England das Schachbrett der Götter ist, und wir alle Steine in ihrem Spiel sind, dann kann ich nur gewinnen, wenn ich einige Spielsteine vom Brett nehme. Ganz gleich, wie das für die anderen aussieht.

Im Nebel des frühen Morgens bereitete sich die Streitmacht König Burgreds, dreitausend Schwertkämpfer und noch einmal so viele Sklaven, Fuhrmänner, Eseltreiber und Huren, auf wahrhaft englische Weise darauf vor, ihren Zug fortzusetzen: langsam, unwillens und unwirksam. Trotzdem stieg die Erwartung allmählich. Thanes gingen in Richtung der Abfallgruben oder erleichterten sich an einem beliebigen unbesetzten Platz, der zu finden war. Sklaven, die das nicht schon am Abend zuvor erledigt hatten, mahlten Körner für den immerwährenden Haferbrei. Feuer wurden entzündet, Töpfe begannen zu brodeln, Burgreds Wachen wurden heiser, während sie versuchten, den Willen ihres Herrschers seinen treuen, aber planlosen Untertanen aufzuzwingen: Macht sie satt, lasst sie ihre Därme leeren, bringt sie in Bewegung, wie der Lagerverwalter Cwichelm nimmermüde wiederholte. Denn heute betreten wir feindliches Gebiet. Übertreten die Ouse, rücken auf Ely vor. Wir können die Schlacht jederzeit erwarten.

Getrieben vom Zorn ihres Königs über den Einbruch in sein eigenes Zelt, von den Ermahnungen der Priester und der fast zusammenhangslosen Wut des gefürchteten *heimnar* Wulfgar brach das Heer der Mark seine Zelte ab und legte die Rüstung an.

In den Drachenbooten liefen die Dinge anders. Ein Schütteln an der Schulter durch die Schiffswache, ein Wort von jedem Schiffsführer. Die Männer waren innerhalb weniger Augenblick über die Reling, jeder von ihnen angezogen, gestiefelt, bewaffnet und kampfbereit. Zwei Reiter kehrten von den Außenposten der Wachen zurück, berichteten von Lärm im Westen und Kundschaftern, die sie nach Süden geschickt hatten. Ein weiteres Wort von Ivar und die Hälfte der Männer begann Essen für sich und die anderen zuzubereiten. Gesonderte Abteilungen umschwärmten jedes der Geschütze in den sechs vorderen Booten, brachten Seile an und bereiteten Seilzüge vor.

Auf den entsprechenden Befehl hin würden sie sie über die verstärkten Rahen hochziehen und auf die bereitstehenden Wagen setzen. Aber jetzt noch nicht. „Wartet bis zum letzten Augenblick und bewegt euch dann so schnell ihr könnt", war das Schlagwort der Seeräuber.

Das Lager der Streitmacht des Weges, vier Meilen entfernt in einem dichten Buchenwald, machte kein Geräusch und zeigte kein Licht. Shef, Brand, Thorvin und all ihre Hauptmänner hatten am Tag zuvor immer wieder die Runde gemacht und es jedem noch so wichtigen Wikinger und jedem noch so schwerfälligen ehemaligen Sklaven eingebläut. Kein Lärm. Kein Zurückbleiben. Bleibt unter euren Decken, bis man euch ruft. Ruht euch aus. Frühstückt gruppenweise. Dann stellt ihr euch auf. Verlasst nicht den Wald.

Seine eigenen Befehle befolgend, lag Shef wachsam in seinem Zelt und lauschte dem gedämpften Gewühl einer aufwachenden Streitmacht. Heute war ein entscheidender Tag, dachte er. Aber nicht der letzte. Vielleicht der letzte, den er vorhersehen und lenken konnte. Es war also von äußerster Wichtigkeit, dass dieser Tag gut verlief, um ihm den Anlauf zu verschaffen, die Rücklage an Kraft, die er brauchen würde, bevor alles vorbei war.

Neben ihm auf der Pritsche lag Godive. Sie waren jetzt vier Tage zusammen gewesen, aber er hatte sie noch nicht genommen, ihr nicht einmal ihr Unterkleid ausgezogen. Es wäre zu einfach. Sein Fleisch war hart, wenn er sich an das eine Mal erinnerte, als sie es getan hatten. Sie würde sich nicht wehren. Sie erwartete es nicht nur. Er wusste auch, dass sie sich fragte, warum er es nicht tat. War er wie der Knochenlose? War er weniger Mann als Alfgar? Shef stellte sich ihren Aufschrei vor, wenn er in sie eindrang.

Wer konnte ihr einen Schrei verübeln? Sie zuckte immer noch zusammen, wenn sie sich bewegte. Wie seiner würde ihr Rücken für immer vernarbt sein.

Aber sie hatte noch beide Augen. Sie war nie Ivars Gnade ausgesetzt gewesen, dem *vapna takr*. Als er an die Gnade Ivars dachte, begann sein erregtes Fleisch zu schrumpfen, die Gedanken an warme Haut und weichen Widerstand schwanden wie ein Steingeschoss, das sich am Himmel erhob.

Etwas anderes floss in ihn hinein, etwas Kaltes, Wildes, Weitsichtiges. Es war nicht der heutige Tag, der zählte, nicht die vergäng-

liche gute Meinung, die seine Männer von ihm hatten. Nur das
Ende. Ausgestreckt, entspannt und von Kopf bis Fuß vollkom-
men seiner Selbst bewusst, dachte Shef darüber nach, wie der Tag
verlaufen würde.
Hund, entschied er sich. Zeit für einen weiteren Besuch bei
Hund.

Als die Sonne den Morgennebel aufsaugte, blickte Ivar von seinem
Platz zwischen den Wachen auf der Anhöhe auf die altbekannte
Unordnung einer herannahenden englischen Streitmacht.
„Das sind sie nicht", sagte Dolgfinn neben ihm. „Nicht die Leute
vom Weg. Nicht Skjef Sigvarthsson. Schau dir den ganzen Chris-
tenkram an, die Kreuze und die Schwarzkutten. Ich höre bis hier
drüben, dass sie gerade ihre Morgen*massa* singen, oder wie auch
immer sie es nennen. Also war Sigvarthssons Herausforderung
eine Lüge, oder…"
„Oder es versteckt sich hier irgendwo noch ein Heer, das sich auf
die Sieger stürzen will", beendete Ivar seinen Satz. Das Grinsen
war auf seine Züge zurückgekehrt, verkniffen und schmerzhaft,
wie ein Fuchs, der Fleisch aus einer Wolfsfalle nagt.
„Zurück zu den Booten?"
„Wohl kaum", erwiderte Ivar. „Der Fluss ist zu schmal, um vierzig Boote schnell zu wenden. Und wenn wir rudern, können sie
immer noch aufsitzen und uns verfolgen. Und wenn sie das tun,
reiben sie uns Boot für Boot auf. Das könnten selbst die Engländer schaffen.
Nein, bei unserem Bragischwur in der Braethraborg haben meine Bruder und ich geschworen, in England einzufallen und alle
seine Königreiche als Rache für unseren Vater zu erobern. Zwei
haben wir unterworfen, und heute ist der Tag für das dritte gekommen."
„Und Sigvarthsson?", hakte Dolgfinn nach.
Das Grinsen wurde breiter, zeigte Zähne wie bei einem Toten in
Leichenstarre. „Der bekommt schon eine Gelegenheit. Wir müs-

sen dafür sorgen, dass er sie nicht nutzen kann. Geh zu den Booten, Dolgfinn, und lass die Männer die Geschütze abladen. Aber nicht an diesem Ufer. Am anderen Ufer, verstanden? Einhundert Schritte nach hinten. Und spannt über jedem ein Segel auf, damit es wie ein Zelt aussieht. Die Männer sollen sich bereit halten und so aussehen, als würden sie es abbauen, wenn die Engländer in Sichtweite sind. Aber baut sie ab, als wärt ihr Engländer. Du weißt schon, wie zehn alte Mütterchen, die mit ihren Enkelkindern angeben. Lass die Sklaven das übernehmen."

Dolgfinn musste lachen. „Du hast die Sklaven in den letzten Monaten gelehrt, schneller zu arbeiten."

Die Heiterkeit war völlig aus Ivars Gesicht verschwunden, dessen Augen jetzt so farblos waren wie seine Haut. „Dann lass sie es wieder verlernen", sagte er. „Die Geschütze auf das andere Ufer. Die Männer auf dieses hier." Er wandte seinen Blick wieder dem nahenden Feind zu. Sechs Reihen tief standen die Männer, Banner wehten, große Kreuze folgten auf Karren der Mitte des Heeres. „Und schick Hamal zu mir. Er führt heute die Berittenen an. Ich habe einen besonderen Befehl für ihn."

Von seinem Aussichtspunkt unter einem riesigen blühenden Weißdorn betrachtete Shef die sich abzeichnende Schlacht. Das Heer des Weges lag in Reihen hinter ihm und zu seinen Seiten, gut verteilt und in der Deckung von Wald und Hecken. Die sperrigen Ziehgeschütze waren immer noch nicht zusammengebaut, die Drehgeschütze mit ihren Pferdegespannen weit hinten aufgestellt. Englische Dudelsackspieler und nordische Hornbläser waren gleichermaßen mit Schande, Folter und dem Verlust einer Wochenration Bier bedroht worden, wenn sie auch nur einen einzigen Ton spielen würden. Shef war sicher, dass sie unentdeckt geblieben waren. Und nun, da die Schlacht mit ziemlicher Sicherheit beginnen würde, wurden die irrlichternden Kundschafter beider Seiten zurück zu ihren Heerführern gerufen. So weit, so gut.

Trotzdem gab es schon eine Überraschung. Ivars Geschütze. Shef hatte zugesehen, wie man sie aus den Booten gehievt hatte. Die Rahen hatten sich geneigt, die Schiffe Schlagseite bekommen. Schwere Gegenstände, was auch immer sie sein mochten, viel schwerer als seine eigenen. Hatte Ivar so Lynn erobert? Außerdem waren sie am falschen Ufer aufgestellt worden. Vielleicht sicherer vor einem Angriff, aber unfähig, vorzustoßen, wenn sich die Schlacht in die andere Richtung verlagerte. Auch konnte nicht einmal Shefs scharfer Blick erkennen, wie sie gebaut waren. Wie würden sie sich auf seine Absichten für diese Schlacht auswirken?

Und viel wichtiger: auf seine Absichten, dieser Schlacht aus dem Weg zu gehen?

Der Hauptmann Cwichelm, der schon viele Schlachten erlebt und überlebt hatte, hätte das Heer am liebsten anhalten lassen, als seine Vorhut die Drachenboote am Fluss vor ihnen gemeldet hatte. Ein Verband von Wikingerschiffen war das Letzte gewesen, was er erwartet hatte. Alles Unerwartete sollte vorher ausgekundschaftet werden – besonders, wenn man gegen diese Wegmänner kämpfte, deren Fallen er aus dem Kampf im Sumpf kannte, bei dem Sigvarth getötet worden war.

Die Entscheidung wurde nicht ihm überlassen. Wikinger und Wegmänner waren für seinen König ein und dasselbe: Feinde des Anstands. Für Wulfgar und die Bischöfe waren sie alle Heiden. Drachenboote in einer langen Kette? Umso besser! Zerstört sie, bevor sie sich sammeln können. „Und wenn sie nicht zum Weg gehören", hatte der junge Alfgar mit spitzer Unverfrorenheit hinzugefügt, „brauchen wir uns weniger Sorgen zu machen. Dann haben sie immerhin keine von diesen Geschützen, vor denen Ihr Euch so fürchtet."

Getroffen von der Beleidigung und mit dem Wissen, dass größere, verwickeltere Truppenbewegungen die unerfahrenen Thanes überfordern würden, die den Großteil von Burgreds Heer ausmachten, führte Cwichelm seine Männer in schnellem Trab über eine Anhöhe. Er und seine Gefolgsleute ritten voran, stimmten ihren Schlachtruf an und forderten den Rest der Streitmacht mit wirbelnden Breitschwertern auf, ihnen zu folgen.

Die übrigen englischen Kämpfer jubelten und schlossen sich ihnen an, als sie die verhassten Drachenboote und die jeweils in Keilform davor aufgestellten Mannschaften am Ufer erblickten. Solange sie nicht den Mut verlieren, dachte Cwichelm und ließ sich zurückfallen, bis sich die Reihen um ihn schlossen. Oder erschöpft sind, bevor die Schlacht beginnt. Er hob seinen Schild fest an die Schulter, ohne sich um eine gute Abwehrhaltung zu bemühen. Der Schild wog einen Stein, vierzehn englische Pfund. Der Rest seiner Waffen und Rüstung noch drei Steine mehr. Nicht viel zu tragen. Aber viel, um damit zu laufen. Und noch mehr, um damit zu kämpfen. Durch den Schweiß, der ihm in die Augen strömte, sah er undeutlich, wie am anderen Ufer einige Männer mit Segeltuchzelten rangen. Kommt nicht oft vor, dass man die Wikinger mit heruntergelassenen Hosen erwischt, dachte er. Meistens sind wir es, die zu spät aufstehen.

Die ersten Schüsse der Onager schlugen sechs Löcher in die englische Schlachtreihe, jeder der Steine ging glatt durch die sechs Reihen hindurch. Das Geschoss, das die Anführer in der Mitte hatte treffen sollen, die mit Gold, Edelsteinen und Mänteln aus teuer gefärbten Stoffen unübersehbar waren, war etwas zu hoch, auf Kopfhöhe gezielt worden. Cwichelm sah oder spürte nicht einmal den Schlag, der ihm den Kopf nach hinten riss, bis das Genick brach, eine Reihe von Männern hinter ihm niedermähte und weitertaumelte, bis er sich im Boden vergrub, nur wenige Fuß entfernt von dem Karren, auf dem Bischof Daniel stand und erbauliche Psalmen sang. Mit einem Mal waren er und das gesamte Heer der Engländer kopflos.

Die meisten der englischen Krieger sahen hinter dem Gesichtsschutz ihrer Helme nicht, was um sie herum vorging. Sie sahen nur den Feind vor sich, den Feind, der so verführerisch in kleinen einzelnen Haufen und Keilen stand. Immer vierzig Männer vor ihrem Schiff, fünf oder zehn Schritte zwischen den einzelnen Gruppen. In einer schreienden Woge fluteten sie vorwärts, um mit Speer und Schwert auf die Keile der Wikinger einzuschlagen, Lindenholzschilde zu spalten, Köpfe und Beine abzutrennen. Gefasst und ausgeruht spannten Ivar Ragnarssons Männer jeden Muskel, um die Angreifer solange aufzuhalten, wie ihr Jarl verlangt hatte.

Durch die sorgfältig ausgemessenen Schneisen schleuderten die Geschütze einen unaufhaltsamen Stein nach dem anderen.

„Es tut sich schon was", meinte Brand.

Shef entgegnete nichts. Einige Augenblicke lang hatte er schon mit seinem verbliebenen Auge nach den Geschützen gespäht, die solches Unheil unter Burgreds Leuten anrichteten. Dann heftete er seinen Blick auf eines von ihnen, zählte die Herzschläge zwischen einem Schuss und dem folgenden. Er hatte schon eine recht genaue Ahnung davon, um was für Maschinen es sich handeln musste. Es mussten Windegeschütze sein – die langsame Schussfolge deutete darauf hin, genau wie die schlagende Wirkung und der Wirbel auseinanderstiebender Männer, wenn die Geschosse trafen. Hier war kein Bogen die Grundidee gewesen. Das zeigte ihm selbst aus einer Meile Entfernung die hohe, rechteckige Gestalt. Und ihr Gewicht konnte er davon ablesen, dass sie mit Rahen und Seilzügen abgeladen worden waren. Sie mussten sehr fest gebaut sein, um irgendeine Art von Aufprall abzufangen. Ja. Ein paar Versuche, vielleicht ein kurzer Blick, wenn es eine Gelegenheit gab, und…

Jetzt musste er an Naheliegenderes denken. Er wandte seine Aufmerksamkeit wieder der Schlacht zu. Es tat sich etwas, hatte Brand eben gesagt. Nach einigen Schüssen begannen die Männer des englischen Heeres sich seitwärts aus der Schussbahn zu bewegen. Sie hatten erkannt, dass sie nur sicher waren, wenn sie die Keile der Wikinger zwischen sich und die Geschütze brachten.

Aber mit ihrer Bewegung behinderten sie die Anstrengungen und Schwertarme der Krieger, die durch Ivars Besatzungen durchzubrechen versuchten. Viele dieser handverlesenen Krieger waren unter ihren Helmen halbblind, von ihrer Rüstung belastet und hatten keine Ahnung, was um sie her vorging. Sie wussten nur, dass es nicht wie erwartet lief. Einige traten langsam den Rückzug an, um ihren Sichtschutz zu heben und sich umzusehen, oder um die Männer abzuschütteln, die sie unterstützen sollten und sie stattdessen herum schubsten. Hätten Ivars Männer zusammengestanden, wäre jetzt der Augenblick zum Ausbruch gekommen. So aber, in kleinen Gruppen, die einzeln beim Versuch, das Ufer und die Schiffe hinter sich zu lassen, von der Übermacht verschluckt worden wären, konnten sie den Gegner nicht zu überwinden hoffen. Die Schlacht lag im Gleichgewicht.

Brand brummte erneut und packte Shef jetzt fest am Arm. Jemand hatte Ivars Geschützen den Befehl gegeben, sich ein neues Ziel zu suchen und verlieh dieser Anordnung jetzt mit Tritten und Schlägen Nachdruck. Als die englischen Schwertkämpfer vorstürmten, blieben die schwerfälligen Karren hinter ihnen schutzlos. Jeder von ihnen trug ein Banner, das des Königs oder eines Aldermanns, oder das riesige Kreuz eines Bischofs oder Abtes. Jetzt stand eins weniger als kurz zuvor. Die Splitter rasten noch durch die Luft, überschlugen sich. Ein Volltreffer. Und noch einmal: Eine lange Reihe von Ochsen sank auf die Knie, ein Rad wurde beiseite geschleudert. Das Heer des Weges hinter ihm ließ ein lautes, einstimmiges Ausatmen hören. Ein Ausatmen, das ohne die sofortigen Tritte und Flüche der Hauptmänner und Mannschaftsführer zu einem Jubel geworden wäre. Eines der Kreuze hielt sich einen, zwei Herzschläge lang aufrecht, kippte dann aber unrettbar zur Seite, ging krachend zu Boden.

Tief in Shefs Innerem klickte etwas wie ein Zahnrad, das gewunden wurde. Nachdenklich, unbemerkt in der steigenden Aufregung um ihn herum, nahm er einen tiefen Zug aus der Flasche, die er den ganzen Tag in der Hand gehalten hatte: gutes Bier.

Aber darin aufgelöst war der Inhalt eines kleinen Lederbeutels, den er sich am Morgen von Hund abgeholt hatte. Er trank mit großen Schlucken, bezwang den Würgereiz, den der Geschmack von lange verdorbenem Fleisch auslöste. Wie bringt man einen Mann zum Erbrechen, um ihn zu reinigen?, hatte er gefragt. „Das können wir, keine Sorge", hatte Hund mit düsterem Stolz geantwortet. Shef spürte keinen Zweifel, dass es stimmte, als er sich das Gebräu einflößte. Ohne einen verräterischen Tropfen übrig zu lassen, leerte Shef die Flasche bis zum Grund. Zwei, vielleicht drei Dutzend Herzschläge, dachte er. Alle müssen es sehen.

„Warum reiten sie vorwärts?", fragte er. „Ist das ein Sturmangriff?"

„Ein Pferdesturm wie bei den Franken?", entgegnete Brand unsicher. „Davon hab ich schon gehört. Wüsste nicht, dass die Engländer auch…"

„Nein, nein, nein", schnauzte Alfred, der auch aufgestanden war und vor Ungeduld beinahe tanzte. „Das sind Burgreds berittene Thanes. Oh, schaut euch diese Narren an! Sie sind sicher, dass die Schlacht verloren ist und reiten jetzt los, um ihren Herrn zu retten. Aber sobald er aufsteigt… Allmächtiger, er hat es getan!"

Weit entfernt erhob sich auf dem Schlachtfeld ein goldberingter Kopf über die Menge – der König stieg auf sein Pferd. Kurz schien er noch Widerstand zu leisten, winkte mit seinem Schwert vorwärts. Aber jemand anderes hielt die Zügel seines Tiers. Eine kleine Anzahl Reiter entfernte sich, langsam, dann im Kanter, aus dem Getümmel. Umgehend lösten sich auch die ersten Männer zu Fuß aus dem Kampf, folgten ihrem Anführer erst wie beiläufig, dann schnell und übereilt. Als sie die Bewegung hinter sich bemerkten, drehten sich andere zu ihnen um und taten es ihnen gleich. Das Heer der Mark, noch immer ungeschlagen, viele seiner Männer noch immer voller Mut, fing an, nach hinten zu strömen. Die Steingeschosse folgten ihnen. Männer begannen zu rennen. Jeder einzelne Kämpfer des Weges war jetzt auf den Beinen, und jeder von ihnen blickte nach vorn. Der Augenblick, dachte Shef.

Vorwärts rasen, wenn beide Seiten ganz und gar miteinander beschäftigt sind, die Geschütze erobern, bevor sie das Ziel ändern können, die Boote entern, Ivar in Flanke und Rücken fallen…

„Gib mir ein paar Reiter", bat Alfred herzerweichend. „Burgred ist ein Narr, aber er ist mein Schwager. Ich muss ihn retten. Wir zahlen ihn aus, schicken ihn zum Papst…"

Ja, dachte Shef. So bleibt ein Stein auf dem Brett stehen. Und Ivar… selbst, wenn wir ihn besiegen, kommt Ivar davon, mit dem Schiff oder dem Pferd, wie beim letzten Mal. Ein zweiter Spielstein. Aber es müssen weniger werden. Am Ende darf nur einer übrig bleiben. Die Mühle muss zu mahlen aufhören.

Zum Glück spürte er, als er vortrat, etwas Grauenhaftes in sich aufsteigen, fühlte wie sein Mund sich mit dem kalten Speichel füllte, den er nur ein einziges Mal zuvor geschmeckt hatte, als er in einem besonders harten Winter fauliges Fleisch hatte essen müssen. Grimmig hielt er es zurück. Alle müssen es sehen, alle.

Er drehte sich herum, sah die Männer an, die sich aus Unterholz und Gebüschen erhoben hatten und ihn mit vor wütender Erwartung glänzenden Augen anblickten. „Vorwärts", rief er und riss die Helmbarte in Richtung des Flusses herum. „Männer des Wegs…"

Das Erbrochene schoss mit solcher Kraft zwischen seinen Lippen heraus, dass es Alfred am oberen Rand des Schildes traf. Der König staunte verständnislos. Shef klappte zusammen und ließ die Waffe fallen. Er musste sich jetzt nicht mehr verstellen. Wieder und wieder überkam ihn ein Würgen, das ihn bald von den Füßen holte.

Während er sich über den beschmutzen Boden rollte, schaute die Streitmacht des Weges ihn erschrocken an. Alfred hob einen Arm und wollte nach seinem Pferd und seinen Begleitern rufen. Er ließ ihn wieder sinken und betrachtete die sich windende Gestalt. Thorvin kam von seinem Platz in den hinteren Reihen auf in zugerannt. Ein unsicheres Summen breitete sich durch die Reihen aus: Wie war der Befehl? Greifen wir an? Sigvarthsson am Boden?

Wer führt uns an? Der Wikinger? Folgen wir einem Seeräuber?
Einem Engländer? Dem König aus Wessex?

Während er sich im Gras aufbäumte und vor dem nächsten
Krampf um Atem rang, hörte Shef die Stimme Brands, der voller
Missfallen auf ihn hinunter blickte.

„Es gibt ein altes Sprichwort", hörte er seinen Freund sagen.
,,Wenn der Herr schwach wird, zaudern die Diener.' Was sollen
sie da erst machen, wenn er sich die Seele aus dem Leib speit?"

Standhaft bleiben, dachte Shef, und warten, bis es ihm besser
geht. Bitte, Thor. Oder Gott. Wer auch immer. Bitte bleibt einfach standhaft.

Ivar starrte mit Augen, die blass waren wie verwässerte Milch,
über das Schlachtfeld hinaus und suchte nach der Falle, die man
ihm gestellt haben musste. Am Boden vor ihm lagen drei der
größten Krieger Mercias, von denen jeder den Ruhm gesucht hatte, der in der ganzen Christenheit dem zuteil geworden wäre, der
Ivar, den größten Seeräuber des Nordens, zur Strecke gebracht
hätte. Und von denen jeder erfahren hatte, dass Ivars schmaler
Körperbau eine außerordentliche Kraft in Armen und Körper
versteckte, wenngleich seine schlangenhafte Schnelligkeit immer
offensichtlich blieb. Einer der Engländer, dessen Lederwams und
Kettenhemd vom Schlüsselbein bis zum Brustkorb durchschlagen waren, stöhnte unwillkürlich auf, während er auf den Tod
wartete. Wie die Zunge einer Natter schnellte Ivars Schwert vor,
stach durch Adamsapfel und Rückgrat. Ivar wollte gerade keinen
Spaß. Er brauchte Ruhe, um nachzudenken.

Nichts in den Wäldern. Nichts in seinen Flanken. Nichts hinter
ihm. Wenn die Falle nicht bald zuschnappte, würde es zu spät
sein. Es war beinahe zu spät. Um Ivar herum führte sein Heer
ohne Befehl oder Besprechung eine seiner so oft wiederholten
Übungen aus: das Sichern eines Schlachtfelds nach dem Sieg. Es
war eine der Stärken der Wikinger, dass ihre Anführer keine Zeit
darauf verschwenden mussten, den einfachen Kämpfern etwas

zu befehlen und zu erklären, was sich gewohnheitsmäßig erledigen lassen würde. Sie konnten in dieser Zeit zusehen und über den nächsten Schritt nachdenken. Nun gingen einige Männer das Feld ab, immer zu zweit. Einer stach, der zweite passte auf, dass nicht ein Engländer mit letzter Lebenskraft noch einen Feind mit sich hinüber nahm. Hinter diesen Paaren folgten die Beutesammler mit ihren Säcken. Sie raubten nicht alles von den Toten – das würden später andere übernehmen – sondern nahmen nur die Dinge an sich, die offensichtlich wertvoll waren. Auf den Schiffen waren Heiler damit beschäftigt, zu schienen und zu verbinden. Gleichzeitig hielten alle Männer in Erwartung von Befehlen ein Auge und ein Ohr auf ihren Anführer gerichtet. Jeder wusste, dass der Augenblick des Sieges die Zeit war, seinen Vorteil zu nutzen. Sie erledigten ihre jeweiligen Aufträge in wild entschlossener Eile.

Nein, dachte Ivar. Die Falle war gestellt worden, dessen war er sicher. Aber sie war nicht zugeschnappt. Wahrscheinlich waren die Hornochsen zu spät aufgestanden. Oder in irgendeinem Sumpf steckengeblieben.

Er trat vor, steckte seinen Helm auf einen Speer, winkte damit in großen Kreisen. Umgehend brachen aus ihrem Versteck in einer halben Meile Entfernung auf der flussabwärts liegenden Flanke der Engländer seine Reiter hervor. Ihre Beine ruderten, als sie ihre Pferde antrieben, Stahl blitzte in der Morgensonne auf Speerspitzen, Schwertschneiden und Kettenhemden. Die wenigen englischen Krieger, die sich zu einer Nachhut zusammengefunden hatten, deuteten auf die Berittenen, riefen einander etwas zu und rannten schneller. Was für Narren, dachte Ivar. Sie waren Hamal da drüber sechsfach überlegen. Wenn sie sich zusammenrissen und ihm entgegentraten, wären sie mit ihm fertig, bevor wir ihm helfen könnten. Und wenn wir die Reihen auflösten, um uns zu beeilen, dann könnten sie die Schlacht noch gewinnen. Aber gut gepanzerte Reiter brachten aufgelöste Männer nur dazu, noch schneller zu laufen, ohne über die Schulter zu blicken.

So oder so hatten Hamals Berittene, dreihundert Männer auf allen Pferden, denen Ivars Heer hatte Zügel anlegen können, andere Ziele als ein paar einsame Flüchtende. Jetzt, nach der Schlacht, war die Zeit, in der Anführer vernichtet und ganze Königreiche so hart getroffen wurden, dass sie nie wieder zu ganzer Stärke finden würden. Wohlwollend bemerkte Ivar, wie sich fünfzig der schnellsten Pferde absetzten, um der goldgekrönten Gestalt den Weg abzuschneiden, die von ihren eigenen Berittenen eilig in Richtung Horizont getrieben wurde. Andere warfen sich auf den Tross aus Karren und Bannern auf ihrem mühseligen Weg nach hinten. Der größte Teil galoppierte die Anhöhe entlang in Richtung des Lagers, außer Sicht, aber ganz sicher nur wenige hundert Schritt entfernt.

Zeit sich ihnen anzuschließen. Zeit reich zu werden. Zeit für Spaß. Ivar fühlte, wie die Vorfreude in ihm emporstieg. Bei Ella hatten sie sie ihm verdorben. Bei Edmund nicht. Und auch bei Burgred würde es ihnen nicht gelingen. Könige zu töten, gefiel ihm. Und hinterher… Hinterher würde sich eine der Huren im Lager, oder eine der Damen, finden lassen. Ein weiches, blasses Geschöpf, das niemand vermissen würde. Und in der Unruhe eines geplünderten Lagers, wo Vergewaltigung und Tod herrschten, würde es niemand bemerken. Es würde nicht das Mädchen sein, das Sigvarthsson ihm gestohlen hatte. Aber eine andere. Fürs Erste.

Ivar drehte sich herum, trat sorgsam über die Masse von Eingeweiden hinweg, die der abgeschlachtete Mann zu seinen Füßen verloren hatte, setzte seinen Helm wieder auf und deutete mit seinem Schild vorwärts. Die wartende Streitmacht hatte die Beute bereits gestapelt. Die Männer waren zurück an ihrem Platz und antworteten mit einem kurzen, heiseren Ruf, bevor sie ihm den Hügel hinauf folgten, über die Leichen der Engländer hinweg, die sie selbst getötet hatten oder die den Geschützen zum Opfer gefallen waren. Beim Vormarsch lösten sie ihre Keile auf und bildeten eine durchgängige, vierhundert Schritt weite Reihe.

Von weiter hinten sahen ihnen die vorab eingeteilten Schiffswachen nach.

Genau wie das Heers des Weges aus seinem Versteck in den eine Meile entfernten Wäldern. Doch hier, um die erschlaffte Gestalt des jungen Anführers herum, herrschten Verwirrung, Unzufriedenheit und Streit.

Sechstes Kapitel

„Wir können nicht länger warten", sagte Thorvin unruhig. „Wir müssen diese Angelegenheit ein für alle Mal klären. Und zwar jetzt."

„Das Heer ist gespalten", widersprach ihm der Tyr-Priester Geirulf. „Wenn die Männer auch dich wegreiten sehen, dann werden noch mehr von ihnen den Mut verlieren."

Thorvin wischte den Einspruch mit einer ungeduldigen Handbewegung beiseite. Um ihn herum liefen die Fäden mit ihren heiligen Ebereschenbeeren, der Speer Odins stak neben dem Lokifeuer in der Erde. So wie beim letzten Mal saßen nur Priester des Weges innerhalb des Kreises. Sie wollten über Dinge sprechen, die nicht für die Ohren von Ungeweihten bestimmt waren.

„Das sagen wir uns schon so lange", erwiderte Thorvin. „Immer gibt es etwas Wichtigeres als das hier. Wir hätten das Rätsel vor langer Zeit lösen sollen. Als wir nur vermutet haben, dass der Junge wirklich das sein könnte, was er sagt: der, der aus dem Norden kommt. Wir haben die Frage gestellt, auch seinem Freund und sogar Sigvarth Jarl, der geglaubt hat, sein Vater zu sein. Als wir keine Antwort fanden, haben wir uns anderen Dingen zugewandt.

Aber diesmal müssen wir sicher sein. Als er den Anhänger nicht tragen wollte, sagte ich: ‚Es ist noch Zeit'. Als er das Heer verlassen und seine Frau gerettet hat, dachte ich: ‚Er ist noch ein Junge'. Und jetzt will er unsere Streitmacht anführen und lässt sie in völliger Unordnung zurück. Was geschieht beim nächsten Mal? Wir müssen es wissen. Ist er ein Kind Odins? Und wenn ja, was wird er für uns sein? Odin Allvater, Ahnherr der Götter und Menschen? Oder Odin Bölverk, Gott der Gerichteten, Verräter der Krieger, der die Helden nur zu seinen eigenen Zwecken um sich schart?

Nicht umsonst gibt es keinen Odinspriester in unserem Heer, und überhaupt nur eine Handvoll von ihnen unter den Anhängern des Weges. Wenn das sein Erbe ist, dann müssen wir es wissen. Es kann wohl sein, dass es nicht so ist. Es gibt noch andere Götter außer dem Allvater, die auf der Erde wandeln."

Vielsagend schaute Thorvin auf die Flammen, die zu seiner Linken bleckten. „Lasst mich tun, was schon längste jemand hätte tun sollen. Lasst mich zu seiner Mutter reiten und sie fragen. Wir kennen ihr Dorf, es liegt kaum zwanzig Meilen entfernt. Wenn sie noch dort ist, frage ich sie. Und wenn sie die falsche Antwort gibt, dann meine ich, dass wir ihn loswerden, bevor uns Schlimmeres geschieht. Erinnert euch an Vigleiks Warnung!"

Thorvins Worten folgte ein langes Schweigen, das schließlich von Farman, dem Priester Freyas gebrochen wurde.

„Ich erinnere mich an Vigleiks Warnung, Thorvin. Und ich fürchte mich auch vor Odins Verrat. Aber vielleicht sind Odin und seine Anhänger aus gutem Grund so, wie sie sind. Um schlimmere Mächte fernzuhalten."

Auch er blickte nachdenklich in Richtung des Lokifeuers. „Du weißt, dass ich deinen ehemaligen Lehrling in der Anderwelt in der Werkstatt des Schmieds Wölund gesehen habe. Aber mir hat sich dort noch mehr gezeigt. Ich kann dir sagen, dass noch Schlimmeres als dein Lehrbursche ganz in unserer Nähe lauert. Einer aus dem Wurf des Fenris, ein Enkel Lokis. Hättest du sie in der Anderwelt gesehen, würdest du nie wieder Odin und Loki verwechseln. Oder denken, dass einer dem anderen auch nur gleichen könnte."

„Gut, gut", entgegnete Thorvin. „Aber Farman, denk doch einmal nach. Wenn es in dieser Welt einen Krieg zwischen den Göttern und den Riesen gibt, die einen angeführt von Odin, die anderen von Loki… Wie oft geschieht es, dass in einem Krieg die eine Seite der anderen immer ähnlicher wird?"

Ringsum wurde genickt, bis auch Geirulf und Farman einstimmten.

„Dann ist es entschieden", stellte Freyas Priester fest. „Reite nach Emneth. Finde die Mutter des Jungen und frag sie, wessen Sohn er ist."

Ingulf der Heiler und Priester Eirs erhob zum ersten Mal die Stimme. „Eine gütige Tat, Thorvin, die vielleicht auch Gutes bringen wird. Wenn du gehst, nimm das englische Mädchen mit, Godive. Sie hat auf ihre Weise schon erkannt, was wir jetzt wissen. Sie weiß, dass Shef sie nicht aus Liebe gerettet hat, sondern um sie als Köder zu benutzen. So etwas zu wissen, ist für niemanden leicht."

Shef hatte durch die rasenden Krämpfe und die lähmende Schwäche hindurch mitbekommen, wie die Anführer der verschiedenen Lager seines Heeres miteinander stritten. Alfred hatte Brand sogar damit gedroht, das Schwert zu ziehen. Der große Wikinger war darauf eingegangen wie ein Wolf, der einen Hundewelpen beiseiteschiebt. Er erinnerte sich, dass Thorvin leidenschaftlich etwas verteidigt hatte, eine Rettung oder eine irgendeine andere Reise. Aber den größten Teil des Tages hatte er nur gespürt, wie Hände ihn hochhoben, ihm etwas zu trinken einflößten, ihn hielten, wenn er sich danach wieder erbrach. Mal waren es Ingulfs Hände gewesen, dann wieder Godives. Niemals Hunds. Mit einem Bruchstück seines Denkens war Shef klar, dass Hund Angst davor hatte, dass die Heiler für das, was er getan hatte, bestraft werden könnten. Jetzt, bei Einbruch der Dunkelheit, fühlte er sich genesen, aber matt und bereit zu schlafen, um beim Aufwachen weiterzumachen.

Als der Schlaf kam, hatte er den üblen Geschmack von Hunds Gebräu aus Schimmel und Aas.

Er stand in der Dunkelheit in einer tiefen Rinne, einem Hohlweg. Langsam ging er vorwärts, denn er konnte nur wenige Schritt weit vor sich sehen. Das vergehende letzte Licht am Himmel reichte nicht weiter. Der Himmel selbst war nur als schmaler Streifen über ihm sichtbar, viele Fuß weit oben, wo sich die Wände der Rinne schwarz vor dem Dunkelgrau abhoben. Er tastete sich mit schmerzender Vorsicht voran. Kein Stolpern, kein losgetretener Stein. Sonst würde sich etwas auf ihn stürzen. Etwas, gegen das kein Mensch ankäme.

Er hielt ein Schwert in der Hand, das im Sternenlicht schwach schimmerte. Etwas war an der Waffe besonders. Sie hatte einen eigenen Willen, einen wilden Drang. Sie hatte bereits ihren Erschaffer und ihren Herrn getötet und würde es gerne wieder tun, obwohl jetzt er ihr Meister war. Sie zog an seiner Hand und von Zeit zu Zeit klingelte der Stahl, als hätte er ihn gegen den Stein geschlagen. Auch das Schwert schien zu wissen, dass Heimlichkeit ihre einzige Hoffnung war. Das Geräusch würde für jeden und alles außer ihm selbst unhörbar sein. Auch wurde es vom Rauschen des Wassers am Boden der Rinne übertönt. Das Schwert war begierig darauf, zu töten. Es würde schweigen, bis es seine Gelegenheit bekäme.

Als er sich in den Traum hinein bewegte, erkannte Shef wie so häufig in diesen Augenblicken, was für ein Mensch er war. Dieses Mal ein Mann von unmöglicher Kraft und Breite an Schultern und Hüfte, mit Handgelenken, die um die goldenen Armbänder quollen. Das Gewicht des Schmucks hätte geringere Männer gelähmt. Er bemerkte es nicht einmal.

Der Mann, der er war, hatte Angst. Sein Atem kam stoßweise, nicht vom Anstieg, sonder vor Furcht. In seinem Magen machten sich Leere und Kälte breit. Es war für diesen Mann besonders beängstigend, denn er hatte es noch nie vorher gespürt. Er verstand es nicht einmal, hatte keinen Namen dafür. Es störte ihn, aber es bewegte ihn nicht, denn dieser Mann wusste nicht, dass es möglich war, eine einmal begonnene Unternehmung abzubrechen. Er hatte es noch nie getan, er würde es nie tun, bis zum Tag seines Todes. Er stieg jetzt neben dem Flusslauf weiter hinauf, hielt sorgsam das gezogene Schwert, näherte sich der Stelle, die er ausgewählt hatte, um das zu tun, was er sich vorgenommen hatte, obwohl sein Herz sich in ihm krümmte angesichts dessen, worauf er den Blick richten musste. Oder nicht richten musste. Selbst dieser Mann, Sigurth Sigmundsson, dessen Name bis zum Ende der Welt weiterleben würde, wusste, dass er nicht ansehen konnte, was er töten musste.

Er erreichte einen Platz, an dem die Wand des Hohlwegs auf einer Seite niedergerissen worden war. Nur Gewirr aus Geröll und zerbrochenen Felsen war übrig geblieben, so als hätte sich ein riesiges Geschöpf aus Metall darüber hinweg gewälzt, um zum Wasser zu gelangen. Als er hier ankam, ließ ein plötzlicher, überwältigender Gestank den Helden innehalten, ein Gestank wie eine feste Mauer. Es roch nach toten Dingen, nach einem Schlachtfeld, das zwei Wochen in der Sommersonne gelegen hatte. Aber auch nach Ruß, nach Brand, mit einem Hauch, der die Nase angriff, als würde der Geruch selbst Feuer fangen, wenn jemand nur einen Funken schlüge.

Es war der Geruch des Wurms. Des Drachen. Des Morgenzerstörers, Giftbläsers, des nackten Arggeschöpfes, das auf dem Bauch umherkroch. Des Beinlosen.

Als der Held zwischen den Steinhaufen eine Lücke fand, die groß genug war, um ihn aufzunehmen, schlüpfte er hinein und erkannte, dass er nicht zu früh gekommen war. Denn der Drache war nicht beinlos, und schien nur denen so, die ihn von Weitem sahen. Durch den Stein konnte der Held ein schweres Stapfen hören, wenn ein Fuß nach dem anderen vorwärts kroch. Zwischen den dumpfen Schlägen der Beine, das schwere Schlängeln des Bauches, der über den Boden glitt. Der lederne Bauch, wenn man den Geschichten glauben konnte. Er hoffe es.

Der Held wollte sich auf den Rücken legen, zögerte, änderte seine Haltung blitzschnell. Jetzt lag er auf der Seite, blickte in die Richtung, aus der der Drache kommen musste. Gestützt auf seinen linken Ellenbogen, den rechten Ellenbogen gesenkt und das Schwert über den Körper gelegt. Seine Augen und der obere Teil seines Kopfes ragten über den Pfad hinaus. Er würde wie ein Stein unter vielen aussehen, sagte er sich. In Wahrheit konnte nicht einmal dieser Held still liegen und auf das warten, was über ihm erscheinen musste. Sonst wäre er – selbst er – entmannt. Er musste es sehen. Und dort kam es, den großen Kopf wie eine Felsnase vor dem Grau des Himmels abgesetzt. Es bewegte sich. Der gepanzerte Rücken und die Schädelknochen wanden sich wie ein Kriegsgerät in Bewegung. Der aufgeblähte, schwankende Leib folgte. Ein irre gegangener Lichtschein zeigte einen der Füße, und der Held starrte ihn an, reglos vor Schrecken. Vier Zehen, die voneinander abstanden wie die Arme eines Seesterns, jeder von ihnen so groß wie der Schenkel eines Mannes, warzig und verkrümmt wie der Rücken einer Kröte, und genauso schleimbedeckt. Allein die Berührung mit diesen Gliedern würde einen Menschen vor Angst sterben lassen. Der Held hatte gerade genug Selbstbeherrschung, um nicht zurückzuweichen. Die kleinste Bewegung wäre jetzt eine tödliche Gefahr. Seine einzige Hoffnung war es, wie ein Stein zu sein.

Würde es ihn sehen? Es musste. Es kam auf ihn zu, geradewegs auf ihn zu, trottete mit langem, langsamem Tritt vorwärts. Eines der Vorderbeine war nur noch zehn Schritte von ihm entfernt, als das zweite fast auf dem Rand seiner Felsspalte zum Stehen kam. Er musste es über sich treten lassen, erkannte der Held mit seinem letzten Rest von Verstand. Es zum Trinken an den Fluss gehen lassen. Und wenn er das erste Geräusch des Trinkens hörte, das Wasser, das in den Bauch über ihm strömen würde, dann musste er zuschlagen.

Als er sich das sagte, hob sich der Kopf nur einige Fuß von ihm entfernt, und der Held sah etwas, von dem noch niemand gesprochen hatte. Die Augen des Drachen. Sie waren weiß, so weiß wie die Augen einer alten Frau mit Grauem Star, aber von Licht durchschienen. Einem fahlen Licht, das von innen kam.

Da erkannte der Held, was er am meisten fürchtete. Nicht, dass der Beinlose, die knochenlose Langschlange, ihn töten würde. Das wäre beinahe eine Erleichterung an diesem furchtbaren Ort. Sondern, dass er ihn sehen würde. Und stehenbleiben. Und sprechen, bevor er sein langes Spiel mit ihm begann.

Der Drachen hielt an, einen Fuß in der Luft erhoben. Und blickte hinab.

Shef riss sich mit einem Schrei und einem Sprung aus dem Schlaf, landete in derselben Bewegung, nur einige Fuß von dem Bett entfernt, in das sie ihn gelegt hatten. Drei Paar Augen starrten ihn an, beunruhigt, erleichtert, überrascht. Ein Paar, Ingulfs, nahm einen wissenden Ausdruck an.

„Du hast etwas gesehen?" Es war mehr Feststellung als Frage.

Shef strich sich mit der Hand über das schweißgenässte Haar. „Ivar. Den Knochenlosen. Wie er auf der anderen Seite ist."

Die Krieger um Ivar herum sahen ihn nur aus dem Augenwinkel an, zu stolz, um Furcht oder Unruhe zu zeigen. Aber sie wussten, dass er jederzeit ausbrechen konnte, sich gegen irgendeinen von ihnen, sogar gegen seine vertrauenswürdigsten Anhänger oder die von seinen Brüdern ausgewählten Begleiter wenden würde. Er saß in einem reich geschnitzten Stuhl, der in einem von Burgreds Packkarren gefunden worden war, und hielt ein Horn mit Bier in der Hand, das er immer wieder aus einem großen Fass vor sich füllte. In seiner Linken ließ er den goldenen Kronreif kreisen, den sie von Burgreds Kopf genommen hatten, der inzwischen auf einer Stange am Rand des Lagers aufgespießt war. Daher rührte auch Ivars düstere Laune. Man hatte sein Vorhaben erneut vereitelt.

„Es tut uns leid", hatte Hamal Bericht erstattet. „Wir wollten ihn lebend schnappen, wie befohlen. Er hat gekämpft wie ein Bär, erst vom Pferd herab und dann zu Fuß. Wir hätten ihn noch kriegen können, aber dann ist er gestolpert und auf ein Schwert gefallen." „Wessen Schwert?", hatte Ivar mit leiser Stimme gefragt. „Meins", war Hamals gelogene Antwort gewesen. Wenn er den jungen Krieger verraten hätte, der Burgred tatsächlich getötet hatte, würde Ivar seine Bosheit und Wut an diesem auslassen. Hamal hatte Aussicht darauf, vielleicht zu überleben. Es war nicht sehr wahrscheinlich, trotz seiner treuen Dienste. Aber Ivar hatte ihn nur angesehen, ihn unbewegt einen Lügner, noch dazu einen hässlichen, genannt und die Sache auf sich beruhen lassen.

Es würde etwas anderes geschehen, soviel war sicher. Während Dolgfinn seine Erzählung des Sieges fortsetzte, in großen Worten von Gefangenen, Beute auf dem Schlachtfeld und im Lager, Gold und Silber, Frauen und Vorräten, sprach, wünschte sich Hamal nichts mehr, als dass seine Männer auftauchten. „Geht und sucht alles ab", hatte er ihnen befohlen, „schaut überall nach. Kümmert euch erstmal nicht um die Frauen. Für euch bleiben noch genug übrig, bevor der Abend zu Ende ist. Aber im Namen des alten Lodbrok, findet irgendwas, was den Ragnarsson ablenkt. Sonst wirft er morgen vielleicht uns den Vögeln vor."

Ivars Blick war über Dolgfinns Schulter gewandert. Er wagte es, ihm zu folgen. Gut, Greppi und die Jungs waren tatsächlich fündig geworden. Aber was im Namen der Tötengöttin Hel war es? Eine Kiste, eine Kiste auf Rädern, die gekippt werden und wie ein aufrechter Sarg vorwärts geschoben werden konnte. Zu kurz für einen Sarg. Und doch lag jemand darin. Ein Dutzend grinsender Wikinger schob die Kiste voran und stellte sie vor Ivar ab. Der Körper im Inneren schaute sie an, leckte sich die Lippen.

Ivar stand auf, legte zum ersten Mal an diesem Abend den Stirnreif beiseite und baute sich vor Wulfgar auf.

„Nun", meinte er schließlich, „gar keine schlechte Arbeit. Aber nicht von mir, denke ich. Oder zumindest kann ich mich nicht an das Gesicht erinnern. Wer hat das mit dir getan, *heimnar*?"

Das blasse Gesicht mit den unpassend lebendig roten Lippen starrte zurück und blieb wortlos. Ein Wikinger trat heran, zog das Messer und machte sich bereit, auf jeden noch so kleinen Befehl hin zu schneiden und zu stechen, bevor Ivars Hand ihn aufhielt.

„Denk doch mal nach, Kleggi", meinte er. „Es ist nicht einfach, einem Mann Angst zu machen, der schon so viel verloren hat. Was ist jetzt noch ein Auge oder ein Ohr?

Rede mit mir, *heimnar*. Du bist schon ein toter Mann, bist es gewesen, seit man das hier mit dir gemacht hat. Wer war es? Vielleicht war er auch mein Feind."

Ivar sprach Nordisch, aber langsam und verständlich, damit auch ein Engländer einige Worte begreifen würde.

„Es war Sigvarth Jarl", sagte Wulfgar. „Aus Falster, hat man mir gesagt. Aber ihr sollt wissen, dass ich dasselbe mit ihm gemacht habe. Nur mehr davon. Ich habe ihn im Sumpf bei Ely gestellt. Wenn du der Ragnarsson bist, dann warst du nicht weit weg. Ich habe ihn Finger um Finger und Zehe um Zehe gekürzt. Er ist nicht gestorben, ehe es nichts mehr gab, an das man mit dem Messer kommen konnte. Nichts, was ihr mit mir macht, kann da rankommen."

Er spuckte unversehens auf Ivars Stiefel. „Und ich wünschte, dass es jedem gottlosen Heiden so geht. Und das tröstet mich. Ich werde von *Neorxnawang*, der himmlischen Weide, auf euch herunter sehen, wenn eure Haut in der Hitze Blasen wirft. Dann werdet ihr um den kleinsten Tropfen aus meinem Becher betteln, um eure Qualen zu kühlen. Aber Gott und ich werden ablehnen."

Wulfgar blickte ihn aus blauen Augen an, den Kiefer entschlossen angespannt. Ivar lachte plötzlich laut auf, legte den Kopf in den Nacken und leerte das Horn in seiner Hand bis auf den letzten Tropfen.

„Gut", entgegnete er, „wenn du so geizig mir gegenüber sein willst. Ich mache, was die Bücher eurer Priester befehlen und gebe dir Gutes für Böses zurück. Werft ihn ins Fass!"

Als seine Männer nur untätig gafften, trat Ivar näher, schnitt die Riemen durch, die Wulfgars Rumpf und Stümpfe in der Kiste hielten. Er griff ihn an Gürtel und Kittel und hob ihn unsanft heraus. Drei Schritte zur Seite und er drückte den *heimnar* tief in den vier Schritt hohen, hundert Gallonen fassenden Behälter. Wulfgar schlug mit seinen Armstümpfen um sich, seine abgeschnittenen Beine reichten nicht ganz bis zum Boden.

Ivar legte eine Hand auf Wulfgars Kopf und sah sich um wie ein Lehrer vor seinen etwas begriffsstutzigen Schülern.

„Siehst du, Kleggi?", fragte er. „Was fürchtet ein Mann, den man schon so zugerichtet hat?"

„Hilflos zu sein."

Unnachgiebig drückte er den Kopf nach unten. „Jetzt kann er trinken", merkte er an. „Wenn es stimmt, was er sagt, dann gibt es auf der anderen Seite keinen Durst. Aber man soll ja sichergehen."

Viele der Umstehenden lachten und riefen ihre Freunde zu sich, damit sie die Vorstellung nicht verpassten. Dolgfinn erlaubte sich ein Lächeln. Hier verdiente Ivar sich kein Ansehen, keinen Ruhm oder *drengskapr*. Aber vielleicht würde es ihn in bessere Stimmung versetzen.

„Lass ihn hoch", rief er. „Vielleicht bietet er uns ja doch einen Becher aus dem Himmel an."

Ivar zog sein Opfer an den Haaren aus dem schäumenden Gebräu. Wulfgar riss mit überquellenden Augen den Mund weit auf und atmete in unwillkürlicher Hast tief ein. Erniedrigt stemmte er einen Armstumpf auf den Rand des Fasses und versuchte sich abzustützen.

Ivar schlug ihn weg, stierte dem Ertrinkenden in die Augen, als suche er etwas. Er nickte und drückte den Kopf wieder herunter.

„Jetzt fürchtet er sich", meinte er zu Kleggi, der neben ihm stand. „Er würde um sein Leben bitten, wenn er könnte. Ich mag es nicht, wenn sie trotzig sterben. Sie müssen nachgeben."

„Am Ende geben sie alle nach", erwiderte Kleggi. „Wie Weiber." Ivar presste den Kopf immer weiter herunter.

Shef nahm den Gegenstand in die Hand, den Udd ihm gebracht hatte. Sie standen im Mittelpunkt eines aufmerksamen Kreises aller Engländer, Freigelassenen, Geschützmannschaften und Helmbartenkämpfer, neben den Männern, die Udd sich zur Hilfe beim Herstellen der Flussstahlstreifen ausgebeten hatte.

„Seht Ihr?", fragte Udd. Wir haben gemacht, was wir sollten. Streifen, jeder zwei Fuß lang. Ihr meintet, wir sollen Bogen daraus machen, also haben wir sie an den Enden eingekerbt und bespannt. Wir mussten verdrehte Därme nehmen. Alles andere war zu schwach."

Shef nickte. „Aber dann konntet ihr sie nicht spannen."

„Richtig, Herr. Ihr konntet nicht, wir konnten nicht. Aber wir haben drüber nachgedacht, und dann ist Saxa hier", erklärte Udd und deutete auf ein Mitglied seiner Truppe, „eingefallen, dass jeder, der mal schwer zu schleppen hatte, weiß, dass Beine stärke sind als Arme.

Wir haben dicke Eichenklötze genommen und vorne Langlöcher für das Metall rein geschnitzt. Da haben wir die Streifen durchgeschoben und festgekeilt. Und Abzüge haben wir angebaut, wie bei den großen Geschützen.

Als Letztes haben wir dann diese Eisenreifen vorne am Holz festgemacht. Versucht es mal, Herr. Setzt den Fuß in den Reifen."

Shef tat wie ihm geheißen.

„Fasst die Sehne mit beiden Händen und zieht gegen euren eigenen Tritt. Zieht, bis die Sehne über den Abzug geht."

Shef zog mit aller Kraft, fühlte die Sehne gegen den Widerstand kämpfen, der zwar stark, aber nicht unüberwindbar war. Der schmächtige Udd und seine Gefährten in der Schmiede hatten die Kraft unterschätzt, die ein kräftiger Mann wie Shef aufbringen konnte. Die Sehne schnappte über den Abzug. Shef erkannte, dass er nichts anderes hielt als einen Bogen. Einen Bogen, der quer vor dem Schützen lag, nicht aufrecht wie eine gewöhnliche Jagdwaffe.

Eine grinsende Gestalt aus der Menge reichte Shef einen kurzen Pfeil. Das Geschoss musste kurz sein, denn der Stahlbogen ließ sich nur einige Zoll biegen, statt der üblichen halben Armlänge eines hölzernen Bogens. Er legte ihn in die grob geschnitzte Rille auf der Oberseite des Holzstücks. Der Kreis öffnete sich vor ihm und machte die Schussbahn auf einen Baum in zwanzig Schritt Entfernung frei.

Shef legte den Bogen an, zielte zwischen der Befiederung hindurch, wie er es mit einem Drehgeschütz gemacht hätte, drückte

497

den Abzug. Es gab keinen heftigen Rückschlag wie bei einem der großen Geschütze, keinen schwarzen Streifen, der sich hob und senkte. Aber der Bolzen raste davon und schlug mittig in den Eichenstamm ein.

Shef ging hinüber, packte den tief vergrabenen Pfeil, rüttelte daran. Erst nach einem Dutzend Versuchen bekam er ihn frei und besah ihn sich nachdenklich.

„Nicht schlecht", urteilte er. „Aber auch nicht gut. Die Bogen sind aus Stahl, aber ich denke nicht, dass sie härter treffen als die Jagdbogen, die wir schon benutzen. Außerdem sind sie nicht unverwüstlich genug für die Schlacht."

Udds Züge entglitten ihm, und er begann sofort mit den Entschuldigungen eines Sklaven mit einem strengen Herrn. Shef hob die Hand, um ihn zu unterbrechen.

„Keine Sorge, Udd. Wir lernen hier alle etwas. Das hier ist ein neues Ding, das die Welt noch nicht gesehen hat. Aber wer hat sie gemacht? Saxa, weil ihm eingefallen ist, dass Beine stärker sind als Arme. Du, weil du dich daran erinnert hast, wie dein Meister den Stahl geschmiedet hat? Ich, weil ich dir vorgeschlagen habe, einen Bogen zu bauen? Oder das alte Römervolk, weil sie mir gezeigt haben, wie man ein Drehgeschütz baut, mit dem das alles angefangen hat?

Keiner von uns. Wir haben hier etwas Neues, aber kein neues Wissen. Nur altes Wissen, das richtig zusammengesetzt ist. Altes Wissen aus vielen Köpfen. Jetzt müssen wir es stärker machen. Nicht den Bogen, der ist stark genug. Den Zug. Wie schaffen wir es, den Zug doppelt so stark zu machen, wie er jetzt ist?"

Oswi, der Anführer der Geschützmannschaften, brach das Schweigen. „Wenn Ihr so fragt, Herr, dann ist die Antwort klar. Wie verdoppelt man die Zugkraft?

Man nimmt einen Seilzug oder eine Winde. Eine kleine, nicht sowas großes wie die Nordmänner auf ihren Schiffen. Man macht sie am Gürtel fest, dreht an einem Ende des Seils, hakt das andere über die Bogensehne fest und zieht es so weit wie nötig."

Shef reichte die einfache Armbrust an Udd zurück. „Da hast du die Antwort, Udd. Baut den Abzug weiter hinten an, damit der Bogen sich so weit biegen kann, wie der Stahl es zulässt. Macht ein Windegeschirr mit einem Seil und einem Haken zu jedem Bogen. Verbaut alle Stahlstreifen zu Bogen. Nimm dir so viele Männer, wie du brauchst."

Der Wikinger schob sich unsanft durch die Menge und sah den Jarl zweifelnd an, der sich mit einer Traube von zwergenhaften Gestalten umgab. Er war erst diesen Sommer angekommen, aus Dänemark angelockt von den unglaublichen Geschichten über Reichtümer, Erfolg und Beute. Und den Sieg über die Ragnarssons. Bisher hatte er lediglich ein Heer gesehen, das zum Kampf bereit und dann stehengeblieben war. Hier war jetzt also der Jarl, der wie ein Knecht mit einer Horde Sklaven sprach. Der Wikinger war sechs Fuß groß, wog zweihundert Pfund, konnte siebzig Pfund mit einer Hand heben. Was war das für ein Jarl?, fragte er sich. Warum redet er mit ihnen, statt mit den Kriegern? *Skraelingjar* wie diese würden niemals eine Schlacht gewinnen.

Mit nur einem Hauch Ehrerbietung sagte er nur: „Herr. Man ruft Euch zum Rat."

Nach dem Überbringen seiner Botschaft wandte er sich um und ging. Seine Haltung verriet nichts als Verachtung.

Mit großem Wagemut stellte Oswi die Frage, die alle umtrieb. „Kämpfen wir diesmal, Herr? Irgendwann müssen wir Ivar aufhalten. Uns wärs recht gewesen, wenn wirs früher versucht hätten."

Shef spürte den Vorwurf und überging ihn. „Die Schlacht kommt immer früh genug, Oswi. Wichtig ist, bereit zu sein."

Sobald Shef das große Zelt, in dem sich der Rat zusammenfand, betrat, fühlte er den Unmut, der ihm entgegenschlug. Der gesamte Rat der Wegmänner schien anwesend zu sein: Erand, Ingulf, Farman und die anderen Priester, Alfred, Guthmund, Vertreter aller Lager und Einheiten des bunt zusammengewürfelten Heeres.

Er ließ sich an seinem Platz nieder und griff – ohne zu überlegen – nach dem Wetzstein, der dort für ihn bereit lag. „Wo ist Thorvin?", fragte er, als ihm dessen Abwesenheit auffiel.

Farman begann zu antworten, wurde aber unwirsch vom jungen König Alfred unterbrochen, der sich inzwischen der Mischsprache aus Nordisch und Englisch bediente, die im Rat und im Heer des Weges üblich geworden war.

„Ein Mann hier oder dort ist nicht wichtig. Was wir entscheiden müssen, kann nicht warten. Wir haben schon zu lange gezögert!"

„Stimmt", pflichtete Brand ihm brummend bei. „Wir sind wie der Bauer, der die ganze Nacht den Hühnerstall bewacht und am nächsten Morgen merkt, dass der Fuchs ihm alle Gänse gestohlen hat."

„Wer ist dabei der Fuchs?", fragte Shef.

„Rom", gab Alfred zurück und stand auf, um auf den Rat hinunter zu blicken. „Wir haben die Kirche in Rom vergessen. Als du der Kirche in dieser Gegend ihre Ländereien abgenommen hast, als ich ihr gedroht habe, ihre Einkünfte in meinem Königreich einzubehalten, da hat die Kirche Angst bekommen; der Papst hat Angst bekommen."

„Und?" Shef blieb ungerührt.

„Und jetzt sind zehntausend Mann an Land gegangen. Die Panzerreiter der Franken, angeführt von ihrem König Karl. Sie tragen Kreuze auf den Armen und Waffenröcken, und es geht das Gerücht um, dass sie gekommen sind, um die Kirche in England gegen die Heiden zu verteidigen.

Die Heiden! Seit hundert Jahren kämpfen wir Engländer gegen die Heiden. Jedes Jahr schicken wir den Peterspenny nach Rom, um unsere Treue zu beweisen. Ich bin", hob sich seine jugendliche Stimme vor Entrüstung, „als Junge von meinem Vater selbst zum Papst geschickt worden, dem alten Papst Leo. Er hat mich zum Konsul von Rom ernannt! Aber wir haben nicht auch nur ein Schiff, einen Krieger oder eine Kupfermünze aus Rom bekommen. Doch sobald Kirchenland in Gefahr gerät, findet Papst Nikolaus plötzlich eine Armee."

„Aber es ist eine Streitmacht gegen die Heiden. Vielleicht gegen uns, aber nicht dich."

Alfred lief rot an. „Eins vergisst du. Daniel, mein eigener Bischof, hat mich mit dem Kirchenbann belegt. Die Boten meinen, dass die Kreuzträger, diese Franken, überall verkünden, es gebe keinen König in Wessex, und dass die Menschen sich König Karl unterwerfen sollen. Bis das geschieht, wird jeder Landstrich, durch den sie kommen, geplündert. Sie kommen, um gegen die Heiden zu kämpfen. Aber sie berauben und töten nur Christen."

„Was sollen wir tun?", wollte Shef wissen.

„Wir müssen sofort aufbrechen und dieses fränkische Heer besiegen, bevor es mein Königreich vernichtet. Bischof Daniel ist tot oder auf der Flucht, genauso wie seine Unterstützer aus Mercia. Kein Engländer wird meinen Anspruch auf den Thron noch in Frage stellen. Meine Thanes und Aldermänner sammeln sich schon um mich und ich kann Männer aus jedem Dorf in Wessex einberufen. Wenn die Boten, wie einige vermuten, die Stärke des Feindes überschätzt haben, kann ich mich mit ihnen auf Augenhöhe messen. Ich werde ihnen so oder so entgegentreten. Aber eure Hilfe wäre mehr als willkommen." Er setzte sich und schaute auf der Suche nach Unterstützung angespannt in die Runde.

In die lange Stille hinein sagte Brand nur ein Wort: „Ivar."

Alle Blicke wandten sich zu Shef, der noch immer mit dem Wetzsteinzepter auf dem Schoß dasaß. Er war unverändert blass und ausgemergelt nach seiner Krankheit, seine Wangenknochen stachen heraus und das Fleisch um sein zerstörtes Auge war so gespannt, dass es wie eine dunkle Grube schien.

Ich weiß nicht, was er denkt, besann sich Brand. Aber er war in den letzten Tagen nicht bei uns. Wenn es stimmt, was Thorvin sagt, dass während der Traumbilder die Seele den Körper verlässt, dann frage ich mich inzwischen, ob man nicht vielleicht jedes Mal ein Stück zurücklässt.

„Ja, Ivar", wiederholte Shef Brands Wort. „Ivar und seine Geschütze. Wir können ihn nicht im Rücken haben, wenn wir nach Süden ziehen. Er würde stärker werden. Es ist nur eine Frage der Zeit, bis die Mercier nach Burgreds Tod einen neuen König wählen, der Frieden mit Ivar schließt und sein Volk so vor Plünderungen schützt. Dann kann Ivar sich auf ihre Männer und ihr Silber verlassen, wie er es in York getan hat. Er hat die Geschütze nicht selbst gebaut. Also müssen wir gegen ihn kämpfen. Ich muss gegen ihn kämpfen. Ich denke, dass er und ich inzwischen so fest aneinander gefesselt sind, dass wir nicht auseinandergehen können, bevor das erledigt ist.

Für dich ist es anders, junger König." Das Wetzsteinzepter lag in Shefs linker Armbeuge, während er mit der rechten Hand die strengen, unerbittlichen Gesichter streichelte. „Du musst an dein Volk denken. Vielleicht ist es für dich das Beste, in deinem Reich deine eigene Schlacht zu schlagen, während wir unseren Kampf mit Ivar ausfechten. Jeder auf seine Weise. Christen gegen Christen und Heiden gegen Heiden. Und danach, wenn dein Gott und unsere Götter wollen, treffen wir uns wieder und helfen diesem Land auf die Beine."

„So soll es sein", meinte Alfred und erglühte erneut. „Ich rufe meine Männer und mache mich auf den Weg."

„Geh mit ihm, Lulla", befahl Shef dem Anführer der Helmbartenträger. „Du auch, Osmod", fügte er an den Hauptmann der Geschützbesatzungen gewandt hinzu. „Sorgt dafür, dass der König die besten Pferde für die Reise nach Süden bekommt."

Als einziger verbliebener Engländer in der Ratsrunde sah Shef die übrigen Männer an und brach in flüssiges Nordisch mit schwerer hålogaländischer Färbung aus, die er von Brand übernommen hatte.

„Kann er das schaffen? Wenn er auf seine Weise kämpft? Gegen die Franken? Was weißt du über sie, Brand?"

„Wenn er kämpft wie wir, dann kann es klappen. Zuschlagen, wenn sie nicht hinsehen. Sie erwischen, wenn sie schlafen. Hat

502

nicht der alte Ragnar, Unglück wünsch ich seinem Geist, in den Tagen unserer Väter ihre große Stadt geplündert und Lösegeld von ihrem König eingestrichen?

Aber wenn der König wie ein Engländer kämpft, mit der Sonne hoch am Himmel und lauten Vorwarnungen für alle…"

Brand seufzte grüblerisch. „Die Franken hatten zu Zeiten meines Großvaters einen König. König Karl, Karl den Großen. Sie selbst nennen ihn Charlemagne. Sogar der Dänenkönig Guthfrith musste sich ihm unterwerfen. Wenn man ihnen Zeit lässt, können die Franken jeden besiegen. Weißt du warum? Wegen ihrer Pferde. Die Männer kämpfen vom Sattel aus. Eines schönen Tages tauchen sie auf, im Sattel, den Bauchgurt festgezurrt, die Fesseln geflochten, oder wie sie es nennen… Ich bin Seemann, kein Reiter, Thor sei Dank. Schiffe scheißen einem wenigstens nicht auf die Füße.

Aber an dem Tag, diesem einen schönen Tag, will man nicht gegen sie kämpfen müssen. Wenn König Alfred so ist wie die anderen Engländer, dann sucht er sich genau diesen Tag aus."

„Pferde auf der einen, Höllengeschütze auf der anderen Seite", melde sich Guthmund. „Da wird einem doch übel."

Alle Augen musterten Shef und warteten ab, wie er die Herausforderung annehmen würde.

„Wir kümmern uns zuerst um Ivar und die Geschütze", meinte er schließlich.

ACHTES KAPITEL

Zwei in die Überreste unterschiedlichster edler Stoffe gehüllte Gestalten bahnten sich auf langsam schreitenden Pferden ihren Weg die grünen Pfade Mittelenglands hinab. Alfgar, Sohn eines Thanes und bis vor Kurzem der Günstling eines Königs, und Daniel, Bischof ohne Anhängerschaft, noch immer der Todfeind eines anderen Herrschers. Beide waren nur mit Not Ivars Reiterschar an der Ouse entkommen, hatten aber am Ende ein Dutzend Wachen und genügend Geld und Verpflegung aufgetrieben, um sicher nach Winchester zurückkehren zu können. Dann hatte der Ärger begonnen.

Zuerst waren sie eines Morgens aufgewacht und hatten bemerkt, dass die Wachen verschwunden waren. Vielleicht hatten die Männer ihren Herren die Schuld an der Niederlage zugeschrieben, vielleicht waren sie es auch leid gewesen, Alfgars Spitzzüngigkeit und Daniels Wutausbrüche ertragen zu müssen. Sie hatten das Essen, das Geld und die Pferde mitgenommen. Auf dem Weg über die Felder in Richtung des nächsten Kirchturms hatte Daniel geschworen, dass sein kirchlicher Stand den örtlichen Priester dazu bringen würde, ihnen Pferde und Verpflegung auszuhändigen. Den Turm hatten sie nie erreicht. Auf dem umkämpften Land hatten die Bauern ihre Katen für den Sommer verlassen und sich Unterkünfte unter dem Blätterdach der Wälder eingerichtet. Der Dorfpriester hatte Daniels Rang durchaus erkannt und nur deshalb seine Gemeinde davon abhalten können, die Wanderer zu töten und Daniel sogar seine bischöflichen Würdenzeichen, den Ring, das Kreuz und die goldene Spitze seines Stabs, zu lassen. Alles andere hatten sie an sich genommen, unter anderem Alfgars Waffen und silberne Armreifen. Danach hatten die beiden Flüchtigen mit hungergekniffenem Magen frierend und verängstigt drei Nächte lang im Tau gelegen.

Aber Alfgar war wie sein Halbbruder und Feind Shef ein Kind der Moore. Er konnte aus Weidenruten eine Aalfalle bauen, Fische mit einer gebogenen Broschennadel an einem Faden fangen. Allmählich hatten die beiden Männer die Hoffnung auf Rettung aufgegeben und begonnen, sich auf sich selbst zu verlassen. Am fünften Tag hatte Alfgar zwei Pferde von einem schlecht bewachten Gestüt gestohlen, zusammen mit dem Messer des Hirtenjungen und einer flohträchtigen Decke. Danach waren sie besser vorangekommen. Ihre Stimmung hatte sich nicht gehoben.

An der Furt über den Lea war ihnen ein Händler begegnet, dem Daniels Ring und Kreuz Ehrfurcht einflößten. Er hatte ihnen von der Landung der Franken erzählt und so die Richtung ihrer Reise geändert.

„Die Kirche lässt ihre Diener nicht im Stich", hatte Daniel mit vor Erschöpfung und Wut geröteten Augen verkündet. „Der Schlag musste kommen. Ich wusste nicht, wo oder wann. Jetzt ist zu Gottes Ehren der fromme König Karl gekommen, um den Glauben wiederherzustellen. Wir müssen zu ihm gehen und ihm Bericht erstatten. Bericht über die, die es zu strafen gilt: die Heiden, die Ketzer, die Menschen von wankendem Glauben. Dann werden die üblen Wegmänner und Alfreds schamlose Anhänger erfahren, dass Gottes Mahlsteine langsam mahlen, aber kein Körnchen übrig lassen."

„Wohin müssen wir reiten?", fragt Alfred mürrisch. Er war nicht willens, Daniel zu folgen, aber gleichzeitig begierig darauf, sich wieder einer Seite anzuschließen, die gute Aussicht darauf hatte, zu siegen und ihm zur Rache an dem Verführer, dem Bräuträuber, zu verhelfen, der ihm erst die Frau, dann das Land und dann wieder die Frau gestohlen hatte. Jeden Tag erinnerte er sich dutzendfach mit einem beschämten Schaudern daran, wie er mit den Birkenzweigen in der Hand erwacht war, und an die neugierigen Gesichter, die auf ihn herabblickten: Habt Ihr nichts gehört?

Er hat Eure Frau gestohlen. Euren Vater gefesselt, der nicht mal Arme oder Beine hat, aber hat Euch einfach liegen lassen? Und Ihr seid nicht einmal aufgewacht.

„Das Heer der Franken ist über die Schmale See gekommen und in Kent gelandet", gab Daniel zurück. „Nicht weit vom Bistum St. Augustine in Canterbury. Sie haben ihr Lager bei einem Dörfchen namens Hastings aufgeschlagen."

König Karl der Kahle hatte für einen sechstägigen Streifzug sein Lager bei Hastings hinter sich gelassen, saß mit Blick auf die Mauern Canterburys auf seinem Pferd und wartete darauf, dass die Prozession, die eben die Stadt verlassen hatte, ihn erreichte. Er war sich ziemlich sicher darüber, was er vor sich hatte. An der Spitze erkannte er heilige Banner, singende Chormönche und schaukelnde Weihrauchfässer. Hinter ihnen, getragen in einem prächtigen Stuhl, folgte eine graubärtige Gestalt in Purpur und Weiß, die hohe Bischofsmütze über sich nickend. Das musste der Erzbischof von Canterbury sein, der Primas von England. Wulfhere, der Erzbischof von York, der in Hastings geblieben war, würde die Rechtmäßigkeit dieses Erzbischofs wahrscheinlich abstreiten. Vielleicht, dachte er, hätte er ihn mitbringen und die beiden alten Narren um den Titel kämpfen lassen sollen.

„Wie heißt der gleich noch?", fragte er seinen Oberhofmeister Godefroi, der auf dem Schlachtross neben seinem eigenen saß. Godefroi, der wie sein König entspannt im Sattel mit dem hohen Knopf und Hinterzwiesel saß, die Füße in eisernen Steigbügeln, sah zum Himmel auf und seufzte. „Ceolnoth. Erzbischof von Cantwarabyrig. Gott, was für eine Sprache."

Endlich erreichte der Zug sein Ziel, schloss seine Hymne. Die Träger setzten den Stuhl ab, der alte Mann stolperte heraus und stellte sich vor den bedrohlichen Gestalten auf, metallenen Männern auf gepanzerten Pferden. Hinter ihm verschmierte der Rauch brennender Dörfer den Himmel. Er begann zu sprechen. Nach einer Weile hob der König einen seiner Panzerhandschuhe und wandte sich an den päpstlichen Legaten, Astolfo di Lombardia, einen Geistlichen, der – noch – ohne Bistum war.

„Was sagt er?"

Der Legat zuckte mit den Schultern. „Ich weiß nicht. Es scheint englisch zu sein."

„Versucht es mit Latein."

Der Legat redete nun mit dem Erzbischof, mühelos und flüssig im Latein der Römer. Einem Latein natürlich, das so betont und geformt war, wie die Einwohner dieser uralten Stadt ihre eigene, zeitgenössische Sprache beinahe sangen. Ceolnoth, der sein Latein aus Büchern gelernt hatte, hörte verständnislos zu.

„Bitte sagt mir, dass er wenigstens Latein kann."

Der Legat hob erneut die Schultern und überging Ceolnoths stockende Versuche einer Antwort. „Die englische Kirche. Wir hatten ja keine Ahnung, dass es so schlimm sein würde. Die Priester und Bischöfe. Ihre Kleider sind nicht kanonisch, ihre Liturgie überholt. Die Priester predigen auf Englisch, weil sie kein Latein sprechen. Sie haben sogar die Frechheit besessen, Gottes Wort in ihre eigene grausame Sprache zu übersetzen. Und erst ihre Heiligen! Wie kann man Namen wie Willibrord anbeten? Cynehelm? Frideswide sogar! Wenn ich Seine Heiligkeit davon unterrichte, wird sicher jedem Würdenträger hier die Zuständigkeit entzogen."

„Und dann?"

„Dann wird hier eine neue Provinz eingerichtet, gelenkt aus Rom. Mit Einnahmen, die nach Rom fließen. Natürlich nur die geistlichen Einnahmen, die Einkünfte aus dem Zehnten, die Gebühren für Taufen und Begräbnisse, die Zahlungen beim Eintritt in heilige Ämter. Was das Land selbst betrifft, das Eigentum weltlicher Herren, das muss natürlich an die weltlichen Herrscher gehen. Und an ihre Diener."

König, Legat und Oberhofmeister tauschten Blicke tiefbefriedigten Einvernehmens.

„Wunderbar", meinte Karl. „Schaut, der Graubart hat anscheinend einen jungen Priester gefunden. Vielleicht ist sein Latein besser. Sagt ihm, was wir wollen." Als Entschädigungen, Versorgungsansprüche, Abgaben zum Schutz der Stadt vor Plünderung, der Anspruch auf Geiseln und Arbeiter, die umgehend mit dem Bau einer fränkischen Befestigungsanlage beginnen sollten, die Liste immer länger werden ließen, weiteten sich Ceolnoths Augen zusehends.

„Aber er behandelt uns ja wie besiegte Feinde", stammelte er dem Priester zu, der für ihn Latein sprach. „Wir sind keine Feinde. Die Heiden sind es. Mein Amtsbruder aus York und der Bischof von Winchester haben ihn zu Hilfe gerufen. Sag dem König, wer ich bin. Sag ihm, dass er sich irrt."

Karl, der schon dabei gewesen war, sich wieder den hunderten bewaffneten Reitern zuzuwenden, die hinter ihm warteten, verstand den Klang von Ceolnoths Stimme, obwohl er den Worten nicht folgen konnte. Für die Verhältnisse des fränkischen Kriegeradels war er durchaus kein ungebildeter Mann. Er hatte in seiner Jugend etwas Latein gelernt, ebenso wie die Geschichte Roms aus den Schriften des Titus Livius.

Lächelnd zog er sein langes, zweischneidiges Schwert und balancierte es auf der Handkante wie die Waage eines Händlers.

„Das brauchst du nicht zu übersetzen, Godefroi." Dann beugte er sich im Sattel vor, näher an Ceolnoth heran und sprach langsam und deutlich zwei Wörter.

„*Vae victis*."

Wehe den Besiegten.

Shef hatte alle Möglichkeiten für einen Angriff auf Ivars Lager durchdacht, alle Züge, wie auf einem Schachbrett abgewogen, sie einen nach dem anderen verworfen. Diese neuen Wege des Krieges führten zu Unsicherheiten, die immer in Verwirrung auf dem Schlachtfeld, dem Tod von Menschen und der vollständigen Niederlage enden konnten.

Es war viel einfacher gewesen, als Schlachtreihe auf Schlachtreihe getroffen war, die Krieger im Handgemenge aufeinander eingeschlagen hatten, bis die stärkere Seite gewann. Ihm war klar, dass seine Wikinger immer ungehaltener darüber wurden, wie sich die Dinge entwickelt hatten. Sie sehnten sich nach der Gewissheit, die ein Zusammenprall schwer bewaffneter Krieger bot. Aber sie mussten sich auf einen neuen Weg vorwagen, wenn sie Ivar und seine Waffen besiegen wollten. Das Alte und das Neue mussten sich verbinden.

Aber ja! Er musste alt und neu zusammenschweißen wie das weiche Eisen und den harten Stahl seines alten Schwerts, das er in der Schlacht verloren hatte, als Edmund gefangengenommen worden war. Ein Wort kam ihm in den Sinn.

„*Flugstrith*!", rief er und sprang auf.

„*Flugstrith*?", fragte Brand und drehte sich am Feuer zu ihm herum. „Was meinst du?"

„So müssen wir die Schlacht führen. Wir machen sie zur *eldingflugstrith*."

Brand schaute ihn ungläubig an. „Zur Blitzschlacht? Ich weiß ja, dass Thor mit uns ist, aber wir werden ihn kaum überreden können, uns mit seinen Donnerkeilen den Weg zum Sieg freizuschlagen."

„Ich will auch gar keine Blitze. Ich will, dass wir die Schlacht so schnell schlagen wie sie. Den Gedanken habe ich schon, Brand. Ich weiß jetzt, was getan werden muss. Aber ich muss ihn schärfen. Er muss so klar in meinem Kopf sein, als wäre alles schon geschehen."

Jetzt, im Nebel eine Stunde vor dem Morgengrauen, war Shef sicher, dass sein Schlachtplan aufgehen würde. Die Wikinger hatten ihm zugestimmt, genau wie die Engländer an den Geschützen. Es musste klappen. Shef wusste, dass das Vertrauen des Rats und des Heeres in ihn nach der Rettung Godives und seinem Zusammenbruch kurz vor dem Angriff auf Ivar beinahe erschöpft war. Man hielt Dinge vor ihm geheim. Er wusste nicht, wo Thorvin war und warum er Godive mitgenommen hatte.

Wie damals vor den Toren Yorks wurde ihm klar, dass in diesen neuen Schlachten der Kampf das Einfachste war. Zumindest für ihn würde es so sein. Irgendwo in seinem Inneren krabbelte trotzdem eine Angst. Nicht vor Tod oder Schande, sondern vor dem Drachen, den er unter Ivars menschlicher Haut wusste. Er rang Furcht und Abscheu nieder, suchte den Himmel nach den ersten Streifen des Morgens ab, strengte sein Auge an, um vielleicht die Umrisse von Ivars Befestigung zu erkennen.

Ivar hatte sein umfriedetes Lager ganz ähnlich dem errichtet, das König Edmund am Stour angegriffen hatte: ein niedriger Graben und ein Damm mit eingegrabenen Pfählen, die drei Seiten eines Vierecks bildeten und von der Ouse vervollständigt wurden, an deren schlammigen Ufern die Schiffe an Land gezogen worden waren.

Der Wachtposten, der den Damm abging, hatte auch in jener Schlacht gekämpft und überlebt. Er musste nicht zur Aufmerksamkeit ermahnt werden. Aber für ihn waren die dunklen Stunden die gefährlichsten, so schnell sie um diese Jahreszeit auch vergingen. Als er sah, wie der Himmel blasser wurde, und den Wind spürte, der sich vor dem Morgengrauen erhebt, entspannte er sich etwas und dachte über den kommenden Tag nach. Er freute sich nicht darauf, Ivar einen weiteren Tag lang bei dessen blutigem Treiben unter den Gefangenen zusehen zu müssen. Warum, fragte er sich, ging es nicht weiter? Wenn Ivar zum Kampf bei Ely herausgefordert worden war, dann hatte er sich dem gestellt. Dieser Sigvarthsson und die Wegleute sollten sich schämen.

Die Wache lehnte sich gegen die Pfahlmauer, rang mit der Müdigkeit. Er grübelte über die Geräusche nach, die Ivar in den letzten Tagen mit seinen blutbefleckten Händen hatte erklingen lassen. Da draußen lagen zweihundert Tote in frischen Gräbern, das Ergebnis einer Woche voller Opferungen und Blutvergießen unter den Merciern, die in der Schlacht gefangengenommen worden waren. Eine Eule rief und die Wache fürchtete einen Augenblick lang, dass es vielleicht der rachsüchtige Geist eines der Toten sein könnte. Es war sein letzter Gedanke. Bevor er das dunkle Sirren der Bogensehne hörte, durchschlug der Bolzen seinen Hals. Aus dem Graben erhoben sich Gestalten, die im Nebel heran gekrochen waren, fingen ihn auf und ließen in langsam zu Boden. Warteten. Sie wussten, dass im selben Augenblick, auf den Ruf der Eule, alle Wachposten an der Umfriedung ausgeschaltet worden waren.

Selbst die weichesten Schuhe verursachen beim Lauf durch Gras Geräusche. Hunderte rennende Füße klangen wie Wellen an einem Kieselstrand. Große Gebilde erhoben sich, bewegten sich schnell in Richtung der westlichen Seite des Lagers. Dieser Augenblick war sorgfältig gewählt. Sie waren schwarze Umrisse vor dem schwarzen Himmel hinter ihnen. Aber das Licht des heller werdenden Himmels im Osten würde die Verteidiger umreißen und zu leichten Zielen machen, wenn sie erwachten und sich in die Schlacht stürzten.

Shef stand etwas abseits und sah dem Angriff mit geballten Fäusten zu. Sieg oder Niederlage hingen an den nächsten Herzschlägen. Das Lager einzunehmen wäre wie die Eroberung Yorks, nur einfacher und schneller. Keine behäbigen rollenden Türme, keine langsame Entwicklung der Angriffe in mehreren Schritten. Dieser Kampf wurde auf eine Weise entschieden, die selbst die Ragnarssons verstanden hätten. Ein heftiger Hieb, Erfolg oder Fehlschlag in den ersten Augenblicken.

Seine ungeduldigen Männer hatten feste Planken mit Dübeln zu Brücken zusammengesetzt. Zwölf Schritt lang und drei Schritt breit. Mit Eisenbändern waren Ruder so unter den Gefügen befestigt worden, dass ihre Griffe seitlich herausragten. Sie wurden von den Wikingern getragen, die an das Gefühl des Holzes in der Hand gewohnt und stolz darauf waren, ihre Kraft unter Beweis stellen zu können, indem sie mit den schweren Brücken auf die Pfahlmauer des Lagers zuliefen.

Ganz vorne rannten die größten und stärksten Krieger. Sie keuchten wegen des Gewichts, und weil sie im letzten Augenblick die

Holzbrücken über ihre Köpfe hoben, bis sie mehr als sieben Fuß über dem Boden schwebten. Genug, um die sechs Fuß hohe Umfriedung zu überragen.

Und mit einem letzten, raschen Sprung über den Graben überwanden sie die Stämme, schlugen Holz auf Holz, während die vordersten Träger im letzten Augenblick beiseite sprangen und zurück in den Graben rollten.

Nicht so die, die ihnen folgten. Sobald die Brücken an ihren Plätzen waren, donnerten sie hinüber und sprangen ins Lager dahinter. Zehn, zwanzig, hundert, zweihundert Männer waren eingedrungen, bevor die Brückenträger überhaupt ihre Waffen ziehen und sich dem Angriff anschließen konnten.

Shef lächelte in die Dunkelheit hinein. Sechs waren gebaut worden, sechs hatten angegriffen, und nur eine hatte die Mauer nicht überwunden. Sie lag halb im Graben, halb davor, während fluchende Wikinger unter ihr herauskrochen und dem Sturm ihrer Gefährten folgten.

Schmerzensschreie und Wutbrüllen, als schläfrige Männer erkannten, dass der Feind mitten unter ihnen war. Erst die dumpfen Schnitte von Äxten in Fleisch, dann das Klirren von Metall, als die Verteidiger erwachten, ihre Waffen griffen und sich zu wehren begannen. Shef warf einen letzten Blick auf das Geschehen, sah, dass die Krieger seinen Befehlen folgten und in einer geschlossenen Reihe vorgingen, während sie jeden niedermachten, der sich ihnen in den Weg stellte, ohne dabei ihren Platz zu verlassen, auch nachdem sie ihren Gegner besiegt hatten. Alle hielten Schritt mit dem mörderischen Vormarsch. Dann rannte auch Shef.

Auf der Ostseite des Lagers hatten seine englischen Freigelassenen auf seinen Befehl hin in der Dunkelheit gewartet, und waren erst vorwärts getrabt, als der Kampflärm sie erreicht hatte. Shef hoffte, dass er seinen Aufbruch gut abgestimmt hatte. Er hatte die Männer zweihundert Schritt von der Umfriedung entfernt aufgestellt. Wenn sie losgelaufen waren, als sie den Angriff gehört hatten, würden sie das Lager erreichen, wenn das Handgemenge im Inneren am wildesten war. Alle Augen wären auf die anstürmenden Wikinger gerichtet, und jeder Krieger unter Ivars Befehl würde seinen Gefährten zu Hilfe eilen. Zumindest hoffte er das inbrünstig. Er erreichte die Ecke des Lagers in dem Augenblick, als die Engländer in vollem Lauf erschienen.

Die Helmbartenträger führten die Abteilung an. Jeder von ihnen trug neben seiner Waffe ein großes Reisigbündel, das er in den Graben werfen sollte, bevor er die scharfe Klinge gegen die Pfähle und die Lederschnüren wandte, die die hölzerne Umzäunung aufrecht hielten.

Die zweite Welle der Angreifer näherte sich. Armbrustschützen, die zwischen den Helmbartenkämpfern hindurchtraten, mit Messern die letzten Bänder durchtrennten, Pfähle beiseite hoben und durch die Lücken ins Innere gelangten.

Shef folgte ihnen, drängte sich zwischen den rempelnden Reihen hindurch. Er musste keine Befehle rufen. Die Armbrustschützen folgten ihren seit Langem eingeübten Anordnungen, machten zehn sorgfältig gezählte Schritte, blieben stehen und bildeten eine Kette. Nachrückende Männer blieben hinter ihnen stehen, bis eine Reihe entstand, die sich von der Holzmauer bis zum Flussufer erstreckte. Die schnellsten Läufer unter den Engländern preschten vorwärts, durchtrennten die Zeltschnüre und kehrten dann in Sicherheit zurück, während die Schützen ihre Bolzen einlegten.

Einige Lagerbummler und junge Wikinger hatten sie gesehen, mit offenem Mund angestarrt und waren geflohen. Aber unvorstellbarerweise hatte kein einziger von Ivars Kriegern ihre Anwesenheit bemerkt. Sie waren vom bekannten Klirren der Waffen völlig eingenommen, das vom anderen Ende des Lagers erscholl. Shef stellte sich einen Schritt hinter der Doppelreihe auf, sah, wie sich ihm die Gesichter in Erwartung des vorher verabredeten Zeichens zuwandten. Er hob den Arm und ließ ihn wieder fallen. Die Köpfe blickten wieder nach vorn, zielten einen Augenblick lang. Dann hörte er nur noch das scharfe Schnappen von hundert gleichzeitig gelösten Sehnen.

Die kurzen, dicken Bolzen schossen durch das Lager, durchdrangen Leder, Kettenhemden und Fleisch.

Die vordere Reihe hakte schon zum Nachladen ihre Flaschenzüge ein, da trat die zweite Reihe zwischen ihnen vor, wartete auf Shefs Befehl und trieb die nächsten hundert Geschosse in die Masse der Wikinger.

Beunruhigte und ungläubige Rufe mischten sich nun mit den Schreien der Verwundeten, als Krieger ihre eigenen Leute schlagartig auch am hinteren Ende des Handgemenges fallen sahen. Einige drehten sich um, die Gesichter blass im Morgenlicht, um den stummen Tod zu sehen, der in ihrem Rücken um sich griff, während die Wikinger des Weges ihren heftigen Ansturm von vorne fortsetzten, ohne dabei ihre Kräfte zu sparen. Immerhin hatte Shef ihnen versprochen, dass der Kampf nur einige Dutzend Herzschläge dauern würde.

Die erste Reihe der Schützen war wieder bereit. Wer mit den Nachladen fertig war, trat zwischen seinen Vordermännern hindurch und nahm erneut Aufstellung. Shef wartete ungeduldig, bis auch der Letzte an seinem Platz war. Die Reihen mussten getrennt bleiben, wenn es klappen sollte. Dann senkte er wieder den Arm. Viermal konnten die Reihen schießen, bevor sich die ersten Verteidiger lösen und umdrehen konnten, sich ordneten und in einer schlingernden Kette durch das Lager stürmten, behindert von zusammengefallenen Zelten und der Glut der Feuerstellen. Als sie sich näherten, folgten die Schützen einem neuen Befehl. Schossen, wenn sie gerade geladen hatten, um sich dann abzuwenden und sich mit den anderen hinter die Reihen der hinter ihnen wartenden Helmbartenträger zurückzuziehen. Diese machten ihren Mitstreitern Platz und stellten sich dann wieder zu einer langen Kette stählerner Dornen.

„Nicht angreifen, stehenbleiben!", rief Shef, der der letzten Armbrust nach hinten gefolgt war. Nicht alle konnten ihn durch den

515

Lärm des näherkommenden Schlachtrufs der Wikinger hören. Aber er wusste, dass das der Zeitpunkt war, an dem Brands Meinung nach alles verloren gehen würde. Die schmächtigen Sklavengeborenen mussten die ganze Macht eines Sturmangriffs der Nordmänner abfangen.

Die Engländer gehorchten. Standen still, ihre Waffen vorgestreckt. Die hintere Reihe stützte die vordere. Selbst ein Mann, in dessen Bauch die Angst brodelte, wusste, dass nicht mehr von ihm erwartet wurde, als er tun konnte. Der Angriff der Wikinger kam nicht mit voller Wucht. Zu viele waren niedergeschossen worden, unter ihnen die meisten Anführer. Zu viele der Übriggebliebenen waren unsicher und unvorbereitet. Die Welle, die jetzt hackend und stechend gegen die Wand aus Stahl brandete, kam nur stückchenweise. Jeder Wikinger fand sich zwischen einem Stahldorn vor sich und zwei Klingen von den Seiten gegenüber, die nach ihm schlugen. Die wenigen Hiebe, die sie austeilen konnten, prallten von langen Schäften ab, die die Hintenstehenden nach vorne hielten. Langsam zogen sich die Nordmänner von der ungerührten Mauer aus Helmbarten zurück, sahen sich nach jemandem um, der sie anführen würde.

Währenddessen erklang hinter ihnen lautes Siegesgeheul. Viga-Brand hatte angesichts der sich auflösenden, ausgedünnten Schlachtreihe seiner Landsleute seine besten Männer durch die Mitte der Überbleibsel der Ragnarsson-Streitmacht geworfen, die er jetzt von hinten aufrollte.

Geschlagene Krieger begannen ihre Waffen zu Boden zu werfen.

Vom Flussufer aus sah Ivar Ragnarsson zu, wie seine Männer fielen und sich schließlich ergaben. Er war auf seinem Schiff, der *Lindormr*, erwacht und hatte sich zu spät aus seinen Decken gerollt, um mehr als nur ein stiller Beobachter sein zu können. Jetzt wusste er, dass er diese Schlacht verloren hatte.

Er wusste auch, warum. Die letzten Tage voller Blut und Gewalt waren für ihn eine Freude gewesen, eine Erleichterung. Die Be-

516

ruhigung einer Raserei, die seit Jahren ihn ihm gebrannt hatte, ohne dass die gelegentlichen kurzen Vergnügen, die seine Brüder für ihn veranstalteten, oder die großen Hinrichtungen, die seine Männer wohlwollend hinnahmen, sie wirklich befriedigen konnten. Eine Freude für ihn, aber das Heer war davon angewidert gewesen. Es hatte ihren Kampfesmut verfaulen lassen. Nicht sehr. Aber stark genug, dass sie ein Bisschen weniger als alles in den verzweifelten Verteidigungskampf steckten.

Er bereute nicht, was er getan hatte. Was er bereute war, dass dieser Angriff nur von einem Mann hatte geführt werden können: dem Sigvarthsson. Der Angriff bei Nacht, die schnelle Überwindung seiner Verteidigungsstellungen. Dann, als seine eigenen Krieger endlich zum Kampf gesammelt gewesen waren, der feige Angriff von hinten.

Das Gefecht war völlig verloren. Er war schon einmal aus einer verlorenen Schlacht geflohen. Musste er es wieder tun? Die Sieger waren ganz in der Nähe, und am anderen Ufer des Flusses warteten zehn der Drehgeschütze mit ihren Pfeilen. Örtliche Bauern hatten sie mit Feuereifer an diese günstige Stelle geschoben, nachdem sie fünf Meilen flussabwärts auf schwerfälligen Stechkähnen und Flößen hinübergeschafft worden waren. Als der Morgen immer heller wurde, zielten die Geschützmannschaften sich auf die Ragnarssonschiffe ein.

Auf der *Lindormr* kauerten die Kirchensklaven um ihr eigenes Geschütz. Beim ersten Geräusch des Angriffs hatten sie die Abdeckung entfernt, es gewunden und geladen. Jetzt zögerten sie und wussten nicht, in welche Richtung sie schießen sollten. Ivar trat auf das Seitendeck.

„Werft den Ausleger ab", befahl er. „Lasst ihn hier. Weg vom Ufer."

„Lasst Ihr Eure Männer schon im Stich?", fragte Dolgfinn aus einer kleinen Traube erfahrener Schiffsführer heraus. „Ohne auch nur das Schwert zu ziehen? Das könnte schlecht klingen, wenn die Saga gesungen wird."

„Im Stich lassen? Nein. Ich mache uns zum Kampf bereit. Kommt an Bord, wenn ihr mitmachen wollt. Wenn ihr herumstehen wollt wie alte Huren, die auf Kunden warten, dann bleibt, wo ihr seid.“

Dolgfinn erglühte ob der Beleidigung und trat mit der Hand am Schwertgriff auf Ivar zu. Plötzlich erblühten Federn aus seiner Schläfe und er stürzte. Nach der Einnahme des Lagers waren die Armbrustschützen wieder ausgeschwärmt und schossen auf jeden Widerstand. Ivar trat in den Schutz des Geschützes am Bug seines Schiffs. Während die Sklaven *Lindormr* ungeschickt in die Strömung stakten, zeigte er auf einen Mann, der noch am Ufer stand.

„Du. Spring. Hier rüber.“

Zögerlich hob Erzdiakon Erkenbert seine Kutte an und übersprang die breiter werdende Lücke zwischen Ufer und Schiff, landete stolpernd in Ivars Armen.

Ivar deutete auf die Armbrustschützen, die im Morgenlicht immer klarer sichtbar wurden. „Noch mehr Dinge, von denen du mir nichts gesagt hast. Wahrscheinlich kann es auch die eigentlich nicht geben, mh? Wenn ich heute die Sonne untergehen sehe, dann schneid ich dir das Herz raus und brenne deine Kirche nieder.“

„Hört auf zu schieben. Werft den Anker aus und lasst den Steg ans Ufer.“

Während die verwirrten Sklaven die beschwerte zwei Fuß breite Planke über die Seite ans Ufer wuchteten, lehnte sich Ivar gegen einen der Balken seines Geschützes, hielt Erkenberts rechtes Handgelenk eisenfest umschlossen und sah seiner Streitmacht beim Sterben zu. Ihn beherrschte nur ein furchtloser Gedanke: wie er dem Feind den Sieg verderben und die Stunde des Erfolgs verbittern konnte.

Unter Begleitschutz begab sich Shef durch das Durcheinander des Lagers. Er trug seinen Helm, die Waffe hatte er über die Schulter gelegt. Er hatte bisher weder einen Schlag geführt noch abgewehrt. Ivars Heer gab es nicht mehr. Die Wegkrieger sammelten die Gefangenen ein, während einige Überlebenden zu zweit oder zu dritt das entfernte Flussufer entlang flüchteten. Es waren nicht viele, zu wenige um eine Bedrohung darzustellen.

Die Schlacht war gewonnen, sagte Shef sich, und zwar mühelos, ganz nach seinem Vorhaben. Aber immer noch lag eine Eiseskälte in seinem Bauch. Zu einfach, zu mühelos. Die Götter verlangen einen Preis für ihre Gunst. Was würde es diesmal sein? Er begann wieder zu laufen, diesmal zu Brand, dessen Helm über den Männern in der ersten Reihe des Vorstoßes des Wegheeres glänzte. Er hatte erst wenige Schritte getan, als Farben von einer der Mastspitzen der nicht weit entfernten Schiffe blitzten. Goldener Stoff, der die ersten kräftigen Strahlen der aufgehenden Sonne einfing. Es war der sich windende Wurm. Ivar hatte sein Banner gehisst.

Brand wurde langsamer, als er Ivar mit einem Bein auf dem Dollbord der *Lindormr* stehen sah, sechs Fuß Wasser zwischen sich und dem Ufer. Ivar war vollständig angezogen, trug grasgrüne Hosen und einen Kittel derselben Farbe, sein langes Kettenhemd und den silbernen Helm. Den scharlachroten Mantel hatte er beiseitegelegt, aber die Morgensonne strahlte rot vom glatten Buckel seines Schilds zurück. Neben ihm stand ein kleiner Mann in der schwarzen Kutte eines christlichen Geistlichen, das Gesicht vor Angst verzerrt.

Als Männer beider Seiten diese Gegenüberstellung sahen, endete auch der letzte Kampf im Lager. Die Wikinger, sowohl Wegmänner als auch Ragnarssons, sahen einander an, nickten und erkannten an, dass die Schlacht gewonnen oder verloren war. Als die englischen Helmbartenträger, die weniger sachlich kämpften, sich näherten, warfen die wenigen verbliebenen Krieger der Ragnarssons ihre Waffen auf den Boden und verließen sich auf die Milde ihrer ehemaligen Feinde. Dann wandten sich alle, Engländer und Nordmänner, Wegmänner und Seeräuber, ihren Anführern zu, um zu sehen, was geschehen würde. In den hintersten Reihen des Rings aus Zuschauern drängelte und fluchte Shef in der Hoffnung, nach vorne durchzukommen.

Brand hielt einen Augenblick lang inne. Er atmete nach dem kurzen, heftigen Gefecht schwer. Dann näherte er sich dem Steg, hob die rechte Hand, die ihm im Jahr zuvor beim Kampf gegen König Edmund zwischen zwei Fingern gespalten worden war. Er bewegte die Finger, um zu zeigen, dass sie geheilt war.

„Wir haben uns vor einer Weile unterhalten, Ivar", bemerkte er. „Ich habe dir gesagt, dass du besser auf deine Frauen achtgeben solltest. Aber den Ratschlag hast du nicht befolgt. Vielleicht weißt du ja auch nicht, wie. Aber du meintest, dass du darauf zurückkommen würdest, wenn deine Schulter genesen ist. Und ich wollte dich daran erinnern, wenn meine Hand geheilt wäre. Nun, ich habe mein Wort gehalten. Was ist mit dir? Du siehst aus, als wolltest du abreisen."

Ivar grinste, zeigte seine ebenmäßigen Zähne. Behutsam zog er sein Schwert und warf die reich verzierte Scheide in die Ouse.

„Komm und sieh selbst", forderte er Brand heraus.

„Warum kommst du nicht runter und kämpfst auf ebener Erde? Mir wird niemand helfen. Wenn du gewinnst, dann kannst du dahin zurückgehen, wo du jetzt stehst, ohne dass dich jemand angreift."

Ivar schüttelte den Kopf. „Wenn du so kühn bist, Mörder-Brand, dann kämpf auf meinem Boden." Ivar machte einen Satz auf den Steg, trat zwei Schritte vor. „Hier. Ich will gar keinen Vorteil für mich. Wir stehen beide auf derselben Planke. Dann kann jeder sehen, wer zuerst zurückweicht."

Summend begannen die Zuschauer ihre Neugierde kundzutun. Sie begriffen langsam die Lage. Auf den ersten Blick schien der Ausgang des Kampfes klar. Brand war siebzig Pfund schwerer als Ivar, mehr als einen Kopf größer und wenigstens genauso erfahren im Umgang mit seinen Waffen. Aber jeder von ihnen konnte sehen, wie sehr sich die Planke schon unter dem Gewicht nur eines

Kämpfers bog. Wie würde das bei zweien, und dann auch noch einem so großen wie Brand, aussehen? Wären beide unsicher auf den Beinen? Oder nur einer von ihnen? Ivar war bereit, die Füße so weit auseinander wie die Planke es gestattete, den Schwertarm ausgestreckt wie ein Fechter, den Körper nicht hinter dem Schild verborgen wie ein Krieger im Schildwall.

Brand ging auf das Ende des Stegs zu. Er hielt seine große Axt mit einer Hand, am anderen Arm trug er einen kleinen Schild. Bedächtig legte er ihn ab, warf ihn zu Boden, nahm die Axt in beide Hände. Als Shef sich endlich nach vorn gekämpft hatte, sprang Brand gerade auf die Planke, machte zwei Schritte in Ivars Richtung und ließ unversehens einen Aufwärtshieb auf Ivars Gesicht peitschen.

Der wich mühelos aus, ohne sich mehr als die sechs Handbreit zu bewegen, die dafür nötig waren, dem Schlag zu entwischen. Sofort duckte er sich und hackte nach dem Oberschenkel seines Gegners. Brand verhinderte einen Treffer mit dem eisenbeschlagenen Schaft seiner Axt, erwiderte den Schlag in derselben Bewegung des Handgelenks. Zehn Herzschläge lang ließen die Männer Hiebe aufeinander herabregnen, die schneller fielen als die Umstehenden sie sehen konnten. Verteidigung, Ducken, Ausweichen, um Stoß oder Stich aus dem Weg zu gehen. Keiner von ihnen bewegte die Füße.

Dann traf Brand. Er wehrte einen Hieb Ivars nach oben hin ab, machte einen halben Schritt vorwärts, sprang hoch und landete mit seinem ganzen Gewicht in der Mitte des Stegs. Die bog sich durch, sprang nach oben zurück und ließ beide Kämpfer ihren festen Stand verlieren. Noch in der Luft schwang Brand den beschlagenen Axtgriff gegen Ivars Kopf, traf ihn mit wütendem Klirren am Wangenschutz seines Helms. Im selben Augenblick fing sich Ivar wieder und stieß Brand mit wilder Gewandtheit seine Klinge durch Kettenhemd und Leder tief in den Bauch.

Brand kam wankend wieder auf der Planke auf, Ivar hielt das Gleichgewicht. Einen Wimpernschlag lang standen beide still, miteinander verbunden durch die Klinge zwischen ihnen. Dann, als Ivar die Klinge drehen wollte, um seinem Feind Gefäße und Gedärm zu zerfetzen, warf Brand sich rückwärts von der Klinge. Er stand ganz am Ende der Planke, tastete mit seiner Linken nach dem Blut, das zwischen den zerfetzten Stahlringen rann.

Mit beiden Händen packte Shef ihn an Kragen und Gürtel, riss ihn von der Planke weg und schob ihn torkelnd nach hinten. Die Zuschauer ließen Missfallen, Wut und Ermutigung hören. Shef nahm seine Waffe in beide Hände und trat selbst auf den Steg. Zum ersten Mal, seit man ihn geblendet hatte, sah er Ivar in die Augen, riss seinen Blick aber gleich wieder los. Wenn Ivar ein Drache war, wie im Traumbild, das er von Fafnir gehabt hatte, dann konnte er ihn vielleicht noch mit seinem Drachenzauber belegen, der Furcht und Lähmung bedeutete. Und der mit Stahl nicht gebrochen werden konnte.

Ivars Gesicht zerriss in einem Grinsen voller Siegesgewissheit und Verachtung. „Du kommst spät zu unserem kleinen Treffen, Jungchen", spottete er. „Denkst du, du kannst gewinnen, wo große Krieger versagen?"

Shef hob sein Auge wieder, blickte Ivar unumwunden ins Gesicht. Währenddessen füllte sich sein Geist mit Gedanken an Godive und daran, was dieser Mann, dieses Unwesen, mit ihr hatte tun wollen. Was er mit so vielen Sklaven und Gefangenen getan hatte. Wenn es einen Schutz gegen Ivars Zauber gab, dann war es Gerechtigkeit.

„Ich habe schon gewonnen, wo du verloren hast", antwortete er. „Die meisten Männer können tun, was du nicht kannst. Darum habe ich dir den Kapphahn geschickt."

Ivars Grinsen versteinerte, zeigte die Zähne, wie ein bloßer Schädel es getan hätte. Er ließ die Spitze seines Schwerts zucken. „Komm", flüsterte er, „komm."

Shef wusste bereits, was er tun musste. Er konnte im Zweikampf nicht gegen Ivar bestehen. Er musste andere Waffen einsetzen. Ihn herunterziehen. Ivars offene Verachtung gegen ihn wenden.

Er tappte vorsichtig die Planke entlang und ließ einen ungeschickten, zweihändig geführten Schlag mit der Speerspitze seiner Waffe in Ivars Richtung fallen. Ivar hieb ihn beiseite, ohne hinzuschauen oder sich zu bewegen. Er wartete einfach nur darauf, dass sein unerfahrener Feind näher kam oder einen Fehler machte.

Shef hob die Helmbarte hoch über den Kopf und machte sich für einen mächtigen Schlag bereit, der selbst einen Mann im Kettenhemd vom Hals bis zum Becken spalten würde. Ivar grinste noch breiter, als er es sah, hörte das ungläubige Stöhnen der Zuschauer. Das hier war kein Holmgang, bei dem die Kämpfer stillstehen mussten. So einem Hieb könnte selbst ein halbblindes Großväterchen ausweichen und hätte danach genug Zeit, näherzukommen und seinem Gegner die Kehle aufzuschlitzen, während der noch das Gleichgewicht wiederfand. Nur ein sklavengeborener Narr würde so etwas versuchen, einer wie dieser Sigvarthsson.

Shef schwang die Waffe mit all seiner Kraft abwärts. Aber er zielte nicht auf Ivar, sondern auf den Steg zu seinen Füßen. Die große Klinge fiel in einem Bogen und glitt fast ungebremst durch das Holz. Als Ivar überrascht und taumelnd die zwei Schritte auf sein Schiff zurückzuspringen versuchte, ließ Shef die Helmbarte fallen, warf sich nach vorne und packte Ivar. Gemeinsam stürzten sie in die kalte, schlammige Strömung der Ouse.

Als der Fluss sie einhüllte, atmete Shef unwillkürlich ein. Sein Mund und seine Luftröhre füllten sich augenblicklich mit Wasser. Erstickend schwamm er in Richtung Oberfläche. Wurde festgehalten und nach unten gedrückt. Er hatte die Waffe fallengelassen, aber sein lose sitzender Helm war vollgelaufen und zog seinen Kopf nach unten. Eine Hand wie eine Würgeschlange zerdrückte seinen Hals, aber die andere Hand war frei, tastete nach dem Gürtel und dem Ausweidemesser daran. Mit der Kraft der Verzweiflung packte Shef Ivars rechtes Handgelenk mit seiner Linken.

Kurz durchbrachen beide die Oberfläche, und Shef gelang es, seine Lungen freizubekommen. Dann hatte Ivar ihn wieder und zwang ihn zurück unter Wasser. Schlagartig verschwand die kalte Abscheu in Shefs Innerem, die ihn seit Beginn des Kampfes halb gelähmt hatte. Die Drachenangst. Sie war verschwunden. Keine Schuppen, kein Panzer, keine furchtbaren Augen, in die er blicken musste. Nur ein Mann. Nicht mal ein Mann, gellte ein siegesgewisser Ruf durch Shefs Geist.

Während er sich wie ein Aal wild im Wasser wand, packte Shef seinen Feind und zog ihn nahe an sich heran. Zog den Kopf ein und stieß den Rand seines Helms vorwärts. Den Rand, den er wieder und wieder geschärft hatte, bis er damit den Bart hätte scheren können. Ein Knirschen, ein Nachgeben. Ivar versuchte zum ersten Mal, sich zurückzuziehen. Vom scheinbar unendlich weit entfernten Ufer brausten Schreie auf, als die vordersten Zuschauer Blut im schäumenden Wasser sahen. Shef stieß wieder und wieder zu, bemerkte aber auf einmal, dass Ivar ihn jetzt Schwitzkasten hatte und versuchte, ihn nach unten zu werfen. Jetzt schwamm Ivar oben, den Kopf über Wasser, und versuchte verbissen, seinen Gegner zu ertränken. Er war zu stark und wurde mit jedem Atemzug stärker.

Shefs rechte Hand griff wild um sich und fand Ivars Knie. *Drengskapr* finde ich hier nicht, dachte Shef. Brand würde sich für mich schämen. Aber Ivar hätte Godive wie einen Hasen in Stücke geschnitten.

Er fuhr mit seiner rechten Hand unter Ivars Kittel, packte im Schritt fest zu. Sein verkrampfter, ertrinkender Griff schloss sich um die Wurzel von Ivars Männlichkeit. Er riss und zerrte mit jedem Quäntchen Kraft, das die jahrelange Arbeit in der Schmiede ihm verliehen hatte. Von irgendwoher hörte er einen Schrei wie von einem Tier im Todeskampf. Aber die Ouse ertränkte das Geräusch, der schmutzige Strom floss immer weiter. Als Shefs brennende Lunge endlich nachgab und das kalte, unaufhaltsame, herzerlöschende Wasser hineinließ, dachte er nur eines: Zerquetschen. Niemals loslassen...

524

Neuntes Kapitel

Hund saß an seinem Bett. Shef starrte ihn einige Augenblick lang an, bevor die Angst ihre Zähne in ihn schlug und er sich mit einem Ruck aufsetzte.

„Ivar?"

„Ganz ruhig, ganz ruhig", meinte Hund besorgt und schob ihn sanft aufs Lager zurück. „Ivar ist tot. Tot und verbrannt."

Shefs Zunge fühlte sich zu groß und zu dick an, um damit zu sprechen. Mit Mühe schaffte er es, ein „Wie?" zu hauchen.

„Schwierige Frage", gab Hund abwägend zurück. „Er könnte ertrunken sein. Oder verblutet. Du hast ihm mit deinem Helm Gesicht und Hals völlig zerschnitten. Aber ich denke, dass er vor Schmerz gestorben ist. Du hast ihn nicht losgelassen, weißt du? Am Ende mussten wir ihn losschneiden. Wenn er da noch gelebt hätte, wäre er dabei gestorben.

Schon komisch", fügte er nachdenklich hinzu. „Alles an seinem Körper war ganz gewöhnlich. Was auch immer mit ihm und den Frauen nicht stimmte, es war in seinem Kopf. Ingulf kannte viele der Geschichten."

Allmählich entwirrte Shefs benebeltes Hirn die Fragen, die er stellen musste. „Wer hat mich raus gefischt?"

„Ah. Das waren Cwicca und seine Jungs. Die Wikinger haben nur rumgestanden und zugeschaut, unsere und Ivars. Anscheinend gibt es bei ihnen zu Hause Wettkämpfe, bei denen Männer einander zu ertränken versuchen. Sie wollten nicht eingreifen, bevor klar war, wer gewonnen hat. Es wäre gegen den Anstand gewesen. Zum Glück hat Cwicca sowas nicht."

Shef dachte an die Augenblicke zurück, bevor er sich Ivar auf dem schwankenden Steg entgegengestellt hatte. Er erinnerte sich an den schrecklichen Anblick Brands, als dieser sich von Ivars Klinge losgerissen hatte.

„Und Brand?"

Hunds Gesicht nahm den Ausdruck berufsmäßiger Besorgnis an.

„Er kommt vielleicht durch. Ich habe noch nie jemanden gesehen, der so stark ist. Aber das Schwert ist direkt in seine Eingeweide gefahren. Sie mussten verletzt sein. Ich hab ihm eigenhändig den Knoblauchbrei eingeflößt und dann an der Wunde gerochen. Es stank schon sehr, und das bedeutet meistens den Tod."

„Und diesmal?"

„Ingulf hat getan, was er sonst auch tut. Ihn aufgeschnitten, den Darm genäht, ihn zurück an seinen Platz gedrückt. Aber selbst mit dem Trank aus Mohn und Bilsenkraut, den wir damals Alfgar gegeben haben, war es sehr, sehr schwer. Brand ist wach geblieben, und seine Bauchmuskeln sind so dick wie Taue. Wenn das Gift anfängt, in ihm zu arbeiten…"

Shef hob die Beine aus dem Bett und versuchte aufzustehen. Zum Dank strafte sein Körper ihn mit einer Woge aus Übelkeit und Schwindel. Mit den letzten Resten seiner Kraft hinderte er Hund daran, ihn zurück auf die Liege zu zwingen.

„Ich muss zu Brand. Wenn er stirbt… Er muss mir einiges erzählen. Über die Franken."

Viele Meilen weit im Süden kauerte eine erschöpfte, mutlose Gestalt am Kochfeuer einer winzigen Hütte. Nur wenige hätten ihn als den ehemaligen Aetheling von Wessex, den ungekrönten König, erkannt. Sein goldener Stirnreif war ihm abhanden gekommen, als ein Lanzenstoß ihn von seinem Helm geschlagen hatte. Auch das Kettenhemd und der mit Tiermustern verzierte Schild waren verschwunden, abgelegt und weggeworfen während einer kurzen Rast auf der verzweifelten Flucht. Sogar seine Waffen fehlten. Den Schwertgürtel hatte er durchgeschnitten, um schneller rennen zu können, als ihm nach einem langen, blutigen Tag nur noch die Wahl geblieben war zu sterben oder zu fliehen – oder

526

sich den Franken zu ergeben. Er hatte sein Schwert meilenweit in der Hand gehalten, während er mit den letzten Männern seiner Leibwache der leichten Reiterei der Franken zu entkommen versuchte. Dann, als sein Pferd sterbend unter ihm zusammengebrochen war, hatte er die Waffe fallenlassen und war einfach liegengeblieben. Nachdem die Verfolger an ihm vorbeigezogen waren und er sich erhoben hatte, gab es nichts mehr für ihn zu tun. Er war wie ein Bettler mit leeren Händen in die willkommene Abenddämmerung verschwunden, die sich über die dichten Wälder in den Ebenen Kents gelegt hatte. Zum Glück war vor Einbruch der Nacht ein Lichtschimmer aufgetaucht, eine Kate auf einem fast brachen Acker, deren Bewohner er um Obdach für die Nacht angefleht hatte. Jetzt bewachte er die Haferfladen auf dem Rost, während seine unfreiwilligen Gastgeber draußen ihr Ziegen für die Nacht festbanden und wahrscheinlich flüsternd beratschlagten, an wen sie ihn verraten sollten.

Alfred dachte nicht, dass sie ihn verkaufen würden. Selbst die ärmsten Einwohner Kents und Sussex' wussten inzwischen, dass jedem tödliche Gefahr drohte, der sich den Kreuzträgern von der anderen Seite des Meeres auch nur näherte. Sie sprachen ein noch schlechteres Englisch als die Wikinger und kümmerten sich ebenso wenig wie die Heiden um das Leid, das sie verursachten. Es war nicht die Angst um sein Leben, die auf seinen Schultern drückte und ihm die, wie er fand, unmännlichen Tränen in die Augen trieb.

Es war die Furcht vor etwas Unbekanntem, dass in dieser Welt wirkte. Zweimal hatte er den jungen Einäugigen Shef getroffen. Das erste Mal hatte Alfred ihn in der Hand gehabt, als er noch Aetheling und Heerführer einer unbesiegten Streitmacht war. Shef war am Ende seiner Kräfte gewesen und hatte nur noch darauf warten können, vom Heer aus Mercia vernichtet zu werden. Damals hatte der Aetheling den Karl gerettet und ihn zum Aldermann gemacht. Zum *Jarl*, wie seine Leute ihn nannten. Das zweite Mal hatte der Jarl an der Spitze eines Heeres gestanden und er, Alfred, war als Flüchtling und Bittsteller zu ihm gekommen. Aber selbst da hatte er noch Hoffnung und Mittel gehabt. Und wie standen die Dinge jetzt? Der Einäugige hatte ihn nach Süden geschickt und gesagt, dass jeder seine eigene Schlacht kämpfen müsse. Alfred hatte seinen Kampf ausgefochten, mit allen Männern, die ihm folgen wollten, die sich aus den östlichen Gegenden seines Königreich um sein Banner scharten, die gerne kamen, um einen feindlichen Eindringling zurück ins Meer zu werfen.

Sie alle waren zerstreut worden wie Blätter im Sturm der gepanzerten Reiter. Im Herzen wusste Alfred, dass die Schlacht, die sein Verbündeter und Widersacher hatte führen wollen, anders gekommen wäre. Shef hätte gewonnen.

Der christliche Glaube hatte Alfred und seinen Landsleuten nicht das Vertrauen auf etwas austreiben können, das viel älter und tiefer verwurzelt war als alle Götter, ob christlich oder heidnisch: das Glück. Das Glück eines Menschen. Das Glück einer Sippe. Etwas, das sich mit den Jahren und Jahrzehnten nicht änderte. Etwas, das man einfach hatte. Oder eben nicht. Der große Ruhm des königlichen Hauses von Wessex, der Nachkommen Cerdics, beruhte stillschweigend auf dem Glück seiner Mitglieder. Es hatte sie vierhundert Jahre lang an der Macht gehalten.

Dem Flüchtling am Feuer schien es, als sei sein Glück und das seiner Vorfahren nun verbraucht. Nein, es war aufgewogen worden vom Glück eines Stärkeren. Des Einäugigen, der als Sklave, als Thrall, geboren worden war und sich über den Richtplatz zum Krieger im Großen Heer des Nordens nach oben gekämpft hatte und am Ende zum Jarl geworden war. Konnte es einen klareren Beweis für das Glück geben? Wenn ein Einzelner so viel davon hatte, wie konnte da noch ein Rest für seine Verbündeten oder seine Gegner bleiben?

Alfred spürte das eiskalte Verzagen eines Mannes, der den Vorteil in einem Wettkampf leichtsinnig und gedankenlos abgegeben hatte, nur um jetzt hilflos zuzusehen, wie dieser Vorteil wuchs und wuchs, bis der Gegner unüberwindlich stärker war als er selbst. In diesem trostlosen Augenblick spürte er, dass es für ihn, sein Haus und sein Königreich vorbei war. Dass es für England vorbei war. Er unterdrückte eine Träne.

Der Geruch verbrannten Brotes stieg ihm in die Nase. Schuldbewusst griff er nach dem Rost, um die Haferfladen zu wenden. Zu spät. Verbrannt. Völlig ungenießbar. Sein Magen zog sich krampfhaft zusammen, als Alfred klar wurde, dass es nach sechzehn Stunden ohne Ruhe nichts, aber auch gar nichts zu essen geben würde. Die Tür der armseligen Hütte öffnete sich, der Bauer und seine Frau kamen herein und füllten die Luft mit Wut und Anschuldigungen. Auch sie würden hungrig zu Bett gehen. Ihre letzten Vorräte waren vergeudet, verbrannt von einem dahergelaufenen Nichtsnutz. Einem Herumtreiber, der zu feige gewesen war, in der Schlacht zu sterben und zu faul für die einfachsten Aufgaben. Und dessen Stolz ihm verbot, für die Mahlzeit und die Unterkunft zu bezahlen, die sie ihm angeboten hatten.

Sie schütteten Flüche über ihn aus, aber Alfreds schlimmste Strafe war das Gefühl, dass sie recht hatten. Er konnte sich auch mit aller Macht nicht vorstellen, dass er jemals wieder auf die Beine kommen würde. Das hier war das Tal, aus dem niemand wieder herauskam. Wie auch die Zukunft aussehen mochte: Er und sein Volk, die Christen Englands, hatten darin keinen Platz. Alles würde sich zwischen den Franken und den Nordmännern, den Kreuzträgern und denen, die dem Weg folgten, entscheiden. Alfred ging schutzlos in die Nacht hinaus, und er meinte beinahe hören zu können, wie der Kummer ihm das Herz zersplitterte.

Diesmal war es Shef, der am Bett eines Verletzten saß. Brand drehte ganz leicht den Kopf, um ihn anzusehen. Das Gesicht unter dem Bart war aschfahl. Shef sah, dass selbst diese winzige Bewegung seinem Freund unvorstellbare Schmerzen bereiten musste. Das Gift in Brands Bauch rang mit der Kraft, die noch im Rest des hünenhaften Körpers steckte.

„Ich muss alles über die Franken wissen", sagte Shef. „Wir haben alle anderen besiegt. Du warst dir sicher, dass Alfred gegen sie verlieren würde."

Brand nickte kaum sichtbar.

„Was ist so gefährlich an ihnen? Wie kann ich gegen sie kämpfen? Ich muss dich fragen, weil kein anderer im Heer gegen sie in die Schlacht gezogen ist und es überlebt hat. Aber alle sagen, dass viele von euch bei den Franken jahrelang Beute gemacht haben. Wieso lassen sie sich ausrauben, obwohl sie Krieger sind, die selbst du am liebsten meiden würdest?"

Shef konnte sehen, dass Brand nicht über die Antwort nachdachte, sondern darüber, wie er sie mit möglichst wenigen Worten geben könnte. Endlich flüsterte er rau.

„Sie kämpfen miteinander. So kommen wir immer rein. Sie bauen keine Schiffe. Haben wenige Krieger. Bei uns bist du mit Speer, Schild und Axt ein Krieger. Bei denen… es braucht ein Dorf, um einen Krieger auszurüsten. Kettenhemd, Schwert, Lanze, Helm. Aber vor allem das Pferd. Große Pferde. Hengste, kaum zu bändigen. Man muss reiten lernen, Schild in der einen, Lanze in der anderen Hand. Fangen als Kinder an. Sonst geht's nicht.

Ein Franke mit Lanze… nicht schlimm. Schneid dem Pferd die Sehnen durch. Fünfzig davon? Schlimm. Tausend…"

„Zehntausend?", fragte Shef.

„Nie geglaubt. So viele sinds nicht. Viele leichte Reiter. Gefährlich, weil sie schnell sind. Auftauchen, wo du nicht mit rechnest."

Brand nahm alle seine Kräfte zusammen. „Sie reiten dich nieder, wenn du sie lässt. Oder greifen dich unterwegs an. Wir bleiben immer an den Flüssen. Oder hinter Pfahlwänden."

„Und auf dem offenen Feld?"

Brand schüttelte schwach den Kopf. Shef wusste nicht, ob es „Unmöglich" oder „Ich weiß nicht" heißen sollte. Kurz darauf legte Ingulf ihm die Hand auf die Schulter und drängte ihn aus dem Zelt.

Als er blinzelnd ins Sonnenlicht hinaustrat, fand er sich wieder einmal von Schwierigkeiten umzingelt. Wachen mussten abgestellt werden, um die riesige Beute aus Ivars Lager zu beschützen, die auf dem Weg in die Schatzkammern nach Norwich war. Gefangene harrten seines Urteils: Einige von ihnen gehörten zu Ivars Folterknechten, die meisten waren einfache Kämpfer. Boten kamen und warteten auf Antworten. In Shefs Hinterkopf brannte die Frage nach Godive. Warum war sie mit Thorvin verschwunden? Was hatte Thorvin für so wichtig gehalten, das es nicht hatte warten können?

Vater Bonifatius, der ehemalige Priester, der jetzt sein Schreiber war, hatte sich ihm in den Weg gestellt. Neben ihm stand ein zweiter kleiner Mann in geistlichem Schwarz, mit einer verbitterten Miene voller bösartiger Verachtung. Shef erkannte ihn wieder, obwohl er ihn nur einmal von Weitem in York gesehen hatte.

„Das hier ist Erzdiakon Erkenbert", stellte Bonifatius ihn unwillig vor. „Wir haben ihn auf Ivars Schiff gefunden. Er ist der Geschützbaumeister. Die Sklaven, die Ivars Maschinen bedient haben, waren erst Sklaven der Kirche in York und dann Ivars. Sie haben mir erzählt, dass dieser Mann hier die Geschütze für Ivar gebaut hat. Die ganze Kirche in York arbeitet jetzt Tag und Nacht für die Ragnarssons." Er sah mit herzlicher Verachtung auf Erkenbert hinab.

Der Geschützbaumeister, dachte Shef. Es gab mal einen Tag, an dem ich alles dafür gegeben hätte, mit diesem Mann zu sprechen. Jetzt frage ich mich, was er mir noch sagen kann. Ich kann erraten, wie seine Maschinen arbeiten. Genauso gut kann ich selber gehen und sie mir anschauen. Ich weiß, wie langsam sie schießen und wie hart sie treffen. Eins weiß ich nicht: Was steht sonst noch in seinen Büchern? Was weiß er noch? Ich glaube kaum, dass er es mir verraten wird.

Aber ich kann ihn vielleicht noch brauchen. Brands Worte arbeiteten in seinem Kopf. Sammelten sich in einem Einfall, einem Vorhaben.

„Lass ihn nicht aus den Augen, Bonifatius", sagte Shef. „Sorg dafür, dass die Sklaven aus York gut behandelt werden und sag ihnen, dass sie von jetzt an frei sind. Und dann schick Guthmund zu mir. Danach Lulla und Osmod, Cwicca, Udd und Oswi."

„Wir wollen es nicht machen", sagte Guthmund rundheraus.
„Aber ihr könntet?", hake Shef nach.
Guthmund zögerte, weil er weder lügen noch zugeben wollte, dass Shef recht hatte.
„Vielleicht. Es ist trotzdem ein dummer Einfall. Alle Wikinger aus dem Heer nehmen, sie auf Ivars Boote verladen, Ivars Männer zum Rudern zwingen und dann um die Küste zu einem Treffpunkt bei diesem Hastings…
Seht es doch ein, Herr", bat Guthmund flehentlich, so unterwürfig wie sein Wesen es zuließ. „Ich weiß ja, dass ich und meine Jungs nicht immer gerecht zu den Engländern waren, die Ihr angeschleppt habt. Zwerge und *Skraelingjar* haben wir sie genannt. Wir waren sicher, dass sie unnütz wären und bleiben würden. Jetzt haben sie das Gegenteil bewiesen. Meinetwegen.
Aber es gibt einen Grund dafür, dass wir das gesagt haben. Der gilt doppelt, wenn man gegen diese Franken und ihre Pferde kämpft. Eure Engländer können die Geschütze bedienen. Einer von ihnen haut mit so einer *hillebard* genauso hart zu wie einer von uns mit dem Schwert. Aber es gibt so viel, was sie nicht können, so sehr sie es versuchen. Sie sind nicht stark genug.
Und diese Franken? Warum sind sie denn so gefährlich? Jeder weiß, dass es die Pferde sind. Wie viel wiegt so ein Pferd? Tausend Pfund? Das versuche ich Euch zu sagen, Jarl. Um diese Franken wenigstens ein paarmal beschießen zu können, müsst Ihr sie für eine Weile aufhalten. Unsere Jungs schaffen es vielleicht, mit den neuen Waffen und so weiter. Vielleicht. Sie haben es ja noch nie versucht. Aber sie schaffen es sicher nicht, wenn Ihr sie alle wegschickt. Was soll denn geschehen, wenn nur eine Reihe von Euren kleinen Kerlen zwischen Euch und den Franken steht? Sie

können es nicht schaffen, Herr. Sie sind nicht stark genug." Sie haben nicht die Erfahrung, dachte Guthmund noch. Nicht die Willensstärke, stillzustehen, wenn Bewaffnete auf sie zugelaufen kommen und zu hacken anfangen. Oder auf sie zugeritten kommen, noch schlimmer! Nein. Für sowas hatten sie immer uns.

„Du vergisst König Alfred und seine Männer", erinnerte ihn Shef. „Er dürfte inzwischen seine Kämpfer versammelt haben. Du weißt genau, dass die englischen Thanes genauso gute und mutige Krieger sind wie deine Männer. Ihnen fehlen nur Ordnung und Zusammenhalt. Aber dafür kann ich sorgen."

Widerwillig nickte Guthmund.

„Jeder von uns muss tun, was er am besten kann. Deine Männer segeln mit den Schiffen und den Geschützen. Meine Freigelassenen winden an ihren Maschinen und schießen. Alfred und seine Engländer stehen still und tun, was man ihnen sagt. Vertrau mir, Guthmund. Du hast mir beim letzten Mal auch nicht geglaubt. Oder dem Mal davor. Oder damals beim Angriff auf die Kirche in Beverley.

Wieder nickte Guthmund, diesmal wohlwollender. Als er sich zum Gehen wandte, fiel ihm noch etwas ein.

„Herr Jarl, Ihr seid kein Seemann. Aber vergesst eins nicht: Es ist Erntezeit. Wenn die Nacht so lang wird wie der Tag, dann weiß jeder Seemann, dass das Wetter umschlägt. Vergesst das Wetter nicht."

Die Nachricht von Alfreds vollständiger Niederlage erreichte Shef und seinen Teil der Streitmacht am zweiten Tag des Marsches nach Süden. Shef hörte dem erschöpften, blassen Thane zu, der die Neuigkeiten dem aufmerksamen Kreis aus Zuhörern überbrachte. Die Sitte der geschlossenen Ratsbesprechungen hatte Shef abgeschafft, nachdem der noch immer murrende Guthmund seine Männer auf die Schiffe geführt hatte. Die Freigelassenen sahen ihm ins Gesicht, während er zuhörte. Nur zweimal konnten sie eine Veränderung darin beobachten. Die erste kam, als der Thane die fränkischen Bogenschützen verflucht hatte, unter deren Pfeilregen Alfreds Streitmacht zweimal hatte stehenbleiben und die Schilde heben müssen, bis sie reglos zum Ziel des fränkischen Reiterangriffs geworden war. Die zweite folgte, als der Thane zugab, dass Alfred seit dem Tag der Niederlage verschwunden war.

In der Stille, die der Erzählung folgte, nutzte Cwicca seinen Stand als Shefs Freund und Retter aus und stellte die Frage, an die sie alle dachten: „Was tun wir jetzt, Herr? Umkehren oder weitermachen?"

Shef antwortete sofort: „Weitermachen."

Die Meinungen derer, die um die abendlichen Lagerfeuer saßen, waren gespalten bei der Frage, ob das sinnvoll war. Seit die Wikinger unter Guthmund abgereist waren, hatte sich die Streitmacht in ein anderes Geschöpf verwandelt. Die Freigelassenen hatten sich insgeheim immer vor ihren Verbündeten gefürchtet. Sie waren ihren ehemaligen Herren so ähnlich gewesen: kräftig und gewalttätig, aber jedem Engländer kriegerisch weit überlegen. Jetzt, da die Wikinger verschwunden waren, war das Heer wie an einem Festtag losgezogen. Dudelsäcke spielten, es wurde gelacht und mit den Bauern auf den Feldern gescherzt, die schon lange nicht mehr die Flucht ergriffen, wenn sich Kundschafter oder Vorhut sehen ließen.

Aber die Angst, die sie gespürt hatten, war auch eine Art Sicherheit gewesen. So stolz sie auch auf ihre Geschütze, ihre Helmbarten und ihre Armbrüste waren, den ehemaligen Sklaven fehlte das Selbstvertrauen, das man nur durch ein Leben voller gewonnener Schlachten erringt.

„,Weitermachen' schön und gut", sagte einer von ihnen an jenem Abend. „Aber was, wenn wir dann ankommen? Kein Alfred, keine Nordmänner. Keiner aus Wessex, der uns wie versprochen hilft. Mh? Was dann?"

„Dann schießen wir sie eben nieder", gab Oswi überzeugt zurück. „So wie Ivar und die Ragnarssons. Weil, wir haben die Geschütze und die nich'. Und die Armbrüste und alles." Zustimmendes Gemurmel folgte. Aber jeden Morgen kamen die Lagerhauptmänner mit einer neuen, stetig wachsenden Zahl zu Shef. Immer mehr Männer schlichen sich nachts davon, nahmen ihre Freiheit und die Silberpennys mit, die ihnen schon aus der Beute der Schlacht gegen Ivar ausgezahlt worden waren. Die Aussicht auf Land und Vieh im Austausch gegen ihren Dienst bis zum Ende des Krieges verloren sie. Schon jetzt wusste Shef, dass er nicht mehr genügend Leute hatte, um alle Geschütze zu bedienen und die zweihundert Armbrüste zu benutzen, die Udds Schmiede hergestellt hatten.

„Was wirst du tun?", fragte Farman am vierten Morgen des Zuges. Er, Ingulf und Geirulf, der Priester Tyrs, waren die einzigen Wikinger, die darauf bestanden hatten, bei Shef und den Freigelassenen zu bleiben.

Shef zuckte mit den Schultern.

„Das ist keine Antwort."

„Ich verrate dir die Antwort, wenn du mir sagst, wohin Thorvin mit Godive gegangen ist. Und warum. Und wann sie wiederkommen."

Diesmal antwortete Farman nicht.

Daniel und Alfgar hatten viele enttäuschende Tage hinter sich. Sie hatten das Lager der fränkischen Kreuzträger zwar gefunden und versucht, durch die Wachen und Außenposten hindurch zum Anführer vorzudringen. Aber ihr Aussehen war ihnen dabei keine Hilfe gewesen: zwei Männer in schmutzigen und durchnässten Mänteln, ohne Sattel auf dem Rücken der mageren Klepper, die Alfgar gestohlen hatte. Der erste Wachposten, dem sie sich genähert hatten, war überrascht über die Engländer, die sich freiwillig zum Rand des Lagers trauten. Die örtlichen Bauern waren schon lange geflohen. Die Glücklichen unter ihnen hatten sogar Frau und Kinder mitnehmen können. Aber er hatte sich nicht die Mühe gemacht, nach jemandem zu suchen, der Alfgars Englisch oder Daniels Latein verstand. Nachdem sie einige Augenblicke lang von unten vor dem Tor der Lagerumfriedung auf ihn eingeredet hatten, war ihm der Einfall gekommen, ohne Hast einen Pfeil aus dem Köcher zu ziehen, anzulegen und ihn Daniel vor die Füße zu schießen. Alfgar hatte den Bischof mit zurück gezerrt.

Danach hatten sie mehrere Male versucht, die Krieger anzusprechen, die jeden Morgen auf ihren Pferden aus dem Tor strömten, um im Auftrag König Karls das Umland zu plündern. Ihr Herr saß derweil ohne Eile in seinem Lager und wartete auf die Herausforderung, die kommen musste. Am ersten Tag hatte es sie ihre Pferde gekostet, am zweiten büßte Daniel seinen Bischofsring ein, den er etwas zu eifrig herausgestreckt hatte. Irgendwann hatte Alfgar verzweifelt die Dinge selbst in die Hand genommen. Als Daniel verärgert auf einen fränkischen Priester losgegangen war, den sie bei seiner Suche nach Brauchbarem in den Überresten einer geplünderten Kirche entdeckt hatten, hatte Alfgar ihn beiseitegeschoben.

„Machina", hatte er mit seinem wenigen Latein gesagt. „Ballista. Catapulta. Nos videre." Zur Erklärung hatte er den Finger ans Auge gelegt. „Nos dicere. Rex." Er hatte auf das Lager mit seinen wehenden Bannern in zwei Meilen Entfernung gezeigt, mit der Hand einen redenden Mund angedeutet.

Der Priester hatte ihn angeschaut und genickt, sich wieder dem kaum verständlichen Bischof zugewandt und in merkwürdig klingendem Latein auf ihn einzureden begonnen. Daniels wütende Beschwerden waren unter den Fragen des Priesters augenblicklich verstummt. Nach einer Weile hatte dieser seine Bewachung aus berittenen Bogenschützen dazu geholt, die sie ins Lager begleitet hatten. Seitdem waren sie von einem Geistlichen zum nächsten weitergereicht worden, die mehr von Daniels Erzählung zu entwirren versucht hatten.

Aber jetzt war der letzte Franke verschwunden. Alfgar stand im gebürsteten Mantel und mit einem umfangreichen Mittagessen

536

im Magen vor Daniel. Auf der anderen Seite eines aufgebockten Tisches standen einige Männer, die wie Krieger aussahen. Einer von ihnen trug auf dem kahlen Kopf einen goldenen Kronreif. Das musste der König sein. Neben ihm stand ein Engländer, der ihm sehr genau zuhörte. Endlich wandte er sich an Alfgar. Es war das erste Mal seit ihrer Ankunft im Lager, dass er jemanden Englisch sprechen hörte.

„Die Priester haben dem König gesagt", gab er wieder, „dass du mehr Verstand hast als der Bischof hinter dir. Aber der Bischof meint, dass nur ihr beide wirklich wisst, was oben im Norden geschehen ist. Und dass ihr aus irgendeinem Grunde", sagte er mit einem Lächeln, „dem König und dem christlichen Glauben mit eurem Wissen helfen möchtet. Der König schert sich nicht um die Beschwerden und Vorschläge des Bischofs. Er will von euch alles über das Heer aus Mercia, die Krieger der heidnischen Ragnarssons und über die Streitmacht dieser Ketzer hören, zu deren Vernichtung ihn seine eigenen Bischöfe am brennendsten drängen. Wenn du ihm alles erzählst und dich klug verhältst, wird es dir nützen. Der König wird vertrauenswürdige Engländer brauchen, wenn sein Königreich hier gefestigt ist."

Mit dem Anschein innigster Ergebenheit und den Blick fest auf die Augen des Frankenkönigs geheftet, begann Alfgar seine Erzählung über den Tod Burgreds und die Niederlage an der Ouse. Während er sprach, übertrug der Engländer Satz für Satz ins Französische und Alfgar erklärte umständlich, wie die Geschütze arbeiteten, mit denen Ivar Burgreds Krieger verwirrt und zerstreut hatte. Er betonte, dass auch die Wegleute solche Waffen hatten, die er in den Schlachten des vergangenen Winters immer wieder gesehen hatte. Mit steigendem Mut malte er mit Wein das Zeichen des Hammers auf den Tisch des Königs, erzählte von den Sklavenbefreiungen.

Schließlich rührte sich der König und stellte über die Schulter hinweg eine Frage. Ein Geistlicher erschien aus den Schatten, nahm Griffel und Wachs zur Hand, zeichnete auf einem Täfelchen das Bild eines *Onagers*. Dann ein Drehgeschütz. Dann eine der Waffen mit Gegengewicht.

„Er fragt, ob du diese Dinge gesehen hast", gab der Engländer weiter.

Alfgar nickte.

„Er sagt ‚bemerkenswert'. Seine Gelehrten wissen ebenfalls, wie man sie baut, aus dem Buch eines gewissen Vegetius. Er ist überrascht, dass die Engländer gebildet genug sind, solche Dinge herzustellen. Die Franken benutzen sie nur für Belagerungen. Ein Heer aus Reitern damit anzugreifen wäre dumm. Reiter bewegen sich zu schnell, das macht die Geschütze nutzlos. Aber der König dankt dir für deine Unterstützung und wünscht sich, dass du an seiner Seite in die Schlacht reitest. Er glaubt, dass dein Wissen über den Feind nützlich sein wird. Dein Begleiter wird nach Canterbury geschickt, um dort die Befragung durch den päpstlichen Gesandten abzuwarten." Wieder lächelte der fremde Engländer. „Ich denke, dass es für dich besser ausgehen wird als für ihn."

Alfgar richtete sich auf, verbeugte sich und entfernte sich rückwärts vom Tisch, was ihm bei Burgred nie eingefallen wäre. Er beschloss, noch vor Einbruch der Nacht jemanden zu finden, der ihm Französisch beibringen würde.

König Karl der Kahle sah ihm nach, widmete sich wieder seinem Wein. „Die erste der Ratten", meinte er zu Godefroi.

„Ratten mit Belagerungsmaschinen, die sie in der Feldschlacht einsetzen. Fürchtet Ihr nicht, was er sagt?"

Der König lachte. „Wenn man über die Schmale See reist, landet man in der Zeit unserer Vorväter, als die Könige noch im Ochsenkarren in den Kampf gezogen sind. In diesem Land gibt es keinen Gegner außer den Räubern aus dem Norden, die ohne ihre Schiffe harmlos sind, und den mutigen, dummen Schwertkämpfern, die wir vor Kurzem besiegt haben. Lange Schnurrbärte und langsame Füße. Keine Pferde, keine Lanzen, keine Steigbügel, keine Heerführer.

Wir wissen jetzt, wie sie kämpfen, und müssen uns darauf einstellen." Nachdenklich kratzte er sich am Bart. „Aber es wird mehr brauchen als ein paar Geschütze, um die stärkste Streitmacht der Christenheit zu besiegen."

ZEHNTES KAPITEL

Heute wartete Shef ungeduldig auf das Traumbild, das kommen musste. Sein Geist brummte vor Zweifeln und Unwägbarkeiten. Er hatte keine Sicherheit. Es musste ihm etwas von außen zu Hilfe kommen. Meistens geschah es, wenn er erschöpft oder nach einer schweren Mahlzeit eingeschlafen war. An diesem Tag war er die ganze Strecke neben seinem Pony hergelaufen, sehr zur hämischen Freude der anderen im Zug. Am Abend hatte er sich langsam und absichtsvoll mit dem Haferbrei vollgestopft, den seine Männer aus den letzten Wintervorräten vor dem Einbringen der Ente zubereitet hatten. Er legte sich hin und fürchtete, dass sein rätselhafter Ratgeber ihn diesmal im Stich lassen würde.

„Ja", sagte die Stimme in seinem Traum. Shef spürte eine Woge der Erleichterung, als er sie erkannt. Die belustigte Stimme, die ihm geraten hatten, am Boden zu bleiben, die ihm den Traum vom hölzernen Pferd geschickt hatte. Die Stimme des namenlosen Gottes mit dem schlauen Gesicht, der ihm die Schachkönigin vor die Augen gehalten hatte. Es war der Gott, der ihm Antworten senden würde. Wenn Shef sie erkannte.

„Ja", sagte die Stimme, „du wirst sehen, was du wissen musst. Aber nicht das, von dem du denkst, dass du es wissen musst. Deine Fragen sind immer ‚Was?' und ‚Wie?'. Aber ich will dir ‚Warum?' und ‚Wer'? zeigen.

Schlagartig fand er sich auf einer Klippe wieder, so hoch, dass die ganze Welt ausgestreckt vor ihm lag. Staubwolken stiegen auf, Heere waren unterwegs, ganz so wie er es an dem Tag gesehen hatte, an dem sie König Edward getötet hatten. Wieder spürte er, dass er mit nur einem Blick alles sehen würde, was er wissen musste: die Worte auf den Lippen des fränkischen Feldherrn, den Ort, an dem Alfred lag – tot oder am Leben. Shef blickte sich unruhig um, versuchte sich einen Überblick zu verschaffen, um alles Wichtige zu sehen.

Etwas ließ ihn den Blick von der riesigen Fläche unter sich wenden, lenkte ihn in die weite Ferne, die jenseits der echten Welt in Raum und Zeit lag.

Was er sah, war ein Mann, der einem Pfad in den Bergen folgte, ein Mann mit einem dunklen, lebensfrohen, aufgeweckten Gesicht, dem man nicht ganz trauen konnte. Dem Gesicht des unbekannten Gottes aus seinen Traumbildern. Der da, dachte Shef und verlor sich ganz in dem, was er sah, der da hat mehr als eine Haut.

Der Mann, wenn er denn ein Mann war, kam zu einem Häuschen. Einer Hütte eher, einem etwas schiefen Bau aus Holzstämmen und Baumrinde, verstärkt mit Torf und zu wenigen Handvoll Ton auf viel zu vielen Ritzen. So haben die Menschen in der alten Zeit gelebt, dachte Shef. Heute können sie es besser. Aber wer hat es ihnen beigebracht?

Vor der Hütte hielten ein Mann und eine Frau mit ihrer Arbeit inne, als der Fremde sie erreichte. Ein seltsames Paar, beide etwas gekrümmt durch die ständige Arbeit, klein und stark gebaut, braunhaarig und blass. „Ihre Namen sind Ai und Edda", sagte die Stimme des Gottes.

Sie hießen den Besucher willkommen und führten ihn hinein. Er bekam zu essen: Haferbrei voller Spelze und winziger Steinstücke, die vom Mahlen im Handmörser übriggeblieben waren. Dazu gab es nur Ziegenmilch zu trinken. Der Gast ließ sich davon nicht beirren, unterhielt sich fröhlich und legte sich, als die Zeit gekommen war, auf den Haufen gegerbter Häute zwischen seinen Gastgeber und dessen Ehefrau.

Mitten in der Nacht drehte er sich zu Edda um, die noch immer ihre langen schwarzen Kleider trug. Ai lag in tiefem Schlaf, unbeweglich als hätte ihn vielleicht ein svefnporn, ein Schlafdorf, gestochen. Der listige Besucher zog ihre Kleider hoch und drang ohne Umschweife in sie ein.

Der Fremde im Traumbild erhob sich am nächsten Morgen und zog weiter. Edda blieb zurück und ihr Bauch wuchs, bis sie seufzend und stöhnend Kinder zur Welt brachte, die genauso kräftig und klein heranwuchsen wie sie selbst. Doch sie waren arbeitsamer und klüger. Sie sammelten Mist, trugen Reisig, hüteten Schweine, brachen die Grassoden mit hölzernen Spaten auseinander. Von ihnen stammten die Thralls ab, wusste Shef plötzlich. Auch er war mal ein Thrall gewesen. Heute nicht mehr.

Der Reisende machte sich mit schnellen Schritten höher in die Berge auf. Am nächsten Abend fand er ein Holzhaus, gut gefügt aus Stämmen mit festen, sauber geschnittenen Nuten, einem Fenster mit dichten Läden an der Stirnseite und einem Abtritt über einer tiefen Festspalte in einigen Schritt Entfernung. Wieder legte ein Paar sein Werkzeug hin, als der Fremdling erschien: kräftig und rotgesichtig, mit starken Gliedern. Der Mann war kahl und trug einen kurzen Bart, seine rundgesichtige Frau hatte lange Arme, die wie geschaffen dazu waren, schwer zu tragen. Sie trug ein langes braunes Kleid, aber ein wollener Mantel gegen die Kühle des anbrechenden Abends lag neben ihr, darauf bronzene Fibeln, um ihn zu schließen. Die Hose ihres Mannes glich der eines Wikingerkrieges, aber sein ledernes Hemd zierten Streifen am unteren Saum, die nur der Zierde dienten. So leben heute die meisten Menschen, dachte Shef. „Sie heißen Afi und Amma", sprach die Stimme.

Auch sie luden den Besucher zu sich ein und teilten ihr Abendessen mit ihm: gebratenes Pökelfleisch, aus dem das Fett in die Unterlage aus dunklem Brot floss, ein Essen für Schwerstarbeiter und starke Männer. Dann zogen sie sich zurück und lagen nebeneinander zwischen der Strohmatte und den wollenen Decken. In der Nacht schnarchte Afi, der in seinem Hemd schlief. Der Reisende drehte sich zu Amma, die nur ein weites Schlafgewand trug, flüsterte ihr ins Ohr und nahm sie bald darauf mit derselben Schnelligkeit und Lust wie seine letzte Gastgeberin.

Wieder machte er sich am nächsten Tag auf den Weg und ließ Amma zurück, die anschwoll und mit stillem Gleichmut Kinder gebar, so *stark und wohlgebaut wie sie selbst, aber vielleicht etwas klüger und eher bereit, etwas Neues zu versuchen. Ihre Kinder züchteten Ochsen, schlugen Bauholz für Scheunen, bearbeiteten Metall, schmiedeten Pflüge, knüpften Fischernetze, wagten sich aufs Meer hinaus. Aus ihnen wurden die Karls geboren. Auch ich war mal ein Karl. Aber auch das ist vergangen.*

Wieder machte der Mann sich auf den Weg, der jetzt zu den großen Ebenen hin abfiel. Er erreichte ein Haus etwas abseits des Pfades, umgeben von einem Zaun aus fest in den Boden geschlagenen Pfählen. Das Haus selbst hatte mehrere Räume: einen zum Schlafen, einen zum Essen, einen für die Tiere. In jedem fanden sich Fenster und großzügige Türen. Draußen saßen ein Mann und eine Frau auf einer fein gearbeiteten Bank, riefen dem Wanderer zu und boten ihm Wasser aus ihrem tiefen, klaren Brunnen an. Sie waren ein ansehnliches Paar mit langen Gesichtern, breiten Stirnen und weicher Haut, die keine Spuren von Anstrengung zeigten. Als der Mann aufstand, um den Besucher zu begrüßen, überragte er ihn um eine halbe Haupteslänge. Seine Schultern waren breit und sein Rücken aufrecht, seine Finger stark vom Drehen von Bogensehnen. „Diese zwei sind Fathir und Mothir", stellte die Stimme des Gottes sie vor.
Sie ließen den Besucher ein. Der Boden im Haus war mit süß duftenden Binsen ausgelegt und als sie am Tisch saßen, brachte die Frau ihm eine Schüssel mit Wasser zum Händewaschen. Sie trugen gebratenes Geflügel auf, kleine Pfannkuchen in einer Schale, Butter und Blutwurst. Nach dem Essen wendete sich die Frau ihrem Spinnrad zu, während ihr Mann es sich auf einer Bank gemütlich machte und sich mit dem Besucher unterhielt.
Als die Nacht hereinbrach, schienen die Gastgeber wie unter einem Zauber den Wanderer zu einem breiten Federbett zu führen, auf dessen Daunenkissen sie sich schlafen legten. Wieder drehte sich der Reisende zu seiner Gastgeberin um, als deren Mann eingeschlafen war. Wie bei ihren Vorgängerinnen drängte er mit der Kraft und Eile eines Stiers oder Hengstes in sie.

*Der Besucher verließ das Haus am Morgen, die Frau wuchs und
aus ihren Kindern entstanden die Jarls, die kämpfenden Männer.
Sie durchschwammen Fjorde, ritten Pferde zu, schmiedeten Schwerter und fütterten die Raben auf den Schlachtfeldern. So wollen die
Menschen heute leben, dachte Shef im Traum. Es sei denn, jemand
möchte, dass sie so leben…*

*Aber das kann nicht der Schluss sein. Ai zu Afi zu Fathir, Edda zu
Amma zu Mothir. Was ist mit Sohn und Tochter? Was ist mit dem
Urur" urenkel? Und Thrall zu Karl zu Jarl. Ich bin jetzt der Jarl, aber
was kommt nach dem Jarl? Wie heißen seine Söhne, und wie weit
wird der Wanderer dem Pfad folgen? Der Sohn des Jarls ist König,
der Sohn des Königs ist…*

Shef war plötzlich wach, erkannte mit aller Klarheit, was er gerade gesehen hatte, und war sicher, dass es mit ihm zu tun haben musste. Er hatte nichts anderes gesehen als einen Züchter,
der Menschen immer besser machte. So wie Menschen es mit
Pferden oder Jagdhunden taten. Aber auf welche Weise besser?
Klüger? Schneller beim Finden neuen Wissens? Das war es, was
die Priester des Weges sagen würden. Oder besser darin, sich an-
zupassen? Eher bereit, das zu nutzen, was sie schon wussten?
Einer Sache war sich Shef sicher. Wenn der Züchter niemand
anderes war als das schlaue, heitere Gesicht, das der Wanderer getragen hatte und das seinem göttlichen Beschützer gehörte, dann
würden selbst die verbesserten Menschen herausfinden, dass es
einen Preis zu zahlen gab. Und doch hatte der Wanderer Shefs
Erfolg gewollt und ihm eine Lösung gezeigt, die er nur finden
musste.

In der dunklen Stunde vor dem Morgengrauen zog Shef seine taunassen Lederschuhe an, erhob sich von der raschelnden
Strohmatte, wickelte sich in seinen Deckenmantel und trat in die
frische Luft des englischen Spätsommers hinaus. Wie ein Geist
streifte er durch das Lager, nur mit seinem Wetzsteinzepter bewaffnet, das er wie immer in der linken Armbeuge wiegte. Seine

Freigelassenen umgaben ihr Lager zwar nicht mit Umfriedungen und Gräben wie die immer geschäftigen Wikinger, aber ein Ring von Wachen schützte es vor Eindringlingen. Shef trat neben eine von ihnen, einen von Lullas Helmbartenträgern, der auf seine Waffe gestützt ins Dunkel blickte. Seine Augen waren offen, aber er bemerkte Shef gar nicht, der still an ihm vorbei in den dunklen Wald ging.

Vögel begannen zu zwitschern, als der Himmel im Osten erblasste. Shef wand sich geschickt zwischen Weißdorn und Nesseln hindurch und fand sich auf einem schmalen Pfad wieder. Er erinnerte ihn an den kleinen Weg, auf dem Godive und er ein Jahr zuvor vor Ivar geflohen waren. Sicher führte auch dieser Pfad zu einer Lichtung und einer Unterkunft.

Der Tag war angebrochen, als der die Lichtung erreichte und Shef konnte klar sehen. Die Behausung war nicht mehr als eine Kate. Während er sie beobachtete, öffnete sich die schief in den Angeln hängende Tür und eine Frau kam heraus. Eine alte Frau? Ihr Gesicht war sorgenverschlissen und blass, verkniffen, wie es häufig bei denen vorkommt, die regelmäßig Hunger litten. Aber sie war gar nicht so alt, erkannte Shef, der stumm und reglos unter den Bäumen stand. Sie blickte sich um, ohne ihn zu sehen und sank dann im schwachen Sonnenlicht neben ihrer Hütte zu Boden. Legte das Gesicht in die Hände und fing still zu weinen an.

„Was hat du, Mütterchen?"

Sie zuckte zusammen, als sie Shefs Frage hörte. Mit Furcht in den Augen sah sie ihn an, bis sie bemerkte, dass er alleine und unbewaffnet war.

„Was ich habe? Eine alte Geschichte, größtenteils. Mein Mann musste sich zum Heer des Königs melden…"

„Welches Königs?", fragte Shef.

Sie zuckte mit den Schultern. „Ich weiß es nicht. Es ist Monate her. Er ist nie zurückgekommen. Den ganzen Sommer haben wir gehungert. Wir sind keine Sklaven, aber wir haben kein Land. Wenn Edi nicht hier ist und für die Reichen arbeitet, haben wir gar nichts. Als die Ernte anfing, haben sie mich die Körner vom Boden aufheben lassen, die die Mäher übersehen hatten. Das ist nicht viel, aber es hätte gereicht, wenn es nicht zu spät gewesen wäre. Mein Kind ist gestorben, meine Tochter. Vor zwei Wochen.

Ab da wird die Geschichte neu. Als ich sie zum Priester bringen wollte, damit der sie begräbt, war kein Priester da. Er war verschwunden. Vertrieben, hieß es, von den Heiden. Den ‚Wegleuten‘? Ich kenne ihren Namen nicht. Die Männer im Dorf waren froh, weil es keinen Zehnten mehr zu zahlen gab, keinen Peterspenny. Aber was nützte mir das? Ich war selbst für den Zehnten zu arm und der Priester hatte mich manchmal mit einer milden Gabe unterstützt. Wer sollte mein Kind begraben? Wie sollte sie Ruhe finden, ohne dass jemand die Worte über sie sprach? Ohne das Christuskind, das sie mit sich in den Himmel nimmt?"

Wieder flossen die Tränen der Frau, die vor und zurück wippte. Was würde Thorvin ihr antworten?, fragte sich Shef. Vielleicht würde er sagen, dass die Christen nicht immer schlecht gewesen waren, bevor die Kirche von innen verfault war. Aber wenigstens spendete die Kirche manchen Trost. Der Weg musste sich auch um sie kümmern und nicht nur an die Krieger denken, die Odin nach Walhalla oder Thor nach Thruthvangar folgten. Er suchte an seinem Gürtel nach Geld, bemerkte, dass er keines hatte.

„Siehst du jetzt, was du getan hast?", fragte eine Stimme hinter ihm.

Shef drehte sich langsam um und fand sich Alfred gegenüber wieder. Der junge König hatte Ringe unter den Augen, seine Kleider waren schmutzig und schlammverkrustet. Er trug weder Schwert noch Mantel, aber immer noch ein Kettenhemd mit einem Dolch am Gürtel.

„Was *ich* getan habe? Ich glaube, dass sie deine Untertanin ist, auf dieser Seite der Themse. Der Weg hat ihr vielleicht den Priester genommen. Aber du hast ihr den Mann gestohlen."

„Dann eben, was wir getan haben."

Die beiden Männer sahen auf die Frau hinab. Ich bin geschickt worden, um das hier aufzuhalten, dachte Shef. Aber das schaffe ich nicht, wenn ich nur dem Weg folge, wie ihn Thorvin und Farman sehen.

„Ich mache dir ein Angebot, König", meinte er. „Du hast einen Geldbeutel am Gürtel und ich nicht. Gib ihn dieser armen Frau, damit sie lange genug lebt, um vielleicht ihren Mann heimkehren zu sehen. Dafür gebe ich dir die Macht über dein Reich zurück. Oder eher: Wir teilen sie, bis wir deine Feinde, diese Kreuzträger, besiegt haben, wie ich meine schon besiegt habe."

„Die Macht teilen?"

„Alles teilen, was wir haben. Geld, Männer, Macht, Gefahr. Lassen wir unsere Schicksale zusammenfließen."

„Wir teilen also unser Glück", fragte Alfred.

„Ja."

„Unter zwei Bedingungen", sagte Alfred. „Wir können nicht nur unter eurem Hammer ziehen, denn ich bin Christ. Ich will auch nicht unter dem Kreuz allein ziehen, denn das haben die Räuber aus dem Frankenland und Papst Nikolaus entweiht. Lass uns an diese Frau und ihren Schmerz denken und unter beidem in die Schlacht gehen. Wenn wir siegen, lassen wir unsere Völker Trost und Hilfe finden, wo immer sie können. In dieser Welt kann es davon für niemanden zu viel geben."

„Und die andere Bedingung?"

„Das da." Alfred deutete auf das Wetzsteinzepter. „Du musst es loswerden. Wenn du es hältst, lügst du. Du schickst deine Freunde in den Tod."

Shef sah es an, blickte in die grausamen, bärtigen Gesichter an den verzierten Enden, Gesichter wie das des Gottes mit der schneidend kalten Stimme aus seinen Träumen. Er erinnerte sich an den Grabhügel, aus dem er es mitgenommen hatte, die Sklavinnen mit den gebrochenen Rücken. Dachte an Sigvarth, den er in die Folter und den Tod geschickt hatte, an Sibba und Wilfi, die man verbrannt hatte. An Alfred selbst, den er wissentlich in die Niederlage hatte ziehen lassen. An Godive, die er nur gerettet hatte, um sie als Köder zu gebrauchen.

Mit einer Drehung schleuderte er es ins dichte Unterholz, wo es zwischen verfallendem Unterholz am Waldboden seinen Platz finden würde.

„Wie du meinst", sagte er. „Wir ziehen von jetzt an unter beiden Zeichen, auf Gedeih und Verderb." Er streckte die Hand aus. Alfred zog seinen Dolch, schnitt den Geldbeutel ab und warf ihn mit einem nassen Platschen der Frau vor die Füße. Erst dann ergriff er Shefs Hand.

Als sie aufbrachen, mühte sich die Beschenkte mit müden Fingern an den ledernen Schnüren des Beutels ab.

Sie hörten den Lärm, bevor sie hundert Schritte auf dem Pfad gemacht hatten. Waffenklirren, Schreie, wiehernde Pferde. Beide Männer rannten nun zum Lager des Weges, aber Dornen und Gebüsche waren im Weg. Als sie endlich keuchend ankamen, war es vorbei.

„Was war los?", fragte Shef die beiden Männer, die sich ungläubig zu ihm umdrehten.

Der Priester Farman tauchte hinter einem aufgeschlitzten Zelt auf. „Fränkische leichte Reiterei. Nicht viele, hundert vielleicht. Sie wussten, dass wir hier waren, kamen alle gleichzeitig aus dem Wald. Wo warst du?"

Aber Shef blickte an ihm vorbei auf Thorvin, der sich durch die Menge aufgeregter Männer schob, Godive fest an der Hand gepackt.

„Wir sind kurz nach dem Morgengrauen angekommen", sagte Thorvin. „Und gleich darauf haben die Franken angegriffen."

Shef beachtete ihn gar nicht, sondern sah nur Godive an. Sie hob das Kinn, starrte zurück. Er berührte sanft ihre Schulter. „Es tut mir leid, falls ich dich vergessen haben sollte. Es gibt Dinge… wenn… bald… Ich will versuchen, wiedergutzumachen, was ich getan habe.

Aber nicht jetzt. Ich bin immer noch der Jarl. Zuerst müssen wir Wachen aufstellen, damit wir nicht noch einmal überrascht werden. Dann müssen wir aufbrechen. Aber vorher... Lulla, Farman, alle Priester und Anführer sollen zu mir kommen, sobald die Wachen eingeteilt sind.

Und Osmod, vorher noch etwas. Schick mir zwanzig Frauen."

„Frauen, Herr?"

„Frauen. Hier gibt es doch genügend. Ehefrauen, Freundinnen, Lagerbummlerinnen, ganz gleich. Sie müssen eine Nadel führen können."

Zwei Stunden später blickten Thorvin, Farman und Geirulf – die einzigen Priester des Weges unter dem halben Dutzend englischer Hauptmänner – unglücklich auf das Zeichen, das die Frauen auf das große Banner der Streitmacht gestickt hatten. Statt des weißen Hammers, der aufrecht auf dem roten Feld gestanden hatte, zeigte es jetzt einen Hammer und ein Kreuz, die schräg übereinanderlagen.

„Das bedeutet, sich mit dem Feind einzulassen", murrte Farman. „Er würde das mit uns nicht tun."

„Es ist die Bedingung, die der König für seine Unterstützung gestellt hat", erwiderte Shef.

Augenbrauen hoben sich, als die Priester die abgerissene, einzeln stehende Gestalt des Königs ansahen.

„Nicht nur meine Unterstützung", erklärte Alfred. „Die Unterstützung meines Königreichs. Ich habe vielleicht ein Heer verloren. Aber es gibt immer noch Männer, die die Eindringlinge bekämpfen wollen. Es wird einfacher, wenn sie dabei nicht gleich noch den Glauben wechseln müssen."

„Natürlich brauchen wir Männer", sagte Osmod, der die Geschützbesatzungen vertrat und auch im Lager die Führung übernommen hatte. „Gerade nach heute Morgen und bei all den Jungs, die nachts abhauen. Wir haben... sieben oder acht Leute für jedes Geschütz übrig. Wir bräuchten zwölf. Bei Udd liegen mehr Armbrüste herum, als es Männer gibt, die sie bedienen können. Aber wir brauchen sie jetzt. Und wo sollen wir sie finden? So schnell, meine ich."

Shef und Alfred sahen einander unsicher an, verdauten das Problem und griffen halbblind nach einer Lösung.

Eine unerwartete Stimme durchschnitt aus der hintersten Ecke des Zelts die Stille. Godive.

„Darauf kann ich dir eine Antwort geben", sagte sie. „Aber wenn ich das tue, will ich zwei Dinge verlangen. Erstens einen Sitz in diesem Rat. Ich habe keine Lust darauf, in Zukunft wie ein lahmendes Pferd oder ein kranker Hund aus dem Weg geschoben zu werden. Zweitens will ich vom Jarl nie wieder die Worte ,Nicht jetzt. Nicht jetzt, denn ich bin der Jarl' hören."

Die Blicke wanderten. Erst erstaunt zu ihr, dann zweifelnd und beunruhigt zu Shef, dessen Hand ohne sein Zutun nach dem Wetzstein gegriffen hatte und der jetzt wie zum ersten Mal in Godives strahlende Augen sah. Ihm fiel ein, dass der Wetzstein nicht mehr da war, genauso wenig wie das, wofür er gestanden hatte. Er blickte zu Boden.

„Beides sollst du haben", sagte er heiser. „Verrat uns die Antwort, Ratsherrin."

„Die Männer, die ihr braucht, sind schon im Lager. Nur dass sie keine Männer sind, sondern Frauen. Hunderte von ihnen. In jedem Dorf findet ihr mehr. Für euch sind sie vielleicht nur Lagerbummlerinnen, wie der Jarl vorhin meinte, Nadelhirtinnen. Aber sie sind genauso gut wie Männer. Verteilt immer sechs auf jede Geschützbesatzung. Die freigewordenen Männer holen sich eine Armbrust bei Udd ab, die stärksten von ihnen bekommen von Lulla eine Helmbarte. Aber ich würde Udd auch Folgendes empfehlen: Nimm so viele von den jungen, mutigen Frauen wie möglich, und gib ihnen Armbrüste."

„Das können wir doch nicht machen", meinte Cwicca ungläubig.

„Warum nicht?"

„Naja… sie sind nicht stark genug."

551

Shef lachte laut auf. „Das haben die Wikinger von euch auch gesagt, Cwicca. Weißt du das noch? Wie stark muss man sein, um an einem Seil zu ziehen? Einen Hebel zu drehen? Einen Seilzug zu benutzen? Die Kraft kommt doch aus den Geräten."

„Sie werden Angst bekommen und weglaufen", widersprach Cwicca empört.

Eisig erwiderte Godive: „Sieh mich an, Cwicca. Du hast gesehen, wie ich in den Mistkarren gestiegen bin. Hatte ich da Angst? Und selbst wenn, ich habe es getan.

Shef, lass mich mit den Frauen reden. Ich finde die, denen ich vertrauen kann und führe sie an, wenn es sein muss. Vergesst eins nicht", sagte sie und blickte herausfordernd in die Runde, „die Frauen haben vielleicht mehr zu verlieren als ihr alle zusammen. Und viel mehr zu gewinnen."

In die entstandene Stille hinein meinte Thorvin schließlich: „Das ist alles schön und gut. Aber wie viele Krieger hatte König Alfred, als er sich den Franken gestellt hat? Fünftausend? Alle erfahren und ausgebildet. Selbst mit allen Frauen im Lager, wie kann eine Streitmacht, die nur ein Drittel so groß ist, auf den Sieg hoffen? Vor allem, wenn die meisten von ihnen, Frauen wie Männer, noch nie auch nur einen Vogel mit der Schleuder erlegt haben? Krieger macht man nicht an einem Tag."

„Aber man kann ihnen an einem Tag beibringen, wie man mit einer Armbrust schießt", ließ Udd überraschend hören. „Winden und zielen, es ist ganz einfach."

„Na und?", fragte der Tyrspriester Geirulf. „Wir haben doch heute Morgen gesehen, dass die Franken nicht lange genug stillstehen, um sich beschießen zu lassen. Was sollen wir also tun?"

„Hört mir zu", bat Shef und holte tief Luft. „Ich sage es euch."

ELFTES KAPITEL

Wie ein riesiges, eisernes Gewürm strömte das fränkische Heer kurz nach dem Morgengrauen aus seinem Lager bei Hastings. Zuerst hunderte leichte Reiter, nur gerüstet mit Kappenhelmen, Lederwämsern und Säbeln. Sie sollten den Feind finden, die Flanken sichern und Durchbrüche ausnutzen. Ihnen folgten Reihen von Bogenschützen, beritten wie alle Männer dieser Streitmacht. Aber sie würden in der Schlacht absitzen, nachdem sie bis auf fünfzig Fuß an den Feind herangekommen waren. Aus solcher Nähe würden ihre Pfeile den Feind zum Stillstand zwingen und ihm keine andere Wahl lassen als den Schild zu heben, um das Gesicht zu schützen, und sich hinzuhocken, damit die Beine nicht ungedeckt blieben.

In der Mitte, die schweren Reiter. Sie waren es, die den Franken auf den Ebenen Mitteleuropas Sieg um Sieg eingebracht hatten. Jeder von ihnen trug ein Kettenhemd und Schenkelpanzerung. Rücken und Bauch waren von den hohen Sattelknäufen geschützt, auf dem Kopf trugen sie Helme, am Gürtel das Langschwert, in den Händen Schild und Lanze. Die Füße steckten in den eisernen Steigbügeln. Mit dem drachenförmigen Schild würden sie den Körper schützen, mit der Lanze in vollem Ritt zustoßen und mit Steigbügeln den Widerstand abfangen, wenn die Waffe ihr Ziel fand. Wenige Menschen, und niemand in England, konnte gleichzeitig die Lanze in der einen Hand führen, mit dem anderen Arm den Schild ruhighalten und ein Schlachtross nur mit dem Druck der Oberschenkel und den Fingerspitzen einer Hand führen. Wer es konnte, glaubten sie, würde alle Fußsoldaten der Welt niederreiten, sobald sie hinter ihren Mauern und aus ihren Schiffen hervorkamen.

An der Spitze der neunhundert Reiter starken Hauptabteilung ritt König Karl der Kahle. Hätte er sich in seinem Sattel umgesehen, wäre er erfreut gewesen beim Anblick der hinter ihm getragenen Banner, seines Lagers und der vor der Küste liegenden Schiffe. Seine Kundschafter hatten ihm gute Nachricht gebracht. Das letzte Heer südlich des Humber war auf dem Weg zu ihm, unvorsichtig und unvorbereitet, aber bereit zur Schlacht. Das war es gewesen, was er wollte: einen entscheidenden Schlag, die Anführer tot auf dem Feld, die Aufgabe und der Übergang aller Herrschermacht in seine Hände. Der Schlag hätte früher kommen sollen, nach dem Sieg über den mutigen, aber einfältigen Alfred. Dann wäre mehr vom Sommer übriggeblieben.

Nun war die Zeit reif, vielleicht schon überreif. Aber heute oder im schlimmsten Fall morgen, würde die Entscheidung fallen. Karl bemerkte, dass die Aussicht von Regen verwischt wurde, der vom Meer heranzog. Er winkte den englischen Abtrünnigen und den Mann zu sich, der beide Sprachen sprach.

„Du lebst doch in diesem gottverlassenen Land", stellte der König fest. „Wie lang wird der Regen anhalten?"

Alfgar sah die schlaffen Feldzeichen an, bemerkte den Südwestwind, erkannte, dass das Wetter für wenigstens eine Woche anhalten würde. Nicht das, was der König hören will, wurde ihm klar.

„Ich denke, dass er bald vorüberziehen wird", sagte er. Der König knurrte und trieb sein Pferd an. Allmählich, beim Weg der Streitmacht über die brachliegenden Felder, wurde der feuchte Boden zu Morast. Die Vorhut hinterließ einen breiten, schwarzen Streifen auf der Erde.

Fünf Meilen nordwestlich beobachtete Shef von einem kleinen Hügelkamm südlich des Caldbec Hill die Franken bei ihrem Vormarsch in seine Richtung. Sein Banner wehte über einem Ochsenkarren: der Hammer und das Kreuz, übereinandergelegt. Er wusste, dass die Kundschafter es schon gesehen haben mussten und ihrem König sicher berichtet hatten, wo es stand. Er war in der vorherigen Abenddämmerung vorgestoßen, nachdem sich die plündernden fränkischen Reiter zurückgezogen hatten. Seine Männer und Frauen hatten ihre Stellungen in der Nacht eingenommen. Nahezu niemand war noch bei ihm. Es würde eine Schlacht werden, die nicht mehr in seinen Händen lag. Die echte Frage, das wusste er, war, ob sein Heer wie befohlen kämpfen konnte. Und ob es wie befohlen kämpfen würde, wenn die Verbindung zu ihm und zu den anderen Einheiten unterbrochen wurde.

Eines jedoch war ganz sicher. Es gehörten mehr Menschen zu seiner Streitmacht, als er gedacht hatte. Den ganzen letzten Tag hatten sie Leute auf dem Weg in die Schlacht überholt: Immer in kleinen Gruppen waren ihm Bauern mit Speeren, Holzarbeiter mit Äxten, sogar verrußte Köhler begegnet, die Alfreds Ruf zum *fyrd* gefolgt waren, dem alten Heeresaufgebot des Königs von Wessex und aller seiner Besitztümer. Allen hatte Alfred dasselbe gesagt. Stellt euch ihnen nicht entgegen. Stellt euch nicht in einer Reihe auf. Wartet in Verstecken und schlagt zu, wenn ihr eine Gelegenheit seht. Es war ein einfacher Befehl, den sie gerne entgegengenommen hatten, noch dazu unmittelbar von ihrem König.

Aber der Regen, zweifelte Shef. Würde er helfen oder stören? Er würde es bald herausfinden.

Der erste Schuss kam aus dem Schutz eines halb niedergebrannten Weilers. Fünfzig leichte Reiter der Franken, dem Haupttross weit voraus, gerieten ins Schussfeld von ‚Ins Schwarze'. Oswi drückte ab, fühlte den Schlag des ausgelösten Schusses und sah den großen Pfeil eine halbe Meile weit fliegen und mitten in die dichte Menge der Reiter einschlagen. Sofort drehte die Besatzung aus sechs Männern und fünf Frauen die Hebel, legte den nächsten Pfeil auf. Dreißig lange Herzschläge, bis sie wieder schießen konnten.

555

Der Anführer der Homiliare sah seinen Mann am Boden liegen, mit einem Geschoss in der Seite, das unterhalb der Rippen eingedrungen war. Vor Überraschung biss er sich auf die Lippe. Belagerungsgeschütze, auf offenem Feld. Aber die Antwort war klar. Ausschwärmen, den verborgenen Feind vertreiben und zu Pferd verfolgen. Der Schuss musste von der rechten, offenen Flanke gekommen sein. Er gab seinem Pferd die Sporen, rief und schickte seine Männer über das Feld.

Dichte Hecken, die dazu gedacht waren, das Vieh drinnen und die Wildschweine draußen zu halten, führten den Vorstoß in einen Hohlweg. Zwischen den Dornen blickten Augen auf die vorbeirasenden Reiter. Aus einer Entfernung von zehn Fuß durchbohrten Armbrustbolzen mühelos die nur mit Leder geschützten Rücken. Sobald die Bolzen abgeschossen waren, flohen die Schützen, sahen nicht einmal, ob sie getroffen hatten. Nur wenige Wimpernschläge später saßen auch sie auf ihren Ponys und suchten nach neuer Deckung.

„Ansiau hat Ärger", bemerkte der Anführer einer anderen Reitereiabteilung und sah dem wachsenden Getümmel zu. „Ein Hinterhalt. Wir schlagen einen Haken um sie herum und zerquetschen sie zwischen uns und Ansiau. Das wird sie lehren, es nicht nochmal zu versuchen."

Als er begann seine Männer in eine weite Umgehung zu führen, erklang ein dumpfer Schlag, dem ein plötzliches, schrilles Kreischen folgte. Ein großer Pfeil kam wie aus dem Nichts, durchschlug einem Mann den Oberschenkel und nagelte sein Bein an das tote Pferd unter ihm. Der Angriff kam nicht aus dem Hinterhalt, sondern von anderswo. Der Anführer erhob sich aus dem Sattel und sah sich in der nichtssagenden Landschaft nach etwas um, das ihm als Ziel für einen Sturmangriff dienen konnte. Bäume, Felder mit ungeerntetem Weizen. Überall diese Hecken. Er zögerte noch, als ihn der Pfeil eines Armbrustschützen, der in hundertfünfzig Schritt Entfernung hinter einer Hecke lag, ins Gesicht traf. Der Heckenschütze, ein Wilderer aus Ditton-in-

the-Fen, sprang nicht auf, um wegzulaufen. Zehn Herzschläge später glitt er zwanzig Fuß entfernt wie ein Aal in einen halbvollen Graben. Der gewachsten und verzwirnten Darmsehne der Armbrust machte die Nässe nichts aus, das hatte er schnell gemerkt. Während die Reiter unschlüssig umher sahen und sich schließlich auf den Weg in die Richtung machten, aus der sie den Schuss vermuteten, folgte ihnen die Mannschaft eines weiteren Drehgeschützes mit ihrer Waffe.
Ohne Horn und Trompete, wie ein Zahnrad, das ein Seil spannt, geronnen zwanzig einzelne Gefechte zu einer Schlacht.

Von seinem Aussichtspunkt auf dem Hügelkamm sah Shef die fränkische Hauptstreitmacht weiter vorrücken. Aber sie war langsam, nicht schneller als ein Wanderer, und hielt oft an. Sie rückten sichtbar ungerne vor, solange ihre Flanken ungedeckt waren. An diesen Flanken war für lange Augenblicke nichts zu sehen. Manchmal tauchten Reiter auf, die ein Wäldchen umrundeten oder in breiter Reihe ein niedergebranntes Dorf angriffen. Was sie verfolgten oder anstürmten war meist nicht zu sehen. Als Shef sein Auge zusammenkniff, konnte er auf einmal durch den trüben Regenschleier weit auf der anderen Seite eine blitzartige Bewegung erkennen. Zwei Pferde liefen in vollem Galopp nebeneinander her, zwischen sich ein holperndes Drehgeschütz, dessen Besatzung auf ihren Ponys in einer langen Schlangen folgte. Oswi und ‚Ins Schwarze‘, die auf der einen Seite aus einem Dorf strömten, in das die Franken auf der anderen Seite gerade einfielen, während die Umgehung, die ihn hatte aufhalten sollen, von Schüssen aus anderer Richtung gestört wurde. Das Geschütz verschwand hinter einer Bodensenke. Gleich würde es wieder einsatzbereit sein und in einer halben Meile Umkreis für Gefahr sorgen.
Shefs Schlachtplan beruhte auf zwei Dingen. Erstens, der Ortskenntnis. Nur die, die in diesen Dörfern lebten, diese Felder bestellten und in diesen Wäldern jagten, kannten die gangbaren

Wege und sicheren Rückzugsräume. In jeder der Scharen dort draußen war mindestens ein Mann oder eine Frau, die aus dieser Gegend zum Heer des Weges geflüchtet war. Andere hatten sich in dem Gebiet von fünf mal fünf Meilen versteckt. Sie sollten nicht kämpfen, sondern Mitstreiter führen und Nachrichten überbringen. Das zweite war die Schusskraft der Armbrüste und der Drehgeschütze mit ihren großen Pfeilen. Beide ließen sich nur langsam laden, aber selbst die Armbrüste konnten noch aus zweihundert Schritt Entfernung Kettenhemden durchschlagen. Am wirkungsvollsten waren sie, wenn sie von einem liegenden Schützen aus der Deckung heraus bedient wurden.

Das Wichtigste an Shefs Schlachtplan war allerdings seine Erkenntnis, dass es zwei Wege gab, eine Schlacht zu gewinnen. Jede Schlacht, die er jemals gesehen hatte, ja sogar jede Schlacht der letzten Jahrhunderte in diesem Teil der Welt war durch dieselbe Sache gewonnen worden: Wucht. Man stellte Reihen auf und ließ sie aufeinandertreffen, bis eine von ihnen brach. Sie konnte wie bei den Wikingern durch Äxte und Schwerter gebrochen werden, durch Lanzen und Pferde wie bei den Franken, oder mit Steinen und Bolzen, wie Shef es eingeführt hatte. Das Zerschlagen der ersten Reihe führte zum Sieg.

Das hier war vielleicht ein völlig neuer Weg eine Schlacht zu gewinnen. Keine Reihe zu haben, keinen wuchtigen Angriff zu führen, sondern den Feind im Fernkampf aufzureiben und zu zerreißen. Das konnten nur Shefs unerfahrene und unkriegerische Streitmacht tun, denn es lief den vielen eingefleischten Gewohnheiten derer zuwider, die ihr ganzes Leben lang Krieg führten. Das Feld war nicht wichtig, es musste nur dem Feind überlassen werden. Mut im Kampf Angesicht zu Angesicht war bedeutungslos. Es war ein Zeichen für Versagen. Aber es konnte keines der üblichen Dinge geben, die sonst im Kampf die Krieger anfeuerten: keine Hörner, keine Kriegslieder, keine Schlachtrufe und laut gebrüllte Befehle, keine tröstliche Nähe zu den Mitstreitern. In so einer Schlacht wäre es einfach, zu fliehen oder sich zu verstecken, wieder herauszukommen, wenn alles vorbei war. Shef hoffte, dass seine Mannschaften einander weiterhin Deckung geben würden. Sie waren immer mit fünfzig Kämpfern losgezogen, jeweils einem Geschütz mit Mannschaft waren zwanzig Armbrustschützen und einige Helmbartenträger gefolgt. Aber die Schlacht würde sie wahrscheinlich trennen. Würden sie noch zurückkehren, wenn das geschah?

Als er sich an die verbissenen, knurrenden Angriffe der Bauern im verschneiten Yorkshire erinnerte, glaubte er daran. Die Männer und Frauen da draußen konnten das Land sehen, um das sie kämpften: die nicht eingebrachte Ernte, niedergebrannte Scheunen und gefällte Obstbäume. Den Kindern der Armen waren Nahrung und Land heilig. Hinter ihnen lagen zu viele durchhungerte Winter.

Beim Blick auf die Schlacht überkam Shef ein merkwürdiges Gefühl von... nicht Freiheit. Aber Freiheit von Sorge. Er war nur noch ein Zahnrad. Zahnräder mussten sich bewegen, wenn man sie drehte. Aber sie mussten nicht an den Rest des Geräts denken, in dem sie steckten. Das Gerät würde seinen Zweck erfüllen oder in Stücke gehen und das Zahnrad hatte keinen Einfluss darauf. Es musste nur tun, wofür es gemacht war.

Er legte Godive die Hand auf die Schulter. Sie warf einen Seitenblick auf sein geschundenes Gesicht und ließ die Berührung zu.

König Karl, der sich noch immer auf die Anhöhe am Caldbec Hill zubewegte, wo von Zeit zu Zeit der Regen den Blick auf das höhnisch flackernde Banner des Feindes freigab, hob zum zwanzigsten Mal die Hand, um seine Hauptstreitmacht anhalten zu lassen. Der Anführer seiner leichten Reiterei näherte sich ihm, vom Regen durchnässt bis auf die Haut.

„Nun, Rogier?"

Der Hobilar schüttelte angewidert den Kopf. „Da draußen ist es wie bei fünfzig Hahnenkämpfen gleichzeitig. Keiner stellt sich zum Kampf. Wir vertreiben sie immer wieder. Wenn wir uns dann wieder sammeln und zurückziehen, kommen sie wieder heraus oder tauchen hinter uns auf."

„Was wäre, wenn wir zusammenbleiben und vorwärts reiten? Da hoch." Der König deutete auf das eine Meile entfernte Banner am Horizont.

„Sie würden uns den ganzen Weg dorthin über beschießen."

„Aber nur so lange wie wir brauchen, um eine Meile zu reiten. Gut, Rogier. Entmutige diese Bauerntölpel und ihre Geschütze so sehr wie möglich, aber sag deinen Männern, dass sie von jetzt an mit der Hauptstreitmacht zusammen vorrücken sollen. Sobald wir ihre Mitte durchbrochen haben, können wir uns um die Flanken kümmern."

Im Umdrehen hob der König seine Lanze und ließ sie nach vorne sinken. Seine Reiter jubelten rau und trieben ihre Pferde an.

„Da kommen sie", sagte Shef zu Alfred, der neben Godive stand. „Aber der Boden ist weich und sie werden ihre Kräfte für den letzten Ansturm aufsparen." Nur etwa fünfzig Männer und Frauen umstanden die drei Anführer, die meisten von ihnen waren Boten und Läufer. Aber er hatte ein Ziehgeschütz mitsamt Mannschaft in seiner Nähe behalten.

„Schwanensteine", befahl er.

Die Besatzung des Geschützes war froh, sich nach stundenlangem Warten endlich bewegen zu können und sprang an ihren Platz. Auch sie hatten heute nur eine Aufgabe. Schon in den ersten Übungen hatten Shefs englische Schützen bemerkt, dass in die Geschosse gemeißelte Kerben einen merkwürdigen, flötenden Klang erzeugten, der dem Geräusch eines fliegenden Schwans ähnelte. Sie hatten sich einen Spaß daraus gemacht zu sehen, wessen Steine am lautesten waren. Jetzt wollte Shef so seinen verstreuten Kämpfern eine Botschaft schicken.

Die Besatzung lud, machte sich bereit, schoss. Einer der geisterhaft pfeifenden Steine flog zur linken, ein zweiter zur rechten Flanke. Die Pfeilgeschützmannschaften und Armbrusttrupps, die noch immer vor dem fränkischen Vormarsch im Hinterhalt lagen, hörten das Geräusch, hängten ihre Waffen an, zogen sich zurück, bis sie ihre Anführer zum ersten Mal an diesem Tag sehen konnten. Während sie nach und nach eintrafen, ließ Shef die auf dem Hügelkamm aufgestellten Karren beiseiteschieben, um in den Lücken Platz für die Geschütze zu schaffen. In jeden Karren stiegen Armbrustschützen. Für jeden Mann, jede Frau und jeden Karren standen Pferde oder Pferdegespanne nicht weiter als fünf Schritt entfernt bereit.

Shef ging die Reihe auf und ab und wiederholte immer wieder den Befehl. „Drei Schüsse von jedem Geschütz, nicht mehr. Fangt an, sobald sie in eurer größten Reichweite sind. Ein Schuss von jeder Armbrust, wenn ich den Befehl gebe."

Trotz des Regens stieg Königs Karls Laune, als er den Fuß des Hügelkamms erreichte. Sein Feind hatte versucht, ihn zu stören und aufzuhalten, und jetzt verließ er sich darauf, dass der Sturmangriff den schlammigen Hügel nicht mit ganzer Kraft hinaufkommen würde. Aber die Hobilare hatten ihre Arbeit gut gemacht und die Verluste der kleinen Gefechte getragen. Die Engländer begriffen den Gedanken des fränkischen Reitersturms noch immer nicht. Er gab seinem Pferd die Sporen und trieb sein kanterndes Pferd in einen Galopp hügelaufwärts. Augenblicke später überholten die Grafen seiner Leibwache ihn schon.

Die Katapulte surrten schwarze Striche durch die Luft in die stählerne Menge, die sich die Erhöhung hinauf wälzte. Die Welle der Franken rollte weiter, als zwischen den Karren schon wieder die Hebel gedreht wurden. Wieder mischte sich der Gesang der Geschütze mit den Schmerzensschreien von Männern und Pferden, die von den Nachfolgenden niedergetrampelt wurden. Seltsam, dachte Karl, als er das Hindernis vor sich erkannte. Eine Barrikade, aber ohne Schilde und Krieger. Wollten sie ihn nur mit Holz aufhalten?

„Schießt", rief Shef, als die ersten Reiter die Reihe weißer Pfähle erreichten, die er am Morgen in den Boden getrieben hatte. Und dann sofort, mit einer Lautstärke, die Brand Ehre gemacht hätte: „Zurück! Anhängen und zurück!"

Nur wenige Herzschläge später hatte sich der Abhang hinter ihm in eine Flut aus Ponys verwandelt, angeführt von den Armbrustschützen, denen die Geschütze folgten, nachdem sie angespannt worden waren. Ein Mannschaftsführer fluchte noch über einen festhängenden Verschluss, dann war auch seine Maschine unterwegs. Als Letzte wandte sich Godive zum Rückzug, nicht ohne den Hammer und das Kreuz aus ihrem Holzrahmen zu reißen, bevor sie sich auf ihr Pferd schwang und davonritt, das Banner wie eine Schleppe hinter sich.

Mit wütendem Blick und gesenkten Lanzen fegte die fränkische Reiterei über den Hügelkamm, begierig darauf, die lästigen Angreifer zu vernichten. Einige trieben ihre Pferde mitten durch die Lücken in der feindlichen Verteidigung, um ihre Hengste mit den Hufen nach den Fußsoldaten treten zu lassen, die dort stehen mussten.

Niemand. Karren, Hufabdrücke, ein einzelnes Ziehgeschütz, das Shef zurückgelassen hatte. Immer mehr Franken drängten durch die Lücken, bis einige von ihnen abstiegen und die Hindernisse aus dem Weg rollten. König Karl sah noch staunend den hölzernen Rahmen an, in dem bis eben noch Hammer und Kreuz gehangen hatten, als das Banner auf einem anderen Hügelkamm, eine lange halbe Meile entfernt, über einem Gewirr aus Bäumen wieder in die Höhe gehoben wurde. Einige der Heißsporne in seinen Reihen, deren Wut noch ungekühlt war, schrien und wollten weiterstürmen. Scharfe Befehle hielten sie zurück.

„Ich habe ein Messer mitgebracht, um Fleisch zu schneiden", murmelte der König seinem Berater Godefroi zu. „Aber mir wird Suppe vorgesetzt. Dünne Suppe. Wir kehren nach Hastings zurück und überdenken unseren Plan."

Sein Blick fiel auf Alfgar. „Hattest du nicht gesagt, dass der Regen aufhören würde?"

Alfgar erwiderte nichts und blickte zu Boden. Karl sah noch einmal den hohen Holzrahmen an, aus dem der Hammer und das Kreuz gerissen worden waren, der aber noch immer fest auf seinem Karren stand. Er zeigte darauf und befahl: „Hängt den englischen Verräter auf."

„Ich habe Euch vor den Geschützen gewarnt!", kreischte Alfgar, als einige Franken ihn packten.

„Was sagt er?", fragte einer der Reiter.

„Keine Ahnung. Irgendwelches englisches Geschwätz."

Auf einer Anhöhe, weit zur Linken des fränkischen Vormarschs, berieten sich Thorvin, Geirulf und Farman.

„Was denkt ihr?", fragte Thorvin.

Geirulf, der als Priester Tyrs die Geschichten der Schlachten vermerkte und verbreitete, schüttelte den Kopf. „Es ist neu. Völlig neu sogar. Ich habe noch nie von so etwas gehört. Man muss sich die Frage stellen, von wem er solche Eingebungen bekommt. Von wem, wenn nicht dem Vater der Krieger? Er ist ein Sohn Odins. Ein solcher Mann ist gefährlich."

„Das sehe ich anders", meinte Thorvin. „Ich habe mit seiner Mutter gesprochen."

„Wir wissen, was du uns erzählt hast, Thorvin", erwiderte Farman. „Wir wissen nur nicht, was es bedeutet. Wenn du keine bessere Erklärung hast, muss ich Geirulf zustimmen."

„Dafür ist jetzt nicht der richtige Zeitpunkt", widersprach Thorvin. „Seht mal, es bewegt sich wieder etwas. Die Franken ziehen sich zurück."

Shef sah mit unguter Vorahnung, wie die schweren Lanzenreiter sich vom Hügelkamm entfernten. Er hatte gehofft, dass sie noch einmal anstürmen würden, er mehr Verluste würde verursachen und Pferde wie Reiter gleichermaßen erschöpfen könnte. Wenn sie sich jetzt zurückzogen und ihr Lager erreichten, dann würden sie an einem anderen, ihnen genehmen Tag wieder vorstoßen und den Angriff erholt wiederaufnehmen. Sein Bauchgefühl sagte ihm, dass eine so ungleiche Streitmacht wie seine eines niemals tun konnte: ein Gebiet verteidigen. Er hatte es heute nicht versucht, und der fränkische König hatte ihn nicht dazu gezwungen, weil er sicher gewesen war, dass beide Seiten den althergebrachten, entscheidenden Zusammenstoß suchten. Aber es musste eine Möglichkeit geben, ihn zum Angriff zu bringen. Die ungeschützte Bevölkerung Südenglands lag in der Hand des Königs.

Er brauchte heute einen Sieg. Das bedeutete größere Wagnisse für größere Erfolge. Zum Glück sind Heere auf dem Rückzug auf eine Weise verletzlicher als Heere auf dem Vormarsch. Bisher war kaum die Hälfte von Shefs Streitmacht in Kämpfe verwickelt gewesen. Es wurde Zeit, den Rest in die Schlacht zu werfen. Shef rief die Botenjungen zu sich und gab Befehle.

Auf den Hängen, die sich vom Meer her erhoben, lernten die fränkischen Hobilare langsam dazu. Sie ritten nicht länger in engen Gruppen, die leichte Ziele darstellten. Stattdessen warteten auch sie in der Deckung, bewegten sich nur, wenn sie mussten, und beschränkten sich auf kurze Galoppstrecken. Neben einem Pfad durch ein regentröpfelndes Wäldchen hörten einige von ihnen Schritte und machten sich bereit. Als der barfüßige Junge, der nur seine Nachricht im Kopf hatte, vorbeikam, sprengte einer der Reiter vor und holte mit dem Säbel aus.

„Er hatte keine Waffe", stellte einer der Franken hinterher beim Blick auf den ausblutenden Körper zwischen den Pfützen.

„Seine Waffe hatte er im Kopf", schnauzte ihn sein Hauptmann an. „Weiter geht's."

Der Bruder des Jungen versteckte sich fünfzig Schritt entfernt, still wie eine Wühlmaus hinter einer rotbeerigen Eberesche und sah den Feinden beim Abmarsch zu, bevor er sich auf die Suche nach Rächern machte.

Die fränkischen Bogenschützen hatten bisher nur als gelegentliche Zielscheiben gedient. Die Sehnen ihrer Waffen waren inzwischen so durchnässt, dass sie die Angriffe nicht einmal mehr erwidern konnten. Ihre Anführer benutzten sie jetzt, um wichtige Stellen auf dem Rückzugsweg zu halten. Auch sie lernten allmählich, in den Wäldern zu überleben.

„Schaut mal." Einer von ihnen deutete auf eine Abteilung Hobilare, die sich über ein Feld zurückzogen. Ein Reiter griff sich plötzlich an die Seite und fiel vom Pferd. Die Bogenschützen sahen von ihrem Versteck hinter einer zerstörten Scheune aus eine Gestalt die Deckung einer Hecke verlassen und, von ihren Zielen ungesehen, auf ein Pony steigen. Sie ritt geradewegs auf den Hinterhalt der Bogenschützen zu. Als sie um die Ecke des Gebäudes galoppierte, stießen zwei Männer ihre Kurzschwerter in den Rumpf des Pferdes und schnappten den Schützen, bevor er wie sein Tier zu Boden gehen konnte.

„Was ist denn das für Teufelszeug?", fragte einer mit Blick auf die Armbrust. „Ein Bogen und Pfeile. Und was ist das da am Gürtel?"

„Scheiß doch auf den Gürtel, Guillaume", rief einer seiner Freunde. „Guck mal, das ist ein Mädchen." Die Männer glotzten die schmale Frau in ihrem kurzen Rock an.

„Weibsvolk, das aus der Deckung auf Männer schießt", murmelte Guillaume. „Alles klar. Wir haben genug Zeit, um ihr einen kleinen Denkzettel zu verpassen. Gebt ihr ein paar Erinnerungen in die Hölle mit."

Während sich die Kämpfer um die strampelnde, ausgestreckte Gestalt drängten, krochen ein Dutzend Bauern des *fyrd* aus Kent mit ihren Holzfälleräxten und Hippen näher heran. Gegen gepanzerte Reiter hätten sie nicht bestehen können. Mit Vergewaltigern und Räubern würden sie fertig werden.

Und so verlor die träge, eisenstarrende Schlange des fränkischen Heeres ihre Krieger tröpfchenweise, während sie zurück zu ihrem Lager kroch.

Gedankenversunken bemerkte König Karl den Stillstand der vorderen Reihe erst, als sein Pferd beinahe über die Bogenschützen gestolpert wäre. Erst da wurde er aufmerksam und blickte nach unten. Ein Hauptmann packte seinen Steigbügel und zeigte voran. „Herr, da vorne sind sie. Und diesmal stehen sie still."

Der Dorfvorsteher, den Shef am Vortag befragt hatte, war sicher gewesen, dass ein regnerischer Tag und der Zug von tausenden Pferden die Talaue zwischen Brede und Bulverhythe in einen Sumpf verwandeln würden. Shef hatte beschlossen, das Wagnis einzugehen und dem Mann zu glauben. Seine Läufer waren durchgekommen, zumindest der Großteil. Die Ziehgeschütze, ihre Mannschaften und die helmbartenbewehrten Bewacher hatten sich von den Flanken genähert, an denen sie unbeweglich abgewartet hatten. Die Geschütze waren zusammengebaut und in fünf Schritt Abstand zueinander in einer hundertfünfzig Schritt langen Reihe aufgestellt worden. An einem schönen Tag, auf offenem Feld und gegen Reiterei war das glatter Selbstmord.
Osmod spähte durch den Regen und schätzte die Entfernung zur fränkischen Vorhut ab. Sie war in Reichweite. Auf seinen Befehl peitschen zwanzig Balken durch die Luft, die Riemen wirbelten und Steine schossen in den Himmel.

Karls Pferde bäumte sich auf, als die Hirnmasse eines abgesessenen Bogenschütze ihm auf die Nüstern spritzte. Ein anderer Hengst lag auf der Seite und trat unter herzzerreißendem Wiehern mit einem gebrochenem Bein in die Luft. Die ersten Steine waren gerade eingeschlagen, als die zweite Reihe von Geschossen die Luft durchschnitt. Einen kurzen Augenblick lang stand das fränkische Heer, wieder und wieder überrascht, kurz vor der Auflösung.
Karl ritt mit einem lauten Schlachtruf vorwärts, trotz der Steine, die jetzt augenscheinlich ihn zum Ziel hatten. Herrisch trieb er seine Fernkämpfer vorwärts, deren durchnässte Bogensehnen nur kraftlose Schüsse hervorbrachten. Hinter ihm folgte die schwere Reiterei seinem Beispiel und brach in einen langsamen Trab aus,

mitten hinein in den Morast, der gestern noch eine Talaue gewesen war.

Karl selbst wurde von zwei Grafen seiner Leibwache von seinem steckengebliebenen Pferd gehoben und musste aus der hintersten Reihe zusehen. Seine Männer mühten sich weiter vorwärts, einige noch zu Pferd, die meisten zu Fuß. Ihr Ziel waren die Geschütze, die weiter einen scheinbar unerschöpflichen Hagel aus Steinen auf sie niedergehen ließen. Eine Reihe von Männern mit merkwürdigen Helmen trat ihnen mit Hieben und Stichen langstieliger Äxte, die an die Werkzeuge von Waldarbeitern erinnerten, entgegen. Des Schwungs beraubt, den sie sich sonst so sehr zu Eigen machten, stellten sich die fränkischen Ritter und kämpften Mann gegen Mann zu Fuß. Ganz langsam nur konnten die Hünen in Kettenhemden ihre kleineren, seltsam bewaffneten Gegner zurückdrängen. Zurück. Beinahe bis zur Reihe der Geschütze, die diese zu verteidigen versuchten.

Hörner erklangen von beiden Seiten. Bis zu den Knöcheln im Schlamm stehend erwartete Karl den Gegenangriff, den verzweifelten letzten Sturm. Stattdessen wandten sich die Feinde gemeinsam um und rannten davon. Rannten ohne Scham davon, wie Hasen oder Feldmäuse. Und sie überließen ihre Geschütze dem Sieger.

Karl keuchte vor Erschöpfung und Erbitterung, als ihm klar wurde, dass er die riesigen Waffen niemals würde bewegen können. Der starke Regen würde ihn außerdem daran hindern, sie zu verbrennen. „Hackt sie in Stücke", befahl er. Einer der Bogenschützen besah sich zweifelnd die schweren Balken. „Schneidet die Seile durch! Macht irgendwas mit ihnen."

„Ein paar haben sie verloren", bemerkte einer seiner Grafen. „Sie sind geflüchtet wie Feiglinge. Die Waffen haben sie auch stehen lassen."

„Wir haben viele verloren", erwiderte der König. „Und wie viele Kettenhemden und Schwerter haben sie wohl heute erbeutet? Bringt mir mein Pferd. Wenn wir das Lager noch mit der Hälfte der Männer erreichen, die wir heute Morgen hatten, können wir von Glück reden."

Ja, dachte er. Aber wir sind durchgekommen. Durch alle Fallen. Wenn die Hälfte ankommt, dann reicht die vielleicht an einem anderen Tag.

Wie zu seiner Ermutigung begann der Regen nachzulassen.

Guthmund der Gierige beachtete den Regen gar nicht, als seine Schiffe unter Riemen die Schmale See durchzogen. Die schlechte Sicht war ihm sehr recht. Es sollte eine Überraschung sein, wenn er an Land ging. Außerdem boten Regen und Nebel die Möglichkeit, wichtiges Wissen aufzuschnappen. Im Bug des vordersten Schiffes deutete er nach steuerbord, befahl einen schnelleren Rudertakt. Kurz darauf war das Langschiff längsseits des kleinen Fischerkahns, dessen Besatzung voller Furcht zu ihm herauf blickte. Guthmund zeigte den Silberhammer um seinen Hals vor und bemerkte, wie die Mienen sich von Angst in Vorsicht wandelten.

„Wir sind hier, um gegen die Franken zu kämpfen", rief er in der Mischsprache aus Nordisch und Englisch, die sich im Lager des Weges entwickelt hatte. Wieder entspannten sich die Männer sichtlich, als sie ihn verstanden und begriffen, was er sagte.

„Da seid ihr zu spät!", antwortete einer der Fischer. „Sie kämpfen heute."

„Ihr kommt besser zu uns an Bord", gab Guthmund zurück.

Als ihm klar wurde, was die Fischer ihm erzählten, schlug Guthmunds Herz schneller. Wenn es einen Grundsatz erfolgreicher Seeräuberei gab, dann war es, dort anzugreifen, wo die Verteidigung schwächelte. Wieder und wieder fragte er nach: Das fränkische Heer hatte sein Lager am Morgen verlassen. Sie hatten Lagerwachen und Schiffswachen aufgestellt. Die Beute eines ganzen riesigen Landstrichs und seiner Hauptstadt Canterbury befand sich an einem einzigen, nur leichtbewachten Ort. Die Fischer hatten keine Hoffnung darauf, dass die Franken auf dem

Schlachtfeld etwas anderes als den Sieg finden würden. Trotzdem, dachte Guthmund, selbst wenn sein Freund und Jarl besiegt werden würde, konnte es nicht schaden, den Sieger auszurauben. Ein Schlag in den Rücken wäre vielleicht sogar eine lebenswichtige Ablenkung. Wieder löcherte er die Fischer mit neuen Fragen: Die Schiffe der Franken lagen in der Bucht? Das umfriedete Lager stand auf einem Hügel? Wo war die nächste Landestelle? Der Hügel fiel steil ab, aber es gab einen Pfad?

Im strömenden Regen glitten die Schiffe des Weges, gerudert von angeketteten Überlebenden des Heers der Ragnarssons, in die schmale Mündung des Flüsschens unterhalb von Hastings.

„Wollt ihr mit Leitern über die Umfriedung kommen?", fragte zweifelnd einer der Fischer. „Sie sind zehn Fuß hoch."

„Dafür haben wir die hier", sagte Guthmund und deutete fröhlich auf die sechs Onager, die gerade über die Lademasten an Land gebracht wurden.

„Zu schwer für den Pfad", meinte der Fischer mit einem Blick auf die Krängung der Schiffe.

„Ich hab genug Träger", beruhige ihn Guthmund und schaute weiter aufmerksam zu, wie seine Männer mit vorgehaltener Waffe die unberechenbaren Rudersklaven befreiten und sie an den Rahmen und Tragestange der Onager anketteten.

Als fast alle Männer in der schmalen Flussmündung und den Stränden ringsum standen, entschloss sich Guthmund zu einer kleinen Ansprache, die ihnen Mut machen sollte.

„Beute", begann er, „und zwar jede Menge. Gestohlen aus den Kirchen der Christen, wir müssen sie also niemals zurückgeben. Vielleicht teilen, ja, mit dem Jarl. Wenn er heute siegt. Vielleicht aber auch nicht. Legen wir los."

„Was ist mit uns?", fragte einer der Angeketteten.

Guthmund sah ihn wachsam an. Ogvind der Schwede, ein harter Mann. Drohungen halfen bei dem nicht. Und er verließ sich darauf, dass diese Krieger mit ganzer Kraft den Hügel hinaufstiegen.

„Pass auf, Ogvind, es steht folgendermaßen", antwortete er. „Wenn wir gewinnen, lass ich euch gehen. Wenn wir verlieren, bleibt ihr angekettet. Vielleicht sind die Christen ja gnädig mit euch. In Ordnung?"

Ogvind nickte. Guthmund kam eine plötzliche Eingebung und er drehte sich zum schwarz gekleideten Diakon herum, der die Geschütze gebaut hatte.

„Was ist mit dir? Kämpfst du mit uns gegen die da?"

Erkenberts Züge erstarrten. „Gegen Christen? Die Abgesandten des Papstes, des Heiligen Vaters, die ich und mein Herr selbst in diese Heimat der Wilden gerufen haben? Lieber will ich die Krone des heiligen Martyriums ergreifen und eingehen in…"

Eine Hand zupfte an Guthmunds Ärmel. Einer der wenigen Sklaven aus York, der sowohl Ivars Wüten als auch die Behandlung durch Erkenbert überlebt hatte.

„Wir machen es, Herr", flüsterte er. „Wäre uns ein Vergnügen."

Guthmund winkte die bunt gemischte Streitmacht den steilen Hügel hinauf. Er selbst ging mit den Fischern und Sklaven voraus, um sich einen Überblick zu verschaffen. Die Ragnarssonskrieger mit ihren tonnenschweren Lasten folgten ihnen. Langsam und vom Regen verhüllt, schoben sich sechs Onager und tausend Wikinger in eine Stellung in vierhundert Schritt Entfernung zum Lager der Franken. Missbilligend schüttelte Guthmund den Kopf, als er das Fehlen von Wachposten auf der Seeseite erkannte. Wahrscheinlich waren sie alle zur anderen Seite des Lagers geschlendert, um dem weit entfernten Lärm der Schlacht zuzuhören.

Der erste Zielschuss eines Onagers war zu kurz, traf auf den Boden und sprang wieder hoch, riss einen zehn Fuß langen Pfahl aus der Umfriedung. Die Männer aus York setzten einige Keile am Geschütz um, hoben den Rahmen um eine Kleinigkeit an. Die nächsten fünfundzwanzig Pfund schweren Steinbrocken schlugen eine zwanzig Fuß breite Lücke in die Umwehrung des Lagers. Guthmund sah nicht ein, auf weitere Schüsse zu warten. Seine Streitmacht rannte geradewegs auf die Lücke zu. Die überraschten Franken, die meisten von ihnen Bogenschützen mit durchnässten Waffen, sahen sich tausend erfahrenen Kriegern gegenüber, die auf ein Handgemenge eingestellt waren. Sie verloren den Mut und flohen beinahe vollzählig.

Zwei Stunden nachdem er den Fuß an Land gesetzt hatte, schaute Guthmund vom Lagertor der Franken herab. Alles in ihm schrie danach, die Beute auf die Schiffe zu verteilen, die nun nutzlosen Geschütze zurückzulassen und wieder in See zu stechen, bevor der Gegenschlag kam. Aber was er sah, war eine geschlagene Streitmacht. Wenn das stimmte…

Er drehte sich um und rief Befehle ins Lager hinein. Der Priester Heimdalls, Skaldfinn, der so viele Sprachen beherrschte, schaute überrascht zu ihm hoch.

„Das ist aber ziemlich waghalsig", sagte er.

„Was soll ich machen? Mein Großvater hat immer gesagt: ‚Junge, wenn dein Feind am Boden ist, tritt nochmal zu.'"

Als seine Männer das Banner mit dem Hammerzeichen über dem Lager flattern sahen, das sie für ihre sichere Zuflucht gehalten hatten, konnte König Karl der Kahle den Kampfesmut seines Heeres beinahe brechen hören. Alle Männer und Pferde waren durchnässt, durchgefroren und erschöpft. Als sie aus Wäldchen und zwischen Hecken hervor stolperten, erkannten die Hobilare, dass nicht weniger als die Hälfte ihrer Freunde auf den matschigen Feldern liegengeblieben war, tot oder mit einem schnellen Ende unter dem gnädigen Messerstich eines englischen Bauern als einziger Hoffnung. Die Bogenschützen waren den ganzen Tag über nur hilflose Ziele gewesen. Selbst der Kern seines Heeres, die schweren Lanzenreiter, hatte ein Drittel seiner besten Männer auf den Hängen und im Morast verloren, wo sie nie Gelegenheit bekommen hatten, ihr Können unter Beweis zu stellen. Die Umfriedung vor ihm war unangetastet und schwer verteidigt. Kein

Angriff würde sie ohne Schwierigkeiten und weitere Verluste überwinden.

Er würde der Sache hier ein Ende machen. Karl erhob sich im Sattel und hob seine Lanze, deutete mit ihr auf die Schiffe, die am Strand lagen oder in der Reede ankerten. Mürrisch änderten seine Männer ihre Marschrichtung zum Meer hin, auf den Strand zu, an dem sie Wochen vorher gelandet waren.

Als sie ihn erreichten, umfuhren nach und nach die Drachenboote die Landspitze, die die Flussmündung verdeckte, an der ihre Besatzungen wieder an Bord gegangen waren. Sie ruderten in Stellung, hielten gemeinsam an und wendeten die Büge landeinwärts. Von einem erhöhten Platz neben der Lagereinfriedung versuchte ein Onager einen Schuss aufs Meer hinaus. Der Stein schlug eine Schiffslänge hinter der Kogge *Dieu Aide* in die Fluten. Langsam richtete die Besatzung das Geschütz wieder auf die Franken aus.

Beim Blick auf den überfüllten Strand erkannte Shef, dass das Heer der Franken geschrumpft, sein eigenes aber angewachsen war. Die Pfeilgeschütze und Armbrüste waren wie erwartet an Ort und Stelle, ihre Zahl seit Tagesanbruch kaum gemindert. Die Steingeschütze folgten ihm hastig, nachdem sie von den sich zurückziehenden Franken zurückerobert worden waren. Die meisten waren unbeschädigt oder hatten schnell wieder in Schuss gebracht werden können. Jetzt schoben hunderte bereitwillige Hände sie in Stellung. Nur die Helmbartenträger hatten mehr als eine Handvoll Männer verloren. Und an ihre Stelle traten Tausende, wirklich Tausende wütender Bauern und Arbeiter aus den Wäldern Kents, bewaffnet mit Äxten, Speeren und Sensen. Wenn die Franken ins Hinterland ausbrechen wollten, mussten sie es bergan versuchen, auf ausgelaugten Pferden und unter vernichtendem Beschuss.

Unversehens erinnerte sich Shef an seinen Zweikampf mit Flann, dem Gaddgedil. Wollte man einen Mann nach Naströnd, dem

Gestade der Toten schicken, warf man einen Speer über seinen Kopf hinweg, als Zeichen dafür, dass er Odin gehören sollte. Dann wurden keine Gefangenen gemacht. Eine Stimme sprach in Shefs Innerem, eine kalte Stimme, die er als die Stimme Odins aus seinen Traumbildern erkannte.

„Tu es", sprach sie, „gib mir, was mir zusteht. Noch trägst du nicht mein Zeichen, aber sagen sie nicht alle, dass du zu mir gehörst?"

Wie ein Schlafwandler ging Shef zu Oswis Geschütz hinüber. ‚Ins Schwarze' war gespannt und geladen, zielte auf die Mitte der fränkischen Streitmacht, die unter ihnen ziellos umherirrte. Er sah auf die Kreuze ihrer Schilde, erinnerte sich an den Ormgarth, den elenden Sklaven Merla, seine eigenen Qualen durch Wulfgars Hand. Godives Rücken. Sibba und Wilfi, zu Asche verbrannt. Die Kreuzigungen. Seine Hände waren ganz ruhig, als er die Keile herauszog, um mit der Waffe über die Köpfe der Franken zu zielen.

In ihm erklang wieder die Stimme, kalt wie ein kalbender Gletscher. „Tu es", sagte sie, „gib mir die Christen."

Auf einmal stand Godive neben ihm, legte die Hand auf seinen Arm. Sie sagte nichts. Als er sie ansah, erinnerte er sich an Vater Andreas, der ihn in die Welt geholt hatte. Seinen Freund Alfred. Vater Bonifatius. Die arme Frau neben ihrer Kate auf der Waldlichtung. Er erwachte aus seiner Benommenheit und sah, dass die gesamte Priesterschaft des Weges vollzählig von irgendwoher aufgetaucht war und ihn mit ernsten, angespannten Blicken ansah. Mit einem tiefen Seufzer trat er vom Geschütz zurück.

„Skaldfinn", du sprichst doch so viele Sprachen. Geh und sag dem fränkischen König, dass er die Wahl hat. Entweder ergibt er sich oder er stirbt. Ich lasse ihnen ihr Leben und freies Geleit in ihre Heimat. Nicht mehr."

Wieder hörte er eine Stimme. Aber diesmal war es die heitere Stimme des Wanderers in den Bergen, die zum ersten Mal über dem Schachbrett der Götter erklungen war.

„Sehr gut", sagte sie. „Du hast Odins Verlockung widerstanden. Vielleicht bist du ja mein Sohn. Aber wer kennt schon seinen eigenen Vater?"

Zwölftes Kapitel

„Er hätte sich beinahe verführen lassen", sagte Skaldfinn. „Was auch immer du denkst, Thorvin, er hat etwas von Odin in sich."
„Es wäre das größte Gemetzel gewesen, seit Menschen auf diesen Inseln leben", fügte Geirulf hinzu. „Die Franken am Strand waren müde und hilflos. Die Engländer hätten keine Gnade gezeigt."
Wieder einmal saßen die Priester des Weges in ihrem heiligen Kreis um Speer und Feuer zwischen den mit *rowan* geschmückten Fäden. Thorvin hatte die frischesten Beeren des Herbstes selbst gesammelt. Ihr leuchtendes Rot wetteiferte mit dem Licht des Abends.
„Eine solche Tat hätte uns großes Unglück gebracht. Bei einem so großen Opfer darf weder Beute noch Gewinn gemacht werden, aber die Engländer hätten sich nicht daran gehalten. Sie hätten die Toten ausgeraubt. Und wir hätten den Zorn der Christen und die Wut des Allvaters auf uns geladen."
„Trotzdem hat er den Pfeil nicht verschossen", sagte Thorvin. „Er hat es nicht getan. Darum sage ich, dass er kein Geschöpf Odins sein kann. Ich habe es früher gedacht. Jetzt weiß ich es besser."
„Du solltest uns langsam erzählen, was du von seiner Mutter erfahren hast", forderte Skaldfinn ihn auf.
„Es war so", begann Thorvin. „Wir haben sie leicht gefunden, sie war noch immer im Dorf ihres Ehemanns, des *heimnars*. Mit mir hätte sie vielleicht nicht geredet, aber sie liebt das Mädchen, auch wenn es das Kind einer Nebenbuhlerin ist. Am Ende hat sie mir ihre Geschichte erzählt.
Es war größtenteils so, wie Sigvarth uns berichtet hat. Auch wenn der behauptet hat, dass sie seine ‚Aufmerksamkeit‘ genos-

sen habe… Nun ja, nach allem, was sie erduldet hat, wundert es mich nicht, dass sie nur hasserfüllt von Sigvarth sprechen kann. Aber ihr Bericht entsprach seinem bis zu dem Zeitpunkt, an der auf dem Sand bei ihr gelegen, sie wieder ins Boot gesetzt und zurückgelassen hat, um zu seinen Männern und ihren Frauen am Strand zurückzuschwimmen.

Dann, sagt sie, ist Folgendes passiert. Am Seitendeck des Schiffs hörte sie ein Kratzen. Als sie hinübersah, lag ein kleines Boot längsseits, nicht mehr als ein Ruderkahn, in dem ein Mann saß. Ich habe nachgefragt, was für ein Mann das gewesen sein soll, aber sie konnte sich an rein gar nichts erinnern. Mittleres Alter, mittelgroß, sagt sie, weder schäbig noch edel gekleidet. Er bedeutete ihr, einzusteigen. Sie hielt ihn für einen Fischer, der sie retten wollte, also sprang sie und kletterte in das Boot. Er ruderte weit vom Strand weg und die Küste hinab, ohne ein Wort zu sagen. Sie ging an Land und kehrte zurück zu ihrem Ehemann."

„Vielleicht war er ein Fischer. So wie das Walross ein Walross war, und der *Skoffin* ein dummer Junge, der nicht alleine Wache halten wollte."

„Ich habe sie gefragt: Wollte er keine Belohnung? Er hätte sie nach Hause bringen können. Ihr Ehemann hätte ihn vielleicht nicht bezahlt, ihre Sippe aber ganz bestimmt. Sie meinte, er habe sie einfach gehen lassen. Ich habe nicht locker gelassen und sie gebeten, sich jede Kleinigkeit ins Gedächtnis zu rufen. Etwas ist ihr noch eingefallen.

Als der Fremde sie ans Ufer brachte und das Boot an Land zog, sah er sie an, und sie wurde plötzlich müde. Sie legte sich ins Seegras und schlief ein. Als sie erwachte, war er verschwunden."

Thorvin sah in die Runde. „Was geschehen ist, als sie schlief, wissen wir nicht. Ich denke, dass eine Frau es irgendwie weiß, wenn sie im Schlaf genommen wird, aber wer kann das schon sagen. Sigvarth hatte sie kurz vorher benutzt. Wenn sie irgendeinen Verdacht gehegt hat, dann hat sie ihn mir verschwiegen. Oder sich nicht daran erinnert. Doch ihr plötzlicher Schlaf damals wirft

Fragen auf. Sag mir eins, Farman", bat Thorvin. „Du bist der Weiseste von uns allen. Wie viele Götter gibt es in Asgard?"

Man sah Farman sein Unbehagen an. „Thorvin, du weißt, dass das keine weise Frage ist. Odin, Thor, Freya, Balder, Heimdall, Njörd, Eir, Tyr, Loki… Von diesen Göttern sprechen wir am häufigsten. Aber in den Geschichten gibt es noch so viele weitere: Vidar, Sigyn, Uller…"

„Und Rig?", warf Thorvin nachdenklich ein. „Was wissen wir über Rig?"

„Das ist einer von Heimdalls Namen", antwortete Skaldfinn.

„Ein Name", grübelte Thorvin hörbar nach. „Zwei Namen, eine Gestalt. So sagen die Geschichten. Ich würde es nie außerhalb dieses Kreises sagen, aber manchmal denke ich, dass die Christen recht haben. Es gibt nur einen Gott." Er sah in der Runde bestürzte Gesichter. „Aber er… nein, es… hat verschiedene Stimmungen. Oder verschiedene Teile. Vielleicht streiten sie miteinander, so wie ein Mann mit der linken gegen die rechte Hand Schach spielt, nur zum Vergnügen. Odin gegen Loki, Njörd gegen Skadi, Aesir gegen Vaenir. Doch der wahre Kampf tobt zwischen all diesen Teilen, all diesen Göttern und den Riesen und Ungeheuern, die uns zur Ragnarök treiben.

Odin hat seine Mittel, die Menschen für den Tag zu stärken, an dem sie mit ihm und den Göttern gegen die Riesen in den Kampf ziehen werden. Darum betrügt er die Krieger, schickt die Mächtigsten unter ihnen in den Tod. Damit sie am Tag des Angriffs der Riesen in seinen Hallen warten.

Aber ich denke, dass vielleicht auch Rig seine Möglichkeiten ausschöpft. Ihr kennt die heilige Geschichte von Rig, der durch das Gebirge zieht, Ai trifft und mit seiner Frau Edda Thrall zeugt. Zu Afi und Amma weiterwandert und mit Amma Karl zeugt. In der letzten Nacht bei Fathir und Mothir unterkommt, wo er mit Mothir Jarl zeugt. Unser Jarl war vorher Karl und Thrall. Und wer ist Jarls Sohn?"

„Kon der Junge", sagte Farman.

„Auf Nordisch also *Konr ungr… konungr.*"

„Der König", schloss Farmann den Gedanken.

„Wer kann unserem Jarl diesen Rang jetzt noch verwehren? In seinem Leben spielt sich Rigs Geschichte in unserer Welt ab. Rigs Geschichte und die seines Umgangs mit den Menschen."

„Warum tut der Gott Rig das?", fragte Vestmund, der Priester Njörds. „Und worin liegt Rigs Stärke? Ich muss nämlich gestehen, dass ich nicht mehr über ihn weiß als die Geschichte, die du erzählt hast."

„Er ist der Gott der Kletterer", antwortete Thorvin. „Seine Kraft liegt darin, dass er die Menschen besser macht. Nicht durch Krieg, wie Odin es tut, sondern durch Fähigkeiten. Es gibt noch eine alte Geschichte über Skjef, den Vater von Skjold – auf Englisch wären das Sheaf und sein Sohn Shield. Die Könige der Dänen nennen sich selbst Skjolds Söhne, die Könige des Krieges. Aber selbst sie wissen, dass Skjold nicht immer der Kriegskönig war, sondern als Friedenskönig seine Herrschaft begonnen hat, der seinen Untertanen beibrachte zu pflügen und zu ernten, statt wie die Tiere von der Jagd zu leben. Ich denke, dass jetzt ein neuer Sheaf gekommen ist, wie auch immer wir den Namen aussprechen. Er soll uns vom Säen und Ernten befreien, und von der Angst, dass die nächste Ernte vielleicht ausbleibt."

„Und das soll der sein, der aus dem Norden kommt'?, fragte Farman ungläubig. „Nicht von unserem Blut und unserer Sprache, verbündet mit den Christen. Das haben wir nicht erwartet."

„Wir erwarten niemals das, was die Götter tun", erinnerte ihn Thorvin.

Shef sah dem düsteren Zug der entwaffneten Franken zu, die in langen Reihen ihrem König an Bord der Schiffe folgten, die sie zurück in die Heimat bringen würden. Alfred hatte darauf bestanden, nicht nur den päpstlichen Legaten und die fränkischen Kirchenmänner, sondern auch den Erzbischof von York, seinen eigenen Bischof Daniel, den Erzdiakon Erkenbert und alle anderen englischen Geistlichen, die den Eindringlingen keinen Widerstand geleistet hatten, mit auf die andere Seite des Meeres zu schicken. Daniel hatte kreischend mit ewiger Verdammnis und Kirchenbann gedroht, aber Alfred war unbeeindruckt geblieben. „Wenn Ihr mich aus Eurer Herde verstoßt", hatte er nur angemerkt, „dann gründe ich meine eigene. Mit besseren Hirten. Und mit Hunden, deren Zähne spitzer sind."

„Dafür werden sie dich für immer hassen", hatte Shef vorhergesagt.

„Auch das müssen wir teilen", war Alfreds Antwort gewesen.

Und so hatten sie ihren Handel besiegelt.

Sie waren beide unverheiratet und hatten keine Erben. Sie würden gemeinsam als Könige herrschen, Alfred südlich der Themse, Shef nördlich des Flusses, zumindest bis zum Humber, an dessen anderem Ufer noch immer das Schlangenauge mit brennendem Ehrgeiz lauerte. Jeder von ihnen ernannte den anderen zu seinem Thronerben. Sie einigten sich schnell darauf, dass in beiden Reichen der Glaube an Gott oder Götter frei sein sollte, für Christen, Wegleute und jeden anderen, der noch kommen würde. Aber kein Priester irgendeines Glaubens sollte eine Bezahlung in Land, Gütern oder Geld erhalten, wenn es nicht vorher verhandelt und so festgelegt worden war. Kirchenland sollte wieder an die Krone fallen. Schon bald wären sie die reichsten Herrscher der Christenheit.

„Wir müssen das Geld gut einsetzen", hatte Shef hinzugefügt.

„Für wohltätige Zwecke?"

„Auch auf andere Weise. Es heißt oft, dass keine neue Sache vor ihrer Zeit kommen kann, und ich glaube es. Aber ich glaube auch, dass die Zeit für etwas Neues kommen kann, das dann von den Menschen erstickt wird. Sieh dir unsere Geschütze und die Armbrüste an. Wer sagt denn, dass man sie nicht schon vor hundert oder fünfhundert Jahren, in der Zeit des Römervolks, gebaut haben könnte? Niemand hat es getan. Ich will, dass wir all das alte Wissen zurückgewinnen, selbst die Rechenkunst der *arithmetici*. Und dass wir daraus neues Wissen machen. Neue Dinge." Seine Hand hatte sich wie um den Griff eines Hammers geschlossen.

Jetzt, während noch immer geschlagene Franken an Bord ihrer Schiffe gingen, wandte sich Alfred an seinen Mitkönig und sagte: „Ich bin überrascht, dass du immer noch nicht den Hammer unserer Fahne trägst. Immerhin trägst du ja noch das Kreuz."

„Der Hammer steht für den Weg und alle seine kleinen Pfade. Thorvin meinte, dass er ein neues Zeichen für mich hätte. Ich muss es noch sehen, bevor ich es trage, denn die Wahl fällt mir schwer. Da kommt er schon."

Thorvin näherte sich in Begleitung aller Priester des Weges. Ihnen folgte Guthmund mit einer Handvoll der erfahrensten Schiffsführer.

„Wir haben dein Zeichen", meinte Thorvin. Er hielt ihm einen Anhänger an einer silbernen Kette entgegen. Shef betrachtete es neugierig. Ein Stab, aus dessen Seiten immer abwechselnd fünf Sprossen herausragten.

„Was ist das?"

„Eine *kraki*", erwiderte Thorvin. „Eine Astleiter. Sie ist das Zeichen Rigs."

„Wenn das ein Gott ist, habe ich noch nie von ihm gehört. Was kannst du mir über ihn erzählen? Immerhin soll ich sein Zeichen tragen."

„Er ist der Gott der Kletterer und Wanderer. Seine Macht kommt nicht von ihm, sondern von seinen Kindern. Er ist der Vater Thralls, Karls und Jarls. Und er hat noch mehr Kinder."

Shef blickte in die Gesichter der umstehenden Zuschauer: Alfred, Thorvin, Ingulf, Hund. Einige fehlten. Brand, von dessen Zustand er noch nichts gehört hatte. Seine Mutter Thryth. Er wusste nicht einmal, ob sie ihn jemals würde wiedersehen wollen.

Vor allen anderen Godive. Nach der Schlacht hatten einige Helmbartenträger ihnen den Leichnam seines Halbbruders Alfgar gebracht. Er war der Sohn seiner Mutter und Godives Ehemann gewesen. Sie hatten ihn lange schweigend betrachtet, ohne eine Erinnerung an die gemeinsam verbrachte Kindheit in sich finden zu können oder eine Erklärung für den Hass, der Alfgar angetrieben hatte. Shef dachte an die Zeilen aus einem von Thorvins alten Gedichten. Ein Held sprach sie am Grab des Bruders, den er selbst erschlagen hatte:

Dein Fluch nur war ich, Bruder, vom Verderben verfolgt.
Finster war der Nornen Spruch, der nie vergessen sei

Aber er selbst hatte diese Worte nicht wiederholt. Er wollte vergessen. Er hoffte, dass auch Godive eines Tages würde vergessen können. Vergessen, dass er sie erst gerettet, dann verlassen und schließlich benutzt hatte. Die endlose Anspannung der Vorbereitung des Kampfes war vorbei, und in seinem Inneren fühlte er, dass er sie wohl mehr liebte als je zuvor, noch mehr als an dem Tag, an dem er sie aus Ivars Lager gerettet hatte. Aber was für eine Liebe musste auf den richtigen Augenblick warten, um eingestanden zu werden?

Das hatte Godive gedacht. Sie hatte den Leichnam ihres Halbbruders und Ehemanns für eine Beerdigung an sich genommen und war verschwunden. Shef war zurückgeblieben, ohne zu wissen, ob und wann sie zurückkehren würde. Diesmal musste er ohne sie entscheiden.

Er sah zwischen seinen Freunden hindurch die vorbeiziehenden Franken an, ihre finsteren, hasserfüllten Gesichter, dachte an den gedemütigten König Karl, den wütenden Papst Nikolaus, das Schlangenauge im Norden, das seinen Bruder zu rächen versuchen würde. Sein Blick fiel wieder auf das silberne Schmuckstück in seiner Hand.

„Eine Astleiter", sagte er. „Auf der man leicht das Gleichgewicht verliert."

„Man muss jede Sprosse einzeln nehmen", erklärte Thorvin.

„Schwierig zu erklimmen, heikel, ein anstrengender Weg zur Spitze. Aber ganz oben sind zwei Sprossen, an denen man sich

581

halten kann. Eine gegenüber der anderen. Man könnte sie fast für ein Kreuz halten."

Thorvin blickte mürrisch. „Wir kennen Rig und sein Zeichen schon aus Zeiten, als es noch gar kein Kreuz gab. Es ist kein Zeichen des Todes, nein. Es ist ein Zeichen dafür, nach Höherem zu greifen. Nach einem besseren Leben."

Shef lächelte, zum ersten Mal seit Tagen. „Mir gefällt sein Zeichen, Thorvin", gab er zu. „Ich werde es tragen." Er legte den Anhänger um und wandte sich der nebligen See zu.

Ein Knoten, ein Schmerz in seinem Inneren löste sich auf und verschwand.

Zum ersten Mal in seinem ganzen Leben spürte er nur Frieden.

Harry Harrison und John Holm
Hammer of the North
Der Weg des Königs

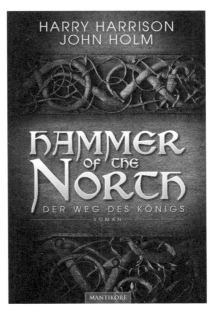

Die Welt ist im Wandel in England des Jahres 867 – Mönche und Bischöfe herrschen nun nicht mehr über halb England, doch auch die wilden Wikinger-Horden unter ihrem brutalen Anführer Ragnarsson können nun nicht länger ohne Gegenwehr in die englischen Grafschaften einfallen. Der siegreiche Shef Sigvarthsson, der mit seiner getreuen Schaar – neuen Waffen und Strategien – bereits die Franken unter Bischof Nicholas und die kampferprobten Wikinger Ragnarssons geschlagen hat, ist viele Monate außer Landes auf einer Reise quer durch die Nordlande, die ihn wahrhaft zu einer Legende werden lässt. Ein Wikinger-Epos von Hugo- und Nebula-Award-Preisträger **Harry Harrison**.

Erhältlich im Buchhandel oder direkt auf *www.manti-shop.de*

Harry Harrison
Soylent Green

»Eine Warnung, was passieren könnte, wenn
der Konsum der USA ungehindert anhält.«
Los Angeles Times

1999 ist die Bevölkerung des Planeten explodiert. Die 35 Millionen Einwohner von New York City bringen ihre Fernseher mit Pedalkraft zum Laufen, randalieren wegen Wasserknappheit, rauben Linsen-Steaks und werden mit Stacheldraht, der vom Himmel fällt, in Schach gehalten. Als ein Gangster während einer glühenden Hitzewelle in Manhattan ermordet wird, setzt man den Polizisten Andy Rusch unter Druck, das Verbrechen aufzuklären, der wiederum ist aber auch von der wunderschönen Freundin des Opfers fasziniert. Doch in den verrückten Straßen von New York City, vollgestopft mit Leuten, und in einer Welt, die den Bach hinuntergeht, ist es schwer, einen Killer zu fassen, geschweige denn das Mädchen zu bekommen.

1966 geschrieben und als Science-Fiction-Film Soylent Green (dt. Titel ...*Jahr 2022... die überleben wollen*) ist *Make Room! Make Room!* eine nervenaufreibende Geschichte über die Ausbeutung der Ressourcen der Erde und des menschlichen Geistes, bis zur Grenze der Belastbarkeit.

*Erhältlich im Buchhandel oder direkt auf **www.manti-shop.de***

BAND 1
FLUCHT AUS DEM DUNKEL

Dein Name ist Einsamer Wolf.
Bei einem hinterhältigen Angriff der Schwarzen Lords wird das Kloster, in dem du zum Kai ausgebildet wirst, vom Feind zerstört. Du bist der einzige Überlebende!

FLUCHT AUS DEM DUNKEL

Du schwörst Rache. Doch zunächst musst du Holmgard erreichen und König Ulnar vor den Horden des Bösen warnen. Der Weg, der nun vor dir liegt, birgt tödliche Gefahren, und der Feind ist dir dicht auf den Fersen.
Auf jeder Seite dieses Buches musst du dich neuen Herausforderungen stellen, darum wähle deine Waffen und Fähigkeiten mit Bedacht. Nur mit ihrer Hilfe wirst du das fantastischste und spannendste Abenteuer deines Lebens bestehen können.
Die Abenteuer von Einsamer Wolf sind eine einzigartige interaktive Fantasy-Serie. Wenn du dieses Abenteuer überstanden hast, kannst du deinen Kampf gegen das Böse in weiteren Bänden der Reihe Einsamer Wolf fortsetzen.
Werde Teil dieser einzigartigen Rollenspiel-Saga!

*Erhältlich im Buchhandel oder direkt auf **www.manti-shop.de***

MICHAEL J. WARD
DestinyQuest
Die Legion der Schatten

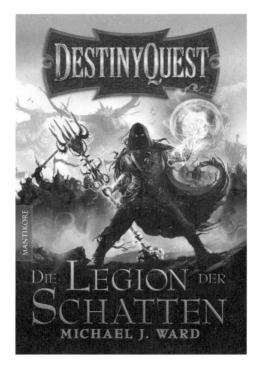

Willkommen bei DestinyQuest.

Ohne Erinnerung an dein früheres Leben und mit kaum mehr als einem Schwert am Gürtel und einem Rucksack musst du dich in einer dir unbekannten Welt voller Monster und Magie deinem Schicksal stellen. Sei vorsichtig, denn DU – der Leser dieses epischen Abenteuers – bist der Held in dieser Geschichte! DU entscheidest, welchen Weg du wählst, welchen Monstern du begegnest, welche Schätze du findest und ob dein Abenteuer ein glückliches Ende nimmt!

Sei tapfer und gerissen, und beginne DEIN Abenteuer – tritt ein in das Reich von Valeron und bekämpfe die LEGION DER SCHATTEN!

Erhältlich im Buchhandel oder direkt auf **www.manti-shop.de**

JÖRG BENNE
Die Stunde der Helden

Die wilden Nordlande sind eine unzivilisierte Gegend, auf die kein Adliger Anspruch erhebt. Hier trifft der junge Schreiber Felahar auf eine Gruppe Krieger, deren Heldentaten legendär sind. Gelockt von neuen Abenteuern, beschließt Felahar die Helden zu begleiten. Bald gerät sein Bild vom edlen Krieger ins Wanken und er selbst muss beweisen, ob er zum Helden taugt.

EINE LEGENDE VON NUARETH AUS DER FANTASY-WELT VON JÖRG BENNE.

Erhältlich im Buchhandel oder direkt auf **www.manti-shop.de**

Glen Cook
THE BLACK COMPANY

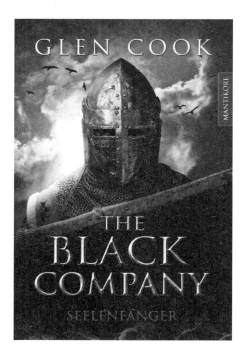

Seit Jahrhunderten gehören die Söldner der *Schwarzen Kompanie* zu den Besten ihres Handwerks. Sie stellen keine Fragen und sind ihrem Auftraggeber treu ergeben. Mögliche Zweifel begraben sie zusammen mit den Toten, die sie hinterlassen. An Arbeit mangelt es nicht, denn es sind düstere, kriegerische Zeiten.

Als die finstere Lady nach Jahrhunderten aus ihrem Schlaf erwacht, droht die Welt endgültig im Chaos zu versinken. Allein die Bruderschaft der Weißen Rose will sich ihr entgegenstellen, einer Prophezeiung folgend, die das Ende der finsteren Mächte vorhersagt. Doch wem wird die *Schwarze Kompanie* die Treue schwören?

Glen Cooks Fantasy-Bestseller in neuer Übersetzung!

*Erhältlich im Buchhandel oder direkt auf **www.manti-shop.de***